詩經彙校新解

黄懷信 著

上海古籍出版社

本項目承全國高等院校古籍整理研究工作委員會資助

前　言
——《詩經》簡説

一、"詩"本義、"《詩》"本義及"《詩經》"本義

　　《詩經》本稱《詩》，因爲它本來就是一部專門的詩集。什麽叫"詩"？《説文解字》（以下簡稱《説文》）云："詩，志也。"《尚書·舜典》曰："詩言志，歌永言。"另外古代還有所謂"獻詩陳志"和"賦詩言志"的説法，可見"詩"的本質特點是表達"志"。"志"，就是人的思想。所以，結合其形式，我們就可以給"詩"定義爲：表達或抒發思想的整齊文句。而"《詩》"，就是被編集起來的詩。《詩》之所以被稱爲詩歌總集，因爲它所包含的詩篇，本來就是被當時的樂師們用來詠唱的歌詞。《詩》又爲五經之一。所謂"經'，是常的意思（五經皆然）。因爲是被人常常詠唱或念誦的詩，所以稱爲《詩經》。

　　自古歷今，解《詩》者無虞千百，而説人人異，所以前人有"《詩》無定解"之説。顯然，這是一種不正常的現象，因爲任何文字的東西，都有其本來的涵義，而且必須是一定的。"《詩》無定解"，正説明《詩》本義尚未被完全或真正發現。當然，傳本不同，理解也必然有異，尤其是部分詩因整理加工者的誤解而有所改動，致使原詩之本義或被扭曲而難得正解。所以，本編將在彙校基礎上采用訓詁與考據相結合的方法，著力探析詩本義。前人在這一方面的工作固然已經做有不少，但問題依然很多。如清人方玉潤的《詩經原始》，就是專門"原其始義"即詩本義的名

作，但其中誤解同樣不少。如《鵲巢》篇，本是一首被廢夫人描寫丈夫另娶新歡、鳩占鵲巢場面的詩，而方氏分析其本義說：「昏禮告廟詞也。」就是明顯的誤解。尤其是校勘方面，前人雖然也做了不少工作，如清人作《毛詩正義》等，就有這方面的內容，但都只是就古文一家而校，合今古文而校，幾乎還未見到。而事實上只有在今古文合校的基礎上，纔能更加準確、更加明晰地探析到詩本義。再加上前人所未見的新出土文本進行彙校，詩本義將會更加準確地得到體現和揭示。

二、《詩經》的構成

衆所周知，《詩經》由《風》《雅》《頌》三大部分或三大類性質不同的詩構成，共 305 篇。其中《風》指《國風》，本稱《邦風》，共 160 篇，由十五個不同地域的詩構成，所謂十五《國風》，分別是：

1. 《周南》11 篇：周，指周公所治之地。周初，周、召二公分陝（河南陝縣、三門峽西）而治，周公治東，召公治西。所謂"南"，舊有南化說、南樂說、南國說、南面說、詩體說、樂器說等，而根據十五國風其他名稱看，"周南""召南"無疑應是地域名稱，所以"南"應指南方。"周南"，即周公所治地以南地區。那麼《周南》，就是指主要采自洛邑以南至江漢地區的詩。

2. 《召南》14 篇：如上所言，自應是采自召公所治以南地區，即今陝南和湖北西北部地區的詩。

3. 《邶》19 篇：采自邶地，即今河南淇縣至河北南部地區的詩。

4. 《鄘》10 篇：采自鄘地，即今河南新鄉西南地區的詩。

5. 《衛》10 篇：采自衛地，即今河南北部偏南一帶的詩。

6. 《王》10 篇：采自王畿，即今洛陽地區的詩。

7. 《鄭》21 篇：采自鄭地，即今河南中部鄭州一帶的詩。

8. 《齊》11 篇：采自齊地，即今山東東北部及中部地區的詩。

9.《魏》7篇：采自魏地，即今山西芮城一帶的詩。

10.《唐》12篇：采自唐地，即今山西冀城以南地區的詩。

11.《秦》10篇：采自秦地，即今甘肅天水一帶的詩。

12.《陳》10篇：采自陳地，即今河南東南部及安徽北部地方的詩。

13.《檜》4篇：采自檜地，即今河南新密、滎陽一帶的詩。

14.《曹》4篇：采自曹地，即今魯西南一帶的詩。

15.《豳》7篇：采自豳地，即今陝西邠縣、旬邑以北至甘肅慶陽一帶的詩。

《雅》105篇，由《小雅》《大雅》構成。其中《小雅》71篇，分爲《鹿鳴之什》11篇、《南有嘉魚之什》10篇、《鴻雁之什》10篇、《節南山之什》10篇、《谷風之什》10篇、《甫田之什》10篇、《魚藻之什》10篇；《大雅》31篇，分《文王之什》10篇、《生民之什》10篇、《蕩之什》11篇。

《頌》40篇，分《周頌》《魯頌》《商頌》。其中《周頌》31篇，爲周王朝作品，分《清廟之什》10篇、《臣工之什》10篇、《閔予小子之什》11篇。《魯頌》4篇，屬魯國廟堂之作。《商頌》5篇，是周代宋國的作品。周初封紂兄微子啓于宋以承商祀，地在今商丘縣南。

以上三詩及十五國風之劃分，在今看來也偶有與原作實際不合者，如《蟋蟀》篇本是周公所作（據清華簡可知），按理應該屬《大雅》，今卻在《唐風》。這種現象，實際上也不奇怪，而且也正說明了該詩本身產生之久遠。《蟋蟀》雖本是周公所作，但當時並未有采詩、獻詩之俗。後來流傳，或因偶然的因素被傳到了唐地，之後又被由唐地采了回來，所以就被編入了《唐風》。其他或有類似的情況，原因也當如此。

三、"六詩""六義"説

《周禮·春官》裏說："大師教六詩。"六詩，後世又稱"六義"。《詩大序》曰:"故《詩》有六義焉:一曰風,二曰賦,三曰比,四曰興,五曰雅,六曰頌。"可見比"風""雅""頌"多出"賦""比""興"。

何謂"風""雅""頌"?前人認識不同。

"風":《毛詩序》曰:"風,風也,教也;風以動之,教以化之。……上以風化下,下以風刺上。"可見是說"風"有風化、教化、諷刺諸義。朱熹《詩集傳·國風序》曰:"風者,民俗歌謠之詩也。謂之風者,以其被上之化以有言,而其言又足以感人,如物因風之動以有聲,而其聲又足以動物也。"可見是說"風"之感人,如風之動物。鄭樵《通志序》曰:"風土之音曰'風'。"近人多認爲,"風"就是曲調或樂曲的意思。相較之下,鄭樵之說還是較爲合理。所以,"風",應該是指來自民間或地方(即在民間或地方所傳唱)的詩,因爲所謂十五"國",實際上都是地理名稱。可見"國"本指"域"。從古文字角度講,指"域"無疑是合理的。

"雅":《毛詩序》曰:"雅,正也,言王政之所由廢興也。"朱熹云:"雅,正也,正樂之歌也。"鄭樵《通志序》曰:"朝廷之音曰'雅'。"後人或謂"雅"與"夏"通,認爲周人自稱"夏",所以周王畿附近的詩稱《雅》。或認爲"雅"是樂器名,用以伴奏的歌稱《雅》。章太炎先生根據《說文》"雅,楚烏也……秦曰雅"的說法,認爲"雅"指秦地烏烏之聲,等等。綜合考察,實則釋"正"當不誤。所謂"雅",就是雅正、標準的意思。《論語》:"子所雅言,《詩》《書》;執禮,皆雅言也。""雅言",就是當時的標準音。而《詩》所謂"雅",無非就是周王畿所行、或者來自其上層的東西。所以,《雅》詩應當就是來自周王畿地區、主要由上流社會人物所作的詩。

關於"小""大"之分,前人或認爲是由"政事大小"區分,或認爲是由"音律大小"區分(如"大吕""小吕"),或認爲與樂調有關,等。實際考察可以發現,其當由時代早晚區分,即《小雅》時代晚,《大雅》時代早。之所以"小"在前而"大"

在後，與當時語言習慣有關。如《大雅·蕩之什》"小大近喪"，《小雅·楚茨》"小大稽首"，《尚書·冏命》"小大之臣"，《多方》"小大多正"，《酒誥》"越小大邦用喪"，《無逸》"至於小大"等，皆言"小大"。說明當時語言習慣先"小"而後"大"。總之，《小雅》諸篇時代晚，《大雅》諸篇時代早，是可以肯定的。當然，《小雅》中也不排除個別時代較早的作品，原因或出於編排之誤，或是東周時人追憶西周之作，皆有可能。

"頌"：《毛詩序》曰："《頌》者，美盛德之形容，以其成功告於神明者也。"鄭玄《周禮注》曰："頌之言誦也，容也，誦今之德，廣以美之。"可見皆以爲是讚美、形容盛德。鄭樵《通志序》曰："宗廟之音曰'頌'。"王國維認爲"《頌》之聲較《風》《雅》爲緩"，"多無韻"。張西堂認爲"頌"由樂器得名，是"鏞"（大鐘）之通假字。實則所謂"頌"，就是讚頌。因爲是宗廟祭祀的頌歌，所以謂之《頌》。

而所謂"賦""比""興"，實際上是指詩文的三種表現手法，與所謂"風""雅""頌"性質完全不同。

"賦"：即"敷"，布也。朱熹謂之"敷陳其事"，即開門見山，直陳其事，或直接敘事。如《七月》"七月流火，九月授衣"，《東山》"我徂東山，慆慆不歸"之類，皆屬之。

"比"：就是比喻、比擬。照朱熹的說法，就是"以彼物比此物"，如以物比人、以人比物、以物比物等。王應麟《困學紀聞》曰："索物以托情謂之比，情附物也。"比如《碩鼠》之"碩鼠"比奴隸主，《桃夭》之"桃之夭夭，灼灼其華"比妙齡姑娘，等等。

"興"：就是起興，即用其他的事引出所要講的事，而不直接講其事。朱熹所謂"先言他物，以引起所詠之詞也"。王應麟說："觸物以起情謂之興，物動情也。"比如《關雎》"關關雎鳩，在河之洲"之類即屬。

可見所謂"六詩"或"六義"，實際上是兩類不同性質的東西，"風""雅""頌"是指詩的屬性，"賦""比""興"是指詩的表現手法，而且實際上也並不完全。總之，古人用它，代表整個《詩經》。

四、《詩經》所含詩篇的時代

《詩經》305篇中，過去一般認爲最早的詩屬西周初年，最晚的詩屬春秋中期，所以介紹《詩經》的書一般都喜歡說它"收錄了我國自西周初年至春秋中葉大約五百年間的作品"，或者"上下五六百年的詩"。而事實上我們看到，有的詩篇產生的時代，遠在西周以前。比如《豳風·七月》篇，完全可能早到夏代末年或更早，因爲它所用的曆法爲"十月太陽曆"（詳篇內）。所以我們至少可以說，《詩經》收錄了我國春秋中葉以前大約一千年間的作品。

五、《詩經》的編集

（1）詩的產生

詩既然是用以表達或抒發思想的，那麽其產生就一定很早，因爲人的思想本身產生很早。《尚書》中有《五子之歌》，實際上就是詩。而《五子之歌》，相傳是夏王啓的五個兒子所作，可見早在夏代初年就有成熟的詩。實際上可能還不止，因爲"言志"是人的生理本能，即使沒有文字或者不識文字者，也可能作詩。

（2）周代詩的采集

《詩經》裏的詩，特別是所謂"風"，大部分是周代以來民間所流傳的。這些詩是怎樣被搜集上來的？據漢人的說法，主要是通過"采詩"。《漢書·食貨志》載："孟春之月，群居者將散，行人振木鐸徇于路，以采詩，獻之大師，比其音律，以聞于天子。故曰王者不窺牖戶而知天下。"《藝文志》曰："故古有采詩之官，王者所以觀風俗，知得失，自考正也。"可見古代王者爲了觀民情與知得失而設專人采詩。所謂"采",無非就是采集並記錄民間所傳頌的詩歌,而非直接采集文字性的東西。另外《國語·周語》又載:"故天子聽政,使公卿至於列士獻詩,瞽獻曲,史獻書。"可見當時還有獻詩的規定。而獻詩,就是直接獻上文字性的詩篇,這無疑又當出自貴族之手。所以,采詩、獻詩,應是周代詩歌搜集的主要途徑。總之,采詩,主要采自民間,主要是"風"詩;獻詩,主要來自上層社會,主要是"雅"詩。而"頌"詩,應該直接來自朝廷。其中《周頌》來自周王室;《魯頌》獻自魯公室;《商頌》獻自宋公室,因爲宋是周滅商以後給紂王的庶兄微子啓的封國。

(3)《詩》的編集與刪定

采來、獻上的詩,據《漢書·食貨志》所言,要"獻之大師(樂官)"。所以,最早的詩集應由樂官太師編定。而編定本身,又包括對詩句的整理與改寫,尤其是采來的詩。比如《唐風·蟋蟀》篇(詳篇內)。另外可以肯定,經過長期積累,采來和獻上的詩篇一定很多。而我們今天所看到的只有305篇,說明305篇之《詩》是經過後人刪定的。那麼305篇之《詩》是由何人所編定?《史記·孔子世家》:

> 古者《詩》三千餘篇,及至孔子,去其重,取可施於禮義,上采契、后稷,中述殷、周之盛,至幽、厲之缺。

有"去"有"取",可見認爲是孔子所編定。《漢書·藝文志》進一步云:

> 古有采詩之官……孔子純取周詩,上采殷,下取魯,凡三百五篇。

明確以305篇之《詩》爲孔子所編。

而事實上更早的材料證明,早在孔子之前,《詩》已經基本定型。《左傳·襄公二十九年》載:

> 吳公子札來聘,見叔孫穆子……請觀于周樂。使工爲之歌《周南》《召南》……爲之歌《邶》《鄘》《衛》……爲之歌《王》……爲之歌《鄭》……爲之歌《齊》……爲之歌

《豳》……爲之歌《秦》……爲之歌《魏》……爲之歌《唐》……爲之歌《陳》……自《鄶》以下，無譏焉。爲之歌《小雅》……爲之歌《大雅》……爲之歌《頌》……

可見不僅《國風》《小雅》《大雅》《頌》之名具備，而且所舉13國風也没有超出今本者，説明當時魯國所傳周樂中的《詩》已經大致與後世相同。而當時孔子只有10歲左右，所以不可能是孔子所定。當然，《左傳》並没有明確提305篇，但也可以肯定，當時作爲周樂的《詩》，不可能有三千篇，因爲幾千首樂曲在當時是無法由同一樂隊所記憶和演奏的。另外上博簡《詩論》中也有材料可以證明，《詩》非孔子所編。如《詩論》第十一章（第四簡）云：

[孔子]曰："《詩》，其猶坪門。與戔（賤）民而豫之，其用心也將何如？曰：《邦風》是也。民之又（有）慼患也，上下之不和者，其用心也將何如？[曰：《小雅》是也]。□□□□[者將何如？曰：《大雅》]是也。又（有）成功者何如？曰：《頌》是也。"

其意是：孔子説："《詩》，就猶如（四座）平齊詩篇的門。凡是可與下層百姓同樂的詩，對它們在平齊之時當如何考慮呢？回答是：當入《邦風》門。凡是描寫百姓有憂患，或者表現上下不和的詩，對它們在平齊之時當如何考慮呢？回答是：當入《小雅》門。凡是描寫……的詩，對它們當如何考慮呢？回答是：當入《大雅》門。凡描寫有所成功的詩，又當如何考慮呢？回答是：當入《頌》門。"

可見這裏完全是講《詩》的門類區分，是孔子對四詩區分的基本認識，反映了他對四詩各篇的理解，而不是對詩類的確定。因爲我們看到，四詩固然各有如孔子所云的特點，但又不盡然。以《小雅》爲例：《小雅·甫田之什》之《甫田》篇，完全是奴隸主貴族歌唱自己的田地廣闊、黍稷茂盛、農夫歡慶、稻粱豐裕，以及祭祀之事；《大田》篇内容性質相似；《瞻彼洛矣》篇爲"君子"祝福；《裳裳者華（堂堂者芌）》描寫得富貴；《桑扈》《鴛鴦》二篇亦皆爲"君子"祝福，後者更有感恩之意：均不表現百姓有憂患，或者上下不和。所以我們說，《詩論》所言只能反映孔子對四詩區分的基本認識，是他個人的觀點。而孔子言此，是爲了教弟子區分四詩的簡便方法。因爲我們知道，孔子以《詩》教，要求弟子"誦（背誦）"詩。一個"將"字，說明是在教。可見《詩論》此言是孔子教學的講義。既如此，那麼就可以肯定，今之《小雅》，並非孔子所刪定。《小雅》既非孔子所刪定，那麼不論其他三詩如何，《詩》也不能說是孔子所編。

《詩》非孔子所編，又爲何人所編？根據《左傳》《國語》，無疑與樂師有關。前面已知，詩被采來以後，要"獻之大師（樂官之長）"，太師又要"比其音律，以聞于天子"。可見太師要負責給詩配上樂曲，演唱給天子聽。配曲演唱，自然不可能太多，所以他必須精選。那麼最早的《詩》定本，就完全有可能是周樂官太師所編，包括對所采或所獻原詩的整理加工。就是說，《詩》，本來是周太師所編周樂的歌詞彙編。當然，歌詞，並非只有樂工纔需要，因爲《詩》內容本身對人有教育意義，所以它又可以作爲大衆讀物或者教材而被傳頌。值得一提的是，湖北房縣尹吉甫故里迄今有誦詩習慣，故當地有《詩》由尹吉甫編定之說。尹吉甫本人能詩，《大雅》收有其所作詩數篇，確屬事實。但是說整部《詩經》由其編定，似乎不大可能。因爲《詩經》本配樂而行，是周王朝樂隊的詞譜，尹吉甫本人非樂師，不可能爲編詞譜。所以當地的詩，最多只能是由他帶去或傳去，如此而已。

六、孔子與《詩》

《詩》既然是周樂的歌詞彙編或者太師的教材，那麼自然就會流傳到民間。所以，孔子有可能見到周太師所刪定的或許不止305篇的《詩》。那麼最終的305篇是否爲孔子所刪定？我們說，孔子既然把《詩》作爲教材，就不無對之進行重新編定的可能。但是我們又看到，孔子自己也稱"《詩》三百"。《論語・爲政》

篇記子曰："《詩》三百,一言以蔽之,曰'思無邪'。"《子路》篇記子曰："誦《詩》三百,授之以政,不達;使于四方,不能專對;雖多,亦奚以爲?"明稱"《詩》三百",似乎"《詩》三百"不是他自己所編定。尤其是"授之以政,不達;使于四方,不能專對",説明"誦《詩》三百"在當時是一種社會行爲,不能由孔子個人規定。所以,《詩》三百不當是孔子所定。另外《論語·子罕》篇所載子曰:"吾自衛反魯,然後樂正,《雅》《頌》各得其所。"很多人把這條材料作爲孔子删《詩》的證據。其實,孔子這裏説的明明只是"樂"。"《雅》《頌》各得其所",顯然是説《雅》詩和《頌》詩各自都回歸到了自己在詩樂中的位置,就是恢復了各自應有的樂調,而不是説《雅》詩和《頌》詩各自有了在《詩》中的位置,或者雅詩歸了《雅》、頌詩歸了《頌》。前人的理解,無疑忽略了前面"樂正"二字。

孔子雖没有删《詩》,但以《詩》作爲教材教弟子,則是不爭的事實。而且他特别强調學《詩》,認爲"不學《詩》,無以言"(《論語·季氏》)。而既教弟子學《詩》,自然要有所講解。孔子對《詩》的講解,根據上博簡《詩論》和《孔叢子·記義》篇以及《論語》所記,可知其主要是講詩本義、主題以及表現手法,而没有注重義理。比如《詩論》第三章載孔子曰:

《[君子]陽陽》小人。《有兔》不逢時。《大田》之卒章,知言而有禮。《小明》不[得歸]。[《節南山》]忠。《邶·柏舟》悶。《谷風》悲。《蓼莪》有孝志。《隰有萇楚》得而悔之也。……[《相鼠》]言惡而不憫。《牆有茨》慎密而不知言。《青蠅》智(知)[讒]。《卷而(耳)》不知人。《涉溱》其絶。《著而》士。《角枕》婦。

完全屬於這方面的内容。另如《論語·八佾》載子夏問曰:"'巧笑倩兮,美目盼兮',素以爲絢兮'(按此句舊皆誤以爲詩句),何謂也?"子曰:"繪事後素。""素以爲絢兮(也)",就是孔子講解詩句"巧笑倩兮,美目盼兮"之辭。"繪事後素",是孔子進一步解釋之辭。當然,斷章取義,也時有所見。如《論語·顏淵》："子曰：主忠信，徙義，崇德也。愛之欲其生也，惡之欲其死也。既欲其生也，又欲其死，是惑也。'誠不以富，亦祇以異。'"可見他又把《詩》作爲一種工具來使用。而事實上，這正是當時人對《詩》的應用。觀《左傳》引詩，盡可知曉。

七、孔子以後的《詩經》流傳及今本屬性

孔子雖然沒有刪詩編詩，但對傳詩則有不可磨滅的貢獻。三國時吳人陸璣《毛詩草木鳥獸蟲魚疏》云："孔子刪《詩》授卜商。"卜商，就是子夏。所以一般認爲，子夏是孔子《詩》學的嫡派傳人。子夏又傳其弟子，弟子再傳至荀子，荀子又傳弟子。總之當時的《詩》，可能已經"遍地開花"。秦火以後，西漢一代，《詩》學主要有魯、齊、韓、毛四家兩派，其中：

《魯詩》，因由魯人申培所傳而得名。申培受《詩》于荀子弟子浮丘伯，漢初授於鄉里。漢文帝時申培研《詩》最精，被授官博士，所傳號稱《魯詩》，亡於西晉。

《齊詩》，因最早傳自齊人轅固而名。轅固爲漢景帝時博士，傳齊人后倉，亦爲博士，立于學官，被朝廷定爲正式學習和傳授的科目，亡于三國魏時。

《韓詩》，因出於燕人韓嬰而名。韓嬰爲漢文帝博士，景帝時爲常山王太傅。曾"推《詩》之意而爲內、外傳數萬言，其語頗與齊魯間殊"。西漢時《韓詩》與《魯詩》《齊詩》並稱今文三家。其學傳于燕趙間，東漢時隨著《毛詩》的興盛而衰落。至西晉時，《韓詩》雖存，而無傳者；南宋以後其《內傳》亡，今存《韓詩外傳》。

以上今文三家，皆屬所謂"今文"，即漢代人用當時文字抄寫而傳的本子。今文三家皆佚，後人有輯本（詳後）。由輯本可知，今文三家也有類似《毛詩序》的簡要說辭。

《毛詩》，出於魯人毛亨。亨受《詩》于荀子，作《故訓傳》，授趙人毛萇。漢人分別稱爲大毛公、小毛公。因爲傳世《毛詩》

最早用戰國文字即所謂"古文"書寫，所以被稱爲"古文詩"，東漢始立學官。

除上四家，漢代民間尚當有衆多不同的抄本傳世，是可以肯定的。

因爲今文三家詩皆已亡佚，所以今本《詩經》實際上就是《毛詩》。關於《毛詩》的傳承，《毛詩草木鳥獸蟲魚疏》記載："孔子删《詩》授卜商，商爲之序，以授魯人曾申，申授魏人李克，克授魯人孟仲子，仲子授根牟子，根牟子授趙人荀卿，卿授魯國毛亨。亨作《訓詁傳》，以授趙國毛萇。"雖未必完全可信，但亦見其確有淵源。

《毛詩》除了屬古文，還有一個突出特點，就是有《詩序》，而《詩序》又分大、小。《大序》今在首篇《關雎》後；《小序》爲題解性質，在每篇之前。陸德明《經典釋文·毛詩音義》於其"后妃之德也"下注：

> 舊説云："起此至'用之邦國焉'，名《關雎序》，謂之《小序》；自'風，風也'訖末（'是《關雎》之義也'），名爲《大序》。"今謂此序止是《關雎》之序，總論《詩》之綱領，無大、小之異。

是"舊説"以爲序有大、小。傳統説法認爲，《詩大序》的作者是子夏，《小序》是子夏、毛公（或東漢人衛宏）所共作。所謂"共作"，無非後者在前者基礎上有所改寫。《漢書·藝文志》載："（《詩》）又有毛公之學，自謂子夏所傳。"而《隋書·經籍志》則以爲《毛詩序》爲子夏所創，毛公及衛宏又加潤益。所以子夏首作《詩序》應有可能。鄭玄、王肅、陸璣、陸德明等人，亦皆以爲子夏作《詩序》，言之鑿鑿。儘管唐宋以來有懷疑子夏作《詩序》，並有關於子夏《詩序》與《毛詩》關係之不同論説，但均提不出切實證據。而我們從《關雎序》恰恰可以看出，其小序對大序既有繼承的一面，也有發展的一面，足以印證"卜商（子夏）意有不盡"，"毛公（或衛宏）更足成之"的説法。所以，《大序》爲子夏所作，當屬可信，應予肯定。而《小序》，又有與所謂《毛傳》牴牾的地方，就說明確非出自一人手筆。而"《毛傳》不釋《序》，且其言亦不知有《序》"（姚際恒《詩經通論》），說明《小序》有晚出者。所以，其中有衛宏手筆也應肯定。崔述同陸德明之說，以爲序文上下"相爲首尾"，"出於一人一手無疑"，不承認序有大、小之分，也不承認《小序》可以割裂爲二，斷言《毛詩序》全是東漢人衛宏一人所作，恐亦非爲正辭。

又《史記·孟子列傳》載："當是之時……天下方務于合從連衡，以攻伐爲賢，而孟軻乃述唐虞三代之德，是以所如者不合，退而與萬章之徒序《詩》《書》，述仲尼之意，作《孟子》七篇。"似孟子有序《詩》之事。然後世無孟子作《詩序》之說，且《孟子》書引詩說詩多與《詩序》不合。且其引《詩》多屬於"斷章取義"，幾無論全詩者。如《孟子·梁惠王上》孟子曰："詩《大雅·思齊》云：'刑于寡妻，至于兄弟，以御于家邦。'言舉斯心加諸彼而已。故推恩足以保四海，不推恩無以保妻子。"而《詩序》則曰："《思齊》，文王所以聖也。"完全不同。《梁惠王下》齊宣王問曰："交鄰國有道乎？"孟子對曰："有。惟仁者爲能以大事小，是故湯事葛，文王事昆夷；惟智者爲能以小事大，故大王事獯鬻，句踐事吳。以大事小者，樂天者也；以小事大者，畏天者也。樂天者保天下，畏天者保其國。《詩》云：'畏天之威，于時保之。'"可見無說全詩之意。偶有說全詩者，意亦不合。如《告子下》："公孫丑問曰：'高子曰：'《小弁（音盤）》，小人之詩也。''孟子曰：'何以言之？'曰：'怨。'曰：'固哉，高叟之爲詩也！有人於此，越人關弓而射之，則己談笑而道之：無他，疏之也。其兄關弓而射之，則己垂涕泣而道之：無他，戚之也。《小弁》之怨，親親也。親親，仁也。固矣夫，高叟之爲詩也！'"而《詩序》則曰："《小弁》，刺幽王也。大子之傅作焉。'"看不出有任何關係。至有與《詩序》合者，亦不奇怪，因爲詩義本就如此。總之，孟子作《詩序》之說不可信。

《詩大序》著重解"風""雅""頌"之義，較有價值。而

《小序》，則把詩與歷史事件或人物相比附，任意曲解，進行封建義理說教，主張美、刺說，多不可信。如云："《關雎》，后妃之德也。""《七月》，陳王業也。""《皇矣》，美周也。""《瞻彼洛矣》，刺幽王也。"考釋原詩文字，根本不是那麼回事。所以學習和研究《詩經》，斷不可被《小序》所迷惑。當然，《小序》說偶有合理者，也應肯定。

另外上博簡《詩論》的作者，有人認爲也是子夏，實際上恐應是孔子其他弟子或再傳弟子，因爲所論多與《詩序》不合。《詩論》作者既非子夏，則說明自孔子以下，《詩》學已呈多元發展。這對於傳統學術史，無疑又是新的挑戰。

今文三家詩雖然也有類似《詩序》的內容，但畢竟已經亡佚不全，而且其中不少也皆與毛詩序有關，應該說是其編者借用或抄襲了毛詩序。

八、安徽大學藏戰國竹簡《詩經》

本書基本完成之後，安徽大學藏戰國竹簡（一）所收《詩經》（以下簡稱"安大簡"）發表。據介紹，其時代"距今約二千二百八十年左右"，屬戰國早中期。因爲其時代早於今文三家，而且多有異文，所以本書又將其納入彙校。"安大簡"《詩經》含殘篇共五十七篇，全屬國風，依次包括《周南》《召南》《秦》、某（缺失）、《矦》《鄘》《魏》。可見其既非完本，排列順序亦與傳世本不同，尤其是其所謂《矦》未知所指。七風次序，固然有可能與抄寫者之興趣有關；而關於《矦》，整理者認爲可能指《王風》，但又指出其所屬詩篇與毛詩《王風》毫無關係。可見確有問題。

"安大簡"五十七篇中，《周南》十一篇，依次爲《關雎》《葛覃》《卷耳》《樛木》《螽斯》《桃夭》《兔罝》《芣苢》《漢廣》《汝墳》《麟之趾》，與今本同；《召南》十四篇，依次爲《鵲巢》《采蘩》《草蟲》《采蘋》《甘棠》《行露》《羔羊》《殷其雷》《摽有梅》《小星》《江有汜》《野有死麕》《何彼襛矣》《騶虞》，與今本同；《秦》十篇，依次爲《車鄰》《駟驖》《小戎》《蒹葭》《終南》《黄鳥》《渭陽》《晨風》《無衣》《權輿》，唯《渭陽》篇今本在《無衣》後，次序稍異；所缺失某風不詳；《㑣》六篇，依次爲《汾沮洳》《陟岵》《園有桃》《伐檀》《碩鼠》《十畝之間》，今本皆屬《魏風》，唯次序稍異而少《葛屨》（在《魏》）；《庸（鄘）》九篇，依次包括《柏舟》《牆有茨》《君子偕老》《桑中》《鶉之奔奔》《定之方中》《蝃蝀》《相鼠》《干旄》，較今本少《載馳》；《魏》十篇，依次爲《葛屨》（今本屬《魏風》）《蟋蟀》《揚之水》《山有樞》《椒聊》《綢繆》《有杕之杜》《羔裘》《無衣》《鴇羽》，除《葛屨》今本屬《魏風》外，其餘全在今本《唐風》，因而此篇應作《唐風》。

觀其所存六風，其所謂"㑣"，似宜當作"魏"，或是字誤。而其所謂"魏"，又當作"唐"。如此，則與今本基本相同。可見其次序本爲《周南》《召南》《秦風》《魏風》《鄘風》《唐風》。較傳世本十五國風順序，《秦風》在前最爲突出，《鄘風》在後亦較明顯。審其原由，或是傳抄者所在距秦魏近的緣故。

九、《詩經》的内容及價值

"詩"本義，已決定了其多爲抒情詩。另外還有敘事、諷喻、頌贊等詩，也無不在言志的範圍之内。而其内容，則涉及生產生活、兵役戰爭、社會政治、祭祀歌舞、狩獵飲宴、歷史民俗、婚姻愛情、人物動物、農藝莊稼，等等，確實可以說是一部反映周代社會的百科全書。既對研究周代社會與文化有非常重要的意義，同時也具有極高的文學價值。尤其是詩的思想都比較健康，能使人從中得到教益。所以孔子說："《詩》三百，一言以蔽之，曰'思無邪'。"另外，《詩》的史料價值，多被前人所忽略，這無疑與以往之說《詩》者多爲文學家有關。如果從歷史學的角度去觀察，就可以發現大量被前人所忽略或尚未被發現的重要史料。至於真正與儒家思想有關的的東西,實際並不是很多。應該說,後世儒家思想,部分是在《詩經》基礎上所提煉出來的。

那麼學《詩》有什麼用?其價值又何在?我們知道,孔子曾語重心長地對其兒子孔鯉說:"不學《詩》,無以言也。"(《論語·泰伯》)可見他首先看重的是《詩》的文學藝術價值,即用詩來豐富自己的語言、提高語言技巧,這無疑只是當時學《詩》的主要用處。

孔子又曾對其弟子們說:"小子何莫學夫《詩》?《詩》可以興,可以觀,可以群,可以怨。邇之事父,遠之事君,多識於鳥獸草木之名。"(《陽貨》)全面闡述了學《詩》的作用。所謂"興",謂起興,就是引出話題;所謂"觀",是指觀風俗、觀世事、觀歷史;所謂"群",謂與人群處,使人合群;所謂"怨",指使人抒發悲怨;"邇之事父,遠之事君",是說近可以使人知道孝敬父母,遠可以使人知道如何事君為臣,學會做人;"多識於鳥獸草木之名",就是說可以豐富人的知識,因為《詩》中有大量鳥獸草木的名稱。正因為這樣,孔子把《詩》作為主要教材教弟子。

當然,今人學《詩》,首先還應該是從歷史和文化的角度去認識。比如從《周頌·賚》篇,我們可以看到當年周武王伐商前的勵志;從《酌(勺)》篇,可以看到當年周成王勺取即褫奪周公兵權的情形,等等,這些都是重要的歷史消息。所以,本書之于原詩,著力揭示其本義,以求客觀地反映原詩的歷史文化信息。

另外,大量見於《左傳》等早期文獻對《詩》句的引用,反映了古人"賦詩斷章,取其所求"的用《詩》活動,對於今人無疑也是一種啟發。

十、關於《詩經》校勘

《詩經》校勘,前人固然已經做了不少工作,如《十三經注疏》之《毛詩正義》之校勘記等,但所校基本上都屬於《毛詩》

系列，涉及今文三家者幾乎沒有。而事實上今文三家雖皆已遺，但自宋代開始就有人輯佚。清代陳壽祺、陳喬樅父子所撰《今文三家遺説考》，已漸成規模。迄王先謙（1842—1917）《詩今文三家義集疏》，終告完備。今觀兩家之書，可知今文三家異文頗多。有意思的是，今文三家異文往往多用本字，而《毛詩》反而較少，可見今文三家原詩，並非沒有淵源。所以，以今文三家校《毛詩》，更容易發現詩之本義。另外《史記》《漢書》《春秋繁露》乃至《經典釋文》等漢代及以後文獻所引，亦時有異文。合以校勘，無疑對恢復《詩經》原貌會有較大幫助。而近年所發現的、安徽大學漢字發展與應用研究中心編，黃德寬、徐在國二先生主編的《安徽大學藏戰國竹簡一》所收《詩經》（簡稱"安大簡"），也有重要的校勘價值。安大簡詩句異文確實較多，與傳世本存在較大不同，特別需要分析對校，這是不言而喻的。而且事實上，安大簡部分詩句的異文確有價值。比如《關雎》篇，傳世本"窈窕淑女"句，安大簡作"要（腰）翟（嬥）淑女"，顯然要比傳世本合理（參該篇解）。當然，其中大部分異文屬於通假或誤字，也是應該知道的。總之，綜合這些版本及材料進行彙校與評説，對恢復《詩經》原文以及正確理解原詩均具有重要意義。

目 錄

前言 1
凡例 1

國風 1

周南 3
關雎 3
葛覃 5
卷（菤）耳 8
樛木 10
螽斯 12
桃夭 14
兔罝（罝）.. 15
芣苢 17
漢廣 19
汝墳 21
麟之趾 23

召南 25
鵲巢 25
采蘩 26
草蟲 28
采蘋 30

甘棠	31
行露	33
羔羊	35
殷其雷	37
摽有梅	38
小星	40
江有汜	42
野有死麕	43
何彼襛矣	45
騶虞	47

邶風 … 49

柏舟	49
綠衣	52
燕燕	53
日月	55
終風	57
擊鼓	58
凱風	60
雄雉	62
匏有苦葉	63
谷風	65
式（實）微	69
旄丘	70
簡兮	72
泉水	74
北門	76

北風 ·· 78

　　静（婧）女 ································· 79

　　新臺 ·· 81

　　二子乘舟 ····································· 82

鄘風 ··· 85

　　柏舟 ·· 85

　　牆有茨 ······································· 86

　　君子偕老 ····································· 88

　　桑中 ·· 91

　　鶉之奔奔 ····································· 92

　　定之方中 ····································· 94

　　蝃蝀 ·· 96

　　相鼠 ·· 98

　　干旄 ·· 99

　　載馳 ··· 100

衛風 ·· 104

　　淇奧 ··· 104

　　考槃 ··· 106

　　碩人 ··· 108

　　氓 ·· 111

　　竹竿 ··· 114

　　芄蘭 ··· 116

　　河廣 ··· 117

　　伯兮 ··· 118

　　有狐 ··· 120

　　木瓜 ··· 121

王風	124
黍離	124
君子于役	125
君子陽陽	127
揚之水	128
中谷有蓷	129
兔爰（緩）	130
葛藟	132
采葛	133
大車	134
丘中有麻	135
鄭風	138
緇衣	138
將仲子	139
叔于田	140
大叔于田	142
清人	144
羔裘	146
遵大路	147
女曰雞鳴	148
有女同車	150
山有扶蘇	151
蘀兮	153
狡童	154
褰裳	155
丰	156

東門之墠 ································· 157

　　風雨 ···································· 159

　　子衿 ···································· 160

　　揚之水 ·································· 161

　　出其東門 ································ 162

　　野有蔓草 ································ 164

　　溱洧 ···································· 165

齊風 ······································ 168

　　雞鳴 ···································· 168

　　還 ······································ 169

　　著 ······································ 171

　　東方之日 ································ 172

　　東方未明 ································ 173

　　南山 ···································· 175

　　甫田 ···································· 177

　　盧（獹）令（獜） ······················· 178

　　敝笱 ···································· 179

　　載驅 ···································· 181

　　猗嗟 ···································· 182

魏風 ······································ 185

　　葛屨 ···································· 185

　　汾沮洳 ·································· 186

　　園有桃 ·································· 188

　　陟岵 ···································· 190

　　十畝之間 ································ 192

　　伐檀 ···································· 193

碩（鼫）鼠 …… 196
唐風 …… 199
　蟋蟀 …… 199
　山有樞 …… 201
　揚之水 …… 203
　椒聊 …… 205
　綢繆 …… 206
　杕杜 …… 208
　羔裘 …… 209
　鴇羽 …… 211
　無衣 …… 212
　有杕之杜 …… 213
　葛生 …… 215
　采苓 …… 216
秦風 …… 218
　車鄰（轔） …… 218
　駟驖 …… 219
　小戎 …… 221
　蒹葭 …… 225
　終南 …… 227
　黃鳥 …… 228
　晨風 …… 231
　無衣 …… 233
　渭陽 …… 234
　權輿 …… 236

陳風 …… 238

- 宛丘 …… 238
- 東門之枌 …… 239
- 衡門 …… 241
- 東門之池 …… 242
- 東門之楊 …… 243
- 墓門 …… 244
- 防（枋）有鵲巢 …… 246
- 月出 …… 247
- 株林 …… 248
- 澤陂 …… 250

檜風 …… 252

- 羔裘 …… 252
- 素冠 …… 253
- 隰有萇楚 …… 254
- 匪（彼）風 …… 255

曹風 …… 258

- 蜉蝣 …… 258
- 候人 …… 259
- 鳲鳩 …… 261
- 下泉 …… 263

豳風 …… 265

- 七月 …… 265
- 鴟鴞 …… 271
- 東山 …… 273
- 破斧 …… 276

伐柯 277

九罭 278

狼跋 280

小雅 283

鹿鳴之什 285

鹿鳴 285

四牡 287

皇皇者華 289

常（棠）棣 291

伐木 293

天保 296

采薇 298

出車 301

杕杜 303

魚麗 306

南陔（佚） 307

白華（佚） 307

華黍（佚） 307

南有嘉魚之什 308

南有嘉魚 308

南山有臺 309

由庚（佚） 311

崇丘（佚） 311

由儀（佚） 311

蓼蕭 312

　　湛露 313

　　彤弓 315

　　菁菁者莪 316

　　六月 317

　　采芑 320

　　車攻 323

　　吉日 326

鴻雁之什 328

　　鴻雁 328

　　庭燎 329

　　沔水 331

　　鶴鳴 332

　　祈（圻）父 334

　　白駒 335

　　黃鳥 337

　　我行其野 338

　　斯干（澗） 339

　　無羊 343

節（巀）南山之什 345

　　節（巀）南山 345

　　正月 348

　　十月之交 353

　　雨無正（止） 356

　　小旻 360

　　小宛 362

小弁 ……………………………… 365

　　巧言 ……………………………… 368

　　何人斯 …………………………… 370

　　巷伯 ……………………………… 373

谷風之什 …………………………… 376

　　谷風 ……………………………… 376

　　蓼莪 ……………………………… 377

　　大東 ……………………………… 379

　　四月 ……………………………… 383

　　北山 ……………………………… 385

　　無將大車 ………………………… 387

　　小明 ……………………………… 389

　　鼓鐘 ……………………………… 391

　　楚茨 ……………………………… 393

　　信（伸）南山 …………………… 396

甫田之什 …………………………… 400

　　甫田 ……………………………… 400

　　大田 ……………………………… 402

　　瞻彼洛矣 ………………………… 404

　　裳裳（棠棠）者華（芌） ……… 406

　　桑扈 ……………………………… 408

　　鴛鴦 ……………………………… 409

　　頍弁 ……………………………… 410

　　車舝 ……………………………… 412

　　青蠅 ……………………………… 415

　　賓之初筵 ………………………… 416

魚藻之什 ········· 420
　魚藻 ········· 420
　采菽 ········· 421
　角弓 ········· 424
　菀柳 ········· 426
　都人士 ········· 427
　采綠 ········· 430
　黍苗 ········· 431
　隰桑 ········· 432
　白華 ········· 433
　綿蠻 ········· 436
　瓠葉 ········· 437
　漸漸（嶄嶄）之石 ········· 438
　苕之華 ········· 440
　何草不黃 ········· 441

大雅 ········· 443
文王之什 ········· 445
　文王 ········· 445
　大明 ········· 449
　綿 ········· 452
　棫樸 ········· 456
　旱麓 ········· 458
　思（偲）齊 ········· 460
　皇矣 ········· 462

靈臺⋯⋯⋯⋯⋯⋯⋯⋯⋯⋯⋯⋯⋯⋯⋯⋯ 466

下武⋯⋯⋯⋯⋯⋯⋯⋯⋯⋯⋯⋯⋯⋯⋯⋯ 468

文王有聲⋯⋯⋯⋯⋯⋯⋯⋯⋯⋯⋯⋯⋯⋯ 470

生民之什⋯⋯⋯⋯⋯⋯⋯⋯⋯⋯⋯⋯⋯⋯⋯⋯ 474

生民⋯⋯⋯⋯⋯⋯⋯⋯⋯⋯⋯⋯⋯⋯⋯⋯ 474

行葦⋯⋯⋯⋯⋯⋯⋯⋯⋯⋯⋯⋯⋯⋯⋯⋯ 478

既醉⋯⋯⋯⋯⋯⋯⋯⋯⋯⋯⋯⋯⋯⋯⋯⋯ 480

鳧鷖⋯⋯⋯⋯⋯⋯⋯⋯⋯⋯⋯⋯⋯⋯⋯⋯ 482

假（嘉）樂⋯⋯⋯⋯⋯⋯⋯⋯⋯⋯⋯⋯⋯ 484

公劉⋯⋯⋯⋯⋯⋯⋯⋯⋯⋯⋯⋯⋯⋯⋯⋯ 486

泂（迥）酌⋯⋯⋯⋯⋯⋯⋯⋯⋯⋯⋯⋯⋯ 490

卷阿⋯⋯⋯⋯⋯⋯⋯⋯⋯⋯⋯⋯⋯⋯⋯⋯ 491

民勞⋯⋯⋯⋯⋯⋯⋯⋯⋯⋯⋯⋯⋯⋯⋯⋯ 494

板⋯⋯⋯⋯⋯⋯⋯⋯⋯⋯⋯⋯⋯⋯⋯⋯⋯ 497

蕩⋯⋯⋯⋯⋯⋯⋯⋯⋯⋯⋯⋯⋯⋯⋯⋯⋯ 501

抑⋯⋯⋯⋯⋯⋯⋯⋯⋯⋯⋯⋯⋯⋯⋯⋯⋯ 504

桑柔⋯⋯⋯⋯⋯⋯⋯⋯⋯⋯⋯⋯⋯⋯⋯⋯ 510

雲漢⋯⋯⋯⋯⋯⋯⋯⋯⋯⋯⋯⋯⋯⋯⋯⋯ 515

崧高⋯⋯⋯⋯⋯⋯⋯⋯⋯⋯⋯⋯⋯⋯⋯⋯ 519

烝（衆）民⋯⋯⋯⋯⋯⋯⋯⋯⋯⋯⋯⋯⋯ 522

韓奕⋯⋯⋯⋯⋯⋯⋯⋯⋯⋯⋯⋯⋯⋯⋯⋯ 525

江漢⋯⋯⋯⋯⋯⋯⋯⋯⋯⋯⋯⋯⋯⋯⋯⋯ 529

常武⋯⋯⋯⋯⋯⋯⋯⋯⋯⋯⋯⋯⋯⋯⋯⋯ 531

瞻卬（仰）⋯⋯⋯⋯⋯⋯⋯⋯⋯⋯⋯⋯⋯ 534

召旻⋯⋯⋯⋯⋯⋯⋯⋯⋯⋯⋯⋯⋯⋯⋯⋯ 537

周頌 ·· 541

清廟之什 ·· 543

清廟 ·· 543

維天之命 ·· 544

維清 ·· 546

烈文 ·· 547

天作 ·· 548

昊天有成命 ·· 549

我將 ·· 550

時（此）邁（萬） ···························· 552

執競 ·· 553

思文 ·· 555

臣工之什 ·· 557

臣工 ·· 557

噫嘻 ·· 558

振鷺 ·· 559

豐年 ·· 561

有瞽 ·· 562

潛 ·· 563

雝 ·· 564

載見 ·· 566

有客 ·· 567

武 ·· 569

閔予小子之什 ······································ 571

閔（憫）予小子 ································ 571

訪落 …………………………………………… 572

　　敬之 …………………………………………… 574

　　小毖 …………………………………………… 575

　　載芟 …………………………………………… 576

　　良耜 …………………………………………… 579

　　絲衣 …………………………………………… 581

　　酌（勺） ……………………………………… 582

　　桓 ……………………………………………… 584

　　賚 ……………………………………………… 585

　　般 ……………………………………………… 586

魯頌 ……………………………………………… 589

　駉之什 …………………………………………… 591

　　駉（駫） ……………………………………… 591

　　有駜 …………………………………………… 593

　　泮水 …………………………………………… 594

　　閟宮 …………………………………………… 597

商頌 ……………………………………………… 603

　　那（挪） ……………………………………… 605

　　烈祖 …………………………………………… 607

　　玄鳥 …………………………………………… 609

　　長發 …………………………………………… 611

　　殷武 …………………………………………… 614

後記 ……………………………………………… 617

凡　　例

　　一、本編旨在最大限度地恢復《詩經》舊文原貌，發掘原詩本義，故而先作彙校，再作注釋與訓譯，並提示其意境與畫面。原篇名借字後均注明本字，俾使一目了然。

　　二、本編所謂"彙校"，除《毛詩》各主要版本如唐石經、《十三經注疏》本外，主要彙所謂"今文"即《齊詩》《魯詩》《韓詩》三家，以及出土文獻上博簡、清華簡、安大簡之相關篇章而校。異體字、古體字慣用者在首次出現時出校，後注"下同"或"後全同"。

　　三、上博簡《詩論》釋文，據黃懷信《上海博物館藏戰國楚竹書〈詩論〉解義》（社會科學文獻出版社 2004 年 8 月版）。清華簡相關篇章，據李學勤主編《清華大學藏戰國竹簡（壹）》（中西書局 2010 年版）。安大簡相關篇章，據安徽大學漢字發展與應用研究中心所編，黃德寬、徐在國主編（中西書局 2019 年 8 月版）本釋文（偶有未從者）。

　　四、每詩篇首先設〔提要〕，以提示該詩大意或性質，並附說《毛詩序》、今文三家說，分據王先謙《詩三家義集疏》，清代陳壽祺、陳喬樅父子所撰《三家詩遺說考》。

　　五、〔提要〕之下爲原詩，原詩及《毛詩序》皆以《景刊唐開成石經》本爲底本，底本明顯之訛誤皆據彙校予作改正並出校記；異文一般不改，僅出校記說明；唐石經字殘損者，據《十三經注疏》本補全。

　　六、詩文分章，多從舊說，亦偶有重作劃分者；詩文斷句標點，一從詩本義，多有異於前人各家者。

　　七、原詩之下爲〔彙校〕，主要彙列底本唐石經、《十三經注疏》本及今文三家、諸出土本、早期文獻所徵引之異文等，並作簡明評判。校記凡言"本字"者，皆從後世角度言之；凡言"亦借字"者，"亦"含所出之字；不言"亦"者，意所出字爲本字；言"皆借字"者，"皆"所舉諸字，不含所出字。另有雖無版本依據而仍懷疑其字誤者，亦出校記而言其"疑"。

八、原詩中凡有校之字下加着重號；原詩用借字而今文三家及安大簡用本字者，在借字後括號内注明本字；原詩之特别借字、誤字、古字，則直接在該字後括弧内注明本字、正字、常用字或今字，以助閲讀。

九、〔彙校〕之下爲〔注釋〕，注釋以原詩之章（或句）爲單位，分别注釋其中疑難詞語，並偶作必要的考證。

十、〔注釋〕之下爲〔訓譯〕，是將原詩順譯爲現代語體。譯文因詩而異，風格不求統一，或直譯、或意譯，重在達意，亦不強求押韻（因古今音變及詞義變遷）。

十一、〔訓譯〕之下爲〔意境與畫面〕，意在補充譯文之不足，以幫助讀者更好地理解原詩或領會詩意。意境與畫面因詩而異，或言意境、或描畫面，有必要則詳、無必要則簡，風格不求劃一。

十二、〔引用〕主要附《左傳》《國語》等早期文獻對原詩之徵引，既以見古人之用詩，亦以啓發今人之用詩。

國風

周南

關　雎

〔提要〕這首詩描寫一個小伙子愛上村裏一户人家的姑娘，因常見不著而形成單相思，一心要與她爲伴，娶她爲妻的故事，反映主人公對愛情的執著與專一。篇名取自首句後兩字。上博簡《詩論》引孔子曰："《關雎》樂而不淫，哀而不傷。"其説甚是。《毛詩序》曰："《關雎》，后妃之德也，風之始也，所以風天下而正夫婦也。故用之鄉人焉，用之邦國焉。"所謂"后妃之德"，蓋從"窈窕淑女"句出，屬於用詩，非詩本義。今文三家謂之"刺詩"，是漢代人對此詩的應用。故清人馬國翰謂"詠《關雎》，説淑女，正容儀，亦刺時"也。

關關雎鳩，在河之洲（州）。窈窕（腰嬲）淑女，君子好逑（仇）。①

參（梣）差荇菜，左右流（搜）之。窈窕（腰嬲）淑女，寤寐求之。②

求之不得，寤寐思服。悠哉悠哉，輾轉反側。③

參差荇菜，左右采之。窈窕（腰嬲）淑女，琴瑟友之。④

參差荇菜，左右芼（覒）之。窈窕（腰嬲）淑女，鐘鼓樂之。⑤

——《關雎》五章，章四句。舊言三章，一章四句、二章章八句。

〔彙校〕
　　按：安大簡有此篇，章、句同。
　　河之洲，今文三家、安大簡並作"州"，本字。
　　窈窕，今文三家同；安大簡作"要翟"，釋文讀爲"腰嬥"，甚是。
　　好逑，《魯詩》及《禮記·緇衣》《爾雅·釋詁》《漢書·匡衡傳》並引作"仇（音求）"，安大簡作"戟"，"仇"字異體，皆本字。
　　參差，今文三家作"槮"，本字。
　　荇菜，今文三家作"莕"，誤；《爾雅》《釋文》"荇"作"莕"，義同。
　　寤寐，安大簡作"寢"，義同。毛傳："寐，寢也。"
　　輾轉，今文三家作"展"，古今字。
　　友之，安大簡作"有"，借字。
　　芼之，《韓詩》《玉篇》作"覒"，本字。安大簡作"教"，疑誤。
　　鐘鼓，《韓詩》作"鼓鐘"，非，易誤解。

〔注釋〕
　　①關，象聲詞，猶呱、嘎。關關，雌雄和鳴聲。雎鳩，一種鳩類水禽，具體世說不一，今當地人亦不能明，唯其各有固定配偶，常雌雄相伴，則無疑問。洲，《說文》作"州"，水中可居之地。窈窕，借爲"要（腰）嬥"，音同。《說文》："嬥，直好貌。一曰嬈也。"《廣雅》："嬈，弱也。"《廣韻》引《聲類》："嬥，細腰貌。"腰嬥，謂腰身細弱，今所謂苗條是也。淑，《說文》："清湛也。"今所謂清純。女，女子、姑娘。君子，謂有修養、有地位的男子，這裏是詩中男子對自己的定位、自稱。好，如字讀，舊或讀去聲，非。逑，借爲"仇"（音求），義爲對象、配偶。
　　②參，音層，平聲，借爲"槮"，《說文》："木長貌。"差，音疵，次也。"參（槮）差"爲連綿詞，形容長短不齊。荇，音幸。荇菜，一種水草，可食。左右，謂兩隻手同時。流，借爲"摎"，古音同，謂滿把抓取。《說文》："摎，曳聚也。"寤，睡醒；寐，睡著。
　　③服，語助詞。悠哉，悠遠、長久的樣子。輾轉，來回轉。反側，謂翻身。
　　④采，用手指采摘。琴、瑟，兩種樂器，合奏可相得益彰，聲音更加美妙，故而常不分離。琴瑟友之，言像琴與瑟一般相好，永不分離。
　　⑤芼，音冒，借爲"覒"，《說文》："擇也。"即選擇、挑選。鐘

鼓，喜慶之樂。樂之，"樂"如字讀，謂使之喜樂。

〔訓譯〕
關關兩雎鳩，在河小洲上；苗條清純女，君子好對象。
參差小荇菜，左右搜取它；苗條清純女，日夜尋求她。
求她不能得，日夜想著她；想得太悠遠，輾轉不能眠。
參差小荇菜，左右采摘它；苗條清純女，永遠不分離。
參差小荇菜，左右選擇它；苗條清純女，鐘鼓娛樂她。

〔意境與畫面〕
一天，一個貴族青年去村裏一戶人家，看到院子裏一個身材苗條的漂亮姑娘，馬上被她吸引，回家後日思夜想，以致失眠。
一章：青年看到河心小島上一對廝守著的雎鳩，聽到它們歡快的叫聲，即景生情，想到自己心儀的苗條淑女，就是將與自己一生廝守的佳偶。
二章：青年心想：參差不齊的荇菜，必須左右搜取，否則就會被別人采走。所以我一定要快點下手，不能失去。
三章：由於未能找到意中佳偶，所以青年又轉而爲想。白天想，晚上也想，想得十分悠遠，以致失眠。由於失眠，而愈加想得悠遠。以下四、五兩章，便爲所想的內容。
四章：青年心想：荇菜稀少的時候，要左一朵右一朵地采來。院裏的淑女，就像那稀少的荇菜，我一定要把她采來，娶她爲妻，與她琴瑟友之，白頭偕老。
五章：青年心想：荇菜不管長在哪裏，我也要左右下手找到它；院裏的淑女不管躲在哪裏，我也要把她娶來，與她不棄不離，使她快樂幸福。

葛覃

〔提要〕這是一位嫁到公室的女子，在其即將歸寧父母、換洗衣服之時所唱的歌。歌詞之中，充滿著對生活的熱愛，又抑制不住歸寧前的激動和喜悅。娘家，是她的初生之地；父母，是她的根本所在。她雖然沒有厭倦夫家的生活，但仍然不忘急切地回娘家看望父母，説明她懷有強烈的敬本思想，所以上博簡《詩論》孔子謂其有"祇（敬）初之志"。篇名取首句二實字。《毛詩序》曰："《葛覃》，后妃之本也。后妃在父母家，則志在于女功之事。躬儉節用，服浣濯之衣，尊敬師傅，則可以歸安父母，化天下以婦道也。"意思比較接近。詩中的女主人，確當是一位後宫之女，因爲詩中有師氏。《魯詩》曰："《葛覃》，恐其失時。"蓋從第三章二"薄（迫）"字説。

葛之覃（藤）兮，施（延）于中谷，維葉萋萋。黄鳥于飛，集于灌（樌）木，其鳴喈喈。①
葛之覃（藤）兮，施（延）于中谷，維葉莫莫。是刈是濩（獲），爲絺爲綌，服之無斁。②
言告師氏，言告言歸。薄（迫）汙我私（厶），薄（迫）澣我衣。害澣害否（汙）？歸寧父母。③

——《葛覃》三章，章六句。

〔彙校〕
按：安大簡有此篇，章、句同。
覃兮，安大簡作"可"，讀爲"呵"。後皆同。
施于，《韓詩》作"延"，本字，古音同。
中谷，安大簡作"浴"，借字。
維葉，《韓詩》作"惟"，義同。安大簡作"佳"，借字。後皆同。
灌木，安大簡作"雚"，亦借字；《魯詩》《爾雅》作"樌"，本字。
其鳴，安大簡作"亓"。後皆同。
是濩，《韓詩》作"鑊"，亦借字；安大簡作"獲"，本字。
服之，安大簡作"備"，借字，古音同。
無斁，《魯詩》作"射"、安大簡作"罩"，皆借字。
言告，安大簡作"訔"，借字。
師氏，安大簡作"帀"，省借字。
薄（迫）汙，安大簡"薄"作"尃"，省借字。下同；"汙"作"穢"，涉前誤。

我私，安大簡作"厶"，本字。《韓非子》所謂："古者蒼頡之作書也，自環者謂之厶。"

薄（迫）澣，安大簡作"灌"，借字。

害澣，安大簡亦作"灌"，涉上誤。

害否，據意當同上句作"汙"，或以音誤，或是後人誤改。

〔注釋〕

① 葛，一種植物，藤皮經過加工可以織布。覃，音譚，借爲"藤"，音相轉。施，音夷，借爲"延"，延伸，亦音轉。中谷，即谷中，山谷之中。維，做詞頭。萋萋，形容碧緑茂盛。黃鳥，黃鸝。于，助動詞，在。喈喈，音皆皆，象聲詞，猶唧唧。

② 莫莫，猶莽莽，形容茂密。是，代詞，猶此、之，賓語前置的標誌。是刈是濩，猶言刈之濩之。刈，割也。濩，借爲"穫"，穫取。爲，做、織也。絺，音吃，細葛布。綌，音隙，粗葛布。服，穿也。斁，音譯，借爲"厭"，滿足。

③ 言告，猶報告、請假。師氏，官名，主管教導王公子弟。《周禮·地官司徒·師氏》："掌以三德教國子……凡國之貴遊子弟學焉。"有師氏，知此婦人爲后妃之類。歸，據後文"歸寧父母"，知爲回娘家。薄，借爲"迫"，急促、急忙。汙，音污，去污、清洗。私，借爲"厶"，指內衣。澣，同"浣"，洗也。衣，外衣。害，讀爲"何"。寧，問安。

〔訓譯〕

葛條藤啊，伸到了山谷中，葉子碧萋萋。黃鳥飛啊，落在了灌木上，叫聲啾唧唧。

葛條藤啊，伸到了山谷中，葉子茂密密。割取回來啊，再織成布，穿上美滋滋。

報告管家啊，說要回娘家。趕緊洗內衣，趕緊換外衣。爲什麼洗啊，爲什麼換？因爲要回家看父母。

〔意境與畫面〕

山谷之中，長滿了葛藤，葉子碧緑，十分茂盛。黃鸝鳥上下翻飛，不時落在灌木叢中，唧唧鳴叫。

一位少婦，把割回來的葛藤加工扯皮，又紡綫織布，再做成衣裳，高興地穿到身上。

一天，她去向管家請假，説要回娘家省親。獲准後她趕緊換洗衣服，期待著快點回到父母身邊。

卷（菤） 耳

〔提要〕這是一首夫婦對唱的歌，首章爲妻子所唱，表達對丈夫的思念與怨恨；後三章爲丈夫所唱，表達對妻子的思念，解釋其之所以遲歸的原因，責怪妻子不理解他，所以上博簡《詩論》稱其"不知人"。《毛詩序》曰："《卷耳》，后妃之志也。又當輔佐君子，求賢審官，知臣下之勤勞，内有進賢之志，而無險詖私謁之心，朝夕思念，至於憂勤也。"完全是當時的政治説教，幾與詩本義無關。《魯詩》曰："思古君子官賢人，置之列位也。"亦非。

采采卷（菤）耳，不盈頃筐。嗟我懷人，寘（置）彼周行。①

陟彼崔嵬，我馬虺隤（瘣）。我姑酌彼金罍，維以不永懷。②

陟彼高岡，我馬玄黃。我姑酌彼兕觥，維以不永傷（殤）。③

陟彼砠（岨）矣，我馬瘏矣。我僕痡矣，云何吁矣？④

——《卷耳》四章，章四句。

〔彙校〕

　　按：安大簡有此篇，二、三兩章倒，非。

　　采采，安大簡作"菜菜"，借字。

　　卷耳，《魯詩》或作"菤"，《爾雅》同，當是本字。安大簡作蠿，或與"菤"同。

嗟我，安大簡作"差"，省借字。

寘彼，安大簡"寘"作"實"、"彼"作"皮"，皆借字。後諸"彼"皆同。

虺隤，今文三家皆作"瘣穨"，本字；安大簡"隤"作"遺"，亦借字。

我姑，安大簡作"古"，省借字；今文三家皆作"夃（沽）"，當是本字。

酌彼，安大簡作"勺"，省借字。下同。

不永懷，安大簡無"不"字，非。下同。

高岡，安大簡作"阬"，音義同。

兕觥，安大簡作"衡"，音轉誤字。

砠矣，《魯詩》同，安大簡作"沮"，皆借字；《齊詩》《韓詩》《說文》皆作"岨"，本字。

瘏矣，安大簡作"徒"，借字。

痡矣，安大簡作"夫"，借字。

云何，安大簡作"員可"，皆借字。

吁矣，《魯詩》作"盱"，借字；安大簡作"無"，誤。

〔注釋〕

① 采采，采了又采、不停地采。卷耳，即菤耳，野菜名。盈，滿也。頃，同"傾"。傾筐，斜口的筐。嗟，《說文》從"言"，訓"咨也"。又《詩·猗嗟》傳："嗟，是口之喑咀。"這裏指口中悄悄地罵、怨。我，妻子自謂。懷人，心中的人、所思念的人，指丈夫。寘，同"置"，放也。周行，大道。

② 陟，登上。崔嵬，小山巔。我，丈夫自謂。虺隤，借爲"瘣穨"，足病、腿跛。姑，借爲"夃（沽）"，音同，今通作"姑"，姑且。酌，舀酒。金，指青銅。罍，盛酒的容器。維，句首語氣詞，表示希望。永，長也。懷，懷念、思念。

③ 陟，登上。玄黃，指馬的毛色黯淡，失去光澤，故《爾雅》曰："玄黃，病也。"《小雅·何草不黃》云"何草不黃""何草不玄"，即謂草枯萎。兕觥，兕牛角做成的酒杯。傷，本字作"慯"，今通作"傷"，悲傷。

④ 砠，音居，借爲"岨"，山頂有土（所謂戴土）的石山。瘏，音

圖，病名。痡，音撲，疲勞不能行。云，說話。何，爲何。吁，《尚書·堯典》"帝曰吁"傳曰："疑怪之辭。"此謂怪罪。

〔訓譯〕
　　采那蒼耳菜，不滿一小筐。罵我心上人，放在大路上。（妻）
　　登上山頂望，我馬腿跛了。姑且酌金罍，聊以不長想。（夫）
　　登上高崗望，我馬快病了。姑且斟角杯，聊以不長念。（夫）
　　登上石山了，我馬真病了。僕人走不動，爲何把我怨？（夫）

〔意境與畫面〕
　　一章：家鄉的野外，一位婦人正在采野菜。因爲她心不在焉，所以很久也沒有采滿一小筐。她心中想著出征在外的丈夫，恨他久出不歸，於是把菜籃子放在地邊的大路上，嗔罵於他。
　　二章：遙遠的外地，丈夫的馬腿跛了，不能快走。丈夫歸心似箭，登上山頂遙望家鄉。無奈，只好自酌金罍，聊以消除對妻子的長久想念。
　　三章：馬快病了，毛色玄黃，不能快行。丈夫急得登上山崗，遙望家鄉。無奈，只好繼續借酒自慰，聊以消除對妻子的長久思念。
　　四章：已經走過了最後的險阻，馬實在走不動了，僕人也累倒了，實在没法及時趕回去。丈夫心裏說：我都這樣了，你爲什麼還要怨我，真不理解人。

〔引用〕
　　《左傳·襄公十五年》亦曰："君子謂楚于是乎能官人。（略）《詩》云：'嗟我懷人，實彼周行。'能官人也。"用此詩。

樛　　木

〔提要〕這是一首表示不平的詩，抒發對靠榨取他人血汗而得福祿者的不滿，是對當時官場政治的一種批判，作者或是一位因受他人牽累而不能發達的人。《毛詩序》曰："《樛木》，后妃逮下也。言能逮下而無嫉妒之心焉。"是把這種不平看成了嫉妒，反失詩意。上博簡《詩論》一章曰："《樛木》之時……曷？曰：《樛木》福斯在君子，不［亦有時乎？］《樛木》之時，則有其祿也。"可見在《詩論》作者看來，《樛木》中的"君子"得福禄，完全是靠時運，説明時運對人非常重要，所以他歸納出一個"時"字。《文選·幽通賦》李善注引曹大家曰："《詩》曰：'南有樛木，葛藟累之。樂只君子，福履綏之。'此是安樂之象也。"王先謙以爲用齊説，亦只見後二句之義。

南有樛木，葛藟累之。樂只君子，福履（禄）綏之！①

南有樛木，葛藟荒之。樂只君子，福履（禄）將之！②

南有樛木，葛藟縈之。樂只君子，福履（禄）成之！③

——《樛木》三章，章四句。

〔彙校〕

安大簡有此篇，章、句同。

南有，安大簡作"又"，借字。後皆同。

樛木，《韓詩》作"朻"，安大簡作"流"，皆借字。

樂只，安大簡作"也"，義同。

福履，安大簡作"禮"，借字。

荒之，安大簡作"豐"，義相反，非。

縈之，《韓詩》作"蘩"，異體字；安大簡作"楨"，借字。

〔注釋〕

① 樛，音究。樛木，枝幹下曲的樹。藟，藤也。累，謂連累、牽累。《尚書大傳》"大罪勿累"注："延累無辜曰累。"只，語氣詞。君子，指地位在上的人。履，借爲"禄"，下同。福禄，指俸禄。故上博簡《詩論》曰："《樛木》之時，則有其禄也。"綏，安也。

②荒，草荒苗之荒，指獵取其營養。舊釋"掩蓋"，不確。將，養也。
③縈，繞也。成，成就。

〔訓譯〕

南山有棵曲枝樹，葛藤牽累了它。快樂的君子啊，福祿安撫了他！

南山有棵曲枝樹，葛藤荒蕪了它。快樂的君子啊，福祿養活了他！

南山有棵曲枝沙，葛藤縈繞著它。快樂的君子啊，福祿成就了他！

〔意境與畫面〕

村南的山坡上，有一棵枝條向下彎曲的樹，上面纏滿了葛藤。葛藤牽累著它的枝條，使它不能向上生長，而且奪走它的營養，使它不能茁壯成長。

一位受人牽累、被人勒索的人，一輩子不能出人頭地，過著拮据的生活。而一位"君子"，卻無端地得到福祿，並因福祿而成功，過著無比快樂和富裕的生活，形成鮮明對照。

螽　　斯

〔提要〕這是一首祝人子孫衆多的詩，篇名取首句前二字。《毛詩序》曰："《螽斯》，后妃子孫衆多也。言若螽斯不妒忌，則子孫衆多也。"非詩本義，螽斯焉得知妒忌？《韓詩》以爲"詩言賢母使子孫賢也"，亦非。

螽斯（之）羽，詵詵（莘莘）兮。宜爾子孫，振振兮！①

螽斯（之）羽，薨薨（翃翃）兮。宜爾子孫，繩繩（蠅蠅）兮！②

螽斯（之）羽，揖揖（集集）兮。宜爾子孫，蟄蟄兮！③

——《螽斯》三章，章四句。

〔彙校〕

按：安大簡有此篇，二、三兩章倒。

螽斯，安大簡"螽"作"蠑"，疑是本字。《藝文類聚》卷一百引《春秋佐助期》"螽之爲言衆"，是其本有"衆"義。今文三家"斯"作"蟴"，後起字，蓋因"螽斯"而造。安大簡"斯"下復有"之"字，衍，不知"斯"猶"之"也。

詵詵，今文三家作"莘莘"，本字。安大簡作"選選"，亦借字。

振振，安大簡作"䈐"，以音誤。

薨薨，安大簡作"厷厷"，亦借字；《韓詩》作"翃翃"，本字。

繩繩，今文三家、《爾雅》字作"憴"，亦借字；安大簡作"䗯"，本字。

揖揖，今文三家作"集集"，本字；安大簡作"遈"，借爲"揖"。

蟄蟄，安大簡作"執"，省借字。

〔注釋〕

① 螽，音終，一種蝗蟲。斯，借爲"之"，古音同。後人誤以"螽斯"爲蟲名，故造"蟴"字。今昆蟲科有所謂螽斯，亦後起之説。羽，翅膀。詵，音深，借爲"莘"。詵詵（莘莘），衆多的樣子。蝗蟲飛時翅膀最爲明顯，故言羽。蝗蟲總是成群活動，故言"詵詵兮"。宜，該也。振振，群動、振動的樣子。

② 薨薨，音轟轟，借爲"翃翃"，群飛的樣子。繩繩，讀爲"蠅蠅"，亂動的樣子。

③ 揖揖，音"輯輯"，借爲"集集"，會聚的樣子。蝗蟲群飛落地會聚時也是翅膀鮮亮，所以仍言其羽。蟄蟄，音執執，團聚的樣子。

〔訓譯〕

蝗蟲的翅膀真是多，該你的子孫一大幫！

蝗蟲的翅膀聚一片，該你的子孫鬧嚷嚷！
蝗蟲的翅膀成群舞，該你的子孫圍一堆！

〔意境與畫面〕
主人家的孩子過滿月（或生日），一位來賓爲唱此歌，以表祝賀。

桃　夭

〔提要〕這是一首讚美未出嫁女子的詩，當出媒人之口。古人早婚，故以桃之夭夭做比喻。《毛詩序》曰："《桃夭》，后妃之所致也。不妒忌，則男女以正，婚姻以時，國無鰥民也。"非詩本義。《易林·否之隨》用《齊詩》説云："春桃生花，季女宜家。受福多年，男爲邦君。"王先謙以爲見其不爲民間嫁娶之詩，恐未必。

桃之夭夭（枖枖），灼灼其華。之子于歸，宜其室家。①

桃之夭夭（枖枖），有蕡（頒）其實。之子于歸，宜其家室。②

桃之夭夭（枖枖），其葉蓁蓁。之子于歸，宜其家人。③

——《桃夭》三章，章四句。

〔彙校〕
按：安大簡有此篇，章、句同。
夭夭，《魯詩》《韓詩》《説文》作"枖枖"，本字。
灼灼，安大簡作"邵邵"，借字，音相轉。
其華，安大簡作"芋"，楚文字蓋用同"華"。

之子，安大簡作"寺"，借字。
有蕡，安大簡作"又焚"，皆借字。
蓁蓁，安大簡作"萋萋"，義雖同而韻不合，當非。

〔注釋〕

① 桃，桃樹。之，語助詞。夭，借爲"杍"，《說文》："木少盛貌。"夭夭（杍杍），形容少盛、少壯的樣子。灼灼，鮮亮的樣子。華，木本植物的花。《爾雅》："木謂之華。"之，此。子，女子、姑娘。于，助動詞。歸，謂嫁到夫家。夫家是女子的歸宿，故出嫁曰歸。宜，適宜、合適。室家，即家室，倒文以諧韻。《左傳》："女有家，男有室。"

② 有，詞頭。蕡，音汾，借爲"頒"（亦音汾），大也。《魚藻》："有頒其首。"實，果實。家室，小家也。

③ 蓁蓁，茂盛的樣子。家人，全家之人。

〔訓譯〕

桃樹少壯，花朵鮮亮。此女嫁來，宜她丈夫。
桃樹少壯，桃子碩大。此女嫁來，宜她小家。
桃樹少壯，枝葉茂密。此女嫁來，宜她全家。

〔意境與畫面〕

一個媒婆，來到一個小伙子家，向其家長介紹一位身材肥碩的姑娘，如詩所云。

兔　　罝（柤）

〔提要〕這是一首歌頌和讚揚赳赳武夫保衛公侯的詩。公侯善於使用武夫，值得學習，所以《詩論》孔子說："《兔罝》其用人，則吾取。"《毛詩序》曰："《兔罝》，后妃之化也。《關雎》之化行，則莫不好德，賢人衆多也。"不知自何而言。《魯詩》曰："'肅肅兔罝，椓之丁丁'，言不怠於道也。"斷章而取義。《齊詩》曰："兔罝之容，不失恭敬。"略有意。

肅肅（縮縮）兔罝（罝），椓之丁丁。赳赳武夫，公侯干（閈）城。①

肅肅（縮縮）兔罝（罝），施于中逵（馗）。赳赳武夫，公侯好仇。②

肅肅（縮縮）兔罝（罝），施于中林。赳赳武夫，公侯腹心。③

——《兔罝》三章，章四句。

〔彙校〕

按：安大簡有此篇，章、句同。

兔罝，《釋文》作"菟"，云："一作'兔'。"按"菟"爲借字。

兔罝，舊音居，以詩義，本字當作"罝"，二字古同音。上博簡作"虘"、安大簡作"蔽"，皆借字。

椓之，安大簡作"敩"，借字。

丁丁，安大簡作"正正"，亦借字。

赳赳，安大簡作"糾糾"，又作"繆繆"，皆借字。

中逵，安大簡作"审"，異體字，後皆同；"逵"作"戠"，借字。《韓詩》"逵"作"馗"，義略同。《說文》："馗，九達道也。"

〔注釋〕

① 肅肅，借爲"縮縮"，音相轉，不伸的樣子，形容網眼細密。《集韻》："《春秋傳》：'楚人謂虎爲於菟，一曰兔也。'"按周南近楚地，故此"兔"當謂虎，是"於兔"之省，非兔子。《毛傳》如字釋，非是。罝，借爲"罝"，今音紮，木柵欄。椓，音桌，敲也，謂敲擊架設虎網之椿以釘入地中。丁丁，音爭爭，象聲詞。赳赳，威武雄壯的樣子。公侯，諸侯。干，借爲"閈"，音漢。干（閈）城，即城牆，防禦設施。

② 施，謂設。逵，四通八達的路。中逵，即逵中。仇，音求，伴侶。此用《關雎》"君子好逑（仇）"之典。

③ 中林，即林中。腹心，即心腹、親信。

〔訓譯〕
　　密密虎柵欄，牢牢釘地上。赳赳武夫們，公侯好護衛。
　　密密虎柵欄，設在路中央。赳赳武夫們，公侯好伴侶。
　　密密虎柵欄，設在樹林中。赳赳武夫們，公侯好心腹。

〔意境與畫面〕
　　一章：一邊是幾個民夫，正在用錘子往地上固定捕虎的柵欄，丁丁作響。另一邊是武夫們披甲戴盔，手持著矛戟和盾牌，雄赳赳地站立一排，嚴陣以待，捍衛著諸侯的城池。
　　二章：一邊是四通八達的大路中央，捕虎的柵欄機關大張，等待老虎到來。另一邊是全副武裝的武夫，雄赳赳地護衛在公侯身邊，嚴陣以待。
　　三章：一邊是樹林中央，捕虎的柵欄機關大張，等待老虎到來。另一邊是全副武裝的武夫，雄赳赳地護衛在戶外，公侯安臥在其中。
　　赳赳武夫被安排在各個角落，就像已經張開機關的虎柵欄釘在地上、設在大路中央、設在林子中間，使老虎無處可逃一樣，嚴密保衛著公侯的安全，使公侯高枕無憂，所以說他們像公侯的城牆，是公侯的伴侶、公侯的心腹。

〔引用〕
　　《左傳·成公十二年》來賓對子反曰："此公侯之所以捍城其民也，故《詩》曰：'赳赳武夫，公侯干城。'及其亂也……故《詩》曰：'赳赳武夫，公侯腹心。'"出此詩之一、三章。

芣　苢

　　〔提要〕這是一首描寫婦女們競相采集車前子的詩，反映其歡快的勞動場面。《毛詩序》曰："《芣苢》，后妃之美也。和平則婦人樂有子矣。"似以芣苢比子，非詩意。芣苢固多子，但詩所言只是有、掇、襭，且芣苢之籽數量太多，不可能比子。實則車前子有利尿滑胎作用，可用以助產，故采之。《韓詩序》以為"傷夫有惡疾也"，亦非。《魯詩》以為"宋人之女嫁蔡而夫有疾，其母將改嫁之，女不聽，乃作《芣苢》"，實則宋女亦只是用其詩而已。

　　采采芣苢，薄（迫）言（然）采之。采采芣苢，薄（迫）言（然）有之。①
　　采采芣苢，薄（迫）言（然）掇之。采采芣苢，薄（迫）言（然）捋之。②
　　采采芣苢，薄（迫）言（然）袺之。采采芣苢，薄（迫）言（然）襭之。③

——《芣苢》三章，章四句。

〔彙校〕
　　按：安大簡有此篇，章、句同。
　　采采，安大簡作"菜菜"，借字。下同。
　　芣苢，安大簡作"𦬊"，異體字；"苢"舊或作"苣"，安大簡作"㠯"，借字。下同。
　　薄言，安大簡作"尃"，皆借字。下同。
　　有之，安大簡作"又"，借字。
　　袺之，安大簡脫"袺"字。
　　襭之，《釋文》云："一本作'襭'。"安大簡作"帟"，借字。

〔注釋〕
　　①采采，采了又采。芣苢，音服以，一種草本植物，常生長在道路上，俗名車前，籽可入藥，名車前子，有利尿作用，亦可治難產，故采之。薄，借爲"迫"，急迫。言，用同"然"。薄（迫）言（然），形容急迫的樣子。有，擁有。
　　②掇，謂摘取其穗。捋，音囉，用滿把從穗子上捋取其籽。
　　③袺，音潔，手提住衣襟兜東西。襭，音諧，同"襭"，把衣襟別在腰間以兜東西。

〔訓譯〕

采芣苢，趕緊采；采芣苢，趕緊裝。
采芣苢，趕緊摘；采芣苢，趕緊捋。
采芣苢，趕緊撩；采芣苢，趕緊兜。

〔意境與畫面〕

一條土路上，長滿了芣苢（車前草），結了很多穗子，已經發黃成熟。一群婦女，正在忙著采集。她們有的摘穗，有的捋籽。采來的車前籽有的手提著衣襟兜，有的把衣襟別在腰帶上兜，大家手忙腳亂，唯恐被別人采完。

漢　廣

〔提要〕這是一個男子自知遊女不可得而唱的歌，表現出一種無奈，同時也體現了他的聰明。上博簡《詩論》曰："《漢廣》之智……曷？曰：[《漢廣》不求不]可得，不攻不可能，不亦智（知）恆乎？《漢廣》之智，則智（知）不可得也。"意思是：《漢廣》的智，怎麼講？答：《漢廣》中的男子不求不可得的女，不做不可能的事，這不是知道常理嗎？《漢廣》的智，就體現在他知道不可得。《韓詩》曰："《漢廣》，說（悅）人也。"近是。《毛詩序》曰："《漢廣》，德廣所及也。文王之道被于南國，美化行乎江漢之域，無思犯禮，求而不可得也。"與"德""禮"聯繫起來，已經完全政教化，與詩本義無關。

南有喬木，不可休息（思）。漢有遊女，不可求思。漢之廣矣，不可泳思。江之永矣，不可方（旁）思。①
翹翹錯薪，言刈其楚。之子于歸，言秣其馬。漢之廣矣，不可泳思。江之永矣，不可方思。②

翹翹錯薪，言刈其蔞。之子于歸。言秣其駒。漢之廣矣，不可泳思。江之永矣，不可方思。③

——《漢廣》三章，章八句。

〔彙校〕

按：安大簡有此篇，篇、章同。

南有，安大簡作"又"，借字。下同。

休息，《韓詩》、安大簡作"思"，與下協，當是本字。

漢有，安大簡作"灘"，借字。下同。

遊女，安大簡同"游"，本字，今通作"游"。

泳思，《魯詩》、安大簡作"羕"，《韓詩》作"漾"，皆借字。下同。

方思，《魯詩》作"舫"，亦借字。

翹翹，安大簡作"橈橈"，借字。《説文》："橈，曲木也。"下同。

錯薪，安大簡作"楚新"，"楚"當涉後誤，"新"爲借字。

言刈，《魯詩》作"采"，古義同，草曰采。

〔注釋〕

① 喬木，枝幹高聳的樹木。休，靠著樹幹休息。思，語助詞。喬木樹幹筆直，本可以休，因在南山，故不可休，所謂"比"也。漢，漢江，此指漢江南岸。遊女，出遊的女子。今文三家以爲漢水神，恐非。廣，寬也。江，長江。《尚書·禹貢》"江水孔殷"疏："江以南水無大小，俗人皆呼爲江。"此詩雖非江以南人所作，但漢江沿岸民俗迄今多與江南同，故亦可以江南視之。永，長也。方，舊釋桴（木筏），然桴與水長無矛盾，故當非，疑當讀爲"旁"，古音同。《淮南子·主術》"方行而不流"，《易·繫辭》作"旁行"，即其證。不可方（旁），謂不可從旁繞過。思，語助詞。下同。

② 翹翹，翹起的樣子。錯，本借爲"遺"，今通作"錯"。錯薪，交錯壘成的柴垛。言，詞頭。下同。刈，割也。楚，荆棘。之子，那個女子。于歸，出嫁時。秣，音末，給馬餵料。

③ 蔞，音婁，一種蒿草，可當柴薪。駒，小馬。《説文》："馬二歲爲駒。"

〔訓譯〕

　　南山有株喬木，不能靠著休息。漢南有個遊女，無法求到手裏。（因爲）漢江太寬，無法游過；長江太長，無法繞過。

　　壘一摞柴火，要割刺手的荊棘。（即使）遊女願嫁，我得去給餵馬。（而）漢江太寬，無法游過；長江太長，無法繞過。

　　壘一摞柴火，要割難聞的蔞蒿。（即使）遊女願嫁，我得去給餵駒。（而）漢江太寬，無法游過；長江太長，無法繞過。

〔意境與畫面〕

　　一個小伙子站在漢江下游的北岸，望著滔滔江水，想起江南的遊女，不禁說出了心裏話。

　　一章：村裏有一棵喬木，人們都聚攏在下邊，靠著它休息。南山坡上有一棵更高大的樹，樹幹粗壯，但人到不了它下邊，不能靠著休息。漢江對岸有一個出遊的女子，婀娜漂亮，但無法碰面，因爲江面太寬，水流洶湧，無法游過；小伙往上游走去，終因江水太長，無法繞行而過，只能望江興歎。

　　二章：一個農夫在山上割荊棘，不時被刺著手，鮮血直流。他辛辛苦苦地割下荊棘挑回去，一遍又一遍，最終摞成一堆，準備用做柴火。小伙想象，割柴都需要付出這樣的代價，求女能不付出嗎？可是轉念又一想，即使遊女願意嫁給我，我也得去給她家餵馬，可是江水又寬又長，怎麼過去呢？所以不如作罷。

　　三章：一個農夫在地頭割蔞蒿，一根一根，積少成多，背回去放在院子裏。一遍又一遍，最終摞成一堆。小伙想像，割柴都需要那麼多的付出，求女能不付出嗎？可是轉念又一想，即使遊女願意嫁給我，我也得去給她家餵馬駒，而江水又寬又長，又怎麼過去呢？所以不如作罷。

汝　墳

〔提要〕這是一首描寫妻子等待丈夫、勸慰丈夫的詩，反映其對丈夫的關心，同時也反映犬戎滅周、焚毀王宮的歷史事實，有一定的史料價值。《毛詩序》曰："《汝墳》，道化行也。文王之化行乎汝墳之國，婦人能閔其君子，猶勉之以正也。"略有意。《魯詩》曰："大夫受命平治水土，過時不來，妻恐其懈于王事，蓋與其鄰人陳素所與大夫言。"說非是。

遵彼汝墳（濆），伐其條枚。未見君子，惄如調（朝）飢。①

遵彼汝墳（濆），伐其條肄（梯）。既見君子，不我遐棄。②

魴魚赬尾，王室如燬。雖則如燬，父母孔邇。③

——《汝墳》三章，章四句。

〔彙校〕
　　按：安大簡因脱簡而失此篇。
　　惄如，《韓詩》作"愵"，義同。
　　調飢，《韓詩》作"朝"，本字，音相轉。
　　赬尾，《韓詩》作"頳"，異體字。
　　如燬，《韓詩》作"娓"，借字。

〔注釋〕
　　①遵，沿著。汝，河名。墳，借爲"濆"，《説文》："水厓也。"即水邊。伐，用刀砍，采集也。條，細長的樹枝。下同。枚，枝條。條枚，編織用。君子，對男子的美稱，這裏指自己的丈夫。惄，音逆，憂思。惄如，憂思的樣子。調，借爲"朝"。朝飢，清晨的飢餓。
　　②肄，音亦，《毛傳》："斬而復生曰肄。"本字當作"梯"。遐，遠也。遐棄我，指死去。
　　③魴，音房，一種赤尾魚。赬，音貞，赤紅色。王室，指西周王宫。燬，音毁，火。如燬，謂被焚。孔，很；邇，近也，指健在。

〔訓譯〕
　　沿著汝河岸，采集細柳條。不見君子面，心中飢轆轆。
　　沿著汝河岸，采集新柳條。見了君子面，知他還活著。

魴魚尾巴紅，王宮已焚毀。王宮雖焚毀，父母還健在。

〔意境與畫面〕
一章：西周末年，犬戎入侵，攻入鎬京，王宮被焚，大火熊熊。周南一個婦女，正沿著河岸割柳條。她一邊割，一邊焦急地等待在京城服役的丈夫回來。等不見丈夫回來，憂心如焚，擔心他已經遇難。
二章：第二天，她再去河邊，一邊割那些所剩的柳條，一邊繼續等待自己的丈夫。丈夫終於回來了。遠遠看見丈夫走來，知道他沒有拋下自己而去，頓時放下了心。
三章：回到家裏，妻子給丈夫煎煮魴魚。看著魴魚的紅尾巴，妻子勸慰丈夫說：如今王宮已被焚毀，無法再去恢復。而王宮雖被焚毀，畢竟還有父母就在身邊，所以你就留下吧。勸他不要再離開家。

麟 之 趾

〔提要〕這是一首諸侯自勵的詩。《毛詩序》曰："《麟之趾》，《關雎》之應也。《關雎》之化行，則天下無犯非禮，雖衰世之公子，信厚如麟趾之時也。"似牽強。《韓詩》曰："《麟之趾》，美公族之盛也。"略有意。

麟之趾，振振公子。吁嗟，麟兮！①
麟之定（顛），振振公姓。吁嗟，麟兮！②
麟之角，振振公族。吁嗟，麟兮！③

——《麟之趾》三章，章三句。
——周南之國十一篇，三十六章，百五十九句。

〔彙校〕
按：安大簡有此篇而闕失首章。
振振，安大簡作"蠠"，借字，音相近。
吁嗟，舊作"于"，安大簡同，改從《韓詩》，用本字，以免讀誤誤解。下同。

麟之定，安大簡"麟"作"㒫"，借字；郭璞《爾雅注》"定"作"顁"，本字。

公姓，安大簡作"眚"，借字。

〔注釋〕

① 麟，《説文繫傳》："大牡鹿也。"即大公鹿。趾，蹄子。振振，謂振奮。公子，諸侯之子。吁嗟，歎美之詞。

② 定，借爲"顁"，額頭。公姓，諸侯同姓。

③ 公族，諸侯家族。西周金文有"公族"。

〔訓譯〕

麟的蹄子，振奮公子。啊，好麟！
麟的額頭，振奮同姓。啊，好麟！
麟的大角，振奮公族。啊，好麟！

〔意境與畫面〕

一頭公鹿，身體碩大，非常健壯。它的蹄子和腿，矯健有力。公子看到它，精神爲之一振。他讚歎道："啊，好麟！"

公鹿的額頭飽滿寬大，十分堅固。所有同姓的人看到，得到振奮。他們不約而同地讚歎道："啊，好麟！"

公鹿的角粗大美麗。全宗族的人看到，得到振奮。他們也不約而同地讚歎道："啊，真是好麟！"

召南

鵲　巢

〔提要〕這是一位被廢夫人所唱的歌。歌中描寫丈夫另娶新歡的宏大場面，她把自己比做鵲，把新夫人比做鳲鳩，怨恨自己的家室被新夫人所占，充滿著對新夫人的憤恨與不平。《毛詩序》曰："《鵲巢》，夫人之德也。國君積行累功，以致爵位；夫人起家而居有之，德如鳲鳩，乃可以配焉。"言德如鳲鳩，明顯誤解詩意。鳲鳩何德之有？今文三家亦以爲言國君夫人之德，亦皆非。

維鵲有巢，維鳩居之。之子于歸，百兩（輛）御（迓）之。①

維鵲有巢，維鳩方（傍）之。之子于歸，百兩（輛）將之。②

維鵲有巢，維鳩盈之。之子于歸，百兩（輛）成之。③

——《鵲巢》三章，章四句。

〔彙校〕

按：安大簡有此篇，章、句同。

之子，安大簡作"寺"，借字。下同。

將之，安大簡作"遟"，整理者謂是本字，近是。

成之，安大簡作"城"，借字。

〔注釋〕

①維,發語詞。鵲,山鵲。鳩,鳲鳩,即布穀鳥。布穀鳥不善築巢,常將蛋生在山鵲巢中,山鵲不知,將之孵化養大,巢亦遂爲之所占。《禽經》曰:"拙者莫如鳩,不能爲巢。"于,助動詞。歸,出嫁。百兩,即百輛,車也。御,借爲"迓",迎也。

②方,讀爲"傍",依傍,靠。將,送也。《大雅·韓奕》:"韓侯取妻……百兩彭彭。"知諸侯娶妻用車百輛,所以《毛傳》曰:"諸侯之子嫁于諸侯,送御皆百乘。"

③盈,滿也。成,成全。

〔訓譯〕

山鵲有巢,鳲鳩住進它。那女子出嫁,一百輛花車去迎她。
山鵲有巢,鳲鳩依傍它。那女子出嫁,一百輛花車來送她。
山鵲有巢,鳲鳩占滿它。那女子出嫁,一百輛花車成全她。

〔意境與畫面〕

一位夫人,因爲年老珠黃,被諸侯所廢,躲在一間小屋裏偷偷抹淚。她看到一百輛車子去迎娶新夫人,不禁想到了鳩占鵲巢的情景。她看到送親的隊伍也來了一百輛車,不禁想到了鳲鳩依靠鵲巢而生活的情景。她看到一百輛車子成就新夫人的婚姻,又不禁想到了小鳲鳩長大逐漸占滿鵲巢的情景。

采蘩

〔提要〕這是一首描寫婦女們被迫爲公侯采蘩的歌。《魯詩》以此及《鵲巢》《采蘋》皆康王時詩,不知所據。《毛詩序》曰:"《采蘩》,夫人不失職也。夫人可以奉祭祀,則不失職矣。"今文三家亦以爲"不失職",皆非詩本義。

于以(台)采蘩?于沼(渚)于沚。于以(台)

用之？公侯之事。①

　　于以（台）采蘩？于澗之中。于以（台）用之？公侯之宮。②

　　被（髲）之僮僮，夙夜在公。被（髲）之祁祁，薄（迫）言（然）還歸。③

　　　　　　　　　　——《采蘩》三章，章四句。

〔彙校〕

　　按：安大簡有此篇，存第一章四句和第二章前兩句。
　　采蘩，《齊詩》作"繁"，借字。
　　于沼，安大簡作"渚"，借字，音相轉。《説文》："渚，水在常山，中丘逢山，東入渦。"是其本爲水名。
　　于沚，安大簡作"止"，借字。
　　之事，安大簡作"士"，借字。
　　僮僮，今文三家作"童童"，借字。

〔注釋〕

　　① 于，在。以，借爲"台"，音怡，何也。蘩，音繁，草名，即白蒿，又名茵陳，有香氣，嫩苗可食，亦可藥用。《毛傳》曰："用以生蠶。"沼，水沼、池塘。沚，音止，小沙洲。用，使用。公侯，諸侯一類人物。
　　② 澗，山間流水。宮，宮室，諸侯所居。
　　③ 被，借爲"髲"，頭髮下垂。之，語助詞。僮，音同，《説文》："未冠也。"僮僮，披頭散髮的樣子。公，公家。被，借爲"背"。祁祁，衆多的樣子。《七月》："采蘩祁祁。"薄言，借爲"迫然"，急迫的樣子。還歸，回家。

〔訓譯〕

　　在哪兒采蘩？在水沼小洲。在哪兒用它？是公侯的事。
　　在哪兒采蘩？在那山澗中。在哪兒用它？在公侯宮中。
　　披頭又散髮，早晚在公家。背了一大筐，抓緊趕回去。

〔意境與畫面〕

　　一群婦女，被徵派去爲公侯采蘩草。出發之前，婦女們問：到哪裏去采？管家說：到水沼和沙洲上。又問：采它做什麽用？管家說：那是公侯的事，你們不用管。

　　另一群婦女，被徵派去爲公家采蘩草。出發之前，婦女們問：到哪裏去采？管家說：在山澗中。又問：采它在哪裏用？管家說：反正公侯宮中用，你們背回來就行。

　　從早到晚，婦女們采了一整天，個個弄得披頭散髮。太陽落山了，婦女們把成捆成筐的蘩草背在背上，抓緊往回趕，因爲心裏惦記著家中的孩子。

〔引用〕

　　《左傳·文公三年》："君子是以知秦穆之爲君也，舉人之周也（略）。《詩》曰：'于以采蘩？于沼于沚。于以用之？公侯之事。'秦穆有焉。"用此詩之首章，亦斷章而取義。

草　　蟲

　　〔提要〕這是一位婦人描述自己見到丈夫前後心情的詩。《毛詩序》曰："《草蟲》，大夫妻能以禮自防也。"略有意。《魯詩》曰："孔子對魯哀公曰：'惡惡道不能甚，則其好善道亦不能甚；好善道不能甚，則百姓親之也亦不能甚。'"並據詩之二章"未見君子"以下。孔子本爲斷章取義，而劉向《説苑·君道篇》則云："詩之好善道甚矣。"當有誤解。

　　喓喓草蟲，趯趯阜螽。未見君子，憂心忡忡。亦既見止（之），亦既覯止（之），我心則降。①
　　陟彼南山，言采其蕨。未見君子，憂心惙惙。亦既見止（之），亦既覯（媾）止（之），我心則悦。②
　　陟彼南山，言采其薇。未見君子，我心傷悲。亦既見止（之），亦既覯（媾）止（之），我心則夷（恞）。③
——《草蟲》三章，章七句。

〔彙校〕
按：安大簡有此篇而殘。
忡忡，《魯詩》字從"蟲"，非，不知忡忡古音噇噇、咚咚而誤改。
覯止，《魯詩》作"遘"，亦借字。
陟彼，安大簡作"皮"，借字。
則悦，舊作"説"，改從《魯詩》，用本字，以免誤解。安大簡作"攽"，亦借字。

〔注釋〕
① 喓喓，音腰腰，象聲詞。草蟲，一種青色蝗蟲，螞蚱之類。趯趯，音閲閲，同"躍躍"，跳躍的樣子。阜螽，音府終，即蚱蜢。草蟲喓喓、阜螽趯趯，都是活躍亢奮的表現。女子情緒亢奮，故以之起興。君子，指丈夫。忡忡，古音通通，即噇噇，心跳聲。亦，表示並列的副詞。既，已經。止，同"之"，助動詞。下同。覯，音夠，借爲"媾"，《鄭箋》引《易》曰："男女媾精。"降，下也。
② 陟，登上。言，詞頭。蕨，音絶，一種野菜。惙惙，音輟輟，憂鬱、鬱悶的樣子。
③ 薇，一種野菜。夷，借爲"恞"，平也。

〔訓譯〕
蟈蟈在叫，蝗蟲在跳。未見夫君，憂心噇噇。見了夫君，同房以後，心就放下。
登上南山，去采蕨菜。未見夫君，憂心鬱悶。見了夫君，同房以後，心就愉悦。
登上南山，去采薇菜。未見夫君，心中傷悲。見了夫君，同房以後，心就平静。

〔意境與畫面〕

這首詩意境明白如畫：路邊的草叢和莊稼地裏，蟈蟈四處鳴叫，綠色的小蝗蟲到處蹦跳，充滿了活力。一位少婦春心萌動，想到身在外地的丈夫，不禁憂心忡忡。見到丈夫，同房以後，她的心馬上放了下來。

少婦快樂地爬上村南的小山，去采蕨菜。沒有見到丈夫之前，她顯得心神不定；見了丈夫，同房以後，她的心馬上愉悦來。

少婦快樂地爬上村南的小山，去采薇菜。沒有見到丈夫之前，她心裏十分傷悲；見了丈夫，同房以後，她的心馬上平靜起來。

采　蘋

〔提要〕這是一首描寫婦女們采集蘋、藻以祭祀祖先的詩。《毛詩序》曰："《采蘋》，大夫妻能循法度也。能循法度，則可以承先祖共祭祀矣。"略有義。今文三家亦以爲"言卿大夫之妻能循法度"，唯此篇與前篇順序顛倒。

于以（台）采蘋？南澗之濱。于以（台）采藻？于彼行（洐）潦。①

于以（台）盛之？維筐及筥。于以（台）湘（鬺）之？維錡及釜。②

于以（台）奠之？宗室牖下。誰其尸之？有齊（齋）季女。③

——《采蘋》三章，章四句。

〔彙校〕

按：安大簡有此篇而殘。

湘之，《韓詩》作"鬺"，本字。

牖下，安大簡作"𣐽"，疑借爲"窗"，音相轉，與韻協。

有齊，《玉篇》作"齋"，當是本字。

〔注釋〕

①于，在也。以，借爲"台"，音怡，何也。蘋，一種小草，味酸可食。濱，水邊。藻，水藻。行，音航，借爲"洐"，水溝。潦，積水。

②盛，裝也。維，用同"爲"，是。筥，圓形竹筐。湘，借爲"鬺"，音傷，烹煮。錡，音奇，有足釜，似鼎。釜，古鍋。

③奠，定、放置。宗室，宗廟。牖，音有，窗户。尸，主也。齊，借爲"齋"，音才，才能。若以"有齊"爲齊國，則史書未聞當時召南人有娶齊女者。季女，小女。

〔訓譯〕

在哪采蘋？在南澗邊。在哪采藻？在水溝裏。
用啥盛它？用筐和筥。用啥煮它？用錡和釜。
在哪放它？宗廟窗下。誰來主持？有才小女。

〔意境與畫面〕

村南山澗兩邊，一群婦女采集浮萍。水溝邊上，幾個婦女在積水之中采集水藻。

采下的浮萍和水藻，裝在方筐和圓筥裏面，背回去，用鍋蒸煮。

煮好的浮萍和水藻，放置在宗廟的窗户下邊，用來祭祀。有才氣的小女兒，主持了這場祭祀。

甘　棠

〔提要〕這是一首召南之人懷念召伯虎的詩。《毛詩序》曰："《甘棠》，美召伯也。召伯之教，明于南國。"甚是。上博簡《詩論》曰："《甘棠》之保（報）……曷？曰：《甘[棠]》[思]及其人，敬愛其樹，其保（報）厚矣。甘棠之愛，以邵公[之故也]。[《甘棠》之保（報），思邵]公也。"意思是：《甘棠》的報，怎麽講？答：《甘棠》因思念那人，而敬愛與那人有關的樹，其回報可謂豐厚了。對甘棠樹的愛護，是因爲召公的緣故。《甘棠》的報，是思念邵公。其"邵公"，依詩當作"邵（召）伯"；

其作"邵公"，已誤指周初之召公奭，故《史記》以下至今人多誤。《魯詩》亦曰："召公之治西方，甚得兆民和。召公巡行鄉邑，有棠樹，決獄政事其下。自侯伯庶人各得其所，無失其職。召公卒，而民人思召公之政，懷甘棠不敢伐，歌詠之，作《甘棠》之詩。"不知"召公"當爲"召伯"。又今陝西岐山縣城西南劉家原村召公祠前有甘棠樹及清人所作《召伯甘棠圖記》碑（今移周公廟），亦誤以召伯爲召公。

蔽芾甘棠，勿翦（劗）勿伐，召伯所茇。①
蔽芾甘棠，勿翦（劗）勿敗，召伯所憩。②
蔽芾甘棠，勿翦（劗）勿拜（扒），召伯所稅（裞）。③

——《甘棠》三章，章三句。

〔彙校〕

按：安大簡有此篇而殘。

蔽芾，《韓詩外傳》作"茀"，借字。

勿翦，《魯詩》《韓詩》作"劗"，本字。

召伯，安大簡、《白虎通》作"邵"，所謂古今字也。下同。

所憩，《釋文》云："本又作'愒'。"本字，"憩"爲後起字；安大簡作"害"，借爲"愒"。

蔽芾，安大簡作"幣"，借字。

勿翦，安大簡作"戔"，借字；

勿拜，《魯詩》作"扒"，本字；安大簡作"掇"，借爲"劗"。《説文》："劗，刊也。"刊，砍也。

所稅，原以音誤"説"，據《經典釋文》改正；安大簡作"敓"，亦借字。

〔注釋〕

① 芾，音費。蔽芾，形容枝葉茂盛，樹蔭大。甘棠，樹名，俗名杜栗。翦，用同"劗"，剷除、鏟其根。伐，謂砍其枝幹。召伯，指召伯虎，周宣王時人，曾受命征南淮夷。或與周初之召公相混，非也。茇，

音拔，草蓬。所芨，搭過草蓬的地方。搭草蓬，露宿也。

②敗，謂損其葉。憩，憩息、休息。

③拜，借爲"扒"，謂攀折其枝條。稅，借爲"睡"。《説文》："睡，坐寐也。"今所謂打盹。

〔訓譯〕

茂盛的甘棠樹，莫鏟也莫砍，召伯在下邊露過宿。
茂盛的甘棠樹，莫鏟也莫傷，召伯在下邊歇過腳。
茂盛的甘棠樹，莫鏟也莫扒，召伯在下邊打過盹。

〔意境與畫面〕

村外一顆甘棠樹，長得枝繁葉茂，樹冠龐大，完美無損。村裏的人精心地看護著它，不讓任何人砍伐它，損傷它，攀折它。因爲當年召伯虎率兵征伐南淮夷，曾經在下面露宿歇腳，打盹休息。

行　露

〔提要〕這是一個老者作爲被告，在清早出發去打官司之前所説的話，表達了對原告強暴無理的不滿，和對官司必勝的的堅定信念。舊以爲是女子對暴男的責罵，如《毛詩序》曰："《行露》，召伯聽訟也。衰亂之俗微，貞信之教興，強暴之男不能侵陵貞女也。"實際恐只是打官司的主要內容。所謂召伯聽訟，亦只是猜測。詩末句曰"雖速我訟，亦不女從"，可見"女"當讀爲"汝"。而且當時一個女子，似也不可能清晨早早起來，等待著遠赴官府去打官司。《魯詩》曰："召南申女者，申人之女也。既許嫁于酆，夫家禮不備而欲迎之。女與其人言，以爲夫婦者人倫之始也，不可不正。"亦非。《齊詩》曰："婚禮不明，男女失常。《行露》反言，出爭我訟。"略有意。

厭（湆）浥行露，豈不夙夜，謂（畏）行多露。①

誰謂雀無角，何以穿我屋？誰謂女（汝）無家，何以速我獄？雖速我獄，室家不足！②

誰謂鼠無牙，何以穿我墉？誰謂女（汝）無家，何以速我訟？雖速我訟，亦不女（汝）從！③

——《行露》三章，一章三句，二章章六句。

〔彙校〕

按：安大簡有此篇而殘，

厭浥，《魯詩》《韓詩》"厭"作"湆"，本字。安大簡"浥"作"簪"，轉音誤字。

行露，安大簡"露"字無"足"，省。下同。

謂行，安大簡作"胃"，省借字。下同。

誰謂，安大簡作"隹"，借字。下同。

穿我屋，安大簡作"聨"，借字。

女無家，《韓詩》"女"作"爾"，義同；安大簡"無"作"亡"，借字。

速我獄，安大簡作"瘐"，借字。

〔注釋〕

① 厭，借爲"湆"，陰濕。浥，濕潤。厭浥，形容濕冷。行，音杭，小路。謂，借爲"畏"，怕也。露，露水。夙夜，早晚，這裏偏指夙，早晨。女，讀爲"汝"。後同。行，行路，去打官司。

② 雀，麻雀之類。角，犄角。穿，穿透。無家，疑謂未成家。速，招致。獄，官司、訴訟。室家，家庭。足，富足。

③ 鼠，老鼠。牙，後齒。墉，牆。按此章"家"字疑當作"室"。訟，訴訟。不女從，即不從汝。從，服從、答應。

〔訓譯〕

小路上面濕又冷，難道不想早點去，是怕行路沾露水。

誰説麻雀没犄角，用啥穿透我屋頂？誰説你還没成家，爲何招我打官司？即使招我打官司，你家也難得富足！

誰説老鼠没後牙，用啥打透我家牆？誰説你還没家室，爲何卻把我訴訟？即使把我來訴訟，我也不會答應你。

〔意境與畫面〕
深秋時節，黎明時分，村外小路上的草尖上，掛滿露水，一片陰冷。一個老者，早早起了床梳洗已畢，準備著去官府與强告自己、想霸佔自家房産的年輕後生對簿公堂。他本想早點出發，又擔心路上露水太多，所以遲遲没有出門，坐在家裏想著官司方面的事。

〔引用〕
《左傳·襄公五年》："晉韓獻子告老，公族穆子有廢疾，將立之，辭曰：'《詩》曰："豈不夙夜，謂行多露。"'"出此詩首章。

羔　羊

〔提要〕這是一首諷刺官員腐敗的詩。而《毛詩序》曰："《羔羊》，《鵲巢》之功致也。召南之國化文王之政，在位皆節儉正直，德如羔羊也。"反以爲節儉有德。《齊詩》曰："羔羊皮者，君子朝服。輔政扶德，以合萬國。"《韓詩》曰："詩人賢仕爲大夫者，言其德能稱，有潔白之性，屈柔之行，進退有度數也。"皆非詩本義。

　　羔羊之皮，素絲五紽。退食自公，委蛇（逶迤）委蛇（逶迤）。①
　　羔羊之革，素絲五緎。委蛇（逶迤）委蛇（逶迤），自公退食。②
　　羔羊之縫（裘），素絲五總。委蛇（逶迤）委蛇（逶迤），退食自公。③

　　　　　　　　　——《羔羊》三章，章四句。

〔彙校〕

按：此篇安大簡殘，且二、三章倒。

退食，安大簡釋作"後人"，下同。按作"後人自公"尤其是作"自公後人"義不順，視圖版，釋"退食"當不誤。

委蛇，《韓詩》作"逶迤"，安大簡"委"作"蜲"、"蛇"作"它"，音義同，連綿詞也。下同。

之縫，安大簡作"裘"，當是。

素絲，安大簡作"索"，借字。

五總，安大簡作"樅"，借字。

〔注釋〕

① 羔羊，小羊、羊羔。皮，指皮革制的衣服，今猶稱皮衣。素，白色。特言素絲，則其羔羊之皮必爲黑色。紽，音馱，絲綫縫的紐扣。退食，吃完飯回家。公，公家、官府。委蛇，連綿詞，同"逶迤"，舒緩自得的樣子。《韓詩》解爲"公正貌"，非。

② 革，即皮，指皮衣。緎，音域，絲綫縫成的扣環。

③ 裘，皮衣也。總，聚合，指紽與緎相扣結。

〔訓譯〕

羔羊皮襖，五個絲鈕；吃罷公餐，舒緩自在！

羔羊皮衣，五個絲扣；舒緩自在，用罷公餐！

羊皮皮裘，五個絲結；舒緩自在，公餐用罷！

〔意境與畫面〕

一個官員，身著黑色羔羊皮襖，皮襖的兩襟敞開著，一邊五個紐扣，一邊五個紐環，都是白絲縫的。他邁著八字步，走在回家的路上，顯得無比自在悠閒，因爲他剛吃完公餐回來。走著走著，覺著有點涼，就把扣子扣了起來，皮襖的襟縫上現出五個白絲結瘩。他繼續那樣走著，實在是太悠閒太自在了！

〔引用〕

《左傳·襄公七年》："穆叔曰：'孫子必亡。爲臣而君，過而不悛，亡之本也。《詩》曰："退食自公，委蛇委蛇。"謂從者也.'"出此詩之首章。

殷 其 雷

〔提要〕這是一個妻子期盼在外服役的丈夫回家的詩。《毛詩序》曰："《殷其雷》，勸以義也。召南之大夫遠行從政，不遑寧處，其室家能閔其勤勞，勸以義也。"今文三家無異義，均比較接近。

殷其雷，在南山之陽。何斯（時）違斯（之），莫敢或遑？振振君子，歸哉歸哉！①

殷其雷，在南山之側。何斯（時）違斯（之），莫敢遑息？振振君子，歸哉歸哉！②

殷其雷，在南山之下。何斯（時）違斯（之），莫或遑處？振振君子，歸哉歸哉！③

——《殷其雷》三章，章六句。

〔彙校〕

按：安大簡有此篇，一、三兩章倒。

殷其雷，《廣韻》引《韓詩》作"靁"，借字。安大簡作"䨖"，亦借字。下同。

在南山，安大簡作"才"，借字。下同。

之陽，安大簡作"易"，省借字。

何斯，安大簡作"可"，借字。下同。

違斯，安大簡作"韋"，省借字。下同。

莫敢，安大簡作"莫或"，義略同。下同。

或遑，安大簡"或"作"敢"，與上倒；"遑"作"皇"，《韓詩》同，省借字。下同。

振振，安大簡作"聶"，下又作"遍"，皆借字。
歸哉，安大簡作"才"，借字。後皆同。
之側，安大簡作"昃"，借字。
遑息，安大簡作"思"，借字。

〔注釋〕

① 殷，《說文》："作樂之盛稱殷。"引申謂聲勢盛大。其，那。陽，山之南坡。前"斯"，借爲"時"，時間；後"斯"，借爲"之"，那裏。違，離開。莫敢，無人敢、不敢。或，有也。遑，閑暇。振振，振奮、陽舉的樣子。君子，指自己的丈夫。歸，回來。

② 息，休息。

③ 處，停止、停下。

〔訓譯〕

　　盛大的雷，打在南山坡。你啥時離開那裏？難道就不能有空？振奮的夫君，快回來吧！

　　盛大的雷，打在南山旁。你啥時離開那裏？難道就不敢休息？振奮的夫君，快回來吧！

　　盛大的雷，打在南山腳。你啥時離開那裏？難道就不能停歇？振奮的夫君，快回來吧！

〔意境與畫面〕

　　秋天的夜裏，山北一所茅屋裏，一個女子獨臥空房，春心萌動。外面的雷聲此起彼伏，隆隆炸響。女子聽著不時從山坡、山旁，或山下傳來的雷聲，想起在外服役，很久沒有回家的丈夫，心裏在問：難道你就那麼忙，沒有一點空閑？就不敢休息幾天？就不能停下你手裏的活？盼著他快點回來。

摽　有　梅

〔提要〕這是一首女子們在男女聚會之日選對象時所唱的歌，

或是姑娘們一邊打梅子一邊所唱。《毛詩序》曰："《摽有梅》，男女及時也。召南之國被文王之化，男女得以及時也。"略有義。蔡邕《協和婚賦》："《葛覃》恐失其時，《摽有梅》求其庶士。唯休和之盛代，男女得乎年齒，婚姻協而莫違，播欣欣之繁祉。"其說近是，王先謙以爲《魯詩》說。

摽有梅，其實七兮。求我庶士，迨其吉兮。①
摽有梅，其實三兮。求我庶士，迨其今兮。②
摽有梅，頃（傾）筐墍（摡）之。求我庶士，迨其謂（會）之（兮）。③

——《摽有梅》三章，章四句。

〔彙校〕
　　按：安大簡有此篇，章、句同。
　　摽有，《韓詩》作"莩"，《魯詩》作"蔈"，安大簡作"茇"，皆借字。
　　有梅，《魯詩》作"楳"，借字；安大簡作"某"，省借字。
　　七兮，安大簡作"也"，義同。下並同。
　　頃筐，《韓詩》作"傾"，本字。
　　墍之，安大簡作"既"，亦借字；《韓詩》作"摡"，本字。
　　謂之，安大簡"謂"作"胃"，省借字。按："謂"疑當作"會"，以音誤；"之"疑亦當作"兮"，涉前"墍之"誤。

〔注釋〕
　　① 摽，音票，《説文》："擊也。"有，詞頭。梅，梅子。實，果實。庶，眾多。士，小伙子。迨，及、趁也。《釋文》引《韓詩》："迨，願也。"非。吉，善也。
　　② 今，今天、現在。
　　③ 頃筐，即傾筐、斜口筐，亦見《卷耳》。墍，音既，借爲"摡"，接也。謂，借爲"會"，聚會。《周禮·媒氏》："中春之月，令會男女。于是時也，奔者不禁，司男女之無夫家者而會之。"即所謂"會"。

〔訓譯〕

　　打梅子，有七個呀！選對象，趁吉日呀！
　　打梅子，剩三個呀！選對象，趁現在呀！
　　打梅子，接筐裏呀！選對象，趁聚會呀！

〔意境與畫面〕

　　村外的梅子樹上，稀疏地結了不少梅子。一夥姑娘，正在拋土塊擊打，擊中了，趕緊用筐子接住。
　　郊外的空地上，正在舉行青年男女的聚會。小伙子們站成一排，等待姑娘們挑選。姑娘選中自己看上的小伙子，就把他從隊伍中拉出來。此俗今雲南少數民族猶有見。

小　星

　　〔提要〕這是一首小吏抱怨自己辛苦爲公的詩。《毛詩序》曰："《小星》，惠及下也。夫人無妒忌之行，惠及賤妾，進御于君，知其命有貴賤，能盡其心矣。"似從"抱衾與裯"句出。《韓詩》曰："懷其寶而迷其國者，不可與語仁；窘其身而約其親者，不可與語孝。任重道遠者，不擇地而息；家貧親老者，不擇官而仕。故君子橋褐趨時，當務爲急。"《齊詩》曰："旁多小星，三五在東。早夜晨行，勞苦無功。"皆非詩旨。

　　嘒彼小星，三五在東。肅肅宵征，夙夜在公：寔（實）命不同！①
　　嘒彼小星，維（爲）參與昴。肅肅宵征，抱衾與裯：寔（實）命不猶！②

　　　　　　　　　　——《小星》二章，章五句。

〔彙校〕
　　按：安大簡有此篇，章、句同。
　　嘒彼，舊誤"嗶"，據《韓詩》改。安大簡作"李（孛）"，蓋誤爲星名。《春秋·文公十四年》："秋，七月，有星孛入于北斗。"《公羊傳·文公十四年》："孛者何？彗星也。"《漢書·文帝紀》："孛、彗、長三星，其占略同，然其形象小異。"
　　小星，安大簡作"少"，借字。
　　肅肅，安大簡作"葳"，形似而誤。
　　宵征，安大簡作"肖正"，皆省借字。
　　寔命，《韓詩》"寔"作"實"，義同；安大簡作"折"，讀蛇音，轉音借字。下同。
　　維參與昴，安大簡作"隹晶與茅"，"隹""茅"皆借字，"晶"爲"曑"字之省。
　　抱衾，安大簡作"保"，借字。
　　與裯，今文三家作"幬"，借字；安大簡作"檮"，異體字。
　　不猶，安大簡及《爾雅》郭注引作皆"猷"，借字。

〔注釋〕
　　① 嘒，明亮。肅肅，象聲詞，形容疾速的樣子。宵，夜。征，出遠門。夙夜，早晚。公，公家，官府。肅肅宵征，言己；夙夜在公，指別人。寔，同"實"，確實、實在。命，命運。
　　② 維，同"爲"，是。參，借爲"曑"，音深，星宿名。《說文》："曑，商星也。"昴，音卯，亦星宿名。衾，被子。裯，音稠，單被。抱衾與裯，指睡覺，亦言別人。猶，似也。

〔訓譯〕
　　亮亮小星星，三五掛東方。我整夜趕路，他早晚在府：實在命不同！
　　亮亮小星星，參宿和昴宿。我整夜趕路，他睡在被窩：實在命不似！

〔意境與畫面〕
　　黎明時分，東方天上掛著幾顆星星。一個小吏，正在匆匆趕路，去送緊急公文。他已經走了整整一夜，疲憊不堪，但也不能停下。他想：其他同僚天天早晚都待在官府裏，爲什麽我卻在外邊整夜趕路？看來確實是我的命與他們不同，該我在外邊受罪。

小吏望著天上僅存的參宿和昴宿，繼續想：這個時候，其他同僚恐怕正擁著被子還没有睡醒，爲什麽我卻在外邊整夜趕路？看來確實是我的命不像他們，該我在外邊受苦。

江 有 汜

〔提要〕這是一首丈夫描寫新婚妻子不好意思的詩。《毛詩序》曰："《江有汜》，美媵也。勤而無怨，嫡能悔過也。文王之時，江沱之間有嫡不以其媵備數，媵遇勞而無怨，嫡亦自悔也。"非詩意。《齊詩》曰："江有沱汜，思附君子，伯仲爰歸。不我肯顧，姪娣恨悔。"亦誤解詩意。

江有汜，之子歸，不我以（依）。不我以（依），其後也悔。①

江有渚，之子歸，不我與。不我與，其後也處。②

江有沱，之子歸，不我過。不我過，其嘯也歌。③

——《江有汜》三章，章五句。

〔彙校〕

按：安大簡有此篇，二、三兩章倒。

有汜，漢石經、《魯詩》、《韓詩》、安大簡皆作"洍"，非。《說文》亦引作"洍"，云："水也。"則"洍"爲借字。

之子歸，安大簡"之"作"寺"，借字；足利本、安大簡"歸"前皆有"于"字，三章同，非。"歸"，來嫁、嫁來也。"于歸"，出嫁也。下同。

其後也悔，安大簡三章皆無"其"字，或是。下同。

其嘯，《魯詩》《齊詩》作"歗"，借字。

〔注釋〕

①江,指長江。汜,音四,《說文》:"水別復入也。"即先分流出去,後又匯入主流,形容妻子先不從而後又悔,所謂"比"也。之子,那女子。歸,謂嫁過來。以,借爲"依",從也。也,語助詞。

②渚,音煮,小洲可居者。江有渚,以比夫妻同居。與,在一起,陪伴。處,居也。

③沱,音駝,主流分出的小支流。江有沱,以比妻子從旁經過。過,經過、走過。嘯,吹口哨。歌,唱也。

〔訓譯〕

長江有個汜,這女子嫁來不依我。開始不依我,後來後悔了。
長江有個渚,這女子嫁來不陪我。開始不陪我,後來同居了。
長江有個沱,這女子嫁來不過我。雖然不過我,嘴裏吹口哨。

〔意境與畫面〕

江漢地區,長江分出一道小叉,最後又流入長江。一位新婚女子,不理丈夫。沒過幾天,又後悔了。

長江裏,有一個可以住人的小洲。新婚女子,不願意跟丈夫在一起。沒過幾天,又同房了。

長江分出一條平行的小支流。新婚女子走路繞著丈夫,遠遠從丈夫旁邊經過。雖然從旁邊走,但嘴裏卻吹著口哨,或者唱著歌,顯得十分歡快。

野 有 死 麕

〔提要〕這是一首描寫男女幽會的詩。《毛詩序》曰:"《野有死麕》,惡無禮也。天下大亂,强暴相陵,遂成淫風。被文王之化,雖當亂世,猶惡無禮也。"非詩意。《韓詩》曰:"平王東遷,諸侯侮法,男女失冠婚之節,《野麕》之刺興焉。"亦非。

野有死麕,白茅包之。有女懷春,吉士誘之。①

林有樸樕，野有死鹿。白茅純（屯）束，有女如玉。②

舒而脫脫（娧娧）兮，無（勿）感（撼）我帨兮，無（勿）使尨也吠！③

——《野有死麕》三章，二章四句，一章三句。

〔彙校〕
按：安大簡有此篇，二、三兩章殘。
包之，《釋文》作"苞"，借字。
誘之，安大簡作"䍻"，借字。
純束，今文三家作"屯"，本字。
脫脫，今文三家作"娧娧"，本字。
無感，今文三家作"撼"，本字。

〔注釋〕
① 野，郊野、野外。麕，音軍，鹿屬動物，俗名獐子。白茅，一種細茅草。白茅包之，見其珍貴。野有死麕，白茅包之，形容運氣好，以比有女懷春而吉士誘之，並非真用死麕去引誘女子。女，姑娘。吉士，未婚男子的美稱。下章同。
② 樕，音素。樸樕，樹木名，櫟類。林有樸樕，野有死鹿，也是形容運氣好。純，借爲"屯"，聚集。束，捆也。白茅屯束，代表純潔。如玉，形容潔白。
③ 舒，舒緩。脫脫，借爲"娧娧"，音蛻蛻，輕緩的樣子。無，用同"勿"，不要。感，借爲"撼"，搖動。帨，音睡，佩巾。尨，音盲，多毛犬。吠，叫也。此三句爲女子對吉士所言。

〔訓譯〕
野外有只死獐，白茅正好包它。有個女子懷春，小伙正好誘她。

林中有棵櫟樹，野外有只死鹿。白茅聚成一束，女子白淨如玉。

你輕輕地來呀，莫要搖我佩巾，也莫要讓狗叫！

〔意境與畫面〕

野外有只死獐子，獵人碰上了，趕緊用白茅包上，把它帶回家。一個姑娘正在懷春，小伙子趁機去引誘她。

樹林中有棵櫟樹，農夫碰見了，趕緊上前去采。野外有只死鹿，農夫碰見了，也趕緊把它帶回。那女子長得白净如玉，她禁不住小伙子的引誘，答應他晚上幽會，並對他有所囑咐。

晚上，小伙子按照姑娘的囑咐，輕手輕腳地摸進了姑娘屋裏，没讓院子裏的多毛狗發現。

何彼襛矣

〔提要〕這是一首歎美王姬雍容華貴、艷麗富裕的詩。周人所作，蓋尹吉甫傳至召南而入《詩》。《毛詩序》曰："《何彼襛矣》，美王姬也。雖則王姬亦下嫁于諸侯，車服不繫其夫，下王后一等，猶執婦道以成肅雝之德也。"近是。今文三家説曰："言齊侯嫁女，以其母王姬始嫁之車遠送之。"非是。

何彼襛矣？唐（棠）棣之華。曷（何）不（彼）肅雍？王姬之車。①

何彼襛矣？華如桃李。平王之孫，齊侯之子。②

其釣維（爲）何？維（爲）絲伊緡。齊侯之子，平王之孫。③

——《何彼襛矣》三章，章四句。

〔彙校〕

按：安大簡有此篇，章、句同，有殘缺。

何彼，安大簡作"可皮"，皆借字。下同。

襛矣，《韓詩》作"茙"，借字，音相近。
唐棣，《漢書·杜鄴傳》《説文》等皆引作"棠棣"，古音同，當是本字。
之華，安大簡作"芌"，疑是楚文字"華"字。
曷不，安大簡"曷"作"害"，借字。"不"疑當作"彼"，音近而誤。
肅雍，安大簡"肅"作"蔵"，疑亦屬形似而誤；"雍"作"雖"，借字。
王姬，安大簡作"㲽"，借字。
華如，安大簡作"若"，義同。
平王，安大簡作"坪"，借字。
伊緡，安大簡作"敋"，借字。

〔注釋〕
① 何，什麼。彼，那樣。襛，音農，《説文》："衣厚貌。"引申謂繁盛重疊。唐棣，即棠棣，果木名。華，同"花"，草曰花，木曰華。曷，同"何"。不，此當是"彼"字音誤。曷彼，即"何彼"，爲何那麼。肅雍，雍容華貴的樣子。王姬，周王之女。周人姬姓，故稱王姬。《春秋·莊公元年》："夏，單伯送王姬。秋，王姬之館于外。冬……王姬歸于齊。"時當周莊王四年、齊襄公五年。單伯送之且"館"，則其車必肅雍。《釋文》云："王姬，武王女。"殆非。
② 桃李，指桃、李子花，桃花紅，李子花白。平王，周平王。平王之孫，周桓王（平王子）之女、周莊王（平王孫）之妹。齊侯，指齊襄公。子，兒子、嗣君。按《儀禮疏》引此詩，云："言齊侯嫁女，以其母王姬始嫁之車遠送之。"惠周惕以爲今文三家説。然則今文三家以此"子"爲女子，如此則平王之孫爲外孫，疑非。
③ 維，同"爲"，是。伊，亦是。緡，音民，釣魚繩。

〔訓譯〕
什麼那麼繁盛？是棠棣的花。什麼那麼雍容？是王姬的婚車。
什麼那麼繁盛，艷麗如桃花？平王的孫女，配齊侯的兒子。
她用什麼垂釣？用絲繩子。齊侯的兒子，娶平王的孫女。

〔意境與畫面〕

　　春秋早期，周平王的孫女、周莊王的妹妹王姬下嫁齊襄公，婚車裝飾得繁花似錦，雍容華貴，如同棠棣樹上開滿了鮮花，又像桃李繁華盛開。

騶　　虞

　　〔提要〕這是一首描寫園林，讚美騶虞（天子鳥獸官）的詩。《毛詩序》曰："《騶虞》，《鵲巢》之應也。《鵲巢》之化行，人倫既正，朝廷既治，天下純被文王之化，則庶類蕃殖，蒐田以時，仁如騶虞，則王道成也。"不可信。詩言"壹發五豝""壹發五豵"，焉得仁？

　　彼茁者葭，壹（一）發五豝。吁嗟乎，騶虞！①
　　彼茁者蓬，壹（一）發五豵。吁嗟乎，騶虞！②
　　　　　　　　　　　　——《騶虞》二章，章三句。
　　　　　　　　——召南之國十四篇，四十章，百七十七句。

〔彙校〕

　　安大簡有此篇，多第三章："皮（彼）莖（茁）者蓍，一發五麇。于（吁）嗟，從（縱）乎！"言"從（縱）乎"，與"騶虞"不同，疑非。

　　壹發，今文三家、安大簡皆作"一"，本字。

　　五豝，安大簡作"䝙"，借字。

　　吁嗟，安大簡作"于差"，皆借字。

　　乎騶虞，安大簡"乎"前有"從（縱）"字，無"騶虞"，義別。下章同。

〔注釋〕

　　① 茁，茁壯。葭，音加，一種蘆葦。發，發射。壹，借爲"一"。射一箭曰一發。豝，音巴，半大豬，所謂二歲爲豝。《禮記·射義》鄭

玄注用《韓詩》解云："壹發五豝,喻多得賢。"其説非是。吁嗟,讚歎詞。騶,音鄒,國家園林。虞,管理園林的官員,所謂司獸者。

②蓬,一種蔓草,上連如蓬,下可藏物。豵,音總,小豬,所謂一歲爲豵。相從隨而行,故曰豵。

〔訓譯〕
  那茁壯的蘆葦叢中,一箭射出來五隻豝。好傢伙,騶虞!
  那茁壯的蓬蒿下面,一箭射出來五隻豵。好傢伙,騶虞!

〔意境與畫面〕
  園林之中,長著一片蘆葦,非常茂盛。蘆葦叢中,有很多野豬。管理人員在園中巡邏,他一箭射過去,裏面躥出來五隻半大野豬。
  園林的另一邊,長著成片的蓬蒿,非常茂盛。蓬蒿下面,有很多小野豬。管理人員又一箭射過去,裏面相繼躥出來五隻小野豬。觀者見狀,爲作此詩。

邶風

柏　舟

〔提要〕這是一個小吏抒發心中苦悶的詩。詩人在外面受了衆小人的欺負，兄弟不予同情理會，他有苦無處訴，有冤無處申，故而憂苦鬱悶。一句"寤辟有摽"，集中表現了心中之"悶"。故上博簡《詩論》曰："《柏舟》悶。"《毛詩序》曰："《柏舟》，言仁而不遇也。衛頃公之時，仁人不遇，小人在側。"近是。《魯詩》曰："衛宣夫人者，齊侯之女也。嫁于衛，至城門而衛君死。保母曰：'可以還矣！'女不聽，遂入。持三年之喪畢，弟立，請曰：'衛，小國也，不容二庖，請願同庖。'終不聽。衛君使人愬于齊兄弟，齊兄弟皆欲與君，使人告女。女終不聽，乃作詩曰：'我心匪石，不可轉也。我心匪席，不可卷也。'"恐亦只是用詩。不然，不得入《邶風》也。

汎彼柏舟，亦汎其流。耿耿不寐，如有隱（殷）憂。微我無酒，以敖（遨）以遊。①

我心匪（非）鑒，不可以茹（如）。亦有兄弟，不可以據。薄言（迫然）往愬，逢彼之怒。②

我心匪（非）石，不可轉也。我心匪（非）席，不可卷也。威儀棣棣（逮逮），不可選也。③

憂心悄悄，慍于群小。覯閔（遘潣）既多，受侮不少。静言思之，寤辟（擗）有摽。④

日居月諸，胡（何）迭而微？心之憂矣，如匪（彼）澣衣。靜言（然）思之，不能奮飛！⑤

——《柏舟》五章，章六句。

〔彙校〕

耿耿，《魯詩》作"炯炯"，借字。

隱憂，今文三家作"殷"，本字。

棣棣，《漢書》顏注引作"逮逮"，本字。

選也，今文三家作"算"，借字。

覯閔，《魯詩》作"遘潛"，本字。

寤辟，《魯詩》"寤"作"晤"，亦借字；《韓詩》"辟"作"擗"，本字。

胡迭，《韓詩》作"載"，云："常也。"按作"迭"當是本字。

〔注釋〕

① 汎，漂浮。柏舟，柏木船。耿耿，焦灼狀。寐，眠也。隱，借爲"殷"，大也。微，無、非也。我，詩人自謂。敖，同"遨"，遊玩。

② 匪，借爲"非"。鑒，照人的水盆，功能如鏡子。茹，借爲"如"，似也，謂好壞不分，照誰是誰。據，依靠。薄言，即"迫然"，急匆匆的樣子。愬，同"訴"，訴說。

③ 轉，翻轉。威儀，威風的儀態。棣棣，讀爲"逮逮"，嫻熟而又豐富的樣子，所謂閑習富盛貌。選，選擇。

④ 悄悄，音巧巧，憂慮不安的樣子。慍，音運，惱怒。群，衆也。小，謂小人。覯，音夠，同"遘"，遇見。閔，借爲"潛"，憂患。靜言，即"靜然"，平靜的樣子。寤，醒來。辟，借爲"擗"，拍打。有，詞頭。摽，音表去聲。有摽，猶摽摽，象聲詞。

⑤ 居、諸，皆語助詞。胡，何也。迭，更迭、交替。微，暗也。匪，借爲"彼"，古音同。澣，洗也。古時洗衣用棒槌搗，此形容之。

〔訓譯〕

坐上柏木舟，順著水漂流。心煩不能眠，像是有大憂。不是我沒酒，可以去遨遊！

我心不是鏡，能分好和壞。也有兄和弟，不能依靠他。急忙去訴説，碰上他發怒！
　　我心不是石，不能來回翻！我心不是席，不能卷起來！威儀富又盛，不能有選擇！
　　憂鬱藏在心，群小都怨恨。遭逢憂患多，受侮也不少。靜靜回想它，醒來猛拍胸。
　　太陽與月亮，爲何交替隱？心中有憂痛，如同棒槌搗。靜靜回想它，恨不能奮飛！

〔意境與畫面〕
　　一位正直的朝廷官員，晚上躺在床上，回想往事，心中苦悶。因無法入睡，導致精神恍惚，就像坐在船上順水飄流，忽忽悠悠。恍惚之中，他心裏面想：我也不是没有酒食，帶著它去遠處遨遊，只因我心中憂鬱，無心出外。
　　他想：我的心不是鏡子，不能照誰像誰，好壞不分。我也有兄弟，但不能依靠。有一次有急事去向他們訴説，結果碰上他們發怒，碰了一鼻子灰。
　　我的心不是石頭，不能來回翻轉，説變就變。我的心也不是席子，説卷就卷，把舊事一頁翻過。他們的威儀嫻熟而又豐富，我沒有別的選擇，只能與那些壞人繼續周旋。
　　我之所以憂心忡忡，是因爲得罪了那幫小人。這一生遭遇的憂患很多，受他們的欺侮真是不少！
　　靜靜地回想著這些，醒來後猛拍胸脯，嘌嘌作響。
　　太陽與月亮，爲什麼要交替隱去？我心中的憂痛，就如同洗衣服用棒槌搗。
　　靜靜地回想這些，他奮然起身。

〔引用〕
　　《左傳·襄公三十一年》："北宮文子見令尹圍之威儀，言於衛侯曰（略）。公曰：'（略）何謂威儀？'對曰：'衛詩曰：威儀棣棣，不可選也。'"

綠　衣

〔提要〕這是一個丈夫追思其亡妻的詩。詩中的"古（故）人"是"我"的妻子，"我"是她的丈夫。《毛詩序》曰："《綠衣》，衛莊姜傷己也。妾上僭，夫人失位而作是詩也。"誤解詩意。《齊詩》曰："黃裏綠衣，君服不宜。淫湎毀常，失其寵光。"亦非。上博簡《詩論》曰："《綠衣》之思……曷？曰：[《綠衣》憂無已、憂無忘，不亦有思乎]？《綠衣》之思，思古（故）人也。"意思是：《綠衣》的思，怎麼講？答：《綠衣》憂無已、憂無忘，這不是有思嗎？《綠衣》的思，是思故人。可謂深得詩意。

綠兮衣兮，綠衣黃裏。心之憂矣，曷（何）維（爲）其已！①

綠兮衣兮，綠衣黃裳。心之憂矣，曷（何）維（爲）其亡（忘）！②

綠兮絲兮，女（汝）所治兮。我思古（故）人，俾無訧兮！③

絺兮綌兮，淒其以風。我思古人，實獲我心！④

——《綠衣》四章，章四句。

〔注釋〕

① 綠，即綠色。衣，上衣。黃，即黃色。裏，衣服裏子。曷，同"何"，謂何時。維，同"爲"，乃。已，停止。

② 裳，下衣。綠衣、黃裳，皆下文"古（故）人"之遺物。亡，讀爲"忘"。

③ 女，讀"汝"。治，謂染。古，同"故"。故人，亡故之人。俾，音比，使也。訧，音尤，罪、過錯。

④ 絺，音癡，細葛布；綌，音兮，粗葛布。絺兮綌兮，謂自己葛布

之衣在身。淒，冷也。以，因也。穫，得、懂也。

〔訓譯〕
　　綠上衣啊，黃裏子。我心中的憂傷啊，何時止？
　　綠上衣啊，黃裙子。我心中的憂思啊，何時忘？
　　綠色的絲衣啊，你所染。我想故人啊，你使我一生無過失！
　　葛衣穿在身啊，遇風冷淒淒。我想故人啊，只有你懂我的心！

〔意境與畫面〕
　　年輕的丈夫，看到妻子的遺物綠衣、黃裳，想起她生前染絲織布，並且還能時常規勸自己，使自己不犯過失。現在人去物在，又無人陪伴身邊，表現出無比的憂傷。他身穿妻子生前給他縫製的葛衣，寒風淒冷，卻無人知其冷暖，越發激起對亡妻的深深思念，不禁唱出了這首《綠衣》之歌。

燕　　燕

　　〔提要〕這首詩前三章皆以"燕燕于飛"起興，主要描寫遠送姑娘出嫁時的情景，表現了一種難捨難分的感情和對女兒的愛。從文字看，送者應該是姑娘的母親或其他與之有親情關係的女性人物。第四章與前三章完全沒有關係，當是他詩誤入。《毛詩序》曰："《燕燕》，衛莊姜送歸妾也。"不知所據。《魯詩》曰："衛姑定姜者，衛定公之夫人，公子之母也。公子既娶而死，其婦無子，畢三年之喪，定姜歸其婦，自送之至于野，恩愛哀思，悲以感慟，立而望之，揮泣垂涕，乃賦詩曰：'燕燕于飛，差池其羽。之子于歸，遠送于野。瞻望弗及，泣涕如雨。'送去，歸泣而望之，又作詩曰：'我君之思，以蓄寡人。'"亦皆屬于用詩。

　　燕燕于飛，差池（參差）其羽。之子于歸，遠送于野。瞻望弗及，泣涕如雨。①

燕燕于飛，頡之頏之。之子于歸，遠于將之。瞻望弗及，佇立以泣。②

燕燕于飛，下上其音。之子于歸，遠送于南。瞻望弗及，實勞我心。③

仲氏任只，其心塞（寒）淵。終溫且惠，淑慎其身。先君之思，以勖寡人。④

——《燕燕》四章，章六句。

〔彙校〕
　　以勖，《魯詩》《齊詩》作"蓄"，借字。

〔注釋〕
　　① 燕燕，即燕子。于，助動詞。差池，同"參差"，不齊的樣子。羽，指翅膀。差池其羽，形容自由飛翔。之子于歸，表示女子出嫁的成語。野，郊野。瞻望，舉頭遠望。
　　② 頡，音潔，上飛。頏，音航，下飛。于，往也。將，送也。佇立，久立。
　　③ 上下，指高低。音，謂叫聲。勞，猶傷。
　　④ 仲氏，謂其排行，老二。任，姓氏。只，語助詞。終，猶"既"。塞，借為"寒"，誠實。淵，深沉、內向。溫，溫和、溫柔。惠，賢慧。淑，善也。勖，勉也，謂相伴。寡人，國君自稱。

〔訓譯〕
　　燕子飛翔時，呼扇其翅膀。姑娘要出嫁，遠送到郊外。舉頭望不見，淚下如飛雨。
　　燕子飛翔時，忽上又忽下。姑娘要出嫁，遠遠去送她。舉頭望不見，佇立久哭泣。
　　燕子飛翔時，聲高又聲低。姑娘要出嫁，遠送到南郊。舉頭望不見，實實傷我心。
　　任家二姑娘，心腸很實在。溫柔且賢慧，善守其貞操。先君想到她,讓她伴寡人。

〔意境與畫面〕
　　一個風和日麗的春天,燕子在自由飛翔,呼扇著翅膀,忽上忽下,叫聲不斷,一片祥和的景象。一户人家,正在嫁女。娶親的隊伍吹吹打打,一路走去。姑娘的母親跟在後面,一直送到了郊外。她抬頭望著遠去的隊伍,一直到望不見,眼淚如同斷了綫的珍珠,嘩嘩流下。她久久地站在那裏,傷心地放聲哭泣,不肯回去。(前三章)

日　月

〔提要〕這是一個姑娘拒絶父母爲其訂婚的詩。《毛詩序》曰:"《日月》,衛莊姜傷己也。遭州吁之難,傷己不見答于先君,以至困窮之詩也。"非詩意。《魯詩》説以爲是齊宣姜傷己,亦非。

　　日居月諸,照臨下土。乃如之(此)人兮,逝不古(固)處,胡(何)能有定?寧不我顧!①
　　日居月諸,下土是冒。乃如之人兮,逝(實)不相好,胡(何)能有定?寧不我報!②
　　日居月諸,出自東方。乃如之人兮,德音無良,胡(何)能有定?俾也可忘!③
　　日居月諸,東方自出。父兮母兮,畜我不卒。胡(何)能有定?報我不述(遂)!④
　　　　　　　　　　——《日月》四章,章六句。

〔彙校〕
　　按:首章"照臨下土",疑當與三章"出自東方"互誤;二章"下土是冒",疑當與四章"東方自出"互誤。

逝不，疑當作"實"，涉上章誤。

不述，《魯詩》作"遹"，《釋文》引孫炎曰："遹，古'述'字。"《韓詩》作"術"，亦借字。

〔注釋〕

① 居、諸，皆語助詞。下土，謂大地。乃，猶"而"。如，像也。之，借爲"此"。逝，往、行也。古，借爲"固"，固定。處，居住。胡，何也。定，指定終身、訂婚。寧，寧願、寧肯。顧，回頭看。末句爲姑娘補充之言。下各章同。

② 冒，覆蓋。好，喜愛。報，報答。

③ 德音，德行與名聲。無良，不好、很壞。俾，使也。

④ 畜，養也。卒，終也。報，報答。述，借爲"遂"，完成。

〔訓譯〕

太陽和月亮，總從東邊出。而像這個人啊，行蹤不固定，怎能定終身？他寧願不看我！

太陽和月亮，永從東邊出。而像這個人啊，實不喜歡我，怎能定終身？他寧願不報答我！

太陽和月亮，光輝照大地。而像這個人啊，德行十分差，怎能定終身？還是讓我忘掉他！

太陽和月亮，光輝蓋大地。父親和母親啊，你們還沒養大我，怎能就讓定終身？他還沒有報答我！

〔意境與畫面〕

山村小院裏，住著一對父母和他們尚未成年的女兒。一個行商模樣的人，經常來家投宿。住下以後，姑娘總是熱情招待，給他燒水做飯。時間長了，父母決定把女兒許配給他。可是這個人行無定所，經常說走就走，對姑娘沒有感情，不僅不報答她，而且還在外面偷雞摸狗，招人詬罵，姑娘十分反感。所以，她拒絕父母的要求，並從多個方面講出不同意的理由，還十分委屈地抱怨父母狠心。

終　風

〔提要〕這是一個女子思念情人的詩。《毛詩序》曰："《終風》，衛莊姜傷己也。遭州吁之暴，見侮慢而不能正（止）也。"《韓詩》亦以爲言衛莊姜事，恐皆非。

　　終（既）風且暴（瀑），顧我則笑。謔浪笑敖（傲），中心是悼。①

　　終（既）風且霾，惠然肯來。莫（既）往莫來，悠悠我思。②

　　終（既）風且曀，不日有（又）曀。寤言（焉）不寐，願言（焉）則嚏。③

　　曀曀其陰，虺虺其雷。寤言（焉）不寐，願言（焉）則懷（回）。④

　　　　　　　——《終風》四章，章四句。

〔彙校〕
　　且暴，《齊詩》作"瀑"，本字。
　　肯來，《魯詩》作"肎"，誤字。
　　莫往，疑當作"既"，涉後誤。
　　則嚏，今文三家或作"疐"，借字。
　　曀曀，《韓詩》字從"土"旁，非。

〔注釋〕
　　① 終，猶"既"。王引之《經傳釋詞》曰："'終'與'既'同義。"暴，借爲"瀑"，《説文》："疾雨也。"顧，回頭看。謔，調戲。浪，放蕩。敖，借爲"傲"，倨傲、不敬。中心，即心中。悼，

悲傷。

②霾，音埋，濃霧。惠然，形容施惠。莫，借爲"無"。往來，偏指來。悠悠，長久的樣子。

③曀曀，音亦亦，天色陰暗的樣子。不日，不幾天。有，借爲"又"。寤，醒著。言，借爲"然"。寐，睡著。願然，誠慤的樣子。嚏，音踢，打噴嚏。願言（焉）則嚏，謂你若真心想念我，我就會打噴嚏。民間至今有被親人想念即打噴嚏之說。

④虺虺，音灰灰，震動的聲音。懷，借爲"回"，音相轉。

〔訓譯〕

　　風大雨又驟，見我就嬉笑。調戲又放蕩，心裏好傷悲。
　　颶風又下霾，施惠肯再來。去後不再來，我心念悠悠。
　　颶風又天陰，隔日又天陰。醒著不願睡，讓我打噴嚏！
　　天陰雲又密，雷聲轟隆隆。醒著不願睡，想我就回來！

〔意境與畫面〕

　　陰雨連綿的秋夜，一個女子獨臥空房，想念自己的情人：那一天暴風驟雨，你第一次見我，就喜歡我。那天兩個人謔浪笑談，現在很久不見，想起來令人悲傷。後來颶風下霾的那天你又來了，簡直是對我的恩惠。但從那以後再也不來，讓我思念悠悠。如今遇上連陰雨，外面雷聲隆隆，我也不願意睡。你若真想我，就讓我打噴嚏吧；你若真想我，就快回來吧！

擊　　鼓

〔提要〕這是一個陪上司出使在外的小吏思念其妻子的詩。《毛詩序》曰："《擊鼓》，怨州吁也。衛州吁用兵暴亂，使公孫文仲將而平陳與宋，國人怨其勇而無禮也。"蓋以詩中有"孫子仲"之故。《齊詩》曰："擊鼓合戰，士怯叛亡。威令不行，敗我成功。"亦非詩旨。

國風　邶風 | 59

擊鼓其鏜（鼞），踴躍用兵。土國城漕，我獨南行。①
從孫子仲，平陳與宋。不我以歸，憂心有忡。②
爰居爰處，爰喪其馬。于以求之？于林之下。③
死生契闊，與子成説：執子之手，與子偕老！④
吁嗟闊兮，不我活兮！吁嗟洵（恂）兮，不我信兮？⑤
　　　　　　　　　　——《擊鼓》五章，章四句。

〔彙校〕

其鏜，《齊詩》《韓詩》並作"鼞"，本字。
吁嗟，舊作"于"，古借字，今改本字，以免誤讀。下同。
洵兮，《魯詩》《韓詩》並作"敻"，借字。

〔注釋〕

①其，做詞頭。鏜，音湯，借爲"鼞"，擊鼓聲。踴躍，跳躍的樣子。用兵，興兵打仗。土，謂興土工。國，指國都。城，謂築城。漕，地名。
②從，跟隨。孫子仲，人名，疑是《左傳》衛人孫文子之弟，孫良夫之子。平，媾和。陳、宋，皆國名。以，謂帶領。有忡，猶忡忡，音義同"偅偅"，憂思心動的聲音。
③爰，于是。居、處，謂駐紮。喪，丟失。以，猶何。求，尋找。
④契，音竊，合也。闊，離也。契闊，偏指分離、離別。子，對妻子的愛稱。成説，猶言約定。偕，一起。
⑤吁嗟，歎息聲。洵，借爲"恂"，確實。信，相信。

〔訓譯〕

擊鼓咚咚響，踴躍要用兵。大家修城牆，唯我往南行。
跟隨孫子仲，出使陳和宋。不帶我回家，心中好憂傷。
只好住下來，而且丟了馬。哪裏去尋它？叢林樹下邊。
生死不分離，與你有約定：牽著你的手，與你一起老！

哎呀這麼遠，不讓我活呀！哎呀是真的，你不相信我？

〔意境與畫面〕
朝廷外的廣場上，一個士兵正在擊鼓，鼓聲咚咚，傳遍都城。一個官員，大聲宣佈告示：外族入侵，國家準備興兵打仗，軍民們馬上行動起來！于是，有很多人開始修築城牆。一個小吏，被派陪同使臣去往南方。他跟隨使臣去了陳、宋兩國，很久不能回家，心急如焚，因爲他心裏想著心愛的妻子。沒有辦法，只好耐著性子住下。不幸有一天又丟了馬。他四處尋找，好不容易才在樹林子裏找到了。他牽著馬邊走邊想，從心裏給妻子說：我曾經與你有約定，一輩子生死不離，要牽著你的手，與你一起慢慢變老。而現在離得這麼遠，簡直是不讓我活啊。這都是真的啊，難道你不相信？

凱　風

〔提要〕這是一首兒子感念母親辛勞、自責不能報恩的詩。《毛詩序》曰："《凱風》，美孝子也。衛之淫風流行，雖有七子之母，猶不能安其室，故美七子能盡其孝道以慰其母心，而成其志爾。"誤以自責爲讚美。《齊詩》曰："凱風無母，何恃何怙？幼孤弱子，爲人所苦。"亦非。

凱風自南，吹彼棘心。棘心夭夭，母氏劬勞。①
凱風自南，吹彼棘薪。母氏聖善，我無令人。②
爰有寒泉，在浚（浼）之下。有子七人，母氏勞苦。③
睍睆黃鳥，載（則）好其音。有子七人，莫慰母心！④
　　　　　　　　　——《凱風》四章，章四句。

〔彙校〕
　　凱風，《釋文》作"飆"，異體字。

在浚，浚爲疏通或幽深之義，在此義不協，疑是"涘"字之誤，形相似。

睍睆，《韓詩》作"簡簡"，誤。

〔注釋〕

①凱風，南風。《爾雅·釋天》："南風謂之凱風。"棘，酸棗樹。心，指嫩枝芽，象徵幼小的子女。《戰國策·秦策三·范雎說秦王章》："《詩》曰：'木實繁者披其枝，披其枝者傷其心。'"夭夭，嫩而苗壯的樣子。母氏，母親。劬，音渠，辛勞、勤勞。

②棘薪，酸棗樹枝，指已經成人的子女。聖善，聰明能幹。我，子女自謂。令，美好。

③爰，于此。寒泉，出水冰冷的泉，夏天使人清涼。涘，音四，水崖。

④睍睆，音現緩，眼睛圓而突出的樣子。黃鳥，指黃鸝。載，借爲"則"。好，美。音，叫聲。慰，撫慰。

〔訓譯〕

凱風從南刮，吹那酸棗芽。嫩芽很苗壯，母親真辛勞。
凱風從南來，吹那酸棗枝。母親很能幹，我們沒出息。
這裏有寒泉，在那山崖下。養了七個兒，母親真勞苦。
黃鸝眼睛圓，叫聲也好聽。雖有七個兒，沒人慰母心！

〔意境與畫面〕

初夏，溫暖而濕潤的南風徐徐刮來，吹著酸棗樹上的嫩芽，使它苗壯成長。就像母親含辛茹苦，養育自己的孩子，使他們苗壯成長。

秋末，酸棗芽已經長大，變得像柴薪一般，南風仍然吹著它。就像孩子已經長大，母親依然養育著他們。母親非常聰明能幹，而子女們卻沒有太大出息。

村外山崖下，有一處山泉，供人們飲用，給人清涼。就像七個兒子，都靠著母親勞苦養育。

黃鸝鳥雖小，而它圓圓的眼睛和好聽的叫聲也能使人賞心悅目。而七個兒子，卻沒有一個能撫慰母親的心。

雄　雉

〔提要〕這是一首妻子擔心丈夫在外出軌的詩。《毛詩序》曰："《雄雉》，刺衛宣公也。淫亂不恤國事，軍旅數起，大夫久役，男女怨曠，國人患之而作是詩。"似未必。

雄雉于飛，泄泄（𦐇𦐇）其羽。我之懷矣（兮），自詒（貽）伊（一）阻。①

雄雉于飛，下上其音。展矣君子，實勞我心。②

瞻彼日月，悠悠我思。道之云遠，曷云（何用）能來？③

百爾君子，不知德行！不忮不求，何用不臧？④

——《雄雉》四章，章四句。

〔彙校〕

自詒，《釋文》曰："本亦作'貽'。"按"貽"爲本字。

悠悠，《魯詩》作"遙遙"，轉音借字。

〔注釋〕

① 雉，野雞。于，助動詞，表示動作正在進行時。泄，借爲"𦐇"，音亦。泄泄（𦐇𦐇），舒展的樣子。懷，胸懷、心裏。矣，同"兮"。詒，借爲"貽"，留也。伊，借爲"一"。阻，阻礙、障碍。

② 展，伸展，放開手腳。君子，指自己的丈夫。勞，累也。

③ 瞻，看也。悠悠，悠遠的樣子。云，説也。曷云，同"何用"，如何、怎樣。來，回來。

④ 百，泛言普遍。君子，泛指男人。忮，音至，嫉妒。何用，何以。臧，善也。《韓詩外傳》云："不求利者爲無害，不求福者爲無禍。"

〔訓譯〕
　　公野雞高飛，翅膀全展開。我的心裏邊，自留一層碍！
　　公野雞高飛，叫聲下又上。放任的丈夫，實在勞我心！
　　遠望那月亮，我心念悠悠。聽說路途遠，怎麼能回來？
　　男人都一樣，不知有德行！不妒又不求，怎能不良善？

〔意境與畫面〕
　　一個女子正在地裏勞動，一隻公野雞從她頭頂上飛過，翅膀完全伸展。看到這一幕，女子想起在外服役的丈夫，因爲身邊沒人約束，也會完全放縱自己，就像野雞一樣。心裏總是過不去，好像自己給自己留下一层障碍。
　　她又看到，公野雞飛的時候忽上忽下，叫聲也是忽高忽低。她想到那完全放開手腳的丈夫，實在成了自己的心病。
　　望著天上的太陽，她心思悠悠。但是路途那麼遠，他又回不來，怎麼辦呢？
　　她轉念又想：男人都是那樣，沒有德行。但如果他能不嫉妒不貪求，又怎麼會變壞呢？心中又有一絲安慰。

〔引用〕
　　《論語·子罕》："子曰：'衣敝縕袍，與衣狐貉者立，而不恥者，其由也歟？'不忮不求，何用不臧？'子路終身誦之。"用此詩。

匏 有 苦 葉

〔提要〕這是一個姑娘在河邊等待男朋友時所唱的歌。《毛詩序》曰："《匏有苦葉》，刺衛宣公也。公與夫人並爲淫亂。"非詩意。

　　匏有苦（枯）葉，濟有深涉。深則厲（砅），淺則揭。①
　　有瀰濟盈，有鷕雉鳴。濟盈不濡軌，雉鳴求其牡。②

雍雍鳴雁，旭日始旦。士如歸妻，迨冰未泮（判）。③
招招舟子，人涉卬否。人涉卬否，卬須（頾）我友。④
——《匏有苦葉》四章，章四句。

〔彙校〕
匏有，按古書或引作"苞"，或引作"瓟"，皆借字。
則厲，今文三家或作"砅"，本字；或作"濿"，借字。
雍雍，《魯詩》作"噰噰"，同，皆象聲詞。
鳴雁，《齊詩》作"鳱"，義同。
旭日，《韓詩》作"煦"，借字；《釋文》引作"旴"，異體字。
卬須，《魯詩》作"頾"，本字。

〔注釋〕
① 匏，音庖，葫蘆。苦，借爲"枯"，枯萎。匏有枯葉，深秋之時所見。濟，河名，源出河南濟源西。涉，指涉水必經之所。厲，借爲"砅"（音厲），《說文》："履石渡水也。"即踩著石頭過河。揭，音氣，提起下衣。
② 有瀰，猶"瀰瀰"，大水彌漫的樣子。濟，水名。盈，滿、漲也。濡，霑濕。軌，車軸兩端。濟盈不濡軌，意濟水雖漲但車尚可過，不影響交往。鷕，音尾。有鷕，即"鷕鷕"，雌雉（母野雞）鳴叫聲。求，尋求。牡，雄性。
③ 雍雍，雁鳴相和聲。旭日，朝陽。旦，太陽露出地面。士，青年男子，這裏指其男朋友。如，若也。歸妻，即娶妻。女嫁曰歸。迨，及、趁也。泮，借爲"判"，分、融化。《韓詩外傳》："霜降逆女，冰泮殺止。"
④ 招招，招手的樣子。舟子，船夫。人，別人。卬，音昂，我。否，不。須，借爲"頾"，等待。友，指男朋友。

〔訓譯〕
葫蘆有枯葉，濟水有深灘。深就踏石過，淺就撩衣涉。
漫漫濟水漲，鷕鷕野雞鳴。水漲不濕軸，母雞尋公雞。
雍雍大雁鳴，旭日剛升起。你若娶媳婦，趁著冰未消。

船夫招手叫，人渡我不渡。人渡我不渡，我等我朋友。

〔意境與畫面〕
　　秋天的早晨，一輪紅日從東方冉冉升起，陽光灑滿大地。莊稼已經成熟，葫蘆的葉子也已發黃。漲水的濟河，緩緩流動，河邊不時傳來大雁和野雞的叫聲。渡口不遠，一個姑娘正在等待河對岸的男朋友。她想到往年枯水季節，濟水雖有深處，但完全可以涉水過來，水深處就踩著石頭過，水淺的地方就提起下衣走。如今雖然漲水，但如果乘車，水也濕不到車軸。她聽見母野雞的叫聲，知道它們是在求偶，而自己現在就是那樣。所以，小伙子你如果想娶媳婦，就要趕在明年開春河冰未化之前。忽然看到擺渡的船夫招手喚她上船，姑娘急忙回答：我不過河，我在等我朋友！

〔引用〕
　　《論語·憲問》："有荷蕢而過孔氏之門者曰：'有心哉！擊磬乎！'既而，曰：'鄙哉，硜硜乎！莫己知也，斯己而已矣。"深則厲，淺則揭。"'子曰：'果哉！末之難矣。'"用此詩。

谷　　風

　　〔提要〕這是一個被拋棄的女子埋怨和譴責其前夫喜新厭舊、不念舊情，感歎自己命運悲慘的詩。上博簡《詩論》曰："《谷風》悲。"正體現此詩精義。《毛詩序》曰："《谷風》，刺夫婦失道也。衛人化其上，淫于新昏而棄其舊室。夫婦離絕，國俗傷敗焉。"《魯詩》同，皆大體不差。

　　習習谷風，以陰以雨。黽勉同心，不宜有怒。采葑采菲，無以下體？德音莫違，及爾同死。①
　　行道遲遲，中心有違（懫）。不遠伊邇，薄（迫）送我畿（機）。誰謂荼苦，其甘如薺。宴（燕）爾新昏

（婚），如兄如弟。②

涇以渭濁，湜湜其沚。宴（燕）爾新婚，不我屑以（與）。毋逝我梁，毋發我笱。我躬不閱（悅），遑（何）恤我後。③

就其深矣，方（泭）之舟之。就其淺矣，泳之游之。何有何亡（無），黽勉求之。凡民有喪，匍匐救之。④

不我能慉（蓄），反以我爲讎。既阻我德，賈用不售。昔育（有）恐（空）育（有）鞫，及爾顛覆。既生既育，比予于毒。⑤

我有旨蓄，亦以禦冬。宴爾新婚，以我禦窮。有洸（僙）有潰（憒），既詒（貽）我肆。不念昔者，伊余來塈（忌）。⑥

——《谷風》六章，章八句。

〔彙校〕

黽勉，《韓詩》作"密勿"，亦作"僶俛"，皆連綿詞，義同。

下體，《韓詩》作"禮"，誤字。

伊邇，《魯詩》作"爾"，借字。

宴爾，《釋文》："本又作'燕'。"按作"宴"當是本字。或作"讌"，俗字。

其沚，今文三家作"止"，借字。

屑以，《魯詩》作"已"，亦借字。

我躬，今文三家作"今"，義略同。

遑恤，今文三家作"皇"，借字。

匍匐，《魯詩》作"扶服"，亦作"服伏""蒲服"等，義皆同，連綿詞義在音不在字。

不我能慉，今文三家作"能不我慉"，非，義不同。

不售，按唐石經本作"讎"而磨改，見其非。

育恐育鞫，二"育"字皆當是"有"字之誤；恐，疑是"空"字音誤，或所謂借字。

〔注釋〕

①習習，大風聲。谷風，山谷中的風。舊以谷風爲東風，恐未必。以，猶又。黽勉，努力。葑，蔓菁，根莖皆可食。菲，蘿卜。無以，不用。下體，指根。德音，指誓言。違，違背。及爾，與你。

②遲遲，遲緩的樣子。中心，即心中。違，借爲"愇"，恨也。伊，爲也。邇，近也。薄，借爲"迫"，急迫、急忙。畿，借爲"機"，門內。荼，苦菜名。甘，甜也。薺，野菜名，有甜味。宴，樂、喜歡。或作"燕"，借字。爾，你。

③涇、渭，皆河名，涇爲渭支流，南彙入渭。涇水清而渭水濁，涇水入渭水亦變濁。以，因也。湜湜，音實實，水清的樣子。沚，小沙洲。不我屑以，即不屑我以。以，借爲"與"，在一起。逝，往也。梁，指魚梁，以土石築堤橫截水中，留水門，放置竹筍攔捕游魚的設施。筍，魚籠。躬，身、本人。閱，同"悅"。遑，何也。恤，顧念。後，謂子女。按"毋逝我梁，毋發我筍。我躬不閱，遑恤我後"四句，借用《小雅·小弁》句，相當于用典。

④就，靠近。方，借爲"泭"，筏子。舟之，謂乘船。泳，潛水。游，浮水。何，謂何處。有，指有房子可住。亡，同"無"。民，人也。喪，猶難。匍匐，爬行。

⑤慉，同"蓄"，養也。阻，障蔽。賈，音古，賣也。用，猶"而"。售，賣出。有，又也。空，與"鞫"相對。鞫，窮也。有（又）空有（又）鞫，指没有孩子。顛覆，《詩經通義》曰："指夫婦之事言。"

⑥旨，甘甜，指菜。畜，積蓄。禦，抵擋。以，用也。窮，無也。洸，借爲"僙"，武、兇暴。潰，借爲"憒"，心亂、糊塗。詒，同"貽"，遺也。肄，勞也。伊，唯也。塈，借爲"忌"，恨也。《大雅·瞻卬》："維予胥忌。"

〔訓譯〕

谷風呼呼吹，天陰又下雨。應當共努力，不該來發怒。蔓菁和蘿卜，卻不要大根！誓言莫違背：與你同生死！

緩緩把路行，心中有怨恨：無遠只有近，送我到門口！誰說荼菜苦，甘甜比薺菜。喜歡你新歡，如同親弟兄。

涇因渭水濁，沙洲仍清清。喜愛你新歡，不屑與我住。莫去我魚梁，莫開我魚籠！我身尚不悦，何論我兒女？

要到深水去，就用舟和筏；要到淺處去，直接游過去。如今哪裏去？努力去尋求。別人有災難，爬著也去救。

不能畜養我，反以我爲仇。既蔽我美德，求也不管用。從前没孩子，與你炕上鬧。生了孩子後，把我比毒瘤。

我有甘甜菜，足以禦嚴冬。喜歡你新歡，讓她去享用。又凶又糊塗，留給我辛苦。不念當初情，只把我來恨！

〔意境與畫面〕

陰雨連綿的日子，從北邊山口刮來的大風呼嘯著。山村的茅屋裏，丈夫正對妻子大發雷霆，要把她趕出家門，因爲他有了新歡。妻子勸他説：你我應當同心協力過日子，不該這樣對我發怒。你不要我，就好比挖蔓菁和蘿蔔卻不要大根，拋棄了最好的部分。而且當初你曾經發誓，要與我同生共死，怎麼能夠違背？

丈夫把妻子推向門外，隨即關上了門。妻子緩緩前行，心中充滿怨恨：你竟然如此狠心，哪怕送幾步也行，而你卻連門也不出！誰説荼菜苦？比起我心中的苦，簡直要甜得多。而你愛你的新歡，與她親同如兄弟。

渭水雖因涇水而濁，但沙洲周圍仍然清澈。我雖然因她而遭你拋棄，但我的心依然清純。你愛你的新歡，不屑與我同住。那你們今後也不要去我的魚梁，不要開我的魚籠！你連我本人尚且不喜歡，何況我的兒女？

要到深水裏去就用舟船或筏子，要到淺水去就游過去，因爲目標明確。而如今我哪裏去住？没有任何目標，只有怒力去找。當初別人有難的時候，即使爬著我也去救，如今卻没有一個人願意救我！

當初我給你做了那麼多事情，如今你不但不養我，反而把我當成仇人。你已經遮蔽了我的美德，所以即使我求你你也不答應，就像賣東西賣不出去。從前没有孩子的時候，整夜陪你在炕上鬧騰。有了孩子以後，你把我比做毒瘤，再也不願接近。

本來我準備了很多甜菜，足以渡過整個冬天。如今你喜歡你的新歡，讓她去享用。你又凶又糊塗，留給我下辛苦。你不念當初情份，卻把我忌恨！

——她無奈地在泥濘的路上一邊哭泣一邊往前走著。

國風　邶風　| 69

〔引用〕

《左傳·僖公三十三年》載曰季言于晉文公曰："舜之罪也殛鯀，其舉也興禹。管敬仲，桓之賊也，實相以濟。（略）《詩》曰：'采葑采菲，無以下體。'君取節焉可也。"出此詩之首章。

式（實）　微

〔提要〕這是一首奴隸們摸黑爲奴隸主幹活時所對唱的歌，抒發他們對奴隸主的不滿和無奈。《毛詩序》曰："《式微》，黎侯寓于衛，其臣勸以歸也。"非詩本義。《魯詩》曰："黎莊夫人者，衛侯之女、黎莊公之夫人也。既往而不同，欲所務者異，未嘗得見，甚不得意。其傅母閔夫人賢，公反不納，憐其失意，又恐其已見遺而不以時去，謂夫人曰：'夫婦之道，有義則合，無義則去。今不得意，胡不去乎？'乃作詩曰：'式微式微，胡不歸？'"實亦只是用詩。《齊詩》曰："式微式微，憂禍相絆。隔以岩山，室家分散。"亦屬用詩。

式（實）微，式（實）微，胡（何）不歸？微（無）君之故，胡（何）爲乎中露！①
式（實）微，式（實）微，胡（何）不歸？微（無）君之躬，胡（何）爲乎泥中！②

——《式微》二章，章四句。

〔彙校〕

中露，《魯詩》作"路"，非，以音誤，亦可視爲借字。

〔注釋〕

① 式，借爲"實"，確實。微，借爲"黣"，黑，指天黑。胡，同"何"。"微君"之"微"，借爲"無"，沒有、不是。君，君主、奴隸

主。中露，露水之中。

② 躬，身。泥，泥濘，指泥地裏面。

〔訓譯〕

（起句）天確實黑了，（和句）確實黑了。（起句）爲什麽還不回家？
（和句）要不是君主，何必在露水中?!
（起句）天確實黑了，（和句）確實黑了。（起句）爲什麽還不回家？
（和句）要不爲君主，何必在泥濘中?!

〔意境與畫面〕

天已大黑，露水早降。一群奴隸，正在泥濘的地裏摸著黑幹活，渾身已被打濕，滿身都是泥巴。他們又飢又累又冷，只能一邊勞動一邊對唱著《式微》之歌。因爲有打手，還在監視著他們。

旄　丘

〔提要〕這是一首佅女責備叔、伯不救助自己的詩。《毛詩序》曰："《旄丘》，責衛伯也。狄人迫逐黎侯，黎侯寓于衛，衛不能修方伯連率之職，黎之臣子以責于衛也。"或有所據。《列女傳》曰："黎莊夫人者，衛侯之女也。"如此則此詩當爲黎莊夫人作所作。《左傳·宣公十五年》載："潞子嬰兒之夫人，晉景公之姊也。（五月，）酆舒爲政而殺之，又傷潞子之目。晉侯將伐之，諸大夫皆曰：'不可！酆舒有三儁才，不如待後之人。'伯宗曰：'必伐之！狄有五罪：……棄仲章而奪黎氏地，三也。……'晉侯從之。六月，癸卯，晉荀林父敗赤狄于曲梁。辛亥，滅潞。酆舒奔衛，衛人歸諸晉，晉人殺之。……秋七月……壬午，晉侯治兵于稷，以略狄土，立黎侯而還。"即其事。《齊詩》曰："陰陽隔塞，許嫁不答。《旄丘》《新臺》，悔往歎息。"略有意。

旄（堥）丘之葛兮，何誕（延）之節兮。叔兮伯

兮，何多日也?^①

何其處也？必有與也！何其久也？必有以（因）也！^②

狐裘蒙戎（厖茸），匪（彼）車不東。叔兮伯兮，靡所與同。^③

瑣兮尾（微）兮，流離之子。叔兮伯兮，褎如（然）充耳。^④

——《旄丘》四章，章四句。

〔彙校〕

旄丘，今文三家作"堥"，本字。

有以，《齊詩》作"似"，非。

蒙戎，或作"厖茸"，義同。

流離，《魯詩》作"留"，借字。

褎如，或作"衺"，誤。

〔注釋〕

①旄，借爲"堥"。堥丘，前高後低之丘。葛，葛藤。何，爲何。誕，借爲"延"，延伸。之，猶其。節，枝節、蔓。叔，叔父。伯，伯父。叔伯，這裏指衛侯的兄弟。多日，謂遷延日久。

②何其，爲何那樣。處，安居不動。與，在一起、同伴。以，因、原因。

③蒙戎，即"厖茸"，蓬鬆的樣子。匪，借爲"彼"，那。東，謂向東。靡，無也。

④瑣，細小。尾，借爲"微"，卑微。流離，漂流離散。子，作者自稱。褎，音又，盛服。如，同"然"，形容詞詞尾。褎如，形容盛裝。充，填塞。

〔訓譯〕

堥丘上的葛藤啊，爲何延長其枝蔓？叔叔伯伯們啊，爲何遷延這麼久？

爲何能安居，必定有夥伴。爲何能長久，必定有原因。
狐裘很蓬鬆，那車不向東。叔伯們啊，無所與我同。
細小而卑微啊，流離的人。叔伯們啊，盛裝不願聞！

〔意境與畫面〕

　　狄人入侵，黎侯夫人派人去娘家衛國求救，而衛國遲遲不肯發兵。黎侯夫婦天天盼、夜夜等，熬過一天又一天，直到狄人攻破都城，被趕了出去，衛國的救兵也沒有到來。黎侯夫人想：山丘上的葛藤長了一節又一節，所以那麼長。衛國的叔叔伯伯們，爲什麼也要遷延這麼長呢？原來他們正穿著蓬鬆的皮裘，在宮殿裏與臣下取樂，根本就沒有派兵向東，因爲他們根本就不想管我的事。黎國的使者當殿求救，他們根本就充耳不聞，懶得搭理。

簡　兮

　　〔提要〕這是一首讚美舞者的詩。詩的作者，可能是衛國後宮中的一位女子。《毛詩序》曰："《簡兮》，刺不用賢也。衛之賢者仕于伶官，皆可以承事王者也。"今文三家無異義，皆非詩意。

　　簡兮簡兮，方將《萬》舞。日之方中，在前上處。①
　　碩人俁俁，公庭《萬》舞。有力如虎，執轡如組。②
　　左手執籥（龠），右手秉翟。赫如渥赭，公言錫（賜）爵。③
　　山有榛，隰有苓。云誰之思？西方美人。彼美人兮，西方之人兮。④

　　　　　　——《簡兮》四章，三章章四句，一章六句。

〔彙校〕

　　俁俁，《韓詩》作"扈扈"，轉音借字。

執籥，《韓詩》作「龠」，本字。
渥赭，今文三家作「屋」，借字。

〔注釋〕

① 簡，擇也，謂挑選舞者。方將，即將。《萬》舞，一種内容複雜的大型舞蹈，包括文舞和武舞。《初學記》引《韓詩》：「（萬）舞，大舞也。」方，正。前上處，即頭頂偏前，指太陽的位置。

② 碩人，身材肥碩之人，指挑選出來的舞者。俣俣，音語語，大的樣子。公庭，朝廷的院子。轡，馬韁繩。組，絲帶子。有力如虎，執轡如組，武舞也。金文《弓鎛》：「靈力若虎。」執轡如組，形容輕巧熟練。

③ 籥，音閱，借爲「龠」，一種樂器，如笛子，三孔。秉，握也。翟，音敵，公野雞尾羽，長而美。左手執籥，右手秉翟，文舞也。赫，大紅。渥，塗抹。赭，音這，一種紅色礦石，可做染紅的顔料。公，衛國國君。錫，同「賜」。爵，青銅酒器，這裏指一爵酒。

④ 榛，音貞，榛子，可食。隰，音息，低濕之地。苓，茯苓，生濕地，可入藥。山有榛、隰有苓，是說各有特産，故下重複曰西方。云，說也。西方，指周。美人，指在公庭《萬》舞的碩人。

〔訓譯〕

選了又選啊，即將跳《萬》舞。太陽正中天，就在頭頂上。碩人多魁梧，公庭跳《萬》舞。有力如猛虎，執韁如絲帶。左手拿著龠，右手握雞毛。臉紅如塗赭，國君賜他酒。
山上有榛子，濕地有茯苓。說我在想誰？西方那美人。那美人啊，是西方的人。

〔意境與畫面〕

中午時分，紅日當頭。宮廷的院子裏，站著一隊舞者。一個導演模樣的人，正在仔細挑選獨舞演員。最終，他挑出一位身材高大，非常魁梧的演員。演員先表演武舞，他揮舞兵器，動作有力，如同猛虎。他左手拿著竹龠，右手握著彩色的野雞尾羽，臉上塗著紅彩。表演完了，國君賜他一爵酒，誇他表演得好。

觀衆堆裏，一個女子正在目不轉睛地看著這一切。她被這位演員的長相、表演、扮相所打動。她喜歡上了這位身材碩大的演員，覺得他是那麼地美。她想：山上產榛子，濕地出茯苓，西方果然也出人才。我心裏所想的，就是那西方的美男子。

〔引用〕

《左傳·襄公十年》："狄虒彌建大車之輪，而蒙之以甲，以爲櫓。左執之，右拔戟，以成一隊。孟獻子曰：'《詩》所謂"有力如虎"者也。'"出此詩之二章。

泉　水

〔提要〕這是一個衛女從所嫁國歸衛之後駕車出遊時所唱的歌，歌中回憶歸衛時的心情，並抒發對所嫁國的思念。《毛詩序》曰："《泉水》，衛女思歸也。嫁于諸侯，父母終，思歸寧而不得，故作是詩以自見也。"今文三家無異義，均有誤解。

毖（泌）彼泉水，亦流于淇。有懷于衛，靡日不思。孌彼諸姬，聊與之謀。①

出宿于泲，飲餞于禰（坭）。女子有行，遠父母兄弟。問（聞）我諸姑，遂及伯姊。②

出宿于干，飲餞于言。載（則）脂載（則）舝，還車言邁。遄臻于衛，不瑕（暇）有害！③

我思肥泉，兹（滋）之永歎。思須（沬）與漕，我心悠悠。駕言出遊，以寫（瀉）我憂。④

　　　　　　　　——《泉水》四章，章六句。

〔彙校〕

毖彼，《韓詩》作"祕"，亦借字。

于泲，《魯詩》作"濟"，本屬借字，今通作"濟"，如今山東"濟于襧，《韓詩》作"坭"，本字。古書或引作"泥"，同。

問我，疑是"聞"字音誤。

思須，古文"沫"字之誤，王先謙説。

〔注釋〕

①毖，借爲"泌"，音必。《説文》："泌，俠（狹）流也。"水狹則流急，故有急流之義，這裏比喻急欲歸衛的心情。泉水，淇水源頭，衛女所嫁之地，屬邶，在衛西北。亦，言其遠。流于，流向。淇，衛地河流名。懷，懷念、思念。靡，無也。孌，《説文》："慕也。"諸姬，幾位姬姓女人。聊，姑且。謀，商量。此章言歸衛之前。

②泲，音姊，水名，經傳或作"濟"，借字。襧，音你，借爲"坭"。泲、坭，皆衛國地名。出宿，出門住在外面。餞，設酒食送行。"出宿于泲，飲餞于襧"，言出嫁之時。有行，謂出嫁。問（聞），謂告訴、告別。姑，姑姑。伯姊，大姐。此章回憶出嫁之時。

③干、言，皆所嫁國地名。"出宿于干，飲餞于言"，言歸衛之時事。載，借爲"則"，就也。脂，謂給車軸膏油。舝，車軸兩端防止車輪外脱的鍵子。還車，掉轉車頭。言，猶而。邁，遠行。遄，音船，速也。臻，至、到達。瑕，借爲"暇"。不暇，没有機會。此章言歸衛之時。

④肥泉，泉水所在之地。兹，同"滋"，生也。之，同此。永，長也。須（沫）、漕，皆所嫁國衛國地名。悠悠，心緒悠遠的樣子。駕，駕車。言，猶而。寫，借爲"瀉"，同"泄"，宣泄。言駕車出遊，必與上章之還車非同一事，故此章當言歸衛之後。

〔訓譯〕

窄窄泉水，急流向淇。有心回衛，天天在想。仰慕姬女，姑且問她。

出宿在泲，餞行在坭。女子出嫁，遠離父兄。告别姑姑，又别大姐。

出宿在干，餞行在言。給車膏油，調頭遠行。快到衛國，不會有害。

我想肥泉，生此長歎。想那沫漕，我心悠悠。駕車出遊，以泄我憂。

〔意境與畫面〕

衛地的一個女子，遠嫁他鄉邶地。丈夫死了，她怕受傷害。有一天，她站在泉河邊上，看著它急流向衛，不禁勾起回衛的衝動。朝思暮想，無有良策，于是便去跟其他姬妾們商量，姬妾們給她出主意，讓她秘密逃回衛地。這時候，她想起了出嫁時從濟出發，家人在禰地爲她擺酒餞行，以及臨行之時她告別父母兄弟，又告別姑姑們和大姐的情景，看著急速奔流入淇的泉河，更加歸心似箭。

這一天，她假裝出城遊玩，坐車出了干城，朋友們在言地給她擺酒餞行。完了，馬上給車膏油，檢查車轄，完了突然調轉車頭，朝著衛國疾馳而去。她從心裏面祈禱，快點到衛國吧，到了就不會再有危險。

歸衛不久，父母雙亡，她又思念遠方的肥泉，不禁發聲長歎。想起她熟悉的須、漕兩地，她的心緒悠悠。現在又不能重新返行，只有靠著駕車出遊，以宣泄自己的憂傷。

〔引用〕

《左傳·文公二年》："君子曰禮，謂其后稷親而先帝也。《詩》曰：'問我諸姑，遂及伯姊。'"出此詩之二章。

北　門

〔提要〕這是一首官吏訴苦的詩。《毛詩序》曰："《北門》，刺仕不得志也。言衛之忠臣不得其志爾。"略有意。《潛夫論·贊學篇》引今文三家説云："《北門》君子，志有所專，不憂貧也。"説非是。

出自北門，憂心殷殷（慇慇）。終窶且貧，莫知我艱。已焉哉！天實爲之，謂之何哉？[①]

王事適（擲）我，政事一埤益我。我入自外，室人交遍讁我。已焉哉！天實爲之，謂之何哉？[②]

王事敦我，政事一埤遺我。我入自外，室人交遍摧

（讁）我。已焉哉！天實爲之，謂之何哉？③

——《北門》三章，章七句。

〔彙校〕

已焉，《韓詩》上有"亦"字，《韓詩外傳》則無，是"亦"字不必有。

讁我，《韓詩》作"適"，借字。

摧我，《韓詩》字從"言"，釋"就也"。按：從言或是，釋"就也"則非。

〔注釋〕

① 殷殷，同"慇慇"，憂痛的樣子。終，猶既。窶，音句，困窘。艱，難也。已焉哉，猶言算了吧。謂之何，說什麼。

② 王事，周天子之事。適，借爲"擿"，扔也。政事，行政事務。埤，音皮。一埤，一併、全部。益，加也。入，回家。室人，家人。交遍，交相、全部。讁，音哲，指責。

③ 敦，促也。遺，音位，交給。摧，借爲"誰"，謂刺譏、諷刺。

〔訓譯〕

走出北門，憂心傷痛。既困又貧，沒人知我。算了吧！天安排的，說什麼呢？

王事扔給我，政事全部堆給我。一進家門，家人交相指責我。算了吧！天安排的，說什麼呢？

王事敦促我，政事一併交給我。一進家門，家人交相諷刺我。算了吧！天安排的，說什麼呢？

〔意境與畫面〕

一個小吏，在朝廷裏當差。朝廷凡是與周王室打交道的事，全由他負責，有時候甚至催得很急。朝廷所有的事務，也都交給他處理。從早到晚，總是有忙不完的事情，每天很晚才能回家。回到家裏，家人交相指責，妻子罵，父母打，他只有忍氣吞聲地活著。這一天，他出了北門，滿心憂痛。想到自己這麼辛苦，身心疲憊，又遭此困境，沒有錢財，卻沒有人知道他的艱難。怎麼辦呢？轉念又想，算了吧，這都是命，說了又有什麼用？無奈地朝家走去。

北　　風

〔提要〕這是一個姑娘描寫自己與不喜歡的男子在一起時心情的詩。男子喜歡姑娘，姑娘擔心受騙，但又沒有拒絕，所以上博簡《詩論》曰："《北風》不絕。"《毛詩序》曰："《北風》，刺虐也。衛國並爲威虐，百姓不親，莫不相攜持而去焉。"與詩本義相去甚遠。《齊詩》曰："北風寒涼，雨雪益冰。憂思不樂，哀悲傷心。"實則詩亦無哀悲之意。

北風其涼，雨雪其雱。惠而好我，攜手同行。其虛（徐）其邪，既亟只且！①

北風其喈，雨雪其霏。惠而好我，攜手同歸。其虛（徐）其邪，既亟（急）只且！②

莫赤匪（非）狐，莫黑匪（非）烏。惠而好我，攜手同車。其虛（徐）其邪，既亟（急）只且！③

——《北風》三章，章六句。

〔彙校〕

其虛其邪，《釋文》出《毛傳》"虛，虛也"，云："一本作'虛，徐也'。"是釋"虛"爲"徐"，本字。王先謙謂魯、齊"虛"作"徐"，是二家用本字。《爾雅·釋詁》釋"其虛其徐"，是所見本已誤。

其霏，《魯詩》作"霏霏"，義同。

〔注釋〕

① 其，語頭。雨，做動詞，下也。雱，音旁，雪大的樣子。惠，愛

也。好，喜歡。虛，借爲"徐"，緩也。下同。邪，曲也。其徐其邪，是説走得又慢又曲折。既，已也。亟，急也。只且（音居），語氣詞，猶"了啊"。

② 其喈，風疾的樣子。其霏，雪盛的樣子。
③ 莫，猶不。匪，同"非"。

〔訓譯〕

　　北風透心涼，大雪下得忙。愛我喜歡我，牽手把路行。緩慢又曲折，我心已發急。

　　北風刮得急，大雪紛紛揚。愛我喜歡我，牽手把家回。緩慢又曲折，我心已發急。

　　不赤非狐狸，不黑非烏鴉！愛我喜歡我，牽手把車乘。緩慢又曲折，我心已發急。

〔意境與畫面〕

　　北風呼嘯，大雪紛飛，一個姑娘被愛她的男子牽著手在路上漫步，走得很慢，而且故意曲來拐去。姑娘心裏發急，不想跟他在一起，因爲她知道天下烏鴉一般黑，天下男子負心漢，但又沒有拒絕他。後來，男子又約她一同乘車回家，姑娘依然沒有拒絕，只是心裏仍存戒備。

静（婧）　女

〔提要〕這是一首描寫男女約會的詩，前二章爲男子所唱，第三章爲女子所唱。《毛詩序》曰："《静女》，刺時也。衛君無道，夫人無德。"《韓詩外傳》引首章，以爲"賢者精氣闐溢，傷時不可遇也"。《齊詩》曰："季姬踟躕，結衿待時。終日至暮，伯兮不來。"又曰："季姬踟躕，望我城隅。終日至暮，不見齊侯。"皆非詩本義。

　　静（婧）女其姝，俟我于城隅。愛（薆）而不見

（現），搔首踟躕。①

静（婧）女其孌，貽我彤管。彤管有煒，說（悦）懌女（汝）美。②

自牧歸（饋）荑，洵美且異。匪（非）女（汝）之爲美，美人之貽。③

——《静女》三章，章四句。

〔彙校〕

其姝，《魯詩》《齊詩》作"㚲"，亦作"袾"。按作"姝"當是本字。

于，舊作"於"，改從《魯詩》，求一律。

愛而，《齊詩》作"僾"，亦借字，《魯詩》"愛"作"薆"，本字。《韓詩》"而"作"如"，借字。

說懌，今文三家作"釋"，形似而誤。

且異，《韓詩》作"癡"，以音誤。

〔注釋〕

① 静，借爲"婧"，《說文》："一曰有才也。"其，詞頭。姝，音殊，美也。俟，音四，等待。城隅，城牆角。愛，借爲"薆"，隱蔽、躲藏。見，同"現"。搔首，撓頭。踟躕，音遲除，徘徊的樣子。

② 孌，年輕貌美的樣子。貽，贈送。彤，紅色。管，指草管。煒，音偉。有煒，同"煒煒"，盛明的樣子。說，讀爲"悦"。懌，喜也。女，讀爲"汝"，指彤管。

③ 牧，指牧場所在。歸，借爲"饋"，贈送。荑，音提，初生的香茅草。洵，詢、確實。異，異樣、獨特。匪，同"非"。女，同"汝"，指荑。美人，指男方，猶《簡兮》稱"西方美人"，美男子。

〔訓譯〕

有才的姑娘真漂亮，等我就在城牆角。躲藏起來不露面，撓頭徘徊找見她。

有才的姑娘真水靈，送我一隻紅草管。草管紅紅直發亮，喜歡你這漂亮樣。

放牛歸來送我荑,確實漂亮又少見。其實不是它很美,而是因爲是他送的。

〔意境與畫面〕

一個小伙子放牛歸來,把牛圈好,收拾停當,趕緊出門,去見他的女朋友。姑娘很聰明,而且非常漂亮,正在城牆下面等著。看見小伙子走來,她急忙躲到城角那邊。小伙子沒有看到姑娘,撓頭徘徊,四處尋找。

兩人見面後,姑娘送給小伙子一隻紅色的竹管。看著竹管發亮的樣子,小伙子愛不釋手。完了,小伙子也從懷裏掏出一根剛從牧場采來的白茅尖,送給姑娘。茅尖白白嫩嫩,十分少見。姑娘看著茅尖,心裏説:並不是你美,而是因爲是他送的。

新　臺

〔提要〕這是一首描寫一個女子被騙而嫁錯漢的詩。《毛詩序》曰:"《新臺》,刺衛宣公也。納伋(衛宣公之子,又名急)之妻,作新臺于河上而要之。國人惡之,而作是詩也。"今文三家無異義,或是。《左傳·桓公十六年》:"初,衛宣公烝于夷姜,生急子,屬諸右公子。爲之娶于齊而美,公取之,生壽及朔。"

新臺有泚(玼),河水瀰瀰。燕婉之求,籧篨不鮮。①

新臺有灑(㻞),河水浼浼。燕婉之求,籧篨不殄(腆)。②

魚網之設,鴻則離(罹)之。燕婉之求,得此戚施。③

——《新臺》三章,章四句。

〔彙校〕

有泚，今文三家作"玼"，當是本字。

瀰瀰，《齊詩》作"洋洋"，借字。

燕婉，《齊詩》作"嬿"，後起字。

有洒，《韓詩》作"漼"，義同。

浼浼，《韓詩》作"浘浘"，借字。

不鮮，今文三家作"腆"，本字。

〔注釋〕

①臺，樓臺。泚，音此，借爲"玼"。有泚，猶"玼玼"，鮮明華麗的樣子。河，黃河。瀰瀰，猶漫漫。燕婉，儀態安詳溫順。之，猶"是"。籧篨，音渠除，葦或竹編的粗席，比喻粗笨。不鮮，老也。

②洒，音洗，借爲"銑"，音顯，聲相轉。有銑，猶"銑銑"，有光澤的樣子。浼浼，音美美，水盛的樣子。殄，借爲"腆"，美好。

③離，借爲"罹"，遭遇。戚施，駝背。

〔訓譯〕

新臺明亮亮，黃河水漫漫。原求俊俏漢，得個胖老漢！

新臺光閃閃，黃河水浩浩。原求俊俏漢，得個醜老漢！

設下破魚網，鴻雁鑽進去。原求俊俏漢，得個老駝背！

〔意境與畫面〕

黃河西岸，渡口旁邊，新建的一座樓臺，裝飾華麗，金碧輝煌。漫漫黃河從臺前浩浩流過，河面上從東駛來了娶親的船。一個國君模樣的人坐在臺上，新郎兒子站立旁邊。國王五六十歲，長得臃腫肥胖，駝著背，十分醜陋。看見如花似玉的新娘子，一把攬進了自己懷中，新娘子嚇得目瞪口呆。圍觀的國人口唱《新臺》，一哄而散。

二 子 乘 舟

〔提要〕這是一首母親擔心倆兒子過河遇險的詩。《毛詩序》

曰："《二子乘舟》，思伋、壽也。衛宣公之二子爭相爲死，國人傷而思之，作是詩也。"恐未必。《魯詩》《韓詩》曰："衛宣公之子，伋也，壽也、朔也。伋，前母子也。壽與朔，後母子也。壽之母與朔謀，欲殺太子伋而立壽也，使人與伋乘舟于河中，將沈而殺之。壽知不能止也，固與之同舟，舟人不得殺伋。方乘舟時，伋傅母恐其將死也，閔而作詩，《二子乘舟》之詩是也。"恐亦非。詩明言"泛泛其逝"，見非"方乘舟時"。

二子乘舟，泛泛其景（影）。願言（然）思子，中心養養（恙恙）！①
二子乘舟，泛泛其逝。願言（然）思子，不瑕（暇）有害？②

——《二子乘舟》二章，章四句。
——邶國十九篇，七十一章，三百六十三句。

〔彙校〕
養養，《魯詩》作"洋洋"，亦借字。
不瑕，唐石經初刻作"遐"，亦借字。

〔注釋〕
① 乘舟，謂乘船東渡黃河。泛泛，漂流的樣子。景，同"影"，影子。願，謹也。願言，即"願然"，思念的樣子。中心，即心中。養養，借爲"恙恙"，形容擔憂。
② 逝，消逝，看不見。瑕，借爲"暇"。不暇，謂不會突然之間。害，危也。

〔訓譯〕
兩個兒子坐上船，漂漂蕩蕩没了影。實在想兒子，心中好擔憂！
兩個兒子坐上船，漂漂蕩蕩不見了。實在想兒子，不會遇險吧？

〔意境與畫面〕
　　黃河西岸，渡口旁邊。一個母親，看著自己的兩個兒子坐上船，漂漂蕩蕩向東划去，一直到影子消失，突然看不見了。過後很久，一直没有兒子的消息。母親擔心兒子是否已在河中遇險，整天神情恍惚，坐臥不安，傻傻地站在河邊觀望。

鄘風

柏　舟

〔提要〕這是一個早戀姑娘因遭到父母的反對而唱的歌。上博簡《詩論》曰："《柏舟》［彊］志；既曰'天也'，猶有怨言。"詩中的"不諒人只"，無疑是怨恨之言。"彊志"二字，當是從"之死矢靡它""之死矢靡慝"二句出，謂詩文表現堅強的志向。而《毛詩序》曰："《柏舟》，共姜自誓也。衛世子共伯蚤死，其妻守義，父母欲奪而嫁之，誓而弗許，故作是詩以絕之。"今文三家亦無異説。按詩言"髧彼兩髦，實維我儀。之死矢靡它"，明是少年未婚者之言，詩序非。

泛彼柏舟，在彼中河。髧彼兩髦，實維（爲）我儀，之死矢（誓）靡它。母也天只，不諒人只！①

泛彼柏舟，在彼河側。髧彼兩髦，實維我特（犅），之死矢靡慝（它）。母也天只，不諒人只！②

——《柏舟》二章，章七句。

〔彙校〕
　　按：安大簡"鄘"作"甬"，有此篇，章、句同。
　　泛彼，原作"汎"，異體字。
　　柏舟，安大簡作"白"，借字。下同。
　　髧彼，《齊詩》《韓詩》作"紞"，安大簡作"湫"，皆借字。下同。
　　兩髦，安大簡作"躳"，借字。下同。

實維，安大簡作"是"，借字。下同。
我儀，安大簡作"義"，借字。下同。
之死矢，安大簡無"之"字，義略同。下同。
靡它，安大簡"靡"作"林（麻）"，省借字；《魯詩》"它"作"他"，亦借字。
母也，安大簡作"可（呵）"，義同。下同。
天只，安大簡作"氐"，借字。下同。
不諒，《韓詩》作"亮"，安大簡作"京"，均借字。
河側，安大簡作"昃"，借字。
我特，《韓詩》作"直"，安大簡作"惪"，均借字。
靡慝，安大簡作"弋（忒）"，皆借字。

〔注釋〕
① 泛舟，在水面上盪舟。柏，柏木。中河，即河中。髧，音但，頭髮披散下垂。兩髦，兩邊的髮綹。髧兩髦，周代未成年男子的髮式。實，實在、真正。維，用同"爲"。儀，匹、配偶。之，借爲"至"。矢，借爲"誓"。靡，無也。也、只，均語氣詞。諒，體諒。
② 河側，河一邊。特，借爲"犆"，配偶、對象。慝，音特，借爲"它"，異其音以諧韻也。

〔訓譯〕
　　盪著柏木舟，在那黃河中。垂著兩綹髮，正是我朋友，誓死無他人。母親老天爺，真不體諒人！
　　盪著柏木舟，在那黃河邊。垂著兩綹髮，就是我對象，誓死無旁人。母親老天爺，真不體諒人！

〔意境與畫面〕
　　一個姑娘早戀，遭到母親反對，她固執地唱出此歌，進行表白。

牆　有　茨

〔提要〕這是一對夫婦半夜相互約束的詩。他（她）們知道

"中冓"之言不僅"不可道""不可揚""不可讀",而且還以"牆有茨"做比喻,認爲保守得越嚴密越好,故上博簡《詩論》以爲"《牆有茨》慎密而不知言"。《毛詩序》曰:"《牆有茨》,衛人刺其上也。公子頑通乎君母,國人疾之,而不可道也。"恐是後人附會之説。今文三家皆以爲刺衛宣公之詩,恐亦非。

牆有茨,不可掃也。中冓(篝)之言,不可道也。所可道也,言之醜也。①

牆有茨,不可襄也。中冓(篝)之言,不可詳(揚)也。所(若)可詳(揚)也,言之長也。②

牆有茨,不可束也。中冓(篝)之言,不可讀也。所可讀也,言之辱也。③

——《牆有茨》三章,章六句。

〔彙校〕

按:安大簡有此篇,一、三兩章倒。

有茨,《齊詩》《韓詩》作"薺",借字。安大簡作"蠡蟄",借爲"蒺藜",異名。下同皆。

掃也,安大簡作"埽",借字。

中冓,安大簡作"㝅",義當同。下同。

詳也,《韓詩》作"揚",本字。安大簡作"惕",疑亦讀揚音。

束也,安大簡作"欶",借字。

〔注釋〕

① 牆,所以防範、保密也。茨,音詞,野草名,即蒺藜,有刺。牆有茨,可增强牆的防範功能。掃,掃除。牆上茨若掃除,則防範、保密功能降低,故不可掃。冓,音構,《説文》:"交積材也。"此借爲"篝"。《廣雅·釋詁四》:"篝,夜也。"《釋文》引《韓詩》曰:"中冓,中夜。"中夜,即半夜。中夜之言,即夫婦房中之言也。《毛傳》訓"中冓"爲"内冓"。《鄭箋》曰:"内冓之言,謂宫中所冓成頑,與夫

人淫昏之語。"道，說也。所，借爲"若"，如果。言，言語。醜，恥也。

②襄，除也。牆上茨若拔除掉則容易洩密，故不可除。詳，借爲"揚"，宣揚。長，增長。言之長，謂越傳越遠。

③束，捆束。牆上茨若捆束則產生漏洞，亦容易洩密，故不可。讀，猶説。

〔訓譯〕

牆上有蒺藜，不可掃除掉。半夜説的話，不可向人道。如若向人道，就是言羞恥。

牆上有蒺藜，不可清除掉。半夜説的話，不可向外揚。如若向外揚，就是言長腿。

牆上有蒺藜，不可束起來。半夜説的話，不可給人説。如若給人説，就是言恥辱。

〔意境與畫面〕

一對夫婦，半夜説了很多私密話。完了雙方約定，一定不能洩露，就像院牆上的蒺藜，既不能掃除，也不能捆束一樣，所以千萬不能傳出去，讓人笑話。

君子偕老

〔提要〕這是一首讚美國君夫人的詩。《毛詩序》曰："《君子偕老》，刺衛夫人也。夫人淫亂，失事君子之道，故陳人君之德，服飾之盛，宜與君子偕老也。"非詩旨。

君子偕老，副（鬒）笄六珈。委委佗佗（迤迤），如山如河。象服是宜。子之不淑，云如之何？①

玼兮玼兮，其之翟也。鬒髮如雲，不屑髢也。玉之瑱也，象之揥也，揚（陽）且之晳也。胡然而天也，胡然而帝也?②

瑳兮瑳兮,其之展也,蒙彼縐絺,是紲(襮)袢也。子之清揚,揚且之(衍)顏也,展如之人兮,邦之媛也!③

——《君子偕老》三章,一章七句,一章九句,一章八句。

〔彙校〕

按:安大簡有此篇,第二章六句,第三章七句。

偕老,安大簡"偕"作"皆",借字;"老"作"考",義同。

副笄,安大簡"副"作"杯"、"笄"作"开",皆借字。

六珈,安大簡作"加",借字。

委委佗佗,《魯詩》作"禕禕它它",安大簡作"蝸蝸它它",皆音義同。

如山,安大簡作"女(汝)",借字。下皆同。

象服,安大簡作"備",借字。

之何,安大簡作"可",借字。

玼兮玼兮其之翟也,安大簡作"玼其易(翟)也",義不諧,當有脫文。

鬒髮,安大簡"鬒"作"軫",借字。

髢也,安大簡作"俍",借字。

玉之瑱也象之揥也,今文三家"瑱"作"顛",異體字。安大簡作"玉僮象帝也",亦合二句爲一句,疑非。

揚且,安大簡作"易虡",皆借字。

之晳也,安大簡無"之"字,是,此當涉前衍;"晳"作"此",借字。

胡然而天也,安大簡"胡"作"古",借字;無"而"字,義略同。

胡然而帝也,安大簡無此句。

其之展也蒙,安大簡闕。

是紲,安大簡作"執",亦借字;今文三家作"襮",本字。

清揚,安大簡作"青易",皆省借字。

之顏,安大簡無"之"字,是。

展如，安大簡作"廛"，借字。

之人兮，安大簡無"之"字，"兮"作"也"，義略同。

邦之媛，《韓詩》作"援"，訓"取也"。按詩讚國君夫人，作"援"當非。安大簡作"膺"，轉音借字。

〔注釋〕

①君子，指國君。偕老，指白頭偕老的夫人。今人新婚有"白頭偕老"之賀，當仿此。副，借爲"髻"，頭飾。笄，音饑，髮簪。珈，音家，玉飾。佗佗，借爲"迤迤"。委委佗佗，連綿詞，形容雍容、美麗。《韓詩》說云："委委佗佗，德之美也。"發揮之辭也。如山如河，形容莊重而飄逸。象服，有象形紋飾之服。淑，善、美也。

②玼，音此，明盛的樣子。翟，山雉，指衣服上的花紋，即所謂象服。鬒，音真，真髮。如雲，言其盛多。髢，音敵，假髮。瑱，舔去聲，耳垂飾。揥，音替，簪子。揚，用同"陽"。陽且（音居），靚麗的樣子。皙，白也。胡，何也。胡然，什麼樣子。天、帝，謂天仙、帝女。

③瑳，音搓，玉色鮮白的樣子。展，衣服名。《鄭箋》曰："禮有展衣，以丹縠（紅紗）爲之。"縐，有皺紋。絺，細葛布。紲，借爲"褻"。褻袢，貼身的衣服。清揚，眉目清秀。顏，臉。展如，誠然。之人，此人。邦，國也。媛，美女。

〔訓譯〕

國君的夫人啊，頭戴六顆玉。雍容又美麗啊，莊重而飄逸。你若不漂亮啊，什麼叫漂亮？

鮮明又突出啊，衣上花山雉。秀髮濃又密啊，不屑戴假髮。玉耳垂、象牙簪啊，靚麗又白皙。什麼叫天仙啊，什麼叫帝女？

鮮艷又明亮啊，她的紅紗衣。外罩皺葛衣啊，裏面新內衣。你眉目清秀啊，你的臉靚麗。誠然此美女啊，國色世無雙！

〔意境與畫面〕

國君夫人打扮得雍容華貴，十分靚麗。她一頭烏髮，簪著象牙簪子，另戴六顆美玉，身穿一件紅色罩衣，上面有山雉和其他動物圖案，裏面一身新襯衣。耳朵上戴著白玉耳垂，皮膚白皙，眉清目秀，如同天仙一般。國人爲作此詩，以讚美她。

桑　中

〔提要〕這是三個男人相互炫耀自己與情人約會的詩。《毛詩序》曰："《桑中》，刺奔也。衛之公室淫亂，男女相奔，至于世族在位，相竊妻妾，期于幽遠，政散民流，而不可止。"略有意。

爰采唐（蕩）矣（兮）？沬之鄉矣（兮）。云誰之思？美孟姜矣（兮）。期我乎桑中，要（邀）我乎上宮，送我乎淇之上矣（兮）。①

爰采麥（麻）矣（兮）？沬之北矣（兮）。云誰之思？美孟弋（姒）矣（兮）。期我乎桑中，要我乎上宮，送我乎淇之上矣（兮）。②

爰采葑矣（兮）？沬之東矣（兮）。云誰之思？美孟庸（媪）矣（兮）。期我乎桑中，要我乎上宮，送我乎淇之上矣（兮）。③

——《桑中》三章，章七句。

〔彙校〕

按：安大簡有此篇。

唐矣，安大簡"唐"作"蕩"，本字；"矣"作"可（呵）"，義同。下同。

沬之，安大簡作"䜴"，借字。

云誰，安大簡作"員隹"，皆借字。下同。

孟姜，安大簡作"湯"，借字。

期我，安大簡作"㰴"，借字。下同。

乎桑中，安大簡無"乎"字，省。下同。"桑"作"喪"，借字。下同。

要我，安大簡作"遷"，本字。下同。
送我，安大簡作"遺"，義同。下同。
麥矣，按麥不言采，疑當作"麻"，音近而誤。
孟弋，安大簡字作"妣"，宜是本字。
孟庸，安大簡字作"埇"，同"嬦"，宜是本字。

〔注釋〕
①爰，于何、在哪裏。唐，借爲"募"，一種草藥，俗名菟絲子。沬，音妹，河流名。矣，同"兮"。下同。沬鄉，沬水流經之地。云，說也。誰之思，思誰。孟，長、大也。姜，姜家、姜姓。孟姜，姜家長女。期，猶約。桑中，桑林之中。要，借爲"邀"，邀請。宮，室也。上宮，謂樓上。淇，河流名，在今河南省北部。淇之上，謂淇河岸邊。
②麻，指麻籽。弋（妣），古姓氏，或言借爲"姒"。孟，排行最大者。
③葑，野菜名，俗名蔓菁，似圓根羅卜。庸，姓氏名，同"廊"。

〔訓譯〕
　　去哪兒采菟絲？去沬鄉。說我想誰？想美孟姜啊！她曾約我在桑林中，邀我到閣樓上，送我到淇河邊。
　　去哪兒采麻籽？去沬水北。說我想誰？想美孟弋啊！她也曾約我在桑林中，邀我到閣樓上，送我到淇河邊。
　　去哪兒采蔓菁？去沬水東。說我想誰？想美孟庸啊！她也曾約我在桑林中，邀我到閣樓上，送我到淇河邊。

〔意境與畫面〕
　　深秋時節，上午時分。三個男子，各自從家裏出門。三人見面，問候已畢，互開玩笑，如詩所云。

鶉之奔奔

〔提要〕這是一首憾恨自己做壞人的弟弟和臣民的詩，作者當是國君之弟。《毛詩序》曰："《鶉之奔奔》，刺衞宣姜也。衞人以爲宣姜鶉鵲之不若也。"説非是。詩言"兄"言"君"，焉得爲夫人？

鶉之奔奔，鵲之彊彊（蹡蹡）。人之無良，我以爲兄！①

鵲之彊彊（蹡蹡），鶉之奔奔。人之無良，我以爲君！②

——《鶉之奔奔》二章，章四句。

〔彙校〕

安大簡有此篇，章、句同。

奔奔，《魯詩》《齊詩》作"賁賁"，借字。下同。

彊彊，《魯詩》《齊詩》作"姜姜"，安大簡作"競競"，皆借字。下同。

人之，《韓詩》作"而"，義略同。

無良，安大簡作"亡"，借字。下同。

我以，安大簡作"義"，借字。下同。

〔注釋〕

① 鶉，音純，鵪鶉，一種小鳥，似雀。鵲，喜鵲。之，語助詞。奔奔，輕跳的樣子。彊彊，同"蹡蹡"，跳動的樣子。鵪鶉小，故曰奔奔；喜鵲大，故曰蹡蹡，皆謂前行。無良，形容品行極壞。鵪鶉、喜鵲前行時皆跳著走，不正常，故以比人之無良。以，謂以之。

② 君，君主、國君。

〔訓譯〕

鵪鶉奔奔，喜鵲蹡蹡。人品極壞，我以他爲兄！

喜鵲蹡蹡，鵪鶉奔奔。人品極差，我以他爲君！

〔意境與畫面〕

一群鵪鶉，都奔奔跳著向前；一群喜鵲，也都彊彊跳著向前；而旁邊的雞鴨，則一步一步向前行走。看到這些，弟弟想起平日裹橫行霸道的哥哥，他是國君，從不與人好好相處。感歎道：我怎麼會以這樣的人爲兄，以這樣的人爲君？

〔引用〕

《左傳·宣公二年》："君子謂羊斟：'非人也，以其私憾，敗國殄民，于是刑孰大焉？《詩》所謂"人之無良"者，其羊斟之謂乎。'"出此詩。

定 之 方 中

〔提要〕這是一首讚美楚丘、以圖強國的詩，作者當是衛文公。《毛詩序》曰："《定之方中》，美衛文公也。衛爲狄所滅，東徙渡河，野處漕邑。齊桓公攘戎狄而封之，文公徙居楚丘，始建城市而營宮室，得其時制，百姓說之，國家殷富焉。"意比較接近。《春秋·閔公二年》："冬十二月，狄人伐衛。衛懿公好鶴，鶴有乘軒者。將戰，國人受甲者皆曰：'使鶴，鶴實有祿位，余焉能戰？'……戰于熒澤，衛師敗績，遂滅衛。""僖之元年，齊桓公遷邢于夷儀；二年，封衛于楚丘。"

定之方中，作于（爲）楚宮。揆之以日，作于（爲）楚室。樹之榛栗，椅桐梓漆，爰伐琴瑟。①

升彼虛（墟）矣，以望楚矣。望楚與堂，景山與京。降觀于桑，卜云其吉，終然（焉）允臧。②

靈雨既零（霝），命彼倌人：星（晴）言夙駕，説（税）于桑田。匪（彼）直也人，秉心塞（寒）淵，騋牝三千。③

——《定之方中》三章，章七句。

〔彙校〕

按：安大簡有此篇，存前兩章。
定之，安大簡作"丁"，借字。
作于，安大簡作"爲"，本字，音相轉。下同。
楚宫，安大簡作"疋"，省借字。下"望楚"同。
揆之，安大簡作"癸"，借字。
作于，今文三家作"爲"，本字。
楚室，安大簡作"㘂"，異體字。
榛栗，安大簡作"秦"，借字。
椅桐，安大簡作"柯"，省借字。
梓漆，安大簡"梓"作"杍"，簡體字；"漆"作"桼"，借字。
景山，安大簡作"業"，疑誤。
于桑，安大簡作"喪"，借字。下同。
卜云，安大簡作"員"，借字。
其吉，安大簡作"既"，借字。
終然，《魯詩》作"焉"，本字。

〔注釋〕

① 定，星宿名。方，正也。中，中天。作爲，修築、建造。楚，地名，指楚丘。《春秋·僖公二年》："正月，城楚丘。"周正月，正是定宿中天之時。宫，宫室、宗廟。揆，度量。日，指日影。室，居室。樹，栽種。榛、栗、椅、桐、梓、漆，皆樹木名。爰，于是。伐，砍來。琴瑟，謂製作琴和瑟。

② 升，登也。虚，同"墟"，指漕邑。堂，城邑名。景，大也。京，高丘。降，下來。桑，桑田。卜，用龜甲占卜。終，最終、結果。然，同"焉"，語助詞。允，確實。臧，善也。

③ 靈雨，求來的雨。既零，"零"借爲"霝"，落也。倌人，即官人，管事的官員。星，借爲"晴"，天晴。言，語助詞。夙，早也。説，借爲"税"，謂收田税。桑田，良田也。匪，借爲"彼"，指倌人。直，正直。秉心，持心、居心。塞，借爲"寒"，實也。淵，深也。騋，音來，高大的馬。牝，母馬。騋牝，泛指良種母馬。三千，極言其多。是説用徵來的田税購買騋牝三千。有了騋牝三千，必能繁殖更多良馬，可見是作强國打算。《左傳·閔公二年》："衛文公大布之衣，大帛之冠，務材訓農，通商惠工，敬教勸學，授方任能。元年革車三十乘，季年乃

三百乘。"正與此合。

〔訓譯〕

　　定宿中天，修築楚宮。測量日影，修建楚室。種上榛栗，柯桐梓漆，伐做琴瑟。
　　登上漕墟，遠望楚丘。望楚與堂，大山高丘。下觀桑田，占卜言吉，結果真好。
　　靈雨已落，命那官員：天晴駕車，去徵田稅。那人正直，老實聰明，買馬三千。

〔意境與畫面〕

　　初冬時節，天氣寒冷，山丘之上，軍民齊心協力，正在大興土木。有人測量，有人鏟土，有人築牆，幹得熱火朝天。修好了宮室宗廟，第二年又在周圍栽種了各種樹木。
　　一個國君模樣的人，登上一座低矮的小城，遠望新築的城邑一帶，大山高丘，層巒疊嶂。山丘下面，有成片的桑田。國君叫卜者占卜，得了吉兆。結果如占卜所言，政和人興，非常吉祥。
　　天旱不雨，國君親自祈雨，果然得降甘霖。天尚未晴，國君就讓官員做好準備，天晴駕車，去徵田稅。他急不可待地要用徵來的稅款買良種馬，以便繁殖大量戰馬，實現強國。

蝃蝀

〔提要〕這是一個姑娘迫于父母之命遠嫁他鄉之前，唱給初戀男友的歌。《毛詩序》曰："《蝃蝀》，止奔也。衛文公能以道化其民，淫奔之恥，國人不齒也。"屬于用詩。《韓詩序》曰："刺奔女也。詩人言蝃蝀在東，邪色乘陽，人君淫佚之徵，臣子爲君隱藏，故言莫之敢指。"亦非。

蝃蝀在東，莫之敢指。女子有行，遠父母兄弟。[①]

朝隮于西，崇（終）朝其雨。女子有行，遠兄弟父母。②

乃如之（此）人也，懷婚姻也，大無信也，不知命也！③

——《蝃蝀》三章，章四句。

〔彙校〕

朝隮，《齊詩》作"躋"，義同。

人也，《齊詩》作"兮"，義略同。

〔注釋〕

① 蝃蝀，音帝東，指彩虹。莫，無人。指，用手指。蝃蝀在東，莫之敢指，比喻父母之命不敢違。民間迄今有教孩子不敢指虹之俗。有行，謂出嫁。

② 朝，朝夕之朝，早晨。隮，音擊，升也。崇，借爲"終"。終朝，一個早晨。朝隮于西，崇朝其雨，比喻自己讓嫁就得嫁。

③ 乃，猶而。之，此也。此人，指初戀男友。懷，心裏想。懷婚姻也，是說他本想與自己結婚。信，信用。大無信，是說他沒有兌現承諾。命，命運。不知命，謂不接受現實。

〔訓譯〕

彩虹在東，沒人敢指。女子出門，遠離父母兄弟。

彩虹在西，早晨必雨。女子出門，遠離兄弟父母。

而像這人，心想結婚，既無信用，又不知命！

〔意境與畫面〕

一對情侶，小伙子發誓非姑娘不娶。姑娘的父母不同意，在遠方給她找了一户人家，準備讓她出嫁。小伙子心裏不願意，又沒有辦法阻攔，痛苦地守在姑娘家門外。出嫁這天，姑娘唱出了這首《蝃蝀》之歌，一方面罵小伙子不守信用信，一方面勸他認命。

相　　鼠

〔提要〕這是一首咒罵不知禮儀者的詩。上博簡《詩論》曰："［《相鼠》言］亞（惡）而不憫。"是說咒罵其人而不加憐憫。《魯詩》及《白虎通義》以爲是"妻諫夫"之詩，甚有可能。《毛詩序》曰："《相鼠》，刺無禮也。衛文公能正其群臣而刺在位，承先君之化，無禮儀也。"屬于用詩。

相鼠有皮，人而無儀！人而（若）無儀，不死何爲？①
相鼠有齒，人而無止！人而（若）無止，不死何俟？②
相鼠有體，人而無禮，人而（若）無禮！胡不遄死？③
　　　　　　　　　　　　——《相鼠》三章，章四句。

〔彙校〕
　　無儀，《魯詩》作"亡"，借字。
　　何爲，《魯詩》作"胡"，借字。

〔注釋〕
　　① 相，仔細看。前"而"，猶"卻"；後"而"猶"若"。儀，容儀、好的儀表。
　　② 止，容止、好的舉止。俟，等待。
　　③ 禮，禮儀。胡，何也。遄，音船，速也。

〔訓譯〕
　　看那老鼠也有皮，人卻沒容儀！人若沒容儀，不死做什麽？
　　看那老鼠也有齒，人卻沒容止！人若沒容止，不死等什麽？
　　看那老鼠也有體，人卻不知禮！人若不知禮，何不趕快死？

〔意境與畫面〕

一個妻子，正在咒罵一個不知禮儀、行爲不端的丈夫。她指著牆角的老鼠洞，口中如詩所云，可謂惡毒。

〔引用〕

《左傳·昭公三年》載君子曰："禮，其人之急也乎！（略）《詩》曰：'人而無禮，胡不遄死？'其是之謂乎。"出此詩之三章。

干　旄

〔提要〕這是一首描述、讚美國君招賢的詩。《毛詩序》曰："《干旄》，美好善也。衛文公臣子多好善賢者，樂告以善道也。"近是。《齊詩》曰："竿旄旌旗，執幟在郊。雖有寶珠，無路致之。"亦近是。或以此詩與《二子乘舟》爲一時之詩，恐未必。

孑孑干（竿）旄，在浚之郊。素絲紕之，良馬四之。彼姝者子，何以畀之？①

孑孑干（竿）旟，在浚之都。素絲組之，良馬五之。彼姝者子，何以予之？②

孑孑干（竿）旌，在浚之城。素絲祝之，良馬六之。彼姝者子，何以告之？③

——《干旄》三章，章六句。

〔彙校〕

按：安大簡有此篇，缺失首章。

干旄，今文三家、安大簡（二章）作"竿"，本字。下同。

孑孑，安大簡作"㱿"，借字。

在浚，安大簡作"孫"，借字。

素絲，安大簡作"索"，借字。

予之，《魯詩》作"與"，安大簡作"舍（余）"，皆借字。

祝之，安大簡作"纕"，原釋文讀"篤"音，借字。

〔注釋〕

① 孑孑，音皆皆，特立的樣子。干，借爲"竿"，竹竿。旄，音毛，犛牛尾做裝飾的旗子。干旄，挑在竹竿上的犛牛尾旗。浚，音俊，城邑名，離楚丘不遠。郊，城外。素，白色。紕，音皮，冠飾，兼做動詞。之，代詞，指下句彼姝者子。姝，美好。子，對男子的尊稱。何以，以何。畀，音畢，賜給。按此詩倒裝，素絲、良馬爲所畀之物。

② 旟，音俞，畫有飛鳥的旗子。都，城內。組，綬帶。予，給予。

③ 旌，彩色鳥羽裝飾的旗子。城，城牆。祝，借爲"屬"，音主，連也，謂連身、一身。告，謂祝福。

〔訓譯〕

竹竿挑旄旗，走在浚郊外。那位美賢才，把啥賜給你？素絲帽子，良馬四匹。

竹竿挑旟旗，走在浚城內。那位美賢才，拿啥送給你？素絲綬帶，良馬五匹。

竹竿挑旌旗，走在浚城上。那位美賢才，用啥祝福你？素絲一身，良馬六匹。

〔意境與畫面〕

郊外大道上，一個小吏用竹竿挑著一根犛牛尾做裝飾的旗子，逢人就喊：誰能如此這般，賞他素絲帽子，四匹良馬。

城內大街上，一個小吏用竹竿挑著一面畫有飛鳥的旗子，逢人就喊：誰能如此這般，賞他素絲綬帶，五匹良馬。

城牆上面，一個小吏用竹竿挑著一面用彩色鳥羽裝飾的旗子，邊走邊喊：誰能如此這般，賞他一身素絲衣，六匹良馬。

載　　馳

〔提要〕這是一首許穆夫人描述自己歸唁救衛的詩。《毛詩序》

曰:"《載馳》,許穆夫人作也。閔其宗國顛覆,自傷不能救也。衛懿公爲狄人所滅,國人分散,露于漕邑,許穆夫人閔衛之亡,傷許之小,力不能救,思歸唁其兄,又義不得,故賦是詩也。"言思歸不得,恐是誤解。《魯詩》曰:"許穆夫人者,衛懿公之女、許穆公之夫人也。初,許求之,齊亦求之。懿公將與許,女因其傅母而言曰:'古者諸侯之有女子也,所以苞苴玩弄,繫援于大國也。今者許小而遠,齊大而近。若今之世,強者爲雄,如使邊境有寇戎之事,惟是四方之故,赴告大國,妾在不猶愈乎?今捨近而求遠,離大而附小,一旦有車馳之難,孰可與慮社稷?'衛侯不聽云。……當敗之時,許夫人馳驅而弔唁衛侯,因疾之而作詩云。"當是。

載馳載驅,歸唁衛侯。驅馬悠悠,言(爰)至于漕。大夫跋涉,我心則憂。①

既(即)不我嘉,不能旋反。視爾(我)不臧,我思不遠。②

既(即)不我嘉,不能旋濟。視爾(我)不臧,我思不閟。③

陟彼阿丘,言采其蝱(莔)。女子善懷,亦各有行。許人尤之,衆(終)稚且狂。④

我行其野,芃芃其麥。控于大邦,誰因誰極(求)?大夫君子,無(毋)我有尤。百爾所思,不如我所之。⑤

——《載馳》五章,一章六句,二章四句,一章六句,一章八句。

——鄘國十篇,三十章,百七十六句。

〔彙校〕

跋涉,《齊詩》作"軷",借字。

視爾，《齊詩》作"我"，當是，此或以音誤。下同。
其蝱，《魯詩》作"莔"，本字。

〔注釋〕
①載，同"則"，猶又。馳，奔馳。驅，策馬。唁，慰問死者家屬。衛侯，指衛戴公。《左傳・閔公二年》："冬十二月，狄人伐衛。衛懿公好鶴，鶴有乘軒者。將戰，國人受甲者，皆曰：'使鶴！鶴實有祿位，余焉能戰？'……及狄人戰于熒澤，衛師敗績，遂滅衛。衛侯不去其旗，是以甚敗。……及敗，宋桓公逆諸河，宵濟，衛之遺民男女七百有三十人，益之以共滕之民，爲五千人，立戴公以廬于曹。許穆夫人賦《載馳》。……僖之元年，齊桓公遷邢于夷儀。二年，封衛于楚丘。"悠悠，悠遠的樣子。言，"爰"字音誤，于是。漕，漕邑、衛國臨時都城。大夫，即陪同前往者。跋涉，登山涉水。我，指本詩作者許穆夫人，衛戴公、文公之妹。
②既，同"即"，即使。嘉，表揚。旋反，謂返回許國。不能旋反，指自己説。我，作者自謂。臧，善也，指所思言。視我不臧，説我的主意不好。思，心思。不遠，謂近，在衛國。
③旋，還也。濟，謂渡河回許。許故地在今河南許昌一帶，處黃河以南。衛在今河南、山東之間北部，國都濮陽，處黃河以北。返許必渡黃河，故言濟。閟，音閉，關閉。不閟，言仍在想辦法。
④陟，升、登也。阿丘，山丘。蝱，音蒙，借爲"莔"，一種植物，籽曰貝母，可入藥。善，善于、喜歡。懷，思念。有行，謂出嫁。許，許國。尤，指責。衆，同"終"，既。穉，幼稚。狂，瘋狂。這句講歸唁之前。
⑤野，野外。芃，音朋。芃芃，音朋朋，茂盛的樣子。控，赴告。大邦，指齊國。因，依靠。極，借爲"求"，古音相轉。大夫君子，指衛國的當政者。無，同"毋"，不要。尤，指責、責備。我有尤，即有尤我、指責我。爾，指大夫君子。之，往、去也。

〔訓譯〕
快馬又加鞭，回去唁衛侯。驅馬很悠遠，終于到漕邑。大夫跋涉苦，我心正憂傷。
即使不表揚，我也不返回。就説我不好，我心在衛國。

即使不誇獎，我也不過河。就説我不善，我心不關閉。

登上那山丘，去采鮮貝母。女子雖善懷，也是出嫁人。許人責備我，幼稚且瘋狂。

我到郊外看，麥子正返青。去向大國告，求誰指望誰？大夫君子們，無不責備我。一百你所想，不如我所往。

〔意境與畫面〕

大道上，一輛馬車正在疾馳，趕車的人不時揚鞭催馬。車内坐著一位貴婦，焦急都望著車外。馬車一會兒上坡，一會兒涉水，趕車的人十分辛苦，車内的婦人則憂傷不已，她要趕回去拯救自己的國家。

到了目的地，見過主人，辦完喪事，主人勸她回去，她堅定地説：我要跟你們一起設法救衛，即使你們不表揚，我也不能回去；即使你們説我出的主意不好，我的心也在衛國；即使你們不誇我，我也不能再過黄河。

貴婦人登上城外的山丘，去采貝母。這時候，她想起回來前夫家許國人説的話：女子雖然喜歡懷念娘家，但畢竟是已經出嫁之人，你就不要管那麼多了。他們交相責備婦人，説她幼稚而瘋狂。

第二天，她坐車出行。行至郊外，望著茂盛的麥田，心裏在想：還得去報告齊國，要不然求誰指望誰呢？衛國的大夫君子們，你們不要再責備我，即使一百個你們所想的，也不如我要去的。想到這裏，她讓車夫催馬疾馳。

衛風

淇奧

〔提要〕這是一首衛人讚美衛武公的詩。《毛詩序》曰:"《淇奧》,美武公之德也。有文章,又能聽其規諫,以禮自防,故能入相于周,美而作是詩也。"今文三家無異説。《中論·虛道》云:"衛武公年過九十,猶夙夜不怠,思聞訓道。……衛人誦其德,爲賦《淇奧》。"當是。

瞻彼淇奧(澳),綠竹(䓞)猗猗。有匪君子,如切如磋,如琢如磨,瑟兮僩兮,赫兮咺(烜)兮。有匪(斐)君子,終不可諼(諠)兮![1]

瞻彼淇奧(澳),綠竹(䓞)青青(菁菁)。有匪(斐)君子,充耳琇瑩,會(䯤)弁如星。瑟兮僩兮,赫兮咺兮。有匪(斐)君子,終不可諼兮![2]

瞻彼淇奧,綠竹(䓞)如簀(積)。有匪(斐)君子,如金如錫,如圭如璧。寬兮綽兮,猗(倚)重較兮。善戲謔兮,不爲虐兮![3]

——《淇奧》三章,章九句。

〔彙校〕

淇奧,《魯詩》作"隩",借字;《齊詩》作"澳",本字。

綠竹,《魯詩》"綠"作"菉",借字;《韓詩》"竹"作"䓞",

本字。

　　有匪，《韓詩》作"邲"，借字；《齊詩》《魯詩》作"斐"，本字。

　　如切，《魯詩》作"魼"，借字。

　　如磋，今文三家作"瑳"，借字。

　　如琢，《韓詩》作"錯"，義略同。

　　如磨，《齊詩》作"摩"，借字。

　　咺兮，《齊詩》同，皆借字；《魯詩》作"烜"，本字。

　　諼兮，《齊詩》作"誼"，本字。

　　琇瑩，今文三家作"璓"，所謂俗字。

　　會弁，《魯詩》作"冠"，義同略；《韓詩》作"鬠"，本字。

　　綽兮，《韓詩》作"婥"，借字。

　　猗重較，《十三經注疏》本、今文三家"猗"皆作"倚"，本字；"較"字則今文三家作"較"，義同。

〔注釋〕

　　① 瞻，看也。淇，衛國河流名。奧，借爲"澳"，音豫，河水彎曲處。綠竹（蓽），草名，今或稱萹畜。陸璣《毛詩草木鳥獸蟲魚疏》："有草似竹，高五六尺，淇水側人謂之綠竹。"猗猗，音衣衣，茂盛的樣子。有斐，同"斐斐"，文采斐然的樣子。君子，對人的尊稱。切、磋、琢、磨，皆反復而後成的動作。《爾雅·釋器》："骨曰切，象曰磋，玉曰琢，石曰磨。"如切如磋，如琢如磨，形容刻苦學習，以自新也。瑟，形容莊重。僩，音現，威武。赫，顯赫。喧，借爲"烜"，音宣，彰著、顯著。終，始終。諼，音宣，借爲"誼"，忘記。

　　② 青青，借爲"菁菁"，枝葉茂盛的樣子。充，填塞。琇，音秀，似玉之石。瑩，晶瑩。會，借爲"鬠"，音怪，束頭髮的骨器。弁，皮弁、皮帽子。

　　③ 簀，音責，借爲"積"，堆積。金、錫，鑄造青銅器的材料。圭、璧，皆貴重的禮器。綽，亦寬。寬、綽，指所乘車廂言。猗，音以，借爲"倚"，牽。重，音蟲，猶雙。較，車廂兩側之上的扶手。戲謔，開玩笑。虐，暴戾。

〔訓譯〕

　　看那淇河灣，綠藎茂猗猗。有位美君子，（正在苦用功：）如切又如磋,如琢又如磨。莊重又威武,顯赫又彰著。文采美君子,始終忘不了!

看那淇河灣,綠薄葉菁菁。有位美君子,耳中塞明玉,皮弁嵌繁星。莊重又威武,顯赫又彰著。文采美君子,始終忘不了!

看那淇河灣,綠薄如堆積。有位美君子,如同青銅鑄,如同圭璧重。車廂很寬綽,手牽廂兩側。喜歡開玩笑,從來不暴虐。

〔意境與畫面〕

河灣薄草茂盛處,有一位文采斐然的耄耋老人,正在刻苦學習:他反復地念著背著,就像切磋琢磨。他的儀態那麽莊重威武,形象那麽顯赫彰著,看見的人怎麽也忘不了。

綠薄的葉子,那麽茂密。人們接近他仔細觀看,只見老者耳朵裏塞著明玉,晶瑩閃亮;皮帽子上嵌著骨飾,如同繁星。他是那麽莊重威武,那麽顯赫彰著,人們更加忘不了。

平日裏再仔細觀察,人們發現老者就像一尊青銅雕塑,那麽莊重;尊貴的樣子,就像玉圭玉璧。他坐在車裏,因爲消瘦,車廂顯得那麽寬綽,他的雙手扶著兩側的車幫,不左顧右盼。人們還發現他喜歡開玩笑,但從不暴戾,顯得十分溫柔。

考　槃

〔提要〕這是一首與人絕交的詩。《毛詩序》曰:"《考槃》,刺莊公也。不能繼先公之業,使賢者退而窮處。"今文三家無異義。按以爲美賢者退隱,恐未必。賢者對國君,似不可能自稱碩人。

考(攷)槃在澗,碩人之寬。獨寐寤言,永矢(誓)弗諼。①

考(攷)槃在阿,碩人之薖(果)。獨寐寤歌,永矢（誓）弗過。②

考（攷）槃在陸，碩人之軸（直）。獨寐寤宿，永矢（誓）弗告。③

——《考槃》三章，章四句。

〔彙校〕
考槃，今文三家作"盤"，義同。
在澗，《韓詩》作"干"，借字，古音同。
之薖，《韓詩》作"𡇇"，訓"美貌"，疑非。
之軸，《魯詩》作"逐"，借字。

〔注釋〕
① 考，借爲"攷"，扣、敲也。槃，音盤，木盤，盛飯器，猶碗。澗，山澗。碩人，身體肥碩之人，這裏是作者自詡，義指令人羨美之人。寬，指心胸寬廣。在澗，故象寬。寐，睡覺。寤，醒來。言，説話。矢，借爲"誓"。弗，不。諼，詐也。心胸寬廣，故不相詐。
② 阿，山的拐角處。薖，借爲"果"，果斷。拐彎，故象果。過，過從、交往。果，故不過從。
③ 陸，高平之地。軸，借爲"直"，直率。平，故象直。宿，告、請求。直，故不求人。

〔訓譯〕
　　敲盤在山澗，是碩人的寬。獨睡獨醒獨説話，永遠發誓不相詐。
　　敲盤在山阿，是碩人的果。獨睡獨醒獨歌唱，永遠發誓不過往。
　　敲盤在平地，是碩人的直。獨睡獨醒獨住宿，永遠發誓不告求。

〔意境與畫面〕
　　一個身材肥碩、衣衫襤褸之人，因被誤認爲騙了人，所以與人絕交後敲著木碗行走在山澗之中。他心裏說道：這裏就像我的寬宏，從今往後我一個人獨居獨言，再也不騙你。

他行至山的拐角處，心裏說：這裏就像我的果斷，從今往後我一個人獨居獨唱，再也不和你交往。

他上到山頂的平地，心裏說：這裏就像我的直率，從今往後我一個人獨居獨住，再也不求你。

碩　人

〔提要〕這是一首讚美衛莊公夫人莊姜的詩。《毛詩序》曰："《碩人》，閔莊姜也。莊公惑于嬖妾，使驕上僭，莊姜賢而不答，終以無子，國人閔而憂之。"本《左傳》。《左傳·隱公三年》："衛莊公娶于齊東宮得臣之妹，曰莊姜。美而無子，衛人所爲賦《碩人》也。"《魯詩》以爲其傳母所作，或有據。

碩人其頎，衣錦褧衣。齊侯之子，衛侯之妻。東宮之妹，邢侯之姨，譚公維（爲）私。①

手如柔荑，膚如凝脂，領如蝤蠐，齒如瓠犀（棲），螓首蛾眉，巧笑倩兮，美目盼兮。②

碩人敖敖（頎頎），說（稅）于農郊。四牡有驕，朱幩鑣鑣（漂漂），翟茀（蔽）以朝。大夫夙退，無（毋）使君勞。③

河水洋洋，北流活活。施罛（罟）濊濊，鱣鮪發發。葭菼揭揭，庶姜孼孼（巘巘），庶士有朅（桀）。④

——《碩人》四章，章七句。

〔彙校〕

其頎，《玉篇》引作"頎頎"，誤。

褧衣，《齊詩》《魯詩》作"絅"，義同；《韓詩》作"褮"，亦同。

譚公，《魯詩》作"覃"，借字。

維私，《齊詩》《韓詩》作"厶"，古字。

蝤蠐，《魯詩》作"蜻"，非。

瓠犀，《魯詩》作"棲"，本字。

螓首，今文三家作"顉"，俗字。

蛾眉，今文三家作"娥"，借字。

"巧笑倩兮，美目盼兮"，《論語·八佾》引後有"素以爲絢兮"句，王先謙謂是《魯詩》，不知其爲孔子解詩之語。

盼兮，《十三經注疏》本作"盻"，借字。

説于，《魯詩》作"税"，本字。

鑣鑣，《韓詩》作"儦儦"，同，皆象聲詞。

翟茀，今文三家作"蔽"，本字。

洋洋，《魯詩》亦作"油油"，借字。

施罛，《魯詩》亦作"罟"，本字。

濊濊，《魯詩》一作"汥汥"，義同，皆象聲詞。

發發，《魯詩》一作"撥撥"，《韓詩》作"鱍鱍"，《齊詩》作"鮁鮁"，義皆同，象聲詞。

薛薛，《韓詩》作"孼孼"，本字。

有朅，《韓詩》作"桀"，本字。

〔注釋〕

① 碩人，身材肥碩之人，這裏指莊姜，齊莊公的妻子。其，詞頭。頎，音奇，長也。衣，穿也。錦，錦繡。褧，音窘，麻布衣。齊侯，謂齊莊公。子，謂女兒。衛侯，指衛莊公。東宮，太子，名得臣。邢侯，邢國國君。姨，小姨子。譚公，譚國國君。維，同"爲"，是也。私，姊妹之夫。此章主要介紹莊姜的身份。

② 荑，音提，茅草的嫩葉，形容修長柔軟。凝脂，形容光滑。領，脖頸。蝤蠐，音求齊，樹幹内所生昆蟲的幼蟲，長圓而白。犀，借爲"棲"。瓠棲，葫蘆籽，色潔白。螓，音秦，蟲名，頭大而方正。蛾，蠶蛾，觸鬚細長彎曲。倩，音欠，嘴角的酒窩。盼，白黑分明的樣子。此章描繪莊姜之美。

③ 敖敖，借爲"頏頏"，高的樣子。説，借爲"税"，謂徵税。農郊，郊外農莊。四牡，拉車的四匹公馬。有驕，猶"驕驕"，高大的樣

子。朱，紅色。幩，音憤，馬鑣上的飾巾。鑣鑣，音標標，借爲"漂漂"，古音同。翟，音敵，野雞。茀，借爲"蔽"。朝，作動詞，早上見君。夙，早也。無，同"毋"，不要。勞，辛勞。此章言莊姜幫助丈夫處理政事及其賢慧。

④ 河，黃河。洋洋，水大的樣子。活活，音括括，水流聲。施，設置。罛，同"罟"，漁網。濊濊，音獲獲，入水的樣子。鱣，音沾，一種大鯉魚。鮪，音偉，青黑色鯉魚。發發，音撥撥，魚尾擺動聲。葭菼，音加坦，各種蘆葦。揭揭，高舉的樣子。庶，衆也。姜，指陪嫁的姜姓女子。孽孽，借爲"巘巘"，高大的樣子，形容身高。庶士，指陪嫁的衆男子。朅，借爲"桀"。有朅，猶"桀桀"，健武的樣子。此章言碩人嫁衛過河時的情景，兼讚陪嫁人員。

〔訓譯〕

碩人身材長，錦衣罩麻衫。齊侯是父親，衛侯是丈夫，東宮是哥哥，邢侯是姐夫，譚公是姨挑。

手指像嫩茅，肌膚似凝脂，脖頸像蟲蛹。牙像葫蘆籽，頭像蜻蜓眉像蛾。巧笑顯酒窩，眼珠白加黑。

碩人身材高，徵稅到農郊。四馬真驕健，紅帶掛馬鑣，連夜回京去朝君：大夫退朝去，莫使君辛勞。

黃河水浩浩，括括向北流。嘩嘩下魚網，撥撥魚尾響。蘆葦長又長，姜女都高大，男士均健武。

〔意境與畫面〕

迎親的隊伍正西渡黃河，河水浩浩北流。河中有漁夫正在收網，有大鯉魚在網中挣扎，發出聲響。船上走下一位身材碩大，身穿錦繡，外罩麻衣的新娘子。陪嫁的女子們都身材高大，男士們個個健武雄壯。

新娘子非常漂亮，手指纖細柔嫩，肌膚滑嫩，脖頸白胖，牙齒潔白，額頭寬大，眉毛細長彎曲。一笑一對酒窩窩，漂亮的眼睛白黑分明。

婚後不久，夫人就乘車去遠郊農莊替朝廷徵稅，她的車簾子上畫著彩色的野雞。駕車的四匹公馬非常高大，馬鑣兩邊飄著紅色飄帶，十分好看。徵完稅，她連夜回京，一大早正趕上大夫們早朝。她勸大夫們早早退朝去，不要使國君太過辛勞，顯得那麼賢惠。

氓

〔提要〕這是一首遭受虐待和家暴的妻子訴説自己不幸,決定與丈夫離婚的詩。《毛詩序》曰:"《氓》,刺時也。宣公之時,禮義消亡,淫風大行,男女無别,遂相奔誘,華落色衰,復相棄背,或乃困而自悔,喪其妃耦,故序其事以風焉,美反正,刺淫泆也。"純屬用詩。《齊詩》曰:"氓伯以婚,抱布自媒。棄禮急情,卒罹悔憂。"説近是。

氓之蚩蚩(癡癡),抱布貿絲。匪(非)來貿絲,來即我謀。送子涉淇,至于頓(敦)丘。匪(非)我愆期,子無良媒。將(請)子無怒,秋以爲期。①

乘彼垝垣,以望復關。不見復關,泣涕漣漣。既見復關,載笑載言。爾卜爾筮,體無咎言。以爾車來,以我賄遷。②

桑之未落,其葉沃若。吁嗟鳩兮!無食桑葚。吁嗟女兮,無與士耽。士之耽兮,猶可説也。女之耽兮,不可説(脱)也。③

桑之落矣,其黄而隕。自我徂爾,三歲食貧。淇水湯湯,漸車帷裳。女也不爽,士貳其行。士也罔(無)極,二三其德。④

三歲爲婦,靡室勞矣。夙興夜寐,靡有朝矣。言既遂矣,至于暴矣。兄弟不知,咥其笑矣。静言思之,躬自悼矣。⑤

及爾偕老,老使我怨。淇則有岸,隰則有泮(畔)。

總角之宴，言笑晏晏，信誓旦旦（怛怛），不思其反。
反是不思，亦已焉哉！⑥

——《氓》六章，章十句。

〔彙校〕

　　頓丘，《魯詩》作"敦"，當是本字。
　　泣涕，《魯詩》作"波"，誤。
　　體無，《齊詩》《韓詩》作"履"，以音誤。
　　吁嗟，原作"于"，改從《韓詩》，用本字。
　　信誓，《釋文》："本亦作'矢'。"按"矢"本借爲"誓"，後人不知而復有"矢誓"一詞。

〔注釋〕

　　① 氓，音蒙，流亡而來之民、外來戶，詩人指其後來所嫁之人。蚩蚩，借爲"嗤嗤"，憨厚的樣子。布，麻、葛所織。或以爲布幣（一種古幣），恐非，布幣不得言抱。貿，交易、交換。絲，蠶絲。匪，同"非"，不是。即，就、靠近。謀，商量。子，指氓。淇，河名。頓，借爲"敦"，土丘。敦丘，即小山丘，後以爲地名，在今河南淇縣淇河南。愆，音謙，過也。將，音槍，借爲"請"。怒，生氣。
　　② 乘，登上。垝，音鬼，毀也。垣，土牆。復關，地名，氓之所居，以代氓。載，猶則。卜，用龜甲占卜。筮，用蓍草占卦。爾卜爾筮，指卜占婚期。體，指兆體、卦體。咎，災也。賄，財物、嫁妝。遷，運走。
　　③ 沃若，潤澤的樣子。吁嗟，歎息聲。鳩，斑鳩、布穀鳥。桑葚，桑樹的果實。士，男士。耽，沉溺玩樂。說，借爲"脫"，擺脫。
　　④ 隕，落也。自，從也。徂，往也。湯湯，音商商，大水急流的樣子。漸，浸濕。帷裳，車帷。爽，差也。貳，不專一。罔，無也。極，中、準則。二三，形容來回變動，朝三暮四。
　　⑤ 三歲，三年。靡，無也。室勞，家務之勞。夙，早也。興，起也。夜，晚也。寐，睡也。朝，音招，早晨。言，語言。遂，完成。言，指罵。遂，完也。暴，暴戾。至于暴，指打罵。咥，音系，大笑。言，猶然。躬，自身。悼，傷心。
　　⑥ 及，與也。偕，一起。隰，音習，濕地。泮，借爲"畔"，邊。

總角，古代兒童束髮爲兩角形，指孩童時。宴，安樂。晏晏，和悅的樣子。信，誠也。旦旦，同"怛怛"，誠懇的樣子。反，違背。是，此也，指信誓。

〔訓譯〕

　　流民傻兮兮，抱布換蠶絲。不是來換絲，是來求結婚。送你過淇河，一直到頓丘。不是我拖婚，是你沒媒人。請你別生氣，秋天是婚期。

　　登上那殘垣，遠望你身影。不見你身影，哭得淚漣漣。見了你的面，又説又是笑。占卜又占筮，全都沒災咎。趕來你的車，運走我嫁妝。

　　桑葉未落時，潤澤又柔嫩。啊呀那斑鳩，別吃那桑葚！啊呀女人們，別與男人玩！男人玩完了，尚且能擺脱。女人一旦玩，没法再擺脱。

　　桑葉飄落時，黄了自然落。從我到你家，三年受貧窮。淇水滔滔流，車帷都浸濕。女人没出錯，男人不專一。男人没準則，朝三暮又四。

　　三年做媳婦，你没家務事。早起又晚睡，没睡囫圇覺。説完就是駡，駡完就是打。兄弟不知情，一旁看熱鬧。靜下心來想，獨自暗傷心。

　　與你一起老，更使我憂怨。淇水也有岸，濕地也有畔。少年多安樂，談笑很和悅。發誓永遠好，不想他違反。既然已違反，那就算了吧！

〔意境與畫面〕

　　小村莊裏，住著幾户人家。一個看起來十分憨厚的小伙子，抱著一捆麻布正在挨家兑換蠶絲。來到一個姑娘家裏，言談之間，二人産生了好感。一來二往，二人準備結婚。這一天，小伙子專門來到姑娘家，商量婚期。姑娘送他一起過淇河，一直送到一個土丘下邊。分手之時，告訴他説：不是我要拖婚，是因爲你没有媒人。請你不要生氣，秋天一定結婚。

　　過後很久的一天，姑娘登上村口一處殘損的高牆，朝小伙子家住的方向觀望。沒有望見小伙子的身影，不禁潸然流淚。忽然小伙子來了，姑娘高興得又說又笑，兩人于是就定下了婚期。小伙子回去占卜占筮，全都吉利。于是趕著他的車，接走了新娘，運走了嫁妝。

一晃幾年過去，姑娘在夫家一直過著貧寒的日子，但她總是任勞任怨，謹守婦道，人也變得蒼老。而男人不但在外面沾花惹草，而且做事沒有準星，經常朝三暮四。

院子裏的桑樹上桑葉潤澤柔嫩，樹上結滿了桑葚。妻子一邊趕那飛來吃桑葚的斑鳩，一邊從心裏說：姑娘們啊，可別與男人一起玩樂！男人玩完了，尚且能够擺脫。而女人一旦玩上，就沒辦法擺脫。悔恨自己上了賊船。

這一天受過毒打，妻子躺在床上靜想：自從我到他家，家裏的活他從來沒有幹過。我每天早起晚睡，從來沒睡過一個囫圇覺。如今人老珠黃，他說罵就罵，說打就打。兄弟們不知內情，還在一旁笑著看熱鬧。現在靜心想想這些，實在令人傷心。

第二天早上，妻子對丈夫說：本說與你一起白頭到老，但一想到老我就更加擔憂。淇水有岸，濕地有畔，我的苦日子也該有個頭。想到少年時候是多麼安樂，一起談笑十分和悅。你當時發毒誓永遠要對我好，我當時也沒有想你會違背誓言。既然你已經違背了誓言，那咱們就算了吧！

〔引用〕

《左傳·成公八年》："晉侯使韓穿來言汶陽之田，歸之于齊。季文子餞之，私焉，曰：'（略）《詩》曰："女也不爽，士貳其行。士也罔極，二三其德。"'"出此詩之四章。

竹　　竿

〔提要〕這是一個弟弟思念遠嫁他方姐姐的詩。《毛詩序》曰："《竹竿》，衛女思歸也。適異國而不見答，思而能以禮者也。"今文三家無異義，恐皆非。詩言"巧笑之瑳"，必非自道之辭。

籊籊竹竿，以釣于淇。豈不爾思，遠莫致之。①
泉源在左，淇水在右。女子有行，遠兄弟父母。②
淇水在右，泉源在左。巧笑之瑳（齜），佩玉之儺。③
淇水滺滺，檜楫松舟。駕言出遊，以寫（瀉）我憂。④

——《竹竿》四章，章四句。

〔彙校〕
之瑳，馬瑞辰曰："'瑳'當是'齜'。"其說是，以音誤。
滺滺，《魯詩》作"油油"，借字。

〔注釋〕
① 籊籊，音替替，細長的樣子。莫，不能。致，到達。
② 泉源，河名。有行，謂出嫁。
③ 巧笑，形容笑得好看。瑳，借爲"齜"，音拆，開口見齒。巧笑之齜，是想起她笑的樣子。儺，音挪，行走有節奏。佩玉之儺，是想起她走路的情形。
④ 滺滺，音悠悠，水流的樣子。檜，音貴，樹木名。楫，船槳。駕，謂駕船。言，猶而。寫，同"瀉"，宣洩，排解。我，作者自謂。駕言出遊，以瀉我憂，借用《泉水》之句。

〔訓譯〕
竹竿細又長，河邊去釣魚。能不把你想？太遠去不了。
泉源在左邊，淇水在右邊。女子出了嫁，遠離娘家人。
淇水在右邊，泉源在左邊。巧笑露白牙，佩玉隨步響。
淇水滺滺流，檜槳松木舟。駕船去出遊，以瀉我心憂。

〔意境與畫面〕
河水緩緩流淌，一個少年，手握細細的竹竿，正在心不在焉地釣魚，因爲他在思念遠嫁他鄉的姐姐。他從心裏給姐姐説：難道我不想你？可是太遠，我到不了啊！他扭頭看看左邊的泉源，又望望右邊的淇河，繼續在想：女孩子出了嫁，遠離自己的兄弟父母，多可憐啊。他繼續在想：她長得那麽好看，一笑露出一口白牙。她走路的時候，身上的佩玉叮噹作響，那麽好聽。想到這裏，他再也釣不下去，趕緊收起魚竿，另駕小船，向著河心劃去，藉以宣洩心中的憂思。

芄蘭

〔提要〕這是一首諷刺早婚丈夫的詩。《毛詩序》曰："《芄蘭》，刺惠公也。驕而無禮，大夫刺之。"今文三家無異義，皆非，詩不言驕。

芄蘭之支（枝），童子佩觿。雖則佩觿，能（而）不我知。容兮遂（燧）兮，垂帶悸兮！①

芄蘭之葉，童子佩韘。雖則佩韘，能（而）不我甲（狎）。容兮遂（燧）兮，垂帶悸（繠）兮！②

——《芄蘭》二章，章六句。

〔彙校〕

之支，《魯詩》作"枝"，本字。

悸兮，《韓詩》作"萃"，亦借字。

〔注釋〕

① 芄，音丸。芄蘭，草名，莢實倒垂如錐形。支，借爲"枝"，枝節。芄蘭之枝尖而細，以像童子所佩之觿。童子，未成年男子之稱。觿，音希，解結的角錐，成人生產生活用具。雖則，猶雖然。能，借爲"而"，古音同。不我知，即不知我，不瞭解我的心。容，謂裝飾儀容、打扮。遂，借爲"燧"，燧石。以火鐮擊打燧石，是古人取火的方法。火鐮與燧石爲成人隨身用具，故以之爲飾以像成人。帶，束衣的大帶，

紳帶。悸，借爲"繄"，垂也。

②芄蘭之葉乾枯後卷縮，故以像童子所佩之韘。韘，音舍，射箭的扳指。甲，借爲"狎"，狎習、親近。

〔訓譯〕

童子帶角錐，就像芄蘭枝。雖則帶角錐，而不瞭解我。打扮又裝飾啊，腰裏還垂帶！

童子帶扳指，就像芄蘭葉。雖則帶扳指，而不親近我。打扮又裝飾啊，腰裏還垂帶！

〔意境與畫面〕

一對新人正在結婚，新郎是一個滿臉稚氣的孩子，新娘則已成年。婚後，丈夫雖然一身成人裝飾，佩帶著結解的角錐、射箭的扳指，繫著紳帶，妝裝得像個男人，但根本不懂男女之事，不瞭解妻子的心事，也不親近她。妻子乃作詩諷刺他。

河　廣

〔提要〕這是一首描寫一個男子隔河思宋而最終過河抵宋的詩，蓋因宋無專篇而附于《衛風》，或因詩傳宋而被收入。《毛詩序》曰："《河廣》，宋襄公母歸于衛，思而不止，故作是詩也。"《韓詩》亦以爲美宋襄公，皆未知所據。詩言"曾不崇朝"，可見已渡河。

誰謂河廣？一葦杭（橫）之。誰謂宋遠？跂（企）予（以）望之。①

誰謂河廣？曾不容刀。誰謂宋遠？曾不崇（終）朝。②

——《河廣》二章，章四句。

〔彙校〕

杭之，《魯詩》作"斻"，亦借字。

〔注釋〕

① 河，黃河。廣，寬也。葦，蘆葦。杭，借爲"橫"，音相轉，謂橫跨。宋，宋國。跂，借爲"企"，踮起腳。予，借爲"以"，可以。望，謂望見。

② 曾，音增，竟然。容，容納。刀，刀子。崇，借爲"終"，古同聲。終朝，一個早晨。曾不崇（終）朝，說明已經過河抵宋。

〔訓譯〕

誰説黃河寬？一根蘆葦橫跨它。誰説宋國遠？踮起腳能望見它。

誰説黃河寬？竟然不容一把刀。誰説宋國遠？竟然不要一早晨。

〔意境與畫面〕

一個男子，站在黃河北岸，遙望南岸，因爲他從未去過對岸的宋國，只聽人説很遠。突然，一根豎立的蘆葦擋住了他的視綫，他看到蘆葦的兩端竟然橫跨黃河。他踮起腳，就望見河對岸的村莊。他又把小刀橫在眼前觀望，看到黃河還没有刀子寬。所以，他決定過河抵宋。第二天一大早，他上了船，結果没等吃早飯，就到了對岸。于是，他高興地唱出了這《河廣》之歌。

伯 兮

〔提要〕這是一首妻子思念丈夫的詩。《毛詩序》曰："《伯兮》，刺時也。言君子行役，爲王前驅，過時而不反焉。"今文三家無異義，皆近是。孔廣森《經學卮言》謂此"伯也執殳，爲王前驅"，即《春秋》王逐惠公朔立公子留，齊、魯納朔，王人救之，意此詩之伯即隨子突而東拒齊師者，或有可能。

伯兮朅（偈）兮，邦之桀（傑）兮。伯也執殳，爲王前驅。①

自伯之東，首如飛蓬。豈無膏沐，誰適（之）爲容？②

其雨其雨，杲杲出日。願言（然）思伯，甘心首疾。③

焉得諼（萱）草，言（焉）樹之背（偝）？願言（然）思伯，使我心痗。④

——《伯兮》四章，章四句。

〔彙校〕

朅兮，《韓詩》作"偈"，本字。
諼草，《韓詩》作"諠"，亦借字。

〔注釋〕

①伯，伯仲之伯，老大。朅，借爲"偈"，健武。桀，借爲"傑"，英傑。殳，音書，一種兵器，有棱無刃。王，指衛君。前驅，開路先鋒。
②之，去也。首，指頭髮。蓬，草名，枝葉蓬鬆凌亂。膏，潤臉油。沐，洗頭。適，猶"之"。爲容，打扮。
③其，推量副詞。雨，作動詞，謂下雨。杲杲，音稿稿，光明的樣子。願，誠也。言，同"然"。願言，誠心思念的樣子。甘，甜也。首疾，頭痛。
④焉，于何。諼，借爲"藼"，亦作"萱"。萱草，忘憂草。言，借爲"焉"，乃也。樹，動詞，栽種。背，借爲"偝"，音同，瓦盆。痗，音昧，心痛。

〔訓譯〕

老大真健武，國內數英傑。手執一杆殳，給王做先鋒。
自從去東方，我頭如蓬蒿。不是沒法洗，爲誰去打扮？

眼看要下雨，忽然出太陽。真心想老大，頭痛也心甘。
哪得忘憂草，栽在瓦盆裏？實在想老大，使我害心疼。

〔意境與畫面〕

　　一家兄弟數人，老大二十多歲，身材高大，健壯雄武，有英雄氣概。他在朝廷衛隊當衛士，國君出行的時候，他總是手執長殳，在前面開路。一天，他隨著大隊去了東方，很久沒有回來。妻子思念他，成天精神恍惚，無心打扮，頭髮蓬亂，患上了頭疼病，但仍在不斷地想。她去地裏挖來一棵忘憂草，栽在花盆裏，希望能夠消減自己的憂愁。時間長了，不但沒有減輕，反而又得了心痛病。

有　　狐

　　〔提要〕這是一首描寫妻子擔心丈夫在外受凍的詩。《毛詩序》曰："《有狐》，刺時也。衛之男女失時，喪其妃耦焉。古者國有凶荒，則殺禮而多昏，會男女之無夫家者，所以育人民也。"齊詩、魯詩無異義。按言喪其妃耦，恐未必，詩言心憂"之子無裳、無帶、無服"，明其偶尚在。朱熹更言"有寡婦見鰥夫而欲嫁之，故托言有狐獨行，而憂其無裳也"，當是受《毛詩序》誤導。

　　有狐綏綏（夊夊），在彼淇梁。心之憂矣，之子無裳。①

　　有狐綏綏（夊夊），在彼淇厲（瀨）。心之憂矣，之子無帶。②

　　有狐綏綏（夊夊），在彼淇側。心之憂矣，之子無服。③

　　　　　　　　　　——《有狐》三章，章四句。

〔彙校〕

綏綏，《齊詩》作"夂夂"，本字。

〔注釋〕

① 狐，狐狸，多毛，皮暖，故以起興。《韓詩》云："狐，水神也。"恐非。綏綏，借爲"夂夂"，音同，行走遲緩的樣子。淇，河名。梁，橋樑。憂，擔憂。之，此也。子，對丈夫的昵稱。裳，下衣。
② 厲，借爲"瀨"，淺灘。帶，紳帶。
③ 側，謂另一側。服，衣服、上衣。

〔訓譯〕

狐狸緩緩行，在那淇河橋。心裏很擔憂，那人沒有裳！
狐狸緩緩行，在那淇河灘。心裏很擔憂，那人沒衣帶！
狐狸緩緩行，在那淇河邊。心裏很擔憂，那人沒上衣！

〔意境與畫面〕

天氣已冷，河邊上站著一位婦人，她看到一隻毛茸茸的狐狸正在不遠處的橋上緩緩行走，隨即想起出門沒帶衣服的丈夫，擔心他正在受凍。狐狸下了橋走上河灘，婦人看著它依然在想，丈夫沒有衣帶，該有多冷。狐狸一直走到河對岸，她還在想，丈夫沒有衣服，該多可憐。

〔引用〕

《韓詩外傳》曰："四體不掩，則鮮有仁人。五臟空虛，則無立士。故先王之法，天子親耕，后妃親蠶，先天下憂衣與食也。《詩》云：'心之憂矣，之子無裳。'"屬于用詩，出此詩首章。

木　瓜

〔提要〕這是一首以青年男女之間的相互贈答做比喻說明國家關係的詩，所以《毛詩序》曰："《木瓜》，美齊桓公也。衛國有狄人之敗，出處于漕，齊桓公救而封之，遺之車馬器服焉。衛人思之，欲厚報之，而作是詩也。"或是。賈誼《新書》云："《木瓜》，下報上也。"馮登府謂與《魯詩》合。上博簡《詩論》載孔子曰："［吾以（于）《木瓜》，得］幣帛之不可去也。民性固然：其吝（隱）志，必有以俞（抒）也。其言有所載而後内，或前之而後交，人不可干也。"意思是：我從《木瓜》篇，懂得了"幣帛"（禮品）不可缺少的道理。人性本來就是這樣：隱藏著的思想，必定會找機會表達出來。所謂幣帛不可缺少，是説去的時候車上一定要裝點禮物，然後才能接受主人的回贈；或者先把禮物送去，然後再與對方見面，總之人不能一點也不付出就想得好處。

投我以木瓜，報之以瓊琚。匪（非）報也，永以爲好也！①

投我以木桃，報之以瓊瑶。匪（非）報也，永以爲好也！②

投我以木李，報之以瓊玖。匪（非）報也，永以爲好也！③

——《木瓜》三章，章四句。

——衛國十篇，三十四章，二百四句。

〔注釋〕

① 投，抛、扔也。報，回報、回贈。瓊，美玉。琚，音居，玉佩名。匪，同"非"。永以爲好，結百年之好也。

② 木桃，即桃子。瑶，一種美玉。

③ 木李，即李子。玖，音久，黑色玉石。木瓜、木桃、木李，皆賤物。瓊琚、瓊瑶、瓊玖，皆瑰寶。

〔訓譯〕

投我一木瓜，回她一瓊琚。不是爲回報，是爲永結好。

投我一桃子,回她一瓊瑤。不是爲回報,是爲永結好。
投我一李子,回她一瓊玖。不是爲回報,是爲永結好。

〔意境與畫面〕
　　衛國的使臣回訪齊國,爲唱此歌,以表永結同好之意。

王風

黍離

〔提要〕這是一個被強迫分家者在臨別之時所唱出的歌，描寫自己當時的心情，抒發對家長的不滿。《毛詩序》曰："《黍離》，閔宗周也。周大夫行役，至于宗周，過故宗廟宮室，盡爲禾黍，閔周室之顛覆，彷徨不忍去，而作是詩也。"未解詩意。《韓詩》説云："昔尹吉甫信後妻之讒，而殺孝子伯奇，其弟伯封求而不得，作《黍離》之詩。"《魯詩》《齊詩》説云："衛宣公子壽閔其兄汲見害，作憂思之詩，《黍離》是也。"似皆無據。

彼黍離離，彼稷之苗。行邁靡靡（慢慢），中心搖搖（愮愮）。知我者，謂我心憂；不知我者，謂我何求。悠悠蒼天，此何人哉！①

彼黍離離，彼稷之穗。行邁靡靡（慢慢），中心如醉。知我者，謂我心憂；不知我者，謂我何求。悠悠蒼天，此何人哉！②

彼黍離離，彼稷之實。行邁靡靡（慢慢），中心如噎。知我者，謂我心憂；不知我者，謂我何求。悠悠蒼天，此何人哉！③

——《黍離》三章，章十句。

〔彙校〕

搖搖，今文三家作"愮愮"，本字。

蒼天，《韓詩》作"倉"，借字。

〔注釋〕

① 彼，猶那。黍，糜子。離離，分離的樣子。糜子分蘗多，枝幹呈分離狀，故以起興。稷，穀子。穀子不分蘗、苗，謂獨苗。行邁，指出行、出門。靡靡，借爲"慢慢"，形容怠惰、不情願的樣子。中心，心中。搖搖，借爲"愮愮"，憂愁的樣子。何求，求什麼、找什麼。悠悠，悠遠的樣子。蒼天，青天、藍天。此，指家長、趕自己出門者。

② 穗，指結穗。如醉，形容精神恍惚。

③ 實，指成熟。噎，被噎住。

〔訓譯〕

那糜子分蘗，那穀子獨苗。我慢慢走出家門，心中不定。知道我的，説我心憂；不知我的，説我找啥。悠悠蒼天，什麼人啊！

那糜子分蘗，那穀子獨穗。我慢慢出行，心中恍惚。知道我的，説我心憂；不知道的，説我找啥。悠悠蒼天，什麼人啊！

那糜子分蘗，那穀子獨實。我慢慢出行，心像噎住。知道我的，説我心憂；不知道的，説我找啥。悠悠蒼天，什麼人啊！

〔意境與畫面〕

一個弟弟，被哥哥趕出了家。他心神不定，十分痛苦，非常不情願地出了門，一步三回頭，像是忘了什麼東西。他心裏説：糜子分蘗，穀子獨苗。你獨霸家產，什麼人啊！他一邊走，一邊這樣反復地説著。

君子于役

〔提要〕這是一首妻子思念並祝願服役丈夫的詩。《毛詩序》曰："《君子于役》，刺平王也。君子行役無期，大夫思其危難以風焉。"恐未必。班彪《北征賦》"日晻晻其將暮兮，睹牛羊之下來。瘝怨曠之傷情兮，哀詩人之歌時"，馮登府以爲本今文三家。

君子于役，不知其期，曷（何）至哉？雞棲于塒，日之夕矣，羊牛下來。君子于役，如之何勿思？①

君子于役，不日不月，曷（何）其有（又）佸？雞棲于桀，日之夕矣，羊牛下括（适）。君子于役，苟無飢渴！②

——《君子于役》二章，章八句。

〔注釋〕

① 君子，對男子的尊稱，此指自己的丈夫。于，往、去也。役，服役。期，期限。曷，同"何"。至，到、歸也。棲，居高曰棲。塒，音時，鑿在牆上的雞窩。下，謂下山。來，歸來。思，指思歸。

② 不日不月，謂不知幾月幾日，沒有日辰。有，同"又"。佸，音活，會也。桀，木樁、木架。括，借爲"适（音括）"，疾速。苟，姑且、接近。

〔訓譯〕

君子去服役，不知他期限，何時能回家？雞都進窩了，太陽快落山，牛羊下山來。君子去服役，怎能不想他？

君子去服役，不知月和日，何時能相會？雞都上架了，太陽快落山，牛羊下山急。君子去服役，姑且沒飢渴！

〔意境與畫面〕

黄昏時分，雞上架，牛羊歸牧。一個婦人帶著她的孩子，正站在村口朝大路方向張望。她的丈夫服役去了遠方，已經很久沒有音訊。天已經很黑，她慢慢轉身朝家走去，心裏在説：希望他在外邊能夠吃飽飯，沒有飢渴。

君子陽陽

〔提要〕這首詩描寫一個"君子"的歌舞喜樂之態。詩中的"我",可能是"君子"的熟人或女友,所以"君子"看見他後以手相招,顯出一種表現欲。詩人歌誦之,也許是真的表示讚美和羨慕。而這樣的"君子"在儒者看來,只能算是一種輕狂小人,所以上博簡《詩論》曰:"《君子陽陽》,少(小)人。"正是從儒家觀念出發。《毛詩序》曰:"《君子陽陽》,閔周也。君子遭亂,相招爲祿仕,全身遠害而已。"非詩意。

君子陽陽,左執簧,右招我由房。其樂只且!^①
君子陶陶,左執翿,右招我由敖(遨)。其樂只且!^②
——《君子陽陽》二章,章四句。

〔注釋〕
① 君子,指貴族青年。陽陽,喜氣洋洋的樣子。簧,一種竹制吹奏樂器。由,從也。房,旁室、廂房。只且(音居),語氣詞。
② 陶陶,音搖搖,喜樂的樣子,所謂樂淘淘,皆音搖,不念桃音。翿,音道,鳥羽裝飾的舞具。敖,同"遨",遊戲,此指遊戲的隊列。

〔訓譯〕
君子喜洋洋,左手拿著簧,右手招我從廂房。他真快樂啊!
君子樂陶陶,左手拿著翿,右手招我從隊列。他真快樂啊!

〔意境與畫面〕
大廳旁邊的廂房裏,樂隊正在排練。其中一個吹簧的青年喜氣洋洋,他看見站在院子裏的朋友,趕緊招手向他打招呼,顯得十分輕狂。一會兒,樂人們又到院子裏列隊跳舞,剛才那個吹簧的青年又手執羽毛做的道具,仍舊是那麼喜樂。青年看見自己的朋友,又從隊列中招手向他打招呼，意思是：你看，我在這兒！朋友不禁一陣羨慕。

揚 之 水

〔提要〕這是一個戍卒懷念其女友的詩。因爲有強烈的思戀之情，所以上博簡《詩論》曰："《揚之水》，其愛婦烈。"《毛詩序》曰："《揚之水》，刺平王也。不撫其民，而遠屯戍于母家，周人怨思焉。"今文三家無異義。以之爲刺平王亦無不可，但非詩本意。

揚之水，不流束薪。彼其之子，不與我戍申。懷哉懷哉！曷（何）月予還歸哉？①

揚之水，不流束楚。彼其之子，不與我戍甫。懷哉懷哉！曷（何）月予還歸哉？②

揚之水，不流束蒲。彼其之子，不與我戍許。懷哉懷哉！曷（何）月予還歸哉？③

——《揚之水》三章，章六句。

〔彙校〕

揚之水，《魯詩》作"楊"，誤。

〔注釋〕

① 揚，飛揚。揚之水，作者以比自己激昂的情緒。流，漂流。束薪，比輕物。不流束薪，比没有實際意義。下"不流束楚""不流束蒲"同。彼、其，同義詞複用，那個。子，女子、姑娘，即下文"懷"的對象。戍，防守、駐守。申，小國名。《毛傳》曰："申，姜姓之國，平王之舅。"曷，同"何"。予，我。

② 楚，荆棘，亦柴薪。甫，姜姓小國名。

③ 蒲，水草名。許，亦姜姓小國。

〔訓譯〕

飛揚的水啊，飄不走一捆乾柴。那個姑娘啊，不和我一同戍申。懷念啊懷念！哪個月才能回去見她？

飛揚的水啊，飄不走一捆荊棘。那個姑娘啊，不和我一同戍甫。懷念啊懷念！哪個月才能回去見她？

飛揚的水啊，飄不走一捆蒲草。那個姑娘啊，不和我一同戍許。懷念啊懷念！哪個月才能回去見她？

〔意境與畫面〕

一個士兵，長期在外戍邊。他先後換了三個地方，依然歸期渺茫。他日夜想念家中的女友，恨她沒能和自己一起當兵。他天天焦急地盼著，哪一天能夠回家。可是，就像飛揚的水連一捆輕輕的乾柴、荊棘、蒲草也飄不動一樣，雖然情緒激昂，但還是無能為力，沒法回去。

中谷有蓷

〔提要〕這是一首棄婦自悼的詩。《毛詩序》曰："《中谷有蓷》，閔周也。夫婦日以衰薄，凶年饑饉，室家相棄爾。"其說亦可。皇甫謐《帝王世紀》曰："平王時王室微弱，詩人怨為刺，《中谷有蓷》是也。"馮登府以為當是今文三家說。按王室微弱，似與遇人之不淑等無關，其說當非。

中谷有蓷，暵其乾矣。有女仳離，慨其嘆矣。慨其嘆矣，遇人之艱難矣！[1]

中谷有蓷，暵其脩矣。有女仳離，條其歗矣。條其歗矣，遇人之不淑矣！[2]

中谷有蓷，暵其濕（曬）矣。有女仳離，啜其泣矣。啜其泣矣，何嗟（嗟何）及矣？[3]

——《中谷有蓷》三章，章六句。

〔彙校〕
　暵其，今文三家作"灘"，借字。
　啜其，《韓詩》作"惙"，借字。
　何嗟，疑當作"嗟何"，二字誤倒。

〔注釋〕
　① 中谷，山谷之中。蓷，音推，又名益母草，婦科良藥。暵，音漢，熱氣。中谷有蓷，暵其乾矣，女子自比失去生活依靠。乾，乾枯。仳，音匹，別。慨，慨歎。人，指丈夫。艱難，蓋指遇上旱災。
　② 脩，本義為長條肉，引申謂修長。條，長也。歗，音笑，呼嘯。淑，善也。不善，謂心壞。
　③ 濕，借為"㬎"，音器，微乾。啜，抽泣。嗟，嗟歎。

〔訓譯〕
　山谷中有棵益母草，太陽曬乾了。女子要別離，慨然長歎了。慨然長歎了，遇上人的艱難了！
　山谷中有棵益母草，太陽曬長了。女子要別離，長聲呼嘯了。長聲呼嘯了，遇上人的心壞了！
　山谷中有棵益母草，太陽曬蔫了。女子要別離，抽咽哭泣了。抽咽哭泣了，嗟歎也來不及了！

〔意境與畫面〕
　大旱之年，土地龜裂，莊稼枯萎，山谷中的草都快乾死了。百姓們四處逃荒，人人菜色。一戶人家，妻子正要被丈夫趕出家門。她又是長歎，又是呼喊，不停地抽泣，慨歎自己失去了生活依靠。她雖然理解丈夫的艱難，但還是恨他心腸變壞。沒有辦法，只得認命，抽咽著踏上了逃荒的旅途。

兔　爰（緩）

〔提要〕這是一個沒落貴族所唱的厭世之歌，大有生不逢時之意，故上博簡《詩論》曰："《有兔》不逢時。"疑是平王東遷後不久的作品。《毛詩序》曰："《兔爰》，閔周也。桓王失信，諸侯背叛，構怨連禍，王師傷敗，君子不樂其生焉。"今文三家無異義。按以之爲桓王時，大體不差。

有兔爰爰（緩緩），雉離（罹）于羅。我生之初，尚無爲；我生之後，逢此百罹。尚寐無吪！①

有兔爰爰（緩緩），雉離（罹）于罦。我生之初，尚無造；我生之後，逢此百憂。尚寐無覺！②

有兔爰爰（緩緩），雉離（罹）于罿。我生之初，尚無庸；我生之後，逢此百凶。尚寐無聰！③

——《兔爰》三章，章七句。

〔注釋〕

① 爰爰，讀爲"緩緩"。下同。離，借爲"罹"，音同，遭逢、遭遇。羅，捕鳥網。爲，作爲。罹，苦難。尚，猶望，希望。吪，音訛，動也。

② 罦，音孚，帶有機關的大網。造，造作、做事。覺，醒來。

③ 罿，音童，一種既能覆蓋車、又可捕鳥的大網。庸，勞也。聰，聽也。

〔訓譯〕

兔子緩緩跑，野雞逢羅網。我年幼之時未受罪，成人之後遭百難。但願一覺睡著不再動！

兔子緩緩跑，野雞逢大網。我年幼之時未吃苦，成人之後逢百憂。但願一覺睡著不再醒！

兔子緩緩跑，野雞逢鳥網。我年幼之時未辛勞，成人之後遇百凶。但願一覺睡著不再聽！

〔意境與畫面〕

一個貴族，年幼時"無爲""無造""無庸"，完全過著一種養尊處優的生活；而成年以後因爲社會動盪，遭逢百難、百憂、百凶，以致身心疲憊，遂產生了厭世輕生的思想。

葛藟

〔提要〕這是一首乞兒的詩，描寫自己的乞討生活。《毛詩序》曰："《葛藟》，王族刺平王也。周室道衰，棄其九族焉。"《釋文》曰"刺桓王"，亦云："本亦作刺平王。"恐皆未必。《齊詩》云："葛藟蒙棘，華不得實。讒言亂政，使恩擁塞。"亦非其義。

綿綿葛藟，在河之滸。終遠兄弟，謂他人父。謂他人父，亦莫我顧！①

綿綿葛藟，在河之涘。終遠兄弟，謂他人母。謂他人母，亦莫我有（友）！②

綿綿葛藟，在河之漘。終遠兄弟，謂他人昆。謂他人昆，亦莫我聞！③

——《葛藟》三章，章六句。

〔注釋〕

① 綿綿，連綿不斷的樣子。葛藟，即葛藤。河，黃河。滸，水邊。終，猶既。謂，叫也。莫，無人。顧，回頭看。
② 涘，音似，水涯、河岸。有，借爲"友"，友愛。
③ 漘，音唇，涯下水、河灘。昆，兄也。聞，聽也。

〔訓譯〕

連綿的葛藟，長在黃河邊。遠離了兄弟，把別人叫父。把別人叫父，也沒有人理！

連綿的葛藟，長在黃河岸。遠離了兄弟，把別人叫母。把別人叫母，也沒有人愛！

連綿的葛藟，長在黃河灘。遠離了兄弟，把別人叫哥。把別人叫哥，也沒有人聽！

〔意境與畫面〕

兄弟仨：老大十來歲，老二七八歲，老小四五歲。三人同時出門乞討，老大安排老二單獨行動。老二獨自來到一個村莊，沿門討要，見到年長的男人叫爸爸，人家頭也不回；見到年長的女人叫媽媽，人家毫無憐憫之色；見到年齡相仿的叫哥哥，人家聽也不聽。這時候，他想起在黃河邊上看到的葛藤，連綿不斷，知道只有親人才心連著心，遂唱出了這首《葛藟》之歌。

采　葛

〔提要〕這是一個新婚男子的戀歌，描寫自己對新婚妻子的思念。上博簡《詩論》曰："《采葛》之愛婦〔切〕。"較合詩意。《毛詩序》曰："《采葛》，懼讒也。"非詩意。應瑒《報龐惠恭書》："蕭艾之歌，發于信宿。"以爲懷人之作。馮登府謂屬今文三家古義。

彼采葛兮；一日不見，如三月兮！①
彼采蕭兮；一日不見，如三秋兮！②
彼采艾兮；一日不見，如三歲兮！③

——《采葛》三章，章三句。

〔注釋〕

① 彼，她也，指妻子。葛，葛藤，皮可以織布。
② 蕭，一種香蒿，祭祀用。三秋，謂三季。
③ 艾，艾蒿，可藥用。

〔訓譯〕

　　她采葛去了；一天不見，如隔了三月呀！
　　她采蕭去了；一天不見，如隔了三季呀！
　　她采艾去了；一天不見，如隔了三年呀！

〔意境與畫面〕

　　一個新婚不久的小伙子，正在思念自己的妻子。一天，妻子去采葛藤了，小伙子沒有見著。他在家裏等，覺得時間過得特別慢，熬一天就如同過了三個月。第二天妻子又去采蕭了，小伙子覺得時間過得更慢，熬一天就如同過了三季。第三天姑娘又去采艾了，小伙子覺得時間過得越發地慢，熬一天就如同過了三年，在家裏焦急而無奈地等待著。

大　車

　　〔提要〕這是描寫一對男女相約私奔的詩。《毛詩序》曰："《大車》，刺周大夫也。禮義陵遲，男女淫奔，故陳古以刺今，大夫不能聽男女之訟焉。"略有意。《魯詩》説及《列女傳》以爲楚息君夫人所作，無據。《漢書·哀帝紀》載漢昭帝《詔》曰："朕聞夫婦一體。《詩》曰：'穀則異室，死則同穴。'……祔葬之禮，自周興焉。"馮登府謂當本《魯詩》。

　　大車檻檻，毳衣如菼。豈不爾思？畏子不敢。①
　　大車啍啍（嚽嚽），毳衣如璊（虋）。豈不爾思？畏子不奔。②
　　穀則異室，死則同穴。謂予不信，有如皦（皎）日。③
　　　　　　　　　　——《大車》三章，章四句。

〔彙校〕

　　啍啍，《韓詩》作"錞錞"，疑音轉之誤。

如璊，《韓詩》作"虋"，《魯詩》《齊詩》作"𪎭"，皆借字。

〔注釋〕
① 大車，高大的車、牛車。檻檻，象聲詞。毳，音翠，細毛所織的布。菼，音坦，初生的蘆葦，青白色。畏，怕也。子，你，指男子。
② 啍啍，音吞吞，借爲"噸噸"，遲緩的樣子。璊，音門，借爲"虋"，赤紅色的禾苗。子，指女子。奔，私奔。
③ 穀，生也。穴，墓穴。予，我也。信，誠也。皦，借爲"皎"，白也。此章是男子對女子的表白。言"穀則異室"，説明尚未確定關係，故知爲相約私奔。

〔訓譯〕
大車檻檻響，毳衣像青菼。怎能不想你？就怕你不敢。
大車緩緩行，毳衣像紅苗。怎能不想你？就怕你不奔。
活著不同室，死了同墓穴。說我不可信，白日可作證。

〔意境與畫面〕
一對戀人，小伙子穿青白色的細毛布上衣，姑娘身穿一件深紅色的細毛布上衣，二人坐著大車出行，車子嘎嘎作響。小伙子先問姑娘：難道你不想我？姑娘回答：怎麼能不想你，是怕你不敢和我相好。姑娘又問小伙子：難道你不想和我結婚？小伙子回答：怎麼能不想，是怕你不跟我私奔。不過你放心，這一輩子即使活著不能與你同室，死了也要與你同穴。如果你不相信，太陽可以作證。于是，二人相約改日一起私奔。

丘中有麻

〔提要〕這是一個姑娘自述請人幫忙、最終生情的詩。《毛詩序》曰："《丘中有麻》，思賢也。莊王不明，賢人放逐，國人思之，而作是詩也。"今文三家無異義，皆非詩意。

丘中有麻，彼留子嗟。彼留子嗟，將其來施（拖）。①
丘中有麥，彼留子國。彼留子國，將其來食（背）。②
丘中有李，彼留之子。彼留之子，貽我佩玖。③
——《丘中有麻》三章，章四句。
——王國十篇，二十八章，百六十二句。

〔彙校〕

來施，按"施"字原重，衍一，今删。《顔氏家訓·書證篇》云："江南舊本悉單爲'施'。"

來食，按麥不可以生吃，"食"疑是"背"字之誤，形相似。

貽我，《説文》《釋文》皆引作"詒"，借字。

〔注釋〕

① 丘中，山丘之間。麻，胡麻。留，姓氏。子嗟，人名。嗟字疑誤，或本亦作"國"，與韻諧。按"丘中有麻，彼留子嗟"本不可通，"彼留子嗟"蓋謂所想起者。下"彼留子國""彼留之子"同。將，音槍，請也。後同。其，他。施，借爲"拖"，謂將割下的麻杆往出拖。

② 留子國，即首章之"留子嗟（國）"。

③ 留之子，即前二章之留子國，因爲關係已變，故改稱留之子。貽，贈送。佩玖，一種黑色佩玉。

〔訓譯〕

丘中有麻，想起那留子國。那留子國，請他來拖。

丘中有麥，想起那留子國。那留子國，請他來背。

丘中有李，想起那留子國。那留氏子，請他來吃，他送我佩玉。

〔意境與畫面〕

山丘間的莊稼地裏，姑娘家麻子成熟，割下來擺成一堆一堆。父母年邁體弱，運不回去，姑娘只好請隔壁家的小伙子來幫忙。小伙子用繩把麻捆成束，一趟一趟從地裏往出拖。

麥子熟了，割下來捆成一捆一捆立在地裏，姑娘也請小伙子來往回背。

　李子熟了，姑娘請小伙子來吃，小伙子送給姑娘一塊黑色佩玉，兩人建立了戀愛關係。

鄭風

緇　衣

〔提要〕這是一個官吏的妻子在家給丈夫做新衣時所唱的歌。《毛詩序》曰："《緇衣》，美武公也。父子並爲周司徒，善于其職，國人宜之，故美其德，以明有國善善之功焉。"今文三家無異說，恐皆未必。

緇衣之宜兮，敝（弊），予又改爲兮。適子之館兮，還，予授子之粲兮。①

緇衣之好兮，敝（弊），予又改造兮。適子之館兮，還，予授子之粲兮。②

緇衣之蓆兮，敝（弊），予又改作兮。適子之館兮，還，予授子之粲兮。③

——《緇衣》三章，章四句。

〔注釋〕

① 緇，黑色帛。緇衣，官吏上館即上班時所穿的衣服。敝，借爲"弊"，破也。改，更、易也。改爲，重新做、另做。適，往也。子，你也，指丈夫。館，官署。還，旋也，謂散館回家。予，我也，妻子自謂。粲，明、新也，指新衣。

② 好，漂亮。改造，另做。

③ 蓆，音席，寬大。改作，亦另做義。

〔訓譯〕

　　黑絲朝服真合身，破了我又另外縫。等你散館回到家，我就給你新衣衫。

　　黑絲朝服真漂亮，破了我又另外造。等你散館回到家，我就給你新衣衫。

　　黑絲朝服真寬大，破了我又另外做。等你散館回到家，我就給你新衣衫。

〔意境與畫面〕

　　清晨，一戶人家，丈夫要去官署上班，正在梳洗換裝。妻子幫他套上一件黑色絲衣，是那麼漂亮、合身而又寬大，但發現上面已經有了破洞。丈夫走後，妻子趕緊找來布料和剪刀、針綫，開始給丈夫另做新衣。她一邊做，一邊唱出這《緇衣》之歌。

將　仲　子

〔提要〕這是一個姑娘勸戒男友不要再來找她幽會的詩。《毛詩序》曰："《將仲子》，刺莊公也。不勝其母以害其弟，弟叔失道而公弗制，祭仲諫而公弗聽，小不忍以致大亂焉。"非詩本意。今文三家無異說，恐皆非。

　　將（請）仲子兮，無（毋）逾我里，無（毋）折我樹杞。豈敢愛之？畏我父母。仲可懷也，父母之言亦可畏也。①

　　將（請）仲子兮，無（毋）逾我牆，無（毋）折我樹桑。豈敢愛之？畏我諸兄。仲可懷也，諸兄之言亦可畏也。②

　　將（請）仲子兮，無（毋）逾我園，無（毋）折我樹檀。豈敢愛之？畏人之多言。仲可懷也，人之多言亦可畏也。③

——《將仲子》三章，章八句。

〔注釋〕

① 將，音槍，請也。仲子，對排行老二的男子的稱謂。無，同"毋"，不要。逾，《說文》："越進也。"里，所居之地，猶今之街坊。折，謂弄折、弄傷。樹，栽、種也。杞，樹木名，柳屬。仲，即仲子。懷，思念。

② 牆，指院牆。諸，眾也。諸兄，哥哥們。

③ 園，果園。檀，樹木名。人之多言，說閑話也。

〔訓譯〕

請仲子呀，莫進我街坊，莫傷我杞柳！不是愛惜它，是怕我父母。仲子值得念呀，父母的話也可怕！

請仲子呀，莫翻我院牆，莫傷我桑樹！不是愛惜它，是怕哥哥們。仲子值得念呀，哥哥的話也可怕！

請仲子呀，莫入我果園，莫傷我檀樹！不是愛惜它，怕人說閑話。仲子值得念呀，外人的閑話也可怕！

〔意境與畫面〕

鄰村的小伙子，愛上了這村一個姑娘，經常跑來與姑娘幽會。有時候在街巷裏，有時候在村外的果園裏，有時候甚至翻牆進到家裏。姑娘的父母和哥哥們發現了，訓斥姑娘。村裏的人更是風言風語，姑娘十分委屈。這一天見面後，姑娘就明白地告訴小伙子，如詩所云。

叔 于 田

〔提要〕這是一首嫂子讚美小叔子的詩。《毛詩序》曰："《叔于田》，刺莊公也。叔處于京，繕甲治兵，以出于田，國人說而歸之。"今文三家無異説，非詩意。

叔于田，巷無居人。豈無居人？不如叔也，洵美且仁。①

叔于狩，巷無飲酒。豈無飲酒？不如叔也，洵美且好。②

叔適野，巷無服馬。豈無服馬？不如叔也，洵美且武。③

——《叔于田》三章，章五句。

〔注釋〕

① 叔，丈夫的弟弟。于，去也。田，謂打獵。居人，所居住之人。洵，音荀，誠然、確實。美，漂亮。仁，關愛他人、有愛心。
② 狩，狩獵。飲酒，指能飲酒之人。好，指酒量好。
③ 適，往、去也。野，郊外。服馬，馴服之馬。武，勇猛。武以服馬也。

〔訓譯〕

小叔去打獵，巷子裏面没了人。不是没有人，而是没有一個像小叔，確實漂亮有仁德。

小叔去狩獵，巷子裏面没人能喝酒。不是没人能喝酒，而是没有一個像小叔，確實漂亮酒量好。

小叔去郊外，巷子裏没了馴服的馬。不是没有馴服的馬，而是個個不如小叔的好，確實英俊又勇武。

〔意境與畫面〕

巷子裏住著幾十户人家，其中一户人家的弟弟，長得一表人才，仁德無人能比，酒量無人能比。他馴服的馬，也無人能比。一旦他騎馬出門不在家，巷子裏面就好像没有了居住的人，没有了能夠喝酒的人，没有了更馴服的馬。嫂子見狀,爲唱此歌。

大叔于田

〔提要〕這是一首描寫太叔(大弟弟)狩獵的詩,舊以此太叔即鄭莊公克段于鄢之太叔段,或是。如此,則詩之作者當爲鄭莊公。《左傳·隱公元年》載:"初,鄭武公娶于申,曰武姜,生莊公及共叔段。……愛共叔段,欲立之。……請京,使居之,謂之京城大叔。"即此。《毛詩序》曰:"《大叔于田》,刺莊公也。叔多才而好勇,不義而得衆也。"今文三家無異説,恐皆非,詩無刺意也。詩言"將叔無(毋)狃,戒其傷女",可見作者對太叔尚存關愛。

大叔于田,乘乘馬。執轡如組,兩驂如舞。叔在藪,火烈具(俱)舉。袒裼暴(搏)虎,獻于公所。將(請)叔無(毋)狃,戒其傷女(汝)!①

大叔于田,乘乘黄。兩服上襄(驤),兩驂雁行。叔在藪,火烈具(俱)揚。叔善射忌(兮),又良御忌(兮)。抑磬控忌(兮),抑縱送忌(兮)。②

大叔于田,乘乘鴇(駂)。兩服齊首,兩驂如手。叔在藪,火烈具(俱)阜。叔馬慢忌,叔發罕忌(兮),抑釋掤忌(兮),抑鬯(韔)弓忌(兮)。③

——《大叔于田》三章,章十句。

〔彙校〕
　　火烈,《魯詩》作"列",借字。
　　無狃,《釋文》作"毋",本字。
　　乘鴇,《釋文》曰:"依字作'駂'。"是。

慢忌，《釋文》作"嫚"，借字。

〔注釋〕

①大（太）叔，大弟弟。于，去也。田，打獵。乘，猶駕。乘，音剩，四匹謂一乘。轡，馬韁繩。組，絲織的帶子。驂，兩側的馬。舞，跳舞。藪，音叟，多禽獸的濕地。火烈，火把。具，同"俱"，全部。袒，袒臂。裼，音錫，不穿上衣。暴，借爲"搏"。公所，公家。將，音槍，請也。狃，習也。戒，防備、小心。其，指老虎。女，讀爲"汝"。

②乘黃，四匹黃馬。兩服，中間的兩匹馬。襄，借爲"驤"，馬昂頭。雁行，謂在旁稍稍偏後。忌，語氣詞，猶兮。下同。御，駕馭。抑，發語之詞。磬，謂彎腰如磬折。控，謂控馬，勒住馬。縱，謂站立。送，謂揮手向前吆馬。

③鴇，音保，借爲"駂"，黑白雜毛的馬。齊首，齊頭並進。手，謂左右手。阜，盛大。發，謂發射、射箭。罕，少也。釋，解也。掤，音兵，箭套的蓋子。鬯，借爲"韔"，音唱，裝弓的袋子。

〔訓譯〕

大弟去打獵，駕著四匹馬。執轡如絲帶，驂馬像跳舞。大弟在草甸，火把全舉起。徒手搏老虎，要獻公所裏。請弟莫大意，小心傷了你！

大弟去打獵，駕著四黃馬。兩服昂著頭，兩驂稍偏後。大弟在草甸，火把齊揮揚。大弟箭法好，又是好馭手。忽而彎腰勒，忽而立身送。

大弟去打獵，駕著四花馬。兩服齊頭進，兩驂如雙手。大弟在草甸，火把都很旺。大弟馬慢了，大弟射稀了。解下箭袋子，套上弓套子。

〔意境與畫面〕

一個年輕貴族，長得威武高大，一身好功夫。一次，他駕著四匹雜色馬拉的車去打獵。他熟練地駕馭著馬匹，四根馬韁一併握在手裏，就像握著一根寬帶子，內外兩側的馬步履輕巧，就像跳舞一般。到了獵場，隨行的人員擺開陣勢，貴族一聲令下，大夥兒一齊舉起火把，從四周圍攏過去，中間發現一隻老虎。貴族下車靠前，徒手與老虎搏鬥。旁邊有人喊著：請不要大意，小心傷著！最後貴族制服了老虎，把它送給了國君。

第二次，他駕著四黃馬拉到車去打獵。內側的兩匹馬高昂著頭，兩邊的馬稍稍偏後。到了獵場，擺開陣勢，火把一齊揮揚。貴族架著車馳騁向前，左右開弓，百發百中，射了很多野豬野雞。他駕車的技術十分高超，時而彎腰緊急勒馬，時而立身用雙手吆馬，就像往前送一樣。

第三次，貴族駕的是四匹黑白雜毛的花馬。中間的兩匹馬齊頭並進，兩邊的馬好像左右手一樣護在兩邊。到了獵場，擺開陣勢，火把同時點旺，又是一陣與禽獸的混戰，收穫良多。最後，貴族的馬漸漸慢了下來，發射的箭也慢慢減少。完了，他解下佩在身上的箭袋，把弓裝進套子裏面，收隊回城。

清　人

〔提要〕這是一首描寫當地駐軍的詩，有諷刺意味。《毛詩序》曰："《清人》，刺文公也。高克好利而不顧其君，文公惡而欲遠之，不能，使高克將兵而禦狄于竟，陳其師旅，翱翔河上，久而不召，衆散而歸，高克奔陳。公子素惡高克，進之不以禮，文公退之不以道，危國亡師之本，故作是詩也。"其説或是。《左傳·閔公二年》載："鄭人惡高克，使帥師次于河上。久而弗召，師潰而歸，高克奔陳。鄭人爲之賦《清人》。"《齊詩》曰："清人高子，久屯于外，逍遥不歸，思我慈母。"又曰："慈母望子，遥思不已。久客外野，我心悲苦。"亦有意。

清人在彭，駟介（甲）旁旁（騯騯），二矛重英（緌），河上乎翱翔。①

清人在消，駟介（甲）麃麃，二矛重喬（鷸），河上乎逍遥。②

清人在軸，駟介（甲）陶陶（蹈蹈），左旋右抽（搯），中軍作好。③

——《清人》三章，章四句。

〔彙校〕

旁旁，今文三家作"駹駹"，本字。

重喬，《韓詩》作"鶾"，本字。

右抽，今文三家作"搯"，本字，音掏。

〔注釋〕

① 清，城邑名。彭，地名。介，借爲"甲"，護身甲。旁旁，借爲"駹駹"，《說文》："馬盛貌。"矛，兵器。二矛，車上馭手左右兩側之人各一。重，厚、大也。英，借爲"纓"。河，黃河。河上，黃河岸上。翱翔，形容車行疾速。

② 消，地名。麃麃，威武的樣子。喬，借爲"鶾"，野雞尾羽。逍遙，形容車行緩慢。

③ 軸，作地名，其字疑誤。陶陶，借爲"蹈蹈"，原地踏步的樣子。旋，旋轉。抽，"搯"字之誤，擊刺。中軍，即軍中。好，好看。作好，謂表演。

〔訓譯〕

清邑之人駐在彭，四馬披甲很盛壯，左右兩矛栓紅纓，黃河岸上任翱翔。

清邑之人駐在消，四馬披甲真威武，兩矛紮著野雞毛，黃河岸上任逍遙。

清邑之人駐在軸，四馬披甲原地走，向左旋轉向右刺，軍隊裏面做表演。

〔意境與畫面〕

一輛兵車，拉車的四匹馬高大健壯，披著鐵甲，正在黃河岸邊的大路上疾馳。馭手左右的士兵各執一杆長矛，矛上的紅纓迎風飄蕩，士兵揚起雙臂,像鳥兒翱翔一樣。
　　又一輛兵車,四匹威武的馬也披著鐵甲,正在黄河岸邊的大路上信步前行。馭手左右士兵手裏的長矛上,紮著漂亮的野雞尾羽。士兵把矛抱在懷裏,眯著眼、歪著腦袋隨車顛簸,一副逍遥姿態。
　　駐地的場地上,一輛四馬戰車停在那裏。馬披著鐵甲,隨著馭手的號令原地踏步。車上的士兵一個向左旋轉,一個向右刺殺,正在進行表演。

羔　　裘

　　〔提要〕這是一首讚美豪傑的詩。《左傳·昭公十六年》:"夏四月,鄭六卿餞宣子于郊。宣子曰:'二三君子請皆賦,起亦以知鄭志。'……子產賦《鄭之羔裘》。宣子曰:'起不堪也。'"或是。《毛詩序》曰:"《羔裘》,刺朝也。言古之君子以風其朝焉。"今文三家無異義,皆非,詩無刺意。

　　　羔裘如濡,洵直且侯(好)。彼其之子,舍命不渝。①
　　　羔裘豹飾,孔武有力。彼其之子,邦之司直。②
　　　羔裘晏兮,三英(纓)粲兮。彼其之子,邦之彦兮。③
　　　　　　　　　　　　　——《羔裘》三章,章四句。

〔彙校〕
　　洵直,《韓詩》作"恂",借字。
　　彼其,《魯詩》《韓詩》作"己",借字。
　　不渝,《韓詩》作"偷",誤字。

〔注釋〕
　　① 羔裘,羊羔皮做的裘衣。濡,光澤。洵,確實。直,指其毛順直。侯,借為"好",美、好看。其,語助詞。之,此也。渝,改變。
　　② 豹,指豹皮。孔,很。武,威武、健武。邦,國也。司,主也。

直，正也。司直，官名。

③晏，清亮。英，借爲"纓"，繫衣襟的帶子所結。粲，鮮明。彥，俊傑。三章所描寫之人皆指宣子。

〔訓譯〕

羔羊皮襖有光澤，確實順直又好看。他那個人啊，寧願捨命不變節。

羔羊皮襖豹皮飾，非常健武又有力。他那個人啊，堪爲國家主正道。

羔羊皮襖很清亮，三個纓子明燦燦。他那個人啊，堪稱國家之俊彥！

〔意境與畫面〕

一個豪傑，健武有力，他身穿一件羔羊皮襖，皮毛光亮順直，非常好看。皮襖的領口和袖口上有花豹皮做的裝飾，胸前繫著三對帶子，像纓子一樣，燦明發亮。他忠于主人，當敵人抓住他的時候，他寧死也不變節。他的性格耿直，主持正義，喜歡打抱不平。他臨危不懼，見義勇爲，人稱俊彥。

遵 大 路

〔提要〕這是一個弟弟（或妹妹）行將被哥哥（或姐姐）遺棄時所唱的歌，當是路人聞見所記。《毛詩序》曰："《遵大路》，思君子也。莊公失道，君子去之，國人思望焉。"今文三家無異義，恐皆未必。朱熹《詩集傳》以爲是"淫婦爲人所棄"，亦未必。

遵大路兮，摻（操）執子之袪兮。無我惡兮，不寁（接）故也！①

遵大路兮，摻（操）執子之手兮。無我魗（醜）

兮，不寁（接）好也！②

——《遵大路》二章，章四句。

〔彙校〕

　　摻執，馬瑞辰疑是"操"字之誤，其説是。

　　大路，王引之謂此章之"路"當作"道"，與韻合。

　　覯兮，《釋文》曰："本又作'歡'。"按作"覯"當是本字。

〔注釋〕

　　①遵，沿著。摻，用同"操"。操執，抓住、拉著。子，你。袪，袖口。我惡，即惡我。寁，音捷，借爲"接"，接續。故，舊也。

　　②覯，同"醜"，看不起、嫌棄。好，友好。

〔訓譯〕

　　沿著大路走呀，抓住你袖子。不要討厭我呀，不求像過去！

　　沿著大道走呀，抓住你的手。不要嫌棄我呀，不求對我好！

〔意境與畫面〕

　　天色已晚，兄弟（或姊妹）二人沿著大路正往家趕。大的十一二歲，小的五六歲。小的不聽話，大的不理他（或她），説要把他（或她）扔下不管，徑直朝前走。小的拽著大的的袖口不鬆手，一邊央求説：不要討厭我啊，我不要你像過去一樣，只求你帶上我！又拉住他（或她）的手説：不要嫌棄我啊，我不要求你繼續對我好，只求你帶上我！

女曰雞鳴

〔提要〕這首詩描述一對夫妻清晨臨起床之前的一次對話，主要内容是妻子勸丈夫起床去射雁，體現夫妻間的和諧，以及對美好生活的嚮往與期許。《毛詩序》曰："《女曰雞鳴》，刺不説（悦）德也。陳古義以刺今，不説（悦）德而好色也。"非詩意，詩無好色之義。或以此詩爲"樂新婚"，恐亦非，新婚不當勸夫早起去射雁，亦不當曰"知子之來（勑）"。《易林·豐之艮》云："雞鳴同興，思配無家。執佩持梟，無使致之。"馮登府以爲本《韓詩》。

女曰雞鳴，士曰昧旦。子興視夜，明星有爛。將翱將翔，弋鳧與雁。①

弋言加之，與子宜之。宜言（然）飲酒，與子偕老。琴瑟在御，莫不靜（靖）好。②

知子之來（勑）之，雜佩以贈之。知子之順之，雜佩以問之。知子之好之，雜佩以報之。③

——《女曰雞鳴》三章，章六句。

〔注釋〕

① 女，指妻子。雞鳴，公雞打鳴。士，指丈夫。昧旦，太陽出地平綫。子，你，妻子稱丈夫。承上省"女曰"，以下皆妻子言。興，起來。明星，啓明星。有爛，猶爛爛、燦爛，明亮也。將，即將。翱翔，起飛。弋，用帶有繩子的箭射，可以牽回。鳧，野鴨。雁，大雁。大雁起飛則不易射，故必趁其未起飛之前。

② 言，用同"然"，語助詞。加之，謂射中。子，亦指丈夫。宜，謂享用。宜言，安舒的樣子。偕，一同。琴瑟，言如琴與瑟一樣和諧相配。御，用也。在御，猶言在身邊。靜，借爲"靖"，安也。

③ 來，借爲"勑"，勞也。之，語助詞，下皆同。雜佩，各種佩飾。順，和順、順從。問，慰問。好，好賴之好。報，報答。此章爲丈夫語。

〔訓譯〕

妻子說雞叫了，丈夫說天沒亮。（妻子說）你起來看天，啓明星多亮。野鴨和大雁，都將起飛了。

把它射回來，與你共用用。一邊喝著酒，與你一同老。你我猶琴瑟，兩人都安好。

知道你辛勞，我要把佩飾送給你。知道你和順，我要用佩飾慰問你。知道你很好，我要用佩飾報答你。

〔意境與畫面〕

黎明時分，一片漆黑，天上星光閃爍，村子裏傳來一陣雞鳴聲。室內臥榻之上，年輕的妻子呼喚丈夫："雞叫了，快起來，該去射雁了！"丈夫說："天還沒有亮，再睡一會兒。"妻子說："你起來看天，啓明星多亮。野鴨和大雁都將起飛了，去晚就射不到了。你早點去把它射回來，我給你做成美味，與你共同享用。咱們一邊吃肉一邊喝酒，那樣一直到老。你我二人猶如琴與瑟，互不分離，永遠安好。"丈夫說："我知道你辛勞，所以我會買各種佩飾送你。我知道你很和順，我要用各種佩飾慰問你。我知道你對我好，我要用多種佩飾報答你。"

有女同車

〔提要〕這是一個男子讚美戀人的詩。《毛詩序》曰："《有女同車》，刺忽也。鄭人刺忽之不昏于齊。太子忽嘗有功于齊，齊侯請妻之，齊女賢而不取，卒以無大國之助，至于見逐，故國人刺之。"今文三家無異義，恐皆未必。詩言"有女同車"，明在一起也。

有女同車，顏如舜（蕣）華。將翱將翔，佩玉瓊琚。彼美孟姜，洵美且都（醋）。①

有女同行，顏如舜（蕣）英。將翱將翔，佩玉將將（瑲瑲）。彼美孟姜，德音不忘。②

——《有女同車》二章，章六句。

〔彙校〕

舜華、舜英，《魯詩》作"蕣"，本字。

將翱將翔，《魯詩》"將"皆作"鏘"，非。
將將，《魯詩》作"鏘鏘"，皆借字。

〔注釋〕
①顏，臉也。舜，借爲"蕣"，樹木名，俗稱木槿。華，即花。木槿花爲粉紅色。將，行將、將要。翱、翔，形容車子疾行。瓊，美玉。琚，玉佩名。孟，長、老大。姜，姓氏。洵，確實。都，借爲"奲"，音朵，嫻雅。
②英，不結果的花。翱、翔，形容張臂奔跑。將將，借爲"瑲瑲"，玉鳴聲。德音，本謂好聲譽，此指好聽的聲音。

〔訓譯〕
有個女子同車坐，臉像木槿開紅花。車子行將跑起來，美玉佩飾露出來。那個美女叫孟姜，確實美麗又嫻淑。
有個女子同路行，臉像木槿開紅花。行將張臂跑起來，佩玉瑲瑲響起來。那個美女叫孟姜，聲音好聽忘不了。

〔意境與畫面〕
一輛大車，上面坐著幾個年輕男女，其中一個姑娘臉色粉紅，像盛開的桃花，漂亮嫻雅，而且穿著講究。車子跑起來的時候，從她衣襟處露出了晶瑩的玉佩。
大道上，幾個年輕男女一路同行。還是那個姑娘，正在和身邊的姑娘說話，她的聲音是那麼好聽。大家一起張臂奔跑的時候，她的玉佩先響了起來。

山 有 扶 蘇

〔提要〕這首詩描寫一個姑娘兩次沒有見到意中人，而見到與之相差甚遠者的情景，表達失望的心情，感歎人之差異。《毛詩序》曰："《山有扶蘇》，刺忽也，所美非美然。"今文三家無異義，恐皆未必。

山有扶蘇，隰有荷華。不見子都，乃見狂且（伹）。①
山有喬松，隰有游龍（蘢）。不見子充，乃見狡童。②

——《山有扶蘇》二章，章四句。

〔彙校〕

喬松，唐石經本作"橋"，改從《十三經注疏》本，用本字。

〔注釋〕

① 扶蘇，樹木名，矮小不成材、難看。隰，音習，低濕之地。荷華，即荷花。子都，人名，文雅伶俐之人。且，音居，借爲"伹"，笨拙之人。狂且，狂野之人。

② 喬，《説文》："高而曲也。"龍，借爲"蘢"，一種水草。子充，人名，老實之人。狡，狡猾。

〔訓譯〕

山上有扶蘇，濕地有荷花。不見伶俐的子都，卻見瘋狂的笨蛋。

山上有喬松，濕地有游蘢。不見老實的子充，卻見狡猾的頑童。

〔意境與畫面〕

村外山上，長著低矮彎曲的小灌木；山下濕地中，開著鮮艷的荷花。一個姑娘，滿懷希望地去見他心中的白馬王子，結果卻遇見一個瘋瘋癲癲的傻瓜。于是，非常失望地唱著詩之首章而還。

山上有很多高大的松樹，濕地有一片不知名的水草。姑娘再次滿懷希望地去見他心中的白馬王子，結果卻遇見一個狡猾的頑童。于是，非常失望地唱著詩之二章而還。

〔引用〕

《左傳·昭公十六年》："夏四月，鄭六卿餞宣子于郊……子旗賦《有女同車》，子柳賦《蘀兮》。"皆屬用詩。

蘀兮

〔提要〕這是一首希望別人在前宣導，自己起而附和的詩。《毛詩序》曰："《蘀兮》，刺忽也。君弱臣强，不倡而和也。"非詩意。今文三家無異義，亦非。

蘀兮蘀兮，風其吹女（汝）。叔兮伯兮，倡（唱），予和女（汝）！①

蘀兮蘀兮，風其漂（飄）女（汝）。叔兮伯兮，倡（唱），予要（腰）女（汝）！②

——《蘀兮》二章，章四句。

〔彙校〕

漂女，《釋文》："本亦作'飄'。"本字。

〔注釋〕

① 蘀，音拓，落地的草木葉子。女，讀爲"汝"，你。下同。叔，指弟弟。伯，指哥哥。倡，借爲"唱"，領唱。予，我也。和，音賀，附和、隨唱。蘀隨風走，故以作比。

② 漂，借爲"飄"。要，同"腰"，身中也，此指唱到中間。風後落葉飄起，故以做比。

〔訓譯〕

落葉啊落葉，風會吹走你。弟兄們呀，你們先唱，我跟著和。
落葉啊落葉，風將飄起你。弟兄們呀，你們唱，我從中間起。

〔意境與畫面〕

地上一層落葉，一陣風刮來，隨風而起。一群男子，準備唱歌，其中一個說：弟兄們，你們先唱，我跟著和。

地上一層落葉，一陣風過後，漫天飄舞。一群男子，準備唱歌，其中一個說：弟兄們，你們先唱，我到中間再跟著唱。

〔引用〕

《左傳·昭公十六年》："夏四月，鄭六卿餞宣子于郊。宣子曰：'二三君子請皆賦，起亦以知鄭志。'……子柳賦《蘀兮》。"亦用詩。

狡　童

〔提要〕這是一首責罵狡童的詩。作者因受其愚弄而不得餐、息，故責罵之。《毛詩序》曰："《狡童》，刺忽也。不能與賢人圖事，權臣擅命也。"非詩本意。

彼狡童兮，不與我言兮！維（爲）子之故，使我不能餐兮！①

彼狡童兮，不與我食兮！維（爲）子之故，使我不能息兮！②

——《狡童》二章，章四句。

〔注釋〕

① 狡童，狡猾的少年。與，給也。言，說也。維，同"爲"，因爲。子，你。餐，吃飯。

② 息，歇息。

〔訓譯〕

那狡猾的童子呀，你不給我說！因爲你的緣故呀，使我不能餐！

　　那狡猾的童子呀，你不給我吃！因爲你的緣故呀，使我不得歇！

〔意境與畫面〕

　　兩個男子跋涉于山間，飢腸轆轆。歇息下來，年齡較小的走進路邊樹林中，發現了一樹野果，沒有給年齡大的説，就自己一個人偷偷地吃了。然後走出樹林，説自己已經吃飽了，隨即坐下來休息。年齡大的趕緊起身進樹林裏找，一邊找一邊罵，如詩所云。

褰　　裳

　　〔提要〕這首詩以青年男女戀愛做比喻，表達希望對方主動與自己交好的意願。《左傳·昭公十六年》："夏四月，鄭六卿餞宣子于郊。宣子曰：'二三君子請皆賦，起亦以知鄭志。'……子大叔賦《褰裳》。"是其爲子大叔所作。詩言"子不我思，豈無他人"，故上博簡《詩論》曰："《褰裳》其絶。"《毛詩序》曰："《褰裳》，思見正也。狂童恣行，國人思大國之正己也。"義理附會之説。《吕氏春秋·求人篇》記："晉人欲攻鄭，令叔向聘焉，視其有人與無人。子産爲此詩云云。"按聘問于人，不得當面稱人"狂童"。

　　子惠思我，褰裳涉溱。子不我思，豈無他人？狂童之狂也且！①

　　子惠思我，褰裳涉洧。子不我思，豈無他士？狂童之狂也且！②

　　　　　　　　　　　　——《褰裳》二章，章五句。

〔彙校〕

　　褰裳，《釋文》："本亦作'攐'。"借字。

〔注釋〕

① 惠，恩惠，表敬副詞。褰，音謙，撩起、提起。裳，下衣。溱，音真，水名，源出河南密縣東北，東南流與洧水相會。狂童，罵人之言。且，音居，語氣詞。

② 洧，音委，水名，發源亦河南登封東，流至新鄭，與溱水相會。士，青年男子、小伙子。狂，癡、愚。童，形容無智。狂童，猶言傻小子。

〔訓譯〕

你若想我，就撩起下裳過溱！若不想我，難道沒別人？真是傻小子！

你若想我，就撩起下裳過洧！若不想我，難道沒他人？真是傻小子！

〔意境與畫面〕

送別的宴會上，一位年長者起身對著臨行的年輕人唱出此歌。

丰

〔提要〕這是一個姑娘出嫁時所唱的歌，表達希望自己早點嫁過去。《毛詩序》曰："《丰》，刺亂也。婚姻之道缺，陽倡而陰不和，男行而女不隨。"今文三家無異義，皆非。

　　子之丰兮，俟我乎巷兮，悔予不送兮。①
　　子之昌兮，俟我乎堂兮，悔予不將兮。②
　　衣錦褧衣，裳錦褧裳。叔兮伯兮，駕，予與行！③
　　裳錦褧裳，衣錦褧衣。叔兮伯兮，駕，予與歸！④
　　　　——《丰》四章，二章章三句，二章章四句。

〔彙校〕
　丰兮，《方言》作"妦"，後起字。
　褧衣、褧裳，《魯詩》皆作"絅"，義同。

〔注釋〕
　① 子，你，指新郎。丰，《說文》："艸（草）盛丰丰也。"引申謂豐盛、豐富，這裏指婚禮的儀式豐富。俟，音四，等待。乎，于也。巷，街巷之中。予，我也，姑娘自謂。送，謂送到、送達，送上門。
　② 昌，明盛，指衣飾打扮。堂，正室、堂屋。將，音羌，亦送義。
　③ 衣，上衣。錦，錦衣。褧，音窘。褧衣，麻罩衣。裳，下衣。駕，駕車。與，一起。
　④ 歸，出嫁。夫家爲女子之歸宿，故女子出嫁曰歸。

〔訓譯〕
　你儀式豐富啊，在巷子裏等我啊，後悔我沒及時送到啊！
　你衣飾明盛啊，在堂屋裏等我啊，後悔我沒及時送去啊！
　穿上錦衣錦裙，罩上麻衣麻裙。叔叔伯伯啊，駕車！我一起行。
　罩上麻衣麻裙，穿上錦衣錦裙。叔叔伯伯啊，駕車！我跟著嫁。

〔意境與畫面〕
　一大早，一個姑娘正在穿著打扮，準備出嫁。她一邊穿嫁衣，一邊想象：新郎家裏可能已經擺開了盛大的場面，新郎正站在巷子裏等她，後悔自己沒有早點過去。
　她又想象：新郎可能穿著明盛的新衣，正在廳堂裏等她，後悔自己沒有早點到達。想到這裏，她趕緊跟院子裏的叔伯們說：駕車！咱們動身。

東門之墠

〔提要〕這是一個女子勾引男鄰居的詩。《韓詩》曰："墠，善也。言東門栗樹之下,有善人可與成爲家室也。"《毛詩序》曰:"《東門之墠》,刺亂也。男女有不待禮而相奔者也。"皆近是。《齊詩》曰:"東門之墠,茹藘在阪。禮義不行,與我心反。"説已遠離詩本義。

東門之墠,茹藘在阪。其室則邇,其人甚遠。①
東門之栗,有踐家室。豈不爾思?子不我即!②

——《東門之墠》二章,章四句。

〔彙校〕
　　有踐,《韓詩》作"靖",以音誤。

〔注釋〕
　　① 東門,所居城邑之東門。墠,音善,清理出的場地。藘,音蘆。茹藘,草名,可以染絳。阪,坡也。邇,近也。其人,指"其室"所居,即鄰居。
　　② 栗,樹木名。踐,行列。有踐,猶踐踐,排列整齊的樣子。家室,房屋。即,就、到跟前。

〔訓譯〕
　　東門有場地,茹藘在高坡。房子離得近,人卻非常遠。
　　東門有栗樹,房屋在一排。難道不想你?你不接近我!

〔意境與畫面〕
　　小城堡裏,房屋成排。東門口,有一塊不大的廣場,中間長著一顆栗子樹。一個女子,出東門去城外的高坡上采染布的絳草。當她走出家門,看到同街的房子是那麽近,而人卻離她那麽遠。這一天,她對鄰居男子説,如詩所云。

風　雨

〔提要〕這是一首表達夫妻久別重逢之喜的詩，妻子所唱。《左傳·昭公十六年》："夏四月，鄭六卿餞宣子于郊。宣子曰：'二三君子請皆賦，起亦以知鄭志。'……子遊賦《風雨》。"按送別似不可能在風雨之夜，是其僅賦之而已。《毛詩序》曰："《風雨》，思君子也。亂世則思君子，不改其度焉。"非詩意。今文三家無異義，亦非。

　　風雨淒淒，雞鳴喈喈。既見君子，云胡（何）不夷（怡）？①

　　風雨瀟瀟，雞鳴膠膠（嘐嘐）。既見君子，云胡（何）不瘳？②

　　風雨如晦，雞鳴不已。既見君子，云胡（何）不喜？③
　　　　　　　　　——《風雨》三章，章四句。

〔彙校〕
　　淒淒，今文三家作"湝湝"，義同。
　　膠膠，今文三家作"嘐嘐"，本字。

〔注釋〕
　　①淒淒，形容寒涼。喈喈，音皆皆，象聲詞。君子，指丈夫。云胡，即"云何"，說什麼。夷，借爲"怡"，悅也。
　　②瀟瀟，形容暴疾。膠膠，同"嘐嘐"，音交交，象聲詞。瘳，病癒。
　　③晦，暗。已，止也。

〔訓譯〕
　　風雨冷颼颼，公雞喈喈叫。見到君子面，說啥不喜悅？

風狂雨又驟,公雞嘟嘟叫。見到君子面,說啥病不好?
天昏地又暗,公雞叫不停。見到君子面,說啥不歡喜?

〔意境與畫面〕

一個風雨交加的黎明,天氣陰冷,一片漆黑,村子裏不停地傳來雞鳴之聲。一個長期外出的丈夫,回到了家中。臥病的妻子聽見,從病榻上一躍而起,滿面歡喜。丈夫連忙去問,妻子說出三句話,如詩所云。

子　衿

〔提要〕這是一首期盼遠方男朋友到來的詩。這對朋友,可能是曾經的同窗,故《毛詩序》曰:"《子衿》,刺學校廢也。亂世則學校不修焉。"今文三家無異義,略有意。《文選注》引劉良曰:"《子衿》刺風俗輕薄,而朋友之不相往來。"然詩似無風俗輕薄之義。

青青子衿,悠悠我心。縱我不往,子寧不嗣(詒)音?①

青青子佩,悠悠我思。縱我不往,子寧不來?②

挑(眺)兮達兮,在城闕兮。一日不見,如三月兮。③

——《子衿》三章,章四句。

〔彙校〕

子衿,《釋文》"本亦作'襟'。"義同。

嗣音,《韓詩》作"詒",當是本字。

〔注釋〕

① 青青,男服之色。子,你,指你的。衿,音今,衣領。悠悠,悠

思的樣子。縱，縱使。往，去也。寧，難道。嗣，借爲"詒"，傳也。音，音訊。
②佩，謂佩飾。
③挑，借爲"眺"，極目遠望。達，至也。城闕，城門兩側的高臺。

〔訓譯〕
　　青青你衣領，悠悠我的心。縱使我不往，難道不傳音？
　　青青你玉佩，悠悠我心思。縱使我不去，難道你不來？
　　眺望你來到，在那城闕上。一天看不見，猶如隔三月。

〔意境與畫面〕
　　一個男子，站在城闕之上，向遠處眺望著，希望能看到朋友的身影。他心思悠悠，好像看到朋友青青的衣領、青青的佩飾。定神仔細再看，還是不見朋友的身影，于是不禁從心裏責怪：縱使我不去，難道你就不傳信來？縱使我不去，難道你不就不能來？讓我等上一天，就好像過了三個月！

揚 之 水

〔提要〕這是一首哥哥勸慰弟弟的詩，體現著一種老成，洋溢著一股親情。《毛詩序》曰："《揚之水》，閔無臣也。君子閔忽之無忠臣良士，終以死亡，而作是詩也。"非詩意。今文三家無異義，亦非。

　　揚之水，不流束楚。終鮮兄弟，維（唯）予與女（汝）。無（毋）信人之言，人實迋（誑）女（汝）。①
　　揚之水，不流束薪。終鮮兄弟，維（唯）予二人。無（毋）信人之言，人實不信。②
　　　　　　　　　　　——《揚之水》二章，章六句。

〔注釋〕

①揚，飛揚。揚之水，比激昂的情緒。流，漂流。楚，荊棘。束荊，比輕物。不流束楚，形容不解決問題，勸兄弟不要激動。下"不流束薪"句同。此二句借用于《王風·揚之水》。終，終究、畢竟。鮮，少也。維，同"唯"，只有。予，我也。女，讀"汝"。無，借爲"毋"，不要。迂，借爲"誑"，欺騙。

②束薪，亦輕物。信，誠實。

〔訓譯〕

激揚的水，漂不走一捆荊。畢竟兄弟少，只有你和我。莫信外人言，外人在騙你。

激揚的水，漂不走一捆柴。畢竟兄弟少，只有我和你。莫信外人言，外人不誠實。

〔意境與畫面〕

兄弟二人鬧了矛盾，弟弟聽信外人閑言，以爲哥哥騙了自己，回來和哥哥理論，顯得十分激動。哥哥勸他莫要激動，並告訴他，如詩所云。

出 其 東 門

〔提要〕這是一個男子出城與女朋友約會時所唱的歌，表現了對愛情的專一。《毛詩序》曰："《出其東門》，閔亂也。公子五爭，兵革不息，男女相棄，民人思保其室家焉。"屬附會之辭。《齊詩》云："鄭男女亟聚會，聲色生焉，故其俗淫。鄭詩云云，此其風也。"亦非。

出其東門，有女如雲。雖則如雲。匪（非）我思存。縞衣綦巾，聊樂我員（魂）。①

出其闉闍，有女如荼。雖則如荼，匪（非）我思且（徂）。縞衣茹藘，聊可與娛。②

——《出其東門》二章，章六句。

〔彙校〕

我員，《韓詩》作"魂"，本字，古音同。

〔注釋〕

① 其，指鄭國都城。如雲，形容多、一大片。匪，同"非"。思存，恤問。縞，白色絲帛。綦，音其，淺綠色絲帛。聊，且。樂，娛樂。員，音云，借爲"魂"，魂魄。

② 闍闍，音因都，《説文》："城曲重門也。"荼，一種苦菜，古多有之。如荼，形容多，滿地都是。且，借爲"徂"，往、去也。茹藘，草名，可以染絳，這裏指茹藘所染之巾。娛，樂也。

〔訓譯〕

出了那東門，美女一大片。雖則一大片，不是我所想。素衣淺綠巾，聊樂我的魂。

出了那角門，美女到處是。雖則到處是，不是我想去。素衣紅佩巾，聊可一起樂。

〔意境與畫面〕

傍晚時分，一個小伙子急匆匆走出了東門。城外一大堆姑娘，正在一起嬉笑玩耍。小伙子目不斜視，不打招呼，徑直朝郊外走去，因爲那裏有一位身著素衣，佩著淺綠色佩巾的姑娘在等著他，她才是小伙子心裏所想的，和他所要問候的。因爲小伙子覺得，只有跟她在一起，才感到快樂。

第二天，小伙子走出東門，城外還是有很多姑娘，正在三三兩兩地玩耍。小伙子還是眼不斜視，徑直朝郊外走去，因爲那裏有一位身著素衣，佩著絳紅色佩巾的姑娘，她才是小伙子心裏所想，所要去的地方。因爲小伙子覺得，只有跟她纔玩得開心。

野有蔓草

〔提要〕這是一首讚美邂逅相遇者並向之表白愛慕的詩,今文三家作《蔓草》。《左傳·昭公十六年》:"夏四月,鄭六卿餞宣子于郊。宣子曰:'二三君子請皆賦,起亦以知鄭志。'子齹(名嬰齊,子皮之子)賦《野有蔓草》。宣子曰:'孺子善哉,吾有望矣。'"是其爲子齹所作以贊宣子者。《毛詩序》曰:"《野有蔓草》,思遇時也。君之澤不下流,民窮于兵革,男女失時,思不期而會焉。"曲解附會之説。

野有蔓草,零露漙兮。有美一人,清揚婉兮。邂逅相遇,適我願兮。①

野有蔓草,零露瀼瀼。有美一人,婉如(然)清揚。邂逅相遇,與子偕臧。②

——《野有蔓草》二章,章六句。

〔彙校〕
零露,或作"靈",借字。
漙兮,《釋文》:"本亦作'團'。"義略同。
清揚,《韓詩》作"青",借字。
婉兮,《韓詩》作"宛",亦借字。

〔注釋〕
① 野,郊野。蔓草,枝蔓相連的草,以比兩個人有關聯。零露,露珠,以比朝氣。漙,音團,凝聚的樣子。清揚,形容眉清目秀。婉,柔順。邂逅,不期而遇。適,合也。
② 瀼瀼,音攘攘,露水濃的樣子。如,同"然"。偕,一同。臧,美好。

〔訓譯〕

　　郊外有棵蔓長的草，圓圓露珠沾上面。有一美人真漂亮，眉清目秀且柔順。邂逅相遇實在巧，正好適合我心願。

　　郊外有棵蔓長的草，濃濃露水布上面。有一美人真漂亮，柔順而且眉目秀。邂逅相遇實在巧，與你一同兩相好。

〔意境與畫面〕

　　送別的宴會上，一個年輕人第一次見到客人，只見他長得眉清目秀，氣宇非凡，遂唱出此《野有蔓草》之歌，表達愛慕之情。

〔引用〕

　　《孔子家語·致思》載孔子之郯遇程本于途，謂子路曰："由，《詩》不云乎？'有美一人，清揚婉兮。邂逅相遇，適我願兮。'"出此詩之首章。

溱　洧

〔提要〕這首詩描寫一對小戀人一邊挖香草，一邊玩耍的情景。《毛詩序》曰："《溱洧》，刺亂也。兵革不息，男女相棄，淫風大行，莫之能救焉。"非詩本義。《韓詩》曰："溱與洧，說（悅）人也。鄭國之俗，三月上巳于溱、洧兩水之上，執蘭招魂續魄，祓除不祥也。"亦非。詩言"殷其盈矣"，明與招魂續魄無關。

　　溱與洧，方渙渙兮。士與女，方秉（采）蕳兮。女曰觀乎？士曰既且，且往觀乎。洧之外，洵訏且樂。維（唯）士與女，伊其相謔，贈之以芍藥。①

　　溱與洧，瀏其清矣。士與女，殷其盈矣。女曰觀乎？士曰既且，且往觀乎。洧之外，洵訏且樂。維

（唯）士與女，伊其將（相）謔，贈之以芍藥。②

——《溱洧》二章，章十二句。

——鄭國二十一篇，五十三章，二百八十三句。

〔彙校〕

渙渙，《韓詩》字作"洹"，《齊詩》字作"灌"，《魯詩》字作"汍"。按作"渙"當是本字。

方秉，按"方秉"不辭，作"秉"亦與下不協，疑當是"采"字之誤。《太平御覽》九百八十三引《韓詩傳》曰："秉，執也。蕳，蘭也。當此盛流之時，衆士與衆女執蘭而祓除。"亦非。《毛傳》未注，見其當時尚不誤。

蕳兮，《齊詩》作"菅"，借字。

既且，疑當作"觀"，涉下誤。下章同。

洵訏，《韓詩》"訏"作"盱"，《魯詩》"洵"作"詢"，皆誤。

瀏其，《韓詩》作"漻"，音轉借字。

將謔，疑當作"相"，聲之誤。

〔注釋〕

①溱（音真）、洧（音委），皆鄭地水名，二水下游相匯。方，正在。渙渙，水流活動的樣子。溱與洧方渙渙，以比士與女之活潑。士，青年男子。女，姑娘。蕳，音間，一種香草。觀，看也。既，已經。且往，再往前。外，謂河對岸。洵，確實。訏，大也。維，同"唯"，只有。下同。伊，爲也。相，相互。謔，戲也。芍藥，花名。

②瀏，水深而清澈。溱與洧瀏其清，以比士與女之清純。殷其，富盛的樣子，指所采之蕳。盈，滿也，指所持的筐子已滿。

〔訓譯〕

溱水和洧水，正在嘩嘩流。男士與女子，正在采香草。女説"（那邊）看"，男説"看過了！再往前"。洧水河對岸，確實大又樂。只有男和女，正在戲耍著，互贈芍藥花。

溱水與洧水，流水真清澈。男士和女子，采滿一大筐。女説"那邊看"，男説"看過了！再往前"。洧水河對岸，確實大而樂。

只有男和女,正在鬧著玩,互贈芍藥花。

〔意境與畫面〕
　　陽春三月,河水清清,嘩嘩流淌。一對小戀人手提籃子,正在河邊草地裏尋找香草。女孩子問:"那邊看了嗎?"男孩子答:"看過了!咱們再往前。河那邊草地大,而且很好玩。"兩個人一邊玩耍著,去到河那邊,不一會兒,就采滿了一籃子香草。兩人還發現一叢芍藥花,摘下來互贈對方。

齊風

雞鳴

〔提要〕這是一首描寫國君夫人與國君黎明之時在床上對話的詩,反映夫人的賢慧與國君的荒淫。《毛詩序》曰:"《雞鳴》,思賢妃也。哀公荒淫怠慢,故陳賢妃貞女,夙夜警戒相成之道焉。"大體不差。《韓詩》曰:"《雞鳴》,讒人也。"《齊詩》曰:"雞鳴失時,君騷相憂。"皆非。魏源《詩古微》曰:"《列女傳》緹縈(漢文帝時人)上書闕下,歌《晨風》《雞鳴》之詩,蓋亦取無罪被讒之意。"是漢時用今文三家之證。

雞既鳴矣,朝既盈矣。① 匪(非)雞則(在)鳴,蒼蠅之聲。②

東方明矣,朝既昌矣。③ 匪(非)東方則(在)明,月出之光。④

蟲飛薨薨,甘與子同夢。⑤ 會且歸矣,無(毋)庶予子憎。⑥

——《雞鳴》三章,章四句。

〔注釋〕
① 既,已經。朝,指朝廷、朝堂。盈,滿也。此二句爲夫人語。
② 匪,同"非"。則,同"在"。此二句爲丈夫語。按蒼蠅淩晨不飛無聲,以雞鳴爲蒼蠅之聲,見其朦朧未醒。
③ 昌,盛也,形容喧囂。此二句爲夫人語。

④則，亦同"在"。此二句爲丈夫語。

⑤薨薨，音哄哄，象聲詞。蟲飛薨薨，比喻大臣們在朝堂上的喧鬧。甘，甜也，猶言樂意、喜歡。此二句亦丈夫語。

⑥會，指朝會。且，將要。無庶，同"庶無"。庶，希望。無，同"毋"，謂不要因爲。予，我。子，你。憎，憎惡。子憎，即憎子，謂使大臣們憎惡你。此二句爲夫人語。

〔訓譯〕

"雞已叫了，朝堂人滿了！"

　　"那不是雞叫，是蒼蠅聲。"

"東方已亮了，朝堂喧囂了！"

　　"那不是東方亮，是月亮出來了。

　　他們像飛蟲鬧哄哄，我就喜歡與你同做夢。"

"朝臣就要回去了，不要因我而使衆人憎惡你！"

〔意境與畫面〕

黎明時分，東方已經發亮，一片雞鳴之聲。朝堂之上，上早朝的官員已經到齊，一片喧囂，等待著國君到來。後宮之內，國君與夫人尚在臥榻之上。夫人叫國君起床上朝，國君賴著不起。二人對話，如詩所云。

還

〔提要〕這是一首描寫獵人間相互讚美的詩。一個誇對方動作敏捷、身體強壯、精力旺盛，一個讚對方聰明、友好、善良。反映勞動者的淳樸與可愛。《毛詩序》曰："《還》，刺荒也。哀公好田獵，從禽獸而無厭，國人化之，遂成風俗。習于田獵謂之賢，閑于馳逐謂之好焉。"今文三家無異義，皆恐未必。

子之（真）還（嫙）兮，遭我乎峱之間（澗）兮。並驅從兩肩（豜）兮，揖我謂我儇兮。①

子之（真）茂兮，遭我乎猺之道兮。並驅從兩牡兮，揖我謂我好兮。②

子之（真）昌兮，遭我乎猺之陽兮。並驅從兩狼兮，揖我謂我臧兮。③

——《還》三章，章四句。

〔彙校〕

還兮，《韓詩》作"嫙"，本字；《齊詩》作"營"，古借字。

猺之間，《齊詩》作"巇"，借字，古音相轉。

兩肩，《魯詩》作"豜"，本字。

儇兮，《韓詩》作"嬛"，借字。

〔注釋〕

①子，你。之，借爲"真"。下同。還，借爲"嫙"，敏捷。遭，遇也。猺，音撓，山名，在今山東臨淄南。間，疑借爲"澗"，山澗。並驅，並駕齊驅。從，追逐。肩，借爲"豜"，大野豬。儇，音宣，智慧、聰明。

②茂，茂盛，謂身體強壯。牡，雄獸。好，謂友好。

③昌，盛也，謂精力旺盛。陽，山南。臧，善也，謂善良。

〔訓譯〕

你真敏捷啊，猺山之澗遇見我。並駕齊驅追野豬啊，揖我說我很聰明。

你真壯實啊，猺山之道遇見我。並駕齊驅追公豬啊，揖我說我很友好。

你真精神啊，猺山之陽遇見我。並駕齊驅追兩狼啊，揖我說我很良善。

〔意境與畫面〕

兩個騎馬的獵人，一個較爲瘦小，另一個身體壯實，這一天在山澗之中相遇。發現兩隻大野豬,二人開始並駕齊追,後來瘦小的出主意從旁包抄,很快獵獲了野豬。壯實的對瘦小的作揖,伸大拇指稱讚他:"你真聰明!"瘦小的説:"你真敏捷!"

第二天,兩個人又在進山的道上相遇。這一次二人並駕齊追逐兩隻公野豬,結果只獵得一隻,瘦小的就讓給了壯實的。壯實的對瘦小的作揖,説:"你真友好!"瘦小的説:"你真壯實!"

第三天,兩個人又在山南陽坡相遇。這一次二人並駕齊追逐兩隻狼。先射死一隻大狼,剩下一隻小狼,瘦小的不願再追,壯實的給他作揖,説:"你真善良!"瘦小的説:"你精力真好!"

著

〔提要〕這是一首新娘猜測新郎行爲與裝飾的詩,作于出嫁路上。上博簡《詩論》曰:"《著而》士。""士"即新郎。《荀子·非相》"處女莫不願得以爲士"注:"士者,未娶妻之稱。"《毛詩序》曰:"《著》,刺時也。時不親迎也。"不親迎,確是事實。今文三家無異義。《列女傳》載:"孟姬者,華氏之女,齊孝公夫人也。好禮貞一,過時不嫁。齊仲求之,禮不備,終不往。孝公聞之,乃修禮親迎于華氏之室。"舊以爲言此詩,實恐無關。

俟(竢)我于著(宁)乎而?充耳以素乎而?尚之以瓊華乎而?①

俟(竢)我于庭乎而?充耳以青乎而?尚之以瓊瑩乎而?②

俟(竢)我于堂乎而?充耳以黃乎而?尚之以瓊英乎而?③

——《著》三章,章三句。

〔注釋〕

① 俟，借爲"竢"，等候。著，借爲"宁"，音同，門、屏之間也。或以爲地名，非。乎而，推測語氣詞，猶"了吧"。充，塞也。充耳，冠上垂飾，懸于耳旁。素，白也，指白色絲帶。尚，加也。瓊，美玉。華，樹木的花。

② 庭，門屏之内。堂，廳堂。青，指青色絲帶。瑩，玉澤。

③ 堂，廳堂。黄，指黄色絲帶。英，草類植物的花。

〔訓譯〕

等我在大門內吧？耳垂用白絲吧？上掛一瓊華吧？
等我在影壁內吧？耳垂用青絲吧？上掛一瓊瑩吧？
等我在廳堂內吧？耳垂用黄絲吧？上掛一瓊英吧？

〔意境與畫面〕

出嫁的路上，姑娘坐在轎車之中，想像著此時的新郎：也許他已經身穿禮服，戴著新冠，冠兩旁垂著白絲帶子，上面掛著一顆大大的玉花，正站在大門之內等著。

她又想：也許他的冠上已經垂著青色絲帶，上面掛著一顆晶瑩的玉石，正站在影壁之內等著。

她又想：也許他的冠上已經垂著黄色絲帶，上面掛著一顆小巧的玉花，正站在廳堂之內等著。

東 方 之 日

〔提要〕這是一個將軍描寫自己被一個姑娘追求的詩。《毛詩序》曰："《東方之日》，刺衰也。君臣失道，男女淫奔，不能以禮化也。"比較接近。《韓詩章句》曰："詩人言所悦者，顏色盛美，如東方之日也。"說非。馮登府曰："此亦思賢之詩。東方之日，必其道德光明，親炙于居室門屏之間也。"說亦非。

東方之日兮，彼姝者子，在我室兮。在我室兮，履我即（節）兮。①

東方之月兮，彼姝者子，在我闥兮。在我闥兮，履我發（旆）兮。②

——《東方之日》二章，章五句。

〔注釋〕

① 東方之日，指早晨。姝，美也。子，姑娘。室，房子、臥室。履，踐、踩。即，借爲"節"，兵符。

② 東方之月，指夜晚。闥，音踏，門內。發，借爲"旆"，音配，軍前大旗，末端狀如燕尾。

〔訓譯〕

東方太陽升，那個漂亮妞，在我臥室中。在我臥室中啊，踩上我兵符。

東方明月升，那個漂亮妞，在我大門內。在我大門內啊，踩了我軍旗。

〔意境與畫面〕

清晨，旭日東升。兵營之內，將軍室內，一個漂亮姑娘，正在與將軍搭訕。一不小心，踩上了將軍的兵符。

夜晚，明月東升。姑娘尾隨將軍巡營，走到兵營大門之內，一不小心又踩上了軍旗。可見其形影不離。

東 方 未 明

〔提要〕這是一個農奴所唱的歌，描寫農奴們過著"半夜雞叫"式的生活，揭露主人的狠毒。故上博簡《詩論》曰："《東方未明》有利詞。"《毛詩序》曰："《東方未明》，刺無節也。朝廷興居無節，號令不時，挈壺氏不能掌其職焉。"略有意。今文三家無異義，皆不確。

東方未明，顛倒衣裳。顛之倒之，自公召之。①

東方未晞（昕），顛倒裳衣。倒之顛之，自公令之。②

折柳樊圃，狂夫瞿瞿（眲眲）。不能辰夜，不夙則莫（暮）。③

——《東方未明》三章，章四句。

〔彙校〕

辰夜，古本或作"晨"，誤。

〔注釋〕

① 衣，上衣；裳，下衣。自，從、由。公，公家、主人。
② 晞，借爲"昕"，天發亮、太陽將出之時。
③ 折柳，攀折柳枝。樊，編築籬笆。圃，菜園。狂，瘋狂。狂夫，農夫自謂，急得穿顛倒了衣裳，故自稱狂夫。瞿瞿，音句句，借爲"眲眲"，左右看。辰，時辰。不能辰夜，謂不能掌握夜裏的時辰。夙，早也。莫，同"暮"，晚也。

〔訓譯〕

東方未明就趕緊起床，急得顛倒了上衣和下衣。之所以顛倒了上衣和下衣啊，因爲主人那裏召集。

東方未亮就趕緊起床，急得顛倒了下衣和上衣。之所以顛倒了下衣和上衣啊，因爲主人那裏發令。

起來攀折柳枝編籬笆，"瘋子"們個個神不守舍。不能掌握夜裏的時辰啊，不是醒早就是起晚。

〔意境與畫面〕

一群農奴，集體睡在一個大地鋪裏。東方尚未發亮，一陣急促的起床令傳來，主人手執皮鞭出現在門口。農奴們昏昏沉沉地趕緊起床，有的急得把下衣往頭上套，有的把上衣穿在了腿上，穿完了趕緊出去集合。

農奴們被命令去折柳枝，給菜園子編籬笆。因爲沒有睡醒，所以個個顯得昏頭昏腦。

從此以後，爲了避免起晚了挨打，農奴們乾脆和衣而臥，等著起床。

南　山

〔提要〕這是一首譴責齊襄公，責備魯桓公的詩。今文三家作《南山崔崔》，取全首句。《左傳·桓公十八年》："春……公會齊侯于濼，遂及文姜如齊。齊侯通焉。公謫之。以告。夏四月丙子，享公，使公子彭生乘公，公薨于車。"即其事。《毛詩序》曰："《南山》，刺襄公也。鳥獸之行，淫乎其妹。大夫遇是惡，作詩而去之。"今文三家無異義，説近是。

南山崔崔，雄狐綏綏（夂夂）。魯道有蕩，齊子由歸。既曰（已）歸止（之），曷（何）又懷止（之）？①

葛屨五兩（緉），冠緌雙止（之）。魯道有蕩，齊子庸（用）止（之）。既曰（已）庸（用）止（之），曷（何）又從止（之）？②

蓺麻如之何？衡（橫）從（縱）其畝。取（娶）妻如之何？必告父母。既曰（已）告止（之），曷（何）又鞠（鞫）止（之）？③

析薪如之何？匪（非）斧不克。取（娶）妻如之何？匪（非）媒不得。既曰（已）得止（之），曷（何）又極止（之）？④

——《南山》四章，章六句。

〔彙校〕

綏綏，今文三家作"夂夂"，本字。

衡從，《齊詩》"衡"作"橫"，本字；《韓詩》"從"作"由"，義同。

析薪，《齊詩》作"伐柯"，義略同。

取妻，《韓詩》作"娶"，古今字。

〔注釋〕

①南山，齊都以南之山、牛山。崔崔，山險的樣子。綏綏，借爲"夊夊"，音同，行走遲緩的樣子。南山崔崔、雄狐綏綏，比喻獸有獸道，人有人道。魯道，通往魯國的大道。有蕩，猶"蕩蕩"，平坦的樣子。齊子，齊國的女子，指魯桓公夫人文姜。歸，出嫁。曰，猶"已"。止，同"之"。曷，同"何"，爲何。懷，懷念。

②屨，鞋子。兩，借爲"緉"，繩子相交形成的結。緌，音鋭上聲，系冠的帶子。葛屨五兩、冠緌雙止，比喻物各有定數。庸，同"用"。用之，謂利用魯道。從，隨其後。

③蓺，音藝，種植。衡，借爲"橫"。從，借爲"縱"。《韓詩傳》曰："東西耕曰橫，南北耕曰由。""由"即縱。畝，謂田。衡縱其畝，比事各有定規。取，同"娶"。鞫，借爲"鞠"，問也。止，用同"之"，指齊襄公，文姜的同父異母哥哥。問之，指魯桓公攜文姜到齊見齊襄公。

④析，破也。匪，同"非"。克，能也。匪斧不克，比喻有專門工具。媒，媒人。極，謂放縱。極之，指魯桓公放任文姜與齊襄公私通。

〔訓譯〕

南山高又險，雄狐行步緩。魯道平蕩蕩，齊女由此嫁。既已嫁出去，爲何又想她？

麻鞋五個結，布冠一雙帶。魯道平蕩蕩，齊女經過它。既已去了魯，爲何又隨她？

種麻當怎樣？橫縱其田壠。娶妻當怎樣？必須告父母。既已告父母，爲何又問她？

劈柴當怎樣？必須用斧頭。娶妻當怎樣？必須有媒人。既已有媒人，爲何放縱她？

〔意境與畫面〕

齊國郊外，一條平坦的大道，向南直通魯國。國君齊襄公的妹妹文姜出嫁，車隊上了大道，朝南駛去。妹妹文姜出嫁以後，齊襄公心裏仍想著她，不時乘車上那大道，遙望前方，大有追回之意。

一天，妹妹的丈夫、魯國國君魯桓公陪夫人乘車順大道朝北而來，拜會齊國國君齊襄公。

在齊國，妹妹文姜與哥哥齊襄公私通，被其丈夫魯桓公發現，遭到斥責。妹妹文姜告訴了哥哥齊襄公，齊襄公派一名力士殺死了妹妹的丈夫魯桓公。

齊國的百姓知狀後，爲唱《南山》之歌，如詩所云。

甫　田

〔提要〕這是一個女子思念多年不見、飄落遠方的少年夥伴的詩。《毛詩序》曰："《甫田》，大夫刺襄公也。無禮義而求大功，不修德而求諸侯，志大心勞，所以求者非其道也。"非詩意。今文三家無異義，亦皆非。

無（毋）田甫（圃）田，維莠驕驕（喬喬）。無（毋）思遠人，勞心忉忉。①

無（毋）田甫（圃）田，維莠桀桀。無（毋）思遠人，勞心怛怛。②

婉兮孌兮，總角丱兮。未幾見兮，突而弁兮？③

——《甫田》三章，章四句。

〔彙校〕

驕驕，《魯詩》作"喬喬"，本字。

孌兮，今文三家作"嬌"，異體字。

丱兮，諸本或作"卯"，誤。

〔注釋〕

① 無，同"毋"，不要。田，做動詞，謂種田，《釋文》音佃。甫，借爲"圃"。圃田，荒蕪多草之田。莠，似苗之草。驕驕，同"喬喬"，高的樣子。遠人，去遠方之人。忉忉，音刀刀，煩勞的樣子。

② 桀桀，苗壯的樣子。怛怛，音答答，憂傷的樣子。上二章爲自誡之辭。

③ 婉孌，年少美好的樣子。總角，未成年男子的髮式，似牛角，在兩側。丱，音貫，兩相對稱。未幾，不久。突而，同"突然"。弁，音變，皮冠。周代男子二十而冠，象徵成年。此章爲所思與想像。

〔訓譯〕

不要種荒地，因爲草很高。不要思遠人，令人心煩勞。
不要種荒地，因爲草苗壯。不要思遠人，令人心傷憂。
少年多可愛，髮束像牛角。許久不曾見，突然戴皮弁？

〔意境與畫面〕

一對七八歲的少年鄰居，男孩子長得十分可愛，他兩鬢的頭髮束著，像兩隻牛角。女孩子喜歡他，每天找他玩耍。突然一天，男孩子一家舉家遷去了遠方。一晃多年過去，兩人都已成年，女孩子依然思念他，不能釋懷。她知道這種思念有如種荒地，不會有收成，所以口唱此《甫田》以自誡，如詩所云。

盧（獹）　令（獜）

〔提要〕這是一首讚美狗主人的詩。《毛詩序》曰："《盧令》，刺荒也。襄公好田獵畢弋而不修民事，百姓苦之，故陳古以風焉。"非詩意。今文三家無異義，亦非。

盧（獹）令令（獜獜），其人美且仁。①
盧（獹）重環，其人美且鬈（拳）。②

盧（獹）重鋂，其人美且偲。③

——《盧令》三章，章二句。

〔彙校〕
令令，今文三家一作"鈴鈴"、一作"泠泠"，皆借字；一作"獜獜"，本字。

〔注釋〕
① 盧，借爲"獹"，黑狗。令令，借爲"獜獜"，健壯的樣子。其人，指獵犬的主人。仁，仁慈、有愛心。
② 重，雙重。環，項圈。鬈，音全，借爲"拳"，勇也。
③ 鋂，音梅，大鎖。偲，音猜，強力。

〔訓譯〕
黑狗很健壯，主人漂亮又仁慈。
黑狗雙項圈，主人漂亮又勇敢。
黑狗兩套鎖，主人漂亮又健壯。

〔意境與畫面〕
一隻大黑狗，非常健壯。主人身材高大，非常英俊。他勇敢不怕狗，強力能制服狗。爲了防止狗挣脱傷人（體現其仁），他給狗戴了兩套項圈。平時在家，也用兩套鎖鎖狗。

敝　笱

〔提要〕這是一首描寫文姜出嫁的詩，有諷刺意味。故《毛詩序》曰："《敝笱》，刺文姜也。齊人惡魯桓公微弱，不能防閑文姜，使至淫亂，爲二國患焉。"今文三家無異義，較得詩意。

敝笱在梁，其魚魴鰥。齊子歸止（之），其從如雲。①
敝笱在梁，其魚魴鱮。齊子歸止（之），其從如雨。②
敝笱在梁，其魚唯唯（遺遺）。齊子歸止（之），其從如水。③

——《敝笱》三章，章四句。

〔彙校〕

魴鰥，今文三家作"鯤"。按《爾雅·釋魚》云："鯤，魚子。"則作"鯤"當非。

唯唯，《韓詩》作"遺遺"，《玉篇》作"瀢瀢"，皆同音借字。

〔注釋〕

① 敝，破也。笱，音苟，魚籠。梁，魚梁，爲捕魚而設置的小堤。敝笱在梁，比喻魯桓公在魯等著文姜。其魚，謂游入敝笱中的魚，比文姜及其陪嫁之人。魴（音房）、鰥（音貫），皆魚名。魴比齊女，鰥及以下鱮、鮪比從者。魴爲主角，故三章皆言之。齊子，齊國姑娘，指魯桓公夫人文姜。歸，出嫁。止，同"之"，語助詞。從，隨從。如雲，形容人多、一大片。

② 鱮，音序，魚名。如雨，形容密集。

③ 唯唯，借爲"瀢瀢"，魚在水中相隨之貌。如水，謂如水之流，形容隊伍綿延不斷。

〔訓譯〕

破筍在魚梁，等著魴和鰥。齊女嫁魯君，隨從如彩雲。
破筍在魚梁，等著魴和鱮。齊女嫁魯君，隨從如雨點。
破筍在魚梁，等著一串魚。齊女嫁魯君，隨從似水流。

〔意境與畫面〕

一邊：河面之上，一道魚梁，中間一個已經破敗的魚籠，等著大大的魴魚和其他各種小魚游進去。

另一邊：齊國的公主出嫁，場面宏大，隊伍豪華。隨從的人員遠望像一片彩雲，近看密轕轕一大堆。隊伍綿延很長，就像一條人流，正向魯國行進。

載　　驅

〔提要〕這是一首描寫齊女嫁魯的詩，含諷刺意味，罵其恬不知恥。《毛詩序》曰："《載驅》，齊人刺襄公也。無禮義，故盛其車服，疾驅于通道大都，與文姜淫播其惡于萬民焉。"似未必。《齊詩》曰："襄嫁季女，至于蕩道。齊子旦夕，留連久處。"較得詩意，唯所謂"襄嫁季女"恐非。

載驅薄薄，簟茀朱鞹。魯道有蕩，齊子發夕。①
四驪濟濟，垂轡濔濔。魯道有蕩，齊子豈弟（愷悌）。②
汶水湯湯，行人彭彭。魯道有蕩，齊子翱翔。③
汶水滔滔，行人儦儦。魯道有蕩，齊子遊敖（遨）。④
　　　　　　　　　——《載驅》四章，章四句。

〔彙校〕
豈弟，《爾雅·釋言》作"愷悌"，古今字。

〔注釋〕
①載，車也。驅，策馬。薄薄，馬鞭聲。簟，音電，竹席。茀，音浮，車簾。朱，紅色。鞹，音擴，已去毛的獸皮。有蕩，猶蕩蕩。齊子，即齊女，指文姜。發夕，謂發于夕、夜間出發。
②驪，音離，黑色馬。濟濟，形容整齊。轡，馬韁繩。濔濔，音你你，柔軟的樣子。豈弟，同"愷悌"，和樂簡易的樣子。
③汶水，齊魯兩國的界河。湯湯，音商商，水勢盛大的樣子。行

人,指送親的隊伍。彭彭,龐大的樣子。翱翔,形容車子快。

④ 滔滔,不絕的樣子。儦儦,音標標,《說文》訓"行貌",即行進的樣子,蓋言其整齊。行人彭彭、行人儦儦,正與《敝笱》"其從如雲""其從如雨""其從如水"合。遊敖,即遨遊。

〔訓譯〕

馬鞭啪啪震天響,紅皮竹簾做車帷。去魯大道平蕩蕩,齊女出發在夜間。

四匹黑馬真整齊,韁繩下垂好柔軟。去魯大道平蕩蕩,齊女快樂又單純。

汶水湯湯水勢大,隊伍龐大聲勢盛。去魯大道平蕩蕩,齊女乘車像翱翔。

汶水滔滔不停流,隊伍整齊行不歇。去魯大道平蕩蕩,齊女出嫁如遨遊。

〔意境與畫面〕

一輛婚車,竹簾紅帷,裝飾豪華。新娘子急不可待,天不亮就催著出發。上了朝南的大道,馬鞭啪啪作響,後面跟著長長的隊伍。

駕車的是四匹黑馬,長得高大整齊。一會兒信馬由韁,馬韁繩彎彎垂下。新娘子顯得一身輕快。

河水浩蕩,隨從的人員也浩浩蕩蕩。新娘子坐在車上,張開雙臂,如同鳥兒翱翔。

河水滔滔不絕,隨從的隊伍綿延不斷。去魯國的大道平平蕩蕩,新娘子心情快樂,如同出門遨遊。

猗　嗟

〔提要〕這是一首讚美"甥"(表兄弟)的詩。從"甥"的體形、容貌、眼睛、眼神、步趨、射藝、體態、舞姿,直到抱負,無不讚美,充滿著愛慕之情。《毛詩序》曰:"《猗嗟》,刺魯莊公也。齊人傷魯莊公有威儀技藝,然而不能以禮防閑其母,失子之道，人以爲齊侯之子焉。"今文三家無異義，恐皆未必。

猗嗟昌兮，頎而長兮！抑（懿）若（而）揚兮，美目揚兮！巧趨蹌兮，射則臧兮！①

猗嗟名（顋）兮，美目清兮！儀既成兮，終日射侯，不出正兮，展我甥兮！②

猗嗟孌兮，清揚婉兮！舞則選兮，射則貫兮。四矢反（返）兮，以禦亂兮！③

——《猗嗟》三章，章六句。

——齊國十一篇，二十四章，百四十三句。

〔彙校〕
抑若，《韓詩》作"印"，亦借字。
揚兮，《韓詩》作"楊"，借字。
名兮，《韓詩》作"顋"，本字。
選兮，《韓詩》作"篡"，借字。
反兮，《韓詩》作"變"，蓋不知此"反"同"返"而以意改之。

〔注釋〕
① 猗嗟，歎美聲。昌，盛也，形容體格強壯。頎，音其，身體長大的樣子。抑，借爲"懿"，美也。若，猶"而"。"若揚"之揚，謂昂揚。"美目揚"之揚，謂飛揚。趨，小步快走。蹌，猶"蹌蹌"，行走有節奏的樣子。臧，善也。
② 名，借爲"顋"，《說文》："小見也。"謂露臉。清，清明、明亮。儀，指賽射的儀式。侯，射箭的靶子。正，音平聲，侯的中心，即靶心。展，誠也。甥，古有數義：《說文》："謂我舅者吾謂之甥。"即今所謂外甥。《爾雅·釋親》："姑之子爲甥，舅之子爲甥，妻之晜弟爲甥。"《猗嗟》毛傳："外孫曰甥。"可見甥有三個輩份。今按以詩句對其相貌體格的讚美看，應指平輩之人，故"外孫曰甥"說似不可信；"謂我舅者吾謂之甥"說，疑是晚起的說法。故依時代，此當從《爾雅》

説，指"姑之子"或"舅之子"，即表兄弟。

③變，美好的樣子，指體態美。清揚，即前"美目清""美目揚"之清、揚，指眼睛亮、眼神好。婉，也是形容美好的樣子。選，讀去聲，謂突出、出衆，如同挑選出的。舊訓整齊，恐非，一人之動作，不得曰整齊。貫，穿也，謂穿透靶心。四矢，既所謂"乘矢"，隨弓所帶的四支箭，此謂以四矢，省動詞。反，同"返"，謂返回家中。

〔訓譯〕

啊，多麽壯實！他的個子高大，他的美貌昂揚，他的眼神飛揚。他的步伐輕巧而有節奏，他的箭法也好！

啊，多麽露臉！他的眼睛多麽明亮！比賽的儀式開始，射了一整天啊，沒有一支脱靶。真是我的好表兄！

啊，他的體態多好！他的眼神多美！跳起舞來動作優雅，射起箭來支支透心。帶回四支箭來啊，説要用它來禦亂！

〔意境與畫面〕

一場射箭比賽正在進行。觀衆堆裏，一個姑娘，注意力始終集中在一個參加比賽的小伙子身上。小伙子身材高大魁梧，十分壯實。輪到他射，只見他神采飛揚，步履輕巧而有節奏地走上臺去，充滿著自信。

姑娘看到：他的眼睛是那麽明亮，他瞅准靶子，箭箭射中靶心。觀衆席上，一片喝采之聲。姑娘心裏説：這才叫露臉，真是我的好表兄！

賽完箭又一起跳舞，姑娘瞅著他，看到他的體態是那麽地好看，他的眼神那麽地美麗，他的動作是那麽地優雅。

跳完舞回家，小伙子還帶著四支箭，説要用它爲國家禦亂。姑娘越發地敬重愛慕他。

〔引用〕

上博簡《詩論》引孔子曰："《于（猗）嗟》吾喜之。《于（猗）嗟》曰：'四矢反，以禦亂。'吾喜之。"體現了孔子對禦亂的關心。

魏風

葛　屨

〔提要〕這是一首妻子諷刺小妾的詩。《毛詩序》曰："《葛屨》，刺褊也。魏地狹隘，其民機巧趨利，其君儉嗇褊急，而無德以將之。"非詩意。今文三家無異説，亦非。

糾糾（丩丩）葛屨，可（何）以履霜？摻摻（攕攕）女手，可（何）以縫裳？要（腰）之襋之，好人服之。①

好人提提（偍偍），宛然（如）左辟（避）。佩其象揥，〔可（何）以自適？〕維（爲）是（此）褊（偏）心，是以爲刺。②

——《葛屨》二章，一章六句，一章五句。

〔彙校〕

安大簡有此篇，二章皆六句，今據補。

糾糾，安大簡作"䋐"，借字。

葛屨，安大簡作"繨"，又作"䙞"，皆借字。

摻摻，《韓詩》説曰："一作'攕攕'。"當是本字。

縫裳，安大簡作"常"，古異體字。

襋之，安大簡作"䘦"，借字。

提提，《魯詩》作"媞媞"，安大簡作"定定"，皆借字。

宛然，安大簡"宛"作"頟"，借字；今文三家"然"作"如"，本字。
　　左辟，今文三家作"僻"，亦借字。安大簡作"頖"，義別。
　　佩其，安大簡作"備"，借字。
　　象揥，安大簡作"篚"，借字。
　　"可以自適"，此句舊本無，據安大簡補，與句諧。
　　維是，《魯詩》作"惟"，亦借字。安大簡"是"作"此"，義同。

〔注釋〕
　　① 糾糾，本字作"丩丩"，糾纏的樣子。葛屨，葛藤皮編織的鞋子。履，踩也。摻摻，音先先，借爲"攕攕"，纖細的樣子。女，指下句"好人"。裳，下衣，這裏指衣裳。要，同"腰"，做動詞，謂縫裳的腰部。襋，音及，裳的下擺。好人，美人。服，穿也。
　　② 提提，借爲"媞媞"，音是是，行走的樣子。宛然，猶如。辟，同"避"，避讓。左避，避讓的禮節。象，謂象牙。揥，音替，一種髮簪。適，往也，謂往頭上戴。不能自戴，需人幫忙也。維，同"爲"，因爲。是，用同"此"，指"好人"。褊，借爲"偏"。刺，諷刺。

〔訓譯〕
　　葛纏的鞋子，如何能够踩霜？纖細的小手，如何能够縫裳？我縫腰又縫擺，美人穿上它！
　　美人大步走，宛如人避讓。戴那象牙簪，都要我幫忙。因她而偏心，所以諷刺她！

〔意境與畫面〕
　　一個男人，新娶了一房小妾。小妾長得嫵媚柔嫩，小巧玲瓏，手指纖細。丈夫疼愛她，不讓她幹活，衣裳也讓妻子給縫。小妾過著飯來張口、衣來伸手的生活。她穿著丈夫妻子縫的衣裳反而心安理得，走路目中無人，大有使人避讓之意。妻子看不過眼，口唱此《葛屨》以諷刺她。

汾　沮　洳

〔提要〕這是一個魏人讚美所見晉地姑娘的詩。《毛詩序》曰：

"《汾沮洳》，刺儉也。其君儉以能勤，刺不得禮也。"似未必。

彼汾沮洳，言（焉）采其莫。彼其之子，美無度。美無度，殊異乎公路。①

彼汾一方（傍），言（焉）采其桑。彼其之子，美如英。美如英，殊異乎公行。②

彼汾一曲，言（焉）采其藚。彼其之子，美如玉。美如玉，殊異乎公族。③

——《汾沮洳》三章，章六句。

〔彙校〕
按：安大簡殘存第二章"公行"和第三章。此篇安大簡屬"矦"風，當是誤字。
其，《韓詩》皆作"己"，借字。
彼汾，安大簡作"芡"，借字。
一曲，安大簡作"弌"，借字。上章當同。
其藚，安大簡"藚"作"薂"，借字。
彼其，安大簡"其"作"忋"，借字。
如玉，安大簡作"女"，借字。下同。
殊異乎，安大簡無"乎"字，義略同。

〔注釋〕
① 汾，河名。沮洳，音巨如，河邊濕地。言，用同"焉"，兼"于、之"二義。莫，野菜名，音暮，又名蛤蟆菜。彼其，同義詞複用，那個。子，女子、姑娘。度，比量。殊異，大不同。公路，大路，此指大路所見，省見字。
② 方，讀同"傍"，旁邊。英，花也。公行，因公出行，此指出行所見，亦省見字。
③ 曲，河灣處。藚，音續，草藥名，又名續斷。公族，全宗族，此指全宗族所有女子。

〔訓譯〕

　　汾河邊上，在采莫菜。那個姑娘，美麗無比。美麗無比，一路未見。

　　汾河旁邊，在采桑葉。那個姑娘，美麗如花。美麗如花，出門未見。

　　汾河灣上，在采續斷。那個姑娘，美麗如玉。美麗如玉，宗族未見。

〔意境與畫面〕

　　魏國一個小吏出門去晉國公幹，走過汾河濕地，看見一個姑娘正在采野菜，姑娘漂亮無比，大異于一路所見，不禁發出感歎。走到汾河岸邊，又見一個姑娘在采桑葉，姑娘臉色紅紅，好似一朵鮮花，出門以來從未見過，他心裏又是一陣感歎。走到汾河灣上，看見一個姑娘在采續斷，姑娘臉色白皙，美麗如玉，大異于自己宗族所見，他又是一陣感歎。回到家裏，小吏不禁向人稱道起此事，如詩所云。

〔引用〕

　　《韓詩外傳》曰：君子盛德而卑，虛己以受人。（略）雖在下位，民願戴之。（略）《詩》云："彼其之子，美如英。"（略）君子蕩蕩乎其義不可亂，嗛乎其廉不可劌，溫乎其仁厚之寬大，超乎其有以殊于世也。故曰"美如玉"云云。

園　有　桃

〔提要〕這是一個士人抒發心中憂憤的詩。《毛詩序》曰："《園有桃》，刺時也。大夫憂其君國小而迫，而儉以嗇，不能用其民而無德教，日以侵削，故作是詩也。"略有意。今文三家無異義，皆近是。

　　園有桃，其實之（是）肴。心之憂矣，我歌且謠。

不知我者，謂我士也驕。彼人是哉，子曰何其？心之憂矣，其誰知之？其誰知之，蓋（盍）亦勿思！①

園有棘，其實之（是）食。心之憂矣，聊以行國。不知我者，謂我士也罔極。彼人是哉，子曰何其？心之憂矣，其誰知之？其誰知之，蓋亦勿思！②

——《園有桃》二章，章十二句。

〔彙校〕

按：安大簡有此篇，亦屬所謂《矦》風，在《陟岵》下。

園有，安大簡"有"作"又"，借字。下同。

之肴，安大簡作"是"，義同。下同。

憂矣，安大簡無"矣"字，義略同。下同。

我歌，安大簡作"言"，疑誤。

不知我，安大簡作"不我智（知）"，義同。

謂我，安大簡作"胃"，省借字。下同。

士也驕，安大簡無"也"字，義略同；"驕"作"喬"，借字。

是哉，安大簡作"才"，借字。下同。

子曰，安大簡作"員"，讀同"云"。

其誰，安大簡作"誰"作"隹"，二字倒，義同。下同。

蓋亦，安大簡作"割"，音轉借字。下同。

聊以行國，安大簡作"翏行四或"，義亦通。

士也罔極，安大簡無"也"字，"罔"作"無"，義同。

〔注釋〕

① 實，果實。之，用同"是"，賓語前置的標誌。肴，菜肴。歌，彈唱。謠，行歌。士，任事之人。驕，驕橫。彼人，指那個欺負自己的人。是，"是非"之是，對。何其，猶言何如、怎樣。蓋，借爲"盍"，何不。下同。亦，語助詞。

② 棘，棗。聊，姑且。行國，出行于國內。罔，無也。極，中、準則。

〔訓譯〕

　　園子裏有桃樹啊，桃子當菜。心中有憂憤啊，邊走邊唱。不知我的呀，説我驕橫。他們對嗎？你給評評！心中的憂憤呀，有誰知道？没人知道呀，不如不想！

　　園子裏有棗樹啊，棗子當飯。心中有憂憤啊，聊且出門。不知我的呀，説我亂來。他們對嗎？你給評評！心中的憂憤呀，有誰知道？没人知道呀，不如不想！

〔意境與畫面〕

　　一個官員，因爲在朝廷裏受到欺負和排擠，心中憂憤。他坐在果園裏，一會兒撫琴而唱，一會兒起身高歌。外邊的人聽見了，説他太驕橫。他唱餓了，摘下樹上的桃子和棗來吃。

　　仍然無法排解心中的憂憤，他決定出門在國内遊走。不知情的人，説他簡直胡來。他一邊走，一邊口唱此《園有桃》之歌，希望大家能給他評評理。

陟　岵

　　〔提要〕這是一個在外服役者思念其父母兄弟的詩。《毛詩序》曰："《陟岵》，孝子行役思念父母也。國迫而數侵削，役乎大國，父母兄弟離散，而作是詩也。"近是。《易林·泰之否》："《陟岵》望母，役事未已，王政靡監，不得相保。"亦是，馮登府謂是今文三家説。

　　陟彼岵兮，瞻望父兮。父曰：嗟，予子行役，夙夜無已。上（尚）慎旃哉，猶來無止！[1]

　　陟彼屺兮，瞻望母兮。母曰：嗟，予季行役，夙夜無寐。上（尚）慎旃哉，猶來無棄！[2]

　　陟彼岡兮，瞻望兄兮。兄曰：嗟，予弟行役，夙夜必偕。上(尚)慎旃哉,猶來無死!③

——《陟岵》三章,章六句。

〔彙校〕

按:此篇安大簡有,章、句同。

陟彼,安大簡作"皮",借字。下同。

岵兮,安大簡"岵"作"古",借字;"兮"作"可(呵)",音義同。下同。

瞻望,安大簡作"詹",借字。下同。

父曰,《韓詩》"父"下有"兮"字,涉上衍。

嗟,安大簡作"差",借字。下同。

予子,安大簡作"余",義同。下同。

夙夜,安大簡作"宿"初文,借字。下同。

無已,《韓詩》、安大簡"無"作"毋",借字。下同。

上慎,《韓詩》、安大簡作"尚",本字。下同。

旃哉,安大簡作"坦才",皆借字。下同。

猶來,《魯詩》作"猷",借字。

無止,安大簡"無"作"毋"、"止"作"迬",皆借字。

屺兮,安大簡作"杞",借字。

無寐,安大簡作"㫄",義同。

岡兮,安大簡作"阬",音義同。

予弟,安大簡作"舍",當是"余"字之誤。

必偕,安大簡作"皆",借字。

〔注釋〕

① 陟,登上。岵,音互,多草木之山。瞻望,向前望。嗟,歎聲。予,我。行役,出外服役。夙夜,早晚。已,停止。上,同"尚",希望。慎,小心。旃,音沾,"之焉"合音。猶,還也。止,停留。

② 屺,音起,無草木之山、秃山。季,排行最小者。寐,睡覺。棄,指棄家、棄母。

③ 岡,山脊。偕,强力。以上岵、屺、崗,爲同一山,因季節不同而有岵、屺之不同而已。

〔訓譯〕

　　登上那青山，向前望父親。父親歎氣説：哎呀我的兒！出門服役徭，一天到晚忙。希望小心點，回來莫停留！

　　登上那禿山，向前望母親。母親歎氣説：哎呀我小兒！出門服役徭，早晚不能睡。希望小心點，回來莫忘家！

　　登上那山崗，向前望哥哥。哥哥歎氣説：哎呀我小弟！出門服役徭，一定早晚累。希望小心點，回來不要死！

〔意境與畫面〕

　　一群民夫，正在邊境上修築工事。工期緊張，民夫們從早到晚在山間采石挑土，不得休息，有的甚至倒下、累死。一個年輕的民夫放下擔子，登上山頂遥望遠方，想像自己的家人正在思念著他。春夏登、秋冬登，每次上山，他都好像聽到父親、或母親、或哥哥對他説話，如詩所云。

十畝之間

〔提要〕這是一首描寫一個男子勾引並唆使采桑女的詩。《毛詩序》曰："《十畝之間》，刺時也。言其國削小，民無所居焉。"非詩意。馮登府曰："此君子遭亂思歸，隱于田園之詩。"恐亦非。

　　十畝之間兮，桑者閑閑兮。行，與子還兮！①
　　十畝之外兮，桑者泄泄（洩洩）兮。行，與子逝兮！②

　　　　　　　　　——《十畝之間》二章，章三句。

〔彙校〕

　　按：安大簡有此篇，章、句同，在《碩鼠》下。
　　兮，安大簡各句皆無，義略同。
　　桑者，安大簡作"喪"，以音誤。下同。
　　閑閑，安大簡字作"閒"，義同。

桑者，《白帖》八十二引作"桑柘"，以音誤。馮登府曰："唐時《韓詩》尚存，當據以引之，是同聲之誤。"

泄泄，今文三家作"詍詍"，亦作"呭呭"，皆借字。安大簡作"大大"，非。

〔注釋〕

① 十畝，形容面積大。之間，之内。桑者，采桑之人、姑娘。閑閑，動作從容自得的樣子。行，走、招呼聲。子，你、夥伴。還，回也。

② 之外，指大路上。泄泄，借爲"洩洩"，音亦亦，和樂而舒暢的樣子。《左傳·隱公元年》："公入而賦：'大隧之中，其樂也融融。'姜出而賦：'大隧之外，其樂也洩洩。'"逝，往、離去。

〔訓譯〕

十畝桑田内啊，采桑的人兒真從容。"走，跟你一起回啊！"
十畝桑田外啊，采桑的人兒真舒暢。"走，跟你一起去啊！"

〔意境與畫面〕

桑田之内，一個姑娘正在采桑葉，動作從容。一個男子在外偷窺，不時發出引誘之聲。一會兒，姑娘出了桑田，準備回家，動作舒暢。男子又繼續挑逗。

伐　檀

〔提要〕這是一群伐樹的車匠們勞動時集體所對唱的歌，抒發對不勞而獲的貴族們的不滿。《毛詩序》曰："《伐檀》，刺貪也。在位貪鄙，無功而受祿，君子不得進仕爾。"近是。《太平御覽》五百七十八引《大周正樂》曰："《伐檀》者，魏國女所作也。賢者隱蔽，素餐在位。閔傷怨曠，失其嘉會。"馮登府謂當是《魯詩》説。

坎坎伐檀兮，置之（諸）河之干（岸）兮，河水清且漣猗（兮）。不稼不穡，胡（何）取禾三百廛（纏）兮？不狩不獵，胡（何）瞻爾庭有縣（悬）貆（獾）兮？彼君子兮，不素餐兮！①

坎坎伐輻兮，置之（諸）河之側兮，河水清且直猗（兮）。不稼不穡，胡（何）取禾三百億（繶）兮？不狩不獵，胡（何）瞻爾庭有縣（悬）特兮？彼君子兮，不素食兮！②

坎坎伐輪兮，置之（諸）河之漘兮，河水清且淪猗（兮）。不稼不穡，胡（何）取禾三百囷兮？不狩不獵，胡（何）瞻爾庭有縣（悬）鶉（麇）兮？彼君子兮，不素飧兮！③

——《伐檀》三章，章九句。

〔彙校〕

按：安大簡有此篇，章、句同。

坎坎，《魯詩》作"欿欿"，《齊詩》作"竷竷"，安大簡作"歀歀"，皆象聲詞，無正字也。

檀兮，安大簡"檀"作"枏"，異體字。

置之，安大簡"置"作"至"，借字；"之"作"諸"，本字；前有"今將"二字，似非。下同。

清且，安大簡作"叔"，借字。下皆同。

漣猗，《魯詩》"漣"作"瀾"，安大簡"猗"作"繺"，皆借字。《魯詩》"猗"皆作"兮"，正字；安大簡作"可（呵）"，借字。下同。

不穡，《魯詩》作"嗇"，借字。

胡取，安大簡作"古"，借字。下同。

取禾，安大簡"禾"前有"爾"字，非，涉下衍。

三百廛，安大簡作"坦"，轉音借字。

胡瞻，安大簡作"詹"，借字。

爾庭，安大簡"爾"作"尔"，簡體；"庭"作"廷"，借字。下同。

素餐，安大簡作"傃餰"，皆借字。

置之，《齊詩》作"諸"，本字。
側兮，安大簡作"戾"，借字。
不素，安大簡作"索"，借字。下同。
淪猗，疑亦當作"兮"，涉前"漣猗"誤。
縣鶉，安大簡作"麎"，"麎"異體，音相轉，當是本字，與上二章諧。

〔注釋〕

① 坎坎，砍樹聲。伐，砍伐。檀，一種木質堅硬的樹木。檀車，多用做戰車。《詩經·大明》："牧野洋洋，檀車煌煌。"干，借爲"岸"，水邊。漣，水面上的波紋。稼，種；穡，收也。胡，何也。廛，音禪，借爲"纏"。《廣雅·釋詁三》："纏，束也。"三百，極言其多。狩，冬天狩獵。獵，打獵，所謂逐禽。庭，庭院。縣，同"懸"，掛也。貆，音歡，獸名，同"獾"。君子，指貴族。素，白也。

② 輻，指伐做車輻的小樹。億，借爲"繶"，束、捆也。特，大獸。

③ 輪，指伐做車輪的大樹。漘，音脣，河邊。囷，音逡，糧囤。麎，獐子。飧，音孫，吃飯，關中方言迄今用爲罵人之詞。

〔訓譯〕

（獨：）坎坎伐檀樹，放在河岸上，河水清又純。不種也不收，爲啥取穀三百束？不狩也不獵，爲啥見你院裏掛著獾？

（和：）那些君子們啊，不白餐啊！

（獨：）坎坎伐車輻，放在河一側，河水清又直。不種也不收，爲啥取麥三百捆？不狩又不獵，爲啥見你院裏掛大獸？

（和：）那些君子們啊，不白吃啊！

（獨：）坎坎伐車輪，放在河一邊，河水清且旋。不種也不收，爲啥取糧三百囷？不狩也不獵，爲啥看你院裏掛獐子？

（和：）那些君子們啊，不白飧啊！

〔意境與畫面〕

一群造車的木匠正在山上伐樹，有大樹，有小樹，伐下來都拖到山下不遠的河邊，準備順水運走。休息的時候，木匠們坐在一起，一邊看著清澈的河水，一邊談論那不平的事情：農夫們"稼""穡""狩""獵"，而一無所有；"君子"們"不稼不穡"，卻能"取禾三百廛""取禾三百億""取禾三百囷"；"不狩不獵"，卻"庭有縣貆""庭有縣特""庭有縣鶉"。爲什麽？没有道理，但只能説他們"不素餐""不素食""不素飧"。

碩（䫉）鼠

〔提要〕這是一首控訴剥削者的詩。《毛詩序》曰："《碩鼠》，刺重斂也。國人刺其君重斂蠶食于民，不修其政，貪而畏人，若大鼠也。"《魯詩》曰："履畝税而《碩鼠》作。"《齊詩》曰："周之末途，德惠塞而奢欲衆，君奢侈而上求多，民困于下，怠于公事，是以有履畝之税，《碩鼠》之詩是也。"皆近是。

碩（䫉）鼠碩（䫉）鼠，無（毋）食我黍！三歲貫（宦）女（汝），莫我肯顧。逝（誓）將去女（汝），適彼樂土。樂土樂土，爰得我所！①

碩（䫉）鼠碩（䫉）鼠，無（毋）食我麥！三歲貫（宦）女（汝），莫我肯德。逝（誓）將去女（汝），適彼樂國（域）。樂國（域）樂國（域），爰得我直（值）！②

碩（䫉）鼠碩（䫉）鼠，無（毋）食我苗！三歲貫（宦）女（汝），莫我肯勞。逝（誓）將去女（汝），適彼樂郊。樂郊樂郊，誰之（其）永號？③

——《碩鼠》三章，章八句。

——魏國七篇，十八章，百二十八句。

〔彙校〕

按：安大簡存此篇，首章與第二章倒。

無食，《魯詩》、安大簡作"毋"，本字。下同。

貫女，《魯詩》作"宦"，本字；安大簡作"䜌"，借字。下同。

肯顧，安大簡作"與"，疑誤。

去女，《韓詩》作"汝"，古今字。上下句當同。

樂國，安大簡作"域"，與韻諧，當是本字。

我直，安大簡作"悳（德）"，涉前誤。

肯勞，安大簡作"袋"，借字。

樂郊，安大簡作"蒿"，借字。下同。

誰之，安大簡作"其"，義長，當是本字。

永號，《釋文》作"詠"，非。

按：以上《魏風》七篇除不見《葛屨》外，其餘《汾沮洳》《園有桃》《陟岵》《十畝之間》《伐檀》《碩（鼫）鼠》六篇安大簡謂之《矦》，結束部分亦重書"矦六"，是其確以"矦"為名。然古無矦（侯）國，其字當誤。

〔注釋〕

① 碩，借為"鼫"，音石。鼫鼠，一種大田鼠，比地主。無，同"毋"，不要。黍，糜子。三歲，謂多年。貫，借為"宦"，事也。女，同"汝"。莫我肯顧，即莫肯顧我。顧，回頭看，理睬。逝，借為"誓"。去，離開。適，往也。爰，乃也。所，處所。

② 德，感德、感恩。樂國，樂域也。直，同"值"，價值、報酬。

③ 勞，慰勞。郊，城外。之，語助詞。永，長也。號，謂哭號。

〔訓譯〕

鼫鼠啊鼫鼠，不要吃我黍！三年伺候你，從不理睬我。誓將離開你，去那歡樂地。去到歡樂地，才得我所處！

鼫鼠啊鼫鼠，不要吃我麥！三年伺候你，從不感德我。誓將離開你，去那歡樂域。去到歡樂域，才得我所值！

鼫鼠啊鼫鼠，不要吃我苗！三年伺候你，從不慰勞我。誓將離開你，去那歡樂郊。去到歡樂郊，誰還長哭號？

〔意境與畫面〕
　　農夫們辛苦一年，打下來的糧食全被地主收走。農夫不僅種地，還爲地主服各種雜役。地主不僅不感德、不慰勞，甚至根本不理睬。農夫們飢寒交迫，長聲哭號，口唱此《碩鼠》之歌，決心離開這家地主，另尋樂土。

唐風

蟋　　蟀

〔提要〕這是一首警戒喜樂的詩。清華簡《耆夜》載："武王八年，征伐邘，大戡之。還，乃飲至于文大（太）室"，"周公或夜（舍）爵酬王"，"周公秉爵未飲，蟋蟀趒（騽）降于尚（堂），周公作歌一終曰《蟋蟀》。"是其本爲周公旦所作。上博簡《詩論》曰："《蟋蟀》知難。"亦合詩意。今詩因誤解"不"字而被刪改，或爲當年采詩者所爲，或是傳至唐地以後漸失原貌，總之入《詩》時已改，故與下《山有樞》並列，然終不可通。而《毛詩序》曰："《蟋蟀》，刺晉僖公也。儉不中禮，故作是詩以閔之，欲其及時以禮自虞樂也。"《齊詩》曰："君子節奢刺儉，儉則固。孔子曰：'大儉極下，此《蟋蟀》所爲作也。'"《魯詩》曰："獨儉嗇以齷齪，亡《蟋蟀》之何謂。"以爲刺"僖公不能及時娛樂"，皆據已被誤改之詩，今據清華簡本予作校正。

蟋蟀在堂，歲聿其莫（暮）。今我（不［丕］喜）不（丕）樂，日月其除。無已大康，職思其居！好樂無荒，良士瞿瞿。①

蟋蟀在堂，歲聿其逝。今我（不［丕］喜）不（丕）樂，日月其邁。無已大康，職思其外！好樂無荒，良士蹶蹶。②

蟋蟀在堂，役車其休。今我（不［丕］喜）不

（丕）樂，日月其慆（逾）。無以大康，職思其憂！好樂無荒，良士休休（是惟良士之方）。③

——《蟋蟀》三章，章八句。

〔彙校〕
　　按：此篇安大簡在《魏》風，一、二兩章倒。
　　歲聿，安大簡作"䆁"，借字。
　　其莫，安大簡作"藔"，當是本字，今作"暮"。
　　今我，清華簡作"不喜"，當是原作，"不"讀同"丕"。下同。安大簡作"今者"，亦非。
　　大康，安大簡作"内"，誤。
　　職思，安大簡作"猷"（謀也），義別。下同。
　　其居，安大簡作"䖏"，借字。
　　無荒，安大簡作"毋無"，誤。
　　其慆，安大簡作"滔"，亦借字。
　　良士休休，清華簡作"是惟良士之方"，亦當是原詩句。
　　休休，安大簡作"浮浮"，借字。
　　按："良士休休"，不合詩本意，當是改造者據"役車其休"而改，原詩當如清華簡作"是惟良士之方"。

〔注釋〕
　　① 堂，廳堂。聿，音欲，行將、很快。莫，借爲"暮"。今我，當如清華簡作"不喜"，編詩者不知"不"讀爲"丕"而誤改。下同。不喜不樂，"不"皆讀爲"丕"，大也。日月，偏指太陽。除，去也。無已，不要。大，太也。康，康樂。職，常也。居，處也。荒，謂逸樂過度。瞿瞿，音句句，同"眗眗"，驚視的樣子。按此章當從清華簡作第三章。
　　② 逝，往也。邁，行也。外，境外。蹶蹶，音貴貴，急遽的樣子。
　　③ 役車，出征服役之車。休，休息。慆，音同"舀"，借爲"逾"，過也。休休，安閒的樣子。良士休休，不合詩本意，當是改造者據"役車其休"而改。方，指處事的方法。按此章當從清華簡作第一章。

〔訓譯〕
　　蟋蟀在廳堂，一年又將終。大喜又大樂，太陽將行過。不要太康樂,常思身所在!喜樂莫過度,良士本如此!

蟋蟀在廳堂,一年又將過。大喜又大樂,太陽將邁過。不要太康樂,常思邊境外!喜樂莫過度,良士不鬆懈!

蟋蟀在廳堂,役車已休息。大喜又大樂,太陽將西落。不要太康樂,常思那憂患!喜樂莫過度,良士常警覺!

〔意境與畫面〕

武王八年季秋,伐邵凱旋,周宮的殿堂上,一場盛大的慶功宴正在舉行。不知不覺,太陽已經偏西,眾人仍然處在大喜大樂之中。周公旦起身,給武王和畢公敬酒已畢,正準備舉爵飲酒,突然一隻蟋蟀落在面前,周公遂賦此《蟋蟀》,如詩所云。

山 有 樞

〔提要〕這是一首勸人及時享樂的詩,今文三家作《山樞》。《毛詩序》曰:"《山有樞》,刺晉昭公也。不能修道以正其國,有財不能用,有鐘鼓不能以自樂,有朝廷不能灑埽,政荒民散,將以危亡,四鄰謀取其國家而不知,國人作詩以刺之也。"或是。鄭玄《毛詩譜》曰:"當周公、召公共和之時,成侯曾孫僖侯甚嗇愛物,儉不中禮,國人聞之,唐之變風始作。"

山有樞,隰有榆。子有衣裳,弗曳弗婁(摟)。子有車馬,弗馳弗驅。宛其死矣,他人是愉![1]

山有栲,隰有杻。子有廷(庭)內,弗灑弗埽。子有鐘鼓,弗鼓弗考(攷)。宛其死矣,他人是保![2]

山有漆,隰有栗。子有酒食,何不日鼓瑟?且以喜樂,且以永日。宛其死矣,他人入室![3]

——《山有樞》三章,章八句。

〔彙校〕

按：安大簡有此篇，章、句數同，唯首章"車馬"句在"衣裳"句前。

山有樞，《魯詩》、漢石經作"藲"，安大簡作"枸"，皆借字。

隰有榆，安大簡"隰"作"淫"（下同）、"榆"作"俞"，皆借字。

衣裳，安大簡作"常"，借字。

弗婁，《魯詩》《韓詩》作"摟"，本字。安大簡作"迿"，借字。

死矣，安大簡脫，整理者據其下章補"也"。

是愉，《魯詩》《齊詩》作"媮"，亦借字。安大簡作"以愈"，"愈"亦借字。

山有栲，安大簡作"楮"，義別。

弗埽，安大簡闕"弗"字；"埽"作"㷉"，借字。或作"掃"，後起字。

子有鐘鼓，安大簡闕。

弗考，安大簡作"丂"，省借字。

山有漆，安大簡作"䣛"，借字。

酒食，安大簡作"酉"，省借字。

何不，《魯詩》"何"作"胡"，借字；安大簡作"盍"，義同。

喜樂，安大簡作"訶"，義略同。

入室，安大簡作"內"，義同。

〔注釋〕

① 樞，音歐，樹木名，即刺榆。隰，音習，低濕之地。榆，樹木名。山有樞，隰有榆，言山、隰各有其樹，以比人各有其物。下"山有栲，隰有杻"、"山有漆，隰有栗"同。子，你。弗，不。曳，音葉，牽、扯也。婁，借爲"摟"，拉也。曳、摟，皆穿衣裳的動作。馳，奔馳。驅，驅趕。宛其，猶假如。愉，借爲"揄"，取也。

② 栲音考、杻音扭，皆樹木名。廷，同"庭"，院子。內，室內。考，借爲"攷"，敲也。鼓考，謂演奏之。保，有也。

③ 漆、栗，皆樹木名。日，謂日日、天天。鼓瑟，彈瑟。且以，猶聊以。永，長也。

〔訓譯〕

山上有樞樹，濕地有榆樹。你有好衣裳，不去穿戴它。你有好車馬，不去驅趕它。假如你死了，別人取走它！

山上有栲樹，濕地有杻樹。你有大房子，不去利用它。你有鐘和鼓，不去演奏它。假如你死了，別人佔有它！

山上有漆樹，濕地有栗樹。你有好酒食，何不天天吃？聊以喜和樂，且以長時日。假如你死了，別人住進去！

〔意境與畫面〕

一個貴族，有成箱的好衣服，捨不得穿；有上好的車馬，捨不得乘坐；有成套的鐘鼓，捨不得演奏；有陳年好酒，捨不得飲。另一個貴族前來勸他，如詩所云。

〔引用〕

何休《公羊傳注》引《魯詩傳》曰："天子食日舉樂，諸侯不釋懸，士大夫日琴瑟。"或與此詩有關。

揚 之 水

〔提要〕這是一首向主人表忠心的詩，與曲沃叛晉有關。揚之水與白石，比磨礪。朱襮、朱繡，喻丹心。《毛詩序》曰："《揚之水》，刺晉昭公也。昭公分國以封沃，沃盛強，昭公微弱，國人將叛而歸沃焉。"非詩意。《齊詩》曰："揚水潛鑿，使石潔白。衣素表朱，戲遊臯沃。得君所願，心志娛樂。"說亦非。

揚之水，白石鑿鑿（鑿鑿）。素衣朱襮，從子于沃。既見君子，云何不樂？①

揚之水，白石晧晧。素衣朱繡，從子于鵠（臯）。既見君子，云何其憂？②

揚之水，白石粼粼。我聞有命，不敢以告人！③

——《揚之水》三章，二章章六句，一章四句。

〔彙校〕

按：安大簡有此篇，第三章亦六句。

揚之，《魯詩》作"楊"，誤字。安大簡作"昜"，借字。

素衣，安大簡作"索"，借字。下同。

朱襮，安大簡作"絑"，義同。下同。

云何，安大簡"云"作"員"，"何"作"可"，皆借字。下同。

皓皓，《十三經注疏》本作"皜皜"，後起字。安大簡作"昊昊"，借字。

朱繡，《魯詩》亦作"綃"，《齊詩》亦作"宵"，皆借字。安大簡疑作"秀"字之省，亦借字。

于鵠，《齊詩》作"皋"，安大簡作"淏"，皆轉音借字。

云何，《魯詩》作"胡"，借字。

不敢，安大簡作"可"，義稍別。

"不敢以告人"後安大簡有"女（如）以告人，害于躬身"句，義不倫，當是後人所增。

〔注釋〕

① 揚，激揚。鑿，借爲"繫"，精米。鑿鑿（繫繫），形容白净燦明的樣子。素，白色。朱，紅色。襮，音博，衣領。從，跟隨。子，你。沃，指曲沃，地名。君子，指主人。云，猶有。下同。

② 皓皓，潔白的樣子。繡，指所繡的花。鵠，音穀，借爲"皋"，音相轉，城邑名，屬曲沃。其，語助詞。

③ 粼粼，清晰的樣子。命，指密命。按此章或有脫誤，《魯詩》作"國有大命，不可以告人，妨其躬身"，亦不全。躬身，自身也。

〔訓譯〕

河水激揚，白石更乾净。白衣裁紅領，跟你到曲沃。見到君子後，有啥不快樂？

河水激揚，白石更潔白。白衣繡紅花，跟你到皋城。見到君子後，還有啥憂愁？

河水激揚，白石更清晰。我聽有密命，不敢告別人！

〔意境與畫面〕

一個小吏，身穿白綢上衣，上繡紅花，紅色的領子，十分顯眼。他跟隨自己的主人去到一座新的城邑，見到仰慕已久的"君子"，十分快樂，不再憂傷。有一天，主人向他轉達了君子的密命，並要求他保密。于是，小吏口唱此《揚之水》，以表忠心。

椒　　聊

〔提要〕這是一首誇讚姑娘身材高大健壯，相信其能多子的詩，蓋出自媒人之口。《毛詩序》曰："《椒聊》，刺晉昭公也。君子見沃之盛強，能修其政，知其蕃衍盛大，子孫將有晉國焉。"今文三家無異義，皆非詩本義。

椒聊（藙）之實，蕃衍盈升。彼其之子，碩大無朋。椒聊且，遠條且！[①]

椒聊（藙）之實，蕃衍盈匊（掬）。彼其之子，碩大且篤。椒聊（藙）且，遠條且！[②]

——《椒聊》二章，章六句。

〔彙校〕

按：安大簡有此篇，章、句同。

椒聊，安大簡作"樛"，亦借字。

蕃衍，安大簡作"坌"，借字。

盈升，安大簡作"擧"，疑是"掬"異體，與下章倒。

彼其，安大簡作"伲"，皆借字。

遠條，安大簡作"飡"，當是專表脩長之字，古書借作"脩"（長條肉）。

盈匊，安大簡作"擇"，與上章倒。

〔注釋〕

① 椒，花椒。聊，借爲"蓼"，形容草木果實繁盛的詞，如今碧澗蓼、芳藹藹、朱英蓼之類。椒蓼，即花椒串。蕃衍，同繁衍。盈，滿也。升，量詞。《小爾雅·量》："兩手謂之掬。"宋咸注："半升也。"則一升爲一手所握，一把也。子，女子、姑娘。碩大，指身材高大。朋，雙也。且，音居，語氣詞。下同。遠條，謂遠其條。遠，長也。條，枝條。枝條長則結籽多，故盼之。

② 匊，同"掬"，合兩手所盛。篤，厚也，謂肌肉肥厚、壯實。

〔訓譯〕

花椒串上籽，蕃衍滿一把。那個女孩子，高大沒得比。人栽花椒樹，希望枝條粗！

花椒串上籽，蕃衍滿一掬。那個女孩子，高大又壯實。人栽花椒樹，希望枝條長！

〔意境與畫面〕

一個媒人到男方家說媒，介紹姑娘，如詩所云。

〔引用〕

《韓詩外傳》引子路曰："士不能勤苦，不能輕死亡，而曰我行仁義，吾不信也。昔比干且死，而諫愈忠；夷齊餓首陽，而志愈彰。《詩》云：'彼其之子，實（碩）大且篤。'非篤修身行之君子，其孰能與于此哉？"出此詩之二章。

綢　　繆

〔提要〕這是一個新郎自述新婚之夜激動心情的詩。《毛詩序》曰："《綢繆》，刺晉亂也。國亂則婚姻不得其時焉。"非詩意。今文三家無異義，亦皆非。

綢繆束薪，三星在天。今夕何夕，見此良人？子兮子兮，如此良人何？①

綢繆束芻，三星在隅。今夕何夕，見此邂逅？子兮子兮，如此邂逅何？②

綢繆束楚，三星在户。今夕何夕，見此粲（奴）者？子兮子兮，如此粲（奴）者何？③

——《綢繆》三章，章六句。

〔彙校〕

按：安大簡有此篇，二三兩章倒，無"子兮子兮，如此邂逅何"，當脱。

綢繆，安大簡作"綢"作"霂"、"繆"作"穆"，皆借字。下同。

束薪，安大簡作"束"作"欶"（下同）、"薪"作"新"，皆借字。

邂逅，《韓詩》"逅"作"遘"，馮登府謂是本字。安大簡作"郟俟"，當是音誤。下同。

粲者，《説文》作"奴"，本字；《廣韻》作"嫊"，後起字。安大簡作"盞"，借字。

〔注釋〕

① 綢繆，用繩子纏繞，形容輕輕地捆，怕傷到手。束，一捆。薪，柴也。束薪，比喻男女結合。下"束芻""束楚"同。三星，星宿名，亦作"參宿"。參宿在天，季冬黄昏時。良人，指新婚妻子。子，你也，男子自道。

② 芻，音除，割下來的草。綢繆束芻，形容輕輕地纏，怕染了手。隅，牆角。在隅，謂在西南角。邂逅，本謂初次見面，此指初次見面之人、生人。

③ 楚，荆棘，有刺。户，房門。在户，謂在正西。參宿在户，已過三更天也。粲，借爲"奴"，明也，指麗人。

〔訓譯〕

好像捆柴火，參宿在南天。今夜什麽夜，見到這良人？你啊你啊，拿這良人怎麼辦？

　　好像捆青草，參宿在西南。今夜什麼夜，見到這生人？你啊你啊，拿這生人怎麼辦？

　　好像捆荊棘，參宿在方方。今夜什麼夜，見到這麗人？你啊你啊，拿這麗人怎麼辦？

〔意境與畫面〕

　　黃昏時分，婚禮結束，送入洞房。揭了蓋頭，新郎第一次看到新娘的臉，一下驚呆。他沒有想到，新娘竟然如此漂亮。他站在一旁，就像捆柴怕傷了手，不敢動手。心裏在問：我該拿這良人怎麼辦？

　　兩個時辰過去，新郎還坐在一旁，越看新娘越漂亮，但就像捆草怕紮，不敢動手。心裏在問：我該拿這生人怎麼辦？

　　三更已過，新郎還坐在那裏，越看新娘越靚麗，但就像捆荊棘怕刺，越發不敢動手。心裏在問：我該拿這麗人怎麼辦？

杕　杜

〔提要〕這是一個出門在外獨行、孤立無助者所唱的歌，希望得到別人的接近與幫助。或以爲是晉獻公一公子作于亡奔途中，或是。《毛詩序》曰："《杕杜》，刺時也。君不能親其宗族，骨肉離散，獨居而無兄弟，將爲沃所併爾。"今文三家無異義，略有意。

　　有杕之杜，其葉湑湑。獨行踽踽。豈無他人？不如我同父。嗟行之人，胡（何）不比焉？人無兄弟，胡（何）不佽焉？①

　　有杕之杜，其葉菁菁。獨行睘睘（煢煢）。豈無他人？不如我同姓。嗟行之人，胡（何）不比焉？人無兄弟，胡（何）不佽焉？②

　　　　　　　　　　——《杕杜》二章，章九句。

〔彙校〕
　按：安大簡無此篇，而作《有朾之杜》，當相涉而脫。
　睘睘，《魯詩》作"煢煢"（同"䜮䜮"），本字。

〔注釋〕
　①有，詞頭。杕，音帝，樹木孤立的樣子。杜，樹木名，俗名杜栗。湑湑，音許許，枝葉茂密的樣子。踽踽，音舉舉，孤獨的樣子。同父，親兄弟。嗟，嘆詞。胡，同"何"。比，謂靠近。佽，幫助。
　②菁菁，茂盛的樣子。睘睘，音窮窮，借爲"煢煢"，孤單的樣子。

〔訓譯〕
　孤立的杜栗樹，枝葉密湑湑。獨身行路的人，自己孤零零。難道沒別人？不如親兄弟。同路的人啊，何不靠近我？人家沒兄弟，何不幫幫他？
　孤立的杜栗樹，枝葉茂青青。獨身行路的人，自己孤單單。難道沒別人？不如同姓人。同路的人啊，何不靠近我？人家沒兄弟，何不幫幫他？

〔意境與畫面〕
　大路旁邊，一顆孤立的杜栗樹，枝葉茂密。大路之上，有一個人背著很重的東西，正在孤身行路。雖然不時有人從他身邊走過，但沒有一個接近他與他說話，也沒有人幫助他。他放下重物，看著枝葉茂密的杜栗樹，口唱此《杕杜》之歌，如詩所云。

羔　裘

〔提要〕這是一對戀人調情的詩。《毛詩序》曰："《羔裘》，刺時也。晉人刺其在位，不恤其民也。"非詩意。今文三家無異義，亦皆非。

羔裘豹袪，自我人居居（倨倨）。豈無他人？維（爲）子之故！①

羔裘豹褎，自我人究究。豈無他人？維（爲）子之好！②

——《羔裘》二章，章四句。

〔彙校〕
　　按：安大簡有此篇，章、句同。
　　豹袪，安大簡作"𦆍"，義同。下同。
　　我人，安大簡作"吾"，義同。下同。
　　豈無，安大簡作"亡"，借字。
　　他人，安大簡作"異"，義略同。下同。
　　之故，安大簡作"古"，借字。
　　究究，安大簡作"睪睪"，借字。
　　維子之好，安大簡脱。

〔注釋〕
　　① 羔，指羔羊皮。裘，皮襖。豹，指豹皮。袪，音區，袖口。自，在也。下同。人，指男友。居居，借爲"倨倨"，傲慢的樣子。維，同"爲"，因爲。子，你也，指女友。前三句爲姑娘所唱，第四句爲小伙子所唱。下章同。
　　② 褎，音秀，古"袖"字。究究，窮竟、講究的樣子。好，喜歡。

〔訓譯〕
　　（姑娘：）皮襖袖口鑲豹皮，在我面前裝傲倨。難道再沒其他人？

　　　　　　——（小伙：）就是因爲你！

　　（姑娘：）皮襖袖子用豹皮，在我面前窮講究。難道再没别的人？

　　　　　　——（小伙：）因爲喜歡你！

〔意境與畫面〕

一對戀人，小伙子身穿羔羊皮襖，皮襖的袖口鑲著漂亮的豹皮，一副傲慢的神氣，走到姑娘面前。姑娘開始說話，小伙應答，如詩所云。

鴇羽

〔提要〕這是一個常年在外服役的農夫所唱的歌，抒發期盼徭役早日結束，恢復正常生活，回家種地養活父母的心情。《毛詩序》曰："《鴇羽》，刺時也。昭公之後大亂五世，君子下從征役，不得養其父母，而作是詩也。"今文三家無異義，皆近是。

肅肅鴇羽，集于苞栩。王事靡盬，不能蓺稷黍。父母何怙？悠悠蒼天，曷（何）其有所？①
肅肅鴇翼，集于苞棘。王事靡盬，不能蓺黍稷。父母何食？悠悠蒼天，曷（何）其有極？②
肅肅鴇行（胻），集于苞桑，王事靡盬，不能蓺稻粱。父母何嘗？悠悠蒼天，曷（何）其有常？③

——《鴇羽》三章，章七句。

〔彙校〕

按：安大簡有此篇，二、三兩章倒，在《羔裘》《無衣》後。
靡盬，安大簡"靡"作"枕"、"盬"作"古"，皆省借字。下同。
不能蓺，安大簡作"埶"，借字。下同。
何怙，安大簡作"古"，省借字。
悠悠，安大簡作"滔滔"，非。下同。
蒼天，《韓詩》、安大簡作"倉"，借字。下同。
曷其，安大簡"曷"作"害"，借字；"其"作"隹（惟）"，義略同。
鴇行，安大簡作"鸌"，疑誤。
苞桑，安大簡"桑"作"喪"，以音誤。

〔注釋〕

　①蕭蕭，煽動、搖動的樣子。鴇，音保，鳥名，似雁而大。集，鳥在樹上棲息。苞，茂盛。栩，音許，樹木名，今曰柞樹。王事，周王之事、公事。靡，無也。盬，音古，止息。蓺，音藝，種也。稷黍，穀子和糜子。怙，音互，依賴。悠悠，悠遠的樣子。曷，同"何"。所，處所、居所。

　②翼，翅膀。棘，酸棗樹。極，終也。

　③行，借爲"胻"，音恒，脛端。稻，水稻。粱，高粱。嘗，吃也。因爲少，故曰嘗。常，正常。

〔訓譯〕

　蕭蕭鴇鳥羽，落在柞樹上。王事沒有完，不能種糜穀，父母靠什麼？悠悠蒼天啊，啥時有居所？

　蕭蕭鴇鳥翅，落在棗樹上。王事沒有完，不能種糜穀，父母吃什麼？悠悠蒼天啊，啥時是盡頭？

　蕭蕭鴇鳥腿，落在桑樹上。王事沒有完，不能種稻粱，父母嘗什麼？悠悠蒼天啊，啥時能正常？

〔意境與畫面〕

　一群大鳥，落在樹上休息。一個農夫，長年累月在外服役，露宿野外，不得回家。他想起家中年邁的父母，看著一隻隻落下來的鴇鳥停在樹上休息，不禁觸景生情，唱出了此《鴇羽》之歌。

〔引用〕

　《韓詩外傳》："昔者聖王不出戶而知天下矣，以己之情量之也。己惡飢寒，知天下之欲衣食；己惡勞苦，知天下之欲安逸也。《詩》曰：'不能蓺稻粱。父母何嘗？'"非詩本義。

無　　衣

〔提要〕這是一個婦女羨慕別人衣服的詩。《毛詩序》曰："《無衣》，刺晉武公也。武公始併晉國，其大夫爲之請命乎天子之使，而作是詩也。"今文三家無異義，皆未必。

豈曰無衣七兮？不如子之衣安且吉兮！①
豈曰無衣六兮？不如子之衣安且燠兮！②

——《無衣》二章，章三句。

〔彙校〕
　　按：安大簡有此篇，章、句同。
　　豈曰，安大簡作"剀"，借字。下同。
　　無衣，安大簡作"亡"，借字。下同。
　　七兮，安大簡作"也"，義略同。下皆同。

〔注釋〕
　　① 七，謂七件套。子，你。安，謂合身、舒服。吉，美善、好。
　　② 六，謂六件套。燠，音欲，暖和。

〔訓譯〕
　　雖説也有七八件，不如你的合身又好看！
　　雖説也有六七套，不如你的合身又暖和！

〔意境與畫面〕
　　一個穿著合體的婦女，正在晾曬自己的衣物，有單的，有棉的，件件漂亮好看。隔壁的婦女過來串門，看見晾曬著的衣服，羨慕地對主人説，如詩所云。

有杕之杜

〔提要〕這是一首孤立無援的朝臣希望得到理解，尋求同情的詩。《毛詩序》曰："《有杕之杜》，刺晉武也。武公寡特，兼其宗族,而不求賢以自輔焉。"或是反其意而用之。今文三家無異義,亦近是。

有杕之杜,生于道左。彼君子兮,噬(誰)肯適我?中心好之,曷(盍)飲(一)食之?①
有杕之杜,生于道周。彼君子兮,噬(誰)肯來遊?中心好之,曷(盍)飲(一)食之?②
——《有杕之杜》二章,章六句。

〔彙校〕
按:安大簡有此篇,在前《杕杜》位置。
之杜,安大簡作"者",義略同。下同。
彼君子兮,安大簡無"兮"字,蓋省。下同。
噬肯,《魯詩》作"遾",《韓詩》作"逝",安大簡字作"遾",皆借字。下同。
好之,安大簡作"喜",義同。下同。
曷,安大簡作"可以",非,"以"字不當有。下同。
飲食,疑當作"一",聲之誤。
道周,《韓詩》作"右",當是誤改。安大簡作"州",借字。

〔注釋〕
① 杕,音帝,樹木孤立的樣子。杜,杜栗樹。噬,借爲"誰",音相轉。適,之也,謂走近。我,杜樹自謂。中心,即心中。曷,同"盍",何不。下同。
② 周,道路拐彎處。

〔訓譯〕
孤立的杜栗樹啊,長在路左邊。那些君子們啊,誰肯走近我?心裏若喜歡,何不嘗一顆?
孤立的杜栗樹啊,長在拐彎處。那些君子們啊,誰肯來此遊?

心裏若喜歡，何不吃一顆？

〔意境與畫面〕

大路拐彎處，孤立地長著一顆杜栗樹，上面結了很多淡黃色的果子。因爲果子酸澀，大人們沒有一個到樹下去。

一個大臣，因爲性格耿直，得罪了不少人。其他同事，沒有一個願意跟他交往。他感到孤立，望著路邊孤立的杜栗樹，苦悶地唱出此《有杕之杜》之歌，如詩所云。

葛　生

〔提要〕這是一首悼念亡妻的詩，前三章是在墳上哭悼，後二章是在家中思念。上博簡《詩論》云"《角枕》婦"，是說《角枕》篇所思的是"婦"，即妻子，甚得詩意。《漢書·地理志》："《葛生》之詩，念死生之曠。"亦是。《毛詩序》曰："《葛生》，刺晉獻公也。好攻戰，則國人多喪矣。"今文三家無異義，皆非詩意。

葛生蒙楚，蘞蔓于野。予美亡此，誰與？獨處。①
葛生蒙棘，蘞蔓于域。予美亡此，誰與？獨息。②
角枕粲兮，錦衾爛兮。予美亡此，誰與？獨旦。③
夏之日，冬之夜。百歲之後，歸于其居。④
冬之夜，夏之日。百歲之後，歸于其室。⑤

——《葛生》五章，章四句。

〔注釋〕

① 葛，葛藤。蒙，覆蓋。楚，荆棘。蘞，音臉，草名。蔓，蔓延。予美，我的美人、妻子。亡，謂葬。與，在一起。處，居也。

② 棘，酸棗樹。域，指兆域、墳地。息，休息。

③ 角枕，牛角枕。粲，明亮。衾，被子。爛，燦爛。旦，謂待旦、

等天明。

④夏之日，時間長。冬之夜，亦時間長。百歲，同百年，謂死亡。居，指墓穴。

⑤室，亦指墓穴。

〔訓譯〕

葛藤蒙住荊棘，薟草蔓到荒野。美人埋這裏啊，我獨自一人與誰處？

葛藤蒙住酸棗，薟草蔓到墳域。美人埋這裏啊，我獨自一人與誰息？

角枕粲明啊，錦被鮮亮。美人埋這裏啊，我獨自一人與誰等天明？

夏天的晝啊，冬天的夜！百年之後啊，去到她居所。

冬天的夜啊，夏天的晝！百歲之後啊，去到她墓室。

〔意境與畫面〕

一個男子，前去上墳。墳地裏，長滿了荊棘，上面覆蓋著葛藤。墳頭上面，長滿野草。男子撫墳痛哭，口唱此《葛生》之前三章，如詩所云。唱罷，起身回家。

不管是漫長的夏日，還是漫漫的冬夜，男子都一個人在家淒苦地打發時光，獨臥床上等待天明，心裏想道：百歲之後，我要去到她的居所；百歲之後，我要去到她的墓室。

采　苓

〔提要〕這是一首勸人莫信讒言的詩。《毛詩序》曰："《采苓》，刺晉獻公也。獻公好聽讒焉。"今文三家無異義，或是。

采苓采苓，首陽之巔。人之爲言，苟亦無信！舍旃舍旃，苟亦無然！人之爲言，胡（何）得焉？[①]

采苦（荼）采苦（荼），首陽之下。人之爲言，苟亦無與！舍旃舍旃，苟亦無然！人之爲言，胡（何）得焉？②

采葑采葑，首陽之東。人之爲言，苟亦無從！舍旃舍旃，苟亦無然！人之爲言，胡（何）得焉？③

——《采苓》三章，章八句。

——唐國十二篇，三十三章，二百零三句。

〔彙校〕

爲言，《釋文》："本或作'僞'。"非。

〔注釋〕

① 苓，草藥名，即甘草。首陽，山名，在今山西永濟南。巔，山頂。爲言，謂進言。苟，姑且。信，相信。舍，捨棄。旃，"之也"二字合音。然，以爲然。胡，何也。得，謂得其實、真實。

② 苦，謂苦菜，即所謂"荼"。下，指山下。與，讚許。

③ 葑，音封，一種野菜，又名蔓菁、蕪菁。從，聽從。按所謂"采苓采苓，首陽之巔""采苦采苦，首陽之下""采葑采葑，首陽之東"，謂苓、苦、葑各有所在，采當找對地方，以比聽人勸諫當找對人。

〔訓譯〕

采苓草啊，上首陽山巔。人所進言啊，且莫相信！拋棄它啊，莫以爲然！人所進言啊，怎能全真？

采苦菜啊，去首陽山下。人所進言啊，且莫讚許！拋棄它啊，莫以爲然！人所進言啊，怎能全實？

采蔓菁啊，往首陽山東。人所進言啊，且莫聽從！拋棄它啊，莫以爲然！人所進言啊，怎能全對？

〔意境與畫面〕

一個昏君，經常聽信奸臣的讒言，冤枉了不少忠臣。一個長者，前往開導，賦此《采苓》，如詩所云。

秦風

車 鄰（轔）

〔提要〕這是一個秦國貴族的作品，描寫其尋人一起作樂的經過，反映其及時行樂的思想。"車"爲作者所乘坐，"阪""隰"爲其車所經過。《毛詩序》曰："《車鄰》，美秦仲也。秦仲始大，有車馬禮樂侍御之好焉。"似未必。《左傳》服虔注曰："秦仲始有車馬禮樂之好、侍御之臣、戎車四牡田狩之事。其孫襄公列爲秦伯，故有'蒹葭蒼蒼'之歌、《終南》之詩，追錄先人《車鄰》《駟驖》《小戎》之歌，與諸夏同風，故曰夏聲。"說略是。

有車鄰鄰（轔轔），有馬白顛。未見君子，寺（侍）人之令。①

阪有漆，隰有栗。既見君子，並坐鼓瑟。今者不樂，逝者其耋！②

阪有桑，隰有楊。既見君子，並坐鼓簧。今者不樂，逝者其亡！③

——《車鄰》三章，一章章四句，二章章六句。

〔彙校〕
按：安大簡有此篇，二、三章倒。
鄰鄰，《齊詩》《魯詩》作"轔轔"，本字。
之令，《韓詩》"令"作"伶"，非。安大簡作"是命"，義略同。
有漆，安大簡作"郯"，借字。

隰有，安大簡作"湮"，義同。
並坐，安大簡作"侳"，借字。
其耋，安大簡作"實"，蓋讀"耋"爲"至"音而誤。
有桑，安大簡作"喪"，借字。
今者，安大簡作"含"，誤，或是增筆字。
其亡，安大簡作"忘"，借字。

〔注釋〕

①鄰鄰，借爲"轔轔"，車行聲。顛，頂、額。君子，蓋爲隱居者。寺，借爲"侍"。侍人，侍從、僕人。之，猶"是"，賓語前置的標誌。

②阪，音版，土坡。漆，謂漆樹。隰，低濕之地。栗，謂栗樹。既，已也。鼓，彈奏。今者，現在。逝者，謂過後。耋，音迭，長壽老人，所謂八十曰耋。

③簧，音黃，一種吹樂器。亡，死也。

〔訓譯〕

車聲轔轔，馬額雪白。未見君子，令侍從去找。

坡上有漆，濕地有栗。見了君子，並坐彈瑟。現在不樂，過後變老！

坡上有桑，濕地有楊。見了君子，並坐吹簧。現在不樂，往後將死！

〔意境與畫面〕

一輛馬車，行進在下坡的路上，路邊長著漆樹、桑樹。駕車的馬額頭雪白，十分顯眼。下了坡，是一片濕地，濕地裏長著栗樹、楊樹。

過了濕地，路邊出現一座院落。車子停下，乘車之人下車走進院子。院子的主人不在家，乘車之人讓侍從四處去找。

主人找回來了，寒暄已畢，主客二人並排而坐，一個彈瑟，一個吹笙，大作其樂。乘車之人即興唱起此《車鄰》之歌，如詩所云。

駟驖

〔提要〕這是一首描寫秦公打獵的詩。《毛詩序》曰："《駟騙》，美襄公也。始命有田狩之事，園囿之樂焉。"或是。今文三家無異義。

駉（四）騁孔阜，六轡在手。公之媚子，從公于狩。①

奉（逢）時辰（麎）牡，辰（麎）牡孔碩。公曰左之，舍拔則獲。②

遊于北園，四馬既閑。輶車鸞（鑾）鑣，載獫歇驕（猲獢）。③

——《駟驖》三章，章四句。

〔彙校〕

按：安大簡有此篇，二、三章倒。

駟驖，今文三家、安大簡"駟"作"四"，當是本字；"驖"亦作"載"，借字。安大簡"驖"又作"戴"，疑是傳訛誤字。下章有"牡"字，則此不得謂公馬。

孔阜，安大簡作"犀"，疑是誤字。

六轡，安大簡作"䌛"，省借字。

媚子，安大簡作"散"，借字。

于狩，安大簡作"獸"，借字。

奉時，安大簡作"寺"，借字。

辰牡，安大簡作"駐"，當是專表公馬之字。下同。

舍拔，安大簡"舍"作"豫"，誤；"拔"作"頒"，借字，古無輕唇音。

四馬，安大簡作"駐"同"牡"，似不如作"馬"合理。

既閑，安大簡作"柬"，借字。

輶車，安大簡作"象車"，未聞其形。《韓非子》載黃帝駕象車。

鸞鑣，安大簡作"䌛"，省借字。

載獫，安大簡作"堅"，借字。

歇驕，《齊詩》《魯詩》作"猲獢"，本字。安大簡"歇"作"臽"、"驕"作"喬"，皆借字。

〔注釋〕

① 駟，借爲"四"，四匹。驖，音鐵，赤黑色馬。孔，很。阜，高也。轡，馬韁繩。公，秦公。媚，愛也。從，隨從。于，往、去。狩，狩獵。

② 奉，借爲"逢"，遇也。時，此也。辰，借爲"麎"，大鹿。牡，雄性。碩，高大。左之，往左。舍，釋放。拔，指手所拉的弓弦。

③ 園，國君狩獵之地。既，已。閑，嫻熟。輶車，輕車也。鸞，借爲"鑾"，鑾鈴。鑣，馬鑣、馬嚼子。載，車載。獫，音險，長嘴獵犬。歇，借爲"猲"；驕，借爲"獢"，音宵。猲獢，短吻獵犬。

〔訓譯〕

四匹黑馬很高大，六根韁繩握在手。國君愛子當馭手，隨從國君把獵狩。

碰上這只大公鹿，公鹿長得很肥碩。國君說聲向左拐，一箭發出就射倒。

不等遊走到北園，四馬都已很嫻熟。輕車有鑾馬有鑣，車上還有倆獵狗。

〔意境與畫面〕

四匹高大的黑馬，拉著一輛簡易的輕車，正在前往獵場。駕車的馭手，是一位少年，他是國君的愛子。右邊，就坐著他的父親國君。

一進獵場，就遇見一隻碩大的公鹿。國君指揮兒子駕車，一聲"左"，隨即射出手中的箭，大公鹿應聲倒地。

輕車轉到北邊園子，兒子駕車已經十分嫻熟。他讓馬兒慢走，這才看見輕車十分精緻：兩邊有鑾鈴，馬嘴有嚼子，車上還有兩隻獵狗，一隻嘴長，一隻嘴短。

小　戎

〔提要〕這是一首妻子思念並誇讚丈夫的詩。《毛詩序》曰："《小戎》，美襄公也。備其兵甲以討西戎，西戎方強，而征伐不休，國人則矜其車甲，婦人能閔其君子焉。"略近是。今文三家無異義。

小戎俴收，五楘梁輈。游（遊）環脅驅，陰靷鋈續。文茵暢（長）轂，駕我騏馵。言念君子，溫（昷）其如玉。在其板屋，亂我心曲。①

　　四牡孔阜，六轡在手。騏駵是中，騧驪是驂。龍盾之合，鋈以觼軜。言念君子，溫（昷）其在邑。方何爲期？胡（何）然我念之！②

　　俴駟孔群，厹矛鋈錞。蒙（尨）伐（瞂）有苑（蘊），虎韔鏤膺。交韔二弓，竹閉（柲）緄縢。言念君子，載寢載興。厭厭（愿愿）良人，秩秩德音。③

　　　　　　　　——《小戎》三章，章十句。

〔彙校〕

　　按：安大簡有此篇，二、三兩章倒。
　　小戎，安大簡作"少"，古字通。
　　俴收，安大簡作"箮"，借字。
　　五楘，安大簡作"備"，疑以音誤。
　　梁輈，安大簡"梁"作"椋"，"輈"作"梄"，皆借字。
　　游環，安大簡作"遊"，本字。
　　脅驅，安大簡作"毆"，古異體字。
　　陰靷，安大簡作"紳"，古音借字。
　　暢轂，安大簡作"象"，疑以音誤。
　　駕我，安大簡"駕"作"加"，借字；"我"作"亓（其）"，義別。
　　騏馵，安大簡作"駁"，"騥"異體。
　　言念，安大簡作"我念"，義略同。下同。
　　溫其，安大簡作"昷"，借字。下同。
　　如玉，安大簡作"女"，借字。
　　在其，安大簡作"才皮"，皆借字。
　　亂我，安大簡作"覨"，義同。
　　四牡，安大簡作"駉"，非。
　　孔阜，安大簡作"犀"。参上篇校。

騧驪，安大簡作"騂"，異體字，古音同。
是驂，安大簡作"參"，省借字。
龍盾，安大簡作"尨"，疑誤。
之合，安大簡作"是"，義同。
觼軜，安大簡作"結納"，轉音借字。
爲期，安大簡作"亓（其）"，省借字。
胡然，安大簡作"古"，省借字。
我念之，安大簡作"余"，義同。
俴駟，安大簡作"駿"，當涉下字誤。
厹矛，安大簡作"鉤"，義別。
鋈錞，安大簡作"潭"，借字。
蒙伐，安大簡"蒙"作"尨"，本字；"伐"作"罼"，借字。《韓詩》"伐"作"瞂"，本字。
有苑，《韓詩》作"宛"，亦借字。
鏤膺，安大簡作"鼩"，以音誤。《說文》："鼩，胡地風鼠。"
交韔，安大簡作"邕"，借字。
竹閉，《齊詩》作"柲"，本字；《魯詩》作"鞑"，借字；安大簡作"枕"。
載寢載興，《韓詩》皆作"再"，借字。
厭厭，《魯詩》作"愔愔"，安大簡作"猒"，皆借字。
秩秩，安大簡作"犀"，借字。

〔注釋〕

① 戎，指戎車、兵車。俴，音建，淺也。收，車廂前後的橫木。楘，音木，車轅上的箍子。梁輈，車轅。游環，可以在繩子上遊動的銅環。脅，指馬兩脅部位。驅，謂滾動。陰，黑色。靷，引車前行的大繩。鋈，音沃，白銅。續，接續靷的器具。文，花紋。茵，墊子。暢，借爲"長"。轂，音古，車輪中心穿軸的空心圓木。騏，青黑色的馬。馵，音注，後左足白的馬。言，語助詞。念，思念。君子，指丈夫。溫，借爲"昷"，溫柔。板屋，即板房，西戎民居。心曲，心窩。

② 牡，雄馬。孔，很。阜，高大。騮，黑尾紅馬。中，指中間的兩匹馬。騧，音瓜，黑嘴白馬。驪，黑馬。驂，外邊的兩匹馬。龍盾，畫著龍的盾牌。合，交合。觼，音絕，有舌的環。軜，音納，驂馬的內轡。方，將也。何，謂何日。期，謂歸期。胡然，爲何那樣。

③俴，音箭，謂不披甲。群，謂合群。厹，音求，三棱矛。錞，音堆，矛柄的下端。蒙，借爲"厖"，雜也。伐，借爲"瞂"，大盾。苑，借爲"蘊"，蘊涵。韔，音唱，弓套。虎韔，雕有虎紋的弓套子。鏤，雕刻。膺，胸也，指正面。交，交互、一反一正。閉，借爲"柲"，正弓之器。緄，音滾，綫編的帶子。縢，捆束。載……載，又是……又是。寢，臥也。興，起也。厭厭，借爲"懕懕"，安詳的樣子。良人，指丈夫。秩秩，積累的樣子。德音，好聲譽。

〔訓譯〕

　　小小兵車車廂淺，五套箍子束車轅。游環在馬兩脅滾，黑色靷繩白銅續。花布墊子長到轂，駕著我那白腿馬。思念我家那君子，溫柔就像玉一般。住在那種板房裏，使我心裏很不安。

　　四匹公馬很高大，六根韁繩握在手。黑尾紅馬在中間，黑嘴白馬是兩驂。龍盾交合兵車上，白銅扣環在馬韁。思念我家那君子，溫文爾雅在城裏。將以哪天爲歸期？爲何叫我思念他！

　　四馬無甲很合群，三棱長矛白銅錞。雜紋大盾有蘊涵，虎紋弓套正面雕。兩弓交錯裝裏面，竹柲用繩捆上邊。思念我家那君子，忽而睡下忽而起。我那良人很安詳，美好聲譽壘一摞。

〔意境與畫面〕

　　一個貴婦人，正在坐臥不安地思念她率軍出征的丈夫。她似乎看到他出征時所駕的兵車：車廂淺淺，車轅上束著五套箍子。馬脅兩邊的銅環，隨著韁繩上下滾動。黑色的靷繩，一端用白銅連著。車廂裏墊著花墊子，長出車廂，伸向車轂。駕車的馬，有一匹左後腿是白色。她想像自己那身板柔弱的丈夫，此時正住在西戎的板房裏，不禁心中迷亂。

　　她又想起丈夫出征時：四匹高大的公馬拉著車，丈夫把六根韁繩握在手中。四匹馬中間的兩匹是黑尾紅馬，兩側兩匹是黑嘴白馬。車上合著龍紋的盾牌，馬韁上有白銅扣環。她想：我那文弱的君子，此時可能正在城邑之中，未受凍寒。可他哪一天才回來呢？爲啥老叫我念著他？

　　她又想起：當時出征之時，四匹馬都沒有披甲，顯得十分合群。車右的士兵手持三棱長矛，矛柄下端有白銅鑄的錞。他身前一面大盾，上面有複雜的文飾。虎紋的弓套，正面雕著花紋。兩隻弓交錯裝在裏面，弓背上捆著竹片做的正弓器。她睡下想一會兒，又起來想一會兒。突然又想起丈夫總是那麼安詳，總是得到衆人的讚譽。想到這裏，臉上不禁露出一絲微笑。

蒹　葭

〔提要〕這是一個男子向人述説"伊人"所在的詩。詩言"從之"，則此"伊人"可能是一位賢者。《毛詩序》曰："《蒹葭》，刺襄公也。未能用周禮，將無以固其國焉。"非詩意。舊或以爲愛情之詩，亦非。李因篤《詩説》曰："水一方，言洛也。所謂伊人，東遷之君也。在水之湄。遡洄、遡游，情深故主也。"其説亦非，此屬秦風，不得言洛也。魏源曰："秦襄公急霸西戎，不遑禮教……流至春秋，諸侯終以夷狄擯秦，故詩人興霜露焉。"亦非。

　　蒹葭蒼蒼，白露爲霜。所謂伊人，在水一方。遡洄從之，道阻且長。遡游從之，宛在水中央。①
　　蒹葭萋萋，白露未晞。所謂伊人，在水之湄。遡洄從之，道阻且躋。遡游從之，宛在水中坻。②
　　蒹葭采采，白露未已。所謂伊人，在水之涘。遡洄從之，道阻且右。遡游從之，宛在水中沚。③
　　　　　　　　　　　　——《蒹葭》三章，章八句。

〔彙校〕
　　按：安大簡有此篇，闕第二章末句、三章殘存後三句。
　　蒹葭，安大簡"蒹"作"兼"，借字；"葭"作"苦"，古借字。下同。
　　白露，安大簡字無"足"，省。下同。
　　所謂，安大簡作"胃"，借字。下同。
　　伊人，安大簡作"殹"，借字。下同。
　　一方，安大簡作"弌"，義同。

遡洄，安大簡作"朔韋"，皆借字。
道阻，安大簡作"𨙻"，借字。
且長，安大簡作"戠"，音舉。
遡游，安大簡亦作"朔韋"，疑涉上誤。下皆同。
在水，安大簡"水"後有"之"字，增出之字。下同。
萋萋，唐石經作"淒淒"，改從《十三經注疏》本，用本字。
未晞，安大簡作"㵒"，借字。
之湄，安大簡作"𣸈"，古音同。
道阻，安大簡作"𨙻"，借字。
且躋，安大簡作"薺"，借字。
中沚，《韓詩》作"沶"，安大簡作"㞢"，義皆同。

〔注釋〕

① 蒹葭，音兼加，未開絮的蘆葦。蒼蒼，青色。謂，説也。伊，是、此也。水，指渭河。方，音傍，旁邊。遡，逆流而上。洄，沿著河岸走。從，隨也。阻，險阻。遡游，向上游逆游。宛，宛如、好像。

② 萋萋，茂盛的樣子。晞，音希，乾也。湄，音眉，水邊。躋，音擊，升、登高。坻，音持，水中丘也。

③ 采采，衆多的樣子。已，止也。涘，音似，水厓、岸。右，往右邊拐。沚，小洲。

〔訓譯〕

蘆葦青又青，白露結成霜。所説這個人，在河那一旁。順岸去找他，道路險且長。逆流游去找，像在河中央。

蘆葦密又密，白露尚未乾。所説這個人，在河那一邊。順岸去找他，道路險且高。逆流游去找，像在河心丘。

蘆葦多又多，白露尚未去。所説這個人，在河那一岸。順岸去找他，道路險且繞。逆流游去找，像在河心洲。

〔意境與畫面〕

一個晚秋的早晨，渭河上游某地北岸，河灘上一片青青而茂密的蘆葦，上面結著一層白霜。太陽出來，白霜漸漸變爲白露。兩個男子，正站在河邊交談。一個問："你説的那個人，他在哪兒？"另一個答："我所說的這個人，就在河那邊。如果順著河岸往上游走，走到水淺處再過去找他，道路有險阻，不但要登高，而且還要往右拐，非常遠。如果向著對岸逆流游過去，就非常近，他就好像在河中央的小洲上。"太陽越來越高，露水依然未乾，男子惆悵地望著河對岸，唱出此《蒹葭》之歌。

終　　南

〔提要〕這是一個秦人描述自己見到國君的詩。有條有梅、有紀有堂，言山上樹木品種繁多，以比"君子"即國君衣飾之繁。《毛詩序》曰："《終南》，戒襄公也。能取周地，始爲諸侯受顯服，大夫美之，故作是詩以戒勸之。"今文三家無異義，皆非詩本意。

終南何有？有條（檮）有梅。君子至止（之），錦衣狐裘，顏如渥丹，其君也哉？①

終南何有？有紀（杞）有堂（棠）。君子至止（之），黻衣繡裳，佩玉將將（鏘鏘），壽考不忘！②

——《終南》二章，章六句。

〔彙校〕

按：安大簡有此篇，章、句同。

何有，安大簡"何"作"可"，"有"作"又"，皆借字。下皆同。

有條，安大簡作"柚"，蓋因"條"字從"攸"而誤。

有梅，安大簡作"某"，古"楳"字，與"梅"同。

至止，安大簡作"之"，本字。下同。

錦衣，安大簡作"淦"，古借字。

渥丹，《韓詩》作"沰"，音拓，義略同。安大簡作"庶"，借爲"赭"，義同。

也哉，安大簡作"才"，借字。

有紀，今文三家作"杞"，本字。安大簡闕。《釋文》云："紀，本亦作'屺'。"亦借字。

有堂，今文三家、安大簡俱作"棠"，本字。

黻衣，安大簡作"䘏"，義別。

繡裳，安大簡"繡"作"肅"、"裳"作"上"，皆借字。

佩玉，安大簡作"俑"，借字。

將將，《魯詩》作"鏘鏘"，皆象聲詞。安大簡作"倉倉"，古借字。

不忘，安大簡同；今文三家作"亡"，借字。

〔注釋〕

① 終南，山名，即秦嶺。條，借爲"樤"，樹木名。梅，果木名。至，到。止，語助詞，同之。顏，臉。渥，音沃，潤澤。丹，紅色。

② 紀，借爲"杞"，杞柳。堂，借爲"棠"，棠梨。黻，音浮，黑青相間的花紋。將將，音鏘鏘，象聲詞。壽考，謂到老。

〔訓譯〕

終南山上有什麼？有那樤樹和梅子。有位君子到這裏，錦緞上衣狐皮襖。臉色紅潤如丹石，莫非他就是國君？

終南山上有什麼？有那杞柳和棠梨。有位君子到這裏，上衣青黑下衣繡。佩玉鏘鏘真好聽，到老也都忘不了！

〔意境與畫面〕

南山上，長著各種各樣的樹木，有樤樹、梅樹、杞柳、棠梨，種類繁多。一位國君，帶著他的侍從，來到山下一處村莊。國君身穿錦緞上衣，上面有青黑相間的花紋，外套一件狐皮大衣，下衣繡著紅花，身上帶著很多佩玉，走起路來鏘鏘作響。他的臉色紅潤，好像塗了丹砂。村裏的人不知他是國君，都跑出來圍觀。散去的路上，有人唱出了這首《終南》之歌。

黃　鳥

〔提要〕這是一首挽悼"三良"的詩。秦穆公死，活殉"三良",秦人爲作此詩以悼之。《毛詩序》曰:"《黃鳥》,哀三良也。國人刺穆公以人從死,而作是詩也。"其說是。《左傳·文公六年》載:"秦伯任好卒,以子車氏之三子奄息、仲行、針虎爲殉,皆秦之良也。國人哀之,爲之賦《黃鳥》。"又應劭《漢書注》曰:"秦穆公與群臣飲酒,酒酣,公曰:'生共此樂,死共此哀!'于是奄息、仲行、針虎許諾。及公薨,皆從死,《黃鳥》所爲作也。"按此説恐非,詩言"臨其穴,惴惴其栗",顯非自願。

交交黃鳥,止于棘。誰從穆公?子車奄息。維(爲)此奄息,百夫之特。臨其穴,惴惴其栗(慄)。彼蒼者天,殲我良人!如可贖兮,人百其身!①

交交黃鳥,止于桑。誰從穆公?子車仲行。維(爲)此仲行,百夫之防。臨其穴,惴惴其栗。彼蒼者天,殲我良人!如可贖兮,人百其身!②

交交黃鳥,止于楚。誰從穆公?子車針虎。維(爲)此針虎,百夫之禦。臨其穴,惴惴其栗。彼蒼者天,殲我良人!如可贖兮,人百其身!③

——《黃鳥》三章,章十二句。

〔彙校〕

按:安大簡有此篇,第二、三章在前,首章在後。

交交,安大簡作"皎皎",借字,"鵁"爲鳥名之字。嵇康《贈詩十九首》作"咬咬",馮登府謂當用此詩。

黃鳥,安大簡作"鳴",非。

于棘,安大簡作"朸",借字。

誰從,安大簡作"隹",省借字。下同。

奄息,安大簡作"盍思",皆借字。

之特,安大簡作"悳",借字。

惴惴,安大簡作"端",借字。下同。

其栗，安大簡同，亦借字；今文三家或作"慄"，本字。下同。

彼蒼，安大簡作"皮倉"，皆借字。下同。

贖兮，《魯詩》、安大簡並作"也"，義略同。下同。

仲行，安大簡作"中"，借字。下同。

之防，安大簡作"方"，借字。

殲我，安大簡作"涇"，借字。下同。

針（鍼）虎，安大簡作"咸"，借字。下同。

之禦，安大簡作"俉"，借字。

〔注釋〕

① 交交，猶啾啾，象聲詞。棘，棗樹。黃鳥，指黃雀。從，隨，謂隨葬。穆公，即春秋五霸之一的秦穆公。子車奄息及下子車仲行、子車針虎，皆人名，所謂"三良"是也，"子車"爲姓氏。夫，謂武夫。特，傑出。穴，墓穴。惴惴，音墜墜，恐懼的樣子。栗，同"慄"，戰慄、發抖。殲，滅也。良人，良善之人、好人。贖，換取。人，謂人人。其，猶己。

② 防，提防、防備。

③ 禦，抵禦、抵擋。

〔訓譯〕

　　黃雀啾啾叫，落在棗樹上。誰隨穆公去？子車奄息氏。因爲這奄息，百裏纔挑一。走到墓穴前，惴惴打哆嗦。好那老天爺，滅我良善人！如若可以換，人人一百次！

　　黃雀啾啾叫，落在桑樹上。誰隨穆公去？子車仲行氏。因爲這仲行，能防一百人。走到墓穴前，惴惴打哆嗦。好那老天爺，滅我良善人！如若可以換，人人一百次！

　　黃雀啾啾叫，落在荊條上。誰隨穆公去？子車針虎氏。因爲這針虎，能抵一百人。走到墓穴前，惴惴打哆嗦。好那老天爺，滅我良善人！如若可以換，人人一百次！

〔意境與畫面〕

　　一場盛大的葬儀，正在進行。墓穴不遠處的灌木上，許多黃雀啾啾鳴叫。主人的棺槨，已經下葬。墓穴之上，被捆綁著的三個大漢被推了過來，準備用他們殉葬。三個大漢渾身哆嗦，嚇癱過去。周圍看熱鬧的百姓見狀，直呼蒼天。他們從心裏說：如果可以贖換，我們都願意去死一百次。散去的路上，人們唱出了這《黃鳥》之歌。

晨　　風

〔提要〕這是一個妻子擔心出門在外的丈夫忘了自己的詩。《毛詩序》曰："《晨風》，刺康公也。忘穆公之業，始棄其賢臣焉。"今文三家無異義，皆非詩本意。

　　鴥彼晨（鷐）風，鬱彼北林。未見君子，憂心欽欽。如何如何？忘我實多！[①]

　　山有苞（枹）櫟，隰有六（蓼）駮。未見君子，憂心靡樂。如何如何？忘我實多！[②]

　　山有苞（枹）棣，隰有樹檖。未見君子，憂心如醉。如何如何？忘我實多！[③]

——《晨風》三章，章六句。

〔彙校〕
　　按：安大簡有此篇，在《渭陽》篇後，存首章前二句。
　　鴥彼，《韓詩》作"鷸"，安大簡作"窔"，皆借字。
　　晨風，《魯詩》亦作"鷐"，本字。
　　鬱彼，《齊詩》作"溫"，或作"宛"，皆借字。安大簡作"炊"，疑借爲"吹"，蓋以"晨風"如字讀。
　　苞櫟，《魯詩》作"枹"，本字。

〔注釋〕
　　① 鴥，音豫，鳥疾飛的樣子。晨，借爲"鷐"。鷐風，鳥名，鷂屬，

今曰鸇。鬱，茂盛的樣子。"鴥彼晨風，鬱彼北林"，意疾飛的鸇風，也忘不了那茂盛的北林，以襯"君子"忘了自己。君子，謂丈夫。欽欽，不已的樣子。實，實在。多，往事多而全忘，故曰多。

②苞，借爲"枹"，樹木叢生。櫟，音立，樹木名，隰，低濕之地。六，借爲"蓼"，音路，形容植物長、高大。駁，字同"駮"，樹木名。《爾雅·釋木》："駮，赤李。"《疏》："李之子赤者名駮。"山有苞櫟，隰有六駁，意山有山的樹，隰有隰的樹，襯托君子忘了自己的"樹"。靡，無也。

②棣，音帝，樹木名，即棠棣。樹，樹立、直立。檖，音碎，樹木名，野山梨。

〔訓譯〕

　　疾飛的鸇風，忘不了北林。未見君子面，憂心無法消。你是怎麼了？把我全忘了！

　　山上有叢櫟，濕地有長李。未見君子面，憂心不快樂。你是怎麼了？把我全忘了！

　　山上有叢棣，濕地有山梨。未見君子面，憂心如醉酒。你是怎麼了？把我全忘了！

〔意境與畫面〕

　　一個婦人，在家裏憂愁地打發著時光。她的丈夫，已經很久沒有音信。她看到疾飛的鸇子突然沖下北邊茂密的樹林，聯想到自己的丈夫怎麼連家也不回，是不是把自己忘了？

　　她的憂心無法排解，繼續在想：山上有山上的樹，濕地有濕地的樹，你怎麼就不知道你有你的人？難道真的把我全忘了？不禁唱出了這《晨風》之歌。

〔引用〕

　　《説苑》載：魏文侯封太子擊于中山，三年，使不往來……（擊）乃遣舍人趙倉唐攜北犬、奉晨鳧，獻于文侯。文侯曰："子之君何業？"對曰："業《詩》。"文侯曰："于《詩》何好？"曰："好《晨風》。"文侯自讀《晨風》曰："鴥彼晨風，鬱彼北林。未見君子，憂心欽欽。如何如何？忘我實多！"文侯曰："子之君以我忘之乎？"南封中山，而復太子擊。由是可見當時"業《詩》"之用。

無　衣

〔提要〕這是一首參軍歌。《毛詩序》曰："《無衣》，刺用兵也。秦人刺其君，好攻戰亟用兵，而不與民同欲焉。"按詩無刺意，且《詩》三百篇編于孔子之前，當時秦尚未稱王。秦穆公曾勤王，説明秦人與周王室關係緊密。或謂諸侯在國内自稱王，恐未可信。

豈曰無衣，與子同袍？王于興師。修我戈矛，與子同仇（讐）。①

豈曰無衣，與子同澤（襗）？王于興師。修我矛戟，與子偕作。②

豈曰無衣，與子同裳？王于興師。修我甲兵，與子偕行。③

——《無衣》三章，章五句。

〔彙校〕
按：安大簡有此篇，在《晨風》後、《權輿》前，殘存"戟，與子皆（偕）作。曾（贈）子以組，明月將逝"，末二句與詩意不諧，未知何據。

同仇，《韓詩》作"讐"，本字。
同澤，《齊詩》作"襗"，本字。
偕作，安大簡作"皆"，借字。
偕行，《齊詩》作"皆"，借字。

〔注釋〕
① 子，你，指戰友。同，指相同的。袍，戰袍、外衣。王，指周

王。于,將要。修,修理、整治。仇,本借爲"讐",敵人,今亦簡化爲"仇"。

②澤,借爲"襗",音同,內衣。戟,戈矛結合的一種武器。偕,一起。作,發作、出發。

③裳,下衣。圍裳,上端圍在腰間的裳。甲兵,指盔甲。行,謂行軍。

〔訓譯〕

難道我沒衣服,與你穿同樣的戰袍?因爲周王要打仗。整修我的長矛,與你一同抗敵。

難道我沒衣服,與你穿同樣的襯衣?因爲周王要打仗。整修我的戈戟,與你一起出發。

難道我沒衣服,與你穿同樣的圍裳?因爲周王要打仗。整修我的盔甲,與你一起行軍。

〔意境與畫面〕

招兵的現場,一群新兵,穿上了新發的軍裝:上身爲戰袍,下身爲裙裝,內衣是統一的白色。他們有的拿戈,有的拿矛,有的拿戟,有的整理盔甲。見了面互相凝視,隨即唱起了這《無衣》之歌,一片同仇敵愾的氣氛。

渭　陽

〔提要〕這是一首描寫送別的詩,作者爲秦太子罃,即後來的秦康公。《韓詩》曰:"秦康公送舅氏晉文公于渭之陽,念母之不見,曰:'我見舅氏,如母存焉。'"《毛詩序》曰:"《渭陽》,康公念母也。康公之母,晉獻公之女。文公遭驪姬之難未反,而秦姬卒,穆公納文公。康公時爲大子,贈送文公于渭之陽,念母之不見也,'我見舅氏,如母存焉',及其即位,思而作是詩也。"言念母之不見、作于即位之後,恐皆未必。

我送舅氏，曰至渭陽。何以贈之？路車乘（輚）黃。①
我送舅氏，悠悠我思。何以贈之？瓊（璿）瑰玉佩。②

——《渭陽》二章，章四句。

〔彙校〕
按：安大簡有此篇，在《黃鳥》篇後，殘。
我送，安大簡作"遺"，義略同。
舅氏，安大簡作"咎"，借字。
曰至，安大簡作"喬"，音轉借字。
渭陽，安大簡"渭"作"于"，音轉借字；"陽"作"易"，亦借字。
贈之，安大簡作"曾"，借字。
乘黃，安大簡"乘"作"輚"，當是本字，今不存；"黃"作"璜"，借字。
悠悠，安大簡作"舀舀"，借字。
瓊瑰，本當作"璿"，篆文相似而誤。從馬瑞辰説。

〔注釋〕
① 我，秦太子罃（康公）自謂。舅氏，即舅舅，指晉公子重耳。曰，語助詞。渭陽，渭河北岸。路車，一種較大的馬車。乘，音剩，一輛車所需，四匹馬。黃，指黃馬。
② 悠悠，悠遠的樣子。璿，音懸，美玉。瑰，美石。璿瑰，形容玉件漂亮。玉佩，一種佩玉。

〔訓譯〕
我送舅舅，來到渭陽。拿啥贈他？大車黃馬。
我送舅舅，想起未來。拿啥贈他？漂亮玉佩。

〔意境與畫面〕
一個公子打扮的少年，送別一位落魄的長者，來到渭河北岸。將要分手,少年把自己乘坐的豪華馬車送給了長者,駕車的是四匹黃馬。想起未來,少年難過地背過身去,又將自己身上的玉佩解下,轉身送給了長者。

權　輿

〔提要〕這是一個貴族感歎家庭破落的詩。《毛詩序》曰:"《權輿》,刺康公也。忘先君之舊臣與賢者,有始而無終也。"今文三家無異義,皆非詩意。

於我乎(始也于我),夏屋渠渠(蘧蘧)。今也,每食無餘。于(吁)嗟!乎(胡、何)不承權輿?①

於我乎(始也于我),每食四簋。今也,每食不飽。于(吁)嗟!乎(胡、何)不承權輿?②

——《權輿》二章,章五句。
——秦國十篇,二十七章,百八十一句。

〔彙校〕
按:安大簡有此篇,第二章殘存二句。
於我乎,安大簡作"始也于我",義較明,當是原作。下同。
無餘,安大簡作"亡余",皆借字。
乎不承,安大簡無"乎",亦通;《魯詩》"乎"作"胡",當是,連下讀。安大簡"承"作"禹",借字。
每食四簋,安大簡作"八",因諸侯八簋,疑非。

〔注釋〕
①於,音義同"嗚",歎息聲。夏,大也。渠渠,借爲"蘧蘧",古音同,高大的樣子。每食無餘,今所謂吃了上頓沒下頓。吁嗟,歎息聲。胡,何也。承,繼承、繼續。權輿,開始、當初。

② 簋，音鬼，青銅食器，貴族身份的象徵。

〔訓譯〕
　　當初的我，房屋高大；如今的我，每餐吃光。唉！何不像當初？
　　當初的我，每餐四簋；如今的我，頓頓不飽。唉！何不承以前？

〔意境與畫面〕
　　一個破落貴族，正在一口破窰洞裏用一隻破碗吃飯，碗裏只有半碗菜湯。喝完菜湯，望著空空的窰洞，想起了小時候家住高大的房屋，每餐都有四大簋食物的情景。而如今落到這步田地，怎麼就沒有把當初的好日子繼承下來呢？想到這裏，不禁長歎一聲，唱出了這《權輿》之歌。

陳風

宛　丘

〔提要〕這是一首拒絕愛情的詩，作者是一位姑娘，對方是一個舞者。《漢書·匡衡傳》：" 陳夫人好巫，而民淫祀。" 張晏注：" 胡公夫人，武王之女太姬無子，好祭鬼神，鼓舞而祀。故其詩云：'坎其擊鼓，宛丘之下……'" 馮登府以爲今文三家説。《毛詩序》曰：" 《宛丘》，刺幽公也。淫荒昏亂，遊蕩無度焉。" 皆非詩本意。

子之湯（蕩）兮，宛丘之上兮。洵有情兮，而無望兮。①

坎其擊鼓，宛丘之下。無冬無夏，值（執）其鷺羽。②

坎其擊缶，宛丘之道。無冬無夏，值（執）其鷺翿。③

——《宛丘》三章，章四句。

〔彙校〕

湯兮，《魯詩》作 "蕩"，本字。

〔注釋〕

①子，你。湯，讀爲 "蕩"，古音同。宛，音晚。宛丘，四周高中

央低的土丘，當時陳國國都所在，位今河南淮陽。洵，音旬，誠然、確實。望，希望。

② 坎，象聲詞，猶坎坎。《魏風·伐檀》有"坎坎伐檀兮""坎坎伐輪兮""坎坎伐輻兮"句，《小雅·伐木》有"坎坎鼓我"句。值，借爲"執"，持也。鷺，音路，鳥名，即鷺鷥。鷺羽，舞者所執道具。

③ 缶，音否，瓦盆。道，指丘邊道路。翿，音禱，頂上以羽毛爲飾的旗子，舞者所執。《王風·君子陽陽》："君子陶陶，左執翿。"

〔訓譯〕

你曾蕩在啊，宛丘頂上。確實有情啊，但無希望！

砰砰敲鼓啊，在宛丘下。不分冬夏啊，手執鷺羽。

砰砰敲盆啊，在宛丘邊。不分冬夏啊，手執鷺旗。

〔意境與畫面〕

一對戀人，正在分手。姑娘對小伙子説：開始你在宛丘頂上遊蕩，我確實曾對你産生過好感，但現在看來，是没有希望。因爲你一年四季不分冬夏，只知道拿根爛雞毛，敲個破瓦盆，四處跳舞弄神。

〔引用〕

上博簡《詩論》引孔子曰："《宛丘》吾善之。《宛丘》曰'洵有情，而亡（無）望'，吾善之。"是説他喜歡《宛丘》中"洵有情，而無望"的句子。

東門之枌

〔提要〕這首詩描寫一個女子不務針織，喜好跳舞，人品亦差。《毛詩序》曰："《東門之枌》，疾亂也。幽公淫荒，風化之所行，男女棄其舊業，亟會于道路，歌舞于市井爾。"今文三家無異義，略有意。

東門之枌，宛丘之栩。子仲之子，婆娑其下。①

穀旦于差（徂），南方之原。不績其麻，市也婆娑。②

穀旦于逝，越以鬷（奏）邁（勱）。視爾如荍，貽我握椒。③

——《東門之枌》三章，章四句。

〔彙校〕

于差，《韓詩》作"嗟"，非，蓋因誤解而改。

鬷邁，《韓詩》作"傻"，亦借字。

〔注釋〕

① 東門，指陳國都城的東門。枌，音焚，樹木名，榆樹的一種。宛丘，四周高中央低的土丘，在陳國都城旁，今猶在。栩，音許，樹木名，又名柞。子仲，人名。子，指女兒。娑，音縮。婆娑，舞動的樣子。

② 穀旦，吉日。于，語助詞。差，借爲"徂"，往也。原，高原。績，紡織。市，街市。

③ 逝，消逝、過去。穀旦于逝，言吉日將過、天色已晚。越以，越發。鬷，音宗，借爲"奏"。邁，借爲"勱"，勉也。奏邁（勱），謂勉力、起勁。爾，你也。荍，音橋，草名，多花少葉，一名荆葵。貽，送也。握，一把也。椒，花椒，味麻。視爾如荍，貽我握椒，意思是本來喜歡她，她卻有意傷人。

〔訓譯〕

東門枌樹宛丘柞，子仲女兒舞樹下。

選個吉日上南原，不紡麻綫市上跳。

跳到最後越起勁，看你像花送我椒！

〔意境與畫面〕

東門外的榆樹下、宛丘上的柞樹下，經常可以看到一個姑娘跳舞的身影。她不在家中紡麻織布，有時候甚至去南原的街市上跳舞，而且一跳就是一整天。姑娘雖然漂亮，舞起來就像朵朵鮮花，但人品不好，喜歡傷人。村裏人看不慣，唱出了這首《東門之枌》。

衡　門

〔提要〕這是一首隱者自慰的詩。橫門雖然簡陋，但其下同樣可以棲息；蜂蜜雖然流淌且不如肉之有塊，但不僅可以療飢，而且甘甜可口。《毛詩序》曰："《衡門》，誘僖公也。願而無立志，故作是詩以誘掖其君也。"非詩意。蔡邕《述行賦》曰："甘衡門以寧神兮，詠都人以思歸。"王先謙以爲此近于《魯詩》說。

衡（橫）門之下，可以棲遲。泌（蜜）之洋洋，可以療飢。①

豈其食魚，必河之魴？豈其取妻，必齊之姜？②

豈其食魚，必河之鯉？豈其取妻，必宋之子？③

——《衡門》三章，章四句。

〔彙校〕

療，舊作"癙飢"，改從《魯詩》《韓詩》，義同；《十三經注疏》本作"樂"，借字。

〔注釋〕

① 衡，借爲"橫"。橫門，橫木架的門梁，形容簡陋。棲，止也。遲，徐行。泌，借爲"蜜"，蜂蜜。洋洋，流淌、不成形的樣子。療，治也。飢，餓也。

② 其，語助詞。河，黃河。魴，音防，魚名。齊之姜，即所謂齊姜，齊桓公宗女、晉文公夫人，一位有膽識的女子。

③ 鯉，鯉魚。宋，宋國。子，姑娘。宋之子，即所謂宋女，美女的代表。

〔訓譯〕
　　橫木門下，可以休息。蜂蜜流淌，也可療飢。
　　難道吃魚，必須河魴？難道娶妻，必須齊姜？
　　難道吃魚，必須河鯉？難道娶妻，必須宋女？

〔意境與畫面〕
　　山間小院，橫木架的門梁之下，安坐著一位隱者。渴了，他去山崖下的野蜂巢中采來蜂房，蜂房上流淌著蜂蜜。餓了，他去門前的小河裏抓魚。回來，相貌普通的妻子給他煮魚，兩口子其樂融融。他一邊吃魚，一邊唱出了這《衡門》之歌。

〔引用〕
　　《韓詩外傳》卷二載："子夏讀《書》已畢，夫子問曰：'爾亦可以言《書》矣？'子夏對曰：'《書》之于事，昭昭乎若日月之光明，燎燎乎如星夜之錯行，上有堯舜之道下有三王之義。弟子所受于夫子者，志之于心不敢忘。……《詩》曰：衡門之下，可以棲遲。泌之洋洋，可以療飢。'夫子造然變容曰：'嘻！吾子可以言《書》已矣。'"

東門之池

〔提要〕這是一首樂得夥伴的詩，作者是一位婦女。《毛詩序》曰："《東門之池》，刺時也。疾其君子淫昏，而思賢女以配君子也。"今文三家無異義，皆非詩本意。

　　東門之池，可以漚麻。彼美淑姬，可與晤歌。①
　　東門之池，可以漚紵。彼美淑姬，可與晤語。②
　　東門之池，可以漚菅。彼美淑姬，可與晤言。③
　　　　　　　　　　——《東門之池》三章，章四句。

〔彙校〕

淑姬，今文三家作"叔"，借字。

〔注釋〕

① 東門，陳國都城之東門。漚，浸泡，以利取皮。麻，指麻子杆，皮可織布。淑，善良。姬，指姬姓女。晤，遇見、見面。
② 紵，音注，苧麻。語，交談。
③ 菅，音兼，草名，可以織席。言，説話、言歡。

〔訓譯〕

東門外的池塘，可以用來漚麻。那漂亮的善良小姬，可以一起唱歌。

東門外的池塘，可以用來漚紵。那漂亮的善良小姬，可以一起聊天。

東門外的池塘，可以用來漚菅。那漂亮的善良小姬，可以一起言歡。

〔意境與畫面〕

村子裏住著一位婦女，丈夫不在家，周圍住的都是老太太，她沒有夥伴，每天只能到東門外的池塘看看所漚的麻和菅，別無所事，寂寞難耐。一天，鄰居家娶了一個姬姓的小媳婦。這個小媳婦也喜歡唱歌，而且兩人特別談得來。于是，她每天去找小媳婦唱歌、聊天、交談，心情十分愉快，遂唱出了這首《東門之池》。

東門之楊

〔提要〕這是一首怨女朋友失約的詩。《毛詩序》曰："《東門之楊》，刺時也。昏姻失時，男女多違，親迎，女猶有不至者也。"今文三家無異義，皆近是。

東門之楊，其葉牂牂。昏以爲期，明星煌煌！①
東門之楊，其葉肺肺。昏以爲期，明星晢晢！②
———《東門之楊》二章，章四句。

〔彙校〕
　　牂牂，《齊詩》作"將將"，以音誤。

〔注釋〕
　　① 牂牂，音臧臧，微風所動聲。昏，黄昏。期，約定的時間。煌煌，閃亮的樣子。
　　② 肺肺，音沛沛，大風吹動聲。晢晢，音哲哲，同"晰晰"，明亮的樣子。

〔訓譯〕
　　東門外的楊樹，葉子牂牂響。約定黄昏時，現在明星閃！
　　東門外的楊樹，葉子沛沛響。約定黄昏時，現在滿天星！

〔意境與畫面〕
　　黄昏時分，微風拂動，東門外的楊樹葉子發出牂牂的響聲。樹下，一個小伙子正在等待他的戀人。一直等到天上明星閃爍，姑娘還没有來，小伙子遂唱出這《東門之楊》之一章。
　　突然，刮起了大風，楊樹葉子沛沛作響。這時候，已是明星滿天，姑娘還没有來。小伙子又唱出這《東門之楊》之二章。

墓　門

〔提要〕這是一首諷刺昏君、責駡壞人的詩。《毛詩序》曰："《墓門》，刺陳佗也。陳佗無良師傅，以至于不義，惡加于萬民焉。"或是。《左傳·桓公五年》載："春正月……陳侯鮑卒……于是陳亂。文公子佗殺太子免而代之。"六年："秋八月壬午，大閱，蔡人殺陳佗。"《列女傳》有載，馮登府以爲（見〔引用〕）蓋用《魯詩》説。

墓門有棘，斧以斯之。夫也不良，國人知之。知而不已，誰（疇）昔然矣！^①
墓門有梅（棘），有鴞萃止。夫也不良，歌以訊之。訊予不顧，顛倒思予！^②

——《墓門》二章，章六句。

〔彙校〕

有梅，或作"楳"，異體字；《魯詩》作"棘"，與韻合，當是本字。

訊之，《魯詩》"訊"作"誶"，義同；"之"作"止"，以音誤。

〔注釋〕

① 墓門，墓道之門、墓前。棘，荊棘，比壞人。斯，析、砍。夫，那人。不良，惡也。國人，陳國之人。已，止也，謂除去。誰昔，讀"疇昔"，往昔也。然，如此。

② 梅，"棘"古文所誤。鴞，鴟鴞，即貓頭鷹，古人以爲是不詳之鳥。萃，集也。訊，責讓、罵也。訊予，同"予訊"。顧，猶理。顛倒，跌倒、栽跟頭。

〔訓譯〕

墓前有荊棘，斧頭砍掉它。那人非常壞，國人知道他。知道而不除，一直就這樣。

墓前有荊棘，鴟鴞停上邊。那人非常壞，用歌責罵他。責罵也不理，跌倒想起我！

〔意境與畫面〕

一個壞人，身居高位，爲非作歹，百姓們敢怒不敢言，而國君依然重用他。一個正直的人作歌諷刺，他也不理。作歌者憤憤地説：等你跌倒了，就會想起我！

〔引用〕

《列女傳·陳國辯女傳》：“辯女者，陳國采桑之女也。晉大夫解居甫使于宋，道過陳，遇采桑之女，止而戲之曰：‘女爲我歌，我將舍女。’采桑女乃爲之歌曰：‘墓門有棘，斧以斯之。夫也不良，國人知之。知而不已，誰昔然矣！’大夫又曰：‘爲我歌其二。’女曰：‘墓門有梅，有鴞萃止。夫也不良，歌以訊止。訊予不顧，顛倒思予！’大夫曰：‘其棣則有，其鴞安在？’女曰：‘陳國，小國也，攝乎大國之間，因之以饑饉，加之以師旅，其人且亡，而況鴞乎？’”

防（枋）有鵲巢

〔提要〕這是一首尋妻詩。《毛詩序》曰：“《防有鵲巢》，憂讒賊也。宣公多信讒，君子憂懼焉。”非詩意。今文三家義未聞。

防（枋）有鵲巢，邛有旨苕。誰侜予美？心焉忉忉。①
中唐（堂）有甓，邛有旨鷊（虉）。誰侜予美？心焉惕惕。②

——《防有鵲巢》二章，章四句。

〔彙校〕

予美，《韓詩》作“娓”，借字。
旨鷊，《韓詩》作“虉”，本字；《齊詩》《魯詩》作“蒚”，疑誤。

〔注釋〕

① 防，借爲“枋”，樹木名。鵲，喜鵲。邛，音窮，土丘。旨，甘

甜、味美。苕，音條，一種蔓生植物，又名苕饒、翹饒，可入藥。侜，音周，壅蔽、隱藏。予美，我的美人、妻子。心焉，心裏邊。忉忉，音刀刀，擔憂的樣子。

②唐，借爲"堂"，廳堂。甓，音辟，磚頭。鷊，音義，借爲"虉"，一種野花。惕惕，驚懼的樣子。

〔訓譯〕
　　樹上有鵲巢，丘上有美苕。誰藏我美人？心裏很擔憂。
　　堂上鋪磚頭，丘上長虉花。誰藏我美人？心裏很害怕。

〔意境與畫面〕
　　一個男子，正在驚懼不安地四處尋找他的漂亮妻子。一邊找一邊心裏說：樹上有鳥巢，丘上美苕，物各有主。美人是我妻，是誰把她藏起來了？大堂中間鋪的是磚頭，高丘上面長的是甜草，物各有不同。是誰把我的美人藏起來？

月　出

〔提要〕這是一首月下思美人的詩。《毛詩序》曰："《月出》，刺好色也。在位不好德而說美色焉。"今文三家無異義，似皆非，詩無刺意。

　　月出皎兮，佼人僚兮。舒窈糾（腰嬲）兮，勞心悄兮。①

　　月出晧兮，佼（姣）人懰（嬼）兮。舒憂受兮，勞心慅兮。②

　　月出照兮，佼（姣）人燎兮。舒夭紹兮，勞心慘兮。③

　　——《月出》三章，章四句。

〔彙校〕
　　皓兮，諸本或作"皓"，後起字。

〔注釋〕
　　①皎，皎潔、白。佼，借爲"姣"。姣人，美人。僚，音了，好的樣子。舒，舒緩、優雅。窈糾，疊韻聯綿詞，同"腰嬝"，身段苗條的樣子。勞心，因思而受勞之心。悄，音巧，心跳聲小。
　　②皓，明也。懰，音劉，借爲"嫽"，妖美。憂受，疊韻聯綿詞，嫵媚的樣子。慅，音騷，動也。
　　③照，照耀。燎，音聊，燒也。夭紹，疊韻聯綿詞，光彩照人的樣子。慘，痛也。

〔訓譯〕
　　月亮出來真潔皎，美人長得實在好。動作優雅人苗條，勞心想她心憂悄。
　　月亮出來明晃晃，美人樣子真嫵媚。優雅柔美很可愛，勞心想得心發顫。
　　月亮出來照大地，美人光彩把心燎。優雅明麗很高貴，勞心想得心裏痛。

〔意境與畫面〕
　　一個男子見到一位漂亮的貴婦人：她動作舒緩優雅，身材苗條，笑容嫵媚，光彩照人。回家後夜不能寐，遂唱出了這《月出》之歌。

株　林

　　〔提要〕這是一首諷刺陳靈公的詩。《毛詩序》曰："《株林》，刺靈公也。淫乎夏姬，驅馳而往，朝夕不休息焉。"陳靈公私通夏姬，事在魯宣公十年（公元前600年）。《易林·睽之萃》："繼體守藩，縱欲廢賢。君臣淫佚，夏氏失身。"又《巽之蠱》："平國不君，夏氏作亂。烏號竊發，靈公殞命。"王先謙謂是《齊詩》

説。魯、韓無異義。

胡（何）爲乎株林？從夏南姬。匪（非）適株林，從夏南姬。①

駕我乘馬，説（睡）于株野。乘我乘駒（驕），朝食于株。②

——《株林》二章，章四句。

〔彙校〕
乘駒，《釋文》云："乘驕，音駒。沈云：'或作"駒"字，後人改之。'"按作"驕"當是本字。

〔注釋〕
① 胡，何也。株，城邑名，故地在今河南西華縣夏亭鎮北。林，遠郊。從，跟隨。夏南，人名，陳國大夫。姬，婦人美稱。夏南姬，即所謂夏姬。夏姬爲鄭穆公之女、鄭靈公之妹，始嫁夏南，故稱夏姬。清華簡《繫年》載："陳公子徵舒娶妻于鄭穆公，是少孔。"研究認爲，"少孔"即夏姬。匪，同"非"。適，往也。
② 乘，音剩。乘馬，四匹馬。我，陳靈公自謂。説，借爲"睡"，《説文》："坐寐也。"此爲引申義，即睡覺。野，郊外。驕，健壯的馬。《説文》："馬六尺曰驕。"朝，早晨。

〔訓譯〕
爲啥要去株遠郊？爲隨夏南姬。不是爲去株遠郊，爲隨夏南姬。
駕上我的四馬車，夜宿株邑外。坐著我的大馬車，回城用早餐。

〔意境與畫面〕
一個漂亮女子，乘車出了城門，前往郊外。一個國君和他的兩個大臣，也乘坐一輛四匹馬拉的車隨之而去。晚上，住在郊外，君臣們一起與女子宣淫。第二天早晨，他們又一起乘車回城，在城裏共用早餐。

澤　陂

〔提要〕這是一首思美人的詩。《韓詩》作《彼澤之陂》，取全首句爲名。《毛詩序》曰："《澤陂》，刺時也。言靈公君臣淫于其國，男女相説，憂思感傷焉。"今文三家無異義，皆非詩意。

彼澤之陂，有蒲與荷。有美一人，傷如之何？寤寐無爲，涕泗滂沱。①

彼澤之陂，有蒲與蕳（蓮）。有美一人，碩大且卷（婘）。寤寐無爲，中心悁悁。②

彼澤之陂，有蒲菡萏。有美一人，碩大且儼（嬐）。寤寐無爲，輾轉伏枕。③

——《澤陂》三章，章六句。
——陳國十篇，二十六章，百二十四句。

〔彙校〕

與荷，《韓詩》作"茄"，非，以比美人，不當曰茄，韻亦不合，疑是誤字。

傷如，《魯詩》《韓詩》"傷"作"陽"，誤；《韓詩》"如"作"若"，義同。

與蕳，《魯詩》作"蓮"，與上下諧，當是本字。

且卷，《釋文》云："本又作'婘'"，本字。

且儼，《韓詩》作"嬐"，本字。

輾轉，《魯詩》《韓詩》作"展"，借字。

〔注釋〕

①澤，大池塘。陂，音碑，堤岸、護坡。蒲，一種水草。荷，荷葉。傷，受傷。寤，醒來。寐，睡著。無爲，謂無他爲、不作別的，一

心想她。涕，眼淚。泗，鼻涕。滂沱，多流的樣子。

② 蕑，音兼，"蓮"字音誤，蓮藕。荷，葉也；蓮，根也；菡萏，花也。碩大，指身材高大、肥碩。卷，借為"婘"，音全，美也。中心，即心中。悁悁，音怨怨，鬱悶的樣子。

③ 菡萏，音罕但，荷花。儼，借為"顩"，音安，重頤、雙下巴。輾轉，翻來覆去。

〔訓譯〕

那個池塘堤岸邊，有蒲草來有荷葉。還有一個大美人，使我受傷怎奈何？整天都在想著她，眼淚鼻涕嘩嘩流。

那個池塘堤岸邊，有蒲草來有蓮藕。還有一個大美人，身材肥碩又好看。做夢也在想著她，心中憂鬱悶悠悠。

那個池塘堤岸邊，有蒲草來有荷花。還有一個大美人，身材肥碩雙下巴。日夜都在想著她，翻來覆去伏枕上。

〔意境與畫面〕

一個小伙子，經過一座池塘，看見池塘周圍的水中，長著蒲草和荷葉，荷花綻放，十分顯眼。池塘一邊，一群姑娘在洗衣服，其中一個姑娘身材高大肥碩，十分漂亮，格外突出。小伙子印象深刻，回家以後，不思茶飯，日夜想她，以致涕泗橫流，憂鬱苦悶，晚上輾轉反側，不能入睡，于是唱出了這首《澤陂》之歌。

檜風

羔裘

〔提要〕這是一位官員悼念其亡妻的詩。《毛詩序》曰:"《羔裘》,大夫以道去其君也。國小而迫,君不用道,好絜其衣服,逍遙遊燕,而不能自强于政治,故作是詩也。"非詩意。《魯詩》曰:"會(檜)在河、伊之間,其君驕貪嗇儉,滅爵損禄,群臣卑讓,上下不缺。詩人憂之,故作《羔裘》,閔其痛悼也。"亦非。

羔裘逍遥,狐裘以朝。豈不爾思?勞心忉忉。①
羔裘翱翔,狐裘在堂。豈不爾思?我心憂傷。②
羔裘如膏,日出有曜。豈不爾思?中心是悼。③

——《羔裘》三章,章四句。

〔注釋〕

① 羔裘,羔羊皮做的裘衣,柔軟舒適,這裏指穿著羔裘。逍遥,安閑自得的樣子。狐裘,狐狸皮做的裘衣,暖和漂亮。朝,上朝。勞心,因思而勞之心。忉忉,音刀刀,憂思的樣子。

② 翱翔,謂在外遨遊。堂,朝堂。

③ 如膏,形容白而軟。有曜,猶"曜曜",光明的樣子。古人裘衣反穿,故曰日出有曜。悼,哀也。

〔訓譯〕

羔羊皮襖任逍遥,穿著狐裘去上朝。難道不把你來想?憂思勞心似刀攪。

　　羔羊皮襖任遨遊，穿著狐裘在朝堂。難道不把你來想？我的心裏很傷憂。

　　羔羊皮襖白又軟，太陽出來把光閃。難道不把你來想？內心哀痛又傷悼。

〔意境與畫面〕

　　一個官員，死了妻子，他把悲哀埋藏在心裏，一大早穿著狐皮大衣上朝。下了朝，穿著羔羊皮襖四處遊蕩，不願呆在家裏。這一天他去到妻子墳前，陽光下，羔羊皮襖閃閃發亮。他站在墳前，唱出了這首《羔裘》之歌。

素　冠

〔提要〕這是一首亡妻托夢給丈夫的詩。《毛詩序》曰："《素冠》，刺不能三年也。"義恐正相反。《魏書·李彪傳》云："周季陵夷，喪禮稍亡，是以要絰即戎，《素冠》作刺。"馮登府以爲屬今文三家説，用詩也。

　　庶見素冠兮，棘（瘠）人欒欒（臠臠）兮，勞心慱慱兮。①

　　庶見素衣兮，我心傷悲兮，聊與子同歸兮。②

　　庶見素韠兮，我心藴結兮，聊與子如一兮。③

　　　　　　　　　　——《素冠》三章，章三句。

〔彙校〕

　　欒欒，《魯詩》作"臠臠"，本字。

　　慱慱，《文選注》引作"摶摶"，借字。

〔注釋〕
　①庶，猶幸。素，白色，孝衣之色。棘，借爲"瘠"，瘦、病。棘人，指所見素冠之人、丈夫。欒欒，借爲"臠臠"，消瘦少肉的樣子。勞心，憂勞之心，指自己，即下二章"我"的心。慱慱，音團團，憂傷的樣子。
　②聊，聊且、姑且。歸，回家。
　③韠，音必，蔽膝，能遮蔽膝蓋的圍裙。蘊結，鬱結。如一，一樣。

〔訓譯〕
　　幸而見你戴白冠，身上消瘦没有肉，我心操勞爲你憂！
　　幸而見你穿白衣，我心傷悲好可憐，聊且與你一同歸！
　　幸而見你白蔽膝，我心鬱結不能散，聊且與你一個樣！

〔意境與畫面〕
　　一個男子，愛妻亡故，哀思成疾，十分消瘦。妻子忌日這天，他穿一身白色孝服，去墳前祭奠妻子。他坐在墳前，冥冥之中，好像聽到妻子跟他説話，如詩所云。

隰有萇楚

〔提要〕這是一首羨慕年輕人無妻室之累的詩，今文三家作《萇楚》。上博簡《詩論》曰："《隰有萇楚》，得而悔之也。"即悔其娶妻。其説甚是。《毛詩序》曰："《隰有萇楚》，疾恣也。國人疾其君之淫恣，而思無情欲者也。"今文三家無異義，皆非。

　　隰有萇楚，猗儺其枝。夭之沃沃，樂子之無知！①
　　隰有萇楚，猗儺其華。夭之沃沃，樂子之無家！②
　　隰有萇楚，猗儺其實。夭之沃沃，樂子之無室！③
　　　　　　　——《隰有萇楚》三章，章四句。

〔彙校〕

猗儺，《魯詩》作"旖旎"，一作"猗旎"，義相近。

〔注釋〕

① 隰，音席，低濕之地。萇，音常。萇楚，樹名，俗名羊桃、獼猴桃。猗儺，聯綿詞，同"婀娜"，柔美的樣子。夭，少也。沃沃，潤澤的樣子。樂，喜、慕也。知，《爾雅·釋詁》："匹也。"即配偶。
② 華，即花。家，謂成家。
③ 室，謂妻室。

〔訓譯〕

濕地有萇楚，枝葉真婀娜！少年水靈靈，樂你没媳婦！
濕地有萇楚，花兒真婀娜！少年水靈靈，樂你没成家！
濕地有萇楚，果實真婀娜！少年水靈靈，樂你没妻室！

〔意境與畫面〕

一個男子，整天忙碌勞動，養家糊口，年紀輕輕，肢體已經略顯僵硬。有一天勞動休息的時候，他望著遠處濕地裏的楊桃，看見幾個年輕小伙子在活潑地玩耍，羨慕地唱出了這首《隰有萇楚》之歌。

匪（彼）風

〔提要〕這是一個役夫的思鄉之歌。《毛詩序》曰："《匪風》，思周道也。國小政亂，憂及禍難而思周道焉。"今文三家無異義，皆非詩意。王符《潛夫論》曰："《匪風》，冀君先教也。"馮登府以爲本《韓詩》。

匪（彼）風發兮，匪（彼）車偈兮。顧瞻周道，中心怛兮。①

匪（彼）風飄兮，匪（彼）車嘌兮。顧瞻周道，中心吊兮。②

誰能亨（烹）魚，溉（摡）之釜鬵？誰將西歸？懷之好音。③

——《匪風》三章，章四句。

——檜國四篇，十二章，四十五句。

〔彙校〕

偈兮，《齊詩》《韓詩》作"揭"，借字。

怛兮，《韓詩》作"愵"，疑非，《韓詩外傳》亦作"怛"。

誰能，《魯詩》作"孰"，義同。

溉之，《釋文》："本又作'摡'。"本字。

〔注釋〕

① 匪，讀爲"彼"，那。下同。發，謂刮。偈，音竭，疾速的樣子。顧，回頭看。瞻，向前看。周道，通往周都的大路。中心，心中。怛，音達，痛也。

② 飄，迴旋。嘌，音飄，飄搖的樣子。吊，悲傷。

③ 亨，讀"烹"，煮也。溉，音概，借爲"摡"，洗也。釜，古鍋。鬵，音辛，上聲，大釜。誰能亨魚溉之釜鬵，言不可能。西歸，回西方，歸周也。懷，猶帶。好音，喜訊。

〔訓譯〕

那風刮啊，那車疾馳。回頭望周道啊，心裏發痛。

那風旋啊，那車飄搖。回頭望周道啊，心裏傷悲。

誰能煮魚，用釜去洗？誰能回西方啊，報個平安！

〔意境與畫面〕

一個周人，來到檜地（今河南新密、滎陽一帶）服役，日久不能回歸。他每天站在西去的大路上來回張望，想找一個西去的人給家裏帶個口信。而路上有的，只是陣陣旋風和偶爾疾馳而過的車子，車子也沒有一輛肯停下來聽他說話。看著周道，想起家中年邁的父母，一陣悲傷，遂唱出了這《匪風》之歌。

曹風

蜉蝣

〔提要〕這是一首流浪者的詩。《毛詩序》曰:"《蜉蝣》,刺奢也。昭公國小而迫,無法以自守,好奢而任小人,將無所依焉。"非詩意。《漢書·古今人表》:"曹昭公班,釐公子,作詩。"王先謙謂是《齊詩》説。

蜉蝣之羽,衣裳楚楚(黼黼)。心之憂矣,於我歸處?①

蜉蝣之翼,采采(粲粲)衣服。心之憂矣,於我歸息?②

蜉蝣掘(屈)閱(容),麻衣如雪。心之憂矣,於我歸説(睡)?③

——《蜉蝣》三章,章四句。

〔彙校〕
楚楚,今文三家作"黼黼",本字。
掘閱,今文三家作"堀",借字。

〔注釋〕
① 蜉蝣,一種四處飄舞的小飛蟲,比流浪者。羽,翅膀上的長羽。楚楚,借爲"黼黼",五彩鮮明的樣子。於,音烏,何也。下同。歸處,

回去居住。

②翼,翅膀。采采,借爲"粲粲",明麗的樣子。歸息,回去休息。

③掘,借爲"屈",彎曲。閱,借爲"容",形容。麻,形容多,密麻麻。説,借爲"睡"。鄭玄箋云:"説,猶舍息也。"義同。歸説(睡),謂回去睡覺。

〔訓譯〕

蜉蝣的長翅,像鮮亮整齊的衣裳。心裏憂傷啊,哪裏是我回去居住的地方?

蜉蝣的翅膀,像明光燦燦的衣服。心裏憂傷啊,哪裏是我回去歇息的地方?

蜉蝣屈身時,濃密的翅膀如白雪。心裏憂傷啊,哪裏是我回去睡覺的地方?

〔意境與畫面〕

一個衣衫襤褸的流浪者,四處漂泊,無家可歸。他看到小小的飛蟲:蜉蝣,雖然四處飄舞,但也有明麗的翅膀,有如人的衣裳;蜉蝣打洞的時候聚集一堆,而自己只有孤身一人,不禁憂傷地唱出了這首《蜉蝣》之歌。

候 人

〔提要〕這是一首棄婦詩。《毛詩序》曰:"《候人》,刺近小人也。共公遠君子而好近小人焉。"今文三家無異義,皆非。馮登府謂:"此詩刺曹不用儐負羈,而乘軒者三百人,故云'三百赤芾'。季女,指負羈。"恐亦非,"赤芾"非同"乘軒"。

彼候人兮,何(荷)戈與祋(殳)。彼其之子,三百赤芾。①

維(爲)鵜在梁,不濡其翼。彼其之子,不稱其服。②

　　維（爲）鵜在梁，不濡其咮。彼其之子，不遂其媾。③

　　薈兮蔚兮，南山朝隮（霽）。婉兮孌兮，季女斯飢。④

——《候人》四章，章四句。

〔彙校〕

　　何戈，《齊詩》作"荷"，古今字。
　　與祋，《齊詩》作"綴"，異文。
　　其咮，《韓詩》作"噣"，義同。
　　薈兮，《魯詩》作"燴"，借字。

〔注釋〕

　　①候人，負責迎送賓客的小官。何，同"荷"，扛也。祋，借爲"殳"，音樹，一種棱形兵器。何戈與祋，武夫也。彼其，同義詞複用，指候人。赤芾（音費），紅色蔽膝，大夫之服，指代大夫。三百赤芾，言爲三百赤芾之一。
　　②維，同"爲"，是。鵜，音提，水鳥名，即鵜鶘。梁，指魚梁。濡，濕也。不濡其翼，謂不下水捕魚，不餓也。下"不濡其咮"義同。稱，相稱、勝任。
　　③咮，音咒，鳥嘴。遂，終也。媾，婚姻。
　　④薈，薈萃。蔚，生成。朝，早晨。隮，借爲"霽"，音記，雨過天晴。婉，柔順。孌，美也。季女，小女兒。

〔訓譯〕

　　那個候人啊，本是一武夫。他的兒子啊，朝裏當大夫。
　　鵜鶘在魚梁，不濕它翅膀。他的兒子啊，不配穿紅衣！
　　鵜鶘在魚梁，不濕它長嘴。他的兒子啊，不守他婚姻！
　　蒸雲又上霧啊，南山早晨晴。柔順可憐啊，小女肚子飢！

〔意境與畫面〕

一個小婦人，被丈夫拋棄，回娘家向父母哭訴：那個當候人的傢伙，本來就是一介武夫。他的兒子與三百名大夫一樣，也穿紅蔽膝。可他就不配！他拋棄了我，不願意堅持他的婚姻。鵜鴂在魚梁上不下水，因爲他們吃飽了。南山上雲蒸霧罩，早上又放晴了。而你那柔順可憐的小女兒，現在還餓著肚子。

〔引用〕

《左傳・僖公二十四年》：君子曰：“服之不衷，身之災也。《詩》曰：‘彼己之子，不稱其服。’子臧之服，不稱也夫！”出此詩之二章。

鳲　　鳩

〔提要〕這是一首歌頌"淑人君子"即賢善君子的詩。《毛詩序》曰："《鳲鳩》，刺不壹也。在位無君子，用心之不壹也。"反以讚美爲諷刺，似不妥。今文三家無異義，亦皆非。清人王鏊以爲《說苑》所引《詩傳》（見下〔引用〕）即《魯詩》說。

鳲鳩在桑，其子七兮。淑人君子，其儀一（壹）兮。其儀一（壹）兮，心如結兮。①

鳲鳩在桑，其子在梅。淑人君子，其帶伊絲。其帶伊絲，其弁伊騏（綦）。②

鳲鳩在桑，其子在棘。淑人君子，其儀不忒。其儀不忒，正是四國。③

鳲鳩在桑，其子在榛。淑人君子，正是國人，正是國人。胡（何）不萬年？④

——《鳲鳩》四章，章六句。

〔彙校〕

一兮，《毛詩序》作"壹"，本字。

〔注釋〕

① 鳲鳩，音尸究，鳥名，即布穀鳥。七，言其多，反襯淑人君子之儀一。淑，善也。淑人，賢善之人。君子，對地位高或人品高尚者的稱謂。儀，儀度、容止。一，同"壹"，單一、專一。結，形容堅固、不鬆散。

② 梅與桑，性質相去甚遠。母在桑而子在梅，見子不能與母保持一致，形容不能保守傳統，反襯淑人君子之壹。帶，衣帶。伊，猶爲、是。弁，皮冠。騏，借爲"綨"。《尚書·顧命》"四人綦弁"孔傳："綨，文鹿子皮弁。"文鹿子，即小梅花鹿。絲帶、綨弁，喻合于禮制，不失傳統。

③ 棘，酸棗樹。酸棗樹非布穀鳥所宜棲，在棘，形容飛錯了地方，亦反襯淑人君子。忒，差錯。正，糾正、表正。四國，國都四方、全國。

④ 榛，音真，一種灌木，果實名榛子。在榛，比在棘更遜一籌，亦反襯淑人君子。是，此、這些。國人，即國民。胡，何也。萬年，喻長壽。

〔訓譯〕

鳲鳩在桑樹上啊，它的兒子有七個。賢善君子啊，他的儀度很專一。儀度很專一啊，他的心思像絲結。

鳲鳩在桑樹上啊，它的兒子飛到梅樹上。賢善君子啊，他的衣帶用絲織。他的衣帶是絲織啊，他的帽子用鹿皮。

鳲鳩在桑樹上啊，它的兒子飛到棗樹上。賢善君子啊，他的儀度没差錯。他的儀度没差錯啊，能夠表正這四方。

鳲鳩在桑樹上啊，它的兒子飛到榛樹上。賢善君子啊，能夠表正這國人。既能表正這國人啊，何不讓他活萬年？

〔意境與畫面〕

一個賢淑君子，官已做到朝廷，而他始終如一，依然作風樸素，素衣絲帶，鹿皮帽子。他的儀態端莊，始終不變，堪爲典範。他守禮如一，從不違反。他的思想專一，毫不動搖。國人們愛戴並讚譽他，爲他祈壽，唱出了這首《鳲鳩》之歌。

〔引用〕

《説苑・反質》引《詩傳》曰："鳲鳩之所以養七子者，一心也。君子之所以理萬物者，一儀也。以一儀理物，天心也。五者不離，合而爲一，謂之天心。……夫誠者一也，一者質也。君子雖有外文，必不離内質矣。"

下　　泉

〔提要〕這是一首歌頌"郇伯"即晉大夫荀躒勤王的詩。《左傳・昭公二十二年（公元前520年）》：六月，葬景王，王子朝作亂。十月，"晉籍談、荀躒帥九州之戎，及焦、瑕、温、原之師，以納王于王城"。即其事。《齊詩》曰："《下泉》苞稂，十年無王。荀伯遇時，憂念周京。"近是。《毛詩序》曰："《下泉》，思治也。曹人疾共公侵刻下民，不得其所，憂而思明王賢伯也。"非詩本意。

冽彼下泉，浸彼苞稂。愾（嘅）我寤歎，念彼周京。①

冽彼下泉，浸彼苞蕭。愾（嘅）我寤歎，念彼京周。②

冽彼下泉，浸彼苞蓍。愾（嘅）我寤歎，念彼京師。③

芃芃黍苗，陰雨膏之。四國有王，郇伯勞之。④

——《下泉》四章，章四句。

——曹國四篇，十五章，六十八句。

〔彙校〕

愾我，《魯詩》作"慨"，亦借字；《韓詩》作"嘅"，本字。下同。

〔注釋〕

①洌，冰涼。下泉，下泄的泉水。苞，叢生。稂，音郎，草名。洌彼下泉、浸彼苞稂，及下浸彼苞蕭、苞蓍，皆以比王子朝在王城作亂，禍害忠良。愾，借爲"嘅"，歎息。寤，睡醒。念，長思。周京，周王城洛邑。

②蕭，草名。京周，即周京。

③蓍，音詩，草名。京師，京城。

④芃芃，音朋朋，茂盛的樣子。黍，糜子，代莊稼。膏，潤澤、滋潤。芃芃黍苗，比周敬王。陰雨，比郇伯。四國，四方諸侯。王，周敬王。郇伯，指晉大夫荀躒。勞，勤也，即所謂勤王，指打敗王子朝，納敬王于王城。

〔訓譯〕

冰涼的下泉水啊，浸泡那叢稂。我醒來長歎一聲啊，思念那周京。

冰涼的下泉水啊，浸泡那叢蕭。我醒來長歎一聲啊，思念那京城。

冰涼的下泉水啊，浸泡那叢蓍。我醒來長歎一聲啊，思念那京師。

茂盛的糜子苗啊，陰雨滋潤它。四方諸侯有周王啊，郇伯去救他。

〔意境與畫面〕

一邊：夏天，濕地裏長滿了野草，有稂、有蕭、有蓍。不遠處山洞裏，一股冰涼的泉水直入草甸，草都被泡在水裏。旁邊高地裏低矮的莊稼苗，得到連陰雨的滋潤，苗壯成長。

另一邊：京城裏一片混亂，老王去世，新王年幼，另一個王子造反作亂，新王被趕出京城。一個將軍帶兵殺進京城，王子出逃，新王復位。

豳風

七　月

〔提要〕這是一首豳地農夫們集體創作的詩歌，描寫農夫一年的生產與生活狀況，揭露主人的兇殘與貪婪，抒發對主人的不滿。《毛詩序》曰："《七月》，陳王業也。周公遭變故，陳后稷先公風化之所由，致王業之艱難也。"非詩意。詩中曆法，自漢以來以其"月"爲夏曆之月、"日"爲周曆之月，認爲是二曆並用。《彝族天文學史》（陳久金、盧央、劉堯漢合著，雲南人民出版社1984年4月出版）稱據調查發現，《七月》篇所用的乃是一種叫"十月太陽曆"的古老曆法。這種曆法以一年分十個月，每月36天；剩下的五六天爲"過年日"，不計在月內。因爲這種曆法只根據太陽的運轉而制定，與月亮無關，屬于純陽曆，所以叫做太陽曆。這種曆法，正與《尚書·堯典》"期三百有六旬有六日"的曆法相合，可見其説可信。又鄭樵、歐陽修皆謂今文三家無《七月》，説非是。

　　七月流火，九月授衣！一之日觱發，二之日栗烈。無衣無褐，何以卒歲？三之日于耜，四之日舉趾。同我婦子，饁彼南畝，田畯至喜。①

　　七月流火，九月授衣！春日載陽，有鳴倉庚。女執懿筐，遵彼微行，爰求柔桑。春日遲遲，采蘩祁祁。女心傷悲，殆及公子同歸。②

　　七月流火，八月萑葦。蠶月條桑，取彼斧斨。以伐遠揚，猗（掎）彼女（乳）桑。七月鳴鵙，八月載績。載（則）玄載（則）黃，我朱孔陽，爲公子裳。③

四月秀葽，五月鳴蜩。八月其穫，十月隕蘀。一之日于貉，取彼狐狸，爲公子裘。二之日其同，載纘武功。言私其豵，獻豣于公。④

五月斯螽動股，六月莎雞振羽。七月在野，八月在宇，九月在户，十月蟋蟀入我床下。穹（窮）窒（室）熏鼠，塞向墐户。嗟我婦子：曰爲改歲，入此室處。⑤

六月食鬱及薁，七月亨（烹）葵及菽。八月剥（支）棗，十月穫稻，爲此春酒，以介（匄）眉（釁）壽。七月食瓜，八月斷壺（瓠），九月叔苴。采荼薪樗，食我農夫。⑥

九月築場圃，十月納禾稼。黍稷重（穜）穋，禾麻菽麥。嗟我農夫：我稼既同，上入執宮功。晝爾于茅，宵爾索綯。亟其乘屋，其始播百穀！⑦

二之日鑿冰冲冲，三之日納于凌陰。四之日其蚤（早），獻羔祭韭。九月肅霜，十月滌場（蕩）。朋酒斯（是）饗，曰殺羔羊。躋彼公堂，稱彼兕觥：萬壽無疆！⑧

——《七月》八章，章十一句。

〔彙校〕

觱發，《韓詩》作"畢發"，《說文》作"滭冹"，義皆同，象聲詞。

條桑，《韓詩》作"挑"，借字。

鳴鵙，諸本或作"䴁"，異體字。

曰爲，《齊詩》作"聿"，借字。

重穋，今文三家作"種稑"，"種"同"穜"，本字；"稑"，"穋"異體。

入執，唐石經"執"下旁添"于"字，非，今從《十三經注疏》本。

其蚤，《齊詩》《魯詩》作"早"，以今當是本字。

萬壽無疆，《齊詩》作"福"，非，福不得言疆。

〔注釋〕

① 月，十月太陽曆（每月 36 天）之月。七月，相當于今農曆八月中至九月初。流，如水之流，形容下得快。火，熱也。或謂指大火心宿，每年天氣最熱之時黃昏出現在正中天偏南，以後逐漸西移落下，天氣亦隨之轉冷。因與火熱相關，故名火，又稱大火。流火，意味著火氣流失，天氣迅速轉涼。九月，相當于今農曆十月中下旬至十一月下旬。授衣，發衣服。一之日，即一年十個月 360 天所剩五六天中之第一天，屬過年日。觱發，音畢剝，寒風觸物聲。二之日，一年十個月 360 天所剩五六天中之第二天。栗烈，同"凜冽"，寒冷的樣子。衣，上衣。褐，麻織的粗衣。卒，終也。三之日，一年十個月 360 天所剩五六天中之第三天。于，借爲"爲"，作、修理。耜，翻地的木質工具。四之日，一年十個月 360 天所剩五六天中之第四天。舉趾，抬腳，指用耒耜翻地。同，一同。我，農夫自謂。婦子，妻子和孩子。饁，音夜，送飯到地頭。南畝，南北向的地，泛指田地。畯，音俊。田畯，監督農夫勞動的小農官。至，非常。

② 春日，春天的太陽。載，運、帶來。陽，謂溫暖。倉庚，鳥名，今名黃鶯。女，農家女。懿，深也。遵，沿著。微行，小道。爰，于、去也。柔桑，嫩桑葉。遲遲，緩緩。蘩，白蒿，可食。祁祁，多的樣子。殆，怕也。及，跟著。公子，主人家的兒子。

③ 萑葦，即蘆葦，這裏省略動詞割。蠶月，養蠶之月。條，謂修理枝條。斧斨，泛指斧頭。遠揚，指長得長的枝條。猗，借爲"掎"，牽也。女，讀爲"乳"，大者所生也。鵙，音局，鳥名，今名伯勞、杜鵑。載，始也。績，紡織。載，復指連詞。玄，黑色。朱，紅色。孔，很。陽，謂鮮艷。爲，給也。裳，下衣，省略動詞做。

④ 秀，美也，謂開花。葽，音腰，植物名，今名遠志。蜩，音條，昆蟲名，今曰蟬。其，動詞詞頭。隕，落也。蘀，音拓，樹木落葉。同，謂集中。載，始也。纘，音纂，繼續。武功，打仗的功夫，省略動詞演練。言，說也，謂主人說。私，做動詞，謂歸私人。豵，音宗，小野豬。

豜，音肩，大野豬。公，指公家。

⑤斯螽（音終），即蚱螽，蝗類昆蟲。動股，蹦跳。莎（音沙）雞，昆蟲名，俗名紡織娘。羽，翅膀。野，謂户外。宇，屋檐下。户，房門。穹，借爲窮，謂騰空。室，借爲"室"，房子。熏，用煙熏。塞，堵塞。向，窗户。小房子只有一窗，在北牆上，故《說文》曰："北向牖。"墐，音盡，用泥塗抹。嗟，音階，打招呼聲。爲，是。改歲，猶曰過年。處，居住。

⑥鬱，野果名，今名郁李。薁，音豫，亦野果名。亨，讀同"烹"，煮。葵，菜名。菽，豆子。剝，音撲，借爲"攴"，用棍子敲。穫，收穫。爲，作也。春酒，春天喝的酒。介，讀爲"匄"，祈求。眉，借爲"釁"，《說文》："長久也。"瓜，瓜果。壺，借爲"瓠"，瓠瓜，可食。叔，拾取。苴，麻籽。荼，苦菜。薪，柴也，做動詞。樗，臭椿樹。食，音四，養活。

⑦築，修築。場，打穀場。圃，菜園子。將菜園子改造成打穀場，故曰築場圃。納，納入。禾稼，泛指莊稼。黍，糜子。稷，穀子。重，借爲"穜"，先種後熟的莊稼，產量較高。穋，音路，後種先熟的莊稼，產量較低。禾，指高粱。菽，豆類。既，已經。同，集中，謂入倉。上，向上。主人之家，故曰上入。執，做也。宮功，蓋房子的工作。爾，你們。于，去也。茅，茅草，苫蓋屋頂用，此謂割茅草，省略動詞。宵，晚上。索，猶搓、擰。綯，繩子。亟，音及，趕緊。乘屋，上屋頂。其，將要。百穀，各種莊稼。

⑧鑿冰，在河面上鑿取冰塊，以備來年暑天降溫。冲冲，音噇噇，象聲詞。納，收進。凌陰，冰窖。蚤，同"早"。肅霜，猶嚴霜。滌，洗滌。場，借爲"蕩"。滌場，形容空落無餘，空蕩蕩的樣子。朋酒，兩尊酒。斯，同"是"。饗，招待。曰，又也。躋，登上。公堂，猶祠堂。稱，舉起。兕觥，音四公，犀牛角做的酒杯。萬壽無疆，長壽無止境。

〔訓譯〕

　　七月火氣流失，九月纔發衣服！初一北風畢剝，初二更加凜冽。没有棉衣背心，怎樣熬過年關？初三修理耒耜，初四就把地翻。我的妻兒一起，把飯送到地裏，田畯見了最喜。

　　七月火氣流失，九月纔發衣服！春天太陽温暖，倉庚四處鳴叫。女兒提著深筐，沿著那條小路，去采柔嫩桑葉。春天太陽遲緩，蘩菜采了一堆。女兒心裏傷悲，怕被公子帶歸。

七月火氣流失，八月收割蘆葦。蠶月去修桑枝，取來那把斧頭。牽住新生小枝，來把長枝砍伐。七月伯勞鳥叫，八月開始織布。所織有黑有黃，我的大紅最艷，給那公子縫裳。
　　四月遠志開花，五月知了鳴叫。八月開始收穫，十月樹木落葉。初一去那溝壑，取那踩夾狐狸，給那公子縫襖。初二那天集合，開始演練武功。打來小豬歸己，大豬獻給公家。
　　五月蝗蟲亂蹦，六月莎雞振翅。七月蟋蟀在野，八月來到檐下。九月快到門口，十月鑽我床下。騰空房子熏鼠，塞窗還要塗門。招呼妻子兒女，說聲這是過年，就進這間屋子。
　　六月主人吃李，七月煮葵和豆。八月用棍敲棗，十月又來收稻。釀成這些美酒，祈求長生不老。七月來吃瓜果，八月還有瓠瓜。九月讓拾麻籽，采點苦菜臭椿，養活我們農夫。
　　九月修築穀場，十月收割莊稼。有黍有稷有穋，米粱麻豆小麥。招呼我們農夫：我的糧食入倉，進到我家修房。白天你們割茅，夜晚你們搓繩。趕緊上房綁緊，眼看就要播種！
　　初二河裏鑿冰，初三收到窖裏。初四那天一早，祭獻羊羔韭菜。九月嚴霜皚皚，十月地裏空空。招待兩尊春酒，還要殺只羔羊。主人登上祠堂，舉起那只角杯，祝願萬壽無疆。

〔意境與畫面〕

　　太陽西斜，秋風蕭瑟，一群農夫繫著遮羞布，光著膀子，正在地裏幹活。一直到入冬，天天如此。開始下雪，主人給農夫們發放了單薄的上衣，農夫依然每天到地裏勞動。過年了，寒風凜冽，冰天雪地，樹木畢剝作響。農夫穿著單薄的衣服，凍得瑟瑟發抖，在茅屋裏蜷縮著。第三天，主人發令，農夫開始整修耒耜。第四天，開始下田翻地。中午時分，各家的妻兒們把飯送到地裏，監工們見了眉開眼笑，上去就吃。
　　春天來了，大地暖洋洋，黃鶯歡快地鳴叫。農夫家的女孩子提著一隻又大又深的筐子，沿著一條小路走向遠處，去采養蠶的桑葉。太陽在天上緩緩移動，時間特別漫長。旁邊一個女孩子，也采了很多生蠶用的白蒿。她們一邊采著桑葉、白蒿，又免不了提心吊膽，因爲經常會有姑娘被主人家公子強帶回去。
　　就在養蠶的季節，幾個農夫被派去修整桑枝，他們取來各式斧頭，用手牽住從老枝上新生出來的小枝，把長枝拽下來，再用斧砍。八月份，伯勞鳥四處鳴叫，農夫們開始收割蘆葦，婦女們開始紡綫織布。織出來的布有黑的、有黃的，也有紅的。其中的紅布，用來給公子做裙子。

四月份，路邊的遠志開滿白花。五月份，樹上的知了到處鳴叫。八月份，開始收割莊稼。十月份，樹木開始落葉，快到年終。過年初一那天，一個農夫去村外的溝壑裏，取來了被夾子夾住的狐狸，剥下皮給公子縫製衣襖。初二那天，全村農夫集合，開始出去打獵，以繼續演練武功。臨出發之時，主人發話説：打下小野豬歸自己，大的全部獻給公家！

五月的地裏，大小蝗蟲四處蹦跳。六月份莎雞振翅飛翔，七月份蟋蟀在野地裏亂蹦。隨著天氣變冷，蟋蟀逐漸往室内轉移。八月份，就到了屋檐下面。九月份，房門口到處都是，並開始往屋子裏亂跳。十月份，蟋蟀都藏到了床底下。這時候，農夫們也將離開田間的小屋，準備搬回村裏。因爲已經半年多没有住人，屋裏滿是老鼠洞。農夫把屋裏有用的東西全搬出去，塞住窗户，用泥塗上門，燒火捂煙熏老鼠。收拾完了，招呼自己的妻兒們説：這就是過年，咱們進這屋裏住吧！

六月份，主人吃郁李等果子。七月份，煮葵菜和毛豆，還吃各類瓜果。八月份，采摘葫蘆。這個月，農夫還要到處用木棍敲取酸棗，收回來等十月份新稻下來釀制米酒，供主人春天用來祭神，祈求長壽。九月份，農夫到地裏檢拾麻籽，以供主人享用。到了吃飯的時間，主人告訴農夫：去采點苦菜，上樹折點臭椿，燒火煮著吃吧！

九月分，農夫修築打穀場。十月份，各種莊稼都收割上場。有糜子、穀子、高粱、麻子、豆子、小麥。碾打已畢，主人告訴農夫：我的莊稼都已入倉，外面的活也已幹完，你們就進到我家院裏去修房。你們白天去割茅，晚上搓麻繩子。材料備好了，就趕緊上房把它綁上，因爲眼看就要開春播種了！

九月份，野外嚴霜一片。十月份，莊稼收完，地裏空空蕩蕩。過年初二那天，農夫們到河面上鑿冰，嗵嗵作響。初三，農夫們把鑿下的冰塊搬回去，藏進冰窖。初四那天一大早，農夫開始祭祀，儀式非常簡單：給神獻上一隻羊羔，祭上一把韭菜。主人送來兩尊酒，算是招待農夫。而主人一家，則登上高高的祠堂，舉起大大的犀牛角酒杯，齊聲祝願："萬壽無疆！"

〔引用〕

《釋文》引《韓詩》釋"宇"釋"向"，《初學記》引《韓詩》釋"冰"，皆此《七月》詞。

鴟 鴞

〔提要〕這是一首申訴詩，周公旦所作，或經後人改造。《尚書·金縢》載："武王既喪，管叔及其群弟乃流言于國曰：'公將不利于孺子。'周公乃告二公曰：'我之弗辟，我無以告我先王。'周公居東二年，則罪人斯得。于後，公乃爲詩以貽王，名之曰《鴟鴞》。王亦未敢誚公。"則此詩之鴟鴞當比成王。"取我子"，蓋謂成王以周公之子爲人質。"徹彼桑土，綢繆牖户"，是説自己爲了自保所作的努力。"下人"，指製造流言的小人。"予手拮据，予所捋荼""予羽譙譙，予尾翛翛"，説自己爲勤勞王室所做出的犧牲。"未有室家""予室翹翹"，是説自己尚未得到成王信任回到京師。《毛詩序》曰："《鴟鴞》，周公救亂也。成王未知周公之志，公乃爲詩以遺王，名之曰《鴟鴞》焉。"《魯詩》曰："武王崩，周公當國，管、蔡、武庚等率淮夷而反，周公乃奉成王命興師東伐，遂誅管叔，殺武庚，放蔡叔，寧淮夷，東土二年而定。周公歸報成王，乃爲詩貽王，命之曰《鴟鴞》。"《齊詩》曰："《鴟鴞》《破斧》，沖（童）人危殆。賴旦忠德，轉禍爲福，傾危復立。"皆近是。

鴟鴞鴟鴞，既取我子，無毀我室。恩斯勤斯，鬻子之閔斯。①

迨天之未陰雨，徹彼桑土（杜），綢繆牖户。今女下民，或敢侮予？②

予手拮据，予所捋荼，予所蓄租（苴）。予口卒（顇）瘏，曰予未有室家。③

予羽譙譙（燋燋），予尾翛翛。予室翹翹，風雨所漂搖，予維（唯）音之嘵嘵！④

——《鴟鴞》四章，章五句。

〔彙校〕

恩斯，《魯詩》作"殷"。按"殷"字《説文》訓"作樂之盛"，引申有"盛"與"殷勤"之義，《魯詩》作"殷"當是後人誤改。

桑土，《韓詩》作"杜"，本字。

翛翛，唐石經誤作"脩脩"，改從《十三經注疏》本，用本字。

漂搖，今文三家作"颲"，異體字。

維音，《魯詩》"維"作"唯"，本字；今文三家"音"下皆有"之"字，《玉篇》《廣韻》引同，當是，語助詞。

〔注釋〕

①鴟鴞，音吃肖，貓頭鷹。既，已也。取，攫取、抓走。室，窩、巢也。恩，恩愛、關愛。斯，語助詞。下同。勤，動詞，為之而辛勤。鬻，音欲，借為"育"，養育。閔，傷悼。

②迨，音待，及、趁也。徹，借為"扯"，撕也。桑土，借為"桑杜"，桑樹根皮。綢繆，音愁謀，纏紫。牖，音有，窗也。戶，門也。女，同"汝"，你。下民，樹下之人。或，有也。侮，欺侮。予，我也。

③拮，音潔。拮据，手病、活動不便。茶，蘆花。蓄，積也。租，借為"苴"，墊巢的草。《韓詩》訓"積"，非是。卒，借為"領"，音翠。瘏，音圖。領瘏，口病、説話不便。

④譙譙，音交交，借為"焦焦"，枯焦的樣子。翛翛，音肖肖，凋敝的樣子。翹翹，高危的樣子。漂搖，飄動搖晃。維，同"唯"，只有。音，指叫聲。曉曉，音曉曉，驚叫聲。

〔訓譯〕

鴟鴞啊鴟鴞：既已抓走我兒子，不要再毀我房子！哺育他們受辛勞，想起養兒心憂傷。

趁著天還未陰雨，扯下那些桑根皮，纏緊窗戶和柴門，看你樹下那些人，誰還再敢欺侮我？

我去抒蘆花，我去蓄茅草，我去蓄苴草。我的嘴巴已勞僵，我説我還沒有家。

我的羽毛已枯焦，我的尾巴已凋敝。我的房子雖高翹，風雨飄搖有危險，我只能來發驚叫！

〔意境與畫面〕

西周初年，武王去世，成王繼位，周公攝政。管叔、叔叔等製造流言，謂周公將要取代成王自立，周公遂受到成王猜忌。周公率兵東征，第三年纔除掉了管、蔡，而自己已經心力交瘁。西歸後成王不僅褫奪了周公的兵權，還拘捕了他的兒子，並將他軟禁起來。于是，周公憤憤地唱出了此歌。

東　山

〔提要〕這是一個新婚不久就被徵去打仗的士兵，在其役滿回鄉途中所唱的歌。《毛詩序》曰："《東山》，周公東征也。周公東征，三年而歸，勞歸士，大夫美之，故作是詩也。一章言其完也，二章言其思也，三章言其室家之望女也，四章樂男女之得及時也。君子之于人，序其情而閔其勞，所以説也。説以使民，民忘其死，其唯東山乎。"不全是。《齊詩》曰："東山拯亂，處婦思夫。勞我君子，役無休止。"又曰："《東山》辭家，處婦思夫。伊威盈室，長股羸户。欵我君子，役日未已。"説非是。

我徂東山，慆慆（滔滔）不歸。我來自東，零雨其濛。我東曰歸，我心西悲。制彼裳衣，勿士（事）行（唧）枚。蜎蜎者蠋，烝（衆）在桑野。敦彼獨宿，亦在車下。①

我徂東山，慆慆（滔滔）不歸。我來自東，零雨其濛。果臝之實，亦（已）施（延）于宇。伊威在室，蠨蛸在户。町疃鹿場，熠燿宵行。不可畏也，伊可懷也。②

我徂東山，慆慆（滔滔）不歸。我來自東，零雨其濛。鸛鳴于垤，婦歎于室。灑掃穹窒，我征聿至。有敦瓜苦（瓠），烝（衆）在栗薪。自我不見，于今三年。③

我徂東山，慆慆（滔滔）不歸。我來自東，零雨其濛。倉庚于飛，熠耀其羽。之子于歸，皇（騜）駁其馬。親結其縭，九十其儀。其新孔嘉，其舊如之何？④

——《東山》四章，章十二句。

〔彙校〕

慆慆，今文三家作"滔滔"，本字；或作"悠悠"，義同。

零雨，《魯詩》作"䨻"，借字；《齊詩》作"霝"，異體字。

蠋，今文三家作"蜀"，古今字。

其濛，《魯詩》作"蒙"，借字。

町畽，《說文》作"疃"，義同。

栗薪，《韓詩》作"藘"，同"蔞"，亦借字。

皇駁，《魯詩》作"騜"，本字。

〔注釋〕

①徂，音殂，往、去也。東山，東方的山，蓋指今山東蒙山。慆慆，借爲"滔滔"，長久的樣子。來自東，自東歸來。零雨，細雨。其濛，猶"濛濛"。曰，同"聿"，助動詞。西悲，因西而悲。制，縫製。裳衣，即衣裳，倒文以諧韻。勿，不。士，借爲"事"，從事。行，借爲"銜"。銜枚，軍隊行軍時士兵嘴裏銜著小木棍，以防出聲暴露，這裏指當兵。蜎蜎，音淵淵，蠕動的樣子。蠋，音竹，野蠶。烝，借爲"衆"，衆多。桑野，即野桑。敦，音堆，蜷縮的樣子。

②果臝，即瓜蔞。亦，同"已"。施，音益，延伸。宇，屋檐。伊威，字亦從"蟲"，一種昆蟲，今名地鱉，喜歡在潮濕處活動。蠨蛸，音蕭稍，長腿蜘蛛。町畽，音挺團，畦田、好地。鹿場，鹿憩息的地方。熠耀，閃亮的樣子。宵行（音航），指鬼火。伊，此也。懷，懷念。

③鸛，鸛雀。垤，音迭，土堆。婦，妻子。灑掃，打掃衛生。穹室，即《七月》所謂"穹室熏鼠"，這裏泛指整理房間。聿，將要、很快。有敦，即敦敦，圓的樣子。苦，借爲"瓠"，古音略同。瓜瓠，即瓠瓜，今稱瓜葫蘆。栗薪，即裂薪、劈柴。

④于，助動詞，表示該動作正在進行之時。之子，此女，亦指妻

子。歸，出嫁。皇，借爲"騜"，黃白色的馬。駁，雜色馬。親，謂母親。縭，音離，佩巾。九十，形容多。儀，儀式。孔，很。嘉，美也。舊，久、指當下。

〔訓譯〕

我到東山去，久久不能歸。我從東山回，零雨細濛濛。我從東山回，我心向西悲。縫製裳和衣，不再去當兵。野蠶很活躍，都在桑樹上。一人蜷縮著，躲在戰車下。

我到東山去，久久不能歸。我從東山回，零雨細濛濛。瓜蔓結果實，長到屋檐下。地鼈在屋內，蜘蛛在門上。畦田鹿憩息，鬼火在閃爍。這些不可怕，反倒值得念。

我到東山去，久久不能歸。我從東山回，零雨細濛濛。鸛雀土堆鳴，妻子室內歎。打掃好房子，我將要回來。圓圓瓜葫蘆，結滿柴火堆。自從我不見，至今已三年。

我到東山去，久久不能歸。我從東山回，零雨細濛濛。倉庚飛舞時，翅膀亮閃閃。媳婦嫁來時，馬兒有皇駁。母親給系縭，儀式一套套。當時很漂亮，現在什麼樣？

〔意境與畫面〕

初夏時節，陰雨濛濛，略有寒意。山間大路上，一個士兵正駕著他的戰車往西趕路，心裏充滿了激動，因爲他已經出征三年，現在終于可以回家了。他想到回家以後就可以脫下戎裝，再也不用當兵打仗，心裏一陣高興。而想起遠在西方的家，心裏又不免一陣悲傷。天快黑了，他停下車，準備露宿。他看見路邊的野桑上爬滿了野蠶，不停地蠕動著，充滿生機，而他自己，卻獨自一個人蜷縮在車廂底下，不禁一陣淒涼。

蜷縮在車下，他心裏想著家鄉：家裏的瓜蔓蔓，已經延伸到屋檐下，上面掛滿了瓜蔓。屋內潮濕陰暗，滿是地鼈。長腿的蜘蛛，把網結在了屋門上。平整的畦田裏，臥著野鹿。螢火蟲到處飛舞，閃閃發亮。這些都勾起了他的懷念。

他想到：平日裏鸛雀在土堆上鳴叫，妻子一個人在室內歎息。現在，她可能正在打掃房屋，準備迎接自己回家。他又想起了家裏柴火堆上那些圓圓的瓜葫蘆，已經三年沒有看到。

他又想起了自己的妻子：倉庚飛舞的時候翅膀閃閃發亮，她嫁過來的時候婚禮隆重。駕車的馬有皇有駁,十分鮮亮。母親給她繫上佩巾,儀式一套又一套。她做新娘子是那麼漂亮,現在該是什麼樣子?遂慢慢進入了夢鄉。

破　斧

〔提要〕這是一首歌頌周公東征的詩。《毛詩序》曰:"《破斧》,美周公也。周大夫以惡四國焉。""惡四國"恐未必。《白虎通》曰:"'周公東征,四國是皇',言東征述職,周公黜陟,而天下皆正。"何休《公羊解詁》亦以爲"此周公黜陟之詩",恐皆非。

既破我斧,又缺我斨。周公東征,四國是皇(匡)。哀我人斯,亦孔之將。①

既破我斧,又缺我錡。周公東征,四國是吪(化)。哀我人斯,亦孔之嘉。②

既破我斧,又缺我銶。周公東征,四國是遒(揂)。哀我人斯,亦孔之休。③

——《破斧》三章,章六句。

〔彙校〕
　　是吪,《魯詩》作"訛",亦借字。

〔注釋〕
　　① 破,謂殘破,不能再用。斧,圓銎(插秉孔)斧。缺,有缺口。斨,方銎斧。周公,周武王的弟弟姬旦。東征,伐管、蔡,平殷四方之亂。四國,指殷四方之國,泛指東方。是,謂是以、得以。皇,借爲"匡",正也。哀,可憐。我人,指己方戰死之人。斯,語助詞,猶"兮"。孔,很。將,大也。

②錡,音奇,耙子,一種農具。《韓詩》說以爲"木屬",亦有可能。吪,借爲"化",風化。嘉,美、善也。
③銶,音求,即鍬。《韓詩》說以爲"鑿屬",恐非。遒,音求,借爲"揫",聚也。休,美也。

〔訓譯〕

用破了我的斧,砍缺了我的斨。周公東征平叛亂,殷都四方得匡正。可憐我們的人啊,真是很偉大!

用破了我的斧,挖缺了我的耙。周公東征平叛亂,殷都四方受王化。可憐我們的人啊,真是很美善!

用破了我的斧,拍壞了我的鍬。周公東征平叛亂,殷都四方得聚攏。可憐我們的人啊,真是很美好!

〔意境與畫面〕

周公率兵東征,士兵們有的拿著斧頭,有的扛著木耙,有的扛著鐵鍬。戰爭異常慘烈,士兵們的斧頭有的破了不能再用,有的滿是缺口;耙子缺了齒,鐵鍬已經變形,很多士兵都戰死了。三年戰爭結束,東方終于得以平定,殷民接受了王化,聚攏到了西周王朝政權之下。士兵們讚美此事,唱出了這《破斧》之歌。

伐　柯

〔提要〕這是一個小伙子托媒人提親的詩。《毛詩序》曰:"《伐柯》,美周公也。周大夫刺朝廷之不知(智)也。"非詩意。

伐柯如何?匪(非)斧不克。取(娶)妻如何?匪(非)媒不得。①

伐柯伐柯,其則不遠。我覯之子,籩豆有踐。②

——《伐柯》二章,章四句。

〔注釋〕

①伐，砍伐。柯，斧柄。如何，怎麼辦。匪，借爲"非"。克，能也。取，同"娶"。媒，媒人。

②則，標準。不遠，在手中也。覯，音遘，遇見。子，姑娘。籩，音邊，竹編的盛果盤。豆，高腳的盛食器。籩豆，泛指禮器。踐，列也。有踐，指舉行婚宴。

〔訓譯〕

砍斧柄用啥？非斧頭不能。娶媳婦靠誰？非媒人不行。

斧柄砍多粗，標準在手裏。我見的姑娘，就是我要娶。

〔意境與畫面〕

一個小伙子提著禮物，前往媒人家，要請他爲自己提親。到了媒人家裏，他對媒人説：砍斧柄必須用斧子，娶媳婦必須有媒人。所以，我要請你當我的媒人。砍斧柄的標準就在手裏，我要的人也不遠，就是我那天遇見的姑娘。

〔引用〕

《禮記·中庸》載子曰："道不遠人。人之爲道而遠人，不可以爲道。《詩》云：'伐柯伐柯，其則不遠。'執柯以伐柯，睨而視之，猶以爲遠。故君子以人治人，改而止。"

九　罭

〔提要〕這是一位忠臣挽留君主留宿的詩。《毛詩序》曰："《九罭》，美周公也。周大夫刺朝廷之不知也。"今文三家無異義，皆非詩本意。

九罭之魚，鱒、魴。我覯之子，袞衣繡裳。①
鴻飛遵渚，公歸無所，于女（汝）信處。②

鴻飛遵陸，公歸不復，于女（汝）信宿。③

是以有（幽）袞衣兮，無以我公歸兮，無使我心悲兮！④

——《九罭》四章，一章四句，三章章三句。

〔彙校〕

袞衣，《韓詩》作"綌"，義別，非本字。

〔注釋〕

① 九，泛指多。罭，音域，魚網。鱒（音尊）、魴，兩種個頭較大的魚。覯，音夠，遇見。子，對男子的尊稱。袞，音滾。袞衣，上有卷龍圖案的上衣，國君、天子之服。繡裳，錦繡下衣。

② 鴻，大雁。遵，沿著。渚，音諸，小洲。公歸，回家。所，居所，住處。于，在。女，同"汝"，你。下同。信，信任，指信任之地。

③ 陸，高平之地。復，再來。宿，住宿。

④ 是以，因此。有，借爲"幽"，隱藏。無以，猶不讓。

〔訓譯〕

下網下了八九次，纔打一條大鱒魴。今天所見這個人，身穿袞衣和繡裳。

大雁沿著小洲飛，您回家去無居所，不妨就在你所信任之地歇。

大雁沿著高地飛，您回家去不再來，不妨就在你所信任之地宿。

因此藏了您龍衣啊，不讓主公回家去，請莫讓我心傷悲！

〔意境與畫面〕

一個落難的國君，身穿龍袍繡裳，乘車流亡，來到一個忠臣家裏。忠臣感到十分榮幸，準備留其住宿。他藏起了國君的龍袍，並給國君説：您好不容易來到我家，走了也沒地方去，如果您相信我，就住下來吧。再説您走了就不會再來，所以您還是住一宿吧。我藏了您的袞衣，就是不想讓您回去,請您不要讓我悲傷。

狼跋

〔提要〕這是一首讚美公孫的詩。《毛詩序》曰:"《狼跋》,美周公也。周公攝政,遠則四國流言,近則王不知周,大夫美其不失其聖也。"今文三家無異義,皆非詩意,周公無稱公孫者。

狼跋其胡,載疐(躓)其尾。公孫碩膚,赤舄几几(尖尖)。①

狼疐其尾,載跋其胡。公孫碩膚,德音不(丕)瑕(遐)。②

——《狼跋》二章,章四句。
——豳國七篇,二十七章,二百三句。

〔彙校〕
載疐,《齊詩》字從"足",古今字;《韓詩》《說文》作"躓",異體字。
几几,今文三家作"掔掔",亦作"己己",皆借字。

〔注釋〕
①跋,音拔,因踩踏不當而顛僕。胡,項部下垂的皮肉。載,又也。疐,音至,借爲"躓",無意中的踩踏。下同。公孫,大貴族。碩膚,肥胖多肉。舄,音希,鞋子。几几,借爲"尖尖",鞋尖彎曲的樣子。
②德音,美好的聲譽。不,讀爲"丕",大也。瑕,借爲"遐",遠也。

〔訓譯〕
肥狼前行踩上胡,後退又踩它的尾。公孫是個大胖子,紅鞋尖尖朝上彎。

　　肥狼後退踩上尾，前行又跋它的胡。公孫雖是大胖子，美好聲譽傳得遠。

〔意境與畫面〕

　　一個大胖子貴族，穿著鞋尖朝上彎曲的紅鞋，雖然漂亮，但行動不便。就像一隻肥狼，向前一走，就會踩上它的項胡；往後一退，又會踩著它的尾巴，行動十分不便。雖然行動不便，但他的口碑很好，而且傳得很遠。

〔引用〕

　　《左傳・昭公二十年》：晏子曰："（聲）清濁大小，短長疾徐，哀樂剛柔，遲速高下，出入周疏，以相濟也。君子聽之，以平其心，心平德和，故《詩》曰：'德音不瑕。'"出此詩之二章。

小雅

鹿鳴之什

鹿　鳴

〔提要〕這是一首宴請並讚美嘉賓的詩。詩言"人之好我，示我周行"，則主人可能是一位君主（周王），嘉賓可能是群臣。故《毛詩序》曰："《鹿鳴》，燕群臣嘉賓也。既飲食之，又實幣帛筐篚。以將其厚意，然後忠臣嘉賓得盡其心矣。"説近是。鄭玄《儀禮注》曰："《鹿鳴》，君與臣下及四方之賓燕，講道修政之樂歌也。"馮登府以爲今文三家説。又司馬遷《史記·十二諸侯年表》曰："周道缺……仁義陵遲，《鹿鳴》刺焉。"蔡邕《琴操》曰："《鹿鳴》者，周大臣之所作也。王道衰，大臣知賢者幽隱，故彈弦諷諫。"馮登府以爲皆《魯詩》説。

呦呦鹿鳴，食野之苹。我有嘉賓，鼓瑟吹笙。吹笙鼓簧，承筐是將。人之好我，示我周行。①

呦呦鹿鳴，食野之蒿。我有嘉賓，德音孔昭。視民不恌（佻），君子是則是效。我有旨酒，嘉賓式燕（宴）以敖（遨）。②

呦呦鹿鳴，食野之芩。我有嘉賓，鼓瑟鼓琴。鼓瑟鼓琴，和樂且湛。我有旨酒，以燕樂嘉賓之心。③

——《鹿鳴》三章，章八句。

〔彙校〕

　　視民，今文三家作"示"，借字。
　　不恌，《魯詩》作"偷"，誤；《韓詩》作"佻"，本字。
　　是效，《齊詩》作"俲"，俗字。

〔注釋〕

　　① 呦呦，音憂憂，鹿鳴聲。苹，多年生草本植物，根莖匍匐泥中。鹿，古人以之爲代表福祿之獸，因群居，故以比賓朋聚會。鼓，彈奏。瑟、笙，皆樂器名。簧，助笙發音的舌片。承筐，盛幣帛禮品的竹筐。將，攜帶。之，若也。好，讀去聲，喜歡。周行，大道。
　　② 蒿，草名。德音，美好的聲譽。孔，很；昭，明也。視，臨也。恌，借爲"佻"，輕佻。則，以爲法則、榜樣。效，效仿。式，猶"用"，是以。燕，同"宴"，樂也。以，猶"而"。敖，同"遨"，出遊。
　　③ 芩，植物名，茯苓、豬苓之類。湛，久也。旨，甘甜。燕樂，使快樂也。

〔訓譯〕

　　呦呦鹿兒鳴，一起吃野苹。我有嘉賓到，奏瑟又吹笙。吹笙又奏簧，帶著禮品筐。他們喜歡我，指我大路行。
　　呦呦鹿兒鳴，一起吃野蒿。我有一嘉賓，美名天下聞，臨民不輕佻，君子把他學。我有好美酒，嘉賓樂出遊。
　　呦呦鹿兒鳴，一起吃野芩。我有嘉賓來，彈瑟又彈琴。彈瑟又彈琴，和樂且持久。我有好美酒，燕樂嘉賓心。

〔意境與畫面〕

　　一邊：一群梅花鹿，正在草地上吃野草，不時發出呦呦的叫聲。
　　另一邊：宴會廳裏，正在舉行盛大的宴會，樂隊演奏著歡快的樂曲。嘉賓們帶著禮物，陸續到來，主人站在門口迎接。
　　宴會開始，主人致辭，如詩之一章所云。
　　主人特意向大家介紹身邊的一位嘉賓，如詩之二章前四句所云。
　　主人接著致辭，如詩之二章後二句及三章所云。

〔引用〕

《左傳·昭公七年》載仲尼曰："能補過者，君子也。《詩》曰：'君子是則是效。'"《左傳·昭公十年》："臧武仲在齊，聞之，曰：'周公其不饗魯祭乎！周公饗義，魯無義。《詩》曰：'德音孔昭，視民不佻。'"引詩皆出此詩之二章。

四　牡

〔提要〕這是一個在外服役的車夫思念其父母家人的詩。《毛詩序》曰："《四牡》，勞使臣之來也。有功而見知則説矣。"非詩意。《儀禮·鄉飲酒禮》鄭玄注："《四牡》，君勞使臣之來樂歌也。此采其勤苦王事，念將父母，懷歸傷悲，忠孝之至，以勞賓也。"王先謙以爲《齊詩》説。

四牡騑騑，周道倭遲（逶迤）。豈不懷歸？王事靡鹽，我心傷悲。①

四牡騑騑，嘽嘽駱馬。豈不懷歸？王事靡鹽，不遑（偟）啓處。②

翩翩者鵻，載飛載下，集于苞栩。王事靡鹽，不遑（偟）將父。③

翩翩者鵻，載飛載止，集于苞杞。王事靡鹽，不遑（偟）將母。④

駕彼四駱，載驟駸駸。豈不懷歸？是用作歌，將母來諗（念）。⑤

——《四牡》五章，章五句。

〔彙校〕

倭遲，《齊詩》作"鬱夷"，《韓詩》作"威夷"，《魯詩》作"倭夷",《釋文》引作"逶夷",皆古音連綿詞,所謂義在音而不在字也。

嘽嘽,今文三家作"痑痑",借字。

不遑,《魯詩》作"偟",本字。

〔注釋〕

① 騑騑,音非非,馬行不止的樣子。周道,通往周都之道。倭遲,同"逶迤",蜿蜒遙遠的樣子。懷,想著。王事,周王之事。靡,無也。盬,音古,完結。

② 嘽嘽,音灘灘,喘息的樣子。駱馬,黑鬣黑尾的白馬。遑,借爲"偟",閑暇。啓,跪著。處,居、呆著。

③ 翩翩,翻飛的樣子。鵻,音追,鴿子。載……載……,相當于"又是……又是……"。舊所謂動詞詞頭。下同。苞,叢生。栩,音許,柞樹別名。將,養也。下同。

④ 杞,杞柳,亦樹名。

⑤ 載驟,急速。駸駸,音侵侵,急馳的樣子。是用,是以、因此。將,猶"把"。諗,借爲"念",思念。

〔訓譯〕

四匹公馬跑不停,周道蜿蜒太遙遠。怎能不把家人想?王事沒完又沒了,我的心裏好傷悲!

四匹公馬不停跑,白身黑尾喘白氣。怎能不想回家去?王事沒完又沒了,無暇坐下稍歇息!

鴿子翩翩在翻飛,忽而上去忽而下,忽而落在柞樹上。王事沒完又沒了,無暇去把父親養!

鴿子翩翩在翻飛,忽而又都停下來,一起落在杞柳上。王事沒完又沒了,無暇去把母親養!

駕著四匹黑鬃馬,匆匆忙忙把路趕。怎能不想把家回?沒有辦法才作歌,借它來把父母念!

〔意境與畫面〕

一輛由四匹白身黑鬃公馬所拉的車,上面載著各類軍需物資,在蜿蜒的大道上疾馳著,馬兒喘著粗氣。路邊的樹上,不時有野鴿子落下。

趕車的人憂愁地望著前方,唱出了這《四牡》之歌,如詩所云。

〔引用〕
《左傳·襄公二十九年》:"葬靈王,鄭上卿有事。子展使印段往。伯有曰:'弱,不可。'子展曰:'與其莫往,弱不猶愈乎?《詩》云:"王事靡盬,不遑啓處。"東西南北,誰敢寧處?'"出此詩之二章。

皇皇者華

〔提要〕這是一首自述其四處找人謀事的詩,所謀可能屬於軍國大事。《毛詩序》曰:"《皇皇者華》,君遣使臣也。送之以禮樂,言遠而有光華也。"非詩意。《儀禮·鄉飲酒》鄭玄注用《齊詩》說曰:"《皇皇者華》,君遣使臣之樂歌也。此采其更是勞苦,自以為不及,欲咨謀于賢智,而以此光明也。"亦不全是。

皇皇(熒熒)者華,于彼原隰。駪駪(侁侁)征夫,每懷靡及。①

我馬維(為)駒(驕),六轡如濡。載馳載驅,周爰咨諏。②

我馬維(為)騏,六轡如絲。載馳載驅,周爰咨謀。③

我馬維(為)駱,六轡沃若。載馳載驅,周爰咨度。④

我馬維(為)駰,六轡既均。載馳載驅,周爰咨詢。⑤

——《皇皇者華》五章,章四句。

〔彙校〕
皇皇,《魯詩》作"熒熒",本字。

駪駪,《韓詩外傳》《國語》《說文》《說苑》《列女傳》皆作"莘莘",亦借字;《魯詩》作"侁侁",本字。

維駒，《釋文》云："本亦作'驕'。"按作"驕"當是本字，"駒"係音誤。

咨謀，《魯詩》作"謨"，義同。

〔注釋〕

① 皇皇，同"煌煌"，花色鮮明的樣子。華，即花。原，高平之地。隰，音席，低濕之地。于彼原隰，形容到處都有，以比所要找之人。駪駪，音申申，借爲"侁侁"，行進的樣子。每，每每、經常。懷，想。靡及，來不及。

② 維，同"爲"，是。駒，借爲"驕"，《說文》："馬高六尺爲驕。"泛指大馬。六轡，四馬之韁。濡，浸濕。如濡，謂被汗水浸濕。載馳載驅，心急也。周，周遍、廣泛。爰，于也。咨，訪問。諏，音資，聚謀。

③ 騏，青黑色花馬。變換其馬，馬歇人不歇也。如絲，謂柔軟。謀，商議。

④ 駱，黑鬃黑尾的白馬。沃若，潤澤的樣子。度，音奪，權衡。

⑤ 駰，黑白相間的花馬。既，已也。均，平也。既均，謂已經磨平，看不出繩紋。詢，詢問。

〔訓譯〕

多彩艷麗是鮮花，高原低地到處有。征夫匆匆急行路，常怕時間不夠用。

我的馬兒高六尺，六根韁繩像水浸。一路急馳一路趕，四處找人來聚謀。

我的馬兒是菊青，六根韁繩像絲帶。一路急馳一路趕，四處找人來謀劃。

我的馬兒是黑鬃，六根韁繩很潤澤。一路急馳一路趕，四處找人來權衡。

我的馬兒是雜毛，六根韁繩已平滑。一路急馳一路趕，四處找人來咨詢。

〔意境與畫面〕

一個男子策馬揚鞭，趕著一輛四馬快車，正在大路上疾馳。他要去找自己的朋友們商議大事。由於事情緊急,手裏的馬韁繩都被汗水浸濕了。到達一地,與朋友商量幾句,換了馬又繼續趕路。如此反復多處地方,最後連馬韁繩都被磨平了。

常(棠) 棣

〔提要〕這是一個兄長開導兄弟們團結友愛、和睦相處的詩。《毛詩序》曰:"《常棣》,燕兄弟也。閔管、蔡之失道,故作常棣焉。"《韓詩序》曰:"《夫栘》,燕兄弟也,閔管、蔡之失道也。"蓋皆以爲周公所作,《國語》亦以爲周文公即周公所作,然管、蔡被逐殺,與詩義不合,其不爲周公之事甚明。《左傳·僖公二十四年》:"召穆公思周德之不類,故糾合宗族于成周而作詩曰:'常棣之華,鄂不韡韡。凡今之人,莫如兄弟。'其四章曰:'兄弟鬩于牆,外禦其侮。'"是此詩當爲召穆公所作。

常(棠)棣之華,鄂(萼)不(丕)韡韡(煒煒)。凡今之人,莫如兄弟。①

死喪之威,兄弟孔懷。原隰裒(捊)矣,兄弟求矣。②

脊令在原,兄弟急難。每有良朋,況也永歎。③

兄弟鬩于牆,外禦其務(侮)。每有良朋,烝(終)也無戎。④

喪亂既平,既安且寧。雖有兄弟,不如友生?⑤

儐爾籩豆,飲酒之飫(醧)。兄弟既具(俱),和樂且孺(屬)。⑥

妻子好合,如鼓瑟琴。兄弟既翕,和樂且湛(耽)。⑦

宜爾室家,樂爾妻帑(孥)。是究是圖,亶其然乎?⑧

——《常棣》八章,章四句。

〔彙校〕

常棣,《魯詩》作"棠棣",本字;《韓詩》作"夫栘",棠棣異名。
鄂不,《魯詩》《韓詩》作"萼"本字。
韡韡,《韓詩》作"煒煒",本字。
兄弟,《魯詩》作"昆弟",義同。下同。
裒矣,《魯詩》作"抙",本字。
其務,《左傳》《國語》皆引作"侮",本字。
儐爾,《韓詩》作"賓",借字。
酒之飫,《韓詩》作"醹",本字。
且湛,《韓詩》作"耽",本字。
室家,《十三經注疏》本作"家室",非。
妻帑,《魯詩》作"孥",本字。

〔注釋〕

① 常棣,即棠棣,也作唐棣,樹木名。鄂,借爲"萼",花萼。花萼與花,猶兄弟也。不,讀爲"丕",大、非常。韡韡,音偉偉,借爲"煒煒",光彩鮮明的樣子。莫如兄弟,關係親密也。

② 威,威嚴、可怕。孔,很。懷,關懷。原,高原。隰,濕地。裒,音掊,借爲"抙",聚也,謂聚土、堆墳丘。原隰裒矣,是説不知埋在何處。

③ 脊令,即鶺鴒,水鳥名。鶺鴒本水鳥,在原即有危險。急難,急其危難也。每,猶雖。永,長也。

④ 鬩,音細,爭鬥。牆,指自家院牆、家内。禦,抵禦。務,借爲"侮"。烝,借爲"終",最終。戎,助也。

⑤ 喪亂,死喪禍亂、國難。既,已經。友生,友人。

⑥ 儐,音賓,陳設。籩豆,泛指食器。飫,音遇,借爲"醹",私人宴飲。具,同"俱",在一起。孺,借爲"屬",聯也。

⑦ 妻子,指夫妻。鼓,彈奏。瑟、琴,兩種絃樂器,合奏則聲音和諧美妙,故常不分離。翕,合也。湛,借爲"耽",久也。

⑧ 宜,適宜。室家,家庭。帑,借爲"孥",子女。究,探究、尋

究。圖，謀也。亶，音膽，誠、真也。

〔訓譯〕
　　棠棣樹上花，花萼很鮮亮。如今世上人，唯有親兄弟。
　　威嚴死與喪，兄弟很關懷。埋在什麼地，兄弟去找尋。
　　鶺鴒在旱原，兄弟救危難。雖有好朋友，只能生長歎。
　　兄弟家裏鬥，外面同禦侮。雖有好朋友，最終也無助。
　　喪亂平息後，安全又寧靜。即使有兄弟，不如那友人！
　　陳設你器皿，開宴來飲酒。兄弟都到齊，和樂感情深。
　　夫妻配合好，就像瑟和琴。兄弟聚合後，和樂又長久。
　　適宜你家庭，歡樂你妻兒。請你認真想，是否這個理？

〔意境與畫面〕
　　一家兄弟數人，從前感情深厚，曾經面對死喪，相互救難；雖曾鬩于牆下，但能共禦外侮。而喪亂平息以後，兄弟間產生了嫌隙，感情如同路人，家庭也出現矛盾。這一天，家長決定舉辦一場家宴，以聯絡感情，協調關係。宴會開始，兄弟各偕家眷就坐，相互敬酒已畢，老大起身說話，如詩所云。

〔引用〕
　　《左傳·昭公七年》："晉大夫言于范獻子曰：'衛事晉爲睦，晉不禮焉，庇其賊人而取其地，故諸侯貳。《詩》曰：'鶺鴒在原，兄弟急難。'又曰：'死喪之威，兄弟孔懷。'"分別出此詩之三章與二章。

伐　　木

〔提要〕這是一個失德者因得不到父輩、親戚、兄弟的理解與原諒，而唱出的鬱悶之歌。全詩雖主要埋怨別人，但也有一種自責在其中，所以上博簡《詩論》曰："《伐木》[怨人]，實咎于其（己）也。"《毛詩序》曰："《伐木》，燕朋友故舊也。自天子至于庶人，未有不須友以成者。親親以睦，友賢不棄，不遺故舊，則民德歸厚矣。"非詩本意。《韓詩》曰："《伐木》廢，朋友之道缺，勞者歌其事，詩人伐木，自苦其事，故以爲文。"亦未盡其旨。《魯詩》說曰："周德始衰，《伐木》有《鹿鳴》之刺。"亦非。

伐木丁丁，鳥鳴嚶嚶。出自幽谷，遷于喬木。嚶其鳴矣，求其友聲。①

相彼鳥矣，猶求友聲。矧伊人矣，不求友生？神之聽之，終和且平。②

伐木許許，釃酒有藇（醑）！既有肥羜，以速諸父。寧適不來，微（維）我弗顧。③

於（嗚）粲灑掃，陳饋八簋。既有肥牡，以速諸舅。寧適不來，微（維）我有咎。④

伐木于阪，釃酒有衍。籩豆有踐，兄弟無（毋）遠。民之失德，乾餱以（亦）愆。⑤

有酒湑我（哉），無酒酤我（哉）！坎坎鼓我（哉），蹲蹲舞我（哉）！迨我暇矣，飲此湑矣。⑥

——《伐木》六章，章六句。

〔彙校〕
嚶嚶，《魯詩》作"鶯鶯"，借字。
許許，今文三家作"所所"，亦作"滸滸"，皆同，象聲詞。
有藇，今文三家作"醑"，本字。
坎坎，《齊詩》《韓詩》作"竷竷"，皆象聲詞。
蹲蹲，《魯詩》作"墫墫"，借字。
湑我、酤我、鼓我、舞我，"我"皆當是"哉"字之誤。

〔注釋〕
①丁丁，古音騰騰，砍樹聲。嚶嚶，鳥叫聲。幽谷，幽暗的山谷。

喬木，樹幹高聳的樹。

②相，看也。矧，音審，何況。伊，此也。生，活也。神，謂留神。上"之"，語助詞。終，既也。和、平，形容平靜、無異響。

③許許，鋸木聲，音滸滸，猶呼呼。釃，音失，濾也。藇，音序，借爲"醑"，酒滿也。羜，音主，小羊。速，延請。諸父，衆叔伯。寧，寧願。適，往也。微，同"維"，乃也。下同。

④於，音嗚。於粲，鮮明的樣子。饋，食物。簋，音軌，食器。以周禮，諸侯八簋。牡，公牛。諸舅，衆親戚。

⑤阪，土坡。衍，溢也。籩、豆，皆食器。踐，陳也。無遠，"無"同"毋"，不要。餱，音侯，乾糧、食物。以，同"亦"。愆，過失。

⑥湑，音胥，濾。酤，買也。前四"我"皆當是"哉"字之誤。坎坎，擊鼓聲。蹲蹲，音存存，舞的樣子。迨，音待，及、趁也。

〔訓譯〕

砍樹騰騰響，鳥兒嚶嚶叫。出自深谷中，飛到大樹上。鳥兒嚶嚶叫，是在尋朋友。

看那小鳥兒，尚知求朋友；何況都是人，不求朋友生！留神仔細聽，一點沒動靜。

伐樹呼呼響，美酒斟滿杯。還有蒸肥羊，以邀衆父兄。寧走也不來，無人顧看我！

到處打掃凈，陳膳八大簋。還有煮肥牛，以邀衆親戚。寧去也不來，人人責怪我。

伐樹在坡上，斟酒滿登登。餐具陳列好，兄弟請莫走！人若失了德，酒菜也有錯！

有酒就斟吧，沒酒就買吧！砰砰敲鼓吧，蹲蹲跳舞吧！趁我有閒暇，喝這美酒吧！

〔意境與畫面〕

山下不遠一個村莊，一個大户人家的院子裏，擺滿了豐盛的酒席，席面上卻空空無人。主人坐在院子裏等著親朋到來，聽著山上傳來陣陣伐木聲，似乎看到：受伐木聲驚擾的鳥兒，從幽深的山谷中飛出，飛到大樹上嚶嚶鳴叫，互相尋覓自己的朋友。看著這些，他不禁問道：小鳥尚知求朋友之聲，何況是人，卻不求朋友！他留神細聽，依然沒動靜。

于是,他開始自斟自飲,並唱出了這《伐木》之歌。

天　保

　　〔提要〕這是一首因"天保"（東都洛邑）已定而唱給周天子（成王）的讚歌,故《墨子·尚賢》以之爲《周頌》,作者疑是周公旦。《毛詩序》曰："《天保》,下報上也。君能下下以成其政,臣能歸美以報其上焉。"今文三家無異義,皆近是。

　　天保定爾,亦孔之固。俾爾單厚,何福不除（儲）？俾爾多益,以莫不庶。①

　　天保定爾,俾爾戩（皆）穀。罄無不宜,受天百禄。降爾遐福,維日不足。②

　　天保定爾,以莫不興。如山如阜,如岡如陵,如川之方至,以莫不增。③

　　吉蠲（涓）爲饎,是用孝享。禴祠烝嘗,于公先王。君曰卜爾,萬壽無疆。④

　　神之吊矣,詒（貽）爾多福。民之質矣,日用飲食。群黎百姓,遍爲（訛）爾德。⑤

　　如月之恒（緪）,如日之升。如南山之壽,不騫不崩。如松柏之茂,無不爾或承。⑥

　　　　　　　　　　——《天保》六章,章六句。

〔彙校〕

　　單厚,《魯詩》作"亶",借字。
　　何福,《魯詩》作"胡",借字。
　　吉蠲,《魯詩》《齊詩》作"圭",古音之誤。

爲饎，《魯詩》作"惟"，借字。

遍爲，馬瑞辰曰："當讀爲'式訛爾心'之'訛'，化也。"其說是。

之恒，《釋文》："本亦在'緪'。"本字。

〔注釋〕

① 天保，指東都洛邑。《逸周書·度邑》載武王曰："辰是不（天）室，我來（未）所（衍文）定天保，何寢能欲？"又曰："（姬）旦！予克致天之明命，定天保，依天室。"俾，使也。單，《說文》："大也。"厚，謂富。除，借爲"儲"，積聚。益，增益。莫，無也。庶，眾也。

② 戩，音簡，本訓滅，疑借爲"皆"，音相轉。穀，養也。罄，音沁，盡也。遐，遠也。

③ 以，因也。興，興盛。阜，土山。岡，山崗。方，將也。

④ 蠲，借爲"涓"，潔也。饎，音斥，酒食。禴（音月）、祠、烝、嘗，四季祭名。君，謂先王。卜，用龜甲占卜。

⑤ 吊，善也。詒，借爲"貽"，送也。質，成也。黎，本義黑，此指黎民、百姓。爲，借爲"譌-訛"，化也。

⑥ 恒，借爲"緪"，音耕，《說文》："大索也。"引申爲漲、大。《楚辭》王逸注："緪，急張弦也。"南山，指終南山。騫，虧損，引申義。或，有也。承，奉、擁戴。

〔訓譯〕

天保已定，非常穩固。使你大富，何福不積？使你多益，無所不衆！

天保已定，使你得養。人人適宜，受天百福。降你長福，日月不足！

天保已定，百業皆興。如山如丘，如崗如陵。如大水將至，無所不增！

備辦酒食，用來孝享。四季祭祀，先公先王。先王卜你，萬壽無疆！

神靈友善，送你多福。百姓有成，得以飲食。黎民百姓，遍受你德！

國如月芽一般漲大，像太陽一樣升騰。您的壽如南山一樣綿長,不損不崩。您的福像松柏一樣茂盛,無人不奉!

〔意境與畫面〕
東都洛邑營造成功,西周王宮裏舉行慶典大會。周公上臺,當著周成王的面,大唱讚歌,如詩所云。

采 薇

〔提要〕這是一個出征戰士在凱旋途中所唱的歌,歌中回憶出征的過程與戰爭的艱苦,抒發心中的憂怨。《毛詩序》曰:"《采薇》,遣戍役也。文王之時,西有昆夷之患,北有獵狁之難,以天子之命,命將率,遣戍役,以守衛中國,故歌《采薇》以遣之,《出車》以勞還,《杕杜》以勤歸也。"非詩意。征獵狁爲周宣王時事,《六月》篇可證(參彼)。《魯詩》說曰:"懿王之時,王室遂衰,詩人作刺。"又曰:"古者師出不逾時者,爲怨思也。天道一時生、一時養人者,天之貴物也。逾時則內有怨女,外有曠夫。《詩》曰:'昔我往矣,楊柳依依。今我來思,雨雪霏霏。'"《齊詩》曰:"周懿王時,王室遂衰,戎狄交侵,暴虐中國,中國被其苦,詩人始作,疾而歌之曰:'靡室靡家,獵狁之故。''豈不日戒?獵狁孔棘!'"皆以爲懿王之時事,恐亦非。

采薇采薇,薇亦(又)作止(之)。曰歸曰歸,歲亦(又)莫(暮)止(之)。靡室靡家,獵狁之故。不遑啓(跽)居,獵狁之故。①

采薇采薇,薇亦柔止(之)。曰歸曰歸,心亦憂止(之)。憂心烈烈,載飢載渴。我戍未定,靡使(所)歸聘。②

采薇采薇,薇亦剛止(之)。曰歸曰歸,歲亦陽止

（之）。王事靡盬，不遑啓處。憂心孔疚，我行不來！③

彼爾（薾）維（爲）何？維常（棠）之華。彼路斯（是）何？君子之車。戎車既駕，四牡業業。豈敢定居？一月三捷（接）。④

駕彼四牡，四牡騤騤。君子所依，小人所腓（芘）。四牡翼翼，象弭魚服（箙）。豈不日戒？玁狁孔棘（急）！⑤

昔我往矣，楊柳依依。今我來思，雨雪霏霏。行道遲遲，載渴載飢。我心傷悲，莫知我哀！⑥

——《采薇》六章，章八句。

〔彙校〕
莫止，《釋文》云："本或作'暮'。"古今字。
靡使，《釋文》云："本又作'所'。"當是本字。
不來，《魯詩》《說文》皆作"秾"，義同。
彼爾，今文三家作"薾"，本字。
一月，《一切經音義》引作"一日"，馮登府是之，恐非。
所腓，《韓詩》作"疕"，亦借字；《魯詩》作"芘"，本字。
日戒，《毛詩》或本、《釋文》皆作"曰"，誤。
莫知，《齊詩》作"之"，誤。

〔注釋〕
① 薇，野菜名，善重生，此比玁狁。亦，猶"又"。作，生長。止，語助詞，同"之"。曰，說也。莫，同"暮"，歲暮，年終。靡，無也。玁狁，音顯允，古代西北少數族群。不遑，無暇。啓，借爲"跽"，音忌，跪也。居，坐也。
② 柔，柔弱。烈烈，火燒的樣子。戍，指戍守之地。所，處所、地方。聘，問也。
③ 剛，強也。陽，暖也。盬，音古，止息。處，居也。孔，很也。疚，痛也。來，歸來。

④爾，借爲"薾"，花盛的樣子。維，同"爲"，是。常，借爲"棠"，棠棣。君子，指將帥。業業，雄壯的樣子。捷，借爲"接"，交戰。

⑤騤騤，音葵葵，馬行有威儀的樣子。依，靠也。小人，指士兵。腓，借爲"庇"，庇護。翼翼，整齊的樣子。象，指象牙。弭，弓端縛弦處。魚，指魚皮。服，借爲"箙"，箭袋。日，謂日日、天天。戒，警戒。棘，借爲"急"。

⑥依依，枝葉隨風飄拂的樣子。思，語助詞。霏霏，雪大的樣子。遲遲，猶緩緩。哀，可憐。

〔訓譯〕

采薇又采薇，薇又長出來。說回又說回，年底又到了。沒房又沒家，獵狁是根源。無暇坐下歇，獵狁是緣故。

采薇又采薇，薇變柔軟了。說回又說回，心中又發憂。憂心如火燒，又飢又口渴。駐地未確定，無法傳家信。

采薇又采薇，薇又長硬了。說回又說回，天又暖和了。王事沒盡頭，無暇住一宿。憂心很痛苦，出門回不去！

那開的是啥？是棠棣的花。那路上是啥？是將軍的車。戰車已駕好，四馬雄赳赳。哪裏敢安住？一月打三仗。

駕那四馬車，四馬有威儀。將軍依杖它，士兵靠它護。四馬齊刷刷，弓箭裝備精。天天都警戒，獵狁入侵急。

當初我去時，楊柳正發芽。如今我回來，大雪舞紛飛。泥濘走不動，腹中又飢渴。我心真悲傷，沒人可憐我！

〔意境與畫面〕

周宣王時，北方少數族群獵狁實力強大，不斷入侵。宣王調軍隊前往征討，打了一茬又一茬，結果是這邊打跑那邊來，那邊打跑這邊來，周朝的軍隊疲于奔命。戰士們天天警戒著，常常遭到敵人突襲，不敢有絲毫鬆懈。有時候三天兩頭打仗，軍隊的供應短缺，士兵們連飯都吃不上。每一次打跑敵人，戰士們以爲可以回家了，可是敵人突然又來了。一直打到第三年入冬，這一次終于徹底打垮了敵人，軍隊班師了。可是，士兵們依然高興不起來，因爲雨雪紛飛，道路泥濘，饑寒交迫。這時候，一個士兵想起往事，在行進中唱出了這首《采薇》之歌。

出　車

〔提要〕這是一個被徵出車的民夫，在參戰歸來時所唱的歌。歌中回憶出征的過程和軍中的場面，歌頌將軍南仲，同時抒發心中憂怨。蓋與《采薇》爲同時之作，故《毛詩序》承前曰："《出車》，勞還率（帥）也。"《後漢書·龐參傳》載馬融疏曰："昔周宣獫狁侵鎬及方……宣王立中興之功……是以'南仲赫赫'列在周詩。"其說當是。《魯詩》曰："周宣王命南仲吉甫攘獫狁，威荊蠻。"《齊詩》曰："懿王曾孫宣王，興師命將以征伐之，詩人美大其功。"皆近是。

我出我車，于彼牧矣。自天子所，謂我來矣。召彼僕夫，謂之載矣。王事多難，維（爲）其棘（急）矣。①

我出我車，于彼郊矣。設此旐矣，建彼旄矣。彼旟旐斯，胡（何）不旆旆？憂心悄悄，僕夫況（怳）瘁（悴）。②

王命南仲，往城于方。出車彭彭，旂旐央央。天子命我，城彼朔方。赫赫南仲，玁狁于襄（攘）。③

昔我往矣，黍稷方華。今我來思，雨雪載途。王事多難，不遑啓居。豈不懷歸？畏此簡書。④

喓喓草蟲，趯趯（躍躍）阜螽。未見君子，憂心忡忡。既見君子，我心則降。赫赫南仲，薄（迫）伐西戎。⑤

春日遲遲，卉木萋萋。倉庚喈喈，采蘩祁祁。執訊獲（馘）醜，薄（迫）言（然）還歸。赫赫南仲，玁狁于夷。⑥

——《出車》六章,章八句。

〔彙校〕

我車,《魯詩》作"輿",義同。

況瘁,《釋文》云:"本亦作'萃'。"借字。

南仲,《齊詩》作"中",借字。

于襄,《齊詩》《魯詩》作"攘",本字。

〔注釋〕

①于,往也。牧,遠郊之外。自,從也。天子所,即京城。謂,使、令也。僕夫,謂車夫。載,運載。難,危難。維,同"爲",因爲。棘,借爲"急"。

②設,陳設。旐,音兆,畫有龜和蛇的旗子。建,豎立。旄,音毛,犛牛尾做的旗子。旟,音餘,畫有鷹隼的旗子。斯,語助詞,猶兮。胡,何也。旆旆,音配配,旗子隨風擺動的樣子。悄悄,心憂的樣子。況,借爲"怳",病也。瘁,同"悴"。

③南仲,人名,亦作張仲,周宣王朝大將。城,做動詞,謂築城。于方,方國名,在西北。彭彭,車行聲。旂,畫有雙龍的旗子。央央,鮮明的樣子。朔方,北方。赫赫,聲名顯赫的樣子。襄,借爲"攘",除也。

④方,正在。華,同"花",謂揚花。載,滿也。途,路途。簡書,指周王的命令。此章多借《采薇》之句。

⑤喓喓,象聲詞。草蟲,一種青色蝗蟲。趯趯,同"躍躍",跳躍的樣子。阜螽,即螞蚱。草蟲喓喓、阜螽趯趯,都是活躍亢奮的表現。君子,指家中父老。忡忡,同"憧憧",象聲詞。薄,借爲"迫",急迫。西戎,古代西方少數族群。此章多借《召南·草蟲》之句。按此章與《召南·草蟲》首章"喓喓草蟲,趯趯阜螽。未見君子,憂心忡忡。亦既見止,亦既覯止,我心則降"有關,當是襲用之。

⑥遲遲,遲緩的樣子。卉木,草木。萋萋,茂盛的樣子。倉庚,黃鶯。喈喈,音皆皆,叫聲。以上多借《七月》之句。"春日遲遲,卉木萋萋",形容戰鬥時間漫長。"采蘩祁祁",比喻殺敵衆多。執訊,抓俘虜。馘,借爲"聝",殺敵取其左耳,亦報功計數。醜,謂敵人。薄言,

即迫然,迅速的樣子。還歸,返回。夷,平也。

〔訓譯〕

我出我的車,去那遠郊外。從那天子都,讓我來這裏。徵召車夫們,讓來搞運輸。王事多危難,因爲很緊急。

我出我的車,去那近郊外。設這龜蛇旗,豎那氂牛尾,還有鷹隼旗,能不隨風擺?心裏很憂傷,車夫病怏怏。

周王命南仲,去築于方城。車隊彭彭響,龍旗亮央央。天子命我們,築那朔方城。赫赫南仲氏,去除那玁狁。

昔日我去時,穈穀正揚花。今日我回時,一路下大雪。王事多危難,無暇坐下來。能不想回家?畏懼這王命。

螞蚱草裏叫,蝗蟲路邊跳。未見父母面,憂心怦怦跳。見了父母後,我心就放下。赫赫南仲氏,緊急伐西戎。

春天日頭長,草木綠萋萋。倉庚喈喈叫,采蘩多又多。殺敵又擒敵,急忙凱旋歸。赫赫南仲氏,平了那玁狁。

〔意境與畫面〕

家住西周都城鎬京的一個男子,被緊急徵調出車,去支援前綫運輸。他告別家中年邁的父親,去到很遠的地方。他看到軍中軍旗獵獵,陣勢浩大,又見到了聲名顯赫的將軍南仲。他先隨南仲伐西戎,城于方,又北上伐玁狁,終於平定了玁狁,得以班師回家。凱旋的路上,大雪紛飛,他想起了家中的老父親,擔心他是否還健在,不覺憂心忡忡。他想起了春天士兵們英勇殺敵,"執訊獲(馘)醜"的場面,又從心裏歌頌南仲平玁狁的功勞,表現出一種複雜的心態。

〔引用〕

《左傳·閔公元年》:"狄人伐邢,管敬仲言于齊侯曰:'戎狄豺狼,不可厭也。諸夏親昵,不可棄也。宴安酖毒,不可懷也。《詩》云:'豈不懷歸,畏此簡書。'"出此詩之四章。

杕　杜

〔提要〕這是一首夫妻對唱的歌,一、四兩章爲妻子所唱,二、三兩章爲征夫自唱。描寫妻子在家掛念征夫，征夫在外思念家人的情景。《毛詩序》曰："《杕杜》，勞還役也。"略有意。《鹽鐵論》載文學曰："古者無過年之繇，無逾時之役。今近者數千里，遠者過萬里，歷二期。長子不還，父母愁憂，妻子詠歎，憤懑之恨發動于心，慕思之積痛于骨髓。此《杕杜》《采薇》之所爲作也。"其說近是，王先謙謂是《齊詩》說。

有杕之杜，有睆其實。王事靡盬，繼嗣我日。日月陽止（之），女心傷止（之），征夫遑（遑）止（之）。①

有杕之杜，其葉萋萋。王事靡盬，我心傷悲。卉木萋止（之），女心悲止（之），征夫歸止（之）！②

陟彼北山，言采其杞。王事靡盬，憂我父母。檀車幝幝，四牡痯痯，征夫不遠！③

匪（非）載匪（非）來，憂心孔疚。期（胡、何）逝不至，而多爲恤。卜筮偕止（之），會言近止（之），征夫邇止（之）！④

——《杕杜》四章，章七句。

〔彙校〕

有睆，《釋文》云："字從日，或作目邊。"按從"日"之字字書未見。

幝幝，《韓詩》作"緣緣"，借字。

期逝，《魯詩》"期"作"胡"，當是；《齊詩》"逝"作"誓"，以音誤。

〔注釋〕

① 有，詞頭。杕，音帝，樹木孤立。杜，樹木名，俗名杜栗。杕杜，比孤獨者。睆，音緩，本爲大目貌，引申謂渾圓。有杕之杜、有睆其實，妻子孤芳自賞之辭。王事，周王之事、國家之事。靡，無也。盬，

休止。嗣，續也。陽，熱也。止，同"之"，語助詞。下同。女，指妻子。征夫，指出門服王事的丈夫。遑，借爲"偟"。《小爾雅·廣言》："偟，往也。"

② 萋萋，茂盛的樣子。有杕之杜、其葉萋萋，誇讚妻子之辭。我，征夫自謂。卉，草也。萋，猶萋萋。

③ 陟，登上。言，語助詞。杞，枸杞。檀車，檀木所造的車，堅實耐用。嘽嘽，音闡闡，破舊的樣子。牡，指雄馬。痯痯，音館館，疲憊的樣子。

④ 匪，同"非"。載，乘車。孔，很。疚，苦痛。期，"胡"字之誤。胡，何也。逝，過也。恤，擔憂。卜筮，占卜（用甲骨）占筮（用蓍草）。偕，同也。會，合也。邇，近也。

〔訓譯〕

孤立的杜梨樹，果實圓溜溜。王事無休止，一天接一天。天氣正炎熱，征夫出門去，妻子心傷悲。（妻子）

孤立的杜梨樹，葉子碧萋萋。王事無休止，我的心中悲。草木正茂盛，妻心正傷悲，我就要回歸。（丈夫）

登上南山坡，去把枸杞摘。王事無休止，使我父母憂。檀車破又舊，四馬疲又憊，我快到家了。（丈夫）

不見車子回，心裏真苦痛。爲何還不歸？讓人多擔憂。占卜又占筮，都說快到了，征夫離近了！（妻子）

〔意境與畫面〕

盛夏時節，城中小院，一個婦人正忙著伺候公婆，照料孩子。完了，坐在屋裏休息。她看見院中那棵孤獨的杜梨樹，上面結滿圓圓的果實，就好像看到自己孤獨而勞碌的身影，不禁一陣悲傷。丈夫出征過期不歸，讓她擔憂。她起身出門去村口瞭望，看不見丈夫的車子，於是又回去找人占卜。結果說：他很快就會回來。

郊外大路上，一個車夫正趕著大車焦急地行進。他不停地趕馬，可本是檀木打造的堅固戰車已經又舊又破，四馬也疲憊不堪，怎麼也跑不快。于是，他停下車讓馬休息，自己爬上山坡去摘野枸杞吃。坐在山坡上，他想起家裏的杜樹，就好像看見了妻子，不禁從心裏告訴並安慰她說：王事沒有休止，我想念你，也想念父母，心裏傷悲。我知道你也傷悲，但我很快就會回來。只因爲車子破舊，馬匹疲憊，走得較慢，但我很快就會到家。

魚　麗

〔提要〕這是一首讚揚主人酒宴品物嘉美合時的詩。《毛詩序》曰："《魚麗》，美萬物盛多能備禮也。文、武以《天保》以上治內，《采薇》以下治外，始于憂勤，終于逸樂，故美萬物盛多，可以告于神明矣。"非詩意。《齊詩》曰："《采薇》《出車》，《魚麗》思初。上下促急，借字懷憂。"亦非。

魚麗（罹）于罶，鱨鯊。君子有酒，旨且多。①
魚麗（罹）于罶，魴鱧。君子有酒，多且旨。②
魚麗（罹）于罶，鰋鯉。君子有酒，旨且有。③
物其多矣，維（唯）其嘉矣！④
物其旨矣，維（唯）其偕矣！⑤
物其有矣，維（唯）其時矣！⑥

——《魚麗》六章，三章章四句，三章章二句。

——《鹿鳴之什》十篇，五十五章，三百一十五句。

〔彙校〕
旨且多，《魯詩》作"指"，誤。
維其，《魯詩》作"唯"，本字。下同。

〔注釋〕
① 麗，借爲"罹"，音離，遭遇、落入。罶，音柳，魚梁上攔魚之具。鱨，音嘗，魚名。鯊，一種小魚，能吹沙。旨，甘甜。
② 魴，音方；鱧，音禮，皆魚名。

③ 鱨，音偃，魚名。有，謂豐富。
④ 物，指魚。其，語助詞。維，同"唯"，只有。下同。其，它也，指前"麗（罹）于罶"之魚。嘉，美也。
⑤ 物，指酒。其，指前所言君子之酒。偕，協作、般配。
⑥ 物，兼指魚和酒。其，兼指當天的魚和酒。時，謂應時、合時。

〔訓譯〕

魚鑽進罶，有鱨有鯊。君子有酒，又甜又多。
魚鑽進罶，有魴有鱧。君子有酒，又多又甜。
魚鑽進罶，有鰋有鯉。君子有酒，又甜又豐。
魚類本來多，此魚稱上品！
酒類本都甜，此酒最相配！
魚酒本常有，今日最合時！

〔意境與畫面〕

一場盛宴正在準備，院子裏擺滿了酒缸，魚簍裏裝著剛打回來的各種鮮魚，廚師們忙得不亦樂乎。一個客人見狀，唱出了這首《魚麗》之歌。

南　陔（佚）

白　華（佚）

華　黍（佚）

按：上三詩今皆佚，未知其詳。《毛詩序》曰："《南陔》，孝子相戒以養也；《白華》，孝子之絜白也；《華黍》，時和歲豐，宜黍稷也。有其義而亡其辭。"當有所據。今文三家說未聞，蓋當時已佚。

南有嘉魚之什

南 有 嘉 魚

〔提要〕這是一首描寫宴飲，誇讚主人嘉賓衆多的詩。《毛詩序》曰："《南有嘉魚》，樂與賢也。太平君子至誠，樂與賢者共之也。"近是。《儀禮·鄉飲酒》鄭玄注曰："《南有嘉魚》，言太平君子有酒，樂與賢者共之也。此采其能以禮下賢者，賢者累蔓而歸之，與之燕樂也。"王先謙謂是《齊詩》説。

　　南有嘉魚，烝（衆）然罩罩。君子有酒，嘉賓式燕（宴）以樂。①
　　南有嘉魚，烝（衆）然汕汕。君子有酒，嘉賓式燕（宴）以衎。②
　　南有樛木，甘瓠累之。君子有酒，嘉賓式（是）燕（宴）綏之。③
　　翩翩者鵻，烝（衆）然來思。君子有酒，嘉賓式（是）燕（宴）又（侑）思。④
　　　　　　　　——《南有嘉魚》四章，章四句。

〔彙校〕
　　罩罩，《韓詩》作"淖淖"，借字。
　　式燕，《魯詩》作"讌"，亦借字；《韓詩》作"宴"，本字。
　　汕汕，《齊詩》《韓詩》作"潸潸"，借字。

〔注釋〕
　①南，南方。嘉魚，魚名，以比嘉賓。烝，借爲"衆"。烝然，衆多的樣子。罩，捕魚器。罩罩，在罩的樣子。式，同"是"。燕，借爲"宴"，宴飲。
　②汕汕，音善善，游動的樣子。烝然汕汕，形容嘉賓群來的樣子。衎，音看，喜也。
　③樛，音究。樛木，枝幹下曲的樹。甘，甜也。甘瓠，一種可食的瓠瓜。累，牽累。南有樛木，甘瓠累之，嘉賓答謝之辭，借用《樛木》之句而略變其詞。綏，安也。
　④翩翩，翻飛的樣子。鵻，音追，鴿子。思，語氣詞。"翩翩者鵻""烝然來思"，皆主人客套之語。又，借爲"侑"，勸也。

〔訓譯〕
　　南湖有嘉魚，一網一大籠。君子有美酒，嘉賓飲而樂。
　　南湖有嘉魚，成群結隊游。君子有美酒，嘉賓飲而喜。
　　南山有樛木，瓠瓜牽累它。君子有美酒，嘉賓飲而安。
　　鴿子上下翻，成群飛下來。君子有美酒，嘉賓互相勸。

〔意境與畫面〕
　　一個貴族，宴請客人飲酒，嘉賓來了一撥又一撥，大家喝得十分盡興。席間，一客人起身，賦此《南有嘉魚》，衆人群起而和之。

南山有臺

〔提要〕這是一首歌頌"君子（國君）"，祝其長壽的詩。《毛詩序》曰："《南山有臺》，樂得賢也。得賢則能爲邦家立太平之基矣。"《儀禮·鄉飲酒》鄭注曰："《南山有臺》，言太平之治，以賢者爲本。愛友賢者，爲邦家之基。民之父母既欲其身之壽考，又欲其民德之長也。"皆非詩意。

南山有臺（苔），北山有萊。樂只君子，邦家之基

(極)。樂只君子，萬壽無期！①

南山有桑，北山有楊。樂只君子，邦家之光。樂只君子，萬壽無疆！②

南山有杞，北山有李。樂只君子，民之父母。樂只君子，德音不已！③

南山有栲，北山有杻。樂只君子，遐不眉壽！樂只君子，德音是茂！④

南山有枸，北山有楰。樂只君子，遐不黃耇！樂只君子，保艾（愛）爾後！⑤

——《南山有臺》五章，章六句。

〔彙校〕

樂只，唐石經作"旨"，非。下同。

樂只，《魯詩》作"愷悌"，非。

保艾，諸本同。段玉裁謂依傳先訓"艾"後訓"保"，似經文當作"艾保"。按：此或一時失例，然義亦通。

〔注釋〕

① 南山，指秦嶺。臺，借爲"苔"，草名，可以織蓑衣。北山，關中平原北邊之山。關中人迄今有"南山""北山"之稱。萊，草名，嫩葉可食。只，語氣詞。君子，指周王。邦家，國家。基，借爲"極"，準則、基準。萬壽，長壽。期，期限。

② 光，光輝。疆，境也。

③ 杞，枸杞；李，李子，皆可食。德音，美好的聲譽。已，止、絶也。

④ 栲，音考，木可爲車輻。杻，音扭，木可造車。遐，猶何。眉壽，長壽。老年人多眉毛長，故長壽稱眉壽。茂，盛也。

⑤ 枸，音舉，樹木名，籽可食。楰，音餘，梓木的一種，木質堅硬可造車。黃，謂黃髮。耇，老年斑。黃、耇，皆長壽之徵。艾，借爲"愛"。爾，你也。後，指後人。

〔訓譯〕

　　南山有苔草，北山有野菜。快樂的君子，國家的根基。快樂的君子，長壽無期限！

　　南山有桑樹，北山有楊樹。快樂的君子，國家的光輝。快樂的君子，長壽無止境！

　　南山有枸杞，北山有李子。快樂的君子，百姓的父母。快樂的君子，德音傳不息！

　　南山有栲樹，北山有杻樹。快樂的君子，何不享眉壽！快樂的君子，德音茂又盛！

　　南山有枸樹，北山有楰樹。快樂的君子，怎能不長壽！快樂的君子，保愛你後人！

〔意境與畫面〕

　　國君的壽誕宴會上，國君快樂無比。一個大臣起身，面對國君唱出這《南山有臺》之歌。以"南山""北山"比"君子"即國君，以"苔""萊""桑""楊"之類比其德。山之德豐，君子德厚也。

〔引用〕

　　《左傳·襄公二十四年》："夫令名，德之輿也。德，國家之基也。（略）《詩》云：'樂只君子，邦家之基。'有令德也。"《左傳·昭公十三年》："仲尼謂子產：于是行也，足以爲國基矣。《詩》曰：'樂只君子，邦家之基。'"出此詩之首章。

由　　庚（佚）

崇　　丘（佚）

由　　儀（佚）

　　按：上三詩今亦皆佚，未知其詳。《毛詩序》曰："《由庚》，萬物得由其道也;《崇丘》,萬物得極其高大也;《由儀》,萬物之生各得其宜也。有其義而亡其辭。"當有所據。今文三家未見,是當時已佚。

蓼 蕭

〔提要〕這是一個大臣描寫其"既見君子(周王)"而得其恩惠和賞賜的詩。《毛詩序》曰:"《蓼蕭》,澤及四海也。"略有意。今文三家無異義。

蓼彼蕭斯,零露湑兮。既見君子,我心寫(瀉)兮,燕笑語兮,是以有譽(豫)處兮!①
蓼彼蕭斯,零露瀼瀼。既見君子,爲龍(寵)爲光。其德不爽,壽考不忘!②
蓼彼蕭斯,零露泥泥。既見君子,孔燕豈弟(愷悌)。宜兄宜弟,令(靈)德壽豈(兮)③
蓼彼蕭斯,零露濃濃。既見君子,鞗革(鋚勒)沖沖(㳙㳙),和鸞(鑾)雍雍,萬福攸同!④

——《蓼蕭》四章,章六句。

〔彙校〕
　　壽豈,疑當作"兮",以音又涉首章誤。
　　沖沖,傳世諸本或作"忡忡",非。

〔注釋〕
　　① 蓼,音路,長大的樣子。蕭,一種艾草,有香氣。蓼蕭,作者自比。斯,語氣詞。零,落也。零露,比喻恩澤。湑,音胥,清瑩的樣子。既,已經。君子,指國君、周王。寫,同"瀉",抒瀉、舒暢。燕,樂

也。譽，借爲"豫"，安樂。處，處所。此章言既見君子的心情。

② 瀼瀼，音攘攘，露濃的樣子。爲，是。龍，借爲"寵"，榮也。光，謂有面子。爽，差錯。壽考，謂到老。此章言既見君子而得到的榮光。

③ 泥泥，沾濡的樣子。孔，很。燕，樂也。豈弟，同"愷悌"，和樂的樣子。令，借爲"靈"，美也。此章言既見君子而受到的教育。壽，長壽。

④ 鞗，音條。鞗革，借爲"鋚勒"，馬絡頭上的金屬飾物。沖沖，音噸噸、咚咚，相互碰撞的聲音。和，車軾上的鈴鐺；鸞，借爲"鑾"，車衡上的鈴鐺。雍雍，形容節奏諧和。攸，所也。同，聚也。此章言既見君子而得到的賞賜。

〔訓譯〕

高高蕭艾上，露珠清瑩瑩。見到君子後，我心舒暢了。歡樂又笑語，才有安樂地！

高高蕭艾上，露珠亮晶晶。見到君子後，感到很榮光。他的德行高，到老不能忘！

高高蕭艾上，露珠濕漉漉。見到君子後，感到很和樂。宜兄又宜弟，美德人長壽！

高高的蕭艾，露珠一厚層。見到君子時，馬絡響咚咚；車鈴隨馬響，萬福所聚同！

〔意境與畫面〕

一個將軍，因爲軍功，受到了周王接見。他感到心情非常舒暢，歡樂無比，又説又笑。他同時也感到十分榮光。國王的德行，給他留下深刻的印象，使他深受教育，懂得了什麼叫"愷悌"，什麼叫"令德"。回家的路上，他坐在國王賞賜他的豪華馬車中，聽著馬籠頭的碰撞聲和車鈴聲，看見路邊的蕭草和清瑩的露珠，想到國王給他的恩澤，高興地唱出了這首《蓼蕭》之歌。

湛　露

〔提要〕這是一首歡迎和讚美所有參加爲慶祝王室宗廟落成而

舉行的晚宴的"君子"們的詩。《左傳·文公四年》載寧武子曰："昔諸侯朝正于王，王宴樂之，于是乎賦《湛露》，則天子當陽，諸侯用命也。"故《毛詩序》曰："《湛露》，天子燕諸侯也。"今文三家與毛同，皆近是。

湛湛露斯，匪（非）陽不晞。厭厭夜飲，不醉無（毋）歸。①
湛湛露斯，在彼豐草。厭厭夜飲，在宗載考。②
湛湛露斯，在彼杞棘。顯允君子，莫不令德。③
其桐其椅，其實離離。豈弟（愷悌）君子，莫不令儀。④

——《湛露》四章，章四句。

〔彙校〕

厭厭，《魯詩》作"懕懕"，《韓詩》作"愔愔"，皆借字。
離離，《韓詩》作"蘺蘺"，借字。

〔注釋〕

① 湛湛，厚的樣子。斯，語助詞。匪，同"非"。晞，乾也。厭厭，豐美的樣子。無，用同"毋"，不要。
② 豐，茂也。宗，宗廟。載，始也。考，成也。
③ 杞，枸杞。棘，酸棗。顯，顯赫。允，誠信。令，美也。
④ 桐、椅，皆樹名。離離，下垂的樣子。豈弟，同"愷悌"，和樂平易。儀，儀度。

〔訓譯〕

厚厚的露水，不見太陽不乾。豐盛的晚宴，喝不醉甭回！
厚厚的露水，在那茂草上面。豐盛的晚宴，慶祝宗廟落成。
厚厚的露水，在那枸杞樹上。顯赫誠信的君子，個個都有美德！

梧桐和椅樹，棵棵果實低垂。和樂平易的君子，人人都有佳儀！

〔意境與畫面〕

周王室宗廟落成典禮已畢，王宮裏舉行晚宴，諸侯們應邀赴宴。客人入席落座，司儀起身高唱此《湛露》之歌。

彤　弓

〔提要〕這是一首周天子封賞諸侯、賜其彤弓時所唱的歌。《毛詩序》曰："《彤弓》，天子錫有功諸侯也。"其説是。今文三家無異義。

彤弓弨兮，受言（焉）藏之。我有嘉賓，中心貺之。鐘鼓既設，一朝饗之。①

彤弓弨兮，受言（焉）載之。我有嘉賓，中心喜之。鐘鼓既設，一朝右（侑）之。②

彤弓弨兮，受言（焉）櫜之。我有嘉賓，中心好之。鐘鼓既設，一朝酬之。③

——《彤弓》三章，章六句。

〔注釋〕

① 彤，紅色。彤弓，諸侯權力的象徵。弨，音超，弓弦鬆弛的弓。受，接受、收下。言，語助詞，同"焉"。藏，收藏。我，周天子自稱。中心，衷心。貺，音況，賜也。鐘鼓，樂器。一朝，謂今朝。饗，音享，招待。

② 載，謂載于車。右，借爲"侑"，勸酒。

③ 櫜，音高，裝入弓袋。好，喜愛。酬，敬酒。

〔訓譯〕

　　彤弓放鬆弦啊，收下藏起來。我有好嘉賓啊，衷心賞賜他。鐘鼓已設好啊，今朝招待他。

　　彤弓放鬆弦啊，收下裝上車。我有好嘉賓啊，衷心喜歡他。鐘鼓已設好啊，今朝勸侑他。

　　彤弓放鬆弦啊，收下裝進套。我有好嘉賓啊，衷心喜愛他。鐘鼓已設好啊，今朝酬勞他。

〔意境與畫面〕

　　王宮大殿裏，正在舉行封賞大典。周天子將一隻紅色長弓賜給一個受賞的諸侯，並發表祝辭，如詩所云。

菁菁者莪

　　〔提要〕這是一首慶倖自己受到"君子（周王）"接見並得到其賞賜的詩。詩人以"菁菁者莪"起興，是説自己既見君子之前，猶如長在山阿中的莪蒿一樣渺小，十分貧窮。又用泛楊舟做比喻，是説自己在見到君子之前，猶如一隻將沉的船，見到君子後又浮了起來。《毛詩序》曰："《菁菁者莪》，樂育材也。君子能長育人材，則天下喜樂之矣。"今文三家亦言"育才"，略有意。

　　　菁菁（蓁蓁）者莪，在彼中阿。既見君子，樂且有儀。①

　　　菁菁（蓁蓁）者莪，在彼中沚。既見君子，我心則喜！②

　　　菁菁（蓁蓁）者莪，在彼中陵。既見君子，錫（賜）我百朋。③

　　　泛泛楊舟，載沉載浮。既見君子，我心則休！④

　　　　　　　——《菁菁者莪》四章，章四句。

〔彙校〕

菁菁，《韓詩》作"蓁蓁"，本字。

〔注釋〕

① 菁菁，借爲"蓁蓁"，音相轉，草茂盛的樣子。莪，音俄，草名，蒿屬。蓁蓁者莪，作者自比。中阿，即阿中。阿，山阿，山的拐彎處。儀，禮儀。

② 沚，音止，水中小洲。中沚，即沚中。

③ 中陵，即陵中。陵，大土山。錫，同"賜"。朋，貝幣的單位，兩串（二十只）貝爲一朋。

④ 泛泛，飄蕩的樣子。楊舟，楊木舟。載，又也。休，美也。

〔訓譯〕

茂盛的莪蒿，長在山阿中。見到君子後，快樂有禮儀。
茂盛的莪蒿，長在沙洲中。見到君子後，我心真歡喜！
茂盛的莪蒿，長在山陵中。見到君子後，賜我貝百朋。
飄飄楊木舟，沉下又浮起。見到君子後，心裏美滋滋！

〔意境與畫面〕

一個地方官員，受到周天子接見，天子賜給他二百串貝幣，他感到非常快樂，即興唱出了這《菁菁者莪》。

六　月

〔提要〕這首詩敘寫尹吉甫佐周宣王北伐獫狁的過程，讚頌尹吉甫能文能武。作者爲尹吉甫本人，作在凱旋、受賞後的歸家路上。《毛詩序》曰："《六月》，宣王北伐也。"《齊詩》曰："宣王興師命將，征伐獫狁，詩人美大其功。"《魯詩》曰："周室既衰，四夷並侵，獫狁最强，至宣王而伐之。詩人美而頌之曰：'薄伐獫狁，至于太原。'"説皆是。《後漢書·西羌傳》：武王"乃命虢公率六師伐太原之戎，至于俞泉"。恐非。

六月棲棲，戎車既飭。四牡騤騤，載是常服。玁狁孔熾，我是用急。王于出征，以匡（筐）王國。①

比物四驪，閑之維（爲）則。維（爲）此六月，既成我服。我服既成，于三十里。王于出征，以佐天子。②

四牡修廣，其大有顒。薄（迫）伐玁狁，以奏膚公（功）。有（又）嚴有（又）翼，共（供）武之服。共（供）武之服，以定王國。③

玁狁匪（非）茹，整居焦獲。侵鎬及方，至于涇陽。織（幟）文鳥章，白旆（帛旆）央央（英英）。元戎十乘，以先啓行。④

戎車既安，如輊如軒。四牡既佶，既佶且閑。薄（迫）伐玁狁，至于大原。文武吉甫，萬邦爲憲。⑤

吉甫燕喜，既多受祉。來歸自鎬，我行永久。飲御諸友，炰鱉膾鯉。侯（候）誰在矣？張仲孝友。⑥

——《六月》六章，章八句。

〔彙校〕

用急，《齊詩》《鹽鐵論》引俱作"戒"，疑誤。阮元謂作"急"韻不合，恐未必，且尚未出征，不得言戒。

三十，唐石經本作"卅"，改從《十三經注疏》本。

焦獲，《魯詩》作"護"，借字。

白旆，《魯詩》作"帛旆"，本字；《釋文》出"茷"，云"本又作'旆'"，云："繼旐曰茷。"按作"茷"當是音誤，陸説非。

央央，《魯詩》作"英英"，本字。

侯誰，當是"候"字之誤。

〔注釋〕

① 六月，周宣王五年（公元前823年）之周曆六月。棲棲，音西西，忙碌的樣子。戎車，兵車。飭，整治。騤騤，音葵葵，馬强壯的樣子。載，裝載。是，此。常服，平常所穿之服，非戎裝。孔，很。熾，音斥，火旺，形容勢力盛大。是用，是以、因此。王，周宣王。于，往、去。匡，借爲"筐"，做動詞，謂挽救。

② 比，去聲，並也。物，指馬。驪，音離，黑色馬。閑，熟練。維，借爲"爲"。則，準則、標準。我，尹吉甫自謂。服，指戎服。三十里，指行軍，古者行軍日三十里，故以相代。天子，指周宣王。

③ 修，長也。廣，大也。顒，大頭。薄，借爲"迫"，急迫。奏，進也。膚，大也。公，借爲"功"。有，猶"又"。嚴，威嚴。翼，整齊。共，同"供"，供職。服，事也。定，安定。

④ 匪，借爲"非"，不是。茹，草名。整居，整體居住。焦穫，地名，在今陝西涇陽北。鎬，鎬京，西周都城。方，亦地名。涇陽，涇河北岸。織，借爲"幟"，旗幟。文，紋飾。鳥章，即鳥紋。白，借爲"帛"，旆，音佩，軍前大旗。央央，借爲"英英"，鮮明的樣子。元，大也。戎，指大戰車。啓行，開道。

⑤ 安，安穩。輊（音至）、軒，皆車名。《小學蒐佚》曰："後重曰輊，前重曰軒。"佶，音吉，正也。閑，熟練。薄，讀爲"迫"。薄伐，謂追著打。大原，大平原，疑即今甘肅慶城地區的董志原。文武吉甫，即尹吉甫，周大臣，能文能武，故稱文武吉甫。憲，法、範也。

⑥ 燕，宴飲。祉，福祉。受祉，指受到獎賞。來歸自鎬，謂從鎬京返回封地。御，進也。炰，音庖，燒烤。膾，音快，細切肉。候，等候。候誰在，即誰在候。張仲，人名。孝友，美稱。

〔訓譯〕

　　六月盛夏很忙碌，戰車全都整治好。四匹公馬很强壯，載著身穿常服人。獫狁來勢很兇猛，我們因此才著急。周王親自去征討，藉以挽救這王國。

　　四匹黑馬並一列，嫻熟纔是大準則。在這六月盛夏日，我的軍服纔製成。我的軍服製成後，纔能跟著去行軍。周王親自去出征，我來輔佐這天子。

　　四匹公馬身體長，個個都有大腦袋。迫近討伐賊獫狁，得以進建大功勞。車馬威嚴又整齊，從事武裝大事業。從事武裝大事業，藉以安定這王國。

獫狁並非遍地草，而是整體住焦獲。想侵鎬京和方城，一直打到涇河北。我軍旗幟畫鳥紋，白帛大旗亮央央。十輛裝甲大戰車，用來開路做先鋒。

戰車都已行安穩，一俯一仰有節奏。四匹公馬已擺正，而且都已很嫻熟。緊緊追著打獫狁，一直追到大原上。能文能武尹吉甫，萬國以他為楷模。

吉甫飲宴很歡喜，收到很多獎勵品。從鎬返回老家去，我在路上走很久。回去宴飲衆親友，烤鱉蒸鯉細打理。誰在家中等候我？張仲孝友一夥人。

〔意境與畫面〕

西周末年一個盛夏，北方獫狁突然南侵，一直打到離京城鎬京不遠的涇河以北。朝廷緊急徵兵抗擊，新徵來的士兵來不及縫製軍裝就出發了。駕車的馬也沒有經過訓練，只能邊走邊進行練習。周宣王親自率兵出征，尹吉甫輔佐於他，他的軍裝也是臨時趕製出來。周朝軍隊的軍旗上畫著鳥紋，白帛大旗迎風招展，前面有鐵甲戰車開路，一路北去。尹吉甫能文能武，指揮軍隊打敗了獫狁，並乘勝追擊，一直追到"大原"，然後凱旋班師。受賞後的回歸路上，尹吉甫唱出了這《六月》之歌。

〔引用〕

《左傳·宣公十二年》記載晉楚之戰中："孫叔曰：'進之！寧我薄人，無人薄我。《詩》云："元戎十乘，以先啓行。"先人也。'"出此詩之四章。

采芑

〔提要〕這首詩記述周宣王卿士方叔率兵南伐荊楚之事，贊頌方叔和周朝軍勢之盛。《毛詩序》曰："《采芑》，宣王南征也。"今文三家無異義。按詩非言宣王親征。

薄言（迫然）采芑，于彼新田，在此菑畝。方叔涖止（之），其車三千。師干之試，方叔率止（之）。乘其四騏，四騏翼翼。路車有奭，簟茀魚服，鉤膺鞗革（鋈勒）。①

薄言（迫然）采芑，于彼新田，于此中鄉。方叔涖止（之），其車三千。旂旐央央，方叔率止（之）。約軝錯衡，八鸞（鑾）瑲瑲（鏘鏘）。服其命服，朱芾斯皇（煌），有瑲（鏘）葱珩。②

鴥彼飛隼，其飛戾天，亦集爰止（之）。方叔涖止（之），其車三千。師干之試，方叔率止（之）。鉦人伐鼓，陳師鞠（鞫）旅。顯允方叔，伐鼓淵淵，振旅闐闐（嗔嗔）。③

蠢爾蠻荊，大邦爲仇。方叔元老，克壯其猶（猷）。方叔率止（之），執訊獲（馘）醜。戎車嘽嘽，嘽嘽焞焞，如霆如雷。顯允方叔，征伐玁狁，蠻荊來威。④

——《采芑》四章，章十二句。

〔彙校〕

約軝，諸舊本或作"軧"，誤。
朱芾，《魯詩》作"紼"，亦借字。
葱珩，今文三家作"衡"，借字。
其猶，《齊詩》《魯詩》作"猷"，本字。
焞焞，《魯詩》作"推推"，音近而誤。

〔注釋〕

① 薄言，即"迫然"，急迫的樣子。芑，音起，一種野菜。采芑，

比喻征討敵人。新田，新墾之田。畬，音資，初耕一年的地。新田、畬畝，比新老敵人。下"新田""中鄉"同。方叔，周宣王卿士。涖，自上臨視。止，同"之"。下同。三千，誇張之辭。師，衆也。干，盾牌。試，用也。率，率領。騏，青黑色馬。翼翼，整齊的樣子。路車，即所謂輅車，一種大車。奭，紅色。簟，音奠，竹席。茀，音服，遮蔽車身的竹席。魚服，魚皮制的箭袋。鉤膺，馬胸前皮帶上的鉤，以掛纓。條革，借爲"鋚勒"，馬籠頭上的金屬飾物。

② 中鄉，即鄉中、鄉野之中。旐，畫有雙龍的旗子。央央，鮮明的樣子。旒，音兆，畫有龜蛇的旗子。約，纏束。軝，音其，車轂之端。錯，謂錯金，即鑲嵌金屬。衡，轅端橫木，以駕服馬。鸞，借爲"鑾"，車鈴。瑲瑲，同"鏘鏘"，象聲詞。命服，猶爵服，身份地位的象徵。朱，紅色。芾，音費，同"韍"，蔽膝。斯，語助詞。皇，同"煌"，輝煌。有瑲，同"瑲瑲"，玉鳴聲。葱，葱綠色。珩，音恒，一種佩玉。

③ 鴥，音豫，鳥疾飛的樣子。隼，音損，鷹類猛禽。戾，音利，至也。集，落在樹上。爰，于是。止，停止。"其飛戾天，亦集爰止"，比喻靈活，以比方叔之謀。鉦，音征，鐃屬器物，可搖以發聲。鉦人，官名。伐，猶擊。伐鼓，以進軍也。陳師，陳列軍隊。鞠，借爲"鞫"，告也。旅，謂兵衆。顯允，顯赫。淵淵，擊鼓不絕的樣子。振，振奮。闐闐，音田田，借爲"嗔嗔"，氣盛的樣子。

④ 蠻荆，謂楚人。大邦，謂周。元老，老臣。克，能夠。壯，雄壯。猶，借爲"猷"，謀也。執訊，抓俘虜。獲，借爲"馘"，殺敵取其左耳。醜，謂敵人。嘽嘽，音灘灘，車行聲。焞焞，音吞吞，勢盛的樣子。霆，迅雷。威，威懾。蠻荆來威，倒裝。

〔訓譯〕

　　急忙采芑菜，在那新田裏，在這老地裏。方叔來視察，戰車三千輛。士兵試干戈，方叔當統帥。車駕青花馬，四匹齊刷刷。車厢染紅色，竹簾皮箭袋，馬胸掛紅纓。

　　急忙采芑菜，在那新田裏，在這鄉野中。方叔來視察，戰車三千輛。旌旗獵獵擺，方叔是統帥。車衡錯金銀，八鑾響鏘鏘。穿著爵命服，蔽膝亮煌煌，綠珩響瑲瑲。

　　老鷹正疾飛，一怒沖上天，又落大樹上。方叔來視察，戰車三千輛。士兵用干戈，方叔爲統帥。鉦人擊鼓忙，列陣宣誓辭。顯赫那方叔，親自擂戰鼓，振奮士氣盛。

愚蠢你蠻荆，大邦來結仇。方叔老元帥，雄壯其計謀。方叔率軍隊，殺敵又擒敵。戰車嘽嘽響，焞焞聲勢大，迅疾如雷霆。顯赫這方叔，既伐獵狁賊，又來威懾楚。

〔意境與畫面〕

一隻陣容龐大的軍隊，裝備精良齊備，軍旗獵獵，準備出發討敵。老元帥一身禮服，前來檢閱。他的車子豪華無比，他的身上佩玉叮噹。戰鬥打響，元帥親自搖動戰鼓，士兵勇往直前，戰車聲勢如雷，直逼敵陣，大獲全勝。

車　攻

〔提要〕這是一首描寫周宣王于甫田狩獵的詩。《毛詩序》曰："《車攻》，宣王復古也。宣王能內修政事，外攘夷狄，復文武之境土，修車馬，備器械，復會諸侯于東都，因田獵而選車徒焉。"田獵爲其實。《竹書紀年》曰："九年，（宣）王會諸侯于東都，遂狩于甫。"《墨子·明鬼》曰："（殺其臣杜伯）三年，周宣王合諸侯而田于圃田，車數百乘，從數千，人滿野。"皆當有所據。《易林·履之夬》曰："《吉日》《車攻》，田弋獲禽。宣王飲酒，以告嘉功。"其說是，飲酒見《吉日》。

我車既攻，我馬既同。四牡龐龐，駕言徂東。①

田車既好，四牡孔阜。東有甫（圃）草，駕言（焉）行狩。②

之子于苗，選徒囂囂（嗸嗸）。建旐設旄，搏（薄）獸（狩）于敖。③

駕彼四牡，四牡奕奕。赤芾金舄，會同有繹。④

決（抉）拾既佽，弓矢既調。射夫既同，助我舉柴。⑤
　　四黃既駕，兩驂不猗。不失其馳，舍矢如（而）破。⑥
　　蕭蕭馬鳴，悠悠斾旌。徒御不驚，大庖不（丕）盈。⑦
　　之子于征，有聞無聲。允矣君子，展也大成！⑧
　　　　　　　　　　　　——《車攻》八章，章四句。

〔彙校〕

　甫草，今文三家作"圃"，本字。

　搏獸，《九經古義》云："《水經注》引云'薄狩于敖'，《東京賦》同。"《魯詩》"獸"作"狩"。按作"薄狩"當是，獸不可以徒手搏也。

　奕奕，《韓詩》作"鷊鷊"，借字。

　赤芾，《魯詩》作"綍"，借字。

　既佽，《魯詩》作"次"，借字。

　舉柴，《魯詩》作"㨮"，《齊詩》《韓詩》作"㨮"，皆借字。

　蕭蕭，《經義雜記》謂經字本作"肅肅"，唐石經原刻作"肅肅"而後改"蕭蕭"，非也。按作"蕭蕭"近是，馬鳴聲似不應作"肅肅"。

〔注釋〕

　①我，作者自謂，周王的馭手。攻，修治。同，集中。龐龐，高大的樣子。言，語助詞，同"焉"。徂，往也。

　②田車，狩獵之車。好，謂休整好。孔，很。阜，大也，謂肥壯。甫，借爲"圃"，澤藪名，亦作"甫田"，在今河南中牟縣境。

　③之子，此君子，指周宣王。于，往、去也。苗，夏天狩獵曰苗。選徒，挑選出來的士徒。囂囂，借爲"敖敖"，神氣的樣子。建，樹也。旐，音兆，畫有龜蛇的旗子。旄，音毛，犛牛尾做的旗子。薄，借爲"迫"，迫近。敖，地名，在舊滎陽、今河南鄭州地。

　④奕奕，有神采的樣子。芾，音費，同"韍"，蔽膝。舄，音系。金舄，嵌有黃金的鞋子。赤芾金舄，貴族之服，代表貴族。會同，回合。有繹，猶繹繹，有序的樣子。

　⑤決，借爲"抉"，射箭的扳指。拾，射箭的護肩。《周禮·繕人》："贈弋抉拾。"佽，音次，排列有序，此謂依次戴定。調，調試。射夫，射手。舉柴，放火燒柴，以嚇出野獸。

⑥黃，指黃馬。兩驂，兩側的馬。猗，偏也。舍矢，放箭。如，讀爲"而"。破，謂射中。

⑦蕭蕭，馬鳴聲。悠悠，飄動的樣子。旆旆，旌旗。徒禦，步卒和馭手。不驚，未受驚恐。庖，廚房。不，讀爲"丕"，大也。盈，滿也。

⑧征，謂返回之時。聞，謂車馬行進之聲。聲，指人聲。允，信、誠也。君子，受人尊重之人。展，誠也。成，謂莊稼豐收。

〔訓譯〕

我的車子已整好，我的馬兒已備齊。四匹公馬很高大，駕將起來去東方。

打獵車子已備好，四匹公馬很肥碩。東方有個甫田澤，駕將起來去打獵。

這個君子去打獵，選徒個個很神氣。豎起龜旗掛起旐，前去狩獵在山敖。

駕那四匹大公馬，匹匹都很有神采。紅色蔽膝金黃鞋，一個一個來聚攏。

扳指護肩已戴定，弓弦也已調試好。射手都已到齊了，幫我一起燎柴火。

四匹黃馬已駕好，兩匹驂馬跑得正。一邊奔馳一邊射，放箭應聲獸皮破。

馬兒蕭蕭長聲鳴，旌旗獵獵隨風擺。步徒馭手未受驚，廚房裏面堆積滿。

這位君子驅車歸，只聽車響人無聲。確實是位大君子，確實算是大豐收！

〔意境與畫面〕

初夏時節，周王率領大臣從鎬京出發，前往東方甫田狩獵。車隊規模浩大，旌旗獵獵。周王的車上駕著四匹高大肥壯的公馬，精神抖擻。跟隨的士徒個個驍勇健壯，神氣十足。到達獵場，大臣貴族們相繼進入。士卒做好射獵的準備，幫周王燒起柴火，野獸紛紛出逃。周王上車，馭手驅車直追野獸而去。奔馳之中，周王連連放箭，野獸一一應聲倒地。狩獵結束，士卒打掃獵場，獵物裝了整整幾大車，一派豐收景象。

吉　日

〔提要〕這是一首描寫周宣王在漆、沮之間射獵的詩。《毛詩序》曰："《吉日》，美宣王田也。能慎微接下，無不自盡，以奉其上焉。"今文三家無異義，皆近是。

吉日維（爲）戊，既伯既禱。田車既好，四牡孔阜。升彼大阜，從其群醜。①

吉日庚午，既差我馬。獸之所同，麀鹿麌麌。漆沮之從（縱），天子之所。②

瞻彼中原，其祁（麚）孔有。儦儦俟俟（竢竢），或群或友。悉率左右，以燕天子。③

既張我弓，既挾我矢。發彼小豝，殪此大兕。以御賓客，且以酌醴。④

——《吉日》四章，章六句。
——《南有嘉魚》之什十篇，四十六章，二百七十二句。

〔彙校〕

其祁，鄭玄箋謂當作"麚"，《爾雅疏》亦引作"麚"，當是本字。
儦儦，《韓詩》作"駓駓"，借字。
俟俟，《韓詩》作"騃騃"，亦借字。

〔注釋〕

① 維，同"爲"，是。戊，據下章"庚午"，當指戊辰，庚午前二日。伯，祭馬的儀式。《爾雅·釋天》"既伯既禱，馬祭也。"田車，打獵的車。好，謂整理好。阜，肥壯。大阜，大山丘。從，追逐。醜，敵人，這裏指野獸。

② 差，選擇。同，集中。麀，音幽，母鹿。麌麌，音語語，鹿多的樣子。漆、沮（音居），二水名，上游名沮，下游名漆，在關中偏西麟游武功一帶，南入渭水。從，同"縱"，指順其兩岸。所，處所，指獵場。

③ 瞻，遠望。中原，原中。其，指母鹿。麎，音辰，母麋鹿。大。孔，很。孔有，謂很多。儦儦，音彪彪，行走的樣子。俟俟，借爲"竢竢"，音四四，等待的樣子。悉，全部。率，猶隨。燕，樂也。天子，指周宣王。

④ 挾，音諧，用食指和拇指捏住。發，謂一發射中。豝，音巴，母豬。殪，音壹，謂衆箭射死。兕，音似，犀牛。以，謂以之、用它。御，謂宴請。酌，斟酒。醴，音禮，一種甜酒。

〔訓譯〕

　　吉日是戊辰，車馬已祭過。田車已備好，四馬很肥碩。上那大土丘，追逐那群獸。

　　吉日是庚午，我馬已選好。野獸所集中，母鹿非常多。漆水沮水旁，天子好獵場。

　　遠望那原中，麋鹿大而多。走走又停停，成群或成雙。全都隨左右，以樂周天子。

　　我弓已張開，我箭已在手。射那小母豬，殺這大犀牛。豬肉宴賓客，犀角斟美酒。

〔意境與畫面〕

　　吉日選定，舉行祭祀，周王準備出獵。獵車備齊，隊伍出發。進入開闊的獵場，獵車任意馳騁。獵場内母鹿成群，還有一頭大犀牛。周王的車衝在前面，群臣的車緊隨兩側。周王一發射死一隻母野豬，群臣跟著又射死了大犀牛。周王高興地說：我要用這野豬肉宴請賓客，用這犀牛角來斟美酒！

鴻雁之什

鴻　雁

〔提要〕這是一個被派往遠地負責修築新城的官員，敍寫自己經受的辛勞和所成就的功績，以及反遭人批評的詩，以抒發自己的委屈。《毛詩序》曰："《鴻雁》，美宣王也。萬民離散，不安其居，而能勞來還定，安集之，至于矜寡，無不得其所焉。"今文三家無異義。按宣王雖未必，但所言比較接近詩意。朱熹以爲是流民之歌，恐非。

　　鴻雁于飛，肅肅其羽。之子于征，劬勞于野。爰及矜人，哀此鰥寡。①
　　鴻雁于飛，集于中澤。之子于垣，百堵皆作。雖則劬勞，其究安宅。②
　　鴻雁于飛，哀鳴嗷嗷。維此哲人，謂我劬勞。維彼愚人，謂我宣驕。③

——《鴻雁》三章，章六句。

〔注釋〕

① 鴻雁，即大雁。于，表示動作進行之時。肅肅，煽動的樣子，以比劬勞。之子，此人。征，出遠門。劬，音渠。劬勞，辛勞。野，野外。爰，乃。矜，音今，貧苦之人。哀，可憐。鰥，無妻之人；寡，無夫之人。

② 中澤，沼澤之中。垣，圍牆，這裏指築圍牆。堵，計牆的單位，

另樹夾木爲一堵。舊謂方方一丈爲一堵，恐未必。作，起、築成。其究，終究。安宅，安居之宅。

③ 嗷嗷，象聲詞。哲，智也。我，"此子"自謂。宣驕，驕奢。有牆百堵，知其規模較大，故曰驕奢。

〔訓譯〕

　　鴻雁遠飛時，翅膀不停煽。這人出遠門，辛勞在荒野。還有貧苦人，可憐是鰥寡。

　　鴻雁雖遠飛，也落沼澤中。這人來築牆，築起一百堵。雖則很辛勞，終究能安居。

　　鴻雁遠飛時，聲聲傳哀鳴。只有這智人，説我很辛勞。只有那蠢人，説我很驕奢。

〔意境與畫面〕

　　一個官員，帶領著一批民夫，前往遥遠的地方修築新城。他們風餐露宿，忍飢挨餓，連續辛勞，終于築起了一百堵城牆的城垣，裏面蓋上了房子，成爲可以安居之所。朝廷裏的"哲人"説他受了辛苦，"蠢人"卻説他驕奢淫逸。他覺得委屈，而唱出了這首《鴻雁》之歌。

庭　燎

〔提要〕這是一首描寫大臣們黎明時分參加早朝的詩。《毛詩序》曰："《庭燎》，美宣王也，因以箴之。"近是。《列女傳·賢明篇》："周宣王嘗夜臥而晏起，姜后乃脱簪珥待罪于永巷。……王乃勤于政早朝晏罷，卒成中興焉。"恐未必。《易林·頤之損》用《齊詩》説曰："《庭燎》夜明，追古傷今。"説亦非。

　　夜如何其？夜未央，庭燎之光。君子至止（之），鸞（鑾）聲將將（鎗鎗）。①

　　夜如何其？夜未艾，庭燎晣晣。君子至止（之），鸞（鑾）聲噦噦（鉞鉞）。②

　　夜如何其？夜鄉（向）晨，庭燎有輝。君子至止（之），言（爰）觀其旂。③

——《庭燎》三章，章五句。

〔彙校〕

　　鸞聲，《魯詩》作"鑾"，本字。

　　晣晣，《魯詩》作"晢"，異體字。

　　噦噦，《齊詩》《韓詩》作"鉞鉞"，皆象聲詞。

〔注釋〕

　　① 如何其，怎麼樣。央，盡也。庭，朝廷大院。燎，音療，火炬。君子，指參加早朝的大臣。至，到也。止，同"之"，語助詞。鸞，借爲"鑾"，車鈴。將將，同"鏘鏘"，象聲詞。

　　② 艾，止也。晣晣，音哲哲，明亮的樣子。噦噦，音月月，象聲詞，同"鉞鉞"。

　　③ 鄉，借爲"向"，接近。晨，早晨。輝，光輝。言，借爲"爰"，乃也。旂，音旗，畫有交龍的旗子。觀旂，蓋猶今之升旗儀式。

〔訓譯〕

　　夜色怎樣了？夜還沒有盡，大院點火炬。君子車到了，鑾鈴叮噹響。

　　夜色怎樣了？夜還沒有止，大院亮晃晃。君子車到了，鑾鈴噦噦響。

　　夜色怎樣了？夜近早晨了，大院有光輝。君子到齊了，下令觀龍旗。

〔意境與畫面〕

　　黎明時分，王宮大院，燭炬通明。宮門之外，車鑾之聲不斷，大臣們陸續趕來上朝。直至東方發亮，大臣們全都到齊，音樂響起，儀式開始，大家肅立仰觀龍旗。

沔　水

〔提要〕這是一位大臣憂亂戒友的詩。《毛詩序》曰："《沔水》，規宣王也。"恐非。《國語·晉語四》有"公子賦《河水》"句，韋昭注謂"河"當是"沔"字之誤。然秦詩似不得入《小雅》。

　　沔（瀰）彼流水，朝宗于海。鴥彼飛隼，載飛載止。嗟我兄弟，邦人諸友。莫肯念亂，誰無父母？①

　　沔（瀰）彼流水，其流湯湯。鴥彼飛隼，載飛載揚。念彼不跡，載起載行。心之憂矣，不可弭忘！②

　　〔沔（瀰）彼流水，其流□□。〕鴥彼飛隼，率彼中陵。民之訛言，寧莫之懲？我友敬（警）矣，讒言其興！③

　　——《沔水》三章，二章章八句，一章原六句。

〔彙校〕
　　按：原第三章六句與全詩不協，當脫前二句，今以例補。

〔注釋〕
　　① 沔，音免，借爲"瀰"，音米，滿也。朝宗，本指族人朝見宗主、諸侯朝見天子，藉以比江河流向大海，心向大海也。"沔彼流水，朝宗于海"，喻全天下都應心向朝廷，朝宗于天子。鴥，音欲，疾飛的樣子。隼，鷹隼，比諸侯。飛，謂煽動翅膀。止，謂停止煽動翅膀，滑翔、歇息。"鴥彼飛隼，載飛載止"，喻諸侯或不朝宗。邦人，國民。諸，衆也。念，顧念，擔心。亂，動亂。"誰無父母"，謂動亂一起，人人都將受其害。
　　② 湯湯，音傷傷，水盛的樣子。"其流湯湯"，比勢力盛大。揚，升高。"載飛載揚"，比諸侯跋扈。不跡，即不軌，指跋扈的諸侯。起，起

身。弭,停止。

③率,循、沿著。中陵,即陵中。"鴥彼飛隼,率彼中陵",比諸侯覬覦王朝。訛言,謠言。寧,難道。敬,借爲"警",警惕。讒言,譭謗之言。懲,止也。其,將要。《韓詩》説曰:"讒言緣間而起。"

〔訓譯〕

　　滿滿一河水,朝著大海流。疾飛的鷹隼,飛飛又停停。可歎我兄弟,國人衆朋友。没人擔心亂,哪個没父母?
　　滿滿一河水,波濤在洶湧。疾飛的鷹隼,邊飛邊升高。想起那不軌,坐臥心不寧。心中有憂患,念念不能忘!
　　[滿滿一河水,□□□□□。]疾飛的鷹隼,繞著中陵飛。百姓造謠言,難道没人止?我友請警惕,讒言將興起!

〔意境與畫面〕

　　一條大河,蜿蜒朝東流去。河水洶湧,激起層層浪花。天上一隻老鷹,飛飛停停,然後越飛越高,繞著大陵飛翔幾圈,忽而又俯衝向下,朝著大陵中間一頭紮下。一個貴族站在河邊,看到這一景象,聯想到當時諸侯跋扈,覬覦朝廷,謠言四起,動亂將興的局面,而宗室及國民卻無人顧念擔心,不禁憂憤地唱出了這《沔水》之歌,以戒其友。

鶴　　鳴

　　〔提要〕這是一首教國君廣攬人才的詩。《毛詩序》曰:"《鶴鳴》,誨宣王也。"或是。《易林·師之艮》:"鶴鳴九皋,避世隱居。抱道守貞,竟不隨時。"王先謙謂是用《齊詩》説。清人姜炳章曰:"此詩如《易》取象,《三百篇》之别具一體。"

　　鶴鳴于九皋,聲聞于野。魚潛在淵,或在于渚(濴)。樂彼之園,爰有樹檀,其下維(爲)蘀(檴)。它山之石,可以爲錯(厝)!①

鶴鳴于九皋，聲聞于天。魚在于渚，或潛在淵。樂彼之園，爰有樹檀，其下維（爲）穀。它山之石，可以攻玉！②

——《鶴鳴》二章，章九句。

〔彙校〕

它山，或作"他"，今義同。

爲錯，《魯詩》作"厝"，本字。

維穀，或作"榖"，誤。

〔注釋〕

① 鶴，白鶴，比隱居的賢士。九皋，九曲之皋。皋，澤畔也。野，原野。魚，比人才。淵，深水。渚，借爲"潴"，積水、淺灘。樂，喜歡。園林，比國中。彼之，那個。爰，乃也。檀，名貴樹木。維，同"爲"，是也。蘀，借爲"檡"，不能成材。他山，其他的山。他山之石，比外地的人才。錯，借爲"厝"，礪石、磨石。

② 穀，音够，一種雜木，不能成材。攻，治、加工。王充《論衡》曰："言鶴鳴九折之澤，聲猶聞于天……見鶴鳴于雲中，從地聽之，度其聲鳴于地，當復聞于天也。"

〔訓譯〕

鶴在澤畔鳴，聲音傳原野。魚潛在深淵，也浮在淺灘。喜歡那園子，裏邊有檀樹，下面是檡樹。他山粗石頭，可以做磨石！

鶴在澤畔鳴，聲音傳上天。魚浮在淺灘，也潛在深淵。喜歡那園子，裏邊有檀樹，下面是穀樹。他山硬石頭，可以磨玉器！

〔意境與畫面〕

一個長者，在教誨國君。他口誦此《鶴鳴》之詩，教其廣納賢才。賢才與庸人，猶鶴鳴九皋與魚潛在淵，或檀與蘀、檀與穀，所謂比也。

祈（圻）父

〔提要〕這是一首責問"祈父"，斥其不公的詩。《毛詩序》曰："《祈父》，刺宣王也。"非詩意。許慎《五經異義》曰："陳饔以祭，恐養不及親。"馮登府謂其用《韓詩》說。《易林·謙之歸妹》："爪牙之士，怨毒祈父，轉憂與己，傷不及母。"《齊詩》說也。

　　祈（圻）父：予王之爪牙，胡（何）轉予于恤（洫），靡所止居？①
　　祈（圻）父：予王之爪士，胡（何）轉予于恤（洫），靡所底止？②
　　祈（圻）父：亶不聰，胡（何）轉予于恤，有母之尸饔？③

　　　　　　　　　　——《祈父》三章，章四句。

〔彙校〕
　　祈父，《魯詩》一作"頎甫"，借字。
　　予王，《韓詩》作"維"，非。
　　底止，《釋文》作"厎"，阮元云閩本、明監本、毛本亦作"厎"。按依《說文》，作"厎"當是本字。
　　尸饔，《韓詩》作"雍"，借字。

〔注釋〕
　　① 祈父，同"圻父"，官名，掌田界。舊以為司馬，誤。《尚書·酒誥》："圻父薄違。"予，我。爪士，爪牙之士。胡，何也。轉，移也。恤，當借為"洫"，田間水道。舊如字訓憂，非。靡，無也。止居，居住。

② 底，《説文》："山居也。"引申謂居止。
③ 亶，音膽，誠、真也。之，語助詞。尸，主也。饔，音雍，熟食，謂做飯。母主饔，非所宜也。

〔訓譯〕
  圻父：我是王爪牙，爲何把我轉田漁，使我無處住？
  圻父：我是王衛士，爲何把我轉田間，使我無居止？
  圻父：你真不聰明！爲何把我轉田地，難道因爲有老母？

〔意境與畫面〕
  一個周王的衛士，被圻父轉調去修田漁，使他無處住、無處去。于是他憤怒地前來責問圻父：爲何轉我到田裏？難道是因爲我没有媳婦而有老母親爲我燒飯嗎？你太混蛋！

白　駒

〔提要〕這是一首留客詩。《毛詩序》曰："《白駒》，大夫刺宣王也。"恐未必。《潛夫論·遏利》："《白駒》，介推遁逃于山谷……守志篤固，秉節不虧。"以爲介子推所作，恐亦非。范甯《春秋穀梁傳集解序》曰："君子之路塞，則《白駒》之詩作。"馮登府謂與《潛夫論》合，《韓詩》也。《太平御覽》引《大周正樂》曰："《白駒》者，失朋友之所作也。"馮登府謂出《魯詩》説。

  皎皎白駒，食我場苗。繫之維之，以永今朝。所謂伊人，于焉逍遥？①
  皎皎白駒，食我場藿。繫之維之，以永今夕。所謂伊人，于焉嘉客？②
  皎皎白駒，賁（奔）然來思。爾公爾侯，逸豫無期。慎爾優遊，勉（免）爾遁思！③

皎皎白駒，在彼空谷。生芻一束，其人如玉。毋金玉爾音，而有遐心！④

——《白駒》四章，章六句。

〔彙校〕
空谷，《韓詩》《齊詩》作"穹"，借字。

〔注釋〕
①皎皎，形容皎潔的樣子。駒，幼馬。皎皎白駒，比年輕的客人。場，場圃之地。苗，禾苗。食我場苗，比出席宴會。縶，音直，絆其足。維，拴也。縶之維之，比留客。永，長也。以永今朝，謂使時間過得更慢一點，更有意義。伊人，此人、客人。于，往、去也。焉，在哪裏。逍遥，悠遊自得。于焉逍遥，問客人要去哪裏。
②藿，豆葉。嘉客，謂做嘉賓，省動詞。
③賁，同"奔"。奔然，奔跑的樣子。思，語助詞。爾，你們。逸豫，安逸享樂。期，期限。逸豫無期，謂有的是時間。慎，謹慎。優遊，安閑地出遊。慎爾優遊，意輕易不要走。勉，借爲"免"，免除。遁，逃遁。免爾遁思，意不要想著逃走。
④生芻，青草。生芻一束，以喂馬也。其人，指客人。如玉，形容白净。音，謂説話。金玉，喻珍貴。毋金玉爾音，勸客人不要沉默。遐，遠也。遐心，遠去之心。

〔訓譯〕
皎潔雪白小馬駒，吃我地裏莊稼苗。絆住雙足拴上它，藉以延長今早上。我所説的這個人，要到哪裏去逍遥？

皎潔雪白小馬駒，吃我地裏豆子葉。絆住雙足拴上它，藉以延長今晚上。我所説的這個人，要去哪裏當嘉賓？

皎潔雪白小馬駒，奔奔跑跑來到了。你們這些公侯們，安逸享樂無期限。謹慎你的安樂遊，除掉你的遁逃心！

皎潔雪白小馬駒，在那空曠山谷中。青草一捆喂馬駒，那人長得像白玉。不要吝惜你金聲，心裏卻想遠離去！

〔意境與畫面〕

一個年輕帥氣的大貴族,經過一處山莊,被主人攔住,留他做客。大貴族要走,主人勸他說:你們公侯都有閑時間,也不在這一天兩天,所以你就安心住下,也不要想著偷偷逃走。大貴族悶不做聲,主人說:你雖嘴上不說,心裏卻想著遠去。

黃　鳥

〔提要〕這是一個流亡異邦之人遭到當地人驅趕而欲返故國時所唱的歌。《毛詩序》曰:"《黃鳥》,刺宣王也。"非詩意。《易林·乾之坎》用《齊詩》說云:"黃鳥采蓫,既嫁不答。念我父兄,思復邦國。"略是。清徐璈曰:"此詩以陰禮言。今以焦氏所述,是詩爲女適異國,不見答于夫家而作,將以大歸也。"恐未必。

　　黃鳥黃鳥,無(毋)集于榖,無(毋)啄我粟。此邦之人,不我肯穀。言旋言歸,復我邦族。①
　　黃鳥黃鳥,無(毋)集于桑,無(毋)啄我粱。此邦之人,不可與明(盟)。言旋言歸,復我諸兄。②
　　黃鳥黃鳥,無(毋)集于栩,無(毋)啄我黍。此邦之人,不可與處。言旋言歸,復我諸父。③
　　　　　　　——《黃鳥》三章,章七句。

〔注釋〕
① 黃鳥,即黃雀。無,同"毋",不要。下同。集,停、落。榖,音够,樹名。粟,穀子。邦,國也。穀,養也。言,說、欲也。旋,回還。復,返回。下同。邦族,族人所在之邦。
② 粱,小米。與,一起、共同。明,借爲"盟"。
③ 栩,音許,樹名,即柞樹。黍,糜子。

〔訓譯〕

"黃鳥啊黃鳥，不要落在穀樹上，不要啄我穀子！"這鄉的人啊，不肯養活我。回去吧，再回我故國老家！

"黃鳥啊黃鳥，不要落在桑樹上，不要啄我黃粱！"這鄉的人啊，不可與結盟。回去吧，再回我兄弟身邊！

"黃鳥啊黃鳥，不要落在柞樹上，不要啄我糜子！"這鄉的人啊，不可與共處。回去吧，再回我父兄身邊！

〔意境與畫面〕

一個流落異國的年輕人，不受當地人歡迎。他走到哪裏，哪裏的人就像驅趕黃雀一般地驅趕他，沒有人給他飯吃，沒有人願意與他結盟，沒有人願意跟他在一起。不得已，他只能再回故國。

我 行 其 野

〔提要〕這是一個贅婿因遭拋棄而唱的歌。《毛詩序》曰："《我行其野》，刺宣王也。"非詩意。《齊詩》曰："黃鳥采蓄，既嫁不答。念吾父兄，思復邦國。"亦非。

我行其野，蔽芾其樗。婚姻之故，言（焉）就爾居。爾不我畜，復我邦家！①

我行其野，言（焉）采其蓫。昏姻之故，言（焉）就爾宿。爾不我畜，言（焉）歸斯復！②

我行其野，言（焉）采其葍。不思舊姻，求爾新特。成（誠）不以富，亦祇以異！③

——《我行其野》三章，章六句。

〔彙校〕

其蓫，《齊詩》《韓詩》作"蓄"，古同音借字。

不思，《白虎通義》作"惟"，義同。
舊姻，《魯詩》作"因"，借字。
衹以，唐石經本作"祗"，誤，改從衆本。

〔注釋〕
①我，贅婿自謂。野，郊外。蔽，遮蔽。芾，音服，草木盛的樣子。樗，音出，臭椿樹。言，用同"焉"，去那。下同。就，去到。畜，收留。復，返回。邦家，國家。
②蓫，音處，一種野菜，鄭玄以爲牛蘈。宿，住宿。斯，語助詞。
③葍，音服，萊菔，即蘿卜。特，謂丈夫。成，借爲"誠"。衹，只有、只因。

〔訓譯〕
我在郊外行，臭椿遮我臉。因爲結婚姻，才到你家住。你不收留我，我就回我家！
我在郊外行，去采那野蓫。因爲結婚姻，才到你家宿。你不收留我，我就返回去！
我在郊外行，去采那蘿卜。不思舊婚姻，求你新丈夫。不是因他富，只是因新異！

〔意境與畫面〕
一個小伙子從郊外路過，被一個女子勾引，去他家做了贅婿。時間一長，女子喜新厭舊，把小伙子趕出家門，要另找新歡。小伙子在離家之際，吟出了這首《我行其野》，比女子爲臭椿。

斯　　干（澗）

〔提要〕這是一首周天子教子之詩。《毛詩序》曰："《斯干》，宣王考室也。"考，成也，故後人以爲是王宮落成之詩，實非詩旨。《魯詩》曰："周德既衰而奢侈，宣王賢而中興，更爲儉宮室、小寢廟，詩人美之，《斯干》之詩是也。"《漢書》劉向本傳載說同，亦皆非。唯言"上章道室家之如制，下章言子孫之衆多"，則以此詩爲兩章。馮登府以爲"秩秩"至"攸寧"爲上章，"下莞"以下爲下章，亦可。

秩秩斯干（澗），幽幽南山。如竹苞矣，如松茂矣。兄及弟矣，式（是）相好矣，無相猶（猷）矣。①

似（嗣）續妣祖，築室百堵，西南其戶。爰居爰處，爰笑爰語。②

約之閣閣，椓之橐橐。風雨攸（用）除，鳥鼠攸（用）去，君子攸（用）芋（宇）。③

如跂（企）斯翼，如矢斯棘（急），如鳥斯革（翱），如翬斯飛，君子攸躋。④

殖殖（直直）其庭（廷），有覺（梏）其楹。噲噲其正（晝），噦噦（晦晦）其冥。君子攸寧。⑤

下莞上簟，乃安斯寢。乃寢乃興，乃占我夢。吉夢維何？維（爲）熊維（爲）羆，維（爲）虺維（爲）蛇。⑥

大人占之：維（爲）熊維（爲）羆，男子之祥；維（爲）虺維（爲）蛇，女子之祥。⑦

乃生男子，載（則）寢之床。載（則）衣之裳，載（則）弄之璋。其泣喤喤，朱芾斯皇（煌），室家君王。⑧

乃生女子，載（則）寢之地。載（則）衣之裼，載（則）弄之瓦。無非無儀（議），唯酒食是議（儀），無父母詒（貽）罹。⑨

——《斯干》九章，四章章七句，五章章五句。

〔彙校〕

噦噦，《魯詩》作"格格"，義同，皆象聲詞。

橐橐，《魯詩》作"欜欜"，同，皆象聲詞。

攸芋，《魯詩》作"宇"，本字。

如跂，《韓詩》作"企"，本字。

斯棘，《韓詩》作"朸"，別一義。《說文》："朸，木之理也。"

斯革，《韓詩》作"翱"，本字。

維熊維羆，維虺維蛇，《魯詩》皆作"惟"，同，均借爲"爲"。

朱芾，《魯詩》作"紼"，借字。

之裼，《韓詩》作"褅"，以音誤。

無非無儀，唯酒食是議，二字當互誤。

詁罹，《釋文》云："'詁'本又作'貽'，'罹'本又作'離'。"按"詁"作"貽"本字，"罹"作"離"借字。

〔注釋〕

① 秩秩，流動的樣子。斯，之。干，借爲"澗"，山間流水。幽幽，蒼翠的樣子。南山，秦嶺。"秩秩斯干""幽幽南山"，比家業綿長興旺。如，有也。苞，叢生。苞竹，比兄弟和諧。茂松，形容興盛。式，同"是"。猶，同"猷"，謀也。

② 似，借爲"嗣"，繼也。妣，先母。妣祖，指祖先。堵，牆的單位。百堵，極言其多。爰，乃。

③ 約，束也。閣閣，束板聲。椓，擊也。橐橐，音沱沱，同"啴啴"，音相轉，夯土聲。攸，借爲"用"，得以。芋，借爲"宇"，屋檐，代庇護之所。

④ 跂，音氣，借爲"企"，舉起。翼，翅膀。斯，猶"之"。下同。棘，刺也。革，借爲"翱"，翅也。翬，音輝，野雞。躋，升、登也。

⑤ 殖殖，同"直直"，平正的樣子。庭，同"廷"，廳堂。覺，借爲"梏"，音絕，直也。楹，柱子。噲噲，音快快，明亮的樣子。正，借爲"晝"，白天。噦噦，音諱諱，借爲"晦晦"，昏暗的樣子。冥，謂夜。寧，安寧。

⑥ 莞，音關，草名，可以織席。簟，音電，竹席。寢，臥也。興，起也。占，謂占問、卜問。我，自己。維，同"爲"。羆，音皮，熊類猛獸。虺，音毀，毒蛇。

⑦ 大人，指太卜，朝廷負責占卜之人。占，謂占斷、判定。祥，

吉兆。

⑧乃,猶"若"。載,猶"則",就。下同。衣,穿也。弄,玩也。璋,一種玉質禮器,貴族朝聘、典禮所用。喤喤,形容洪亮。朱芾,紅色蔽膝。皇,同"煌",鮮亮的樣子。室家,指周王室。

⑨裼,音替,小兒被。瓦,陶紡輪。非,批評。儀,與下"議"字互誤,議論。酒食,酒席。議,與上"儀"字互誤,儀式。詒,借爲"貽",遺留。罹,音離,憂也。

〔訓譯〕

流淌的山澗,蒼翠的南山。有叢生的竹,有茂盛的松。兄長和弟弟,應該相友好,不能互算計。

繼承老祖宗,修房一百間,門户朝西南,各自住進去,歡聲又笑語。

束板閣閣響,夯土聲橐橐。風雨得以除,鳥鼠得以去,君子得以居。

兩廂像鵲翼,正屋如箭刺。臺階像鳥翅,堂如野雞飛,君子得以登。

庭堂平展展,楹柱直溜溜。白天屋裏亮,晚上暗幽幽,君子得安寧。

竹席鋪草墊,于是才安寢。睡醒爬起來,占問我所夢。夢的是什麼?夢見熊和羆,夢見虺和蛇。

太卜占斷説:夢見熊和羆,兆生男孩子;夢見虺和蛇,兆生女孩子。

若生男孩子,就讓睡床上,就給穿圍裳,就讓玩玉璋。哭聲很洪亮,蔽膝亮煌煌,周家當君王。

若生女孩子,就讓睡地上,就給裹被單,就讓玩紡輪。不非也不議,只給辦酒席,不留父母憂。

〔意境與畫面〕

老國王召集幾個兒子兒媳進行訓教,如詩所云。

無　羊

〔提要〕這是一首讚頌人畜牧業繁盛興旺的詩。《毛詩序》曰："《無羊》，宣王考牧也。"今文三家無異義，皆非詩意。

誰謂爾無羊？三百維群。誰謂爾無牛？九、十其犉。爾羊來思，其角濈濈（輯輯）。爾牛來思，其耳濕濕！①

或降于阿，或飲于池，或寢或訛（吪）。爾牧來思，何（荷）蓑何（荷）笠，或負其餱。三、十（四）維物，爾牲則具！②

爾牧來思，以薪以蒸，以雌以雄。爾羊來思，矜矜（勤勤）兢兢，不騫不崩。麾之以肱，畢來既升！③

牧人乃夢，衆（蟊）維（爲）魚矣，旐維（爲）旟矣。大人占之：衆（蟊）維（爲）魚矣，實維（爲）豐年；旐維（爲）旟矣，室家溱溱（蓁蓁）！④

——《無羊》四章，章八句。
——《鴻雁之什》十篇，三十二章，二百三十句。

〔彙校〕
　　或訛，《韓詩》作"譌"，借字。
　　三十，疑當作"四"。"三、四"，與上"九、十"相對。
　　衆維，《魯詩》作"惟"，皆借爲"與"。
　　溱溱，《魯詩》作"蓁蓁"，本字。

〔注釋〕
　　①謂，說也。維，爲也。九、十，極言其多。犉，音閏，上聲，黑

唇黃牛。思，語助詞。濈濈，借爲"輯輯"，聚集的樣子。濕濕，濕潤的樣子。牛多相互呵氣，致耳濕潤也。

②降，下也。阿，山角。訛，借爲"吪"，嘴動，所謂反芻、二次咀嚼消化。牧，牧人。何，同"荷"，扛、披戴。負，背也。餱，音侯，乾糧。物，謂色。牲，牲畜。具，具備。

③薪，粗柴。蒸，細柴。做動詞，謂撿柴。雌雄，指野雞。矜矜，借爲"勤勤"，勞力的樣子。兢兢，爭進的樣子。騫，虧、缺失、減少。崩，謂離散。麾，同揮。肱，上臂。畢，全部。既，盡也。升，謂入圈。

④衆，借爲"螽"，同"蚣"，蝗蟲。上句"維"，借爲"爲"，變爲。下句"維"，亦借爲"爲"，是。旐，音兆，畫有龜蛇的旗子。旟，音餘，畫有鷹隼的旗子。大人，謂太卜、貞人。溱溱，借爲"蓁蓁"，繁盛的樣子。

〔訓譯〕

誰說你沒羊？三百一大群。誰說你沒牛？黑嘴近十頭。你家羊群來，犄角一叢叢。你家牛群來，耳朵濕漉漉！

有的下山阿，有的飲池塘，有臥有反芻。你家牧人來，蓑衣加斗笠，有的背乾糧。毛色三四種，你家全都有！

你家牧人來，拾柴煮野雞，有雌也有雄。你家羊群來，只只爭向前，不缺也不散。揮手一吆喝，全都進羊圈！

牧人屋裏睡，夢見蟲變成了魚，夢見旐变成了旟。貞人占斷說：夢見蟲变魚，實際兆豐年；夢見旐变旟，家室必繁盛！

〔意境與畫面〕

兩個王室貴族見面，一個向另一個哭窮，説自己家牛羊少，家業不振。另一個反問地説，如詩所云，予以誇讚，並祝願其家室繁盛。

節（巀）南山之什

節（巀） 南 山

〔提要〕這是一個叫"家（嘉）父（甫）"的人箴誡尹太師的詩。此尹太師，疑即宣王朝太師尹吉甫。詩意反映作者憂國憂民、乃心王室的一片忠心，故《孔叢子·記義》載孔子曰："（吾）于《節南山》，見忠臣之憂世也。"上博簡《詩論》第六章云："《雨無正》、《節南山》皆言上之衰也，王公恥之。"是從另一角度立説。亂世而見忠臣，與此正可互見。《毛詩序》曰："《節南山》，家父刺幽王也。"非詩意。《齊詩》曰："周室之衰，其卿大夫緩于誼而急于利，亡推讓之風而有争田之訟，故詩人疾而刺之曰：'節彼南山，維石岩岩。赫赫師尹，民具爾瞻。'爾好誼則民鄉仁而俗善，爾好利則民好邪而俗敗。"《漢書·董仲舒傳》亦曰："周室之衰，其卿大夫緩于誼而急于利，亡推讓之風而有争田之訟，故詩人疾而刺之。"馮登府以爲《魯詩》説。

節（巀）彼南山，維石岩岩。赫赫師尹，民具爾瞻。憂心如惔（炎），不敢戲談。國既卒斬，何用不監（鑒）！[①]

節（巀）彼南山，有實其猗（倚）。赫赫師尹，不平謂（爲）何。天方薦瘥，喪亂弘多。民言無嘉，憯（曾）莫懲嗟（戒）！[②]

尹氏大師，維周之氐；秉國之鈞（均），四方是維。天子是毗，俾民不迷。不弔昊天，不宜空我師。③

弗躬弗親，庶民弗信。弗問弗仕，勿罔君子。式夷式已，無（毋）小人殆。瑣瑣姻亞，則無（毋）膴仕。④

昊天不傭，降此鞠訩（凶）。昊天不惠，降此大戾。君子如屆（械），俾民心闋。君子如夷，惡怒是違。⑤

不弔昊天，亂靡有定。式月斯生，俾民不寧。憂心如酲，誰秉國成？不自爲政，卒勞百姓。⑥

駕彼四牡，四牡項領。我瞻四方，蹙蹙靡所騁。⑦

方茂爾惡，相爾矛矣。既夷既懌，如相酬矣。⑧

昊天不平，我王不寧。不懲其心，覆怨其正。⑨

家（嘉）父作誦，以究王訩（凶）。式訛爾心，以畜（蓄）萬邦。⑩

——《節南山》十章，六章章八句，四章章四句。

〔彙校〕

維石，《齊詩》作"惟"，同，發語詞。

如惔，《韓詩》作"炎"，本字。

薦瘥，今文三家作"嗟"，借字。

之氐，《魯詩》作"底"，借字。

之鈞，《韓詩》《魯詩》作"均"，本字。

是毗，《魯詩》作"庳"，借字。

俾民，《魯詩》《釋文》作"卑"，借字。

不傭，《韓詩》作"庸"，借字。

誰秉，《齊詩》"誰"下有"能"字，非。

爲政，《齊詩》作"正"，借字。

家父，今文三家作"嘉"，當是本字。

〔注釋〕

① 節，借爲"巀"，山高峻的樣子。南山，指秦嶺。岩岩，岩石積累的樣子。赫赫，顯赫的樣子。師，謂太師，三公之一。尹，尹氏。爲太師，故稱師尹。瞻，望也。惔，借爲"炎"，火燒。戲談，開玩笑。卒，盡也。斬，截斷。國既卒斬，疑指厲王被逐，共伯和執政，故曰宣王中興。用，猶"以"。監，借爲"鑒"，察看。

② 有實其猗，即實有其猗。猗，借爲"倚"，斜、不平。謂，借爲"爲"。薦，一再。瘥，音搓上聲，病也。弘，大也。嘉，讚美。憯，借爲"曾"，音增，竟也。莫，猶"無"。嗟，借爲"戒"。

③ 氐，根基。秉，握也。鈞，借爲"均"，平也，謂政權。維，繫也。毗，音皮，輔助。弔，善也。空，窮也。師，衆也。

④ 躬，身、自己。親，親自。仕，事也。君子，謂官員。罔，欺也。式，用也。夷，平也。式已，猶"則已"。按"已"字鄭玄讀"己"，恐非。殆，近也。瑣瑣，小的樣子。姻亞，妻姊妹之夫。無，同"毋"，不要。膴，音武，厚也。

⑤ 傭，善也。鞫，音居，大也。訩，用同"凶"。戾，災難。屆，疑借爲"械"，刑具。闋，音卻，《毛傳》訓"息"，謂停息、死息。夷，易也。惡，厭惡。違，離也。

⑥ 式，用也。用月，按月。酲，音成，酒病、神志不清。成，法度。

⑦ 牡，公馬。項，粗大。領，頸也。項領，喻肥壯。蹙蹙，音促促，局促的樣子。靡，無也。

⑧ 方，常也。茂，盛也。相，視也。矛，兵器。夷，平也。懌，悅也。如，猶乃、則。酬，答謝。

⑨ 懲，戒也。覆，反也。正，謂正直之人。

⑩ 父，同"甫"。家（嘉）父（甫），人名。誦，歌也。究，追究。訩，借爲"凶"，惡。式，用、以也。訛，改也。畜，同"蓄"，養也。

〔訓譯〕

　　高峻的南山，岩石疊岩石。顯赫的師尹，百姓都看你。憂心如火焚，不敢有戲談。國家被斬斷，爲何不細察？

　　高峻的南山，確實有斜坡。顯赫的師尹，爲何也不平？老天正降病，喪亂大又多。百姓無讚美，竟也不警戒！

　　尹氏老太師，在周爲柱石。掌握行政權，維繫四周圍。輔助周天子，使民不知迷。老天不友善，不應苦我民。

　　如果不躬親，百姓不相信。如果不過問，莫把官員欺。心平就可以，莫把小人近。小小姨挑子，莫讓做大官。

　　老天不友善，降此大災凶。老天不仁惠，降此大災難。官員如刑具，使民心意灰。官員心若平，不遭憎與怒。

　　老天不友善，喪亂無平息。每月都發生，使民不安寧。憂心如酒醉，誰握國之柄？不謀治國政，百姓受辛苦。

　　如駕四公馬，公馬壯又肥。環顧四周圍，局促無處行。

　　如果常作惡，長矛指向你；心平又氣和，則會酬謝你。

　　老天不平定，我王不安寧。不懲戒你心，反怨正直人！

　　嘉父作此歌，以究王之凶。用以改你心，以養萬國民。

〔意境與畫面〕

　　朝堂之上，長者嘉父正在訓誡朝廷執政大員尹太師，內容如詩所云。

〔引用〕

　　《左傳·襄公七年》："晉韓獻子告老，公族穆子有廢疾，將立之。辭曰：'《詩》（略）又曰：弗躬弗親，庶民弗信。'"出此詩之四章。《左傳·成公七年》："季文子曰：'中國不振旅，蠻夷入伐，而莫之或恤，無弔者也夫。《詩》曰："不弔昊天，亂靡有定。"其此之謂乎！'"又《左傳·襄公十三年》："（楚）大敗吳師，獲公子党。君子以吳爲不弔。《詩》曰：'不弔昊天，亂靡有定。'"皆出此詩之六章。

正　月

〔提要〕這是一個被周幽王遺棄的大臣憂國憂民的詩。《毛詩序》曰："《正月》，大夫刺幽王也。"今文三家無異義，近是。

　　正月繁霜，我心憂傷。民之訛言，亦孔之將。念我獨兮，憂心京京。哀我小心，癙憂以痒。①

父母生我，胡俾我瘉？不自我先，不自我後。好言自口，莠言自口。憂心愈愈（瘐瘐），是以有侮。②

憂心惸惸，念我無祿。民之無辜，並其臣僕。哀我人斯，于何從祿？瞻烏爰止，于誰之屋？③

瞻彼中林，侯薪侯蒸。民今方殆，視天夢夢。既克有定，靡人弗勝。有皇上帝，伊誰云憎？④

謂山蓋（盍）卑，爲岡爲陵？民之訛言，寧莫之懲？召彼故老，訊之占夢。具（俱）曰予聖，誰知烏之雌雄！⑤

謂天蓋（盍）高，不敢不局（跼）。謂地蓋（盍）厚？不敢不蹐（跡）。維（唯）號斯言，有倫有脊。哀今之人，胡爲虺蜴？⑥

瞻彼阪田，有菀其特。天之扤（抈）我，如不我克。彼求我則，如不我得。執我仇仇（扖扖），亦不我力。⑦

心之憂矣，如或結之。今茲之正（政），胡（何）然厲矣？燎之方揚，寧或滅之？赫赫宗周，褎姒威（滅）之！⑧

終其永懷，又窘陰雨。其車既載，乃棄爾輔。載輸爾載，將伯助予！⑨

無棄爾輔，員（用）于爾輻。屢顧爾僕，不輸爾載。終逾絕險，曾是不意。⑩

魚在于沼，亦匪（非）克樂。潛雖伏矣，亦孔之炤。憂心慘慘，念國之爲虐！⑪

彼有旨酒，又有嘉肴。洽比其鄰，昏姻孔云

（有）。念我獨兮，憂心殷殷（慇慇）。⑫

佌佌（仳仳）彼有屋，蔌蔌方有穀。民今之無祿，天夭（妖）是椓。哿矣富人，哀此惸（煢）獨。⑬

——《正月》十三章，八章章八句，五章章六句。

〔彙校〕

愈愈，《魯詩》作"瘐瘐"，本字。

不局，《韓詩》《魯詩》作"跼"，古今字。

不蹐，《齊詩》作"趚"，音近而誤。

虺蜴，《齊詩》作"蜥"，義同。

方揚，《齊詩》作"楊"，誤。

寧或，《齊詩》作"能"，借字。

烕之，諸本或作"滅"，古今字。

之炤，《齊詩》作"昭"，義同。

佌佌，《齊詩》《韓詩》作"仳仳"，本字。

方有穀，《釋文》無"有"字，云："本或作'方有穀'，非也。"按陸說非，"方穀"不辭。

天夭是椓，《魯詩》作"夭天是加"，非；或作"天天"，誤。

惸獨，《魯詩》作"煢"，借字。

〔注釋〕

① 正月，用所謂周正，相當于今農曆十一月。繁，謂厚、多。訛言，謠言。孔，很。將，盛也。京京，大的樣子。哀，可憐。瘨，音鼠，憂心所致之病。癙，瘡病。

② 胡，何也。俾，使也。瘉，音愈，勞病、痛苦。自，在在。莠，音有，惡草。莠言，壞話、惡言。愈愈，借爲"瘐瘐"，鬱悶的樣子。侮，欺侮。

③ 惸惸，音瓊瓊，心神不安的樣子。祿，福也。辜，罪也。並，連同。于何，在哪裏。從，追逐。瞻，向前看。爰，猶"之"。

④ 中林，林中。侯，猶"乃"。薪，粗柴；蒸，細柴。方，正在。殆，危險。夢夢，迷惑的樣子。克，能夠。定，謂定其惑。靡，無也。有皇，猶"皇皇"，大的樣子。伊，惟、是。云，詞頭。憎，恨也。

⑤蓋，借爲"盍"，何也。下同。卑，低也。岡，山脊。寧，難道。莫，無人。懲，止也。召，謂幽王召。訊，問也。具，同"俱"，皆。聖，聖明，無所不知。誰知烏之雌雄，謂皆無基本常識。

⑥局，同"跼"，曲身、彎腰。蹐，音脊，小步走路。跼天蹐地，形容因惶恐而行動拘束。維，同"唯"，只有。號，呼號。斯，此也。倫，理也。脊，借爲"跡"，足跡。虺，毒蛇。蜴，蜥蜴。

⑦阪田，坡地。有菀，即"菀菀"，音域域，茂盛的樣子。特，突出特立之苗。扤，借爲"抈"，音月，折也。克，勝也。彼，指則、準則、原則。執，掌握。仇仇，借爲"扴扴"，音求求，寬鬆的樣子。力，用力。

⑧結，聚結、凝結。今茲，如今。正，借爲"政"，政治。厲，暴戾。燎，火炬。揚，舉起。燎之方揚，比宣王中興。寧，難道。赫赫，顯赫的樣子。宗周，鎬京、西周也。褒姒，周幽王寵妃。

⑨終，終結。永，長也。懷，心思。窘，困也。載，載物。輔，助輻之物。輸，墜落。將，音腔，請也。伯，大哥。予，我也。伯助予，車主之言。

⑩員，借爲"用"。用于輻，以助輻也。顧，回頭看。僕，車夫。逾，過也。絕險，大險。曾，音增，竟然。

⑪沼，池塘。匪，同"非"。克，能也。潛，藏在水中。伏，藏也。炤，明也。慘慘，憂感的樣子。爲虐，施暴也。

⑫彼，指幽王。洽，融洽。比，讀去聲，親比。昏姻，即婚姻，指姻親。云，借爲"有"，多也。殷殷，借爲"慇慇"，心痛的樣子。

⑬佌佌，音此此，借爲"伵伵"，小的樣子。小屋，蓋指糧倉。蔌蔌，音素素，糧食入倉之聲。方，正也。蔌蔌有穀，蓋指徵收賦稅。祿，福也。夭，借爲"妖"。天妖，自然災害也。椓，擊也。哿，音葛，歡樂。惸，音窮，借爲"煢"。煢獨，孤獨無兄弟之人。

〔訓譯〕

正月下繁霜，我心好憂傷！百姓傳謠言，聲勢非常盛。想起我孤獨，憂愁就大增。可憐我小心，憂思得了瘡。

父母生下我，爲何使我痛？不在我之前，不在我之後。好話從口出，惡言也從口。憂愁又鬱悶，因此受欺侮。

憂愁心不安，想我沒有福。百姓很無辜，連累其臣僕。可憐我這人，哪裏求福祿？前看烏鴉停，落在誰家屋？

看那樹林中，粗柴細柴多。百姓有兇險，仰天鬧迷惑。若能有主意，無敵不可勝。高高皇上帝，是誰在相憎？

山何不變低，成為崗和丘？百姓造謠言，難道沒人止？召集老舊臣，又問占夢人。都說自己聖，誰識烏鴉公與母！

天何不再高？不敢不曲身。地何不再厚？不敢邁大步。只能喊此話，有理有痕跡。可憐現在人，為何蛇蠍心？

看那片坡地，也有茂盛苗。老天摧殘我，唯恐打不過。他來求我時，唯恐得不到。一旦握在手，又不肯用力。

心中那憂痛，如同有人絞。如今那政治，為何暴戾多？火把剛點起，難道就熄滅？赫赫大宗周，褒姒將滅她！

終結心中憂，又遇連陰雨。車已裝上貨，卻棄你車輔。墜失車上貨，才說"哥幫我"。

不要棄你輔，綁你車輻上。勤顧你車夫，莫丟你貨物。最終過大險，竟然不在意！

魚在池塘中，也不能樂觀。雖然潛水中，看得也明顯。憂心很慘痛，想起國施暴！

他有甜美酒，又有佳菜肴。融洽親比鄰，姻親非常多。想起我孤獨，憂愁心發痛。

他有小糧倉，穀子正流入。百姓今無福，天妖在柝擊。富人在歡樂，可憐我孤獨！

〔意境與畫面〕

周幽王自遺輔臣，任用奸佞，寵倖褒姒，國施暴政。國內謠言四起，西周王朝已風雨飄搖。一個被遺棄的大臣屢經打擊，孤立無助，仍然不忘憂國憂民，因而唱出了這首《正月》之歌。

〔引用〕

《左傳·僖公二十二年》：富辰言于王曰："請召大叔。《詩》曰：'協比其鄰，昏姻孔云。'"又襄公二十九年：子大叔曰："吉也聞之：棄同即異，是謂離德。《詩》曰：'協比其鄰，昏姻孔云。'晉不鄰矣。其誰云之？"並見此詩之十二章。又《昭公元年》：叔向曰："強以克弱而安之，強不義也。不義而強，其斃必速。《詩》曰：'赫赫宗周，褒姒滅之。'強不義也。"出此詩之八章。《昭公十年》：昭子語諸大夫曰："爲人子，不可不慎也哉！（略）喪夫人之力，棄德曠宗，以及其身，不害乎！《詩》曰：'不自我先，不自我後。'其是之謂乎！"出此詩之二章。

十月之交

〔提要〕這是一首揭露和批評周幽王卿士皇父，表達對時政不滿的詩。《毛詩序》曰："《十月之交》，大夫刺幽王也。"近是。《齊詩》《魯詩》以爲刺厲王，恐非。

十月之交，朔月（日）辛卯。日有食（蝕）之，亦孔之醜。彼月而微，此日而微；今此下民，亦孔之哀。①

日月告凶，不用其行。四國無政，不用其良。彼月而食（蝕），則維其常；此日而食（蝕），于何不臧？②

爗爗震電，不寧不令。百川沸騰，山冢崒（猝）崩。高岸爲谷，深谷爲陵。哀今之人，胡（何）憯（曾）莫懲？③

皇父卿士，番維（爲）司徒，家伯維（爲）宰，仲允膳夫，棸子内史，蹶（劂）維（爲）趣馬，楀維（爲）師氏，艷妻煽方處（熾）。④

抑（噫）此皇父，豈曰不時？胡（何）爲我作，不即我謀？徹（撤）我牆屋，田卒汙萊。曰予不戕，禮則然矣。⑤

皇父孔聖，作都于向。擇三有事，亶侯（何）多藏。不憖遺一老，俾守我王。擇有車馬，以居徂向。⑥

黽勉從事，不敢告勞。無罪無辜，讒口囂囂。下民之孽，匪（非）降自天。噂沓背憎，職競由人。⑦

悠悠我里（瘰），亦孔之痗。四方有羨，我獨居憂。民莫不逸，我獨不敢休。天命不徹，我不敢效我友自逸。⑧

——《十月之交》八章，章八句。

〔彙校〕

朔月，阮元云："毛本'月'誤'日'。"按古無"朔月"之稱，作"朔日"當是。

告凶，《魯詩》"告"作"鞠"，義同。

不用，《齊詩》作"曷"，非。

而食，《魯詩》作"蝕"，本字，今通作"食"。

沸騰，《韓詩》作"滕"，借字。

崒崩，《漢書》引劉向作"卒"，亦借字。

胡憯，《釋文》："本亦作'憯'。"按皆同音借字。

番維，《齊詩》作"皮"，音近而誤；《韓詩》作"繁"，借字。

仲允，《齊詩》作"中術"，"中"與"仲"同，"術"字疑誤。

棸子，《齊詩》作"掫"，當是借字。

蹶，《齊詩》作"巏"，當是本字，前後三人名字皆從木。

楀，《齊詩》作"萬"，《魯詩》作"踽"，皆借字。

豔妻，《魯詩》作"閻"，《齊詩》作"剡"，皆借字。

煽，《魯詩》作"扇"，《韓詩》作"偏"，皆借字。

方處，《韓詩》作"熾"，本字。

黽勉，《魯詩》作"密勿"，"勿"字當誤。

囂囂，《魯詩》《韓詩》作"嗸嗸"，義同；《魯詩》又作"謷謷"，借字。

噂沓，今文三家作"僔"，借字。

悠悠，《魯詩》作"攸攸"，借字。

我里，《韓詩》作"瘰"，本字。

〔注釋〕

① 十月，周幽王六年之十月。十月之交，交十月之日也。朔月，"朔日"之誤，初一也。此年十月朔日爲公元前776年9月6日。然天文學家或謂這次日食陝西寶雞、西安地區（當年宗周所在）不可見，恐未必。"食之"之"之"，語助詞。孔，很、十分。醜，惡、恐怖。微，隱匿。

② 用，猶行、遵。行，音航，道也。四國，指天下。無政，無善政也。臧，善也。

③ 爗爗，音頁頁，閃爍的樣子。震電，地震引發的雷電。令，善也。冢，山頂。崒，借爲"猝"，突然。岸，山崖。陵，高丘。胡，同"何"。憯，借爲"曾"，音增，竟然。懲，戒也。

④ 皇父、番、家伯、仲允、聚（音鄒）子、蹶（音厥）、楀（音據），皆人名。卿士、司徒、宰、膳夫、内史、趣馬，皆官名，周王身邊的重臣。卿士，相當于後世的宰相。維，同"爲"。艷妻，指周幽王的妻子褒姒。煽，烈焰。處，借爲"熾"，熾熱。

⑤ 抑，語氣詞，同"噫"。時，善也。我作，謂使我勞作。即，就、前來。謀，商量對策。徹，借爲"撤"，拆也。卒，盡也。汙，音烏，池塘。萊，荒蕪。曰，謂皇父曰。戕，音腔，殘害。禮，禮法、制度。

⑥ 聖，聖明、通達事理。都，城邑。三有事，即三有司，負責都邑事務的三種官，相當于天子的司徒、司馬、司空。亶，音但，《説文》："多穀也。"此謂糧倉。侯，借爲"何"，音相轉。《文選·封禪文》"侯不邁哉"注引李奇曰："侯，何也。"憖，音印，願也。俾，音必，使也。有，語助詞。徂，音簇，往也。

⑦ 黽勉，努力。嚻嚻，音敖敖，嘴多的樣子。孽，罪也。噂，音撙，《説文》："聚語也。"噂沓，語多的樣子。職，主也。競，爭也。

⑧ 悠悠，憂思的樣子。里，借爲"癉"，心病。痗，音妹，病痛。羨，《廣雅·釋詁一》："欲也。"逸，休也。天，大也。大命，指皇父之命。撤，除也。

〔訓譯〕

十月第一天，朔一是辛卯，太陽有虧缺，也是非常醜。月亮會發暗，太陽也發暗！如今老百姓，也算很可憐。

日月告兇險，因爲不循常。四方没善政，因爲不用良。月亮有虧缺，本來就正常。太陽有虧缺，哪裏不善良？

地震雷電閃，不安也不祥。百條河水湧，山頂也崩塌。山崖變深谷，深谷變高丘。可憐現在人，何不受懲戒？

皇父作卿士，番作大司徒，家伯作宰夫，仲允作膳夫，聚子作內史，蹶作趣馬官。嬌妻褒姒女，烈焰正灼人。

噫嘻這皇父，難道他不好？爲何讓我勞，卻不來商量？拆了我房子，田地變荒坡。"不是我害你，禮數本這樣！"

皇父很英明，向邑築新城。選擇各種官，倉裏多藏糧。不願留一老，讓他伴我王。挑選好車馬，準備遷向城。

努力幹事情，不敢說辛苦。沒罪也沒過，依然讒口多。下民遭罪孽，不是上天降；聚讒與叛憎，全由人做主。

悠悠我心病，也是非常痛。人人有欲望，唯我有憂思。百姓都安逸，唯我不敢歇。大命不撤除，我不敢效仿我友自安逸！

〔意境與畫面〕

周幽王六年十月初一，發生了日全食。緊接著一場大地震，山崩地裂，河水狂奔，雷電閃爍，十分恐怖。王宮裏，幽王君臣依然驕奢淫逸。褒姒嬌艷，氣焰灼人。卿士皇父，專權蠻橫，任用私黨，排除異己。一個官員，遭其誣陷，受到打擊，被拆了房子，派做苦力。勞役間隙，他創作了這首《十月之交》。

〔引用〕

《左傳·僖公十五年》：及惠公在秦……韓簡侍曰："……史蘇是占，勿從何益？《詩》曰：'下民之孽，匪降自天。傅沓背憎，職競由人。'"出此詩之七章。《左傳·昭公七年》：晉侯問於士文伯曰："《詩》所謂'彼日而食，于何不臧'者，何也？"對曰："不善政之謂也。"見此詩之二章，"彼"作"此"。《左傳·昭公三十二年》：趙簡子問於史墨，史墨對曰："……君臣無常位，自古以然。故《詩》曰：'高岸爲谷，深谷爲陵。'"出此詩之三章。

雨　無　正（止）

〔提要〕這是一個在周幽王身邊做事的小官斥罵大官，自訴其苦的詩。篇名"正"當是"止"字之誤，否則篇名無從出。《韓詩》作《雨無極》，義略同。《毛詩序》曰："《雨無正（止）》，大夫刺幽王也。雨，自上下者也。衆多如雨，而非所以爲政也。"似牽强。今文三家以爲刺厲王，恐亦非。

［雨其無止，傷我稼穡。］浩浩昊天，不駿其德。降喪饑饉，斬伐四國。昊天疾威，弗（不）慮弗（不）圖。舍彼有罪，既伏其辜。若此無罪，淪胥以鋪（痛）。①

周宗既滅，靡所止戾。正大夫離居，莫知我勩。三事大夫，莫肯夙夜。邦君諸侯，莫肯朝夕。庶曰式臧，覆出爲惡。②

如何昊天，辟言不信。如彼行邁，則靡所臻。凡百君子，各敬爾身。胡不相畏，不畏于天？③

戎成不退，饑成不遂。曾（增）我暬御，憯憯（懆懆）日瘁。凡百君子，莫肯用訊。聽言則答，譖言則退。④

哀哉不能言，匪（非）舌是出（拙），維躬是瘁。哿矣能言，巧言如流，俾躬處休！⑤

維曰予仕，孔棘且殆。云不可使，得罪于天子。亦云可使，怨及朋友。⑥

謂爾遷于王都，曰予未有室家。鼠瘟思泣血，無言不疾。昔爾出居，誰從作爾室？⑦

——《雨無正（止）》七章，二章章十句，二章章八句，三章章六句。

〔彙校〕
　　雨其無止，傷我稼穡，八字據《韓詩》補，與後協；"止"原作

"極",改爲"止",與篇名合,義亦勝。

昊天,《十三經注疏》等本作"旻",與前後文"浩浩昊天""如何昊天"皆不合,當非。

弗慮弗圖,《魯詩》皆作"不",本字。

淪胥,《韓詩》作"勴",《齊詩》《魯詩》作"薰",皆借字。

以鋪,《韓詩》作"痛",本字。

蟄禦,《十三經注疏》本作"蟄",非。

慘慘,諸本作"懆懆",本字。

用訊,《魯詩》作"誶",義相對。阮元曰:"《毛鄭詩考正》云:'訊乃誶字轉寫之訛,訊告誶問。'"

則答,《魯詩》作"對",義同。

予仕,"予"字舊誤"于",據《十三經注疏》等本改。

〔注釋〕

① 止,停止。稼穡,收種。浩浩,廣大的樣子。昊天,即上天。駿,大也。喪,死喪。斬伐,殘害。四國,四方之國、天下。疾威,急施其威。舍,除過。辜,罪也。淪,陷入。胥,相也。鋪,借爲"痛",病也。

② 周宗,即宗周,鎬京也。靡,無也。戾,定也。無所止戾,指天子言。犬戎攻入鎬京,幽王逃離鎬京而無所居。正,長也。正大夫,爲正長之大夫。離居,離其所居。勩,音亦,勞也。三事大夫,蓋謂司徒、司空、司馬。夙夜,早晚,謂早起晚睡,喻勤勉。朝夕,謂朝見天子。庶,庶幾,企盼之詞。式,猶乃。臧,善也。覆,反也。

③ 辟,法也。不信,不被從信。行邁,行走。臻,音真,至也。凡百君子,謂所有官員。敬,重也。胡,何也。

④ 戎,犬戎。遂,竟、終也。曾,同"增",加也。蟄,音謝。蟄禦,侍候。懆懆,音慘慘,憂傷的樣子。瘁,憔悴。用訊,過問。聽言,指可聽之言、好話。答,應答、接受。譖言,讒言。退,拒絕。二句爲希望之辭。

⑤ 匪,同"非"。出,讀爲"拙",借字,苯也。躬,身也。哿,可也。如流,喻其流利。俾,使也。休,美也。

⑥ 仕,爲官。孔,很。棘,謂棘手。殆,危險。可使,可用、可行。

⑦ 爾,指離居的大夫。王都,新都。鼠,借爲"癙",憂也。泣血,《毛傳》曰:"無聲曰泣血。"疾,恨也。出居,謂離開鎬京。從,跟隨。

室，房子。

〔訓譯〕

　　淫雨不止，害我收種。浩浩蒼天，不行大德。降下饑饉，殘害四方。急施其威，不慮不謀。有罪之人，已伏其辜；無罪之人，陷入苦痛。

　　宗周已淪陷，天子無處去。長官離舊居，無人知我勞。三公大人們，不再有勤勉。列國諸侯們，不願再朝見。原想會變好，反倒更惡劣。

　　老天怎麼辦？法規也不信！好比在行路，不知目的地。所有官員們，人人保自身。何不怕懲罰，不畏老天爺？

　　犬戎不撤退，饑饉不終結。增加我侍候，憂傷日憔悴。所有大官們，無人來過問。好話就聽下，讒言就斥退。

　　可憐不會説！不因舌頭笨，是因身憔悴。會説可真美！巧言如流水，使身貴且榮。

　　只説我做官，棘手又危險。説我不可用，得罪于天子。若説可以用，又遭朋友怨。

　　勸他遷新都，説"我無房子"。憂思忍聲哭，出聲遭憎恨。以往你出居，誰給蓋房子？

〔意境與畫面〕

　　犬戎攻克鎬京，高官離散，幽王出逃，身邊只剩一位官員盡心侍奉。他希望幽王能"聽言則答，譖言則退"，而幽王卻只聽信巧讒之言，使自己感到左右爲難：不是得罪天子，就是遭朋友之怨。以致最後忍聲而泣，不敢出言，遂作此《雨無止》之歌。

〔引用〕

　　《左傳·文公十五年》：齊侯侵我西鄙……季文子曰："齊侯其不免乎！己則無禮，而討于有禮者，曰：'女何故行禮？'禮以順天，天之道也。己則反天，而又以討人，難以免矣。《詩》曰：'胡不相畏？不畏于天。'"出此詩之三章。《左傳·昭公十六年》：叔孫昭子曰："諸侯之無伯，害哉！（略）《詩》曰：'宗周既滅，靡所止戾。正大夫離居，莫知我肆。'其是之謂乎！"出此詩之二章。

小　旻

〔提要〕這是一個小官員發牢騷的詩，主要抒發對當政者的不滿，表達對當政者之謀的懷疑，故上博簡《詩論》曰："《小旻》多疑矣，言不中志者也。"《毛詩序》曰："《小旻》，大夫刺幽王也。"或是。桓寬《鹽鐵論》曰："此詩人刺不通于王道，而善爲權利者。"馮登府以爲當是今文三家説。

旻天疾威，敷于下土。謀猶（猷）回遹，何日斯沮？謀臧不從，不臧覆用。我視謀猶，亦孔之邛！①

潝潝（嘻嘻）訿訿，亦孔之哀。謀之其臧，則具是違。謀之不臧，則具（俱）是依。我視謀猶，伊于胡（何）厎（底）。②

我龜既厭，不我告猶。謀夫孔多，是用不集。發言盈庭，誰敢執其咎？如匪（非）行邁謀，是用不得于道。③

哀哉爲猶，匪（非）先民是程，匪（非）大猶是經。維邇言是聽，維邇言是争。如彼築室于道謀，是用不潰于成。④

國雖靡止，或聖或否。民雖靡膴，或哲或謀，或肅或艾。如彼泉流，無淪胥以敗。⑤

不敢暴（搏）虎，不敢馮（溯）河。人知其一，莫知其他。戰戰兢兢，如臨深淵，如履薄冰。⑥

——《小旻》六章，三章章八句，三章章七句。

〔彙校〕

回遹，《齊詩》作"穴"，《韓詩》作"欥"，又作"沇"，皆借字。

瀧瀧，《韓詩》作"翕翕"，《魯詩》又作"歙歙"，皆猶"嘻嘻"，象聲詞。

訿訿，《說文》引作"訾訾"，異體字。

胡厎，阮元曰："小字本'厎'作'底'，閩本、明監本、毛本同。"按作"底"當是本字。

不集，《韓詩》作"就"，義同。

靡膴，《韓詩》作"脺"，音義同。

〔注釋〕

① 疾，急也。敷，佈也。猶，借爲"猷"，謀劃。回遹（音欲），邪僻、不正。斯，是也。沮，止也。臧，善也。邛，音窮，毛病。

② 瀧瀧，借爲"嘻嘻"，嬉笑的樣子。訿訿，音子子，詆毀也。具，同"俱"，全部。伊，語氣詞。胡，何也。厎，借爲"底"。《說文》："厎，柔石也。""底，山居也。"引申訓止。

③ 龜，指占卜所用的龜甲。謀夫，出謀劃策之人。集，成也。咎，過失。匪，同"非"。行邁，行走。

④ 猷，謀也。程，效法。經，經營。邇，近也。潰，遂也。

⑤ 靡，無也。止，禁也。國雖靡止，或聖或否，謂高官中畢竟有不聖之人。膴，大、肥胖，反襯高官們肥頭大耳。肅，莊敬。艾，美也。淪胥，沉沒。如彼泉流，無淪胥以敗，比喻小民的智謀不起大的作用。

⑥ 暴，借爲"搏"。搏虎，徒手搏擊老虎。馮，讀同"淜"，音憑。淜河，涉水過河。其一，指膽小。其他，指以下所言。戰戰兢兢，小心謹慎的樣子。臨，面臨。履，踩也。

〔訓譯〕

老天急施威，佈于全天下。謀劃多邪僻，何日纔終止？良策不聽從，不良反采用！我看那謀略，十分有毛病！

嘻笑又詆毀，非常之可悲！謀劃如果好，全都不接受；謀劃若不好，全部依著行！我看那謀劃，最終到何處？

神龜已厭倦，不告我良謀。謀臣人太多，所以事不成。講了一大堆，誰敢說他錯？若非走著謀，不會路上得。

可悲那爲謀，不是法先人，不似爲大謀。只聽身邊言，只爭身邊語。好比在路邊蓋房聽過路人謀，因而始終蓋不成！

國家雖無禁，有聖有不聖。小民雖不胖，有智也有謀，莊敬又美麗。像那流泉水，不會淹死人。

不敢搏虎豹，不敢涉大河。只知他膽小，不知是小心。戰戰又兢兢，如臨大深淵，如同踩薄冰。

〔意境與畫面〕

朝廷動亂，國家危亡。國王聽信身邊奸佞之謀，誤國誤民。一個官員多次進謀，不被采納，反遭打擊，他只能小心翼翼，背地裏發牢騷，唱出這《小旻》之歌。

〔引用〕

《左傳·僖公二十二年》：臧文仲曰："國無小，不可易也。無備雖衆，不可恃也。《詩》曰：'戰戰兢兢，如臨深淵，如履薄冰。'"《左傳·宣公十五年》羊舌職曰："吾聞之，禹稱善人，不善人遠。此之謂也。夫《詩》曰：'戰戰兢兢，如臨深淵，如履薄冰。'善人在上也。"皆見此詩之末章。《左傳·襄公八年》子駟曰："《詩》云：'謀夫孔多，是用不集。發言盈庭，誰敢執其咎？如匪行邁謀，是用不得于道。'"皆出此詩之三章。

小　宛

〔提要〕這是一個螟蛉之子的自傷之歌。《毛詩序》曰："《小宛》，大夫刺宣王也。"鄭玄以爲刺厲王，皆非詩意。上博簡《詩論》曰："《小宛》其言不惡，少有仁焉。"較得詩意。

宛彼鳴鳩，翰飛戾天。我心憂傷，念昔先人。明發不寐，有懷二人。①

人之齊聖，飲酒溫克。彼昏不知，壹（一）醉日富。各敬爾儀，天命不又。②

中原有菽，庶民采之。螟蛉有子，蜾蠃負之。教誨爾子，式穀似之。③

題（睼）彼脊令（鶺鴒），載飛載鳴。我日斯邁，而月斯征。夙興夜寐，無（毋）忝爾所生。④

交交桑扈，率場啄粟。哀我填（瘨）寡，宜岸（犴）宜獄。握粟出卜，自何能穀？⑤

溫溫恭人，如集于木。惴惴小心，如臨于谷。戰戰兢兢，如履薄冰。⑥

——《小宛》六章，章六句。

〔彙校〕
戾天，《韓詩》作"厲"，借字。
念昔，《齊詩》作"彼"，義長。
壹醉，《魯詩》作"一"，本字。
蜾蠃，今文三家作"蝸"，借字。
題彼，本字當作"睼"。《魯詩》作"相"，義同。
脊令，《魯詩》作"鶺鴒"，本字。
無忝，《十三經注疏》本作"毋"，本字。
填寡，《韓詩》作"瘨"，本字義同。
宜岸，《韓詩》《說文》引作"犴"，本字。

〔注釋〕
① 宛，小也。鳩，鳥名，即斑鳩。翰，高也。戾，止也。先人，已經去世的父母。明發，天亮。二人，亦指父母。
② 齊，聰敏。溫，溫柔善良。克，克制。昏不知，愚蠢也。壹，用同"一"，一次。日，謂整日。富，安也。說見郭璞《穆天子傳》注。敬，重也。儀，儀態舉止。又，再。
③ 中原，即原中。菽，豆類。螟蛉，桑蟲。蜾蠃，蜂名，卵產于螟蛉幼子體內，故被負之，此比養子。式，用、以。穀，善也。

④ 題，借爲"睼"，視也。脊令，即鶺鴒，水鳥名。載，又也。斯，語助詞。邁，行也。夙，早也。興，起也。夜，晚也。寐，睡也。忝，辱也。爾所生，謂親生父母。徐幹《中論》曰："有進業無退功。《詩》曰：'……我日斯邁，而月斯征'，遷善不懈之謂也。"

⑤ 交交，象聲詞，猶"啾啾"。桑扈，鳥名。率，沿著。場，打穀場。填，借爲"瘨"，病、苦。寡，獨身。岸，借爲"犴"，亦音暗，獄訟。獄，打官司。粟，穀子。握粟，以酬卜者也。能，猶得。

⑥ 溫溫，柔和的樣子。恭人，良人。如集于木，將墜也。惴惴，音墜墜，小心的樣子。

〔訓譯〕

小小斑鳩，高飛到天。我心憂傷，思念先人。整夜未眠，想念二老。

聰明之人，喝酒克制。愚蠢之人，終日大醉。重視儀態，天命不再！

地裏有豆，百姓采它。螟蛉有子，蜾蠃背它。教你兒子，好好學它。

看那鶺鴒，邊飛邊叫。我天天行，我月月征。早起晚睡，怕辱父母。

桑扈啾啾，沿場啄穀。可憐光棍，該吃官司。握米占卜，哪兒弄穀？

溫柔好人，如站樹上。惴惴小心，如臨深淵。戰戰兢兢，如踩薄冰。

〔意境與畫面〕

一個"螟蛉之子"，雖被人領爲養子，但得不到養父母的疼愛。他天天爲養父母家幹活，還想著要早起晚睡，生怕辱沒了親生父母。養父母不僅不爲之娶妻，還要告他。自己沒有任何財產，想握一把米去占卜，也不可能。甚至他的性命也像懸在空中，隨時可能喪失，所以必須小心翼翼。這時候他能想的，只有自己那已經故世的親生父母。詩人雖對其養父母一家滿懷怨恨，但他沒有説過頭的話，最多只是希望其家人能教兒子學習蜾蠃，關愛養子而已。可見其言確實不惡。而這對養父母及其家人，無疑是少仁之人。故上博簡《詩論》曰："《小宛》其言不惡，少有仁焉。"

〔引用〕

《國語・晉語四》："秦伯宴公子重耳，賦《飛鳥》。"韋昭注曰："《飛鳥》，《小宛》之首章。"

小 弁

〔提要〕這是一首兒子埋怨父親的詩。《毛詩序》曰："《小弁》，刺幽王也。大子之傅作焉。"孔《疏》曰："太子，謂宜咎也。幽王信襃姒之讒，放逐宜咎，其傅親訓太子，知其無罪，閔其見逐，故作此詩以刺王。"而《魯詩》説、蔡邕、班固、王充、趙岐、顔師古等皆謂是尹吉甫之子伯奇所作。今觀詩文語氣，似應為其人親作，後説較是。

弁（昇）彼鸒斯，歸飛提提（瓡瓡）。民莫不穀，我獨于罹。何辜于天？我罪伊何？心之憂矣，云如之何？①

踧踧周道，鞠（鞫）為茂草。我心憂傷，惄焉如擣。假寐永歎，維憂用老。心之憂矣，疢如疾首。②

維桑與梓，必恭敬止。靡（無）瞻（贍）匪（非）父，靡（無）依匪（非）母。不屬于毛，不離（麗）于裏。天之生我，我辰安在？③

菀彼柳斯，鳴蜩嘒嘒，有漼者淵，萑葦淠淠。譬彼舟流，不知所屆（艘），心之憂矣，不遑假寐。④

鹿斯之奔，維足伎伎。雉之朝雊，尚求其雌。譬彼壞（瘣）木，疾用無枝。心之憂矣，寧莫之知？⑤

相彼投兔，尚或先之。行有死人，尚或墐（殣）

之。君子秉心，維其忍之。心之憂矣，涕既隕之。⑥

君子信讒，如或酬之。君子不惠，不舒究之。伐木掎矣，析薪杝矣。舍彼有罪，予之佗（他）矣！⑦

莫高匪山，莫浚匪泉。君子無易由言，耳屬于垣。無逝我梁，無發我笱。我躬不閱（悅），遑恤我後？⑧

——《小弁》八章，章八句。

〔彙校〕

小弁，《漢書》引作"卞"，借字。
如擣，《韓詩》作"疛"，當非。
假寐，《韓詩》作"寤"，非。
不離，《十三經注疏》本作"罹"，皆借字。
萑葦，《魯詩》作"菀"，《韓詩》作"藿"，皆借字。
所屆，《魯詩》作"疀"，本字。
壞木，《魯詩》作"瘣"，本字。
墐之，《齊詩》《韓詩》作"殣"，本字。
杝矣，唐石經誤作"柂"，改從諸本。

〔注釋〕

① 弁，音盤，借爲"昪"，快樂。鸒，音予，寒鴉。斯，語助詞。提提，音寶寶，借爲"狐狐"，群飛的樣子。穀，善、樂也。于，有也。罹，憂患、苦難。辜，得罪。伊，爲也。云，猶當。

② 踧踧，音迪迪，平坦的樣子。周，謂通周都之道。鞫，借爲"鞠"，盡也。怒，音逆，憂思。假寐，合衣而臥。永，長也。用，以而。疢，音趁，病也。

③ 維，同"唯"，只有。桑、梓，宅旁之樹，先人所種，故敬之。靡，無也。瞻，借爲"贍"，養也。匪，同"非"，不是。依，保、撫養。屬，連也。毛，裘衣之表。離，借爲"麗"，附也。辰，時辰，指生日。

④ 菀，音欲，茂盛的樣子。蜩，音條，蟬也。嘒嘒，音惠惠，象聲詞。有漼（音崔），猶"漼漼"，水深的樣子。萑葦，蘆葦。淠淠，音配配，衆多的樣子。譬，如也。流，順水漂流。屆，借爲"疀"，《說文》：

"船著不行也。"即靠岸、停泊。不遑,無暇。

⑤伎伎,舒展的樣子。雊,鳴伸長脖子叫。壞,借為"瘣",音槐,無枝樹。寧,難道。

⑥相,視也。投兔,投石擊兔。先,指先投者。驅之,愛護也。瘞,借為"殰",埋也。忍,忍心。隕,落也。

⑦酬,報答。舒,緩也。究,追究。掎,牽也。扡,音恥,順其紋理。予,推給。佗,同"他",他人。

⑧浚,音俊,深也。易,猶輕。由,出也。屬,音主,連也。耳屬于垣,竊聽也。逝,往也。梁,魚梁。發,打開。笱,音狗,魚籠。閲,借為"悦"。恤,憐憫。

〔訓譯〕

快樂的寒鴉,成群迴旋飛。人人都喜樂,獨我有苦難。哪兒得罪天,罪又在何處?心中有憂傷,我該怎麼辦?

平坦的國道,長滿高蒿草。我心很憂痛,猶如用拳搗。躺下長歎息,憂愁催人老。心中有憂傷,就像患頭痛。

桑梓是故里,必當恭敬它。無養不是父,無護不是母。既不連其表,也不附其裏。若是天所生,生日是哪天?

茂盛柳樹上,知了叫吱吱。深深水潭中,蘆葦密簇簇。我像漂流船,不知泊哪裏。心中有憂傷,無暇和衣睡。

鹿兒奔跑時,四肢也舒展。公雞早上叫,也把母雞求。我像光杆樹,枝葉已枯萎。心中有憂傷,難道無人知?

看那打兔子,有人先驚跑;路上死了人,也會有人埋。君子對待我,竟然很忍心!心中多憂傷,眼淚都掉下。

君子信讒言,就像有酬謝。君子不惠愛,不願緩追究。砍樹要牽枝,辟柴要順理。放掉有罪者,推給其他人!

不高不是山,不深不是泉。君子雖慎言,我也能聽到:"莫去我魚梁,莫開我魚籠!"連我都不愛,怎會憐我後?

〔意境與畫面〕

太子宜咎被周幽王趕出宮門,四處流浪,孤苦無依,憂思不已,而作此《小弁》之歌。

巧　言

〔提要〕這是一首自傷其難，怨"君子"信讒，斥小人巧言的詩。《毛詩序》曰："《巧言》，刺幽王也。大夫傷于讒，故作是詩也。"近是。鄭玄《禮記注》曰："邛，勞也。言臣不止于恭敬其職，惟王使之勞。此臣使君勞之詩。"馮登府曰："此與《箋》異，與《韓詩外傳》合，蓋始用《韓詩》也。"《易林·隨之夬》曰："辯變白黑，巧言亂國。大人失福，君子迷惑。"《齊詩》説也。

　　悠悠昊天，曰父母且。無罪無辜，亂如此幠。昊天已威，予慎無罪。昊天泰幠，予慎無辜。①
　　亂之初生，僭（譖）始既涵。亂之又生，君子信讒。君子如怒，亂庶遄沮。君子如祉（止），亂庶遄已。②
　　君子屢盟，亂是用長。君子信盜，亂是用暴。盜言孔甘，亂是用餤。匪（非）其止共（恭），維王之邛。③
　　奕奕寢廟，君子作之。秩秩大猷，聖人莫（謨）之。他人有心，予忖度之。躍躍毚兔，遇犬獲之。④
　　荏染柔木，君子樹之。往來行言，心焉數之。蛇蛇（訑訑）碩言，出自口矣。巧言如簧，顔之厚矣。⑤
　　彼何人斯？居河之麋（湄）。無拳無勇，職爲亂階。既微且尰，爾勇伊何？爲猶將多，爾居徒幾何？⑥
　　　　　　——《巧言》五章（按：第六章屬錯衍），章八句。

〔彙校〕
　　泰幠，《十三經注疏》本、《釋文》皆作"太"，義同。
　　僭始，今文三家作"譖"，本字。

既涵，《韓詩》作"減"，借字。
止共，《禮記注疏》引皇本字作"躬"，借字。
秩秩，今文三家作"載載"，借字。
大猷，《齊詩》作"繇"，借字。
莫之，《魯詩》作"漠"，亦借字；《齊詩》作"謨"，本字。
躍躍，《齊詩》《韓詩》作"趯趯"，借字。
蛇蛇，《魯詩》一作"虵虵"，亦借字。
之麋，《魯詩》作"湄"，本字。

〔注釋〕
① 悠悠，遙遠的樣子。昊天，上天。曰，猶。且，音居，語氣詞。亂，災難。幠，音乎，大也。已，甚也。慎，誠也。泰，同"太"。
② 僭，借爲"譖"，進讒言、説壞話誣陷人。既，盡也。涵，容、采納。君子，指國君。怒，謂責。庶，猶庶幾，差不多。遄，音船，迅速。沮，音居，止也。祉，借爲"止"。
③ 盟，謂出國與人會盟。盜，強盜。暴，狂也。甘，甜也。餤，音談，進也。止，舉止。共，同"恭"。邛，音窮，毛病。奕奕，高大的樣子。
④ 奕奕，高大的樣子。寢，宮殿。廟，宗廟。秩秩，宏偉的樣子。猷，謀也。莫，借爲"謨"，亦謀。忖度，揣測。毚，音讒，狡猾。
⑤ 荏染，柔弱的樣子。荏染柔木，比小人。樹，讀去聲，動詞，謂培養。心焉，在心裏。數，謂數其數。蛇蛇，音迤迤，借爲"訑訑"，欺罔自誇的樣子。碩，大也。簧，吹樂器上發音的裝置。顔，臉面。
⑥ 按此章與前無關，當是下篇《何人斯》之首章，今移之。

〔訓譯〕
悠悠昊天，像父母啊！無罪無過，難如此大！天太威嚴，我真無罪！天太浩大，我真無過！

頭次生難，君子聽讒。二次生難，君子信讒。君子若責，難會速止；君子若禁，難會速了。

君子屢盟，災難更長。君子信盜，災難更暴。強盜話甜，災難更增。非他恭敬，是王自病。

高大宗廟，君子所建。宏偉大謀，聖人所出。別人有心，我揣度它。跳躍狡兔,狗逮住它。

柔弱小樹,君子所種。來回路談,暗中算計。欺罔大話,出自其口。巧言如簧,臉皮太厚!

〔意境與畫面〕

一個朝廷大員遭人陷害,訴說自己的不幸。第一章是向天申訴自己無罪;第二章是說明兩次遭難,皆因"君子"聽信讒言;第三章進一步說明災難不斷增大的原因—一在"君子",一在"强盜";第四章一方面諷刺"君子""聖人",一方面詛咒狡兔(進讒言的人)被狗(真正的對手)擒住。第五章一方面埋怨"君子"袒護了小人,一方面揭露和咒罵進讒小人。

〔引用〕

《左傳·桓公十二年》載君子曰:"苟信不繼,盟無益也。《詩》云:'君子屢盟,亂是用長。'無信也。"又《左傳·襄公二十九年》:鄭大夫盟于伯有氏。裨諶曰:"是盟也,其與幾何?《詩》曰:'君子屢盟,亂是用長。'今長亂之道也。"出此詩之三章。《左傳·文公二年》:"晉師從之,大敗秦師。君子謂狼瞫于是乎君子。《詩》曰:'君子如怒,亂庶遄沮。'"又《左傳·宣公十六年》:"范武子將老,召文子曰:'燮乎!吾聞之:喜怒以類者鮮,易者實多。《詩》曰:"君子如怒,亂庶遄沮。君子如祉,亂庶遄已。"君子之喜怒,以已亂也。'"又《左傳·昭公三年》載君子曰:"仁人之言,其利博哉!晏子一言,而齊侯省刑。《詩》曰:'君子如祉,亂庶遄已。'其是之謂乎。"皆出此詩之二章。

何　人　斯

〔提要〕這是一首揭露"反側"(反復無常)者的詩。《毛詩序》曰:"《何人斯》,蘇公刺暴公也。暴公爲卿士而譖蘇公焉,故蘇公作是詩以絶之。"未可信。高誘《淮南子注》曰:"訟閒田者,虞、芮及暴桓公、蘇信公是也。"馮登府疑是《魯詩》説。

彼何人斯，居河之麋（湄）？無拳無勇，職（祇）爲亂階。既微且尰（瘇），爾勇伊何？①

彼何人斯，其心孔艱？胡（何）逝我梁，不入我門？伊誰云從？維（爲）暴之云。②

二人從行，誰爲此禍？胡（何）逝我梁，不入唁我？始者不如今，云不我可。③

彼何人斯，胡（何）逝我陳？我聞其聲，不見其身。不愧于人，不畏于天？④

彼何人斯，其（豈）爲飄風？胡（何）不自北，胡（何）不自南？胡（何）逝我梁，祇攪我心？⑤

爾之安行，亦不遑舍。爾之亟行，遑脂爾車。壹者之來，云何其盱？⑥

爾還而入，我心易（怡）也。還而不入，否難知也。壹者之來，俾我祇也。⑦

伯氏吹塤，仲氏吹篪。及爾如貫，諒不我知。出此三物，以詛爾斯。⑧

爲鬼爲蜮，則不可得。有靦面目，視（示）人罔（無）極。作此好歌，以極反側。⑨

——《何人斯》九章，章六句。

〔彙校〕

按此首章舊誤在上篇末章，今移正。章末原有"爲猶將多，爾居徒幾何"二句，當涉他詩衍，今刪之。

且尰，《齊詩》《韓詩》作"瘇"，本字。

維暴，《十三經注疏》本作"誰"，誤。

其身，《魯詩》作"人"，義略同。

易也，《韓詩》作"施"，皆借字。

〔注釋〕
　①斯，語氣詞。麋，借爲"湄"，水邊。拳，力也。職，借爲"祇"，只也。階，臺階。微，病名，小腿生濕瘡。尰，借爲"瘇"，小腿及腳浮腫。
　②斯，語氣詞。孔，甚。艱，險惡。胡，何也。逝，往也。梁，謂魚梁。門，家門。伊，爲，是。云，語助詞。伊誰云從，即云伊誰從，問是誰人相從。從，跟隨。維，用同"爲"，是。暴，謂暴徒。《詩序》指爲暴公、周王卿士，似不可信。維暴云從，即云爲暴從。
　③從行，相隨而行。此禍，爲詩人所帶來的災禍。唁，慰問。不如，謂不如"我"。不我可，謂不以我爲可。
　④陳，堂下之路。《爾雅·釋宫》："堂途謂之陳。"
　⑤其，借爲"豈"。
　⑥安行，穩步而行。遑，暇。舍，停止。亟，急也。脂，給車轂膏油。壹者，一次。下同。盱，張目而視，驚覺的樣子。
　⑦還，回也。入，謂入我門。易，用同"怡"，悅也。否，不也。俾，使也。祇，音其，病也。
　⑧伯仲，兄和弟也。塤音勳、篪音遲，兩種樂器，音相應和。及，與也。貫，穿在一起。三物，祭神所用之豕、犬、雞。詛，音祖，咒也。斯，語氣詞。
　⑨蜮，音域，傳說中一種能含沙射影致人以病的動物。得，見也。覿，音填，可見的樣子。視，借爲"示"，讓人看。罔，無也。極，窮極、充分揭露。反側，反復無常。

〔訓譯〕
　　那是什麽人，住在黃河邊？無力也無勇，只會生禍亂。濕瘡加浮腫，你勇是什麽？
　　那是什麽人，心腸忒險惡！爲何去魚梁，不進我家門？是誰跟著他？暴徒跟著他。
　　二人相隨行，誰造這場禍？爲何去魚梁，不來慰問我？開始不如我，現在看不起我。
　　那是什麽人，爲何堂下走？聽見他的聲，不見他的身。若是不愧人，何必怕見天？
　　那是什麽人，難道是股風？何不從北走，也不從南走？爲何去魚梁，只亂我的心？

安步行走時，無暇停住腳；驅車疾行時，爲何又膏油？就來這一次，爲何警惕我？

回時若進門，我心也快活。回時不進門，不難知你心。就來這一次，使我心生憂。

老大若吹塤，老二就吹箎。你我本一體，想必你不知。拿出這三物，用來詛咒你。

你若是鬼蜮，就讓看不見；若有真面目，讓人看個夠。今作此好歌，揭露反側人。

〔意境與畫面〕

一個"反側"者與詩人原是好友，因爲他做了對不起詩人的虧心事，給詩人帶來了災禍，所以這次因公來到詩人的新莊院而不敢面對詩人，處處躲著詩人。詩人想起以前，故作此詩，歎人心之險惡，揭露其"反側"的面目。

巷　伯

〔提要〕這是一首揭露和斥罵"譖人（誣陷好人）"者的詩。作者自題"寺人孟子"，疑是幽王朝宦官，故《毛詩序》曰："《巷伯》，刺幽王也。寺人傷于讒，故作是詩也。"巷伯即寺人。

萋（緀）兮斐兮，成是貝錦。彼譖人者，亦已大甚！①

哆兮侈兮，成是南箕。彼譖人者，誰適與謀？②

緝緝（戢戢）翩翩（諞諞），謀欲譖人。慎爾言也，謂爾不信。③

捷捷（嚵嚵）幡幡（便便），謀欲譖言。豈不爾受？既其女（汝）遷。④

驕人好好，勞人草草（懆懆）。蒼天蒼天，視彼驕人，矜此勞人。⑤

彼譖人者，誰適與謀？取彼譖人，投畀豺虎。豺虎不食，投畀有北。有北不受，投畀有昊！⑥

楊園之道，猗（倚）于畝丘。寺人孟子，作爲此詩。凡百君子，敬而聽之。⑦

——《巷伯》七章，四章章四句，一章五句，一章八句，一章六句。

——《節南山之什》十篇，八十章，五百五十二句。

〔彙校〕

萋兮，《韓詩》作"緀"，本字。

譖人，《齊詩》《韓詩》作"譛"，義同。

哆兮，《魯詩》作"誃"，借字。

緝緝，《齊詩》《魯詩》作"咠咠"，本字。

翩翩，《韓詩》作"繽繽"，亦借字。

言也，《韓詩》作"矣"，非。

捷捷，今文三家字作"喋"，同《説文》"㗩"，本字；亦作"倢倢"，借字。

好好，《魯詩》作"旭旭"，借字，古音同。

草草，《魯詩》作"慅慅"，同"懆懆"本字。

〔注釋〕

①萋，借爲"緀"，《説文》："帛文貌。"斐，文盛的樣子。緀兮斐兮，形容設計很多花紋。貝錦，有貝形文飾的錦緞。譖，音憎，説壞話誣陷人。

②哆，音齒，張口的樣子。侈，大也。箕，星宿名，由四星組成，梯形似箕，又似張口。適，往也。與，一起。

③緝緝，借爲"咠咠"，音棄棄，耳語的樣子。翩翩，借爲"諞諞"，音偏偏，巧言的樣子。信，真實。

④捷捷，借爲"㗩㗩"，《説文》："口便言也。"幡幡，借爲"便便"，音駢駢，善于辭令的樣子。既，已經。其，語助詞。遷，謂升遷。

⑤ 驕人，得志驕傲之人。好好，愜意的樣子。勞人，失意勞苦之人。草草，借爲"懆懆"，憂愁不安的樣子。視，察也。矜，憐憫。

⑥ 譖，讒也。畀，音幣，給也。有，詞頭。北，指北方不毛之地。有昊，昊天。

⑦ 楊園，周王室園囿名。猗，借爲"倚"，緊靠著。畝丘，有田中丘。楊園之道猗于畝丘，謂去楊園者必經田中丘，比君子必見勞人。寺人，宦官。孟子，人名。凡百，謂所有。

〔訓譯〕

　　精心設計，織成貝錦。那譖人的，也太過分！
　　張著大嘴，就像箕宿。那譖人的，去跟誰謀？
　　竊竊耳語，商量譖人。慎你言語，説你不誠！
　　巧言便便，商量害人。能不聽信？已升你官！
　　壞人得志，好人憂愁。蒼天蒼天，察那壞人，憐這好人！
　　那個惡人，誰是同謀？取那惡人，投給豺虎。豺虎不吃，投到北方。北方不受，投給老天！
　　楊園的路，緊靠田丘。寺人孟子，作成此詩。過路君子，認真聽聽！

〔意境與畫面〕

　　一個宦官，遭人誣陷，受到懲罰。他氣憤不過，作此《巷伯》之詩，站在大路上向路人高聲朗誦，以揭露並斥罵誣陷者。

〔引用〕

　　按《後漢書·宦者傳》引以"寺人""巷伯"爲二人，當非。

谷風之什

谷　風

〔提要〕這是一個男子指責舊朋友能够同患難而不能共安樂，喜新厭舊、忘恩負義的詩。《毛詩序》曰："《谷風》，幽王世天下俗薄，朋友道絶焉。"近是。《潛夫論·交際篇》曰："夫處卑下之位，懷北門之殷憂，内見譏于妻子，外蒙譏于士夫，嘉會不從禮，餞御不逮衆，貨財不足以合好，力勢不足以杖急。懽忻久，交情好，曠而不接，則人無故自廢疏矣。漸疏則賤者愈自嫌而日引，貴人逾務黨而忘之。夫以逾疏之賤，伏于下流，而望日忘之貴，此《谷風》所爲内摧傷也。"蓋出《齊詩》説。《後漢書·朱穆傳》云："虚華盛而忠信微，刻薄稠而純篤稀，斯蓋《谷風》有'棄予'之歎，《伐木》有'鳥鳴'之悲矣。"馮登府謂是《魯詩》説。

　　習習谷風，維（唯）風及雨。將恐將懼，維（唯）予與女。將安將樂，女（汝）轉棄予。①
　　習習谷風，維（唯）風及穨。將恐將懼，置予于懷。將安將樂，棄予如遺。②
　　習習谷風，維（爲）山崔嵬。無草不死，無木不萎。忘我大德，思我小怨。③
　　　　　　　　——《谷風》三章，章六句。

〔彙校〕
　　置予，《韓詩》作"我"，義同。
　　如遺，今文三家作"䞈"，借字。
　　崔嵬，《韓詩》作"岑原"，當非。
　　無草、無木，《魯詩》皆作"何"，句義同。

〔注釋〕
　　① 習習，大風聲。谷風，山谷中的風。將，即將、正當。維，同"唯"，只有。下同。將，方、正。轉，反也。
　　② 穨，音頹。穨風，從上而下的旋風。置，放也。遺，遺失，形容不經意。
　　③ 崔嵬，音催圍，高峻的樣子。無草不死，無木不萎，比喻人都會老。德，恩德、好處。

〔訓譯〕
　　呼呼谷中風，狂風加暴雨。當時正恐懼，只有我和你。現在享安樂，你反拋棄我！
　　呼呼谷中風，旋風從天降。當時正恐懼，把我抱懷裏。現在享安樂，棄我如遺失！
　　呼呼谷中風，只見山崔嵬。青草都會死，樹木都枯萎。忘我大恩德，記我小怨恨！

〔意境與畫面〕
　　一個男子，因小事被舊朋友拋棄。他無奈地唱出此歌，以責問之。

蓼　莪

　　〔提要〕這是一首懷念父母的詩。《孔叢子・記義》載孔子曰："（吾）于《蓼莪》，見孝子之思養也。"上博簡《詩論》亦曰："《蓼莪》有孝志。"《毛詩序》曰："《蓼莪》，刺幽王也。民人勞苦，孝子不得終養爾。"今文三家與毛序合，亦是。

蓼蓼者莪，匪（非）莪伊蒿。哀哀父母，生我劬勞。①
蓼蓼者莪，匪（非）莪伊蔚。哀哀父母，生我勞瘁。②
瓶之罄（窒）矣，維（爲）罍之恥。鮮民之生，不如死之久矣。③

無父何怙，無母何恃？出則銜恤，入則靡至。④

父兮生我，母兮鞠我。拊我畜（慉）我，長我育我，顧我復（覆）我，出入腹我。欲報之德，昊天罔（無）極！⑤

南山烈烈，飄風發發。民莫不穀，我獨何（荷）害！南山律律（硉硉），飄風弗弗。民莫不穀，我獨不卒！⑥

——《蓼莪》六章，四章章四句，二章章八句。

〔彙校〕

者莪，《漢孔耽祠碑》作"儀"，《衡方碑》作"義"，皆借字，古音同。

罄矣，今文三家作"窒"，本字。

之生，《齊詩》下有"也"字，非。

鞠我，《一切經音義》作"掬"，借字。

拊我，今文三家作"撫"，義略同。

〔注釋〕

① 蓼蓼，音路路，草木長大的樣子。莪，音額，植物名，蒿屬，抱根而生，花朵艷麗。匪，同"非"。伊，爲也。蒿，一種較低矮的草本植物。"蓼蓼者莪，匪莪伊蒿"，詩人自嘲之辭。下"蓼蓼者莪，匪莪伊蔚"同。哀哀，可憐的樣子。生，養也。劬勞，勞累、辛勞。

② 蔚，音未，亦蒿屬植物。瘁，音翠，病也。

③ 瓶，謂酒瓶、小酒器，喻百姓。罄，借爲"窒"，空也。罍，音雷，酒缸，大酒器，喻政府、當政者。鮮，少、孤獨。

④ 怙，音互，恃、依靠。銜，含也。恤，憂也。靡，無也。

⑤ 鞠，養育。拊，拍、撫摸。畜，借爲"慉"，起也。長，長養。顧，照顧。復，同"覆"，庇護。腹，謂抱在懷中。之，此也。昊天，蒼天，老天。罔，無也。極，盡也。

⑥ 烈烈，險峻的樣子。飄風，旋風。發發，音撥撥，象聲詞。穀，養也，謂養父母。何，同"荷"，蒙受。荷害，謂父母被人殘害致死。律律，借爲"硉硉"，音錄錄，高峻的樣子。弗弗，音卜卜，象聲詞。卒，終也，謂終養父母。

〔訓譯〕

高高大大以爲莪，原來是棵蒿。可憐爹和娘，生我受盡累。
高高大大以爲莪，原來是株蔚。可憐爹和娘，養我得勞病。
酒瓶子空了是酒缸的恥，孤獨的人活著不如死！
沒父依仗誰，沒母依靠誰？出門含著憂，進門無處去。
父親生了我，母親養了我。撫拍我、扶著我，長養我、教育我、照顧我、庇護我，出入抱著我。想報的恩德比天大！
南山高又險，旋風上清天。人人養老人，獨我蒙禍害！南山險又峻，旋風刮上天。人人養老人，獨我不得終！

〔意境與畫面〕

一個青年，父母雙亡。他感念二老生前爲自己受盡勞苦，積勞成疾，現在去了，剩下自己無依無靠，沒著沒落。又想起二老對自己的生養關愛之恩，現在欲報而不得，傷感自己不能終養父母，痛苦地唱出了這《蓼莪》之歌。

〔引用〕

《左傳·昭公二十四年》："鄭伯如晉，子大叔相，見范獻子。獻子曰：'若王室何？'對曰：'（略）《詩》曰："瓶之罄矣，惟罍之恥。"王室之不寧，晉之恥也。'"出此詩之三章。

大　東

〔提要〕這是一首東國之人控訴周人、抒發不平的詩。《毛詩序》曰:"《大東》,刺亂也。東國困于役而傷于財,譚大夫作是詩以告病焉。"或有所據。譚,故國名,地在今山東歷城縣東南,在周屬東國。《易林·複之兑》:"賦斂重數,政爲民賊。杼軸空虛,去其家室。"《齊詩》說也。《潛夫論·班禄》:"賦斂重而譚告通。"即謂此詩。

有饛簋飧,有捄棘匕(匙)。周道如砥,其直如矢。君子所履,小人所視。睠言(然)顧之,潸焉(然)出涕。①

小東大東,杼柚其空。糾糾葛屨,可以履霜。佻佻(嬥嬥)公子,行彼周行。既往既來,使我心疚。②

有洌氿泉,無浸獲薪。契契寤歎,哀我憚(癉)人。薪(新)是獲薪,尚可載也。哀我憚(癉)人,亦(不)可息也。③

東人之子,職勞不來(賚)。西人之子,粲粲衣服。舟(周)人之子,熊羆是裘。私人之子,百僚是試。④

或以其酒,不以其漿。鞙鞙(琄琄)佩璲,不以其長。維天有漢,監亦有光。跂(歧)彼織女,終日七襄。⑤

雖則七襄,不成報(緥)章。睆彼牽牛,不以服箱(廂)。東有啓明,西有長庚。有捄天畢,載施之行。⑥

維南有箕,不可以簸揚。維北有斗,不可以挹酒漿。維南有箕,載翕其舌。維北有斗,西柄之揭。⑦

——《大東》七章,章八句。

〔彙校〕

杼柚，當作"軸"，涉前字而誤偏旁。

佻佻，《魯詩》作"苕苕"，亦借字；《韓詩》作"嬥嬥"，本字。

亦可，疑當作"不可"。

粲粲，《韓詩》作"采采"，借字。

舟人，即"周人"，借字。

鞙鞙，《齊詩》《韓詩》作"絹絹"，亦借字；《魯詩》作"瑌瑌"，本字。

佩璲，《齊詩》《韓詩》作"珮"。

跂彼，《説文》作"岐"，本字。

不以，今文三家作"不可以"，非，當涉下章衍"可"字。

載翕，《韓詩》作"吸"，借字，音相轉。

〔注釋〕

① 有，詞頭。饛，音蒙，簋滿的樣子。簋，音軌，青銅食器。飧，音孫，熟食。捄，音求，長而曲的樣子。棘，棗木。匕，盛飯器，同"匙"。有饛簋飧，有捄棘匕，形容飯被人用長勺舀走，比周人的手伸到大東，掠走東人的財富。周道，通往周都的大道。砥，音底，磨刀石。如砥，形容平。矢，指射出的箭。君子，指周人、貴族。履，行也。小人，指東人、普通勞動者。睠，音捐。睠言，即"睠然"，回視的樣子。顧，回頭看，看被掠走的財物。潸，音山。潸焉，即"潸然"，流淚的樣子。涕，淚也。

② 小東、大東，泛指東方各地。杼，音注，織布的梭子。軸，織布時卷經綫的軸。其空，無物也，謂全被掠走。糾糾，糾纏的樣子。葛屨，葛皮織的鞋。佻，音條，《説文》："愉也。"佻佻，形容輕佻，此借爲"嬥嬥"，漂亮的樣子。嬥嬥公子，指徵稅之人。周行（音航），大道。疚，憂傷。

③ 冽，寒涼的樣子。氿，音軌。氿泉，從側面湧出的泉。浸，浸泡。穫薪，打來的柴。契契，心憂的樣子。寤，醒著，謂不能入睡。哀，可憐。憚，音單，借爲"癉"，勞病。上"薪"，借爲"新"，取木也，本義。是，此也。載，裝載。息，休息。

④ 職，主、只。來，借爲"賚"，賞賜。粲粲，鮮明的樣子。舟，借爲"周"。熊羆，熊和羆，皆猛獸，此指其皮。是，猶"爲"，做也。裘，裘衣。私人，私家之人。百僚，各種小官。試，試用、任用。

⑤以，用也，謂飲。漿，用菜泡制的飲料，所謂漿水。或以其酒，不以其漿，謂周人過著奢侈生活。鞙鞙，音炫炫，借爲"瑄瑄"，玉美的樣子。璲，一種佩玉。長，長短之長。鞙鞙佩璲，不以其長，謂周人之奢侈不是因爲他們自己有本事。漢，天河、銀河。監，視也。跂，借爲"歧"，音棄，傾而不正。織女，星宿名。終日，一整天。襄，反也。跂彼織女，終日七襄，比東人辛勞的樣子。

⑥報，借爲"紨"，音膚，布也。章，花紋。睆，音緩，明亮的樣子。牽牛，星宿名。服，服牛之服，拉也。箱，借爲"廂"，車也。睆彼牽牛，不以服箱，比周人不勞而獲。啓明、長庚，皆金星別名，黎明在東曰啓明，傍晚在西曰長庚。東有啓明，西有長庚，謂東人辛勞，披星戴月。捄，音求，長而曲的樣子。天畢，星宿名。載，猶則。施，音益，延也。行，音航，列也。有捄天畢，載施之行，比周人的統治。

⑦箕，星宿名，似簸箕。斗，北斗星，似酒斗（舀酒的長柄勺）。挹，音邑，舀也。翕，音西，合、縮也。舌，指箕舌。西，謂朝西。揭，舉也。箕比東人，故言載翕其舌，不敢說話也。北斗比周人，故曰西柄之揭。

〔訓譯〕

　　滿滿一筥飯，長長棗木勺。周道平如砥，筆直像根綫。君子走上面，小人只能看。回頭張望它，潸然眼淚下。
　　小東和大東，機杼全變空。糾糾葛條鞋，可以踩冰霜。漂亮貴公子，走那大道上。去了又回來，使我心憂傷。
　　冰涼氿泉水，不要泡我柴。憂愁難入睡，歎我勞苦人。砍下這堆柴，也可裝上車。可憐勞苦人，不可得休息。
　　東方人家兒，只勞不賞賜。西方人家子，個個衣裳明。周族人的兒，熊皮做衣裘。各人自家兒，任用做官僚。
　　有人只飲酒，不喝酸菜漿。佩玉很漂亮，不是因它長。天上有銀河，看它也有光。織女偏著頭，一天七來回。
　　雖則七來回，不能織成章。亮亮牽牛星，不用拉車廂。東方有啓明，西方有長庚。長長天畢宿，延伸成一排。
　　南有簸箕宿，不可簸穀糠。北有北斗星，不可舀酒漿。南有簸箕宿，舌頭向進縮。北有北斗星，斗柄往西伸。

〔意境與畫面〕

西周時期，周人對東方實行高壓統治，徵收高額賦稅。周人不勞而獲，過著奢侈的生活；東人艱辛勞動，不得休息，敢怒不敢言。這一天，一個東人眼看著周人掠走東人的財產，不禁潸然淚下。晚上，他仰望星空，唱出此悲涼之歌，以抒發心中的不平。

四 月

〔提要〕這是一個小吏抒寫自己遭遇離亂，無家可歸，逃往南國以求安身的詩。《毛詩序》曰："《四月》，大夫刺幽王也。在位貪殘，下國構禍，怨亂並興焉。"非本義。《韓詩》曰："歎征役也。"王先謙曰："此篇爲大夫行役過時，不得歸祭，怨思而作。"近是。

四月維（爲）夏，六月徂暑。先祖匪（非）人，胡（何）寧忍予？①

秋日淒淒，百卉具（俱）腓（痱）。亂離瘼矣，爰（焉）其適歸？②

冬日烈烈（冽冽），飄風發發。民莫不穀，我獨何害？③

山有嘉卉，侯栗侯梅。廢爲殘賊，莫知其尤！④

相彼泉水，載清載濁。我日構（遘）禍，曷（何）云能穀？⑤

滔滔江漢，南國之紀。盡瘁以仕，寧莫我有（友）？⑥

匪（非）鶉匪（非）鳶，翰飛戾天。匪（非）鱣匪（非）鮪，潛逃于淵。⑦

山有蕨薇，隰有杞桋。君子作歌，維（唯）以告哀。⑧

——《四月》八章，章四句。

〔彙校〕

具腓，《韓詩》"具"作"俱"，本字；《文選·戲馬臺詩》李善注引"腓"作"痱"，本字。

瘼矣，《韓詩》作"斯莫"，《魯詩》作"斯瘼"，義略同，"莫"爲借字。

烈烈，《魯詩》作"栗栗"，皆象聲詞。

侯栗侯梅，今文三家"侯"皆作"維"，義略同。

維以，《魯詩》作"唯"，本字。

〔注釋〕

① 四月、六月，略同今農曆即所謂夏曆之月。維，爲、是。徂，往、到。暑，暑熱。匪，借爲"非"。胡寧，爲何。忍，狠心。予，我。

② 淒淒，寒涼的樣子。卉，草也。具，同"俱"，全也。腓，借爲"痱"，風病，形容枯萎。亂離，喪亂離散。瘼，音莫，病也。爰，用同"焉"，于何、在哪裏。適，往也。

③ 烈烈，借爲"冽冽"，凜冽的樣子。飄風，旋風。發發，音撥撥，象聲詞，猶畢剝。穀，善也。我獨何害，即何我獨害。害，謂受傷害。

④ 嘉，美也。侯，猶有。栗，栗子；梅，梅子，皆可食。廢，謂變壞、發霉。殘賊，害人。尤，罪過。

⑤ 相，視、看也。載，猶則。日，謂日日、天天。構，借爲"遘"，遇也。曷，何也。

⑥ 滔滔，長流的樣子。江漢，長江和漢水。紀，綱紀。盡瘁，憔悴。仕，任事。寧，難道。有，借爲"友"，友好。

⑦ 鶉，音團，鵰也。鳶，音淵，鷂子。翰，高也。戾，至也。鱣，音沾，魚名。鮪，音委，亦魚名。

⑧ 蕨、薇，皆野草名。隰，低濕之地。杞，杞柳。杞、桋，葉皆可食。君子，作者自謂。維，同"唯"，只有。以，用以。哀，悲哀。

〔訓譯〕

四月是初夏，六月到暑天。先祖也是人，爲何狠心我？
秋天冷淒淒，百草皆枯萎。亂離使人病，回到哪裏去？
冬天寒風冽，觸物畢剝響。別人都很好，爲何我受害？
山上有嘉草，有栗還有梅。霉了毒害人，自己不知罪！

看那泉中水，有清也有濁。天天遇災禍，怎麼能够好？
滔滔江和漢，南國爲綱紀。竭力做事情，難道沒朋友？
不是鵰和鷹，高飛到天上。不是鱣和鮪，潛逃到深淵。
山上挖蕨薇，濕地采杞樤。君子作此歌，只以告苦哀。

〔意境與畫面〕

西周末年，發生喪亂，一個世襲貴族，失去了家園，逃往南國。從夏到冬，他走了大半年，終於看到了滾滾江漢。他想，只要在這裏好好幹事，一定能找到朋友，重新安家。回想起喪亂以來的艱辛與禍患，他不禁怨起了自己的先人，但又不能不認命，所以只能作此《四月》之歌以抒心中之憤。

〔引用〕

《左傳·宣公十二年》載君子曰："史佚所謂'毋怙亂'者，謂是類也。《詩》曰：'亂離瘼矣，爰其適歸。'歸于怙亂者也夫。"出此詩之二章。

北 山

〔提要〕這是一個小吏抱怨勞事不均的詩。《毛詩序》曰："《北山》，大夫刺幽王也。役使不均，己勞于從事，而不得養其父母焉。"《魯詩》曰："勞逸無別，善惡同流，《北山》之詩所爲作。"皆近是。

陟彼北山，言（焉）采其杞。偕偕士子，朝夕從事。王事靡盬，憂我父母。①

溥（普）天之下，莫非王土；率土之濱，莫非王臣。大夫不均，我從事獨賢。②

四牡彭彭（駢駢），王事傍傍。嘉我未老，鮮我方將。旅（膂）力方剛，經營四方。③

或燕燕（宴宴）居息，或盡瘁（領）事國；或息偃在床，或不已于行。④

或不知叫號，或慘慘劬勞；或棲遲偃仰，或王事鞅掌。⑤

或湛（耽）樂飲酒，或慘慘畏咎；或出入風（諷）議，或靡事不爲。⑥

——《北山》六章，三章章六句，三章章四句。

〔彙校〕

溥天，今文三家作"普"，本字。
之濱，《魯詩》作"賓"，借字。
燕燕，《魯詩》作"宴宴"，本字。
盡瘁，《魯詩》作"領"，本字。
慘慘，《釋文》作"懆懆"，義同。

〔注釋〕

① 陟，登上。言，借爲"焉"，于彼、在那裏。杞，枸杞。偕偕，音諧諧，强壯的樣子。士子，年輕士人。靡，無也。盬，止也。

② 溥，同"普"，遍也。率，沿著。土，國土。濱，水邊。賢，多也。

③ 彭彭，借爲"騯騯"，馬行盛壯的樣子。傍傍，無盡的樣子。嘉，誇獎。鮮，讚美。方，正在。將，强壯。旅，借爲"膂"。膂力，力氣、體力。剛，强。經營，謂主管、主持。

④ 燕燕，同"宴宴"，安閑的樣子。居息，居家休息。瘁，借爲"領"，勞累、憔悴。息偃，安臥。已，止也。

⑤ 叫號，因痛苦而哭喊。慘慘，憂戚悲痛的樣子。劬勞，辛勞。棲，止也。遲，徐行、慢慢走。棲遲，遊息。偃仰，安居的樣子。鞅掌，忙碌的樣子。

⑥ 湛，借爲"耽"，沉溺。咎，責怪。風，借爲"諷"，諷刺。

〔訓譯〕

　　登上那北山，來摘枸杞吃。强壯男子漢，早晚幹事情。王事沒有完，擔憂我父母。

　　整個天底下，都是王家土；全部國土上，都是王的臣。大夫不公平，數我做事多。

　　四馬不停蹄，王事非常多。誇我年紀輕，讚我正剛强。體力正强盛，縱橫跑四方。

　　有人安閑居，有人已憔悴。有人床上臥，有人跑不停。

　　有人不喊苦，有人憂辛勞。有人自在遊，有人王事忙。

　　有人樂飲酒，有人怕指責。有人説怪話，有人不做事！

〔意境與畫面〕

　　一個小吏，因爲身强力壯，經常被派差役，無暇照顧父母。這一天，路途飢渴，他停下車，上山摘枸杞吃。坐在山上，想起家中的父母，憤恨大夫派事不公，不禁唱出這《北山》之歌。

〔引用〕

　　《左傳·襄公十三年》載君子曰："周之興也，其詩曰（略）。及其衰也，其詩曰：'大夫不均，我從事獨賢。'言不讓也。"《左傳·昭公七年》載無宇曰："天子經略，諸侯正封，古之制也。封略之內，何非君土？食土之毛，誰非君臣？故《詩》曰：'普天之下，莫非王土。率土之濱，莫非王臣。'"皆出此詩之二章。

無 將 大 車

　　〔提要〕這是一首勸人解憂的詩。《毛詩序》曰："《無將大車》，大夫悔將小人也。"或是。《韓詩外傳》云："《詩》云：'無將大車，祇自底兮。'所樹非其人。"《易林·井之大有》："大輿多塵，小人傷賢。皇父司徒，使君失家。"亦是。

無（勿）將大車，衹自塵兮。無（勿）思百憂，衹自疷兮。①

無（勿）將大車，維（爲）塵冥冥。無（勿）思百憂，不出于熲（耿）。②

無（勿）將大車，維（爲）塵雍兮。無（勿）思百憂，衹自重（恫）兮。③

——《無將大車》三章，章四句。

〔彙校〕

衹自，舊誤"祇"，今改正。後同。
疷兮，《十三經注疏》本作"疧"，誤。

〔注釋〕

① 無，同"勿"，勸戒之辭，莫、不要。將，扶也。衹，只。塵，塵土。疷，音其，病也。
② 維，同"爲"，因爲。冥冥，同"濛濛"。熲，同"耿"，光明。不出于熲，依然憂也。
③ 雍，蔽也。重，借爲"恫"，痛也。

〔訓譯〕

莫要扶大車！只能招塵土。莫要思百憂！只會自招病。
莫要扶大車！塵土灰濛濛。莫要思百憂！越思越愁悶。
莫要扶大車！塵土落一身。莫要思百憂！只會自己痛。

〔意境與畫面〕

詩人以扶大車做比喻：扶大車本欲節省氣力，結果弄一身塵土，得不償失。思憂本爲解憂，結果也無益處，只會使自己更加憂痛。

小　明

〔提要〕這是一首役夫思歸的詩。《毛詩序》曰："《小明》，大夫悔仕于亂世也。"今文三家無異義，皆不確。

明明上天，照臨下土。我征徂西，至于艽野。二月初吉，載（則）離（歷）寒暑。心之憂矣，其毒大苦。念彼共人，涕零如雨。豈不懷歸？畏此罪罟！①

昔我往矣，日月方除。曷云其還？歲聿云莫（暮）。念我獨兮，我事孔庶。心之憂矣，憚（癉）我不暇。念彼共人，睠睠懷顧。豈不懷歸？畏此譴怒。②

昔我往矣，日月方奧（燠）。曷云其還？政事愈蹙。歲聿云莫，采蕭獲菽。心之憂矣，自詒（貽）伊戚。念彼共人，興言（焉）出宿。豈不懷歸？畏此反覆。③

嗟爾君子，無（毋）恒安處。靖共（供）爾位，正直是與。神之聽之，式穀以（于）女（汝）。④

嗟爾君子，無（毋）恒安息。靖共（供）爾位，好是正直。神之聽之，介（匄）爾景福。⑤

——《小明》五章，三章章十二句，二章章六句。

〔彙校〕
　　共人，《齊詩》作"恭"，借字。
　　睠睠，《韓詩》作"睊睊"，義同。
　　無恒，《齊詩》作"毋常"，"毋"爲本字；"常"係漢人避惠帝諱所改，義同。

靖共，《韓詩外傳》《春秋繁露》"靖"作"静"，《魯詩》《齊詩》"共"作"恭"，皆借字。

按：末二章疑出另一詩。

〔注釋〕

① 明明，光明的樣子。征，出遠門。徂，往也。芏，音求，荒遠。初吉，自認的吉日，一般在月初。舊或以爲月相詞語，指初一到初七八，非。載，猶"則"。離，借爲"歷"，過也。寒暑，謂一年。毒，毒害。共人，同眠共枕之人，即妻子。涕，淚也。零，落也。懷，心想。罪罟，指刑罰。

② 日月，指年歲。方，剛剛。除，謂除舊。曷，何也。聿，將要。云，行也。莫，同"暮"。孔，很。庶，衆多。憚，借爲"癉"，苦也。不暇，無暇。睠睠，不舍的樣子。懷顧，懷念眷顧。譴，譴責。

③ 奥，借爲"燠"，暖也。蹙，急促。蕭，艾蒿。菽，豆也。詒，借爲"貽"，留下。伊，此也。戚，憂戚。興，起來。言，語助詞，同"焉"。反覆，來回變動、反復無常，指負責役事者言。

④ 嗟，招呼聲。君子，指朝廷權貴。恒，常也。靖，敬、認真。共，借爲"供"，任也。正直，指正直之人。與，在一起也。前"之"，猶若。聽，答應。式，乃。穀，禄也。以，借爲"于"，給也。女，讀爲"汝"。

⑤ 好，喜好。是，此也。介，借爲"匄"，音蓋，給予。景，大也。

〔訓譯〕

光明上天，照臨下土。出門往西，到達荒野。二月初吉，就滿一年。心中憂戚，味道太苦。想起家人，淚如雨下。豈不想回？怕受那刑！

當初我去，舊歲剛除。何不讓返？快到年末。你念我孤，其實事多。心中憂戚，苦我不閒。想起妻子，久不忘懷。豈不想回，怕遭怒譴。

當初我去，天氣還暖。何不讓返？政事更急。眼看年末，采蒿收豆。心中憂戚，自留悲痛。想起家人，起身出屋。豈不想回？怕那反覆。

招呼君子，不要常安。敬供你職，接近正人。神若應你，給你俸祿。

招呼君子，不要常息。敬供你職，喜歡正人。神若應你，賜你大福。

〔意境與畫面〕

西北邊陲，天氣嚴寒，一群民夫正在築城。他們已經服役一年有餘，工期還未結束。監工的官員指手畫腳，民夫不時受到譴責怒罵，甚至受刑。一個民夫想起自己的家人和妻子，不禁淚如雨下，愁苦不已。晚上，他回顧往事，思念家人，難以入眠，遂起身走到屋外，遙望東方，唱出了這首《小明》之歌。後兩章，是對"君子"的批評和忠告，當屬他詩錯簡。

〔引用〕

《左傳·僖公二十四年》載君子曰："（略）《詩》曰：'自詒伊戚。'其子臧之謂矣。"出此詩之三章。《左傳·襄公五年》載穆子辭曰："請立起也。與田蘇遊，而曰'好仁'。《詩》曰：'靖共爾位，好是正直。神之聽之，介爾景福。'"出此詩之五章。

鼓　　鐘

〔提要〕這是一首悼念"淑人君子"的詩。《毛詩序》曰："《鼓鐘》，刺幽王也。"說非是。《尚書正義》引鄭玄《尚書中候·握河紀》注："昭王時，《鐘鼓》之詩所爲作。"孔穎達曰："此依今文三家爲說也。"馮登府曰："今考《尚書緯》注，乃昭王遨遊淮水之上，爲楚澤膠舟之兆。詩人聞鼓聲，憂傷而作此詩也。"按《竹書紀年》：昭王十九年伐楚，"喪六師于漢，王陟"。則時代過早，不應在《小雅》，且言"其德不回""其德不猶"，似亦非言王者之語，故疑當另有其人。

鼓鐘將將（鏘鏘），淮水湯湯，憂心且傷。淑人君子，懷允不忘！①

鼓鐘喈喈，淮水湝湝，憂心且悲。淑人君子，其德不回。②

鼓鐘伐鼛，淮有三洲，憂心且妯（怞）。淑人君子，其德不猶。③

鼓鐘欽欽，鼓瑟鼓琴，笙磬同音。以雅以南，以籥（樂）不僭。④

——《鼓鐘》四章，章五句。

〔彙校〕

且妯，《韓詩》作"陶"，非。

〔注釋〕

① 鼓，敲也。將將，同"鏘鏘"，象聲詞。湯湯，音傷傷，大水急流的樣子。傷，痛也。淑，善也。淑人君子，對被悼念者的稱謂。懷，心懷。允，信、誠也。

② 喈喈，音諧諧，和諧的樣子。湝湝，音皆皆，水寒涼的樣子。德，德行。回，曲也。不回，即正直。

③ 伐，擊也。鼛，音高，大鼓。洲，小島。妯，借爲"怞"，音由，悲慟。猶，欺詐、騙人。

④ 欽欽，象聲詞。以，謂以之。雅，謂雅音，即中原之音。南，謂南音，南方之音。以，用也。籥，音月，借爲"樂"，音樂。僭，音見，侵越。不僭，不亂也。

〔訓譯〕

敲鐘鏘鏘響，淮河水奔流，心憂有傷痛。善人好君子，誠信永不忘。

敲鐘聲和諧，淮河水寒涼，心憂有傷悲。善人好君子，德行不邪曲。

敲鐘又擊鼓，淮河有三洲，心憂有悲慟。善人好君子，有德不騙人。
　　敲鐘欽欽響，彈瑟又彈琴，笙磬同發聲。雅音和南音，用樂不僭亂。

〔意境與畫面〕
　　淮河岸邊，正在祭奠一位"淑人君子"。龐大的樂隊，樂器有編鐘、編磬、琴、瑟、笙、鼓，交替演奏著雅樂、南音。主人公面對淮河，高唱此《鼓鐘》之歌，以悼念這位君子。

楚　茨

〔提要〕這是一首描寫周王祭祖及私宴的詩。《毛詩序》曰："《楚茨》，刺幽王也。政煩賦重，田萊多荒，饑饉降喪，民卒流亡，祭祀不饗，故君子思古焉。"非詩意。魏源《詩古微》曰："天子祭祀之詩，不列于《頌》，即列于《大雅》，《小雅》從無王祭之詩。"恐未必。

　　楚楚者茨，言（焉）抽其棘。自昔何爲? 我（爲）藝黍稷。我黍與與，我稷翼翼。我倉既盈，我庾維（爲）億。以爲酒食，以享以祀。以妥以侑，以介（丐）景福。①

　　濟濟蹌蹌，絜（潔）爾牛羊，以往烝嘗。或剝或亨（烹），或肆或將。祝祭于祊（綟），祀事孔明。先祖是皇（迋），神保是饗。孝孫有慶，報以介福，萬壽無疆! ②

　　執爨踖踖，爲俎孔碩，或燔或炙。君婦莫莫（勉勉），爲豆孔庶。爲賓爲客，獻酬交錯。禮儀卒度，笑語卒獲。神保是格（佫），報以介福，萬壽攸酢! ③

我孔熯（戁）矣，式禮莫愆。工祝致告，徂賚孝孫。苾芬孝祀，神嗜飲食。卜（付）爾百福，如幾如式。既（齋）齊既稷（謖），既匡既敕。永錫（賜）爾極，時（是）萬時（是）億！④

禮儀既備，鐘鼓既戒，孝孫徂位，工祝致告，神具（俱）醉止（之），皇尸載（則）起。鼓鐘送尸，神保聿歸。諸宰君婦，廢徹（撤）不遲。諸父兄弟，備言（然）燕私。⑤

樂具（俱）入奏，以綏後祿。爾殽（肴）既將，莫怨具（俱）慶。既醉既飽，小大稽首。神嗜飲食，使君壽考。孔惠孔時（善），維其盡之。子子孫孫，勿替引之！⑥

——《楚茨》六章，章十二句。

〔彙校〕
者茨，《齊詩》作「薺」，亦借字；《魯詩》作「薋」，本字。
我藝，疑當作「爲」，涉後誤。
于祊，《魯詩》作「閍」，義同；《齊詩》《韓詩》作「縏」，本字。
禮儀，《韓詩外傳》作「義」，借字。
苾芬，《韓詩》作「馥」，義同。
既稷，當是「謖」字之誤。

〔注釋〕
①楚楚，叢生的樣子。茨，音次，草名，即蒺藜，有刺。字亦作「薋」言，借爲「焉」，于是。抽，拔除。棘，刺。抽其棘，即連根拔起。藝，樹、種植。我，周王自謂。與與，茂盛的樣子。翼翼，整齊的樣子。盈，滿也。庾，音語，糧囤。維，同「爲」。億，十萬，極言其多。享，祭享。祀，祭祀。妥，安坐。侑，勸酒。介，借爲「丐」，求也。景，大也。

②濟濟，有威儀的樣子。蹌蹌，音槍槍，步履有節奏的樣子。絜，同"潔"，淨也。往，去也。烝、嘗，皆祭祀專名，冬祭曰烝、秋祭曰嘗，此泛指祭祀祖先。剝，剝皮。亨，同"烹"，煮也。肆，陳列。將，捧持而進。祝，主祭祝的官員，所謂太祝。祊，音崩，借爲"繄"，廟門內設祭之所。孔，很。明，盛也。皇，借爲"迋"，音同，歸也。神保，即神靈。饗，享用。孝孫，指周王。慶，慶賀之事。報，回報。介，大也。

③爨，音竄，灶也。踖踖，音及及，敏捷的樣子。俎，切肉的砧板。碩，大也。燔，燒；炙，烤也。君婦，國君的后妃。莫莫，借爲"勉勉"，勤勉的樣子。庶，多也。獻，向人敬酒。酬，回敬人酒。卒，盡也。度，獲得。格，同"佫"，至也。攸，用也。酢，音作，報也。

④熯，音染，借爲"戁"，音報，敬也。式禮，即禮式。莫，無也。愆，音千，過錯。工祝，即大祝，主祝禱者。告，祝告。徂，往也。賚，音賴，賜也。苾，音必。苾芬，馨香。卜，借爲"付"，給也。幾，法也。式，定式。幾式，即法式。齊，借爲"齋"，敬也。謖，借爲"肅"，嚴肅。匡，正也。敕，整飭。錫，借爲"賜"。極，至也。時，借爲"是"。

⑤戒，具也。具，同"俱"，全也。止，語助詞，同"之"。皇，大也。尸，代先祖受祭之人。載，猶"則"。聿，將要。宰，宰夫、廚師。廢徹，撤除。諸父，伯父叔父們。言，同"然"。備言，同"備然"，齊全的樣子。燕私，即私宴。

⑥具，同"俱"，全部。殽，同"肴"，菜肴。既，已經。將，猶"上"。綏，安也。祿，福也。稽，音起。稽首，頭叩在地上稍作停留。壽考，長壽。惠，仁愛。時，借爲"善"，音相轉。維，望也。盡，竭盡。替，廢止。引，延長。

〔訓譯〕

叢生蒺藜長出來，隨即拔起它的刺。自古爲何這樣做？爲種糜子和穀子。我的糜子很茂盛，我的穀子很整齊。我的倉庫已裝滿，我的糧囤有十萬。用來釀酒和吃飯，用來祭享和敬獻。用來安坐勸喝酒，用來祈求大福祿。

威儀濟濟有節奏，洗淨你的羊和牛，好去宗廟祭祖先。有人剝皮有人煮，有人捧來有人擺。祝師獻到祭壇上，祭祀儀式很盛大。先祖個個都回來，神靈一齊來享用。孝孫有事搞慶賀，大福用來做回報,長壽萬年無止境!

廚師動作很敏捷,生肉擺了一大案,有的燒來有的烤。國君夫人不怠慢,一裝就是幾大盤。賓客來得真不少,相互敬酒杯交錯。禮儀全都合法度,歡聲笑語人人樂。神靈到了很高興,也用大福做回報,並讓客人都長壽!

我的態度很認真,禮式到位無差錯。祝師向神致告辭,祈求祖先賞孝孫。祭品馨香孝孫獻,神靈樣樣都喜歡。賜給你們福百件,件件如同是法式。恭敬認真很嚴肅,已經匡正並整飭。永遠賜你最好的,一萬十萬不算多!

禮儀都已進行完,鐘鼓演奏也結束。孝孫去到位子上,祝師轉身報告說:神靈個個都醉了,受祭替身起來了。敲起鼓鐘送他回,神靈也要回家了。諸位廚師和主婦,急忙來將祭品撤。各位父輩和兄弟,全部再來開家宴。

全部樂曲都演奏,用以安撫後人福。你的菜肴都已上,沒人報怨搞慶賀。人人酒足又飯飽,大小個個都叩首。神靈喜歡這酒食,要讓國君得長壽。非常仁惠又和善,希望他能盡全力。子子孫孫不間斷,不要廢止永綿長!

〔意境與畫面〕

糧滿倉,畜滿圈,酒滿缸,一片豐盈繁榮景象。一場隆重的祭祖大典和王室私宴,從開始準備到儀式結束,全程展現,如詩所云。

信(伸) 南 山

〔提要〕這也是一首描寫周王祭祖祈福的詩。《毛詩序》曰:"《信南山》,刺幽王也。不能修成王之業,疆理天下,以奉禹功,故君子思古焉。"非詩意。

信(伸)彼南山,維(爲)禹甸之。畇畇原隰,曾孫田之。我疆我理,南東其畝。①

上天同雲，雨雪雰雰，益之以霢霂。既優（瀀）既渥，既沾既足，生我百穀。②

疆埸翼翼，黍稷彧彧（鬱鬱）。曾孫之穡，以爲酒食。畀我尸賓，壽考萬年。③

中田有廬（蘆），疆埸有瓜。是剝是菹，獻之皇祖。曾孫壽考，受天之祜。④

祭以清酒，從以騂牡，享于祖考。執其鸞刀，以啓其毛，取其血膋（膫）。⑤

是烝是享，苾苾芬芬。祀事孔明，先祖是皇（迋）。報以介福，萬壽無疆。⑥

——《信南山》六章，章六句。

——《谷風之什》十篇，五十四章，三百五十六句。

〔彙校〕

甸之，《韓詩》作"畋"，借字，古音同。

畇畇，《韓詩》作"營營"，同。

雰雰，今文三家作"紛紛"，借字。

既優，《說文》引作"瀀"，本字。

疆埸，《韓詩》作"壃"，異體字。

苾苾，《魯詩》作"馥馥"，義同。

〔注釋〕

① 信，讀爲"伸"，綿長。南山，指秦嶺。秦嶺東西綿延千里，故曰信（伸）。維，同"爲"，是。禹，即大禹。甸，治也。古言大禹治水，故曰維禹甸之。畇畇，音旬旬，平整的樣子。原隰，高原和低濕之地，指八百里秦川。曾孫，相對于皇祖，指後世周人。田，謂開墾爲田地。我，指周人。疆，田大界。理，治理。南東，猶縱橫。

② 同，聚集。雨，去聲。雨雪，下雪。雰雰，大雪紛飛的樣子。益，加也。霢霂，音脈沐，小雨。優，借爲"瀀"，雨水多。渥，濕潤。

沾，沾溉。

③埸，音易，小田界。翼翼，整齊的樣子。黍稷，泛指各種莊稼。或或，借爲"鬱鬱"，茂盛的樣子。穧，指糧食。畀，給也。尸，代神受祭的替身。

④廬，借爲"萊"，音相轉，蘿蔔。剝，謂削瓜皮。菹，音租，醃菜。皇祖，泛指祖先。曾孫，指當時周王。相對于皇祖，故稱曾孫。祜，音互，保佑。

⑤從，隨後。騂，音興，赤色。牡，公牛。享，祭享。考，先父。鸞刀，亦作"鑾刀"，一種帶鈴的刀。啓，開也。血，謂鮮。膋，音聊，借爲"膫"，牛腸脂。

⑥烝，冬祭名。享，祭享。苾苾芬芬，形容香氣濃郁。明，盛也。皇，借爲"迋"，歸也。

〔訓譯〕

綿延的南山，爲大禹甸治。平整的原野，是後人開墾。劃界來治理，縱橫成田畝。

天上密雲布，雪花舞紛紛，還有小雨星。雨水很豐富，土地全沾溉，可以生百穀。

田界很整齊，莊稼都茂盛。曾孫家糧食，做成酒和食。獻給神和客，祈求萬年壽。

田裏有蘿蔔，田畔還有瓜。削皮醃成菜，獻給祖先們。曾孫得長壽，又受天保佑。

祭上美清酒，然後宰公牛，祭獻祖和父。手持長鸞刀，割開公牛皮，取出鮮腸脂。

冬祭獻上去，香氣真濃郁。祭祀禮儀盛，先祖所以歸。大福做回報，長壽無止境！

〔意境與畫面〕

秦嶺綿延，沒有盡頭。八百里秦川，良田縱橫，風調雨順，五穀豐登。周人的子孫釀酒醃菜，做各種面食，祭祀祖先，祈求長壽。雪花飛舞的一天，宰夫屠宰公牛，剝皮剔肉，直至取出牛腸脂。一切祭品獻上，音樂響起，儀式開始，周王親自祭上美酒。祝師口唱此《信南山》之歌，祈求並祝其長壽。

〔引用〕

　　《左傳·成公二年》有載：齊侯使賓媚人賂晉，"晉人不可，曰：'必以蕭同叔子爲質，而使齊之封內，盡東其畝。'對曰：'（略）先王疆理天下，物土之宜而布其利。故《詩》曰：'我疆我理，南東其畝。'"出此詩之首章。

甫田之什

甫　田

〔提要〕這是一首描寫大田豐收，祭祀神靈，歌頌周王大農業的詩。《毛詩序》曰："《甫田》，刺幽王也。君子傷今而思古焉。"非詩意。

倬彼甫田，歲取十千。我取其陳，食我農人。自古有年，今（必）適南畝，或耘或耔。黍稷薿薿，攸（用）介（愒）攸（用）止，烝我髦士。①

以我齊（粢）明，與我犧羊，以社以方。我田既臧，農夫之慶。琴瑟擊鼓，以御田祖。以祈甘雨，以介（丐）我稷黍，以穀我士女。②

曾孫來止，以其婦子。饁彼南畝，田畯至喜。攘（讓）其左右，嘗其旨否。禾易（移）長畝，終善且有。曾孫不怒，農夫克敏。③

曾孫之稼，如茨如梁。曾孫之庾，如坻如京。乃求千斯倉，乃求萬斯箱。黍稷稻粱，農夫之慶。報以介福，萬壽無疆。④

———《甫田》四章，章十句。

〔彙校〕

倬彼，《韓詩》作"菿"，借字。

今適，疑當作"必"。

〔注釋〕

①倬，音卓，寬闊。甫田，長苗的田。取，謂收。十千，即一萬，指一萬倉、囷。四章曰："乃求千斯倉。"我，周王自謂。陳，陳舊，此指陳穀。食，音四，養也。有年，謂豐收。適，往也。南畝，泛指田地。大田一般皆南北播種，故曰南畝。耘，除草。耔，音子，培土。薿薿，音你你，茂盛的樣子。攸，同"用"，以也。介，借爲"愒"，憩息。止，亦息也。烝，進也。髦，音毛。髦士，少年美士。

②以，用也。齊，借爲"粢"，祭神的糧食。明，盛也。犧羊，用做犧牲祭神的羊。社，土神。方，謂四方之神。臧，善也。慶，喜慶。琴瑟，謂演奏琴瑟，前省動詞。御，祭祀。田祖，田神。祈，求也。介，同"丐"，求也。穀，養也。士女，男女。

③曾孫，指周王，相對于先祖。以，謂帶領。饁，音夜，送飯到田。田畯，小農官。上三句借用《豳風·七月》句。攘，同"讓"。旨，甘美。易，借爲"移"，禾相倚也。長，長短之長。終，既也。有，多也。克，能也。敏，勤也。

④茨，茅草屋頂。如茨，形容密。梁，指魚梁，用木樁、柴枝等編製，高出水面。如梁，形容厚、壯實。《爾雅·釋地》："堤謂之梁。"庾，露天糧倉。坻，音遲，水中小塊高地、小洲。京，高丘。斯，語助詞。箱，裝糧食的竹筐。

〔訓譯〕

倬大一片地，年收萬囷糧。取我陳年穀，養活我農夫。自古有豐年，都得去田裏，除草又培土。看著黍稷茂，得以小憩息，進我少年士。

用我好糧食，還有好牛羊，祭祀土地神。我地種得好，農夫有功勞。彈琴又擊鼓，來祭田祖神。以祈降甘霖，以求稷黍豐，以養我男女。

周王走來了，帶著妻和子。送飯到地裏，田畯非常喜。先讓左右嘗，看它香不香。滿地苗相倚，既高又稠密。周王不發威，農夫就勤勞。

　　周王家莊稼,像茨像魚梁。周王家糧食,像洲像土堆。于是求千倉,于是找萬箱。糜穀和稻粱,全是農夫功。大福做回報,萬壽長無疆!

〔意境與畫面〕

　　秋天,關中平原,大片的農田喜獲豐收。打穀場上,新産的糜、穀、高粱,如同座座小山。貴族們正在指揮農夫騰舊倉、建新倉。舊倉裏的陳穀,被分發給了農夫。場邊地頭,周王率大臣正在祭祀田神,慶賀豐收。祝師高聲唱誦此《甫田》之歌,如詩所云。

大　田

　　〔提要〕這是一首給周王種田的農夫描寫其種田勞動,以及祭祀田神,祈求豐收的詩。詩中有所謂"大田、小田","公田、私田",直接反映了當時的土地結構及社會性質。《毛詩序》曰:"《大田》,刺幽王也。言矜寡不能自存焉。"非詩旨。

　　大田多稼,既種既戒,既備乃事。以我覃(剡)耜,俶載南畝。播厥百穀,既庭(挺)且碩,曾孫是若。①

　　既方既皂(卓),既堅既好,不稂不莠。去其螟螣,及其蟊賊,無害我田稚。田祖有神,秉畀炎火。②

　　有渰(淹)萋萋(淒淒),興雨(雲)祁祁。雨我公田,遂及我私。彼有不穫稚,此有不斂穧,彼有遺秉,此有滯穗,伊寡婦之利。③

　　曾孫來止(之),以其婦子,饁彼南畝,田畯至喜。來方禋祀,以其騂黑,與其黍稷。以享以祀,以介

(丐）景福。④

——《大田》四章，二章章八句，二章章九句。

〔彙校〕

既阜，"卓"字之誤，高亨説。

秉畀，《韓詩》作"卜"，以聲誤。《新唐書·姚崇傳》引作"付畀炎火"，義大同。

有渰，《齊詩》作"黤"，《韓詩》作"弇"，《吕覽·謹德》引作"晻"，皆借字。

萋萋，《齊詩》《韓詩》作"凄凄"，借字。

興雨，今文三家作"雲"，當是。

祁祁，《十三經注疏》本作"祈祈"，借字。

〔注釋〕

① 大田，大片的田地、公田。稼，莊稼。種，播種。戒，戒備，謂加築防護牲畜和禽獸進入的設施。備，完備、完成。罩，音衍，借爲"剡"，鋒利。俶，音觸，始也。載，事也。南畝，指小田。庭，借爲"挺"，直也。碩，大也。曾孫，指周王。《大雅·行葦》"曾孫維主"，鄭箋以爲成王。若，順也。

② 卓，高也，方，大也。方、卓，指苗言；堅、好，指穀粒言。稂，音郎，不結實的穀子。莠，音有，似苗的草。螟螣，蝗蟲。蟊賊，泛指莊稼害蟲。田稚，嫩苗。田祖，土神、農神。秉，持也。畀，交付。炎火，大火。按：此句倒裝。

③ 渰，同"淹"。有渰，同"淹淹"，成片的樣子。萋萋，同"凄凄"，雲盛的樣子。祁祁，多的樣子。斂，收拾。穧，音記，已割倒的穀子。秉，成把的穀子。滯，所遺留。伊，爲、是。按：上二章皆祈願之辭。

④ 止，同"之"，語助詞。以，與也。饁，音夜，送飯。田畯，監管農夫種田者。"以其婦子，饁彼南畝，田畯至喜"，用《豳風·七月》之典。方，將要。禋祀，潔祭。騂，音興，紅色，指牲牛。黑，指豬。黍，今之糜子。稷，今之穀子。介，讀爲"丐"，求也。景，大也。按：此章爲描寫之辭，疑當作第二章，錯于此。

〔訓譯〕

　　大田莊稼多，全都先種上，圍欄也修好。磨利我耒耜，開始種小田。稈直穗又大！周王心順了。

　　周王走來了，和他妻兒們；送飯到地裏，田畯真歡喜！還將行祭祀，牽著牛和豬，還有黍和稷。祭獻田祖神，祈求大豐收。

　　禾苗壯又高，顆粒堅又飽，不生稂和草！田祖有神靈，交我一把火！燒死衆害蟲，莫傷我禾苗。

　　淹淹起烏雲，大雨嘩嘩來。先下我公田，再下我私田。那兒有幾棵，這兒有幾根；那兒一把穀，這兒幾株穗，留給寡婦們。

〔意境與畫面〕

　　夏天，大片的農田裏，農夫們正忙著播種高粱和穀子。周王和他妻兒們，陪同伙夫們一起到地裏送飯，進行觀賞，農夫們個個歡喜。種完穀子，又給大田加築圍欄。完了，農夫們又趕緊磨利耒耜，開始種自家小田。一場大雨後，莊稼出苗，苗壯生長，沒有病害。秋天，莊稼秆直穗大，即將成熟。周王殺牲祭祀田神，祈求豐收。秋天，莊稼收割上場，寡婦們在地裏撿拾散落遺失的穀穗。

瞻彼洛矣

　　〔提要〕這是一首歌頌"君子"（周天子）起六師保家衛國的詩。《毛詩序》曰："《瞻彼洛矣》，刺幽王也。思古明王，能爵命諸侯，賞善罰惡焉。"非詩本意。《白虎通義·爵》曰："世子上受爵命，衣士服何，謙不敢自專也。故《詩》曰：'韎韐有奭。'謂世子始行也。"亦非。

　　瞻彼洛矣，維（唯）水泱泱。君子至止（之），福祿如茨。韎韐有奭（赩），以作六師。[①]

　　瞻彼洛矣，維（唯）水泱泱。君子至止（之），鞞琫有珌。君子萬年，保其家室。[②]

瞻彼洛矣，維（唯）水泱泱。君子至止（之），福祿既同。君子萬年，保其家邦。③

——《瞻彼洛矣》三章，章六句。

〔彙校〕
　　有奭，《白虎通義·爵》引作"赩"，本字。

〔注釋〕
　　① 瞻，往前看。洛，河名，又稱北洛河，在關中平原北部，東南入渭水，匯入黃河。矣，所謂起下之詞。維，同"唯"，只有。泱泱，水深廣的樣子。君子，指周王。茨，屋頂。如茨，隆起也。韎韐，音昧格，皮質蔽膝。奭，借爲"赩"，音戲，紅色。作，起也。六師，天子的軍隊。
　　② 鞞，音彼，刀鞘。琫，音崩，刀鞘口沿處的玉飾。珌，音必，刀鞘末端的玉飾。萬年，長壽。言萬年，則"君子"必爲國君。家室，指王室。
　　③ 同，集中、聚集。家邦，謂國家。

〔訓譯〕
　　看那洛河水，又深又寬廣。君子到這裏，福祿如屋頂。蔽膝染紅色，前來起六師。
　　看那洛河水，又深又寬廣。君子到這裏，刀鞘有玉飾。君子一萬年，保有其家室。
　　看那洛河水，又深又寬廣。君子到這裏，福祿已聚集。君子一萬年，保有其國家。

〔意境與畫面〕
　　渭北高原，洛河岸邊，周王一身戎裝，繫著紅色的蔽膝，佩著鞘有玉飾的漂亮長刀，正在訓練六師，以備保家衛國。

裳裳（棠棠）者華（芋）

〔提要〕這是一個貴族自喜得富貴的詩，上博簡《詩論》"裳裳"作"棠棠"，"華"作"芋"，是其本名。《孔叢子·記義》引孔子曰："我于《裳裳者華（棠棠者芋）》，見賢者世保其禄也。"上博簡《詩論》云："《棠棠者芋》，則貴也。"説皆是。《毛詩序》曰："《裳裳者華（棠棠者芋）》，刺幽王也。古之仕者世禄，小人在位，則讒諂並進，棄賢者之類，絶功臣之世焉。"略有意。

裳裳（棠棠）者華（芋），其葉湑兮。我覯之子，我心寫（瀉）兮。我心寫（瀉）兮，是以有譽（豫）處兮。①

裳裳（棠棠）者華（芋），芸其黄矣。我覯之子，維其有章矣。維其有章矣，是以有慶矣。②

裳裳（棠棠）者華（芋），或黄或白。我覯之子，乘其四駱。乘其四駱，六轡沃若。③

左之左之，君子宜之。右之右之，君子有之。維（爲）其有之，是以似之。④

——《裳裳（棠棠）者華（芋）》四章，章六句。

〔彙校〕

裳裳，《魯詩》《韓詩》作"常常"，皆借字；上博簡《詩論》作"棠棠"，本字。

者華，上博簡《詩論》作"芋"，本字，作"華"當是字誤。

維其，《魯詩》作"唯"，皆借字。

〔注釋〕

①裳裳，借爲"棠棠"，同"堂堂"，大的樣子。芋，芋頭。湑，音許，盛也。《説文》："芋，大葉實根駭人，故謂之芋也。"正與"其葉湑兮"合。覯，見也。之子，此子，作者的恩人。寫，同"瀉"，抒也，謂舒暢。譽，借爲"豫"，安也。

②芸，油菜，花黄色。芸其黄矣，已經發黄。維其，已然之詞，猶于是。章，文章、花紋。有章，謂變得有文采。慶，喜慶。

③駱，白身而黑尾黑鬃的馬。轡，音配，韁繩。四馬各一轡，另二轡掌左右，故曰六轡。沃若，柔順的樣子。

④君子，地位在上之人，這裏是詩作者自謂。惟，借爲"爲"，因爲。有，能也。似，像也。

〔訓譯〕

棠棠大芋頭，葉子真繁盛。我見此人後，心情舒暢了。心情舒暢了，所以有安樂。

棠棠大芋頭，已經發黄了。我見此人後，于是有文采。因爲有文采，所以有喜慶。

棠棠大芋頭，有黄也有白。我見此人後，坐上花馬車。坐上花馬車，韁繩很柔順。

説左就向左，君子適應它。説右就向右，君子能做到。因爲能做到，所以也很像。

〔意境與畫面〕

一個男子，遇見一位有權勢的貴族，得其教誨培養，變得知書達理，成爲一名新貴。老貴族年老致仕，新貴族繼承其位，有了自己的馬車。這一天，新貴族第一次駕上自己的馬車，得意地唱出了這首《棠棠者芋》之歌。

〔引用〕

《左傳・襄公三年》："君子謂祁奚于是能舉善矣。稱其讎，不爲諂；立其子，不爲比；舉其偏，不爲黨。（略）《詩》云：'惟其有之，是以似之。'祁奚有焉。"出此詩之三章。

桑扈

〔提要〕這是一首讚美和歌頌"君子（周王）"的詩。《毛詩序》曰："《桑扈》，刺幽王也。君臣上下動無禮文焉。"非詩意。馮登府曰："此諸侯受命于朝之詩也。"亦非。詩言"受天之祜""萬邦之屏"，則非諸侯可知。

交交桑扈，有鶯其羽。君子樂胥，受天之祜！①
交交桑扈，有鶯其領。君子樂胥，萬邦之屏！②
之屏之翰（幹），百辟爲憲。不（丕）戢（濈）不（丕）難（戁），受福不（丕）那（夥）！③
兕觥其觩，旨酒思柔。彼交（佼）匪（非）敖（傲），萬福來求！④

——《桑扈》四章，章四句。

〔彙校〕
彼交，《齊詩》作"匪傲"，皆借字。
匪敖，《齊詩》作"傲"，本字。

〔注釋〕
①交交，象聲詞，猶"啾啾"。桑扈，一種身有華麗羽毛的小鳥。有鶯，猶鶯鶯，文采艷麗的樣子。君子，指周王。胥，語助詞。祜，福也。
②領，脖頸。屏，屏障。
③翰，借爲"幹"，支幹。辟，君也。百辟，謂諸侯。憲，法、典範。不，讀爲"丕"，大也。下同。戢，借爲"濈"，和也。難，借爲"戁"，敬也。馬瑞辰説。那，音挪，借爲"夥"，多也。
④兕觥，犀牛角做的酒杯。觩，音求，角彎曲的樣子。思，同斯，

語助詞。交，借爲"佼"，美好。匪，同"非"，不。敖，同"傲"。求，找也。

〔訓譯〕
　　啾啾桑扈叫，羽毛亮瑩瑩。君子樂滋滋，受天大福禄！
　　啾啾桑扈叫，脖子亮瑩瑩。君子樂滋滋，萬國做屏障！
　　屏障加支幹，諸侯效仿他。大和又大敬，受福也很多！
　　犀角酒杯彎，甜酒很綿柔。佼美不傲慢，萬福都來求！

〔意境與畫面〕
　　宴會之上，年輕的周王服飾燦明，面容姣美，謙恭有禮。他面帶笑容，正用一隻犀牛角杯給諸侯們敬酒。一個大臣起身，唱出了這《桑扈》之歌。

〔引用〕
　　《左傳·成公十四年》載寧子曰："苦成家其亡乎！古之爲享食也，以觀威儀，省禍福也。故《詩》曰：'兕觥其觩，旨酒思柔。彼交匪傲，萬福來求。'"出此詩之四章。

鴛　　鴦

　　〔提要〕這是一首祝"君子"（周天子）婚姻美滿、幸福安康的詩。《毛詩序》曰："《鴛鴦》，刺幽王也。思古明王交于萬物有道，自奉養有節焉。"非詩意。馮登府曰："詩無刺意，事諸侯頌禱天子之詩。"近是。

　　鴛鴦于飛，畢之羅之。君子萬年，福禄宜之！[①]
　　鴛鴦在梁，戢其左翼。君子萬年，宜其遐福！[②]
　　乘馬在廄，摧之秣之。君子萬年，福禄艾之！[③]

乘馬在廄，秣之摧（莝）之。君子萬年，福祿綏之！④
　　　　　　　　　——《鴛鴦》四章，章四句。

〔彙校〕
　　摧之，《韓詩》作"莝"，本字。

〔注釋〕
　　① 鴛鴦，夫妻鳥，比婚姻。畢，長柄鳥網。羅，無柄網。畢之羅之，比求婚。君子，指天子，故曰萬年。萬年，長壽也，祝福之辭。福祿，比婚姻。宜，該也。
　　② 梁，堤壩。戢，斂也。戢其左翼，鴛鴦雌雄廝守的樣子。遐，遠也。宜其遐福，祝願其夫妻長相廝守也。
　　③ 乘，音剩。乘馬，四匹馬。摧，借爲"莝"，音錯，《説文》："斬芻也。"即鍘草。秣，音末，以谷喂馬。摧之秣之，養馬也，比養。艾，養也。
　　④ 綏，使之安也。

〔訓譯〕
　　鴛鴦正飛，用網捕它。君子萬年，福祿宜他！
　　鴛鴦在梁，斂著左翅。君子萬年，該有遠福！
　　四馬在廄，鍘草喂它。君子萬年，福祿養他！
　　四馬在廄，穀草喂它。君子萬年，福祿安他！

〔意境與畫面〕
　　載某周王大婚婚宴之上，一個來賓高唱此《鴛鴦》之歌，祝願新郎新娘婚姻美滿，長壽安康。

頍　弁

〔提要〕這首詩描寫一位"君子"（貴族）在死喪到來之前，

召集親族在家飲宴，商量對策。今文三家題《有頍者弁》，取全首句。《毛詩序》曰："《頍弁》，諸公刺幽王也。暴戾無親，不能宴樂同姓，親睦九族，孤危將亡，故作是詩也。"略有意。

　　有頍者弁，實維（爲）伊何？爾酒既旨，爾肴既嘉。豈伊異人，兄弟匪（非）他。蔦與女蘿，施于松柏。未見君子，憂心奕奕；既見君子，庶幾説（悦）懌。①

　　有頍者弁，實維（爲）何期？爾酒既旨，爾肴既時。豈伊異人，兄弟具（俱）來。蔦與女蘿，施于松上。未見君子，憂心怲怲；既見君子，庶幾有臧。②

　　有頍者弁，實維（爲）在首。爾酒既旨，爾肴既阜。豈伊異人，兄弟甥舅。如彼雨雪，先集維霰。死喪無日，無幾相見。樂酒今夕，君子維（爲）宴。③

　　　　　　　　　　——《頍弁》三章，章十二句。

〔彙校〕

　　何期，《釋文》云："本亦作'其'，音基，辭也。"按陸説非，作"期"當是本字，非語辭。

　　維霰，《魯詩》作"霓"，異體字。

　　今夕，《魯詩》作"昔"，以音誤。

〔注釋〕

　　① 頍，音傀。有頍，猶頍頍，弁受支撐而有棱角的樣子。弁，皮帽，此指戴弁之人。實，是。維，爲。伊，有也。下同。旨，甘美。肴，菜肴。嘉，美。伊，有。異人，外人。匪，同"非"。蔦，音鳥，草名。女蘿，植物名，俗名兔絲。施，音亦，延伸。施于松柏，依附之也。君子，指主人，蓋卿大夫之類。奕奕，盛大的樣子。庶幾，接近。説，同"悦"。説懌，喜悦。

　　② 期，期會、等待。時，善也。具，同"俱"，全也。怲怲，音丙

丙,憂懼的樣子。臧,善、好事。

③阜,豐富。甥舅,指異姓親戚。雨雪,下雪。集,猶落。維,同"爲"。霰,音現,分散的雪粒。如彼雨雪,先集維霰,比舉大事前的準備。無日,不幾天也。無幾,不多也。宴,宴會。

〔訓譯〕

皮弁有棱角,這里有什麼?你的酒既甜,你的菜也美。豈能有外人,都是親兄弟。蔦和兔絲草,延伸到松柏。未見君子時,内心很憂傷;見了君子面,心裏很喜悦!

皮弁有棱角,這是等什麼?你的酒既甜,你的菜也好。豈能有外人,兄弟全來了。蔦和兔絲草,伸到松樹上。未見君子時,心裏很憂懼;見了君子面,全部是好事!

皮弁有棱角,這是在頭上。你的酒既甜,你的菜也豐。豈能有外人,兄弟和甥舅。就像下大雪,先落雪珠子。死喪没幾天,相見不再多。今夕樂飲酒,君子設私宴。

〔意境與畫面〕

國難來臨之前的一場私宴,客人們個個頭戴皮帽,圍聚一桌。酒足飯飽,一個客人起身唱出此《頍弁》之歌,以表示對主人的信賴和忠心。

〔引用〕

《韓詩外傳》曰:"明主能愛其所愛,暗主必危其所愛。……《小雅》曰:'死喪無日,無幾相見。'危其所愛之謂也。"斷章而取義。

車 舝

〔提要〕這是一個男子祝願其舊戀人婚姻幸福的詩。《毛詩序》曰:"《車舝》,大夫刺幽王也。褒姒嫉妒,無道並進,讒巧敗國,德澤不加于民,周人思得賢女以配君子,故作是詩也。"曲解附會之説。《左傳·昭公二十五年》叔孫婼聘于宋所賦(見後〔引用〕），亦只是賦之而已。舊或以此詩爲新郎在迎娶新娘途中所賦，然詩明言"思孌季女逝兮""我心寫兮""覯爾新婚"，則不出新郎之口甚明。

　　間關車之舝（轄）兮，思孌（戀）季女逝兮。匪（非）飢匪（非）渴，德音來括。雖無好友，式燕（宴）且喜。①
　　依（殷）彼平林，有集維鷮。辰（展）彼碩女，令德來教。式燕且譽（娛），好爾無射（厭）。②
　　雖無旨酒，式飲庶幾。雖無嘉肴，式食庶幾。雖無德與女（汝），式歌且舞。③
　　陟彼高岡，析其柞薪。析其柞薪，其葉湑兮。鮮（幸）我覯爾，我心寫兮。④
　　高山仰止（之），景行行止（之）。四牡騑騑，六轡如琴。覯爾新婚，以慰我心。⑤
　　　　　　　　　　——《車舝》五章，章六句。

〔彙校〕
　　車之舝，《左傳·昭公二十五年》引作"轄"，音義同。
　　辰彼，《魯詩》及《列女傳》作"展"，當是本字。
　　仰止、行止，《史記》皆引作"之"。《釋文》云："本亦作'之'"。按"止""之"同，皆語助詞。
　　以慰，《韓詩》作"愠"，音轉借字。

〔注釋〕
　　① 間關，象聲詞。舝，同"轄"，車軸端阻止車輪外脱的裝置。孌，借爲"戀"，慕也。季女，小女兒。逝，往也。匪，借爲"非"，不。德音，善言。括，會也。式，猶"望"，希望。下同。燕，借爲"宴"，樂也。

②依，借爲"殷"，盛也。集，鳥落樹上。鷮，音驕，長尾野雞。辰，"展"字之誤，謂伸展、舒展，形容個子高。碩女，身材肥碩的女子。令，美也。燕，借爲"宴"，安逸。譽，借爲"娛"，樂也。好，喜歡。射，音夜，借爲"厭"，厭棄。

③庶幾，一點點。德，謂德行、能力。與，助也。

④陟，登上。析，劈也。柞，樹名。湑，音許，茂盛。鮮，猶"幸"，幸好。覯，遇見。寫，抒瀉、洩氣、死心。

⑤仰，仰望。止，同"之"，語助詞。景，大也。行，音航，路也。後"行"，行走。騑騑，音非非，馬行不止的樣子。琴，謂琴弦。六轡如琴，形容駕馭的手法。慰，安慰。

〔訓譯〕

車轄間關響不停，思慕的姑娘遠去了。不知飢餓和口渴，我把良言來送她。那邊雖然沒好友，還望你能喜且樂。

殷殷平平小樹林，漂亮野雞落上面。身材舒展肥碩女，美好德行來教她。望她安逸且歡娛，永遠愛你不厭棄。

雖然沒有甜美酒，希望也能喝一點。雖然沒有佳菜肴，希望也能吃一點。雖無能力幫助你，希望你也歌且舞。

登上那座高山岡，去砍柞樹做柴火。砍那柞樹做柴火，樹葉密密遮眼睛。幸好讓我看見你，從此我就死心了。

仰望前面是高山，馬車行在大道上。四匹公馬腿不停，六根韁繩像彈琴。遇見你的新婚事，可以安慰我的心。

〔意境與畫面〕

村裏一對青年，自幼青梅竹馬，女孩子身材高大肥碩，男孩子非常愛慕她。這一天，男孩子在山上打柴，山下傳來"間關"的車轄聲，他透過茂密的樹葉，看見是女孩子的婚車，頓時一陣激動，忘了飢渴，耳邊只有平日女孩子好聽的聲音。但他馬上又清醒過來，從心裏對女孩子發出美好的祝願。回家的路上，他唱出了這首《車舝》之歌。

〔引用〕

《左傳·昭公二十五年》："春，叔孫婼聘于宋。桐門右師見之，語卑宋大夫，而賤司城氏。昭子告其人曰：'右師其亡乎？君子貴其身，而後能及人，是以有禮。今夫子卑其大夫，而賤其宗，是賤其身也，能有禮乎？無禮必亡。'宋公享昭子，賦《新宮》。昭子賦《車轄》。"賦《車轄》，蓋取其二章"令德來教。式燕且譽，好爾無射"句義。《左傳·昭公二十六年》："晏子對（齊侯）曰：'（略）陳氏雖無大德，而有施于民。豆、區、釜、鐘之數，其取之公也薄，其施之民也厚。（略）《詩》曰：'雖無德與女，式歌且舞。'陳氏之施，民歌舞之矣。"出此詩之三章。

青　　蠅

〔提要〕這是一首勸戒朋友莫信讒言的詩。《毛詩序》曰："《青蠅》，大夫刺幽王也。"恐未必。唐人袁孝政曰："衛武公信讒，詩人刺之。"馮登府謂是今文三家說。又曰："幽王信讒，廢申后，宜謂刺幽詩。"按詩言"構我二人"，則二說皆非。《易林·豫之困》："青蠅集蕃，君子信讒。害賢傷忠，患生婦人。"王先謙以爲見《齊詩》爲幽王信褒姒之讒而害忠賢也，說亦非。

營營青蠅，止于樊（棥）。豈弟（愷悌）君子，無（勿）信讒言！①

營營青蠅，止于棘。讒人罔（無）極，交亂四國！②

營營青蠅，止于榛。讒人罔（無）極，構我二人。③

——《青蠅》三章，章四句。

〔彙校〕

營營，今文三家作"營營"，音同，皆象聲詞。

止于樊，《齊詩》作"藩"，皆借字；《韓詩》作"棥"，本字。

讒人，《魯詩》作"言"，非。

〔注釋〕

① 營營，象聲詞，猶嗡嗡。青，黑色。樊，借爲"棥"，今作"藩"，籬笆。豈弟，讀同"愷悌"，和樂簡易、平易近人的樣子。無，借爲"勿"，不要。

② 棘，棗樹。讒，陷害人的壞話。讒人，講讒言之人。罔，無也。極，正也。交，交相。四國，四方之國。

③ 榛，一種灌木。構，謂離間、分隔。

〔訓譯〕

嗡嗡黑蒼蠅，落在籬笆上。和樂好君子，請莫信讒言！
嗡嗡黑蒼蠅，落在棗樹上。讒人心不正，交相亂四方！
嗡嗡黑蒼蠅，落在榛樹上。讒人心不正，離間我二人！

〔意境與畫面〕

一個壞人，就像"營營青蠅"，到處亂竄，到處讒毀人。他不僅"交亂四國"，而且"構我二人"。于是，詩人唱此《青蠅》之歌給他的朋友，以提醒他。

賓之初筵

〔提要〕這首詩描寫一個貴族宴請賓客而致客人醉酒，戒人莫要勸酒。《毛詩序》曰："《賓之初筵》，衛武公刺時也。幽王荒廢，媟近小人，飲酒無度，天下化之，君臣上下沉湎淫液，武公既入，而作是詩也。"《韓詩》曰："衛武公飲酒悔過也。"《易林·大壯之家人》用《齊詩》說曰："舉觴飲酒，未得至口。側弁醉訩，拔劍相怒，武侯作悔。"皆以作者爲衛武公，或是。衛武公于幽王時爲卿士。

賓之初筵，左右秩秩。籩豆有楚，殽（肴）核維旅。酒既和旨，飲酒孔偕。鐘鼓既設，舉酬逸逸（繹繹)。大侯既抗，弓矢斯(是)張。射夫既同，獻爾發功。發彼有的，以祈爾爵。①

籥舞笙鼓，樂既和奏。烝衎烈祖，以洽百禮。百禮既至，有壬有林。錫(賜)爾純嘏，子孫其湛。其湛曰樂，各奏爾能。賓載(則)手仇，室人入又(侑)。酌彼康爵，以奏爾時。②

賓之初筵，溫溫其恭。其未醉止(之)，威儀反反(昄昄)。曰既醉止(之)，威儀幡幡。舍其坐遷，屢舞仙仙。其未醉止(之)，威儀抑抑(懿懿)。曰既醉止(之)，威儀怭怭(佖佖)。是曰既醉，不知其秩。③

賓既醉止，載號載呶。亂我籩豆，屢舞僛僛。是曰既醉，不知其郵(尤)。側弁之俄，屢舞傞傞(娑娑)。既醉而出，並受其福。醉而不出，是謂伐德。飲酒孔嘉，維其令儀。④

凡此飲酒，或醉或否。既立之監，或佐之史。彼醉不臧，不醉反恥。式勿從謂，無俾大怠。匪(非)言勿言，匪(非)由勿語。由醉之言，俾出童羖。三爵不識，矧敢多又(有)？⑤

——《賓之初筵》五章，章十四句。

——《甫田之什》十篇，三十九章，二百九十六句。

〔彙校〕

秩秩，今文三家作"有秩"，義同。

殽核，《魯詩》作"覈"，借字。

反反，《韓詩》作"昄昄"，本字。

仙仙，《文選·蜀都賦》注引作"遷遷"，借字。

怭怭，今文三家作"佖佖"，本字。
傞傞，今文三家作"娑娑"，本字。

〔注釋〕

①筵，一種粗席。古人席地而坐，宴席皆在席上，故稱筵席。秩秩，有序的樣子。籩、豆，兩種食器，這裏泛指各種食器。有楚，猶"楚楚"，整齊的樣子。殽，借爲"肴"，菜肴。核，果核，這裏泛指各種有核果品。旅，陳列、擺放。和，醇和。旨，甜美。孔，很。偕，普遍。舉，謂舉杯敬酒。酬，回敬。逸逸，借爲"繹繹"，往來不絶的樣子。侯，射箭的靶子。抗，豎也。斯，語助詞。同，集中。獻，呈獻。爾，你。發功，射箭的功夫。有，詞頭。的，靶心。祈，求也。爵，酒爵。

②籥，音月，一種竹管樂器，猶今之排簫。笙，亦樂器名。和奏，猶合奏。烝，進也。衎，音看，快樂。烈祖，即列祖。洽，合也。至，謂完成。有，同"又"。壬，盛大。林，多也。錫，同"賜"。爾，你。純，大也。嘏，音古，福也。湛，音耽，喜樂。奏，進也。載，猶"則"。手，取也。仇，音求，對手。室人，主人。又，同"侑"，助也。康，空也。奏，進也。時，善也。

③温温，温和的樣子。止，語助詞，同"之"。下同。反反，借爲"昄昄"，音版版，莊重的樣子。曰，語助詞。既，已經。幡幡，音翻翻，失儀的樣子。舍，放棄、離開。遷，移動。仙仙，輕盈的樣子。抑抑，借爲"懿懿"，美盛的樣子。怭怭，音必必，借爲"佖佖"，威儀盡失的樣子。秩，常也。

④載，則、又。下同。號，呼號。呶，音撓，喧嘩。傲傲，音欺欺，醉舞的樣子。郵，同"尤"，過失。弁，音便，一種皮帽。俄，傾斜。傞傞，音縮縮，借爲"娑娑"，醉舞的樣子。並，一併。伐，敗也。孔，很。嘉，好也。令，美也。

⑤監，酒監，監督飲酒者。佐，輔佐。史，書記官。臧，善也。式，發語詞。從，跟著。謂，勸也。俾，使也。怠，謂醉。匪，同"非"。匪言，不正當的話。匪由，没理由、不合理的話。由，從也。俾，使也。童，幼兒。羖，音古，公羊。出童羖，蓋謂出洋相。識，認識。矧，音審，何況。又，借爲"侑"，勸酒。

〔訓譯〕

賓客初上筵席，左右都很有序。食器整齊排列，菜肴果品擺放。酒已醇和甜美，客人全部開飲。鐘鼓已經設好，客人相互敬酒。靶子已經豎起，弓箭隨即準備。射手已經集中，獻上你的射技。發射對準靶心，以求你的美酒。

排簫笙鼓舞蹈，音樂已經合奏。進獻列祖列宗，以合各種禮節。禮節已經齊備，真是盛大繁多。賜你各種大福，子孫個個喜樂。因爲心中喜樂，各自盡獻其能。客人自選對手，家人進去幫忙。斟滿那只空杯，以獻你所選中。

客人始上筵席，人人溫和謙恭。當其未醉之時，個個威儀莊重。既已喝醉之後，全部失掉威儀。離開坐位亂竄，頻頻輕盈起舞。當其未醉之時，威儀十分美好。已經醉了之後，威儀幡然全失。這叫既醉之後，不知正常節度。

客人已經喝醉，呼號又加喧嘩。亂了我的碗碟，屢屢起舞狂歡。這叫既醉之後，不知自己過失。歪戴皮弁狂歡，屢屢起舞婆娑。酒醉之後出門，賓主同受其福。醉了若不出門，這就叫做敗德。飲酒本是好事，但要儀態佳美。

凡是飲酒之人，有醉也有不醉。既已設立酒監，又或配上佐史。喝醉固然不好，不喝反而恥辱。請勿跟著勸酒，不要使他大醉。不恰當的不說，沒道理的莫講。跟著醉漢亂說，使他出盡洋相。三杯已不識人，何況再敢多勸？

〔意境與畫面〕

　　一場盛大的的宴會正在舉行。音樂響起，客人入席，相互敬酒，彬彬有禮。另一邊舉行著賽射之禮。酒過三巡，有人已經喝醉，高聲呼喊，喧嘩不止，席上一片狼藉。目睹這一場面，一位長者作此詩以誡之。

魚藻之什

魚　藻

〔提要〕這是一個東周貴族回憶其在西周時生活的詩。《毛詩序》曰:"《魚藻》,刺幽王也。言萬物失其性,王居鎬京,將不能以自樂,故君子思古之武王焉。"今文三家無異義,似皆非。王安石《上執政書》引《魚藻》《裳華》,謂萬物"各得盡其才""各得盡其性",于是"詩作于時"。亦有誤解。

魚在在藻,有頒其首。王在在鎬,豈(凱)樂飲酒。①
魚在在藻,有莘其尾。王在在鎬,飲酒樂豈(凱)。②
魚在在藻,依于其蒲。王在在鎬,有那其居。③

——《魚藻》三章,章四句。

〔彙校〕
有頒,《魯詩》作"賁",借字。
豈樂,《魯詩》作"凱",本字。

〔注釋〕
① 藻,一種水草。在在,即在,重言以足句。下同。有頒,猶"頒頒",頭大的樣子。魚在在藻,有頒其首,比喻周王之偉大。王,周王。鎬,鎬京,西周王都。豈樂,即"凱樂",歡樂的樣子。
② 有莘,猶"莘莘",音申申,長的樣子。魚在在藻,有莘其尾,比喻周王臣屬眾多。樂豈,亦同"凱樂",倒文以諧韻。

③ 依，靠也。蒲，蒲草，生于水邊。魚在在藻，依于其蒲，比喻周王生活安舒。那，音挪。有那，同"那那"，安舒的樣子。

〔訓譯〕

魚在水藻，腦袋大大。王在鎬京，歡樂飲酒。
魚在水藻，尾巴長長。王在鎬京，飲酒歡樂。
魚在水藻，依著蒲草。王在鎬京，生活安舒。

〔意境與畫面〕

一個貴族，站在洛河邊上，看著河裹水草中的游魚長著大大的腦袋，長長的尾巴，靠著蒲草，安閑自如，不禁回想起當年周王在鎬京時，自己歡樂飲酒，生活舒適，無憂無慮的樣子，遂唱出了這首《魚藻》之歌。

采　　菽

〔提要〕這是一首描寫諸侯來朝，周天子進行賞賜的詩。《孔叢子》引孔子曰："我于《采菽》，見古之明王所以敬諸侯也。" 説甚是。《毛詩序》曰："《采菽》，刺幽王也。侮慢諸侯，諸侯來朝，不能錫命，以禮數徵會之，而無信義，君子見微而思古焉。" 今文三家無異義，皆非詩本意。《國語》載秦穆公宴公子重耳，"賦《采菽》"，亦只是賦之而已，並非秦穆公親作其詩。

采菽采菽，筐之筥之。君子來朝，何錫（賜）予之？雖無予之，路（輅）車乘馬。又何予之？玄衮及黼。①

觱（滭）沸檻（濫）泉，言（焉）采其芹。君子來朝，言（言）觀其旂。其旂淠淠，鸞（鑾）聲嘒嘒。載（則）驂載（則）駟，君子所屆。②

赤芾在股，邪幅在下，彼交（絞）匪（非）紓，天子所予。樂只君子，天子命之。樂只君子，福禄申之。③

維（爲）柞之枝，其葉蓬蓬。樂只君子，殿（鎮）天子之邦。樂只君子，萬福攸同。平平（便便）左右，亦是率從。④

汎汎楊舟，紼纚維之。樂只君子，天子葵（揆）之。樂只君子，福禄膍之。優哉遊哉，亦是戾矣！⑤

——《采菽》五章，章八句。

〔彙校〕
予之，《魯詩》作"與"，借字。
觱沸，《韓詩》作"渾"，本字。
檻泉，《魯詩》《韓詩》作"濫"，本字。
彼交，《韓詩》作"匪"，借字，古音同。
平平，《韓詩》作"便便"，本字。
紼纚，《魯詩》作"縭"，借字。
膍之，《韓詩》作"肶"，異體字。
遊哉，《韓詩》作"柔"，疊韻而誤。

〔注釋〕
①菽，豆子。筐，方形竹器。筥，音舉，圓形竹器。君子，謂諸侯。錫予，讀"賜予"。路車，也作"輅車"，一種專供在大路上行駛的馬車。乘（音剩）馬，四匹馬。玄，黑色。袞，音滾，織有龍紋的禮服。黼，黑白色相間的禮服。
②觱（音必）沸，同"渾沸"，泉水湧出的樣子。檻，借爲"濫"。濫泉，從下冒出的泉。言，同"焉"，于是。芹，水菜名。旂，有鈴的旗子。淠淠，音配配，飄動的樣子。鸞，同"鑾"，車鈴。嚖嚖，音彙彙，車鈴聲。載，猶"則"。驂，三匹馬。駟，四匹馬。屆，至也。
③芾，音服，蔽膝。邪幅，綁腿。匪，同"非"，不。交，借爲

"絞"，纏繞。紓，緩、松。予，賜予。只，語助詞。命，策命。申，重、再也。

④ 維，同"爲"，是。柞，音作，樹木名。蓬蓬，盛的樣子。殿，借爲"鎮"，定也，古音同。攸，所也。同，聚也。平平，讀爲"便便"，嫻雅的樣子。率，循順。

⑤ 汎汎，漂流的樣子。楊舟，楊木船。紼纚，音服黎，大繩。維，維繫、栓。葵，借爲"揆"，揆度、衡量。腖，音皮，厚也。優，閑暇。是，此也。戾，定也。

〔訓譯〕

采豆采豆，竹筐來盛。君子來朝，用啥賜他？雖無可賜，輅車四馬。又賜什麽？龍紋禮服。

噴湧濫泉，去采香芹。君子來朝，去觀彩旗。旗子飄飄，鈴聲叮噹。四馬三馬，君子到了。

紅色蔽膝，下有綁腿，緊緊纏裏，天子所給。快樂君子，天子策命。快樂君子，再加福禄。

柞樹枝條，葉子蓬蓬。快樂君子，鎮守邦國。快樂君子，萬福所同。左右嫻雅，都順從他。

飄飄小舟，大繩維繫。快樂君子，天子量他。快樂君子，福禄厚他。優閑遊玩，這也够了！

〔意境與畫面〕

諸侯來朝，車隊浩大，鑾鈴叮噹，旗幟飄揚。都城裏的百姓出門圍觀，但見諸侯蔽膝在上，下裹綁腿，十分幹練。周天子賜他輅車乘馬，玄袞禮服，以及各種禮品，又帶他遊覽都城，侍從們隨身相伴。

〔引用〕

《左傳·襄公十一年》："晉侯以樂之半賜魏絳……辭曰：'夫和戎狄，國之福也。（略）臣何力之有焉？抑臣願君安其樂而思其終也。《詩》曰："樂只君子，殿天子之邦。樂只君子，福禄攸同。便蕃左右，亦是帥從。"'"出此詩之四章。

角　弓

〔提要〕這是一首周天子告誡同姓、異姓貴族當緊密團結的詩。《毛詩序》曰："《角弓》，父兄刺幽王也。不親九族而好讒佞，骨肉相怨，故作是詩也。"父兄刺幽王未必，餘説則是。《魯詩》以此詩爲幽、厲之際，或是。《漢書·杜鄴傳》："人情，恩深者其養謹，愛至者其求詳。夫戚而不見殊，孰能無怨？此《棠棣》《角弓》之詩所爲作也。"亦是。

騂騂角弓，翩其反（返）矣。兄弟婚姻，無胥（相）遠矣。①

爾之遠矣，民胥（相）然矣。爾之教矣，民胥（相）效矣。②

此令兄弟，綽綽有裕。不令兄弟，交相爲瘉。③

民（人）之無良，相怨一方。受爵不（宜）讓，至于已斯亡（忘）。④

老馬反爲駒，不顧其後。如食宜饇，如酌孔取。⑤

毋教猱升木，如塗塗附。君子有徽猷，小人與屬。⑥

雨雪瀌瀌，見（曣）晛曰消。莫肯下遺，式居（倨）婁（屢）驕。⑦

雨雪浮浮，見晛曰流，如蠻如髦（髳），我是用憂。⑧

——《角弓》八章，章四句。

〔彙校〕

民胥，《魯詩》作"斯"，借字。

民之，《韓詩》作"人"，當是本字。

不讓，疑當作"宜讓"。

宜饇，《韓詩》作"儀"，非，以音誤。

瀌瀌，《魯詩》《韓詩》作"麃麃"，借字。

見晛，《魯詩》《韓詩》"見"作"曣"，本字；"晛"作"然"，亦通。

曰消，《魯詩》《韓詩》"曰"作"聿"，義同。

下遺，《韓詩》作"隤"，《魯詩》作"遂"，皆借字。

〔注釋〕

① 騂騂，音辛辛，紅色。角弓，兩端鑲有牛角的弓。翩其，猶"翩翩"，反轉的樣子。角弓反轉，意味準備發射。反，同"返"。兄弟，謂同姓；婚姻，謂異姓。胥，借爲"相"，相互。

② 爾，你。之，若。胥，皆。效，效法、學習。

③ 令，善、好。綽綽，寬裕的樣子。裕，寬裕。交相，互相。瘉，病、指責。

④ 之，若。相怨，得罪。一方，指一方之人。爵，爵位。斯，則。亡，借爲"忘"。

⑤ 老馬反爲駒，比人年老反不識事理。饇，音欲，飽也。酌，斟酒。孔，多也。

⑥ 猱，音撓，猿猴。升木，上樹。塗，泥漿。塗附，猶塗抹。君子，謂在位者。徽，美也。猷，道也。小人，謂在下者。屬，連屬。

⑦ 雨雪，下雪。瀌瀌，音標標，雪大的樣子。見，借爲"曣"，晴暖無雲。晛，音現，太陽出現。曰，語助詞，猶"則"，就也。遺，音未，給、饋贈。式，發語詞。居，借爲"倨"，倨傲。婁，借爲"屢"，屢次。

⑧ 浮浮，飄蕩的樣子。流，謂融化。蠻，所謂南蠻。髦，同"髳"，古代南方一小國，《尚書·牧誓》所記跟隨武王伐紂的南方八國中有之。蠻髦皆異族，隨時有背離可能，故比之。"髳雨雪浮浮，見晛曰流，如蠻如髦"，言當時形勢。我，疑是周平王。是，此也。用，因此。

〔訓譯〕

紅色鑲角弓，翩翩反轉了！同姓異姓們，不要疏遠了！

你們若疏遠,百姓都效仿! 你們做榜樣,百姓都效法!
如此好兄弟,綽綽有寬裕! 不是好兄弟,彼此相指責!
人若不善良,得罪一方人! 受爵當謙讓,自己卻忘了!
老馬反成駒,不怕後人罵! 給食知道飽,給酒卻多喝!
莫教猿上樹,就像用泥抹! 上邊有好謀,下邊緊跟著!
下雪一尺厚,一曬它就消! 不肯給下屬,倨傲屢驕淫!
漫天雪飄蕩,日出它就流,就像蠻和髳,因此我心憂!

〔意境與畫面〕

朝堂之上,周天子(平王)正在訓誡諸侯,内容如詩所云。

〔引用〕

《左傳·昭公六年》載叔向曰:"楚辟我衷,若何效辟?《詩》曰:'爾之教矣,民胥效矣。'從我而已。"出此詩之二章。

菀　柳

〔提要〕這是一個大臣抒發對周王不滿的詩。《毛詩序》曰:"《菀柳》,刺幽王也。暴虐無親而刑罰不中,諸侯皆不欲朝,言王者之不可朝事也。"多發揮之辭。今文三家無異義,亦非。

有菀者柳,不尚(當)息焉。上帝甚蹈,無(毋)自暱焉! 俾予靖之,後予極(忌)焉。①

有菀者柳,不尚(當)愒焉。上帝甚蹈,無自瘵(際)焉! 俾予靖之,後予邁焉。②

有鳥高飛,亦傅(附)于天。彼人之心,于何其臻? 曷予靖之,居以凶矜?③

——《菀柳》三章,章六句。

〔彙校〕

上帝，《魯詩》作"天"，義同。

甚蹈，《韓詩》作"慆"，借字；《魯詩》作"神"，非。

瘵焉，《魯詩》作"也"，以音誤。

〔注釋〕

① 有，詞頭。菀，音欲，茂也。尚，借爲"當"，應當，古借字。上帝，指周王。蹈，謂來回變動。無，借爲"毋"，不要。暱，親近。俾，使也。予，我也。靖，治也。極，借爲"忌"，忌恨。

② 愒，音棄，休息。瘵，借爲"際"，接近。邁，行、流放。

③ 傅，同"附"，至、到也。彼人，指周王。其，將要。臻，至也。曷，爲何。居，處也。矜，危也。

〔訓譯〕

茂盛的柳樹，不當息下面。上帝很無常，不要親近他！先讓我治國，後又忌恨我。

茂盛的柳樹，不當歇下面。上帝常反復，不要接近他！先讓我治國，後又流放我。

鳥兒高高飛，不過到天上。那人心腸硬，何時才到頭？爲何讓治國，使我處凶危？

〔意境與畫面〕

一個大臣，開始甚得周王信任，負責處理國政。而國王反復無常，後來又將他治罪，流放遠鄉。大臣作歌，抒發心中的不滿，並將這位國王比做木質不好、氣息難聞的柳樹，誡人即使其高大茂盛，也不要在下面休息，以免使自己不爽。

都 人 士

〔提要〕這是一個貴族自述其回京的場面及想念"君子女"的詩。《毛詩序》曰："《都人士》，周人刺衣服無常也。古者長民，衣服不貳，從容有常，以齊其民，則民德歸壹，傷今不復見古人也。"有誤解。賈誼《新書·等齊》引"狐裘黄黄，萬民之望"，當是約引。馮登府以爲賈誼習《魯詩》，是《魯詩》有此章矣。又曰："此思西周人士之詩。"説皆非。

彼都人士，狐裘黄黄。其容不改，出言有章。行歸于周，萬民所望。①

彼都人士，臺（苔）笠緇撮。彼君子女，綢（稠）直如（其）髮。我不見兮，我心不説（悦）。②

彼都人士，充耳琇實。彼君子女，謂之尹吉。我不見兮，我心苑（鬱）結。③

彼都人士，垂帶而（如）厲（裂）。彼君子女，卷髮如蠆。我不見兮，言從之邁。④

匪（非）伊垂之，帶則有餘。匪（非）伊卷之，髮則有㫋。我不見兮，云何盱（吁）矣！⑤

——《都人士》五章，章六句。

〔彙校〕

如髮，疑當作"其"。

苑結，《釋文》作"菀"，亦借字。

而厲，《齊詩》作"如"，本字；《魯詩》作"若"，義同。

何盱，疑當是"吁"字之誤。

〔注釋〕

① 都人士，都城鎬京中的士人、貴族。裘，裘衣。黄黄，其色。容，容儀。不改，有常也。言，説話。章，有文采。行，出行。周，指周京、鎬京。望，遠看。

② 臺，借爲"苔"，草屬。笠，斗笠。緇，黑布。撮，束髮小帽。

君子，貴族，蓋指尹吉甫，宣王朝重臣。綢，疑借爲"稠"，稠密。説，同"悦"。

③ 充耳，塞耳。琇，音秀，似玉的美石。苑，讀爲"菀"，借爲"鬱"。鬱結，猶鬱悶。

④ 帶，繫在腰間的大帶。而，借爲"如"，像。厲，借爲"裂"，絲織品的餘端。蠆，音拆，蠍子。我，詩之作者。言，願也。從，跟隨。邁，行也。

⑤ 匪，同"非"，不是。伊，她。有餘，長出也。旟，音于，揚也。云何，猶如何。盱（吁），謂憂傷、憂鬱。

〔訓譯〕

那都城的士啊，身穿黄狐裘。他容儀如常啊，出口就成章。他出門回城啊，萬民來觀望。

那都城的士啊，苔笠黑布帽。那君子女兒啊，美髮密又直。我看不見她啊，心裏很不悦。

那都城的士啊，耳内塞琇石。那君子女兒啊，名字叫尹吉。我看不見她啊，心裏很鬱悶。

那都城的士啊，腰帶一頭垂。那君子女兒啊，髮型像蠍尾。我看不見她啊，願意跟她去。

不是故意垂啊，腰帶本富餘。不是有意卷啊，頭髮本高揚。我看不見她啊，心裏好憂鬱！

〔意境與畫面〕

一位貴族出門公幹結束，榮歸都城，都城裏的人上街圍觀。只見他身穿黄色狐裘，腰帶下垂，頭戴斗笠，黑布籠髮，耳朵塞著美石。他的容儀依舊，説話很有文采。而他心裏，卻想著一位名叫尹吉的貴族女子，他在人堆裏四處尋找，好像看見她高高豎起的髮髻。但最終没有找見，他心裏不免鬱悶憂傷。

〔引用〕

《左傳·襄公十四年》："君子謂子囊忠。君薨不忘增其名，將死不忘衛社稷，可不謂忠乎？忠，民之望也。《詩》曰：'行歸于周，萬民所望。'"出此詩之首章。

采　緑

〔提要〕這是一首妻子等待丈夫回歸並回憶往事的詩。《毛詩序》曰："《采緑》，刺怨曠也。幽王之時多怨曠者也。"近是。

終朝采緑（菉），不盈一匊（掬）。予髮曲局，薄言歸沐。①

終朝采藍，不盈一襜。五日爲期，六日不詹。②
之子于狩，言韔其弓。之子于釣，言綸之繩。③
其釣維何？維魴及鱮。維魴及鱮，薄（迫）言（然）觀者（之）。④

——《采緑》四章，章四句

〔彙校〕
采緑，《魯詩》作"菉"，本字。
觀者，《韓詩》作"覩"，義同。

〔注釋〕
① 終朝，整個早晨。緑，借爲"菉"，染緑的草。盈，滿也。匊，兩手合捧，亦作"掬"。予，我也。曲局，捲曲。薄言，即迫然，急迫的樣子。下同。沐，洗頭。
② 藍，染青的靛草。襜，音攙，衣服前襟。期，期限。詹，至、歸也。
③ 之子，即此子，指自己的丈夫。于，往、去也。狩，狩獵。言，乃、就。韔，音唱，弓袋，做動詞，謂裝進弓袋。綸，音侖，繩子，做動詞，謂纏。
④ 維，爲、是。魴，音房，鯿魚。鱮，音序，鰱魚。者，同"之"。

〔訓譯〕
　　一早上采菉，沒采上一掬。我頭髮捲曲，趕緊回去洗。
　　一早上采藍，沒采滿一襟。説要去五天，六天還不回！
　　丈夫去打獵，我給他裝弓。丈夫去釣魚，我給他纏繩。
　　他釣什麽魚？鯿魚和鰱魚。鯿魚和鰱魚，急忙上前觀。

〔意境與畫面〕
　　一個年輕的女子，爲了早早看到出門回歸的丈夫，一大早就去路邊的山坡上采染布的菉草和蘭草。因爲心不在焉，所以一早上也沒有采滿一前襟。她突然發現自己的頭髮捲曲，就趕緊跑回去梳妝。丈夫出門，説是五天，可今天已經是第六天了，還不見回來。她想起每次丈夫出門打獵，她就給他裝弓；每次出去釣魚，她就給纏繩。釣魚回來，她總問他釣什麽魚，並趕緊打開魚簍觀看。而今天，則不見人影！

黍　苗

　　〔提要〕這是一首描寫並歌頌召伯虎營謝的詩。召伯虎，宣王時人。《毛詩序》曰："《黍苗》，刺幽王也。不能膏潤天下，卿士不能行召伯之職焉。"今文三家説亦曰："召伯述職，勞來諸侯也。"皆非。《國語·晉語四》：子餘使公子賦《黍苗》，子餘曰："重耳之仰君也，若黍苗之仰陰雨。"不以爲刺詩。

　　芃芃黍苗，陰雨膏之。悠悠南行，召伯勞之。①
　　我任我輦，我車我牛。我行既集，蓋云歸哉。②
　　我徒我御，我師我旅。我行既集，蓋云歸處。③
　　肅肅（速速）謝功（工），召伯營之。烈烈征師，召伯成之。④
　　原隰既平，泉流既清。召伯有成，王心則寧。⑤
　　　　　　　　　　　——《黍苗》五章，章四句。

〔注釋〕

① 芃芃，音蓬蓬，茂盛的樣子。黍，莊稼名，今曰糜子。膏，猶潤。悠悠，遠的樣子。南行，謂南征。召伯，名虎，周宣王朝重臣，即《召南·甘棠》所美者。勞，慰勞。

② 我，詩作者。任，負擔、肩負。輦，人推拉的車。牛，拉車的牛。行，出行。既，已經。集，完成。蓋，大概。

③ 徒，指士兵。御，馭手、車夫。師、旅，指軍隊。《周禮·夏官·司馬》：二千五百人爲師，五百人爲旅。集，完成。歸處，回家住。

④ 肅肅，同"速速"，快速的樣子。謝，城名，申國的都城，在今河南南陽地區。功，同"工"，工程。營，經營。烈烈，威武的樣子。征師，出征的隊伍。成，組成。

⑤ 原隰，高原與底地。平，謂治。泉流，源頭與幹流。清，謂得到治理。成，成果、成就。王，指周宣王。寧，安也。

〔訓譯〕

茂盛的糜子，陰雨滋潤它。悠遠的南行，召伯慰勞它。
我拉我的輦，我趕我的車。我行已完成，大概要回歸。
我們兵和衆，還有大部隊。我行已完成，大概回去住。
速成的謝城，召伯經營它。威武的隊伍，召伯成就它。
原野已治理，河流已疏通。召伯有成就，王心就安寧。

〔意境與畫面〕

召伯虎率兵衆修築謝城，並幫助當地人治理河流、開墾土地。工程完成，隊伍集中，召伯犒賞士兵，準備班師。幾個士兵，集體唱出了此歌。

隰 桑

〔提要〕這是一個姑娘描寫自己見到"君子"（男朋友）前後的心情以及與之纏綿的詩。《毛詩序》曰："《隰桑》，刺幽王也。小人在位，君子在野，思見君子，盡心以事之。"非本義。

隰桑有阿，其葉有難（娜）。既見君子，其樂如何？①
隰桑有阿，其葉有沃。既見君子，云何不樂？②
隰桑有阿，其葉有幽。既見君子，德音孔膠。③
心乎愛矣，遐不謂矣？中心藏之，何日忘之！④

——《隰桑》四章，章四句。

〔注釋〕
　　①隰，音習，低濕之地。有，形容詞詞頭。阿，同"婀"。有阿，猶婀婀，柔美的樣子。難，借爲"娜"。有難，猶娜娜，繁盛的樣子。君子，指男朋友、情人。
　　②有沃，猶沃沃，肥厚的樣子。云何，如何、怎麼。
　　③有幽，猶幽幽，黝青的樣子。德音，指纏綿的話語。孔，很。膠，附著，形容十分親密。
　　④心乎，謂從心裏。愛，喜愛。遐，音霞，何也。謂，告也。中心，即心中。

〔訓譯〕
　　濕地桑婀挪，葉子很繁茂。見到君子後，快樂將如何？
　　濕地桑婀挪，葉子很肥厚。見到君子後，怎能不快樂？
　　濕地桑婀挪，葉子很黝青。見到君子後，好話很纏綿。
　　若是內心愛，何不告訴我？如若藏心裏，幾時能忘懷！

〔意境與畫面〕
　　濕地的桑林之中，一個姑娘正在等待她的男朋友。看著身邊婀娜的桑葉，她想像著見到情人以後的快樂。小伙子來了，兩個人如膠似漆。過後，姑娘問小伙子：你若真愛我，就請說出來；你若不說出，我會心裏不安。

白　　華

〔提要〕這是一首描寫妻子思念出門在外的丈夫，擔心其出軌的詩。《毛詩序》曰："《白華》，周人刺幽后也。幽王取申女以爲后，又得褒姒而黜申后，故下國化之，以妾爲妻，以孽代宗，而王弗能治，周人爲之作是詩也。"恐難取信。《漢書·孝成班婕妤傳》曰："緑衣兮白華，自古兮有之。"同書《谷永傳》曰："以廣繼嗣之統，息《白華》之怨。"較近是。

  白華菅兮，白茅束兮。之子之遠，俾我獨兮。①
  英英（泱泱）白雲，露彼菅茅。天步艱難，之子不猶。②
  滮池北流，浸彼稻田。嘯歌傷懷，念彼碩人。③
  樵彼桑薪，卬烘于煁。維（唯）彼碩人，實勞我心。④
  鼓鐘于宮，聲聞于外。念子懆懆，視我邁邁（怖怖）。⑤
  有鶖在梁，有鶴在林。維（唯）彼碩人，實勞我心。⑥
  鴛鴦在梁，戢其左翼。之子無良，二三其德。⑦
  有扁斯石，履之卑兮。之子之遠，俾我疧兮。⑧
        ——《白華》八章，章四句。

〔彙校〕
  英英，《韓詩》作"泱泱"，本字。
  滮池，今文三家"滮"作"淲"，音義同；"池"作"沱"，借字。
  念子懆懆，按此句唐石經本脱，據諸本補。
  邁邁，《韓詩》作"怖怖"，本字。
  疧兮，《十三經注疏》本作"痕"，非。

〔注釋〕
  ① 華，同"花"。菅，音兼，草名。白華菅，比丈夫。白茅，一種香茅草，純潔而芳香，比妻子。束，捆也。之子，此子，指丈夫。往，

出門。俾，使也。
② 英英，借爲"泱泱"，弘大的樣子。露，潤澤。天步，指命運。不猶，謂不如人。
③ 滮，音彪。滮池，古水名，在今陝西長安縣西北，古鎬京所在。浸，潤澤。嘯歌，悲歌也。碩人，指其丈夫。
④ 樵，打柴。卬，我。烘，烤也。煁，音陳，可行移的灶。維，同"唯"，思也。勞，牽累。
⑤ 鼓，猶擊。于，在也。宮，謂室內。慅慅，音操操，憂愁不安的樣子。邁邁，借爲"怖怖"，恨怒的樣子。
⑥ 鶖，音秋，一種大水鳥，性兇猛。梁，攔魚的水灞。鶴，白鶴。林，樹林。
⑦ 鴛鴦，一種雌雄不離的水鳥。戢，斂也。二三，謂不專一。
⑧ 斯，此也。履，踩也。卑，低也。之，往也。俾，使也。痕，音其，憂思病。

〔訓譯〕

白花菅草啊，白茅捆著它。丈夫出遠門啊，使我很孤獨。
大片的烏雲啊，滋潤那菅草。我的命運艱啊，丈夫不如人。
滮池向北流啊，浸潤那稻田。悲歌很傷懷啊，思念那大人。
砍那桑樹枝啊，我在灶前燒。只因那大人啊，實在勞我心。
屋子裏敲鐘啊，聲音傳屋外。我念他心焦啊，他對我發怒。
水鶖在魚梁啊，白鶴在樹林。只有那大人啊，實在勞我心。
鴛鴦在魚梁啊，斂起其左翅。丈夫心不良啊，德行不專一。
扁扁這石頭啊，人踩使它低。丈夫出遠門啊，使我病憂思。

〔意境與畫面〕

一個女子坐在院子裏，看著被白茅捆束著的菅草，想起了出門在外，無人管束的丈夫，不禁一陣悲歎。丈夫是一個花心之人，而外面又有大片的女子，所以她擔心其在外面出軌。于是她出門去砍桑枝，回來在灶前焚燒，希望能傳遞自己的心聲，並藉以解除心中的煩憂。她知道丈夫容易出軌，就像魚梁上的水鶖那樣兇狠，樹林裏的白鶴那樣自由，但她還是希望他能夠像魚梁上的鴛鴦一樣，斂起左翅，與自己廝守。

綿　蠻

〔提要〕這是一個行役之人描寫自己得到長官照顧的詩。王符《潛夫論·班祿》曰："行人定而《綿蠻》諷。"略是。《毛詩序》曰："《綿蠻》，微臣刺亂也。大臣不用仁心，遺忘微賤，不肯飲食教載之，故作是詩也。"今文三家無異義，皆只是用詩，非詩本義。

綿蠻黃鳥，止于丘阿。道之云遠，我勞如何。"飲之食之，教之誨之。命彼後車，謂之載之。"①

綿蠻黃鳥，止于丘隅。豈敢憚行，畏不能趨。"飲之食之，教之誨之。命彼後車，謂之載之。"②

綿蠻黃鳥，止于丘側。豈敢憚行，畏不能極。"飲之食之，教之誨之。命彼後車，謂之載之。"③

——《綿蠻》三章，章八句。

〔彙校〕

綿蠻，《齊詩》作"緡"，借字。

〔注釋〕

① 綿蠻，綿軟乖巧的樣子。黃鳥，一種山雀。丘阿，山丘拐彎處。云，語助詞。我，詩人自謂。勞，勞累。飲、食，皆去聲，動詞。之，指"我"。飲之食之、教之誨之，長官之言。謂，叫。謂之載之，前"之"指車夫，後"之"指前文之"我"。

② 隅，角落。憚，怕也。趨，快走。

③ 側，一側、旁邊。極，至、到也。

〔訓譯〕

綿軟乖巧小黃鳥，停在山丘拐角處。道路太遠走不動，我太勞累怎麽辦？"給他吃的和喝的，然後對他作教誨。命令後面那輛車，讓他坐在上面行。"

綿軟乖巧小黃鳥，停在山丘角落裏。豈敢害怕把路行，是怕不能快步走。"給他吃的和喝的，然後對他作教誨。命令後面那輛車，讓他坐在上面行。"

綿軟乖巧小黃鳥，停在山丘一側旁。豈敢害怕把路走，是怕不能走到底。"給他吃的和喝的，然後對他作教誨。命令後面那輛車，讓他坐在上面行。"

〔意境與畫面〕

長途行軍路上，一個掉隊的士兵又飢又渴。看見山角下停歇的黃鳥，他越發地走不動了。後隊長官看見，給他吃喝，進行教育，並讓他坐在後面的車上。士兵于是唱出此感激之歌。

瓠　葉

〔提要〕這是一首描寫窮人招待友人的詩，疑有采詩人或"太師"改造之誤。《左傳·昭公元年》："鄭伯享趙孟……禮終，趙孟賦《瓠葉》。……穆叔曰：'趙孟欲一獻，子其從之。'杜注曰：古人不以微薄廢禮。"馮登府以爲屬魯說。《毛詩序》曰："《瓠葉》，大夫刺幽王也。上棄禮而不能行，雖有牲牢饔餼，不肯用也，故思古之人，不以微薄廢禮焉。"皆屬于用詩。

幡幡瓠葉，采之亨（烹）之。君子有酒，酌言（焉）嘗之。①

有兔斯（之）首，炮（炰）之燔之。君子有酒，酌言（焉）獻之。②

有兔斯（之）首，燔之炙之。君子有酒，酌言（焉）酢之。③

有兔斯（之）首，燔之炮（炰）之。君子有酒，酌言（焉）酬之。④

——《瓠葉》四章，章四句。

〔注釋〕
① 幡幡，音翻翻，迎風翻動的樣子。瓠，音胡，葫蘆。亨，讀同"烹"，煮。君子，謂主人。酌，盛、舀也。言，用同"焉"。下同。
② 斯，同"之"。首，頭也。炮，讀上聲，借爲"炰"，帶毛在火上煨烤。燔，烤也。
③ 炙，熏烤。酢，音作，回敬人酒。
④ 酬，再次敬酒。

〔訓譯〕
瓠葉隨風動，采來煮熟它。君子有美酒，舀來嘗嘗它。
有顆兔子頭，帶毛煨烤它。君子有美酒，舀來獻給他。
有顆兔子頭，帶毛熏烤它。君子有美酒，舀來回敬他。
有顆兔子頭，帶毛煨熟它。君子有美酒，舀來再獻他。

〔意境與畫面〕
一個窮人家裏來了朋友，他摘瓠葉煮湯，又用火煨烤僅有的一顆兔子頭。等肉熟了，二人酌酒對飲。酒，是客人帶來的。

漸漸（嶄嶄）之石

〔提要〕這是一首描寫周人東征的詩。《毛詩序》曰："《漸漸之石》，下國刺幽王也。戎狄叛之，荊舒不至，乃命將率東征，役久病于外，故作是詩也。"說非是，荊舒不在東也。

漸漸（嶄嶄）之石，維（爲）其高矣。山川悠遠，維（爲）其勞矣。武人東征，不遑朝矣。①

漸漸（嶄嶄）之石，維（爲）其卒（崒）矣。山川悠遠，曷（何）其没矣？武人東征，不遑出矣。②

有豕白蹢，烝（衆）涉波矣。月離（麗）于畢，俾滂沱矣。武人東征，不遑他矣。③

——《漸漸之石》三章，章六句。

〔彙校〕

月離，《魯詩》作"麗"，本字。

俾滂沱，《魯詩》作"比"，借字。

〔注釋〕

① 漸漸，借爲"嶄嶄"，音禪禪，山石高峻的樣子。維，同"爲"，是。勞，辛勞。武人，士兵、將士。遑，閑暇。下同。朝，指朝夕。

② 卒，借爲"崒"，音足，高峻危險。曷，同"何"。没，謂完。出，謂出險境。

③ 蹢，音迪，蹄子。烝，借爲"衆"，多也。離，借爲"麗"，附麗。畢，星宿名。俾，使也。滂沱，雨大的樣子。他，其他。

〔訓譯〕

嶄嶄山岩啊，是那樣高峻。山川悠遠啊，是那樣勞人。將士們東征啊，無暇顧朝夕。

嶄嶄山岩啊，是那樣兇險。山川悠遠啊，啥時翻完它？將士們東征啊，無暇出險境。

有豬白蹄啊，一同涉水波。月亮附畢宿啊，大雨將滂沱。將士們東征啊，無暇顧其他。

〔意境與畫面〕

一大隊士兵，深夜行進在深山之中。山是那樣地高，路是那樣地險。

遇見一條大河，士兵們剛剛和衣趟過，又見天上烏雲壓來，大雨將至。士兵們拼命疾行，無暇他顧⋯⋯

苕 之 華

〔提要〕這是一首描寫饑饉的詩。《易林·中孚之訟》："羝羊墳首，君子不飽。年饑孔荒，士民危殆。"甚得詩意。《毛詩序》曰："《苕之華》，大夫閔時也。幽王之時，西戎、東夷交侵中國，師旅並起，因之以饑饉，君子閔周室之將亡，傷己逢之，故作是詩也。"或是。

苕之華，芸其黃矣。心之憂矣，維（爲）其傷矣！①
苕之華，其葉青青。知我如此，不如無生！②
牂羊墳（頒）首，三星在罶（霤）。人可以食，鮮可以飽！③

——《苕之華》三章，章四句。

〔注釋〕
① 苕，音條，草本植物，蔓生黃花。華，花也。芸，深黃色。芸其黃矣，已經發黃。維，同"爲"，因爲。
② 無生，猶不生。
③ 牂，音臧。牂羊，母羊也。墳，借爲"頒"，音同，大也。《魚藻》："有頒其首。"牂羊墳（頒）首，羊瘦的樣子。三星，即參（音申）宿。罶，音留，借爲"霤"，屋檐。三星在霤，半夜餓醒所見。食，吃也。鮮，少也。人可以食，蓋指苕之華及葉。

〔訓譯〕
苕子的花，芸芸發黃。心中憂痛，因爲有傷！
苕子的花，葉子青青。知我如此，不如不生！

母羊大頭,參星在罶。人可以吃,但不能飽!

〔意境與畫面〕
遭遇荒年,草根樹皮全被吃完,地裏只剩下苦澀難咽的苕子開著黃花,葉子青青。半夜餓醒,只看見瘦得只剩下一顆大頭的母羊和屋簷上的參宿,不免悲從心來,苕子的花和葉子雖然能吃,但不能飽。

何 草 不 黃

〔提要〕這是一首征夫的怨歌,背景爲"經營四方",當是西宣王時期的作品。《毛詩序》曰:"《何草不黃》,下國刺幽王也。四夷交侵,中國背叛,用兵不息,視民如禽獸,君子憂之,故作是詩也。"近是。

何草不黃?何日不行?何人不將(戕)?經營四方。①
何草不玄?何人不矜(鰥)?哀我征夫,獨爲匪(非)民。②
匪(彼)兕匪(彼)虎,率彼曠野。哀我征夫,朝夕不暇。③
有芃者狐,率彼幽草。有棧之車,行彼周道。④
——《何草不黃》四章,章四句。
——《魚藻之什》十四篇,六十二章,三百二句。

〔彙校〕
不矜,《韓詩》作"鰥",本字。

〔注釋〕
① 黃,枯黃。將,音羌,借爲"戕",傷也。經營,往來。

②玄,黑,草枯爛的顏色。矜,借爲"鰥",鰥夫、無妻之人。匪,同"非"。民,人。

③匪,讀爲"彼",那也,借字。兕,犀牛。率,循也。暇,閑暇。

④芃,音朋。有,詞頭。有芃,猶芃芃,茂盛的樣子,此指其毛。幽草,指深草。棧,棚也。周道,謂大道。"行彼周道"者,指軍中將帥之類。

〔訓譯〕

哪種草不黃,哪一天不行?哪個人不傷,往來于四方?
哪種草不玄,哪個人不鰥?可憐我征夫,偏偏不是人!
犀牛和老虎,循著曠野走。可憐我征夫,早晚不停腳!
狐狸毛絨絨,循著枯草跑。有棚高馬車,行那大道上。

〔意境與畫面〕

一隊士兵正在行軍,他們已經出門征戰多日,而且大部分已經受傷。旁邊大道上,長官坐著有棚的馬車也在行軍。一個士兵看著路邊枯黃的野草和原野中的動物,回想起自己及同伴的經歷與遭遇,不禁唱出了這首悲怨之歌。

大雅

文王之什

文　王

〔提要〕這是一首歌頌文王、安撫殷民的詩，當作于武王克殷之後，作者或是武王本人。《毛詩序》曰："《文王》，文王受命作周也。"非詩意。《吕氏春秋·古樂》曰："周公旦乃作詩……以繩（誦）文王之德。"比較接近。《史記·周本紀》曰："詩人道西伯，蓋受命之年稱王。"按文、武受命十三年即公元前1044年克殷，則受命當在公元前1057年。《漢書·劉向傳》載劉向曰："孔子論《詩》，至于'殷士膚敏，祼將于京'，喟然歎曰：'大哉天命！善不可不傳于子孫，是以富貴無常。不如是，則王公其何以戒懼，民萌何以勸勉？'蓋傷微子之事周，而痛殷之亡也。"甚得詩意。《漢書·匡衡傳》曰："'無念爾祖，聿修厥德'，孔子著之《孝經》之首章，蓋至德之本也。"馮登府以爲《齊詩》説。

　　文王在上，於（嗚）昭于天。周雖舊邦，其命維（爲）新。有周不（丕）顯，帝命不（丕）時（善）。文王陟降，在帝左右。①

　　亹亹（娓娓）文王，令聞不已。陳錫（賜）哉（載）周，侯文王孫子。文王孫子，本支百世。凡周之士，不（丕）顯亦（奕）世。②

　　世之（至）不（丕）顯，厥（其）猶翼翼。思皇多士，生此王國。王國克生，維（爲）周之楨。濟濟多士，文王以寧。③

穆穆文王，於（嗚）！緝熙（興）敬止（之）。假哉（載）天命，有商孫子。商之孫子，其麗不億。上帝既命，侯于周服。④

侯服于周，天命靡（無）常。殷士膚敏，祼將（漿）于京。厥作祼將（漿），常服黼（黻）冔。王之藎（進）臣，無（毋）念爾祖！⑤

無（毋）念爾祖，聿修厥德。永言配命，自求多福。殷之未喪師，克配上帝。宜鑒于殷，駿（峻）命不易！⑥

命之不易，毋遏爾躬。宣昭義問（聞），有（又）虞殷自天。上天之載（縡），無聲無臭。儀（宜）刑（型）文王，萬邦作孚！⑦

——《文王》七章，章八句。

〔彙校〕

亹亹，王應麟《詩考》引作"娓娓"，本字。
哉周，《魯詩》《韓詩》作"載"，本字。
無念，《魯詩》作"毋"，本字。
聿修，《魯詩》作"述"，借爲"速"。
宜鑒，《齊詩》作"儀"，借字。
駿命，《齊詩》作"峻"，本字。
之載，《魯詩》作"縡"，本字。
儀刑，《魯詩》作"形"，本字。

〔注釋〕

① 在上，謂在民之上，做君主也。於，讀爲"嗚"，古音同，讚歎聲。昭，昭明、昭著。邦，國也。周自后稷有國，已歷夏、商兩代，故

曰舊邦。命，指天命、生命。維，同"爲"，是。有周，即周，"有"爲詞頭。不，讀爲"丕"，大也。帝，上帝、天神。時，善也。陟，音至，升也。陟降，謂上下于天地之間。

②亹亹，音尾尾，勤勉的樣子。令，善也。令聞，好聲譽。已，停止。陳，陳設。錫，讀同"賜"，恩賜。哉，借爲"載"，承載。侯，使動詞，謂使之爲諸侯。孫子，即子孫，倒文以協韻。本支，謂繁衍。士，指異姓士民。亦，借爲"奕"，重疊、累積。

③之，借爲"至"，極也。厥，同"其"，他們。翼翼，謙敬的樣子。思，語助詞。思皇，猶皇皇，美盛的樣子。王國，有王業之國，即周邦。克，能也。維，同"爲"。楨，音真，支柱。幹，主幹、骨幹。濟濟，衆多的樣子。寧，安也。

④穆穆，肅穆的樣子。於，亦讀爲"嗚"，歎美聲。緝，連續。熙，同"興"，奮發。敬，嚴肅、慎重。止，同"之"，語助詞。假，大也。有商孫子，謂天命只包含著對有商子孫之命，省動詞。麗，數也。十萬曰億。不億，不止于億也。侯，動詞，指做侯服邦國。周服，周人的九服之制。《逸周書·職方解》："乃辨九服之國：方千里曰王圻（畿），其外方五百里爲侯服。"

⑤靡，無也。常，一定、固定。膚，美也。敏，敏捷。祼，音灌，灌酒于地以祭祖先。將，疑借爲"漿"，酸漿，以代酒者。京，死人堆成的土丘。作，猶"行"。服，謂穿戴。黼，借爲"韍"，圍裙，所謂蔽膝。冔，音須，殷人的禮冠。《禮記·郊特牲》："周弁，殷冔。"藎，音盡，借爲"進"。進臣，所進用之臣，指殷士。無，用同"勿"，不要。

⑥聿，音欲，快捷。永，永遠。配，配合。未喪師，謂亡國之前。克，能也。鑒，謂以之爲鑒。駿，借爲"峻"，大也。峻命，指上帝使商之子孫侯服于周之命。

⑦遏，絕止。躬，身也。遏爾躬，謂自殺。宣，遍也。義，猶善。問，借爲"聞"，聲名。有，同"又"。虞，度、考慮。載，借爲"縡"，事也。臭，氣味。儀，借爲"宜"。刑，借爲"型"，謂以之爲榜樣，效仿之也。作，始也。孚，信也。

〔訓譯〕

　　文王高在上，德行昭于天。周雖是舊邦，其命卻爲新。周邦將大顯，上帝命特好！文王上下走，總在帝身邊。

勤勉好文王，美譽傳不息。恩德載著周，子孫都爲侯。他的子孫們，繁衍一百代。他的士民們，也將大顯世。

儘管累世顯，依然很小心。皇皇多士們，都生這王國。生在這王國，周家有骨幹。士民非常多，文王也心安。

肅穆好文王，奮發又慎重。天命真宏大，訓戒商子孫。商的子孫們，人數十多萬。上帝命他們，給周做侯服。

給周做侯服，天命不固定。殷士動作敏，酒漿祭先祖。行禮敬酒時，常帶韍和冠。王的進臣們，莫念你祖先！

莫念你先祖，快修你德行。永遠配天命，自己求多福。殷未亡國前，就能配上帝。宜鑒亡國前，大命不再改！

大命不再改，不必去尋死！既要好聲譽，又要知天命。老天做事怪，無聲也無味。應學周文王，萬國信服他！

〔意境與畫面〕

武王滅商後，召集周官及商之舊臣百姓，爲之訓話，內容如詩所言。

〔引用〕

《左傳·襄公三十年》載君子曰："信，其不可不慎乎！（略）《詩》曰：'文王陟降，在帝左右。'信之謂也。"出此詩之首章。《左傳·桓公六年》："齊侯欲以文姜妻鄭大子忽，大子忽辭。人問其故，大子曰：'人各有耦。齊大，非吾耦也。《詩》云："自求多福。"'"出此詩之六章。《左傳·莊公六年》："不知其本，不謀；知本之不枝，弗強。《詩》云：'本枝百世。'"出此詩之二章。《左傳·文公二年》："趙成子言于諸大夫曰：'秦師又至，將必辟之。懼而增德，不可當也。《詩》曰："毋念爾祖，聿修厥德。"孟明念之矣。'"出此詩之六章。《左傳·宣公十五年》："晉侯賞桓子狄臣千室，亦賞士伯以瓜衍之縣。（略）羊舌職說是賞也，曰：'（略）文王所以造周。不是過也。故《詩》曰："陳錫哉周。"能施也。'"出此詩之二章。《左傳·成公二年》："故楚令尹子重爲陽橋之役以救齊。將起師，子重曰：'君弱，群臣不如先大夫，師衆而後可。《詩》曰："濟濟多士，文王以寧。"'"出此詩之三章。《左傳·襄公十三年》："周之興也，其詩曰：'儀刑文王，萬邦作孚。'言刑善也。"又《左傳·昭公六年》："鄭人鑄刑書。叔向使詒子產書曰：'（略）《詩》（略）又曰："儀刑文王，萬邦作孚。"'"並出此詩之七章。《左傳·昭公二十三年》：“楚囊瓦爲令尹，城郢。沈尹戌曰（略）《詩》曰：'無念爾祖，聿修厥德。'”出此詩之六章。《左傳·昭公二十八年》：“（仲尼）又聞其命賈辛也，以爲忠。《詩》曰：'永言配命，自求多福。'忠也。”出此詩之六章。

大　　明

〔提要〕這首詩敘寫周武王身世及其受命滅商，故《毛詩序》曰：“《大明》，文王有明德，故天覆命武王也。”韋昭《國語注》曰：“周公欲昭先王之德于天下也。”以爲周公所作，或是。周公有作詩之才，清華簡《耆夜》可證。《逸周書·世俘》載武王受俘儀式：“籥（樂）人奏。武王入，進《萬》，獻《明明》。”王先謙疑其《明明》即此篇。

明明在下，赫赫在上。天難忱斯，不易維（爲）王。天位殷適（嫡），使不挾四方。①

摯仲氏任，自彼殷商，來嫁于周，曰嬪于京。乃及王季，維（唯）德之（是）行。大（太）任有身，生此文王。②

維此文王，小心翼翼。昭事上帝，聿懷多福。厥（其）德不回，以受方國。③

天監在下，有命既集。文王初載，天作之合。在洽（渭）之陽，在渭（洽）之涘。④

文王嘉止，大邦有子。大邦有子，俔天之妹。文定厥（其）祥，親迎于渭。造舟爲梁，不顯其光。⑤

有命自天，命此文王，于周于京。纘（"嬪"）女維莘，長子維行，篤生武王。保右（佑）命爾，燮

（襲）伐大商。⑥

殷商之旅，其會（旝）如林。矢于牧野，維予侯興。上帝臨女，無貳爾心。⑦

牧野洋洋，檀車煌煌，駟（四）騵彭彭。維師尚父，時（是）維（爲）鷹揚。涼（相）彼武王，肆伐大商，會朝清明。⑧

——《大明》八章，四章章六句，四章章八句。

〔彙校〕
忱斯，《齊詩》作"諶"，《韓詩》作"訛"，皆借字。
不挾，《韓詩外傳》作"俠"，誤。
有身，今文三家作"有娠"，義同。
維此，《齊詩》作"惟"，亦作"唯"，義同。
聿懷，《魯詩》作"曰"，《齊詩》作"允"，皆借字。
在洽之陽，在渭之涘，按以地理，"洽""渭"二字當互易。
倪天，《韓詩》作"磬"，轉音借字。
其會，《齊詩》《韓詩》作"旝"，本字。
駟騵，《齊詩》作"四"，本字。
涼彼，《韓詩》作"亮"，借字。
會朝清明，《楚辭·天問》注引作"會黽（朝）爭盟"，非。

〔注釋〕
① 明明，光明的樣子，指人君言。赫赫，顯赫的樣子，指天帝言。忱，音沉，信也。維，同"爲"。位，立也。適，讀爲"嫡"。殷嫡，謂殷王。挾，挾制、控制。
② 摯，音至，國名，殷之屬國。仲氏，非長非小而在中者。任，人名，即太任，文王母。曰，猶"爲"。嬪，音貧，婦也。京，周京，即周原。及，與也。王季，文王父。之，猶"是"。大，讀同"太"。有身，懷孕。
③ 昭，明也。聿，猶"乃"，快速。懷，懷抱，有也。回，轉也。受，接受。

④ 監，視也。集，集中。載，年也。作，造也。合，匹配。天作之合，形容婚姻美滿，此指文王與太姒成婚。洽，音合，黃河支流，在今陝西合陽。渼，音四，水邊。按，"洽""渭"二字當互易，方與地理合。

⑤ 嘉，猶喜。止，語氣詞。大邦，指殷。子，謂商王帝乙之女。俔，音欠，譬如、好比。文，文王。祥，指吉日。梁，橋如。丕，讀爲"丕"，大也。

⑥ 有命自天，有天命也。纘，借爲"孅"，音贊，《說文》："白好也。"即白净漂亮。莘，音身，國名。長子，長女，即太姒。行，謂嫁。篤，厚也。右，同"佑"。命，即天命。爾，語助詞。燮，借爲"襲"，偷襲。

⑦ 旅，軍隊。如林，密也。矢，陳也。牧野，地名，在商郊。予，武王自謂。侯，將要。爾，謂將士。此三句爲武王誓師之辭。

⑧ 洋洋，廣大的樣子。檀車，檀木車、堅車。煌煌，明亮的樣子。騵，音原，馬名，赤毛白腹。彭彭，强壯有力的樣子。師尚父，姜尚。時，同"是"。鷹揚，如鷹飛揚，喻勇武。涼，借爲"相"，佐助。肆，遂也。會，借爲"旛"，旌旗。朝，早晨。清明，謂雨住天晴。"肆伐大商，會朝清明"二句，反映當天"朝"時雨過天晴，正與西周金文《利簋》"甲子朝歲貞（中）"（歲星中天）相合。

〔訓譯〕

明君在下，顯赫于上。天難相信，爲王不易。天立殷王，不能挾四方。

摯仲太任，從那殷商，嫁到周邦，在京爲婦。她和王季，遍行恩德。大任有孕，生下文王。

這個文王，小心翼翼。明事上帝，就得多福。德行不改，以受方國。

天監下土，大命已集。文王初年，天賜太姒，在渭水北，在洽水邊。

文王心喜，殷有好女。殷有好女，像天帝妹。文王擇日，親迎渭濱。並舟爲橋，大顯光彩。

命從天降，命這文王，在周在京。王妃出莘，長女嫁來，生了武王。保佑你命，襲伐大商。

殷商軍旅，集合如林。佈陣牧野，我們將興！上帝看你，不要貳心！

牧野寬廣，檀車明亮，駟馬威壯。太師尚父，好比飛鷹。輔佐武王，攻伐大商，趕上天晴。

〔意境與畫面〕

西周王室宗廟之中，正在舉行一場隆重的祭祀。主祭者（周公）面向參加祭祀的文武子孫，高聲唱誦此詩，歌頌文王、武王，並述説伐商之事。

〔引用〕

《左傳·昭公二十六年》：「齊有彗星，齊侯使禳之。晏子曰：『無益也。（略）《詩》曰："惟此文王，小心翼翼。昭事上帝，聿懷多福。厥德不回，以受方國。"』」爲此詩之三章。

綿

〔提要〕這是一首描寫周人先祖古公亶父率衆遷岐營岐的詩，屬于史詩。《毛詩序》曰：「《綿》，文王之興，本由大王也。」言其本。《初學記·文部》引《詩含神霧》曰：「集微揆著，上統元皇，下序四始，羅列五際。」王先謙以爲出《齊詩》説。

綿綿瓜瓞。民之初生，自土（杜）沮（徂）漆。古公亶父，陶（掏）復（窮）陶（掏）穴，未有家室。①

古公亶父，來朝走（趣）馬，率西水滸，至于岐下。爰及姜女，聿來胥宇。②

周原膴膴，堇荼如飴。爰始爰謀，爰契我龜。曰止曰時，築室于茲。③

迺慰迺（乃）止，迺（乃）左迺（乃）右。迺（乃）疆迺（乃）理，迺（乃）宣迺（乃）畝。自西徂東，周爰執事。④

乃召司空，乃召司徒，俾立室家。其繩則直，縮版以載，作廟翼翼。⑤

捄之陾陾，度（塗）之薨薨，築之登登，削屢（婁）馮馮。百堵皆興，鼛鼓弗勝。⑥

迺（乃）立皋門，皋門有伉（閌）。迺（乃）立應門，應門將將（鏘鏘）。迺（乃）立冢土，戎醜攸行。⑦

肆不殄厥（其）愠，亦不隕厥（其）問。柞棫拔矣，行道兌矣。混夷駾矣，維其喙（呬）矣！⑧

虞芮質厥（其）成，文王蹶（貴）厥（其）生。予曰有疏（胥）附，予曰有先後。予曰有奔奏（走），予曰有禦侮！⑨

——《綿》九章，章六句。

〔彙校〕

自土，《齊詩》《漢書·地理志》作"杜"，本字。
陶復，今文三家作"覆"，本字。
走馬，《韓詩》作"趣"，本字。
膴膴，《韓詩》作"腜腜"，借字。
爰契，《齊詩》作"挈"，借字。
縮版，《齊詩》作"板"，義同。
皋門，《韓詩》作"高"，借字。
有伉，今文三家作"閌"，本字。
駾矣，今文三家作"突"，音轉借字。
喙矣，今文三家作"呬"，本字。
予曰，《齊詩》作"聿"，借字。

疏附，《齊詩》作"胥"，本字。

奔奏，《齊詩》作"䞀"，亦借字；《魯詩》作"走"，本字。《釋文》云："本亦作'走'。"

〔注釋〕

① 綿綿，連綿不斷的樣子。瓞，音疊，小瓜。民，指周人。初生，指開始階段。自，從也。土，借爲"杜"，水名，在今陝西麟遊縣境。沮，借爲"徂"，往、去也。漆，水名，徂水下游，在今陝西武功縣境，南入渭水。古公亶父，文王祖父。陶，借爲"掏"，旁挖。復，借爲"覆"，地穴。穴，洞穴。陶復陶穴，即打窰洞、修築地坑院。家室，指房子。

② 來朝（音召），第二天早上。走，借爲"趣"，驅也。率，循也。水，指上章所謂漆水。滸，音虎，水邊。岐，指岐山，在今陝西岐山縣東北。爰，乃。及，與也。姜女，姜人之女，指太姜。聿，快速。胥，相也。宇，謂居住。

③ 周原，周人所居之原野，在岐山之下，後爲地名。膴膴，音武武，肥沃的樣子。堇，音謹，野菜名，今稱堇葵。荼，今所謂苦菜。飴，音疑，麥芽糖。爰，乃。謀，謀劃。契，刻也。契龜，謂進行占卜。時，善也。

④ 迺，同"乃"。慰，安慰。左、右，謂劃左右疆界。疆，疆界。理，治理。宣，遍也。畝，田畝。周，全部。執事，幹事，這裏指種地。

⑤ 司空，朝廷負責工程建築的官。司徒，朝廷負責土地人民的官。俾，使也。室家，指宮室、房子。繩，測量建築的繩子。縮，用繩子捆束。版，築牆的木板。載，謂裝土，以築牆也。廟，宗廟。翼翼，整齊的樣子。

⑥ 捄，音居，盛土。陾陾，音仍仍，盛土聲。度，音奪，借爲"坡"填土。薨薨，音轟轟，填土聲。築，夯土使實。登登，猶"騰騰"，夯土聲。屢，借爲"婁"，斂也，謂斂收牆頂。馮馮，音乒乒，收拍牆頂的聲音。堵，牆的單位。百堵，言其多。興，起也。鼛，音高，大鼓。弗勝，謂壓不住。

⑦ 皐門，即郭門，外城之門。伉，音亢，借爲"閌"。有伉，猶"閌閌"，門高大的樣子。應門，正門。將將，音鏘鏘，正大的樣子。冢土，大土丘。戎，西戎，指敵人。醜，類也。攸，所也。"戎醜攸行"上省觀字。

⑧肆，故、因此。殄，滅也。厥，其也。慍，怒也。隕，落、絕也。柞棫，泛指各種樹木。行道，大路。兌，謂通暢。混夷，即昆夷，西部少數族群。駾，音退，逃竄。維，猶乃。喙，借爲"呬"，音西，喘息。《説文》："東夷謂息爲呬。"引此詩。
⑨虞、芮，二小國名。質，交質，以人、物相抵押。成，平也。蹶，音貴，借爲"貴"，謂表彰之。生，謂官吏。予，文王自謂。疏，借爲"胥"，相、幫助。先後，猶前後。奔奏，即奔走。禦侮，抵禦外侮。

〔訓譯〕

　　長長瓜蔓結小瓜。周人最初產生時，從杜來到漆水邊。古公亶父是家長，挖窰挖洞住進去，當時還未有房子。

　　古公亶父領著人，改天一早跑馬去。循著河岸再往西，一直跑到岐山下。于是就和姜氏女，隨即來此長居住。

　　周原土地真肥沃，堇菜荼菜全都甜。于是開始謀長遠，于是就用龜占卜。結果説是住下好，于是在此蓋房子。

　　于是安慰大家住，于是左右劃疆界。于是開始搞治理，于是全都成良田。從西一直延到東，全部開墾種上地。

　　于是召來司空官，于是召來司徒官，他們規劃蓋宮室。繩子放直量寬窄，捆束木版築土牆，再蓋宗廟齊刷刷。

　　往上裝土仍仍響，到了版裏響轟轟。用夯擊築騰騰響，收束牆頂響乒乒。百堵圍牆都築好，人聲鼎沸勝打鼓。

　　于是就立外郭門，郭門高高豎起來。于是又立正城門，城門鏘鏘寬又大。于是又築高土丘，觀測西戎做瞭望。

　　因此不滅其惱怒，也不斷絕其所問。各種雜木都砍掉，大道開始暢通了。昆夷全都逃竄了，只聽他們喘息聲！

　　虞芮交質換和平，文王表彰其官吏。我説有了所依附，我説有了前和後。我説有人能奔走，我説有人能禦侮！

〔意境與畫面〕

　　周人有悠遠的歷史。到了文王的祖父古公亶父，率領族人從北邊杜水（今陝西麟遊）流域來南下至漆水河旁（今陝西武功）。他不滿當地的條件,有一天騎馬向西,發現了周原(今陝西岐山京當鄉東北)。于是舉族遷徙,率衆經營,使周原成了周人真正的發祥地。到了文王,與虞、芮交換人質,換來了和平的環境,周人有了進一步的發展。

〔引用〕

《左傳·哀公二年》載樂丁曰:"《詩》曰:'爰始爰謀,爰契我龜。'謀協,以故兆詢可也。"出此詩之三章。

棫樸

〔提要〕這是一首描寫周王出行並希望其培養接班人的詩。《毛詩序》曰:"《棫樸》,文王能官人也。"《齊詩》曰:"天子每將興師,必先郊祭以告天,乃敢征伐,行子之道也。文王受天命而王天下,先郊,乃敢行事,而興師發崇。其詩曰:'芃芃棫樸,薪之槱之。濟濟辟王,左右趣之。濟濟辟王,左右奉璋。奉璋峨峨,髦士攸宜。'此郊辭也。其下曰:'淠彼涇舟,烝徒楫之。周王于邁,六師及之。'此伐辭也。其下曰:'文王受命,有此武功。既伐于崇,作邑于豐。'以此辭者,見文王受命則郊。"皆未可信。董仲舒《春秋繁露·四祭》曰:"此文王伐崇也。(略)以是見文王之先郊而後伐也。"按詩言"六師",明非文王時事。馮登府以《韓詩外傳》作"文王",謂"《詩》有明文,古義謂不可易",不知《外傳》之誤。陳奎勳以"六師及之"疑爲武王,亦非;又謂是成王,恐有可能。成王在位三十二年。

芃芃棫樸,薪之槱之。濟濟辟王,左右趣(趨)之。①
濟濟辟王,左右奉(捧)璋。奉璋峨峨,髦士攸宜。②
淠彼涇舟,烝(衆)徒楫之。周王于邁,六師及之。③
倬彼雲漢,爲章于天。周王壽考,遐不作人?④

追(雕)琢其章,金玉其相。勉勉我王,綱紀四方。⑤

——《棫樸》五章,章四句。

〔彙校〕

追琢,《魯詩》作"雕",本字。

勉勉,《魯詩》《韓詩》作"亹亹",借字。

我王,《韓詩》作"文王",非。

〔注釋〕

① 芃芃,音彭彭,茂盛的樣子。棫,音遇,一種灌木。樸,音破,亦樹名。薪,柴,做動詞。槱,音猶,積柴焚燒以祭天。濟濟,有威儀的樣子。辟,君也。趣,用同"趨",謂趨從。

② 奉,同"捧"。璋,一種玉器。峨峨,莊嚴的樣子。髦士,俊士。攸,所也。

③ 淠,音辟,船行的聲音。涇,河名,南入渭河。涇舟,涇河之舟。烝,借爲"衆"。徒,指船夫。楫,音吉,船槳,做動詞,謂划船。于,往也。邁,行也。六師,周天子直屬軍隊,每師約3 000人。及,猶隨。

④ 倬,音卓,廣大的樣子。雲漢,即天漢、銀河。章,文章、紋飾。壽考,謂長壽。遐,何也。作,造作、培養。

⑤ 追,借爲"雕"。金玉,言其美。相,相貌。勉勉,勤勉不懈的樣子。綱紀,謂爲綱爲紀,治理之也。

〔訓譯〕

茂盛的棫樸,砍來燒祭天。威武的君王,左右都趨從。
威武的君王,左右捧玉璋。捧璋多莊嚴,俊士所相宜。
嘩嘩涇河舟,多人一起划。周王要出行,六師全相隨。
寬廣的銀河,天上爲華章。周王年紀大,何不培養人?
雕琢其紋飾,金玉成其相。勤勉我周王,綱紀全天下。

〔意境與畫面〕

砍來灌木,焚燒祭天,周王準備出行。他一身戎裝,威武雄壯。左右趨從，隊伍龐大。從渭河東下至涇河口，因爲要逆流而上，所以加上更多的人一起划船，岸上有六軍相隨。一個大臣見狀，唱出此歌，並希望國王能培養人才，綱紀天下。

旱麓

〔提要〕這是一首描寫祭祀並歌頌"愷悌君子"（周王），祈求福祿的詩，疑作于昭王南征途中。《毛詩序》曰："《旱麓》，受祖也。周之先祖世修后稷、公劉之業，大王、王季申以百福干祿焉。"今文三家無異義，皆近是。

瞻彼旱麓，榛楛濟濟。豈弟（愷悌）君子，干祿豈弟（愷悌）。①

瑟（璱）彼玉瓚，黃流在中。豈弟（愷悌）君子，福祿攸降。②

鳶飛戾天，魚躍于淵。豈弟（愷悌）君子，遐不作人？③

清酒既載，騂牡既備。以享以祀，以介（丐）景福。④

瑟彼柞棫，民所燎矣。豈弟（愷悌）君子，神所勞矣。⑤

莫莫葛藟，施（延）于條枚。豈弟（愷悌）君子，求福不回。⑥

——《旱麓》六章，章四句。

〔彙校〕

豈弟，今文三家作"凱弟"，亦作"愷悌"，義同。

瑟彼，今文三家作"呲"，皆借字。
遐不，《魯詩》作"胡"，義同。
施于，《韓詩》《呂覽》《新序》等皆作"延"，本字。

〔注釋〕
① 瞻，往前看。旱，山名，即漢山，在今陝西南鄭區境。麓，音鹿，山腳。榛，音貞；楛，音戶，兩種樹木。濟濟，衆多的樣子。豈弟，即"愷悌"，和易近人的樣子。君子，指周王。干，求也。禄，官俸。
② 瑟，音色，借爲"璱"，玉器明淨的樣子。《説文》："璱，玉英華相帶如琴瑟。"瓚，音贊。玉瓚，以圭爲柄的盛酒器。黄流，指酒。攸，所。
③ 鳶，音淵，鳥名，鷹鷂之屬。戾，音立，至也。淵，深水。遐，音霞，何也。作人，造就人。
④ 既，已經。載，設也。騂，音辛，紅色。牡，公牛。享，謂祭祀祖先。祀，謂祭祀神靈。介，借爲"丐"，求也。景，大也。
⑤ 柞、棫，兩種樹木。民，謂周民。燎，燒柴祭天。勞，謂佑助。
⑥ 莫莫，草木茂盛的樣子。葛藟，即葛藤。施，音亦，借爲"延"，延伸。條枚，大樹的枝條。回，《説文》："轉也。"不回，謂一心一意、不回頭。

〔訓譯〕
看那旱山腳，滿是楛和榛。和易美君子，求官也近人。
明净玉柄勺，盛滿黄玉液。和易美君子，福禄所降賜。
鷂子飛上天，魚兒躍深淵。和易美君子，何不造就人？
清酒已設好，騂牛已預備。用來祭神靈，以求大福禄。
明亮柞和棫，周民所燒燎。和易美君子，神已佑助他。
茂盛長葛藤，延伸到大樹。和易美君子，求福不回頭！

〔意境與畫面〕
昭王南巡，在陝西南鄭旱山之麓舉行求福之祭。祭壇之上，參加祭祀的人員正在用玉柄長勺斟美酒。用做犧牲的紅牛，已經牽來。周人點起柴火，祭祀開始。主祭之人口唱讚歌，如詩所云。

〔引用〕

《左傳·僖公十二年》載君子曰："管氏之世祀也宜哉！讓不忘其上。《詩》曰：'愷悌君子，神所勞矣。'"出此詩之五章。《左傳·成公七年》載君子曰："善如流，宜哉！《詩》曰：'愷悌君子，遐不作人。'"出此詩之三章。

思（偲）齊

〔提要〕這是一首讚譽文王、以誨後人的詩，當出周太師之手。《毛詩序》曰："《思齊》，文王所以聖也。"今文三家無異義，皆近是。

思（偲）齊大任，文王之母。思媚周姜，京室之婦。大姒嗣徽音，則百斯男。①

惠于宗公，神罔（無）時怨，神罔（無）時恫。刑（型）于寡妻，至于兄弟，以御于家邦。②

雍雍在宮，肅肅在廟。不（丕）顯亦（以）臨，無射（厭）亦（以）保。肆戎疾不殄，烈假（瘕）不（丕）瑕（愅）。③

不聞亦式，不諫亦入（納）。肆成人有德，小子有造。古之人無斁，譽髦斯（此）士。④

——《思齊》四章，章六句。故言五章，章六句，三章章四句。

〔彙校〕

無斁，《韓詩》作"擇"，或是"懌"誤。

〔注釋〕

①思，借爲"偲"，多才。齊，謂端莊。大任，即太任，王季（文

王之父）之妻，文王之母。思媚，思慕。媚，悦、喜愛。周姜，即太姜，古公亶父（文王祖父）之妻，文王祖母、王季之母。京室，指岐邑。京室之婦，言其聲譽好、生子多。大姒，即太姒，文王之妻、武王之母。嗣，繼承、繼續。徽音，美好的聲譽。則，謂則有。百，概數，言其多。斯，語助詞。男，謂子。則百斯男，當含衆妾所生。

② 惠，愛也。宗公，謂祖先。惠于宗公，指文王説。罔，無。時，所。恫，音通，恨也。刑，借爲"型"，示範。寡妻，謂正妻，即太姒。御，治理。邦，國。

③ 雍雍，和睦的樣子。肅肅，恭敬的樣子。廟，宗廟、先人之廟。不，讀爲"丕"，大也。亦，借爲"以"。臨，謂臨民。射，借爲"斁"，足也。保，守也。肆，故、所以。戎疾，大病。殄，害也。烈，厲害。假，借爲"瘕"，病也。瑕，借爲"徦"，至也。

④ 聞，謂告知。式，用也。入，讀"納"，采納。成人，成年人。德，德行。小子，小孩子。造，造就。斁，音譯，厭足。譽，讚譽。髦斯士，即斯髦士。斯，此。髦士，俊士。

〔訓譯〕

多才端莊太任，就是文王之母。思慕喜愛太姜，要做京城第一。太姒承其聲譽，生下兒子近百。

文王惠愛祖宗，神靈無不喜歡，神靈無有所恨。先給正妻示範，再到兄弟姐妹，治理家族邦國。

在宮雍雍和睦，在廟肅肅恭敬。顯赫以臨百姓，無厭以保江山。因此大病不得，烈病從不上身。

没人報告也用，無人勸諫也聽。因此成人有德，兒童都得造就。古人誨人不倦，讚譽這些俊士。

〔意境與畫面〕

周人祠堂之中，正在進行一場傳統教育。子孫齊聚，太師爲之講述文王的故事，如詩所云。

〔引用〕

《左傳·僖公十九年》："子魚言于宋公曰：'文王聞崇德亂而伐之，

軍三旬而不降，退修教而復伐之，因壘而降。《詩》曰："刑于寡妻，至于兄弟，以御于家邦。"'"出此詩之二章。

皇　矣

〔提要〕這是一首史詩，描寫王季經營岐山，文王征莒密、滅崇。《毛詩序》曰："《皇矣》，美周也。天監代殷，莫若周。周世世修德，莫若文王。"今文三家無異義，皆近是。

皇矣上帝，臨下有赫。監觀四方，求民之莫（瘼）。維（爲）此二（上）國，其正（政）不獲。維彼四國，爰究爰度。上帝耆（稽）之，憎其式廓。乃眷（睠）西顧，此維（爲）與（予）宅。①

作（斫）之屛之，其菑其翳。修之平之，其灌其栵。啓之辟之，其檉其椐。攘之剔之，其檿其柘。帝遷明德，串（混）夷載（則）路。天立厥配，受命既固。②

帝省其山，柞棫斯拔，松柏斯兌。帝作邦作對，自大伯王季。維此王季，因心則友。則友其兄，則篤其慶（親）。載（則）錫（賜）之光，受祿無喪，奄有四方。③

維（爲）此王季，帝度其心。貊（播）其德音，其德克明。克明克類，克長克君。王此大邦，克順克比。比于文王，其德靡悔。既受帝祉，施于孫子。④

帝謂文王：無（毋）然畔援（盤桓），無（毋）然歆羨，誕先登于岸。密人不恭，敢距（拒）大邦，侵阮徂共。王赫斯怒，爰整其旅，以遏徂莒。以篤于周祜，以對于天下。⑤

依其在京,侵自阮疆。陟我高岡,無矢我陵。我陵我阿,無飲我泉,我泉我池。度其鮮原,居岐之陽,在渭之將。萬邦之方,下民之王。⑥

帝謂文王:予懷明德,不大聲以色,不長夏(夓)以革。不識不知,順帝之則。帝謂文王:詢爾仇(儔)方,同爾弟兄。以爾鉤援,與爾臨(隆)沖,以伐崇墉。⑦

臨沖閑閑,崇墉言言(岩岩)。執訊連連,攸馘安安。是類(禷)是禡,是致是附,四方以無侮。臨(隆)沖茀茀(勃勃),崇墉仡仡。是伐是肆,是絕是忽。四方以無拂(撫)。⑧

——《皇矣》八章,章十二句。

〔彙校〕

之莫,《魯詩》作"瘼",本字。
二國,疑當作"上",或後人見下有"四國"而改。
其正,《十三經注疏》本作"政",本字。
乃眷,《魯詩》一作"睠",本字。
與宅,《魯詩》"與"一作"予",本字;"宅"一作"度",誤字。
其翳,《韓詩》作"殪",借字。
厥配,《魯詩》作"妃",借字。
貊其,《韓詩》及《左傳》《禮記》均引作"莫",亦借字。
比于,《齊詩》《魯詩》作"俾",借字。
畔援,《齊詩》作"畔換",一作"伴換",皆同,連綿詞。
不恭,《魯詩》作"共",借字。
以遏,舊作"按",以音誤,據《孟子·梁惠王下》所引改。
徂莒,舊作"旅",涉上並以音誤,據《孟子·梁惠王下》所引改。
予懷,"懷"下原本當有"爾"字,鄭玄說。
不大,《魯詩》一作"弗",義同。
長夏,"夓"字之誤,高亨說。

兄弟,《齊詩》作"弟兄",同。
臨沖,《韓詩》作"隆",本字,"臨"或漢代人避殤帝諱所改。

〔注釋〕
①皇,大也。有赫,同"赫赫",明的樣子。監觀,從上觀之。莫,借爲"瘼",疾苦。維,同"爲",因爲。上國,殷也。獲,得也,謂不得民心。"維彼"之"維",所以。四國,四方之國。爰,猶"乃",于是。度,量、推測。上帝,天帝。耆,借爲"稽",考也。憎,憎恨。式,法也。廓,廣大、空闊。眷,同"睠",顧看。維,同"爲",是。與,借爲"予",我、周。宅,所居。
②作,借爲"斫",砍也。屏,除也。菑,音資,枯死之樹。翳,音意,倒地之樹。灌,謂灌木。栵,音例,復生之樹。啓,開也。辟,除也。檉,音成,河柳。椐,音據,亦樹名。攘、剔,皆除義。檿,音偃,山桑,可爲弓。柘,音這,樹木名。帝,上帝。遷,轉移。明德,指有明德之人太王。串,音患。串夷,即混夷、昆夷,音相轉。載,借爲"則"。路,同"露",敗也。厥,其。配,助手。既,已。固,堅也。
③省,省察、視察。山,指岐山。柞、棫,均樹名。兌,直也。作,立也。邦,國也。對,謂君。大,同太。太伯,古公亶父長子。王季,即季歷,太伯之弟。友,友愛。其兄,謂太伯、仲雍。篤,厚也。慶,借爲"親",親人。載,借爲"則"。錫,借爲"賜"。光,光輝。喪,失也。奄有,全有。
④維,同"爲",是。王季,文王父。度,量、推測。貊,疑"播"字音誤,布也。德音,美名也。克,能也。類,善也。長、君,均動詞,謂爲長爲君。大邦,謂周。比,從也。"比于文王"之"比",及也。靡,無也。悔,恨也。祉,福也。施,延及。孫子,即子孫。
⑤無,同"毋",不要。然,語助詞。畔援,聯綿詞,同"盤桓"。歆羡,羡慕。誕,當也,音相轉。登于岸,喻求得立足之地。密,國名,故地在今甘肅靈臺一帶。恭,敬也。距,同"拒",抗也。大邦,指周。阮、徂、共,皆小國名。阮在今甘肅涇川一帶,共在今河南輝縣一帶。王,指文王。赫斯怒,赫然發怒,"斯"爲語氣詞。爰,乃。旅,軍隊。遏,阻遏。莒,國名。《韓非子·難二》:"文王侵孟、克莒、舉酆。"篤,厚也。祜,福也。對,答也。
⑥依,靠也。京,高丘。陟,登上。矢,陳也。阿,山阿。度,量

也。鮮原，地名，有平原。岐，山名，在今陝西岐山縣東北。渭，水名，在岐山南原下。將，附近、一側。方，則也。

⑦予，帝自謂。大，以爲大，重也。以，與也。長，以爲長，尊也。戛，一種古兵器，《説文》："戟也。"兵，兵器。革，甲冑之類。不識不知，猶不知不覺。二句是説後來文王聽從天帝之言，而不知不覺之間便順應了天帝之則，所以下面又告。詢，問、咨詢。仇，借爲"儔"，夥伴。方，邦也。同，團結。以，用也。鉤，曲兵器。援，指戈，有援，故稱。臨，借爲"隆"，高也。沖，即所謂沖梯，登城的器械。崇，國名。發現于西安市霸橋區燎原村的老牛坡遺址，被認爲是古崇國遺址。墉，城牆。

⑧閑閑，形容動搖的樣子。言言，同"巖巖"，形容高的樣子。執訊，捉俘虜。連連，形容不斷。攸，所也。馘，音國，殺敵後取其左耳，一以報功，一以統計數字。安安，從容的樣子。類，借爲"禷"，祭天。禡，音罵，祭馬神。致，招也。附，借爲"撫"，安撫。以，因也。茀茀，借爲"勃勃"，有生氣的樣子。仡仡，勇壯的樣子。肆，襲擊。絶，滅絶。忽，消滅。拂，違抗。

〔訓譯〕

　　偉大的上帝，臨下明晃晃。遍觀天下事，求民所疾苦。因爲這上國，其政不獲民。所以那四方，都在心揣度。上帝考察它，憎惡其法闊。回頭向西看，那裏是周宅。

　　砍掉那枯樹，清除那雜木。修整那灌木，平齊那復生。辟除那河柳，還有那椐樹。剔除那山桑，還有那柘木。上帝轉明德，昆夷被打敗。上天立助手，受命已穩固。

　　上帝觀其山，雜木都拔除，松柏全筆直。上帝造邦國，太伯讓王季。只因這王季，存心本孝友。于是友兄弟，于是厚親人。上帝賜其光，受福無損傷，遍有全天下。

　　正是這王季，天帝知他心。傳播其美名，其德得以明。英明又和善，能長又能君。做這大國王，能順又能從。到了這文王，有德無人怨。既受天帝福，延伸到子孫。

　　天帝告文王："不要老盤桓，不要只羨慕，先要站穩腳。"密人不恭敬，敢抗大邦周，侵阮又存共。文王赫然怒，乃整其軍旅，遏密存莒國，以增周邦福，以答全天下。

密人憑高丘,從阮侵周疆,登上我高岡。"莫陳我山陵,還有我山阿!莫飲我山泉,還有我池塘!"度量鮮原田,居于岐山南,在渭水一側。萬國做表率,下民尊君王。

帝告文王説:"我教你懷德:不重聲和色,不敬兵和甲!"不知又不覺,從帝大法則。帝告文王説:"詢問你夥伴,團結兄弟國,用你鉤和援,還有那沖梯,以伐那崇城。"

沖梯搖晃晃,崇城高又高。俘虜不停抓,從容割敵耳。祭天祭馬神,招致加安附,四方得安寧。登梯有生氣,爬城勇又壯。討伐加襲擊,于是消滅光,四方無抗命。

〔意境與畫面〕

周人自古公遷岐之後,發展迅速。古公去世,長子太伯讓國,小子季歷即位,已有王天下之心。季歷之子文王即位,征莒、密,伐崇,如詩所云。于是,周人有了王天下的基業。

〔引用〕

《左傳·僖公九年》載公孫枝曰:"臣聞之,唯則定國。《詩》曰:'不識不知,順帝之則。'文王之謂也。"又《左傳·襄公三十一年》載北宮文子言于衛侯曰:"《詩》云:'不識不知。順帝之則。'言則而象之也。"皆出此詩之七章。《左傳·文公二年》:"君子謂狼瞫于是乎君子。《詩》(略)又曰:'王赫斯怒,爰整其旅。'怒不作亂,而以從師,可謂君子矣。"出此詩之五章。《左傳·文公四年》載君子曰:"《詩》云:'惟彼二國,其政不獲。惟此四國,爰究爰度。'其秦穆之謂矣。"出此詩之首章。《左傳·昭公二十八年》:"魏(獻)子謂成鱄:'吾與戌也縣,人其以我爲黨乎?'對曰:'(略)《詩》曰:'唯此文王(王季),帝度其心。莫其德音,其德克明。克明克類,克長克君。王此大國,克順克比。比于文王,其德靡悔。既受帝祉,施于孫子。'"出此詩之四章。

靈　臺

〔提要〕這是一首描寫並歌頌周王修築靈臺,遊觀靈囿、靈沼及辟雍的詩,盲人樂師所進。《毛詩序》曰:"《靈臺》,民始附也。文王受命,而民樂其有靈德,以及鳥獸昆蟲焉。"略近是。

經始(治)靈臺,經之營之。庶民攻之,不日成之。①

經始(治)勿亟(急),庶民子來。王在靈囿,麀鹿攸伏。②

麀鹿濯濯,白鳥翯翯。王在靈沼,於(嗚)牣魚躍。③

虡業維樅,賁(鼖)鼓維鏞。於(嗚)論(倫)鼓鐘,於(嗚)樂辟雍!④

於(嗚)論鼓鐘,於(嗚)樂辟雍!鼉鼓逢逢(砰砰),矇瞍奏公(頌)。⑤

——《靈臺》五章,章四句。

〔彙校〕
經始,當是"治"字之誤。下章同。
翯翯,《魯詩》作"皓皓",一作"鶴鶴",皆借字。
逢逢,《魯詩》作"韽韽",皆象聲詞。
奏公,《魯詩》作"工",一作"功",皆非。

〔注釋〕
① 經治,經營修築。靈臺,周皇家觀測天文的土臺。今甘肅靈臺縣城關亦有周靈臺遺址。又西安市長安區靈沼鄉阿底村南亦有靈臺遺址。經,謂定其經緯選址。營,謂營治、造作。庶,眾也。攻,治也。不日,不幾天。
② 亟,同"急"。子,謂如子。王,謂文王,或以為武王。靈囿,周皇家園林名,位今長安縣灃河西岸靈昭鄉一帶。麀,音幽。麀鹿,母鹿。攸,所也。

③ 濯濯，音灼灼，肥的樣子。白鳥，白鶴。翯翯，音賀賀，鳥白而肥澤的樣子。靈沼，周皇家池沼名。今長安區靈沼街道海子村村邊有一巨人腳印形的大池塘，傳爲其遺址。於，音烏，歎美聲。牣，滿也。

④ 虡，音巨，懸鐘的架子。業，樹鼓的架子。維，猶"與"。下同。樅，音聰，虡上懸鐘的長齒，亦名崇牙。賁，借爲"蕡（音焚）"。蕡鼓，一種大鼓。鏞，一種大鐘。於，讀爲"嗚"。下同。論，借爲"倫"，形容有序。樂，歡樂。辟雍，宣教化用的環形建築，相當于太學。

⑤ 鼉，音馱，一種鱷魚，即今揚子鱷。鼉鼓，揚子鱷皮蒙的大鼓。逢逢，音砰砰，象聲詞。矇瞍，盲人樂師。奏，進也。公，讀爲"頌"，頌歌。

〔訓譯〕
　　修築那靈臺，選址營造它。百姓齊努力，幾天就完成。
　　工程並不急，百姓自願來。周王在靈囿，母鹿所隱伏。
　　母鹿很肥美，白鶴也肥壯。王在靈沼釣，滿池魚騰躍。
　　鐘鼓都有架，大鼓加大鐘。啊呀列鐘鼓，啊呀樂辟雍！
　　啊呀列鼓鐘，啊呀樂辟雍！鼉鼓砰砰響，盲人進頌歌。

〔意境與畫面〕
　　周文王時期，周人在西方建立了穩固的基地。于是文王選址建造觀測天象的靈臺，接著又修靈囿、靈沼，又建辟雍。一系列工程完成以後，集會慶賀，鐘鼓大奏，盲人樂師進獻此頌歌。

〔引用〕
　　《左傳·昭公九年》："冬，築郎囿。（略）季平子欲其速成也。叔孫昭子曰：'《詩》曰："經始勿亟，庶民子來。"焉用速成，其以剿民也？'"出此詩之二章。

下　　武

〔提要〕這是一首應侯歌頌武王的詩，今文三家作《大武》。

《毛詩序》曰："《下武》，繼文也。武王有聖德，復受天命，能昭先人之功焉。"略近是，今文三家無異說。

下（夏）武維（爲）周，世有哲王。三后在天，王配于京。①

王配于京，世德作求（捄）。永言配命，成王之孚。②
成王之孚，下土之式。永言孝思，孝思維（爲）則。③
媚茲一人，應侯順德。永言孝思，昭哉嗣服！④
昭茲（此）來許（御），繩其祖武。于萬斯年，受天之祜！⑤
受天之祜，四方來賀。于萬斯年，不（丕）遐有佐！⑥

——《下武》六章，章四句。

〔彙校〕
順德，《魯詩》作"慎"，借字。
昭茲，今文三家作"哉"，亦借字。
來許，今文三家作"御"，本字，音相轉。
繩其，今文三家作"慎"，借字。

〔注釋〕
①下，借爲"夏"，大也，故今文三家作《大武》。維，同"爲"。哲，智也。后，君也。三后，指太王、王季、文王。王，指武王。配，參配、配合。京，指鎬京。
②世德，累世之德、祖上之德。作，爲也。求，借爲"捄"，音究，法也。言，語助詞。配命，配合天命。成，成就、成爲。孚，信也。
③下土，人間、天下。式，楷式、榜樣。思，語助詞。維，同"爲"。則，法則、榜樣。
④媚，愛也。茲，此也。一人，指武王。應侯，武王之子，封于

應。昭,明也。嗣,繼也。服,事也。
　⑤來,未來。許,借爲"御",治事者。繩,謂沿著。武,足跡。于,音烏,歎美聲。斯,語助詞。祜,福也。
　⑥受天之祜,指滅商有天下。四方,謂四方諸侯。不,讀爲"丕",大也。遐,遠也。佐,助也。

〔訓譯〕
　大武是周人,世代有哲王。三王在天上,武王在京配。
　武王在京配,祖德做法則。永遠配天命,成就王信用。
　成就王信用,人間爲法式。永遠講孝道,孝道做法則。
　愛這王一人,應侯順其德。永遠講孝道,繼事真英明!
　昭此未來者,沿著其祖跡。啊呀一萬年,永遠受天福!
　受天賜大福,四方來朝賀。啊呀一萬年,永遠有輔佐!

〔意境與畫面〕
　朝賀大會上,武王之子應侯唱此頌歌,以歌頌武王,並表忠心。

文王有聲

　〔提要〕這是一首讚頌文王作酆、武王作鎬的詩,周人祭祀時所唱。《毛詩序》曰:"《文王有聲》,繼伐也。武王能廣文王之聲,卒其伐功也。"近是,今文三家無異義。

　文王有聲,遹(聿)駿有聲。遹(聿)求厥(其)寧,遹(聿)觀厥(其)成。文王烝哉!①
　文王受命,有此武功。既伐于崇,作邑于豐。文王烝哉!②
　築城伊淢(洫),作豐伊匹。匪(非)棘(急)其欲,遹(聿)追來孝。王后烝哉!③

王公伊濯,維(爲)豐之垣。四方攸同,王后維(爲)翰(幹)。王后烝哉!④

　　豐水東注,維(爲)禹之績。四方攸同,皇王維(爲)辟。皇王烝哉!⑤

　　鎬京辟廱,自西自東,自南自北,無思(所)不服。皇王烝哉!⑥

　　考卜維(爲)王,宅是鎬京。維龜正之,武王成之。武王烝哉!⑦

　　豐水有芑,武王豈不仕(事)?詒(貽)厥(其)孫謀,以燕(宴)翼子。武王烝哉!⑧

　　　　　　　　——《文王有聲》八章,章五句。
　　　　　　——《文王之什》十篇,六十六章,四百一十四句。

〔彙校〕

　　遹駿,今文三家作"欥",本字,古音同。
　　伊淢,《韓詩》作"洫",本字。
　　匪棘,《齊詩》作"革",亦借字。
　　其欲,《齊詩》作"猶",音轉之誤。
　　遹追,《齊詩》作"聿",本字。
　　自西自東,《韓詩》作"自東自西",義同。
　　宅是,《齊詩》作"度",誤字。
　　不仕,《齊詩》一作"事",本字。
　　詒厥,《魯詩》作"貽",本字。
　　以燕,《魯詩》一作"宴",本字。

〔注釋〕

　　① 聲,謂好名聲、好聲譽。遹,音欲,借爲"欥",古同"聿",發語詞。駿,大也。厥,其,指民。寧,安寧。成,成功。烝,火氣上行,此謂美譽升揚。

② 受命，謂受天命。此武功，指伐崇。崇，古國名，地在今陝西省西安市東。邑，城邑。豐，地名，同"灃"，在今西安市西灃河之西。烝，美也。
③ 伊，爲、作也。淢，音域，借爲"洫"，護城河。匹，配也。匪，同"非"，不是。棘，借爲"急"。來，未來。后，君也。王后，指文王。
④ 王公，指衆公卿。伊，爲、是也。濯，音灼，明也。維，同"爲"，是。垣，城牆。攸，所也。翰，借爲"幹"，主幹。
⑤ 東注，謂向東（東北）注入渭河。禹，大禹。績，功績。攸，所也。皇，大也。皇王，指武王。辟，君也。
⑥ 鎬京，西周都城，在灃河東。辟雍，周天子直隸的太學。思，借爲"所"。
⑦ 考，問也。卜，占卜。王，謂王都。宅，居也。是，此也。龜，所卜者。正，定也。成，完成。
⑧ 芑，音起，一種水草，可食。仕，借爲"事"，謂采。詒，借爲"貽"，留也。孫，謂子孫。燕，安也。翼，助也。子，成王。

〔訓譯〕
　　文王有聲譽，大大有聲譽。求民得安寧，觀其有成功。文王美譽升啊！
　　文王受天命，有這大武功。既伐崇侯國，灃西建城邑。文王美譽升啊！
　　築城修城河，作豐爲匹配。不是急所欲，是追未來孝。君王美譽升啊！
　　公卿很英明，如同豐邑城。四方所贊同，君王爲主幹。君王美譽升啊！
　　灃水東注渭，大禹舊功勞。四方所贊同，皇王爲國君。皇王美譽升啊！
　　鎬京建辟雍，從西到東方，從南到北方，無人不服從。皇王美譽升啊！
　　問龜卜王都，居住這鎬京。是龜確定它，武王完成它。武王美譽升啊！
　　豐水有芑菜，武王能不采？留給子孫謀，以助後繼王。武王美譽升啊！

〔意境與畫面〕
　　西周成王之時，周人安居豐、鎬。祭祀之時，樂人作此詩以歌頌文王、武王。

〔引用〕
　　《左傳·文公三年》："君子是以知（略）子桑之忠也，其知人也，能舉善也。《詩》曰：（略）'詒厥孫謀，以燕翼子。'子桑有焉。"出此詩之八章。

生民之什

生 民

〔提要〕這是一首周人歌頌其始祖姜嫄、后稷的詩,具有史詩性質。《毛詩序》曰:"《生民》,尊祖也。后稷生于姜嫄,文、武之功起于后稷,故推以配天焉。"近是。《史記·周本紀》亦有説,本《魯詩》。齊、韓蓋同。

厥初生民,時(是)維(爲)姜嫄。生民如何?克禋克祀,以弗(祓)無子。履帝武敏(拇)歆,攸(用)介攸(用)止,載震(娠)載夙(孕)。載生載育,時(是)維(爲)后稷。①

誕彌厥(其)月,先生如達。不坼不副,無菑無害。以赫厥(其)靈,上帝不寧。不康(庸)禋祀,居然生子。②

誕寘(置)之隘巷,牛羊腓(庇)字之。誕寘(置)之平林,會伐平林。誕寘(置)之寒冰,鳥覆翼之。③

鳥乃去矣,后稷呱矣。實覃實訏,厥(其)聲載路。誕實匍匐,克岐克嶷(嶷),以就口食。蓺之荏菽,荏菽旆旆,禾役(穎)穟穟,麻麥幪幪,瓜瓞唪喓（莘莘）。④

誕后稷之穑，有相之道。茀厥（其）豐草，種之黄茂。實方（放）實苞，實種實褎。實發實秀，實堅實好，實穎實栗（粒），即有邰家室。⑤

誕降嘉種，維（爲）秬維（爲）秠，維（爲）穈（虋）維（爲）芑。恒（亙）之秬秠，是穫是畝。恒之穈芑，是任是負，以歸肇祀。⑥

誕我祀如何？或舂或揄（舀），或簸或蹂（揉）。釋（釋）之叟叟（溞溞），烝（蒸）之浮浮（烰烰）。載（則）謀載（則）惟。取蕭祭脂，取羝以軷（剥）。載（則）燔載（則）烈，以興嗣歲。⑦

卬盛于豆，于豆于登（豋）。其香始升，上帝居歆，胡臭亶時。后稷肇祀，庶無罪悔，以迄于今。⑧

——《生民》八章，四章章十句，四章章八句。

〔彙校〕

姜嫄，《韓詩》作"原"，借字。

以弗，今文三家作"祓"，本字。

武敏，《爾雅·釋天》作"畆"，亦借字。

載夙，"孕"字之誤。

不坼，《十三經注疏》本作"拆"，借字。

克巖，《魯詩》作"嶷"，本字。

茀厥，今文三家作"拂"，借字。

有邰，《魯詩》《韓詩》作"台"，《齊詩》作"斄"，皆借字。

嘉種，今文三家作"穀"，義亦通。

維穈，《魯詩》作"虋"，義同，當是本字。

或揄，今文三家作"舀"，本字。

釋之，"釋"字之誤；《魯詩》作"淅"，義略同。

叟叟，《魯詩》作"溞溞"，本字。

浮浮，《魯詩》作"烰烰"，本字。
于登，"登"字之誤。
肇祀，《齊詩》作"兆"，借字。

〔注釋〕
①厥，其。生，產生。民，指周民。時，用同"是"。維，用同"爲"。姜嫄，周人最早的女始祖。克，能也。禋，升煙而祭。弗，借爲"祓"，祭祀以祛除不祥。履，踩、踏。帝，上帝、天帝。武，大也。敏，借爲"拇"，腳大趾。歆，動也。攸，借爲"用"，因此。介，大也。止，停止。載，始也。震，借爲"娠"，妊娠。育，哺育。后，主也。后稷，本夏代主稷之官，周人第一代男始祖棄曾爲之，故周人以之代棄名。
②誕，發語詞。彌，滿也。月，月份。先生，第一胎。達，到達。如達，形容順利。坼，音撤，裂也。副，音批，破。菑，同"災"。赫，顯也。靈，靈異。康，借爲"賡"，繼續。居然，竟然。
③寘，同"置"，放也。隘巷，狹窄的街巷。腓，音肥，借爲"庇"，護也。字，餵奶。《說文》："字，乳也。"平林，平地上的樹林。會，適值。覆翼，用翅膀覆蓋。
④乃，纔也。呱，哭也。實，實際、確實。覃，音談，長也。訏，音需，大也。載，在、滿也。匍匐，爬行。克，能也。嶷，音疑，借爲"嚘"，比喻開竅、懂事。就，接近。口食，吃的東西。蓺，樹、栽種。荏（音忍）、菽（音叔），兩種莊稼，皆豆類。旆旆，音佩佩，茂盛的樣子。禾，穀子。役，借爲"穎"，穀穗。穟穟，音遂遂，下垂的樣子。麻、麥，兩種莊稼。幪幪，音猛猛，茂盛的樣子。瓞，音迭，小瓜。唪唪，借爲"菶菶"，音甫甫，豐碩的樣子。
⑤穡，稼穡，種莊稼。相，助也。道，方法。茀，音服，除去。豐，茂盛。種，播種。黃茂，指莊稼、五穀。實，謂實實在在。方，同"放"，發芽。苞，叢生。褎，音又，枝葉長。發，枝幹抒發拔節。秀，開花結穗。堅，顆粒堅硬。穎，穗也，謂穗大。栗，借爲"粒"。即，就、到。有邰，氏族名，故地在今陝西武功縣西北。
⑥嘉種，好種子。維，用同"爲"。秬，音巨，黑黍。秠，音丕，黍之一種。穈，音門，《說文》作"𪎮"，赤苗嘉穀。芑，音起，穀之一種，苗白。恒，借爲"亙"，遍也。畝，謂堆置田畝之中。任，擔也。負，背也。肇，開始。

⑦或，有人。舂，舂米。揄，音俞，借爲"舀"。簸，用簸箕簸去糠。蹂，借爲"揉"，用手揉搓。釋，《説文》："漬米也。"即淘米。叟叟，同"溲溲"，象聲詞。烝，同"蒸"。浮浮，同"烰烰"，蒸汽冒出的樣子。載，則。謀，計畫。惟，思考。蕭，艾蒿。脂，牛羊油。羝，音抵，公羊。載，音博，借爲"剝"。燔、烈，謂燒烤。興，使之興旺。嗣歲，來年。

⑧卬，我也。豆，一種高腳圓盤瓦器。登，瓦豆。《説文》："登，禮器也。"居，安也。歆，享受。胡，大也。臭，氣味。亶，音膽，誠、確實。時，善也。肇，開始。庶，庶幾、幾乎。罪悔，罪過與悔恨。迄，至也。

〔訓譯〕

最初生周人，是那姜嫄女。怎能生周人？升煙作祭祀，以求有兒子；踩了天帝趾，因而有反應；由此肚子大，開始懷了孕；生育養成人，就是那后稷。

到了月份滿，頭胎就順產。產門不破裂，無災也無害。顯得有靈異，上帝不安寧。自己沒再祭，居然生兒子！

于是放街巷，牛羊護養他。又放樹林中，趕上伐樹木。又放寒冰上，鳥用翅膀暖。

鳥兒飛去後，后稷呱呱叫。哭聲長又大，一直傳路上。開始剛會爬，腦子就開竅，知道找吃的。長大種莊稼，豆子全豐茂，谷穗全下垂，麻麥都茂盛，瓜兒繁又大。

后稷種莊稼，助長有辦法。除去豐茂草，全都種五穀。發芽又生長，枝幹也抒發。開花又結穗，穗大顆粒飽，收到有邰家。

老天降嘉種，有秬也有秠，有穈也有芑。遍地秬和秠，割下堆地裏。滿地穈和芑，又背又是扛，回去作祭祀。

怎樣作祭祀？有人舂或舀，有人簸或蹂。淘米溲溲響，蒸飯氣烰烰。有人來策劃，取那蒿和油，又牽公羊剝。然後燒或烤，以求來年旺。

祭品盛瓦豆，也或盛在登。香氣開始升，上帝安然享，氣味確實好！后稷開始祭，無罪也無悔，一直到如今。

〔意境與畫面〕

周太學中，一位長者正在給一群年輕學子講述周族最初的歷史，內容如詩所云。

行　葦

〔提要〕這是一首描寫周成王禮賢敬老的詩。《毛詩序》曰："《行葦》，忠厚也。周家忠厚，仁及草木，故能内睦九族，外尊事黃耇，養老乞言，以成其福祿焉。"近是。班彪《北征賦》："慕公劉之遺德，及《行葦》之不傷。"《列女傳·晉弓工妻傳》載弓工妻謁于平工曰："君聞昔者公劉之行，羊牛踐履葭草，惻然爲民痛之，恩及草木，豈欲殺不辜者乎。"《潛夫論·德化篇》曰："《詩》云：'敦彼行葦，牛羊勿踐履。方苞方體，維葉泥泥。'……公劉厚德，恩及草木，羊牛六畜，且猶感德。仁不忍踐履生草，則又況于民萌而有不化者乎？"是今文三家皆以爲贊公劉。按詩明稱"曾孫"（成王），則非贊公劉明矣。

敦彼行葦，牛羊勿踐履。方苞方體，維（唯）葉泥泥（苊苊）。①

戚戚兄弟，莫遠具（俱）爾（邇）。或肆之筵，或授之几。②

肆筵設席，授几有緝御。或獻或酢，洗爵奠斝。③

醓醢以薦，或燔或炙。嘉殽脾（膍）臄，或歌或咢。④

敦（彤）弓既堅，四鍭既鈞（均）。舍矢既鈞（均），序賓以賢。⑤

敦（彤）弓既句（彀），既挾四鍭。四鍭如樹，序賓以不侮。⑥

曾孫維主，酒醴維醹。酌以大斗，以祈黃耇。⑦

黃耇台背，以引以翼。壽考維祺，以介（丐）景福。⑧

——《行葦》八章，章四句。故言七章，二章章六句，五章章四句。

〔彙校〕

泥泥，《魯詩》作"柅柅"，亦借字；《韓詩》作"苨苨"，本字。

序賓，疑當作"誨"，涉上章而誤。

台背，《魯詩》作"鮐"，皆借字。

〔注釋〕

① 敦，音團，聚的樣子。行，音航，路也。葦，蘆葦。踐履，踩踏。方，剛剛、正在。苞，初生。體，謂有形。維，用同"唯"，只有。泥泥，借為"苨苨"，柔嫩的樣子。

② 戚戚，親近的樣子。莫，不要。具，同"俱"，在一起。爾，用同"邇"，近也。肆，鋪設。筵，一種粗席。几，小矮桌，今曰茶几。

② 席，鋪于筵上者，較細。緝，續也。御，侍者。

③ 獻，向客人敬酒。酢，向主人回敬酒。爵，飲酒器。奠，定、置放。斝，音甲，亦飲酒器，較爵大而兩邊上有立柱。

④ 醓，音坦，多汁肉醬。醢，音海，肉醬。薦，進獻。燔，燒。炙，烤也。脾，借為"膍"，牛胃、牛百葉。臄，音絕，牛舌。咢，音餓，只鼓不歌。

⑤ 敦，借為"彤"，紅色。下同。鍭，尾部鑲有羽毛的箭。鈞，同"均"，等、同也。舍，發、放也。序，排序。賢，指射箭的才能。

⑥ 句，音勾，借為"彀"，張弓。挾，持也。樹，立也。如樹，形容靜止不動。誨，教育。侮，輕視別人。

⑦ 曾孫，謂先王的曾孫，指成王。主，主人。酒醴，謂各種酒。醹，音儒，醇厚。酌，斟也。斗，舀酒的長柄勺子。祈，求也。黃，指黃髮。

⑧ 黃耇，長壽的症狀。台背，即駝背。引，牽引、拖扶。翼，助也。壽考，長壽。祺，吉祥。介，同"丐"，求也。景，大也。

〔訓譯〕

叢叢路邊葦，牛羊莫踏踩。剛剛長出來，葉子很柔嫩。

戚戚親兄弟，莫遠要親近。有人鋪筵席，有人搬木几。
鋪筵又設席，木几擺上去。敬酒加回敬，洗爵換大杯。
肉醬獻神靈，有燒也有烤。美味牛雜碎，唱歌又擊鼓。
彤弓已堅韌，四箭已均等。分箭已完畢，按才排賓位。
彤弓已拉開，各人四支箭。四箭先莫動，教賓要謙遜。
成王爲主人，酒味香又醇。大勺用來酌，以求得長壽。
老人與駝背，牽引或扶助。長壽求吉祥，可以得大福。

〔意境與畫面〕
　　一場規模盛大的禮賢敬老宴準備舉行。宴會場上，有人鋪設筵席，有人搬來矮几。一陣忙碌過後，主人開始敬酒，客人各自回敬。給神靈敬上祭品，樂人擊鼓唱歌。賽射之禮開始，賓客相互謙讓。周成王親自扶老，爲之敬酒，祝願他們長壽吉祥。

既　　醉

　　〔提要〕這是一首在壽宴上爲周王祝壽祈福的詩。《毛詩序》曰："《既醉》，告大平也。醉酒飽德，人有士君子之行焉。"非詩意。今文三家無異義，皆非。孔廣森謂《既醉》美公劉，亦非。

　　既醉以酒，既飽以德（食）。君子萬年，介（丐）爾景福！[1]

　　既醉以酒，爾殽既將。君子萬年，介（丐）爾昭明！[2]

　　昭明有融，高朗令終。令終有俶，公尸嘉告。[3]

　　其告維（爲）何？籩豆靜嘉。朋友攸攝，攝以威儀。[4]

　　威儀孔時（善），君子有孝子。孝子不匱，永錫

（賜）爾類！⑤

其類維（爲）何？室家之壼。君子萬年，永錫（賜）祚胤！⑥

其胤維（爲）何？天被爾禄。君子萬年，景命有僕！⑦

其僕維（爲）何？釐（賚）爾女士。釐（賚）爾女士，從以孫子！⑧

——《既醉》八章，章四句。

〔彙校〕

以德，古文"食"（"飤"）字之誤，高亨説。按此"既飽以食"疑與下章"爾肴既將"互誤。

女士，《魯詩》作"士女"，義雖同而韻不合。

〔注釋〕

① 既，已經。飽，足也。君子，指周王。萬年，長壽。介，讀爲"丐"，求也。下同。爾，你也。景，大也。

② 肴，菜肴。將，進也。昭明，明亮、光明。

③ 有融，猶"融融"，綿長的樣子。朗，明朗。令，善也。俶，始也。公尸，祭祀時裝扮先公而受祭的人。嘉，善也。

④ 維，用同"爲"。籩，盛果品的竹器。豆，盛食品的高腳瓦器。静，謂乾净。嘉，美也。朋友，助祭之人。攸，所也。攝，佐也。威儀，儀節。

⑤ 孔，很。時，借爲"善"，佳也。匱，匱乏。錫，同"賜"。爾，你，指孝子。類，善也。

⑥ 室家，王室。壼，音坤，宫中道，引申指律條。祚，福也。胤，子孫。

⑦ 被，加也。禄，福禄。景，大也。僕，僕人。

⑧ 釐，借爲"賚"，賞賜。女，女子。士，男子。女士，猶士女，倒以叶韻。從，隨也。

〔訓譯〕

酒已喝醉，菜肴已進。周王萬年，求你大福！
酒已喝醉，飯已飽足。周王萬年，求你光明！
光明融融，朗朗善終。善終有始，先人嘉告。
告的什麼？禮器乾淨。朋友所輔，佐以儀節。
儀節很好，周王孝子。孝子不竭，永賜你福！
其福是啥？王室律條。周王萬年，永賜後福！
後人怎樣？天加你福。周王萬年，大命有僕！
僕是什麼？天賞男女。天賞男女，子孫相隨！

〔意境與畫面〕

周王的壽宴正在舉行，客人或已喝醉。一個客人起身爲周王祝壽祈福，辭如詩云。

〔引用〕

《左傳·隱公元年》載君子曰："潁考叔，純孝也。愛其母，施及莊公。《詩》曰：'孝子不匱，永錫爾類。'其是之謂乎。"成公二年引同，出此詩之五章。《左傳·襄公三十一年》載衛侯曰："周詩曰：'朋友攸攝，攝以威儀。'言朋友之道，必相教訓以威儀也。"出此詩之四章。

鳧鷖

〔提要〕這是一首描寫祭祀，以祈求福祿的詩。《毛詩序》曰："《鳧鷖》，守成也。大平之君子能持盈守成，神祇祖考安樂之也。"今文三家無異義，皆近是。

鳧、鷖在涇，公尸來燕來寧。爾酒既清，爾肴既馨。公尸燕（宴）飲，福祿來成。①

鳧、鷖在沙，公尸來燕來宜。爾酒既多，爾肴既嘉。公尸燕（宴）飲，福禄來爲。②

　　鳧、鷖在渚，公尸來燕來處。爾酒既湑，爾肴伊脯。公尸燕（宴）飲，福禄來下。③

　　鳧、鷖在潀，公尸來燕來宗，既燕于宗，福禄攸降。公尸燕（宴）飲，福禄來崇。④

　　鳧、鷖在亹（湄），公尸來止熏熏（醺醺）。旨酒欣欣，燔炙芬芬。公尸燕（宴）飲，無有後艱。⑤

——《鳧鷖》五章，章六句。

〔彙校〕

　　來止，《魯詩》作"燕"，涉前誤。
　　熏熏，《魯詩》作"醺醺"，本字。

〔注釋〕

　　① 鳧，音浮，野鴨。鷖，音壹，一種水鳥，又名鷗。涇，音經，河名，在今陝西西安市偏東北，東南向入渭河。涇水上游是周人早期發祥地，故周人祭祀之。公尸，祭祀時裝扮先公受祭之人。燕，借爲"宴"，宴飲。寧，安也。爾，你，指"公尸"。肴，菜肴。既，盡、全也。馨，香也。成，完成、成就。
　　② 沙，指岸邊。宜，適宜。嘉，美也。爲，猶施、加也。
　　③ 渚，音煮，河中小洲。處，居處、逗留。湑，音胥，清也。伊，爲、是。脯，音府，乾肉。下，降也。
　　④ 潀，音叢，小河入大河處。宗，指宗廟。崇，聚也。
　　⑤ 亹，音門，借爲"湄"，水旁。熏熏，酒醉的樣子。按此"熏熏"與下"欣欣"當互誤。旨，甘甜。欣欣，歡欣的樣子。燔炙，燒烤。芬芬，形容香氣濃郁。艱，艱難、災殃。

〔訓譯〕

　　野鴨鷺鷗在涇水，受祭的先人來宴飲。你的美酒全清澈，你的菜肴都芳香。受祭的先人已宴飲，福禄全部來會聚。

野鴨鷖鷗在岸邊，受祭的先人適宜來。你的美酒已很多，你的菜肴都很好。受祭的先人宴飲畢，福祿全都來施你。

野鴨鷖鷗在小洲，受祭的先人來暫住。你的美酒都清澈，你的菜肴有乾肉。受祭的先人宴飲後，福祿全都降下來。

野鴨鷖鷗在河心，受祭的先人來宗廟。宗廟宴飲已完成，福祿于是降下來。受祭的先人宴飲後，福祿全都來聚積。

野鴨鷖鷗在水旁，受祭的先人很歡欣。美酒使人醉熏熏，燒烤氣味也芬芳。受祭的先人宴飲後，再無日後之艱難。

〔意境與畫面〕

涇河岸邊的祭祀大典之上，主祭人面對"公尸"（祭祀時裝扮先公受祭者）高唱此歌，爲主人祈求福祿。

〔引用〕

《易林·大有之離》曰："鳧鷖在涇，君子以寧。復德不忿，福祿來成。"化此詩之首章。

假（嘉）樂

〔提要〕這是一首讚美周天子的詩。《毛詩序》曰："《假樂》，嘉成王也。"恐非。詩言"率由舊章""率由群匹"，疑當指宣王。王充《論衡》謂："詩言'子孫千億'矣，美周宣王之德能慎天地，天地祚之，子孫衆多，至于千億。"用《魯詩》說，近是。

假（嘉）樂君子，顯顯令德。宜民宜人，受祿于天。保右命之，自天申之。①

干（千）祿百福，子孫千億。穆穆皇皇（煌煌），宜君宜王。不愆不忘，率由舊章。②

威儀抑抑（懿懿），德音秩秩。無怨無惡，率由群匹。受福無疆，四方之綱。③

之（此）綱之（此）紀，燕及朋友。百辟卿士，媚于天子。不解（懈）于位，民之攸墍（塈）。④

——《假樂》四章，章六句。

〔彙校〕
　　假樂，《齊詩》作"嘉"，本字。
　　顯顯，《齊詩》作"憲憲"，借字。
　　保右，《齊詩》《中庸》引作"佑"，以今當是。
　　干禄，按"干禄百福"義難通，"干"當是"千"字之誤。
　　皇皇，《齊詩》作"煌煌"，本字。
　　宜君宜王，《釋文》作"且"，云一本作"宜"。按作"宜"是，上章作"宜民宜人"。
　　不愆，《齊詩》作"騫"，借字。
　　群匹，《齊詩》作"仇"，借字。
　　不解，《釋文》作"匪"，非。
　　攸墍，《魯詩》作"哂"，亦借字。

〔注釋〕
　　①假，借爲"嘉"，美也。樂，快樂。君子，指周王。顯顯，顯大的樣子。令，美、善也。宜，適宜。民，百姓。人，指貴族。禄，福也。保右，即保佑。自，從也。申，再、重申。
　　②千、百，形容多。億，十萬。千億，形容更多。穆穆，肅敬的樣子。皇皇，同"煌煌"，光明的樣子。愆，過失。忘，糊塗。率，遵循。由，從也。章，章程。
　　③威儀，氣度。抑抑，借爲"懿懿"，大美的樣子。德音，好名聲。秩秩，有序的樣子。怨，怨恨。惡，憎惡。率，全部。由，從也。群，衆多。匹，配也。群匹，疑指諸先王。無疆，形容遠大。綱，綱維、綱紀。
　　④之，猶"此"。燕，安也。辟，君也。百辟，謂諸侯。卿士，在朝官員。媚，愛也。解，讀爲"懈"。攸，所也。墍，音戲，借爲"系"。

〔訓譯〕

美樂君子，善德顯赫。宜民宜人，受福于天。佑民之命，自天重申。

千祿百福，子孫千萬。肅穆光明，宜君宜王。無過無失，遵從舊典。

氣度軒昂，聲譽連連。無怨無惡，遵從先王。受福無疆，四方綱紀。

此綱此紀，安及朋友。諸侯卿士，喜愛天子。不懈于位，民心所系。

〔意境與畫面〕

周宣王朝的一次國宴上，一位大臣起身高唱此歌，讚頌宣王。

〔引用〕

《左傳·成公二年》載君子曰："位其不可不慎也乎？蔡許之君，一失其位，不得列于諸侯，況其下乎？《詩》曰：'不解于位，民之攸墍。'其是之謂矣。"出此詩之四章。《左傳·昭公二十年》載昭子歎曰："蔡其亡乎。若不亡，是君也必不終。《詩》曰：'不解于位，民之攸墍。'今蔡侯始即位而適卑，身將從之。"又《左傳·哀公五年》載子思曰："《詩》曰：'不解于位，民之攸墍。'不守其位，而能久者鮮矣。"皆出此詩之三章。

公　　劉

〔提要〕這首詩歌頌公劉，敘其遷豳之事，屬于史詩。《毛詩序》曰："《公劉》，召康公戒成王也。成王將涖政，戒以民事，美公劉之厚于民，而獻是詩也。"當出附會。《易林·家人之臨》曰："節情省欲，賦斂有度。家給人足，公劉以富。"齊詩說。《史記·周本紀》載公劉事，用《魯》說。

篤公劉，匪（非）居匪（非）康。廼（乃）場廼（乃）疆，廼（乃）積廼（乃）倉。廼（乃）裹餱糧，于橐于囊。思輯用（庸）光，弓矢斯張。干戈戚揚，爰方啓行。①

篤公劉，于胥斯原。既庶既繁，既順廼（乃）宣，而無永歎。陟則在巘，復降在原。何以舟（周）之？維（爲）玉及瑤，鞞琫容刀。②

篤公劉，逝彼百泉。瞻彼溥原，廼（乃）陟南岡，廼（乃）覯于京。京師之野，于時（是）處處，于時（是）廬旅。于時（是）言言，于時（是）語語。③

篤公劉，于京斯（是）依。蹌蹌濟濟，俾筵俾几。既登乃依，乃造（告）其曹。執豕于牢，酌之用匏。食之飲之，君之宗之。④

篤公劉，既溥既長。既景（影）廼（乃）岡，相其陰陽，觀其流泉。其軍三單（禪），度其隰原。徹田爲糧，度其夕陽。豳居允荒。⑤

篤公劉，于豳斯（是）館（觀）。涉渭爲亂，取厲（礪）取鍛（碫），止基乃理。爰眾爰有，夾其皇澗。溯其過澗。止旅乃密，芮（汭）鞫（阮）之即。⑥

——《公劉》六章，章十句。

〔彙校〕

廼場，唐石經本誤作"塲"，改從《十三經注疏》本。

廼覯，《十三經注疏》本作"乃"，古今字。

乃造，今文三家作"告"，本字。

斯館，《魯詩》作"觀"，本字。

取厲，《釋文》云："本又作'礪'。"本字。
取鍛，《釋文》云："本又作'碫'。"本字。
芮鞫，今文三家"芮"或作"汭"，"鞫"作"阢"，皆本字；又作"圾"，借字。

〔注釋〕
① 篤，《說文》："馬行頓遲也。"引申有厚義，謂敦厚、老實厚道。公，對首領的敬稱。劉，其名。匪，同"非"。康，安樂。廼，同"乃"。各句前之"廼"，猶卻；後之"廼"，猶其。場，音易，田畔，做動詞，謂修田畔。疆，疆域。裹，包裝。餱，音侯，乾糧。橐，音馱，無底袋，兩頭紮束。囊，有底袋，即口袋。思，想也。輯，聚、成也。用，借爲"庸"，功也。光，光輝、光榮。斯，猶乃。張，開張。干，盾牌。戚，大斧。揚，揮揚。爰，于是。方，才也。啓，開始。

② 于，于是。胥，相、視察。斯，此，指豳地。原，高平之地。斯原，即今甘肅慶陽董志原。庶，衆多、富庶。繁，繁榮。順，謂順民心。宣，宣暢。永，長也。陟，登也。巘，音衍，小山。降，下也。舟，借爲"周"，圍身。維，同"爲"。瑤，一種美石。鞞，音柄，刀鞘。琫，音本，刀鞘上的玉飾。

③ 逝，往也。百泉，泉水衆多之處。瞻，望也。溥，音普，大、廣袤。溥原，大原，即董志原。岡，山崗。覯，見也。京，高丘。京師，以京爲中心的城邑，疑在今陝西彬縣一帶。野，郊外。時，借爲"是"，此。下同。處處，謂定居。廬旅，謂建房居住。言言、語語，形容言語喧嘩。

④ 斯，同"是"，表示文字倒置的標誌。依，依靠、憑依。蹌蹌，音槍槍，步驟有節奏的樣子。濟濟，整齊的樣子。俾，使也。筵，一種粗席。几，一種矮桌。登，謂登筵。依，倚靠，謂倚靠于几。造，借爲"告"，告訴。曹，屬衆。豕，豬也。牢，指豬舍。酌，舀酒。匏，音刨，葫蘆。君，謂以爲君。宗，謂以爲宗主。

⑤ 溥，音譜，廣大。景，讀爲"影"，古今字，以日影測位。相，視察。陰陽，指南北，又山南水北爲陽，山北水南爲陰。流泉，謂河流。單，借爲"禪"，輪流。度，音奪，測量。隰，音習，低平之地。原，高平之地。徹，治也。夕陽，指山之西。豳，音賓，本謂野豬出沒的山谷，在今甘肅慶陽一帶，後作爲地名亦隨周人逐漸南遷，故今甘肅董志原（北起驛馬關至慶陽城一綫，南止涇河谷地，東西介于馬連河和蒲河

間，包括甘肅省慶陽縣大部及寧縣、合水縣各一部分），陝西彬縣、旬邑一帶皆稱豳。允，確實。荒，大也。

⑥館，借爲"觀"，遠看。渭，渭河，黃河支流，在關中偏南部。亂，橫渡。厲，借爲"礪"，磨刀石。鍛，借爲"碬"，平整的大石。止，謂定居。基，基礎。理，治理。爰，于是。有，富有。皇澗，澗名。溯，逆流而上。過澗，亦澗名。旅，衆也。密，稠密。芮，借爲"汭"，河彎處。鞠，借爲"阞"，音居，水邊。即，就也。

〔訓譯〕

敦厚的公劉，不是居不安。囤積其糧倉，包裹其乾糧，口袋和布囊，想成大功業。張開弓和箭，揮動干和戈，于是就出發。

敦厚的公劉，于是觀大原。富庶又繁榮，順心又宣暢，而無長歎聲。上坡在山巘，下坡在平原。什麽圍周身？美玉和瑤石，刀鞘有玉飾。

敦厚的公劉，去那百泉地。瞻望大平原，然後登南岡，望見一京丘。丘下有曠野，于是就定居，于是就建房。于是有笑語，于是有歡聲。

敦厚的公劉，于是依京丘。節奏很整齊，衆人開宴席。登席依木几，告訴其屬下：豬圈去抓豬，葫蘆來舀酒。大吃又大喝，當君做宗主。

敦厚的公劉，土地廣又長。既測山崗影，又觀陰和陽，還有那河流。隊伍分三班，測量高和低，修地種莊稼。再測山以西，豳地得開發。

敦厚的公劉，從豳向外觀。橫渡渭河南，取來碬礪石。基礎得治理，人多又富有。夾著皇澗住，一直過上澗。住人多又密，全都靠河灣。

〔意境與畫面〕

周先王公劉不滿現狀，帶領族人從北豳（不窋所遷之今甘肅慶陽）往南，發現了大原（董志原），于是定居、開發、建設，使周人的基業得到進一步的發展。

泂（迥）酌

〔提要〕這是一首歌頌"愷悌君子"公劉爲民帶來福祉的詩。今文三家以爲公劉作，非。《藝文類聚·職官部二》引楊雄《博士箴》："公劉挹行潦而濁亂斯清，官操其業，士執其經。"説近是。《毛詩序》曰："《泂酌》，召康公戒成王也。言皇天親有德，饗有道也。"非詩旨。

泂（迥）酌彼行潦，挹彼注兹（此），可以餴饎。豈弟（愷悌）君子，民之父母！①
泂（迥）酌彼行潦，挹彼注兹（此），可以濯罍。豈弟（愷悌）君子，民之攸歸！②
泂（迥）酌彼行潦，挹彼注兹（此），可以濯溉（概）。豈弟（愷悌）君子，民之攸塈（愛）！③

——《泂（迥）酌》三章，章五句。

〔彙校〕
豈弟，《齊詩》作"凱弟"，《魯詩》《韓詩》作"愷悌"，同義古今字。
濯溉，《釋文》："本又作'概'。"亦借字。

〔注釋〕
① 泂，音窘，借爲"迥"，遠也。酌，用勺子舀取。行潦，溪水。挹，舀也。注，注入、倒進。兹，此也。餴，音分，蒸也。饎，音細，食物。豈弟，即"愷悌"，平易近人。
② 濯，洗也。罍，一種陶質容器。攸，所也。歸，歸往、依附。
③ 溉，借爲"概"，一種盛酒的漆器。塈，音蓋，借爲"愛"。

〔訓譯〕

遠處打來溪流水，那裏舀來倒這裏，可以用來蒸吃的。平易近人美君子，就是百姓父母親！

遠處打來溪流水，那裏舀來倒這裏，可以用來洗陶罍。平易近人美君子，就是百姓所依附！

遠處打來溪流水，那裏舀來倒這裏，可以用來洗酒杯。平易近人美君子，就是百姓所愛的！

〔意境與畫面〕

周人遷豳之後，處處呈現一片祥和。一夥從遠處打水歸來的人，唱出了這首《泂酌》之歌，以歌頌他們所熱愛的"愷悌君子"公劉。

卷　阿

〔提要〕這是一首歌唱周成王遊卷（音權）阿（音婀）的詩，爲當時的隨扈所作。《竹書紀年》載："三十三（二）年，王遊于卷阿，召康公從。"當有所據。《毛詩序》曰："《卷阿》，召康公戒成王也，言求賢用吉士也。"然詩似無戒、求之義。《易林·觀之謙》："高崗鳳凰，朝陽梧桐。嗈嗈喈喈，萋萋萋萋。陳辭不多，以告孔嘉。"又其《大過之需》："大樹之子，百條共母。當夏六月，枝葉盛茂。鸞鳳以庇，召伯避暑。翩翩偃仰，甚得其所。"王先謙引黃山曰："此詩據《易林》齊說，爲召公避暑曲阿，鳳凰來集，因而作詩。蓋當時奉命巡方，偶然遊息，推原瑞應之至，歸美于王能用賢，故其詩得列于《大雅》耳。周公垂戒毋佚，成王必不盤遊，毛說殆近于誣矣。"按此說無據，詩明言"爾受命"，又曰"百神爾主矣"，豈非王者？且《大過之需》明稱"召伯"，已是誤認。

有卷者阿，飄風自南。豈弟（愷悌）君子，來游來歌，以矢其音。①

伴奂（盤桓）爾游（遊）矣，優游（遊）爾休矣。豈弟（愷悌）君子，俾爾彌爾性，似（嗣）先公酋（猷）矣。②

爾土宇昄（版）章，亦孔之厚矣。豈弟（愷悌）君子，俾爾彌爾性，百神爾主矣。③

爾受命長矣，茀（福）祿爾康矣。豈弟（愷悌）君子，俾爾彌爾性，純嘏爾常矣。④

有馮有翼，有孝有德，以引以翼。豈弟（愷悌）君子，四方爲則。⑤

顒顒卬卬，如珪（圭）如璋，令聞令望。豈弟（愷悌）君子，四方爲綱。⑥

鳳皇（凰）于飛，翽翽其羽，亦集爰止。藹藹王多吉士，維君子使，媚于天子。⑦

鳳皇（凰）于飛，翽翽其羽，亦傅（附）于天。藹藹王多吉人，維君子命，媚于庶人。⑧

鳳皇（凰）鳴矣，于彼高岡。梧桐生矣，于彼朝陽。菶菶萋萋，雍雍（嗈嗈）喈喈。⑨

君子之車，既庶且多。君子之馬，既閑且馳。矢詩不多，維以遂歌。⑩

——《卷阿》十章，六章章五句，四章章六句。

〔彙校〕

似先公，《魯詩》作"嗣"，本字。

先公，《魯詩》下有"爾"字，涉前衍。

先公酋，《魯詩》作"遒"，亦借字。

如珪，《十三經注疏》本作"圭"，古今字。《說文》云"珪，古文王。"

鳳皇，《十三經注疏》本同，阮元云閩本、明監本、毛本作"凰"，以今當是。

雍雍，《魯詩》《齊詩》作"雝雝"，本字。

〔注釋〕

① 卷，音全，曲也。有卷，猶"卷卷"，卷曲、曲折的樣子。阿，山阿。卷阿，本形容山勢，後爲地名，即今陝西岐山周公廟所在。飄風，拂面之風。自南，山阿朝南，故風自南來。豈弟，即"愷悌"，平易近人。豈弟君子，謂周成王。矢，陳也。

② 伴奐，同"盤桓"，徘徊。爾，你。游，優游，閒暇。休，休息。俾，使也。彌，滿、盡也。似，借爲"嗣"，繼也。先公，君子的祖先。酋，借爲"猷"，謀也。

③ 土宇，國土、疆土。昄，借爲"版"。版章，猶版圖。孔，很。厚，謂廣。百神，謂天地神靈。主，謂祭祀之。

④ 受命，指在位。成王在位 32 年，故曰長。茀，音弗，借爲"福"。康，安也。純，大也。嘏，音古，福也。

⑤ 馮，音憑，靠也。翼，謂助。孝，敬先人。德，美德。引，引導。翼，輔助。四方，謂天下。則，法則、榜樣。

⑥ 顒，音甬上聲。顒顒，溫和的樣子。卬卬，軒昂的樣子。珪，同"圭"。圭、璋，皆玉質禮器。如圭如璋，言其尊貴。令，美好。聞、望，聲望。綱，綱紀。

⑦ 鳳皇，即鳳凰，傳說中一種瑞鳥，雄曰鳳，雌曰凰。翽翽，音惠惠，鳥飛聲。集，鳥落樹上。爰，乃。藹藹，衆多的樣子。吉士，善士。君子，指周王。使，役使。媚，愛也。

⑧ 亦，語助詞。傅，同"附"。附于天，言其高。吉人，即吉士，尊稱。庶人，謂百姓。

⑨ 梧桐，樹名，籽可食。朝陽，向陽之地、南山坡。菶菶、萋萋，均茂盛的樣子。雍雍，同"雝雝"。雝雝、喈喈，均和諧之聲。

⑩ 庶，衆、種類多。閑，嫻熟。馳，謂快。矢，陳也。遂，遂即、立即。

〔訓譯〕

曲折的山阿，微風從南飄。平易近人的君子，來遊又唱歌，陳其好聲音。

徘徊你優遊,優遊你休息。平易近人的君子,使你盡其性,繼承先公謀。

你的疆宇廣,你的版圖大。平易近人的君子,使你盡其性,百神你祭祀。

你的受命長,你的福禄廣。平易近人的君子,使你盡其性,大福你常享。

有憑也有靠,有孝又有德,引導加輔助。平易近人的君子,四方爲準則。

溫和又軒昂,如圭又像璋,聲望也美好。平易近人的君子,四方爲綱紀。

鳳凰空中飛,翅膀呼啦啦,説落就停下。王朝吉士多,任憑君子使,都愛周天子。

鳳凰空中飛,翅膀呼啦啦,好像附天上。王朝吉人多,任憑君子使,也愛衆百姓。

鳳凰長聲叫,在那高岡上。梧桐高高生,在那陽坡上。梧桐很茂盛,鳳鳴很和喈。

君子所乘車,繁庶又衆多。君子所駕馬,嫻熟又健壯。陳詩不算多,爲了能歌唱。

〔意境與畫面〕
周成王晚年的一天,率群臣遊覽卷阿,山阿風光旖旎,飄風南來,歌聲婉轉。高崗之上,鳳凰長鳴,梧桐茂盛。山下,有衆車馬侍從等待。詩人見狀,即興作歌高唱,爲天子助興祝福。

民　勞

〔提要〕這是一個長者規諫周厲王的詩。《毛詩序》曰:"《民勞》,召穆公刺厲王也。"今文三家無異義,或是。

民亦(已)勞止(之),汔(乞)可小康。惠此中國，以綏四方。無縱（從）詭隨，以謹無良。式遏寇虐，憯（朁）不畏明。柔遠能邇，以定我王。①

民亦勞止（之），汔（乞）可小休。惠此中國，以爲民逑。無縱（從）詭隨，以謹惽怓。式遏寇虐，無俾民憂。無棄爾勞，以爲王休。②

民亦勞止（之），汔（乞）可小息。惠此京師，以綏四國。無縱（從）詭隨，以謹罔極。式遏寇虐，無俾作慝。敬慎威儀，以近有德。③

民亦勞止（之），汔（乞）可小愒。惠此中國，俾民憂泄（渫）。無縱（從）詭隨，以謹醜厲。式遏寇虐，無俾正（政）敗。戎（汝）雖小子，而式弘大。④

民亦勞止（之），汔（乞）可小安。惠此中國，國無有殘。無縱（從）詭隨，以謹繾綣。式遏寇虐，無俾正反。王欲玉女（汝），是用大諫！⑤

——《民勞》五章，章十句。

〔彙校〕

汔可，《魯詩》作"迄"，亦借字。

憯不，《魯詩》作"慘"，亦借字；《齊詩》《韓詩》作"朁"，本字。

惽怓，今文三家作"嚻嘵"，義同。

〔注釋〕

①亦，借爲"已"，已經。勞，辛勞。止，同"之"，語助詞。汔，借爲"乞"，求也。小康，安康。惠，愛也。中國，中域也，與"四國"相對，指周天子直接統治的地區。綏，安也。縱，讀爲"從"，借字。詭隨，詭詐慢欺之人。謹，防也。無良，壞人。式，猶"以"。遏，遏制。寇，外敵。虐，殘害。憯，借爲"朁"，音慘，曾、乃。明，謂聲

勢大。柔，安撫。邇，近也。定，安定。我王，指周厲王。

②休，休息。述，音求，聚也。惛忨，音昏撓，慌亂。遏，制止。俾，使也。勞，功勞。休，美也。

③息，歇息。京師，京城。綏，安也。四國，四域也。罔，無也。極，中、標準。慝，音特，惡也。敬，認真。慎，謹慎。威儀，展示威風的儀節。

④愒，音氣，休息。泄，借爲"渫"，除去。醜厲，惡人。正，借爲"政"，政事。下同。敗，壞也。戎，借爲"汝"，你也。小子，年輕人。式，用也。

⑤安，安寧。殘，傷害。繾綣，音淺犬，牢結不散、相勾結。反，謂顛覆。王，指厲王，讀略頓。玉，做動詞，謂寶愛、珍視之。女，讀爲"汝"，你。式，用也。諫，勸諫。

〔訓譯〕

百姓已辛勞，以求得小康。惠愛這中國，以安那四方。不要從詭詐，以防有壞人。制止外敵虐，不怕其勢大。安遠又安近，以定我周王。

百姓已辛勞，求可稍休息。惠愛這中國，以爲百姓家。不要從詭詐，以防民慌亂。制止外寇虐，不要使民憂。不要辭辛勞，爲了周王美。

百姓已辛勞，求可稍歇息。惠愛這京師，以安那四方。不要從詭詐，以防無準則。制止外敵虐，不要使作惡。認真慎威儀，接近有德人。

百姓已辛勞，求可小休憩。惠愛這中原，使民除憂慮。不要從詭詐，以防有惡人。制止外敵虐，不要讓政敗。你雖是小子，作用也重大。

百姓已辛勞，求可小安寧。惠愛這中國，國家無殘損。不要從詭詐，以防相勾結。制止外敵虐，莫使政顛覆。珍視你國王，所以來大諫！

〔意境與畫面〕

一位長者，正在教育年輕的周厲王，內容如詩所云。

〔引用〕

《左傳·僖公二十八年》：“君子謂文公其能刑矣，三罪而民服。《詩》云：‘惠此中國，以綏四方。’不失賞刑之謂也。”出此詩之首章。《左傳·昭公二年》載叔向曰：“子叔子知禮哉。（略）《詩》曰：‘敬慎威儀，以近有德。’夫子近德矣。”出此詩之三章。《左傳·昭公二十年》載仲尼曰：“善哉！政寬則民慢，慢則糾之以猛。猛則民殘，殘則施之以寬。（略）《詩》曰：‘民亦勞之，汔可小康。惠此中國，以綏四方。’施之以寬也。‘毋從詭隨，以謹無良。式遏寇虐，憯不畏明。’糾之以猛也。‘柔遠能邇，以定我王。’平之以和也。”皆出此詩。

板

〔提要〕這是一位老臣勸諫周厲王及其臣僚的詩。《毛詩序》曰：“《板》，凡伯刺厲王也。”凡伯，周公之後，或以爲共伯和。序稱凡伯，或有據。《後漢書·李固傳》載固對策曰：“《詩》云：‘上帝板板，下民卒癉。’刺周王變祖法度，故使下民將盡病也。”如《魯詩》說，較近是。

上帝板板，下民卒（瘁）癉。出話不然，爲猶（猷）不遠。靡聖管管，不實于亶。猶之未遠，是用大諫。①

天之方難，無然憲憲（欣欣）！天之方蹶，無然泄泄（呭呭）！辭之輯矣，民之洽矣。辭之懌（斁）矣，民之莫（瘼）矣。②

我雖異事，及爾同寮（僚）。我即爾謀，聽我囂囂（警警）。我言維（爲）服，勿以爲笑。先民有言，詢于芻蕘。③

天之方虐，無然謔謔。老夫灌灌（懽懽），小子蹻蹻（驕驕）。匪（非）我言耄，爾用憂（優）謔。多將熇熇，不可救藥。④

天之方懠，無爲誇毗（㲹）。威儀卒迷，善人載尸。民之方殿（唸）屎（吚），則莫我敢葵（揆）？喪亂蔑資，曾莫惠我師？⑤

天之牖（用）民，如壎如篪，如璋如圭，如取如攜。攜無曰（日）益，牖（用）民孔易。民之多辟，無自立辟！⑥

價（介）人維（爲）藩，大師維（爲）垣，大邦維（爲）屏，大宗維（爲）翰（幹）。懷德維（爲）寧，宗子維（爲）城。無俾城壞，無獨斯（此）畏！⑦

敬天之怒，無敢戲豫。敬天之渝，無敢馳驅。昊天曰明，及爾出王（往）。昊天曰旦，及爾游衍。⑧

　　　　　　——《板》八章，章八句。

　　　——《生民之什》十篇，六十五章，四百三十三句。

〔彙校〕

　　板板，《魯詩》作"版版"，義同。
　　卒癉，《韓詩》《齊詩》"卒"作"瘁"，本字；《齊詩》"癉"作"疸"，異體字。
　　泄泄，《魯詩》作"洩洩"，亦借字；《齊詩》《韓詩》作"呭呭"，本字。
　　洽矣，《列女傳》作"協"，《說苑》及《釋文》作"繹"。按作"協"義同，作"繹"非，當涉下句誤。
　　懌矣，《釋文》作"繹"，云："本亦作'懌'。"皆借字。
　　同寮，《釋文》作"僚"，云："又作'寮'。"按"僚"爲本字。
　　囂囂，《魯詩》作"敖敖"，借字。
　　灌灌，《魯詩》作"懽懽"，本字。

蹻蹻，《魯詩》作"矯矯"，亦借字。
殿屎，《説文》引作"唸吚"，《魯詩》"屎"作"吚"，當是本字。
牖民，《樂記》《韓詩外傳》作"誘"。按以前詩，作"誘"亦當是借字。
曰益，疑當作"日"。
多辟，《釋文》作"僻"，非。
價人，《魯詩》作"介"，本字。

〔注釋〕

① 上帝，天帝，此指周天子厲王。板板，反常的樣子。下民，百姓。卒，借爲"瘁"，病也。癉，音單，亦病。出話，出言。然，是、對。猶，借爲"猷"，謀也。靡，無也。聖，聖人。管管，管教。實，充實。亶，音膽，誠也。未遠，不遠。

② 方，正也。難，災難。無然，不要。憲憲，借爲"欣欣"，喜悦的樣子。蹶，音貴，動也，謂動亂。泄泄，借爲"呭呭"，音義義，多言的樣子。辭，言辭。之，猶若。輯，合也。洽，融洽、和諧。懌，借爲"斁"，音渡，敗也。莫，借爲"瘼"，病也。

③ 異事，謂職事不同。及爾，與你。寮，借爲"僚"，謂在官。即，就、接近。謀，商量。囂囂，音熬熬，借爲"警警"，傲慢、出言不遜。維，同"爲"。服，猶用。詢，問也。芻蕘，割草砍柴之人。

④ 方，正也。虐，暴虐、不良。無然，不要這樣。謔謔，音血血，嬉笑的樣子。老夫，作者自謂。灌灌，借爲"懽懽"，誠懇的樣子。蹻蹻，音矯矯，借爲"驕驕"，驕傲的樣子。匪，同"非"，不是。耄，音貌，老也。八十曰耄。用，乃。憂，借爲"優"。優謔，戲謔、開玩笑。將，行也。熇熇，音賀賀，火勢盛的樣子。

⑤ 懠，音齊，怒也。誇，自誇。毗，借爲"丕"，大也。卒，盡也。迷，亂也。善人，好人。載，則也。尸，謂尸其位，不説話。殿屎（音西），借爲"唸吚"，呻吟也。葵，借爲"揆"，度也。我，指周王。蔑，無也。資，財物。曾，竟也。惠，愛也。師，衆也。我師，指百姓。

⑥ 牖，借爲"用"。下同。壎，音勳，一種陶制吹樂器。篪，音遲，一種管樂器。璋、圭，兩種玉器。攜，帶也。如取如攜，形容掠奪隨意。攜無，掠其所無也。曰益，與日俱增也。孔，很。辟，罪也。

⑦ 價，借爲"介"，甲胄。藩，藩籬、護衛。大師，大衆。垣，牆也。屏，屏障。大宗，指周王同姓。翰，借爲"幹"，骨幹、棟樑。寧，

安寧。宗子，謂太子。城，城牆。俾，使也。斯，同"此"。

⑧ 敬，敬重、重視。戲豫，開玩笑。渝，變也。馳驅，放縱。昊天，老天。及爾，與你。王，借爲"往"。旦，亦明。游衍，謂遊逛。

〔訓譯〕

　　國君反常，下民皆病。説話不然，爲謀不遠。無人管教，爲人不誠。謀事不遠，所以大諫。

　　天正作難，不要欣喜！天正動亂，不要多言！言若契合，百姓融洽。言若有失，百姓苦痛。

　　我雖異事，與你同僚。我找你謀，傲慢不聽。我言有用，你莫要笑。先民有言：問于樵夫。

　　天正暴虐，不要嬉笑！老夫誠懇，小子驕傲。非我賣老，你開玩笑。多行氣盛，不可救藥。

　　天正發怒，不要誇誕！禮儀全失，善人不言。百姓呻吟：没人理我。喪亂無財，没人愛我。

　　國君用民，如吹塤篪，如拿璋圭，隨意攜取。攜取日增，用民日輕。百姓受罪，莫再增加！

　　戰士爲藩，大衆爲牆。大邦爲屏，大宗爲幹。懷德爲寧，宗子爲城。莫使城壞，莫獨怕這！

　　敬重天怒，不敢玩笑。敬重天變，不敢放縱。天色一明，與你出行。天一大亮，與你出遊。

〔意境與畫面〕

　　周厲王放蕩不羈，身邊大臣爲虎作倀，周王朝已在風雨飄摇之中。一位老臣看在眼裏，遂作此詩以勸諫之。

〔引用〕

　　《左傳·僖公五年》載士蔿曰："守官廢命，不敬。固讎之保，不忠。失忠與敬，何以事君？《詩》云：'懷德惟寧，宗子惟城。'"又《左傳·昭公六年》載左師曰："女夫也必亡。女喪而宗室，于人何有，人亦于女何有？《詩》曰：'宗子維城，毋俾城壞。'毋獨斯畏，女其畏哉。"皆出此詩之七章。《左傳·宣公九年》："陳靈公與孔寧、儀行父通于夏姬，皆衷其袑服以戲于朝。洩冶諫曰（略）。遂殺洩冶。孔子曰：'《詩》云："民之多辟，無自立辟。"其洩冶之謂乎。'"出此詩之六章。《左傳·成公八年》："晉侯使韓穿來言汶陽之田，歸之于齊。季文子餞之，私焉，曰：'（略）霸主將德是以。而二三之，其何以長有諸侯乎？《詩》曰：猶之未遠。是用大簡（諫）。'行父懼晉之不遠猶，而失諸侯也。"出此詩之首章。《左傳·襄公三十一年》載叔向曰："辭之不可以已也如是夫。子產有辭，諸侯賴之。若之何其釋辭也？《詩》曰：'辭之輯矣，民之協矣。辭之繹矣，民之莫矣。'其知之矣。"出此詩之二章。《左傳·昭公二十八年》載叔游曰："鄭書有之：惡直醜正，實蕃有徒，無道立矣，子懼不免。《詩》曰：'民之多辟，無自立辟。'"《左傳·昭公三十二年》："衛彪傒曰：'魏子必有大咎。干位以令大事，非其任也。《詩》曰："敬天之怒，不敢戲豫。敬天之渝，不敢馳驅。"況敢干位，以作大事乎？'"出此詩之末章。

蕩

〔提要〕這是一首批評周厲王無道、哀西周敗亡的詩。《毛詩序》曰："《蕩》，召穆公傷周室大壞也。厲王無道，天下蕩蕩無綱紀文章，故作是詩也。"或是。今文三家無異義。馮登府曰："此詩極言其無道，皆有所指。"

蕩蕩上帝，下民之辟。疾威上帝，其命多辟。天生烝（眾）民，其命匪諶。靡（無）不有初，鮮克有終。①

文王曰咨，咨汝殷商。曾是強禦，曾是掊克。曾是在位，曾是在服！天降滔德，女（汝）興是力。②

文王曰咨，咨女（汝）殷商。而（爾）秉義類，強御（禦）多懟。流言以對，寇攘式內（納）。侯作（詛）侯祝（咒），靡（無）屆靡（無）究。③

文王曰咨，咨女（汝）殷商。女（汝）炰烋（咆哮）于中國。斂怨以爲德。不明爾德，時（是）無背無側。爾德不明，以無陪無卿。④

文王曰咨，咨女（汝）殷商。天不湎爾以酒，不義從式。既愆爾止，靡明靡晦。式（或）號式（或）呼，俾晝作夜。⑤

文王曰咨，咨女（汝）殷商。如蜩如螗，如沸如羹。小大近喪，人尚乎由行。內奰于中國，覃及鬼方。⑥

文王曰咨，咨女（汝）殷商。匪（非）上帝不時（善），殷不用舊。雖無老成人，尚有典刑。曾是莫聽，大命以傾。⑦

文王曰咨，咨女（汝）殷商。人亦有言：顛沛之揭，枝葉未有害，本實先撥（敗）。殷鑒不遠，在夏后之世。⑧

——《蕩》八章，章八句。

〔彙校〕

蕩蕩，《魯詩》作"盪盪"，借字。

強禦，《魯詩》《齊詩》作"圉"，借字。

時無，《韓詩》作"以"，句義同。

無背，《韓詩》作"倍"，借字。

無側，《齊詩》作"仄"，借字。

式號式呼，《釋文》云："一本作'或號或呼'。"當是本字。《齊詩》"呼"作"謼"，同。

先撥，《魯詩》作"敗"，本字。

殷鑒，《魯詩》作"監"，借字。

〔注釋〕

① 蕩蕩，放蕩的樣子。上帝，指厲王。辟，君。疾威，暴戾。命，

性命。辟，邪僻。烝民，即衆民、百姓。匪，非。諶，誠、真實。靡，無。下同。《尚書·咸有一德》："天難諶，命靡常。"鮮，少也。克，能也。

② 咨，感歎詞，《尚書》多見。曾，竟。是，此。強禦，強暴。掊克，聚斂剝削。在服，猶在職。滔，彌漫、滔天。德，德行。女，讀"汝"，指厲王。下同。興，助長。力，力量。

③ 而，同"爾"，你。秉，持也。義類，指善人。懟，音對，怨恨。流言，傳言、謠言。對，應對。寇，外寇。攘，竊取。式，是。內，同"納"。侯，猶"維"。作，借爲"詛"。祝，借爲"咒"。屆，極限。究，追究。

④ 熇熇，同"咆哮"。斂，收也。爾，你。時，是。背、側，皆所依靠也。陪，陪伴。卿，公卿。

⑤ 湎，沉湎。義，宜也。從，跟隨。式，效法。愆，過失。止，舉止。明，指白天。晦，暗，指夜晚。式，"或"字之誤，有也。號、呼，大聲呼喊。俾，使也。

⑥ 蜩，蟬也。螗，一種小蟬。羹，肉湯。小大，大大小小、所有。喪，亡。由行，照舊。內，朝内。奰，音必，迫也。覃，音談，延及。鬼方，北方一少數民族。

⑦ 時，善也。舊，謂舊臣。老成人，年長成熟之人。典刑，法典。曾，竟也。是，此也。以，是以。傾，傾覆。

⑧ 顛沛，倒伏。揭，舉也。本實，謂根。撥，借爲"敗"，腐爛。鑒，照人的水盆，猶鏡子。夏后，夏代國君。

〔訓譯〕

放蕩的上帝，下民的君王。暴戾的上帝，號令多邪辟。天生衆百姓，性命不真實。無不有其初，很少能有終。

文王曾說"唉"，是"唉"那殷商。如此之強暴，如此般聚斂！如此在帝位，如此任天職！天降滔天罪，而你助其力。

文王曾說"唉"，是"唉"那殷商。你若用善人，強暴怨恨多。流言作回應，寇竊也采納。怨恨加詛咒，無極不追究。

文王曾說"唉"，是"唉"那殷商。咆哮于國中，聚斂爲德行。不宣你德行，所以無依靠。你德不明亮，所以無輔佐。

文王曾說"唉"，是"唉"那殷商。天不教你飲，不應跟著學。舉止既有失，不分晝和夜。大呼由大叫，白晝作黑夜。

文王曾説"唉",是"唉"那殷商。就像蟬和螗,就像湯和羹。大小都近死,尚且照舊行。內迫在中國,延伸到鬼方。

文王曾説"唉",是"唉"那殷商。不是天帝壞,是殷不用舊。雖無老成人,尚有典和刑。竟然没人聽,所以大命傾。

文王曾説"唉",是"唉"那殷商。古人有話説:倒了再扶起,枝葉還未傷,樹根先腐敗。殷鑒不算遠,就在夏后世!

〔意境與畫面〕
　　西周末年,厲王無道,強徵暴斂,民心離散,西周王朝已經風雨飄摇。一位長者見狀,憤怒地唱出此歌,並希望其君臣能以殷爲鑒,扶大廈于將傾。

〔引用〕
　　《左傳·襄公三十一年》:"北宫文子見令尹圍之威儀,言于衛侯曰:'令尹似君矣。將有他志。雖獲其志,不能終也。《詩》云:"靡不有初,鮮克有終。"終之實難。'"出此詩之首章。

抑

〔提要〕這是一位老臣教育厲王及其身邊輔臣的詩。《毛詩序》曰:"《抑》,衛武公刺厲王,亦以自警也。"《韓詩翼要》:"衛武公刺王室,亦以自戒,行年九十有五,猶使臣日誦是詩,而不離其側。"《魯詩》説大同。《國語·楚語》亦載其事,或有據。

　　抑抑(懿懿)威儀,維(爲)德之隅(愚)。人亦有言:靡(無)哲不愚,庶人之愚,亦職(只)維(爲)疾。哲人之愚,亦維(爲)斯(此)戾。①
　　無競維人,四方其訓之。有覺(梏)德行,四國順之。訏謨定命,遠猶(猷)辰告。敬慎威儀,維

（爲）民之則。②

其在于今，興迷亂于政。顛覆厥（其）德，荒湛于酒。女（汝）雖（唯）湛樂從，弗念厥（其）紹。罔（未）敷（普）求先王，克共（拱）明刑？③

肆皇天弗尚，如彼泉流，無淪胥以亡？夙興夜寐，灑掃廷（庭）內，維民之章。修爾車馬，弓矢戎（戈）兵，用戒戎作，用逷（剔）蠻方。④

質爾人民（民人），謹爾侯（候）度，用戒不虞。慎爾出話，敬爾威儀，無不柔嘉。白圭之玷，尚可磨也；斯（此）言之玷，不可爲也！⑤

無易由（于）言，無曰苟矣，莫捫朕舌，言不可逝矣。無言不讎（酬），無德不報。惠于朋友，庶民小子。子孫繩繩（綿綿），萬民靡（無）不承。⑥

視爾友君子，輯柔爾顏，不遐有愆。相在爾室，尚不愧（愧）于屋漏。無曰不顯，莫予云覯。神之格思，不可度思，矧可射（斁）思！⑦

辟爾爲德，俾臧俾嘉。淑慎爾止，不愆于儀。不僭（譖）不賊，鮮不爲則。投我以桃，報之以李。彼童而角，實虹（哄）小子。⑧

荏染柔木，言（焉）緡之絲。溫溫恭人，維（爲）德之基。其維（爲）哲人，告之話言，順德之行。其維（唯）愚人，覆謂我僭（譖）。民各有心。⑨

於乎（嗚呼）小子，未知臧否。匪（非）手攜之，言示之事。匪（非）面命之，言提其耳。借曰未知，亦既抱子。民之靡盈，誰夙知而莫（暮）成？⑩

昊天孔昭，我生靡樂。視爾夢夢，我心慘慘（懆懆）。誨爾諄諄，聽我藐藐。匪（非）用爲教，覆用爲虐（謔）。借曰未知，亦聿（曰）既耄。⑪

於乎（嗚呼）小子，告爾舊止！聽用我謀，庶無大悔。天方艱難，曰喪厥國。取譬不遠，昊天不忒。回遹其德，俾民大棘（急）！⑫

——《抑》十二章，三章章八句，九章章十句。

〔彙校〕

靡哲，《魯詩》作"無"，本字。

維人，《魯詩》作"惟"，亦作"伊"，皆借字。

有覺，《齊詩》作"梏"，本字。

荒湛，《魯詩》《齊詩》作"沈"，《韓詩》作"愖"，皆借字。

湛樂，唐石經本"樂"下旁添"克"字，今從《十三經注疏》本。

灑掃，《韓詩》作"洒"，本字，今同。

廷内，《釋文》同，皆借字；《十三經注疏》本作"庭"，本字。

車馬，《魯詩》作"輿"，義同。

戎兵，《魯詩》作"戈"，本字，"戎"字誤。

戎作，《魯詩》作"作則"，非。

用遏，《魯詩》作"遜"，亦借字。

質爾，《齊詩》作"誥"，《韓詩》作"告"，義同。

人民，阮校謂《說苑》、《鹽鐵論》、郭璞《爾雅注》等皆引作"民人"，此當是唐石經誤倒。

之玷，《韓詩》作"刮"，借字。

不讎，《魯詩》《韓詩》亦作"酬"，本字。

不愧，《十三經注疏》本作"媿"，阮元云"媿"字是也。按《說文》："媿，慚也。""愧"字《說文》無，當是後起字，以今當作"愧"。

不僭，《釋文》作"譖"，云："本亦作'僭'。"按"譖"爲本字。

話言，《釋文》："話言，古之善言也。《說文》作'詁'，云：'詁，故言也。'"段玉裁云："當作'詁話'，古之善言，《說文》作'詁'。"按作"話"不誤，今《說文》云："話，合會善言也。傳曰：'告之話言。'"陸氏、段氏所見《說文》蓋誤。

於乎，《魯詩》《韓詩》作"嗚呼"，本字。
借曰，《齊詩》作"藉"，借字。
慘慘，《魯詩》作"懆懆"，本字。阮元亦云："以韻求之，當作'懆懆'。"
諄諄，《齊詩》作"忳忳"，借字。
藐藐，《齊詩》作"眊眊"，《魯詩》《韓詩》作"邈邈"，皆借字。
曰喪，《韓詩》"曰"作"聿"，同，皆語助詞。
厥國，《齊詩》作"德"，以音誤。
取譬，《魯詩》作"辟"，借字。

〔注釋〕

① 抑抑，借爲"懿懿"，美的樣子。威儀，威風儀態。維，同"爲"。隅，借爲"愚"，糊塗。靡，無也。哲，智也。庶人，普通人。職，只也。疾，病也。斯，此也。戾，罪也。

② 競，爭也。維，于也。訓，順也。覺，借爲"梏"，音叫。有覺，猶"梏梏"，正直的樣子。四國，四方小國。順，謂遵循。訏，音需，大也。謨，謀也。命，命運。猶，借爲"猷"，謀也。辰，謂時。維，同"爲"。則，法則。

③ 興，謂製造。迷亂，混亂。顛覆，敗壞。湛，音沉。荒湛，沉湎。女，讀爲"汝"。雖，借爲"唯"。從，從事。念，思也。紹，繼也。罔，未也。敷，借爲"普"。克，能也。共，同"拱"，執也。明刑，法典。

④ 肆，故也。尚，右也，謂保佑之。淪胥，逐漸。夙，早也。興，起也。夜，晚也。寐，睡也。庭，院子。章，章程、法則。修，治也。爾，你也。戈兵，武器。戒，防備。作，興起。遏，借爲"剔"，剪除。蠻方，南方之國，指楚。

⑤ 質，問、告也。民人，即人民。謹，謹慎。侯，借爲"候"，伺望。度，音奪，量也。用，以也。虞，意料。不虞，謂突發事件。出話，號令。敬，認真對待。柔，和也。嘉，美也。圭，一種上尖下方的玉質禮器。玷，音顛，瑕疵、污點。斯，此也。

⑥ 易，輕易。由，借爲"于"。苟，苟且、差不多。捫，音門，摸也。朕，我也。逝，謂消失。讎，借爲"酬"，答也。報，回報。惠，愛也。小子，子弟。繩繩，音閔閔，借爲"綿綿"，不絕的樣子。靡，無也。承，受也。

⑦輯，和也。遐，遠也。愆，過錯。相，視也。尚，上也。媿，同"愧"，慚愧。屋漏，屋頂露光處。顯，明也。覯，音够，見也。格，來也。思，語助詞。度，揣度。矧，何況。射，音夜，借爲"斁"，厭也。

⑧辟，譬如、假如。俾，使也。臧，善也。嘉，美也。淑，善也。止，舉止。愆，過也。儀，禮儀。僭，借爲"譖"，音怎，去聲，讒也。賊，殘害。鮮，少也。則，準則。童，幼也。角，謂長犄角。虹，借爲"訌"，欺騙。小子，指周王。

⑨荏染，柔韌。言，同"焉"，乃也。緡，音民，絲繩。溫溫，溫和的樣子。恭人，良人。基，基礎。維，同"爲"，是。哲人，智人。話，《說文》："合會善言也。"話言，即善言。覆，反也。

⑩於乎，同"嗚呼"，歎息聲。臧否，好壞。匪，同"非"。言，猶然，乃。面，謂當面。提耳，形容懇切。借曰，假如。既，已經。抱子，有孩子。靡，無也。盈，滿也。夙，早也。莫，同"暮"，晚也。

⑪孔，很。昭明。夢夢，昏昧的樣子。惨惨，借爲"懆懆"，音操操，憂愁的樣子。諄諄，音哼哼，不倦的樣子。藐藐，藐視的樣子。覆，反也。虐，借爲"謔"，戲謔。聿，借爲"曰"。耄，謂老邁。

⑫止，定也。舊止，指先王所定、禮法。庶，接近。方，正也。艱難，降災。譬，比方、例子。忒，音特，差錯。回，曲也。遹，音予，邪僻。俾，使也。棘，借爲"急"。

〔訓譯〕

漂亮的威儀，德行的寓所。古人有話說：無人不糊塗。普通人糊塗，只是小毛病。聰明人糊塗，就會有大罪！

不要與人爭，四方將順從。德行若正直，天下無不從。大謀定命運，遠謀隨時告。敬慎你威儀，百姓做準則！

而在當今世，政教都迷亂。敗壞其德行，沉湎于酒食。你只圖快樂，不念後世人。未普求先王，能執舊法典？

皇天不保佑，就像泉水流，不將沉淪亡？早起加晚睡，打掃庭院內，維護舊章程。維修你車馬，弓箭和兵器，以防戰爭起，也以除南蠻。

告訴你人民，謹慎你邊防，以備事突發。謹慎你說話，嚴肅你威儀，事情就和美。白圭有瑕疵，尚可打磨掉；說話有瑕疵，無法再磨去！

説話莫輕易，莫説差不多。莫捉我舌頭，語言不可消。有問都回答，有德都報答。惠愛我朋友，還有衆百姓。子孫永綿延，萬民無不受。

請你衆君子，柔和你顏色，以免有過錯。躺下往上看，無愧房上天。莫説室內暗，没人看見我。神靈來與否，不可去揣度，何況可厭棄！

假如你爲德，能善又能美。善慎你舉止，禮儀不出錯。不讒也不害，很少不成則。人投我桃子，我用李子報。羊羔長犄角，那是哄小子。

柔韌細木棍，可以纏絲綫。温和柔順人，就是德行根。他是那哲人，告他古善言，必然順德行；若是那愚人，反説我進讒：人心各不同！

啊呀你小子，不知好與歹！除非牽著走，才能指你路。除非當面命，還需提耳朵。説你不懂事，已經抱兒子。人若不自滿，哪個早知而晚成？

老天很明亮，我生無快樂。瞧你很懵懂，我心真憂慮。諄諄教導你，反而藐視我。不以爲教導，反而來戲謔。説我老糊塗，已經是耄耋。

啊呀你小子，告你舊法典！聽用我所謀，才能無大悔。老天降災難，國家要喪亡。例子不算遠，老天不會錯。德行若邪僻，百姓遭大殃！

〔意境與畫面〕

周厲王時期，君臣嗜酒，邊防不修，政治腐敗，國將不國。一位老臣作此詩以勸諫教誨之，兼及其身邊的大臣小子。

〔引用〕

《左傳·僖公九年》載里克殺公子卓于朝，荀息死之，君子曰："《詩》所謂'白圭之玷，尚可磨也。斯言之玷，不可爲也。'"出此詩之五章。《左傳·僖公九年》："郤芮使夷吾重賂秦以求入，公謂公孫枝曰：'夷吾其定乎？'對曰：'臣聞之，唯則定國。《詩》曰：（略）'不僭不賊，鮮不爲則。'"又《左傳·昭西元年》載文子曰："《詩》曰：

'不僭不賊，鮮不爲則。'信也。"見此詩之八章。《左傳·襄公二年》載君子曰："非禮也。禮無所逆，婦養姑者也。虧姑以成婦，逆莫大焉。《詩》曰：'其惟哲人，告之話言。'"見此詩之九章。《左傳·襄公二十二年》載君子曰："善戒！《詩》曰：'慎爾侯度，用戒不虞。'子張其有焉。"出此詩之四章。《左傳·襄公三十年》載君子曰："信其不可不慎乎。（略）《詩》（略）又曰：'淑慎爾止，無載爾僞。'不信之謂也。"此詩作"淑慎爾止，不愆于儀"。《左傳·襄公三十一年》載北宮文子見令尹圍之威儀，言于衛侯曰："《詩》云：'敬慎威儀，惟民之則。'"見此詩之二章。《左傳·昭公五年》載仲尼曰："叔孫昭子之不勞，不可能也。周任有言曰：'爲政者不賞私勞，不罰私怨。'《詩》云：'有覺德行，四國順之。'"出此詩之二章。《左傳·哀公二十六年》載衛出公自城鉏，使以弓問子贛。子贛稽首受弓而對曰："《詩》曰：'無競惟人，四方其順之。'"亦出此詩之二章。足見此詩影響之大。

桑　柔

〔提要〕這是一首憂國憂民、斥罵奸臣的詩，作者爲周厲王朝名臣芮良夫。《毛詩序》曰："《桑柔》，芮伯刺厲王也。"《魯詩》曰："昔周厲王好專利，芮良夫諫而不入，退賦《桑柔》之詩以諷。言是大風也，必將有遂；是貪人也，必將敗其類。王又不悟，故遂流于彘。"皆近是。芮伯，即芮良夫。《逸周書》有《芮良夫》篇。《史記·周本紀》則載"厲王即位三十年，好利，近榮夷公。芮良夫諫而不聽"云。

菀彼桑柔，其下侯旬（蔭）。捋采其劉（留），瘼此下民。不殄心憂，倉兄（愴怳）填兮。倬彼昊天，寧不我矜？①

四牡騤騤，旟旐有翩。亂生不夷，靡國不泯。民靡有黎，具（俱）禍以燼。於乎（嗚呼）有哀，國步斯（是）頻。②

國步蔑資，天不我將。靡（無）所止疑（凝），云徂何往？君子實維（惟），秉心無競。誰生厲階，至今爲梗？③

憂心慇慇，念我土宇。我生不辰，逢天僤（憚）怒。自西徂東，靡所定處。多我覯痻，孔棘（急）我圉。④

爲謀爲毖，亂況斯削。告爾憂恤，誨爾序爵。誰能執熱，逝（誓）不以濯？其何能淑，載（則）胥及溺。⑤

如彼遡風，亦孔之僾。民有肅心，荓（拼）云不逮。好是稼穡，力民代食。稼穡維寶，代食維好？⑥

天降喪亂，滅我立王。降此蟊賊，稼穡卒癢。哀恫中國，具（俱）贅卒荒。靡有旅（膂）力，以念穹蒼。⑦

維（唯）此惠（慧）君，民人所瞻。秉心宣猶（猷），考慎其相。維（唯）彼不順，自獨俾臧。自有肺腸，俾民卒狂。⑧

瞻彼中林，甡甡其鹿。朋友已譖（僭），不胥以穀。人亦有言：進退維（爲）谷。⑨

維（唯）此聖人，瞻言（眂）百里。維（唯）彼愚人，覆狂以喜。匪（非）言不能，胡（何）斯畏忌？⑩

維（唯）此良人，弗求弗迪。維（唯）彼忍心，是顧是復。民之貪亂，寧爲荼毒。⑪

大風有隧，有空（孔）大谷。維（唯）此良人，作爲式穀。維（唯）彼不順，征（往）以中垢。⑫

大風有隧，貪人敗類。聽言則對，誦言如醉。匪

（非）用其良，復俾我悖。⑬

嗟爾朋友，予豈不知而（爾）作（詐）。如彼飛蟲，時亦弋獲。既之陰（蔭）女（汝），反予來赫（嚇）。⑭

民之罔（無）極，職（主）涼善背。爲民不利，如云不克。民之回遹，職（主）競用力。⑮

民之未戾，職（主）盜爲寇。諒曰不可，覆背善詈。雖曰匪（非）予，既作爾歌！⑯

——《桑柔》十六章，八章章八句，八章章六句。

〔彙校〕

侯旬，《魯詩》作"洵"，皆借字。

斯頻，今文三家作"瀕"，借字。

慇慇，《魯詩》作"隱隱"，借字。

亂況，阮元云當作"兄"，説非是。

茻云，今文三家作"拼"，本字。

俾臧，《魯詩》作"卑"，借字。

瞻言，疑當作"眼"。

胡斯，《魯詩》亦作"此"，義同。

大風，《魯詩》作"泰"，古音義同。

征以，《韓詩》作"往"，是。

來赫，《釋文》云："本亦作'嚇'。"本字。

諒曰，《十三經注疏》等本作"涼"，借字。阮校謂作"諒"非，説非是。

〔注釋〕

① 菀，音晚，茂盛。侯，爲也。旬，音昀，借爲"蔭"，音相轉，樹蔭。劉，借爲"留"，殘留。瘼，病也。殄，絶也。倉兄，同"愴怳"，音閬晃，失意的樣子。填，滿也。倬，音卓，光明。寧，難道。矜，憐憫。

② 牡，公馬。騤騤，音葵葵，馬行有威儀的樣子。旟，音餘，畫有鷹隼的旗子。旐，音兆，畫有龜蛇的旗子。有翩，猶"翩翩"，翻動的

樣子。夷,平也。靡,無也。泯,亂也。黎,眾也。具,同"俱",全部。燼,灰燼。於乎,同"嗚呼"。步,步伐。斯,同"是"。頻,急也。

③ 蔑,無也。資,助也。將,扶也。疑,借爲"凝",聚也。云,發語詞。徂,往也。君子,指貴族們。維,同"惟",思也。秉心,存心。競,爭也。厲階,指禍端。梗,害也。

④ 慇慇,憂傷的樣子。土宇,土地和房屋。辰,時也。憚,借爲"癉",音但,怒也。徂,往也。處,居也。覯,遇也。痻,音民,病也。孔,很。棘,借爲"急"。圉,音語,邊疆。

⑤ 毖,謹慎。削,削弱、減少。爾,你們,指執政大臣。誨,教也。序爵,排列爵次。執,手持。逝,借爲"誓",發誓。濯,音濁,洗也。淑,善也。載,猶"則"。胥,相也。溺,溺水。

⑥ 遡風,逆風。僾,音愛,氣不舒。肅,收斂。甹,音乒,借爲"拼",使也。云,有也。逮,及也。力,使動用法,使之用力也。代食,代民而食。寶,謂珍貴之。維,同"爲"。下同。好,讀去聲,喜好。

⑦ 喪亂,喪亡之亂。立王,在位之王。蟊賊,害蟲。卒,盡、全也。瘵,病也。恫,痛也。具,同"俱",全也。贅,失也。荒,荒年。旅,借爲"膂"。膂力,體力。穹蒼,謂天。

⑧ 惠,借爲"慧",聰慧。瞻,望也。秉,持也。宣,達也。猶,借爲"猷",導也。宣猶,形容豁達。考,求也。相,輔佐者。彼,指厲王。自獨,即獨自。俾,使也。臧,善也。肺腸,指心腸、心思。卒,盡也。

⑨ 中林,林中。甡甡,音升升,眾生的樣子。譖,借爲"僭",音見,不誠信。穀,養也。維,同"爲"。谷,山谷。

⑩ 聖人,明達之人。瞻言(眼),猶放眼。覆,反也。匪,同"非"。胡,同"何"。斯,同"此"。畏忌,畏懼忌憚。

⑪ 弗,不也。迪,進也。忍心,謂顧念。復,謂庇護。貪亂,貪心之亂。荼毒,毒害。

⑫ 隧,隧道、通道。空,借爲"孔"。谷,山谷。良人,好人。式,大也。不順,指惡人。往,謂過往、經過。中,承前謂谷中。垢,污垢、垃圾。

⑬ 貪人,貪財之人。聽言,順從的話。對,答也。誦言,讚頌之言。如醉,陶醉。良,指善言。俾,使也。悖,亂也。

⑭ 嗟,歎聲。予,我也。而,同"爾",你也。作,借爲"詐",

欺詐。時，謂有時。弋，射也。既之，既已。陰，借爲"蔭"，庇護。赫，借爲"嚇"，恐嚇。

⑮罔，無也。極，中、標準。職，主也。涼，冰冷。背，背叛。民，人也。如云，有如。克，能也。回遹（音欲），邪僻。競，競相、力争。

⑯戾，善也。職，主、行也。諒，誠也。覆背，詈，罵也。既，終也。爾，你。爾歌，關于你的詩歌。

〔訓譯〕

茂盛的桑樹，下面有樹蔭。采其殘留葉，可憐這百姓。心中不絶憂，倉惶全失意。光明的昊天，難道不憫我？

四匹公馬壯，彩旗翩翩飄。亂生不平静，無處不紛争。百姓剩無幾，全部遭禍殃。啊呀真可憐，國家已危急！

國難無人救，老天不助我。車馬無所止，將往何處去？君子内心想，秉心無所争。是誰生禍端，至今爲禍害？

心中很憂傷，懷念我田産。我生不逢時，碰上天發怒。從西往東去，無處來定居。我遇灾病多，邊疆也吃緊。

爲謀很謹慎，亂况才減少。告你當憂慮，教你排爵次。誰能持燙物，發誓不蘸手？如何繼續好？相互來救助。

就像逆風行，出氣很不暢。百姓想收斂，使他做不到。喜歡這莊稼，勞民替他吃。莊稼是個寶，替吃也很好！

老天降喪亂，滅我所立王。降下這蟊賊，莊稼全得病。可憐我中國，全都遭荒年。人人無體力，去念天下事。

只有這明君，人民所瞻望。持心很豁達，慎求其輔相。因爲他不順，獨使自己良。自有肝和肺，使民全發狂。

看那樹林中，野鹿有生氣。朋友已不誠，相互不認養。古人有話説：進退都是溝。

只有這聖人，開眼望百里。只有那愚人，反而狂又喜。不是説不能，爲何畏忌他？

只有這好人，不求也不進。只有那惡人，顧念又庇護。人若貪暴亂，寧願爲毒害。

大風有通道，大溝有孔洞。只有這好人，可做這大溝。只有那惡人，過後留污垢。

大風有通道，貪心爲敗類。順耳就回答，頌言就陶醉。不用其良謀，反使我悖亂。

可歎你朋友，豈不知你詐？就像那飛鳥，有時也被射。已知庇護你，反而恐嚇我。

人若無準則，冰冷善背叛。爲民不利己，就像做不到。人若爲邪僻，爭奪很用力。

人若心不善，爲盜又爲寇。誓説不可能，轉身又大罵。雖説不是我，作歌終唱你！

〔意境與畫面〕

厲王暴虐，國人暴動，天下喪亂。厲王流彘（今山西霍縣）之後，共伯和執政，天下稍安，但仍有奸邪當道，故芮良夫作歌以駡之，如詩所云。

〔引用〕

《左傳・文公元年》："殽之役，晉人既歸秦師，秦大夫及左右皆言于秦伯曰：'是敗也，孟明之罪也，必殺之。'秦伯曰：'是孤之罪也。周芮良夫之詩曰："大風有隧，貪人敗類。聽言則對，誦言如醉。匪用其良，覆俾我悖。"是貪故也。'"出此詩之十三章。《左傳・襄公三十一年》："馮簡子與子大叔逆客，事畢而出，言于衛侯曰：'鄭有禮，其數世之福也，其無大國之討乎！《詩》曰："誰能執熱，逝不以濯？"禮之于政，如熱之有濯也。'"出此詩之五章。《左傳・昭公二十四年》載沈尹戌曰："亡郢之始，于此在矣。（略）《詩》曰：'誰生厲階，至今爲梗。'其王之謂乎。"出此詩之三章。

雲　漢

〔提要〕這首詩記周宣王禱雨之辭。《毛詩序》曰："《雲漢》，仍叔美宣王也。宣王承厲王之烈，內有撥亂之志，遇災而懼，側身修行，欲銷去之。天下喜于王化復行，百姓見憂，故作是詩也。"《韓詩》曰："宣王遭旱仰天也。"《春秋繁露》用《齊詩》

説云："宣王憂旱。"皆近是。

倬彼雲漢,昭回于天。王曰:於乎(嗚呼),何辜今之人?天降喪亂,饑饉薦臻。靡(無)神不舉,靡(無)愛斯(此)牲,圭璧既卒,寧莫我聽?①

旱既大甚,蘊隆蟲蟲(爞爞)。不殄禋祀,自郊徂宮。上下奠瘞,靡神不宗。后稷不克(享),上帝不臨。耗(耗)斁下土,寧丁我躬。②

旱既大甚,則不可推。兢兢業業,如霆如雷。周餘黎民,靡有孑遺。昊天上帝,則不我遺(饋)。胡(何)不相畏?先祖于摧。③

旱既大甚,則不可沮(阻)。赫赫炎炎,云我無所。大命近止,靡(無)瞻靡(無)顧。群公先正,則不我助。父母先祖,胡(何)寧忍予?④

旱既大甚,滌滌(蔌蔌)山川。旱魃爲虐,如惔(炎)如焚。我心憚暑,憂心如熏。群公先正,則不我聞。昊天上帝,寧俾我遁?⑤

旱既大甚,黽勉畏去。胡(何)寧瘨我以旱?憯(曾)不知其故。祈年孔夙,方社不莫(暮)。昊天上帝,則不我虞!敬恭明神,宜無悔怒。⑥

旱既大甚,散無友(有)紀。鞫哉庶正,疚哉冢宰。趣馬師氏,膳夫左右。靡人不周(賙)。無不能止,瞻卬(仰)昊天,云如何里!⑦

瞻卬昊天,有嘒其星。大夫君子,昭假無(毋)贏。大命近止,無棄爾成(誠)。何求爲我,以戾庶正。瞻卬（仰）昊天，曷（何）惠其寧？⑧

——《雲漢》八章，章十句。

〔彙校〕

倬彼，《韓詩》作"菿"，借字。

蘊隆，《韓詩》作"鬱"，借字。

蟲蟲，《韓詩》作"爞爞"，亦借字；《魯詩》作"爔爔"，本字。

不克，當是"享"字之誤。

秏斁，《十三經注疏》等本作"耗"。按作"秏"爲本字，"耗"爲後起字。

滌滌，今文三家作"菽"，本字。

如熏，《十三經注疏》等本作"薰"，非。

如惔，今文三家作"炎"，本字。

黽勉，《魯詩》作"密勿"，借字。

瘨我，《韓詩》作"疹"，借字。

明神，《釋文》云："明祀，本或作'明神'。"按此爲名詞，作"明祀"非。

有嘒，今文三家作"譓"，借字。

其星，今文三家作"聲"，以音誤。

〔注釋〕

① 倬，音灼，顯而大。雲漢，即天漢、天河。昭，明也。回，轉也。王，指周宣王。於乎，同"嗚呼"。辜，罪也。饑饉，災荒。薦，重複。臻，音真，至也。靡，無也。舉，謂祭祀。斯，同"此"。牲，犧牲、祭祀用的牲口。圭，下方上銳的玉質禮器。璧，環形薄壁玉質禮器。卒，盡也。寧，難道。我聽，即聽我。

② 蘊，蘊熱。隆，盛也。蟲蟲，借爲"爞爞"，音同，旱熱熏烤的樣子。殄，斷也。禋祀，升煙祭天。徂，往、到。宮，王宮。上下，天地人神。奠，祭奠。瘞，音亦，埋祭品于地下。宗，敬也。后稷，周始祖。享，受也。臨，降臨。秏，減也，今同"耗"，消耗。斁，音杜，敗壞。寧，寧願。丁，當也。躬，自身。

③ 推，除也。兢兢，恐懼的樣子。業業，危險的樣子。霆，大雷。餘，剩餘。黎民，百姓。孑遺，遺留。遺，借爲"饋"，贈也。胡，何

也。于，在也。摧，折也。

④沮，借爲"阻"，止也。赫赫，火紅的樣子。炎炎，炎熱的樣子。云，猶而。所，處所。大命，壽命。止，止息。瞻，前望；顧，後望。群公，衆公卿。正，長也。胡寧，爲何。忍，忍心。

⑤滌滌，借爲"蓧"，《説文》："草旱盡也。"魃，音拔。旱魃，傳説中製造旱災的怪獸。惔，借爲"炎"，火焰。憚，怕也。熏，熏烤。俾，使也。遁，逃遁、消失。

⑥黽勉，努力。畏去，即畏怯。瘨，今音顛，病也。憯，借爲"曾"，竟然。祈，求也。年，謂豐年。孔，很。夙，早也。方，四方之神；社，土地神，省祭字。莫，借爲"暮"，晚也。虞，助也。恭，敬也。明神，即神明。

⑦散，散亂。友，借爲"有"。紀，綱紀、法紀。鞫，窮困。庶，衆也。正，長官。疚，憂也。冢宰，周朝廷最高行政長官。趣馬、師氏，皆官名。膳夫，主管王、后飲食之官。周，借爲"賙"，救濟。止，謂終止大旱。卬，借爲"仰"，仰望。云，語助詞。如，往也。里，里居、民居。何里，猶哪裏。

⑧有嘒，猶嘒嘒，衆多的樣子。昭，明也。假，借爲"徦"，至也。昭假，謂禱告降神。贏，勝也。大命，天命。近，接近。止，終止。無，借爲"毋"，不要。爾，你。成，借爲"誠"。庡，定也。庶正，衆官員。曷，同"何"。惠，愛也。寧，安寧。

〔訓譯〕
　　浩瀚的銀河，光明昭于天。周王如此説：啊！今人犯何罪，老天降喪亂，饑荒連年至？無神不祭祀，不愛這犠牲，玉璧都用盡，難道還不聽？

　　旱情已嚴重，熱氣更熏烤。不斷升煙祭，從郊到宮中。上下祭祀遍，無神不宗敬。后稷不受享，上帝不降臨。耗敗這下土，爲何當我身？

　　旱情已嚴重，無法去推除。恐懼又危險，如同響雷霆。周民所剩餘，幾乎没幾個。皇天加上帝，卻不饋贈我。能不教人怕？先祖在摧折！

　　旱情已嚴重，無法來阻止。赤日炎炎曬，而我無處躲。壽命將終止，前後不敢看。群公和先王，不來幫助我。父母和先祖，爲何忍心我?

　　旱情已嚴重,山川光禿禿。旱魔在使虐,就像烈火燒。心中怕暑熱,憂傷似煙熏。群公和先王,卻不把我問。昊天和上帝,難道使我滅?

　　旱情已嚴重,努力又膽怯。爲何置我旱?不知其緣故。祈年非常早,神靈全祭遍。昊天和上帝,卻不來幫我!恭敬衆神明,應該無悔怒。

　　旱情已嚴重,散亂無綱紀。官員全窮困,冢宰也心憂。趣馬和師氏,膳夫及左右,無人不施救,無人能終止。仰望那昊天,不知去哪裏?

　　仰望那昊天,星宿很稠密。大夫君子們,禱告也無用。大命近終止,不要棄你誠。求雨不爲我,以定衆官員。仰望那昊天,何時賜安寧?

〔意境與畫面〕

　　周宣王時,連年乾旱,赤日炎炎,餓殍遍野。宣王多次祭祀,無有結果。這一天,他集群臣再次祭天求雨,口唱此歌。

崧　　高

〔提要〕這首詩歌頌申伯,並描寫召伯奉周宣王命營謝邑、宣王爲之踐行和申伯入謝之後的表現等。作者爲當時名臣尹吉甫,故《毛詩序》曰:"《崧高》,尹吉甫美宣王也。天下復平,能建國親諸侯,襃賞申伯焉。"今文三家無異義。

　　崧高維(爲)嶽,駿(峻)極于天。維(爲)嶽降神,生甫及申。維申及甫,維(爲)周之翰(幹)。四國于(爲)蕃(藩),四方于(爲)宣(垣)。①

　　亹亹申伯,王纘(薦)之事。于邑于謝,南國是式。王命召伯，定申伯之宅。登是南邦，世執其功。②

王命申伯，式是南邦。因是謝人，以作爾庸（墉）。王命召伯，徹申伯土田。王命傅御，遷其私人。③

申伯之功，召伯是營。有俶其城，寢廟既成。既成藐藐，王錫（賜）申伯。四牡蹻蹻，鉤膺濯濯。④

王遣申伯，路車乘馬。我圖爾居，莫如南土。錫（賜）爾介（玠）圭，以作爾寶。往迈（己）王舅，南土是保。⑤

申伯信邁，王餞于郿。申伯還南，謝于誠歸。王命召伯，徹申伯土疆。以峙（庤）其粻（糧），式遄其行。⑥

申伯番番，既入于謝。徒御嘽嘽。周邦咸喜，戎（汝）有良翰（幹）。不（丕）顯申伯，王之元舅，文武是憲。⑦

申伯之德，柔惠且直。揉此萬邦，聞于四國。吉甫作誦，其詩孔碩。其風肆好，以贈申伯。⑧

——《崧高》八章，章八句。

〔彙校〕

崧高，今文三家作"嵩"，異體字。

駿極，今文三家作"峻"，本字。

于蕃，《韓詩》作"藩"，本字。

王纘之事，《韓詩》作"踐"，亦借字；《魯詩》作"序"，借爲"續"。

于謝，《魯詩》作"序"，涉其上"王序"誤。

介圭，《魯詩》作"玠"，本字。

往迈，舊誤"近"，據《釋文》及阮元説改。

以峙，唐石經字殘，據《十三經注疏》本補。

〔注釋〕

①崧，音松，即嵩山。維，同"爲"，是。嶽，大山。駿，借爲"峻"，高峻。甫，諸侯國名，其先稱呂，周穆王所封，地在今河南南陽西。申，亦國名，地在南陽北。翰，借爲"幹"，骨幹。四國，四方之國。于，讀"爲"，借字，當做。蕃，借爲"藩"，屏藩。宣，借爲"垣"，牆也。

②亹亹，音偉偉，勤勉的樣子。申伯，申國國君，伯爵。王，周宣王。纘，借爲"薦"，重、再也。于，在也。謝，城邑名，地近申。式，法式、榜樣。召伯，王臣，名虎。定，確定。宅，居邑。登，成也。南邦，南方之國。世，世代。執，掌也。

③因，依靠。爾，你也。庸，借爲"墉"，城垣。徹，治也。土田，土地。傅，太傅。御，侍者。私人，私家之人。

④式，榜樣。功，事也。營，經營。俶，音處。有俶，猶"俶俶"，美善的樣子。寢，寢宮。廟，宗廟。奕奕，美盛的樣子。錫，借爲"賜"。牡，公馬。蹻蹻，強壯的樣子。鉤膺，馬飾名，在胸前。濯濯，光明的樣子。

⑤遣，送也。路車，即輅車，貴族之車。乘，音剩。乘馬，四匹馬。圖，謀也。爾，你也，指申伯。介，借爲"玠"，大圭。圭，一種玉質禮器，上銳下方。迺，《說文》：“古之遒人以木鐸記詩言。”此借爲"己"，語氣詞。王舅，指申伯。

⑥信，確實。邁，行、往也。餞，踐行。郿，地名，在今陝西眉縣。謝于誠歸，猶言誠歸于謝。土疆，即疆土。峙，借爲"庤"，儲備。粻，"糧"字或體。式，猶以。遄，音船，速也。

⑦番番，音博博，勇武的樣子。徒御，士卒。嘽嘽，音貪貪，喜樂的樣子。咸，皆、都。戎，借爲"汝"。翰，亦借爲"幹"。不，讀"丕"，大也。顯，顯赫。元，在上、最大者。憲，法也。

⑧揉，安也。萬邦，泛指南方衆小國。吉甫，宣王卿士尹吉甫。誦，誦歌。孔，很。碩，大也。風，指曲調。肆，極也。

〔訓譯〕

嵩山高爲嶽，峻極頂到天。山嶽降神靈，生下呂和申。申侯和呂侯，周朝爲骨幹。諸侯當屏藩，四方當城牆。

勤勉是申伯，周王再任命。築城建謝邑，南國做法式。周王命召伯，確定申伯宅。成就這南國，世代持其功。

周王命申伯,南國做榜樣。依靠這謝人,以修你城牆。周王命召伯,徹治申伯田。周王命太傅,遷其私家人。

申伯家中事,召伯替經營。城牆修得好,宮廟都建成。建築很宏偉,周王賞申伯。四馬很強壯,馬飾明晃晃。

周王送申伯,一車四匹馬。我謀你所居,莫如這南土。賜你大玉圭,以做你寶貝。去吧好王舅,保那南國土!

申伯將要去,周王送于郿。申伯回南國,一心住謝邑。周王命召伯,治理申伯土。儲備申伯糧,以使其速成。

申伯入謝城,表現很勇武。士卒都高興,周邦全歡喜。你有好骨幹,申伯揚美名。周王稱大舅,文武全可法。

申伯有德行,柔惠而性直。安定這萬國,聲名傳四方。吉甫作詩誦,其詩也很長。曲調非常好,拿來贈申伯。

〔意境與畫面〕

宣王中興,爲了開發江漢地區並確保南方的安寧,決定派王舅申伯前去鎮守治理。事前,又派召伯先行爲之修築謝邑,治理土田,儲備糧食。申伯果然不負衆望,最終受到稱讚,如詩所云。

烝(衆) 民

〔提要〕這是一首歌頌宣王之臣仲山甫的詩,作者也是尹吉甫。《毛詩序》曰:"《烝民》,尹吉甫美宣王也。任賢使能,周室中興焉。"今文三家無異義,皆近是。

天生烝(衆)民,有物有則。民之秉彝,好是懿德。天監有周,昭(召)假(嘏)于下。保茲(此)天子,生仲山甫。①

仲山甫之德,柔嘉維(爲)則。令儀令色。小心翼翼。古訓是式。威儀是力。天子是若,明命使賦

（敷）。②

　　王命仲山甫，式是百辟，纘戎（汝）祖考，王躬是保。出納王命，王之喉舌。賦政于外，四方爰發。③

　　肅肅王命，仲山甫將之。邦國若否，仲山甫明之。既明且哲，以保其身。夙夜匪（非）解（懈），以事一人。④

　　人亦有言，柔則茹之，剛則吐之。維仲山甫，柔亦不茹，剛亦不吐。不侮矜（鰥）寡，不畏強禦。⑤

　　人亦有言，德輶如毛，民鮮克舉之。我儀圖之，維仲山甫舉之，愛莫助之。袞職有闕，維仲山甫補之。⑥

　　仲山甫出祖，四牡業業。征夫捷捷（倢倢），每懷靡及。四牡彭彭，八鸞（鑾）鏘鏘。王命仲山甫，城彼東方。⑦

　　四牡騤騤，八鸞喈喈。仲山甫徂齊，式遄其歸。吉甫作誦，穆如清風。仲山甫永懷，以慰其心。⑧

　　　　　　　　——《烝民》八章，章八句。

〔彙校〕

　　烝民，《韓詩》作"蒸"，亦借字。
　　秉彝，《魯詩》作"夷"，借字。
　　古訓，《韓詩》作"故"，義同。
　　肅肅，《齊詩》作"赫赫"，別一義。
　　匪解，《魯詩》《韓詩》作"懈"，本字。
　　我儀，《釋文》作"義"，訓"宜也"，非。
　　捷捷，《韓詩》作"倢倢"，本字。

〔注釋〕

① 烝，借爲"衆"。則，法則。秉，持也。彝，常也。懿德，美德。監，觀也。昭，借爲"召"，求也。假，借爲"嘏"，音同，福也。茲，此也。此天子，指宣王。仲山甫，亦周太王古公亶父之後，故曰保茲天子，生仲山甫。

② 仲山甫，周宣王元年（公元前827年）任卿士，封地爲樊（今河南濟源），後人以樊爲姓。維，同"爲"。則，準則。令，善也。儀，儀態。色，容色。式，謂從。威儀，禮儀。力，謂行。若，擇也。明命，政令。賦，借爲"敷"，布也。

③ 式，法式，做動詞。辟，君也。百辟，指諸侯。纘，音纂，繼承。戎，借爲"汝"，你。祖考，先人。躬，自身。出納，傳達。賦，布也。爰，乃。發，動也。

④ 肅肅，嚴肅的樣子。將，奉行。若，順也。哲，智也。夙夜，早晚。匪，借爲"非"，不。解，讀"懈"。一人，指周天子。

⑤ 茹，吃也。矜，借爲"鰥"，音觀，老而無妻之人。寡，老而無夫之人。強禦，強暴之徒。

⑥ 輶，音尤，輕也。鮮，少也。克，能也。儀圖，揣度也。袞，音滾，龍紋之衣。袞職，指天子之職。闕，音缺，缺失。

⑦ 祖，祭祀路神。業業，高大的樣子。征夫，指隨行人員。捷捷，借爲"倢倢"，敏捷的樣子。每，謂每每、常常。懷，謂想著。靡，無也。及，趕上。彭彭，馬蹄聲。鸞，借爲"鑾"，鑾鈴。八鸞，四馬嘴旁左右各一也。鏘鏘，音腔腔，象聲詞。城，築城。東方，指齊國。

⑧ 騤騤，音葵葵，馬強壯的樣子。喈喈，音皆皆，形容和諧。徂，音殂，往也。齊，地名。式，猶望。遄，音船，速也。誦，祝誦之辭。穆，和暢。懷，記在心裏。慰，安慰。

〔訓譯〕

老天生衆民，有物也有則。人所持常性，喜歡這美德。老天觀周人，求福在天下。保這周天子，也生仲山甫。

仲山甫之德，柔和爲準則。美儀美容色，小心不大意。遵從古遺訓，竭力行禮儀。天子選擇他，使他宣明命。

王命仲山甫，諸侯做法式。繼承你祖先，保衛王之身。傳達王號令，做王喉與舌。朝外布政令，四方都回應。

肅穆王號令，仲山甫奉行。邦國順與否，仲山心裏明。明白加智慧，以保其自身。早晚不鬆懈，以事王一人。

古人有話説：柔軟就吞下，堅硬就吐出。只有仲山甫，柔軟也不吞，堅硬也不吐。不侮孤苦人，不怕强暴徒。

古人有話説：德輕如雞毛，很少能舉起。我自作揣測，只有仲山甫能舉，愛莫能助他。天子職有缺，仲氏恰能補。

仲山甫出門，四馬都高大。隨從雖敏捷，常思趕不上。四馬蹄聲快，八鑾響叮噹。王命仲山甫，去築東方城。

四馬很强壯，八鑾聲和諧。仲山甫去齊，望其早日歸。尹吉甫作詩，和暢如清風。仲山甫常記，用以慰其心。

〔意境與畫面〕

宣王中興，任賢使能，仲山甫爲其所信任大臣之一。仲山甫受命赴東方築城，尹吉甫作此詩以送之。

〔引用〕

《左傳·文公三年》："《詩》曰：（略）'夙夜匪解，以事一人。'孟明有焉。"又《左傳·襄公二十五年》："衛獻公自夷儀使與寧喜言，寧喜許之。大叔文子聞之，曰：'（略）《詩》曰："夙夜匪解，以事一人。"'"出此詩之四章。《左傳·文公十年》載子舟曰："當官而行，何强之有？《詩》曰：'剛亦不吐，柔亦不茹。'"出此詩之五章，二句倒。《左傳·昭公元年》載叔向曰："《詩》曰：'不侮鰥寡，不畏强禦。'秦楚匹也。"又《左傳·定公四年》載郟公辛曰："《詩》曰：'柔亦不茹，剛亦不吐。不侮矜寡，不畏强禦。'唯仁者能之。"皆出此詩之五章。

韓　奕

〔提要〕這首詩歌頌韓侯，開首曰"奕奕"，故曰《韓奕》。《毛詩序》曰："《韓奕》，尹吉甫美宣王也，能錫命諸侯。"今文三家無異義。按言尹吉甫所作或有所據，而言美宣王則非。

奕奕梁山，維（爲）禹甸之，有倬其道。韓侯受命，王親命之：纘戎（汝）祖考，無（毋）廢朕命。夙夜匪（非）解，虔共（供）爾位，朕命不易。榦不庭方，以佐戎（汝）辟。①

四牡奕奕，孔修且張。韓侯入覲，以其介圭，入覲于王。王錫（賜）韓侯，淑旂綏章，簟茀錯衡，玄袞赤舄，鉤膺鏤鍚，鞹鞃淺（韉）幭，鞗革金厄（軛）。②

韓侯出祖（徂），出宿于屠（杜）。顯父餞之，清酒百壺。其殽維（爲）何？炰鱉鮮魚。其蔌維（爲）何？維（爲）筍及蒲。其贈維（爲）何？乘馬路車。籩豆有且，侯氏燕（宴）胥。③

韓侯取妻，汾王之甥，蹶父之子。韓侯迎止（之），于蹶之里。百兩（輛）彭彭，八鸞（鑾）鏘鏘，不（丕）顯其光。諸（姪）娣從之，祁祁如雲。韓侯顧之，爛其盈門。④

蹶父孔武，靡國不到。爲韓姞相攸，莫如韓樂。孔樂韓土，川澤訏訏，魴鱮甫甫，麀鹿噳噳。有熊有羆，有貓有虎。慶既令居，韓姞燕譽（豫）。⑤

溥彼韓城，燕師所完。以先祖受命，因時百蠻。王錫（賜）韓侯，其追其貊。奄受北國，因以其伯。實墉實壑，實畝實藉。獻其貔皮，赤豹黃羆。⑥

——《韓奕》六章，章十二句。

〔彙校〕

有倬，《韓詩》作"啅"，借字。

王錫，《魯詩》《齊詩》作"賜"，本字，古音同。

諸娣，《魯詩》作"姪"，本字。

甫甫，《齊詩》作"訰訰"，借字，古音同。
噳噳，《釋文》："本亦作'虞'，同。"按"虞"爲借字。

〔注釋〕

① 奕奕，音藝藝，高大的樣子。梁山，在今北京通州西。維，同"爲"。甸，治理。倬，音灼。有倬，寬大的樣子。韓侯，周武王之子，受封于韓，地在今河北固安縣東南。纘，繼承。戎，借爲"汝"，你。無，借爲"毋"，不要。朕，我。匪解，不懈。虔，敬也。共，同"供"。爾，你。命，册命。易，改也。榦，音幹，安也。庭，《說文》："宮中也。"不庭方，謂不來朝拜之國。佐，輔佐。戎，讀爲"汝"。辟，君也。

② 牡，指公馬。孔，很。修，長也。張，大也。覲，音近，見也。入覲，謂進京見周王。錫，借爲"賜"，賞賜。後同。介，大也。淑，美也。旂，畫有交龍的旗子。綏，犛牛尾做的裝飾。簟茀，音奠服，車簾子。錯衡，錯金的車衡。玄，黑色。袞，有龍紋的禮服。舃，音系，鞋子。鉤膺，掛在馬胸前的裝飾。鏤，鏤空。錫，音陽，馬額上的飾物。鞹，音括，皮革。鞃，音弘，蒙在車軾上的皮革。淺，借爲"虥"，淺色虎。幭，音蔑，覆蓋物。鞗革，借爲"鋚勒"，馬籠頭上的金屬飾物。厄，借爲"軛"，駕馬的器具。按此章與首章倒置，蓋爲突出王命。

③ 祖，借爲"徂"，往也。屠，借爲"杜"，地名。顯父，人名。餞，餞行、設宴送行。殽，菜肴。炰，音庖，蒸煮。蔌，音素，蔬菜。蒲，菜名。乘（音剩）馬，四匹馬。路車，諸侯之車。籩、豆，皆禮器。且，語助詞。侯氏，指韓侯。燕，同"宴"。胥，語助詞。

④ 汾王，指周厲王。厲王流彘，在汾水旁，故稱。蹶父，音貴輔，周宣王卿士。迎，謂迎娶。止，同"之"。里，邑中。兩，同"輛"。彭彭，馬蹄聲。鸞，借爲"鑾"，鑾鈴。鏘鏘，音槍槍，象聲詞。不顯，即"丕顯"，大顯也。諸，借爲"姪"，侄女。娣，女弟、妹妹。祁祁，衆多的樣子。顧，回頭看。爛，燦爛。盈，滿也。

⑤ 孔，很。武，勇武。靡，無也。韓姞，蹶父之女。姞爲蹶父姓氏，嫁韓侯，故稱韓姞。相，看視。攸，所也。樂，快樂、美好。訏訏，音噓噓，廣大的樣子。魴、鱮，兩種魚名，今曰鯿魚、鰱魚。甫甫，肥大的樣子。麀，音幽，母鹿。噳噳，衆多的樣子。《說文》："噳，麋鹿群口相聚貌。"羆，馬熊。慶，賀也。既，已經。令，善也。燕，安也。譽，借爲"豫"，樂也。

⑥ 溥，大也。燕，國名。完，建成。因，依靠。時，此也。百蠻，衆蠻族。追，西戎國名。貊，北狄國名。奄，覆蓋。墉，城牆。壑，溝也。畝，田畝。藉，賦税。貔，音皮，獸名。

〔訓譯〕

　　高高大大那梁山，大禹曾經治理它，道路如今寬又廣。韓侯接受周王命，這命是王親自發："繼承你的祖和父，不要廢棄朕所命。早晚不要有鬆懈，認真履行你職責，朕命不再有變動。平定那些不朝國，以佐你的大國君。"
　　四四公馬高又大，韓侯回朝來覲見。手裏執著大玉圭，入宮拜見周天子。天子賞賜這韓侯：龍旗附贅氂牛尾，車衡錯金車有簾，黑色衮衣大紅鞋，馬胸掛飾臉鏤空，淺色虎皮包車軾，金色車軛鸞飾革。
　　韓侯出京回駐地，當天宿營在杜城。顯父爲他來餞行，清酒多達一百壺。席上佳餚都是啥？烹煮大鱉和鮮魚。時令鮮菜有什麼？有那竹筍和水蒲。他的贈品是什麼？四匹公馬一輛車。食器有籩也有豆，專爲韓侯擺宴席。
　　韓侯娶妻要成婚，新娘就是汾王甥，也是蹶父親閨女。韓侯親自去迎親，直到蹶父家門裏。百輛彩車馬蹄響，八隻鸞鈴響叮噹，大顯其光真榮耀。妹妹侄女都跟著，大大一片像雲彩。韓侯回頭來觀望，光輝燦爛滿門庭。
　　蹶父爲人很勇武，爲給女兒找婆家，各國幾乎都去遍，最終選定這韓家。韓土確實很美好，有川有澤很廣大。鯿魚鰱魚也肥美，河邊母鹿一群群。既有熊來也有羆，也有山貓和老虎。慶賀已經得善居，韓姞安享真快樂。
　　寬寬大大那韓城，衆多燕人所完成。因爲先祖曾受命，可以依靠這百蠻。如今周王又賜命，統治追國和百貊。覆蓋整個北國地，同時也做其君伯。于是修築城和池，于是治理田與賦。要求獻其貔子皮，還有赤豹和黃羆。

〔意境與畫面〕

　　周宣王中興，韓侯受命平定並治理北國，顯父爲之餞行。韓侯至北國，燕人幫助築城，韓侯又爲之治田定賦。韓侯娶妻成婚，場面宏大。韓國地面广大，有川有澤，魚類豐富肥美，河邊母鹿成群。郊外有熊有羆，也有山貓老虎，以及赤豹黃羆，一派原始景象。

江　漢

〔提要〕這首詩讚述召伯虎伐南淮夷，治理江漢地區，以及周宣王對召伯虎的命、賞和召伯虎的答謝。《毛詩序》曰："《江漢》，尹吉甫美宣王也。能興衰撥亂，命召公平淮夷。"今文三家無異義，大致不差。

江漢滔滔，武夫浮浮。匪（非）安匪（彼）遊，淮夷來求。既出我車，既設我旟。匪（非）安匪（彼）舒，淮夷來鋪（撲）。①

江漢湯湯，武夫洸洸（趪趪）。經營四方，告成于王。四方既平，王國庶定。時（是）靡有爭，王心載（則）寧。②

江漢之滸，王命召虎：式辟四方，徹我疆土。匪（非）疚匪（非）棘，王國來極。于疆于理，至于南海。③

王命召虎：來旬（徇）來宣。文武受命，召公維（爲）翰（幹）。無曰予小子，召公是似（嗣）。肇敏戎公（功），用錫（賜）爾祉。④

釐（賚）爾圭瓚，秬鬯一卣。告于文人，錫（賜）山土田。于周受命，自召（紹）祖命，虎拜稽首：天子萬年！⑤

虎拜稽首，對揚王休。作召公考（簋），天子萬壽！明明天子，令聞不已，矢（施）其文德，洽此四國。⑥

——《江漢》六章，章八句。

〔彙校〕

滔滔，《魯詩》作"陶陶"，借字。舊與下句"浮浮"互誤，今從王念孫說據《魯詩》易正。

洸洸，《魯詩》作"僙僙"，《齊詩》作"潢潢"，皆借字；《韓詩》作"趪趪"，本字。

戎公，當作"功"，以音又涉前誤。

公考，當作"簋"，郭沫若說。

矢其，《齊詩》作"弛"，亦借字。

洽此，《齊詩》作"協"，義同。

〔注釋〕

① 江，長江；漢，漢水。滔滔，水盛的樣子。浮浮，氣盛的樣子。前"匪"，同"非"，不。后"匪"，讀"彼"。淮夷，淮河流域少數民族。淮夷來求，來求淮夷也。求，謂尋而討之。旟，一種軍旗。鋪，借爲"撲"，擊也。

② 湯湯，音商商，大水流急的樣子。洸洸，音光光，借爲"趪趪"，奔走的樣子。經營，指治理。成，成功。王，周宣王。平，平定。庶，即庶幾、接近。時，是。靡，無也。載，借爲"則"。

③ 滸，水邊。召虎，即召伯虎。式，猶"用""以"。辟，開闢。徹，治也。疚，病也。棘，刺也。極，治也。于，往、去也。疆，謂劃分疆界。南海，指今江蘇南部沿海一帶。

④ 旬，借爲"徇"，巡查。宣，示也。召公，指召公奭，召伯虎的先祖。翰，借爲"幹"，骨幹。予小子，宣王自稱。似，借爲"嗣"，繼也。肇敏，敏捷的樣子。戎，大也。錫，借爲"賜"。祉，福也。

⑤ 釐，借爲"賚"，賞也。圭瓚，用玉圭爲柄的酒勺。秬，音巨，黑米。秬鬯，黑米加鬱金香釀的香酒。卣，音又，一種酒器。告，求也。文人，文德之人。于，在也。自，從也。召，借爲"紹"，繼也。下同。

虎，召伯名。拜稽首，叩拜大禮。萬年，猶萬歲。

⑥對揚，報答頌揚。休，美也。簋，青銅食器，亦做祭器。令聞，美譽。矢，借爲"施"，施行。洽，和也。四國，四方之國。

〔訓譯〕

江漢水滔滔，武夫雄赳赳。不是去安遊，是去伐淮夷。既出我的車，又設我的旗。不是安其舒，是去擊淮夷。

江漢水流急，武夫奔走忙。四方經營畢，告成于周王。四方已平定，王國得安寧。于是無紛争，周王心纔安。

就在江漢邊，王命召伯虎：開闢四方地，治理我疆土。不是病和刺，王國來治理。去理我疆界，一直到東海。

王命召伯虎，巡查宣告示。文武受天命，召公爲骨幹。不要説年輕，召公爲榜樣。敏捷建大功，以賜你福禄。

賞你玉柄勺，米酒一大缸。求你文德祖，賜你山和地。周人受天命，繼承你先祖。召虎拜叩首：天子壽萬年！

召虎拜叩首，頌揚王之美。用作召公簋，天子壽萬年！光明周天子，美譽傳不息。施行其文德，協和這四方。

〔意境與畫面〕

周宣王中興，命召伯虎伐南淮夷，開疆辟土，開發江漢地區。召伯功成，報告宣王。宣王大加勉勵，並行封賞。召公頌揚王休，並鑄簋爲銘以紀念之。

常　武

〔提要〕這首詩描述和歌頌周宣王伐徐。《毛詩序》曰："《常武》，召穆公美宣王也。有常德以立武事，因以爲戒然。"今文三家無異義，皆近是。

赫赫明明。王命卿士，南仲大（太）祖。大（太）

師皇父，整我六師，以修我戎。既敬（警）既戒，惠此南國。①

王謂尹氏，命程伯休父，左右陳行。戒我師旅，率彼淮浦，省此徐土。不留不處，三事就緒。②

赫赫業業，有嚴天子。王舒保作，匪（非）紹匪（非）遊。徐方繹騷，震驚徐方。如雷如霆，徐方震驚。③

王奮厥武，如震如怒。進厥虎臣，闞如虓虎。鋪（敷）敦（屯）淮濆，仍執醜虜。截彼淮浦，王師之所。④

王旅嘽嘽，如飛如翰，如江如漢，如山之苞，如川之流，綿綿翼翼，不測不克，濯（趠）征徐國。⑤

王猶（猷）允塞，徐方既來。徐方既同，天子之功。四方既平，徐方來庭。徐方不回，王曰還歸。⑥

——《常武》六章，章八句。

〔彙校〕

鋪敦，《韓詩》作"敷"，本字。
王旅，《齊詩》作"師"，義同。
嘽嘽，《齊詩》作"驒驒"，借字。
綿綿，《韓詩》作"民民"，借字。
既來，《齊詩》作"倈"，義同。

〔注釋〕

① 赫赫，顯赫的樣子。明明，光明的樣子。王，指周宣王，"宣"爲謚號，此詩爲當時人所作，故無謚。卿士，周王朝行政官員。南仲，人名。大祖，讀"太祖"，此指太祖廟。大師，讀"太師"，主管軍隊的官員。皇父，人名。整，整頓。六師，周王朝軍隊的代稱。修，整治。

戎，軍事。敬，借爲"警"。惠，愛、施恩。南國，指江淮地區。

②謂，告訴。尹，官名。尹氏，即皇父。程，封國名，地在今陝西咸陽東。休父，程伯名。陳行，列隊。戒，告誡。師旅，軍隊。率，沿著。浦，水邊。省，音醒，巡視。徐，國名。留，滯留。處，居也。三事，猶諸事。

③業業，盛大的樣子。有嚴，威嚴的樣子。舒，舒緩。保作，即作保。保，保守。紹，《説文》："緊糾也。"引申謂緊急。遊，形容安閑。徐方，即徐國。繹騷，騷動。

④奮，奮發。厥，其。武，威武。震，霹靂。進，進攻。虎臣，衝鋒陷陣的勇士。闞，音喊，怒也。虓，音肖，虎鳴。鋪，借爲"敷"，布也。敦，借爲"屯"，駐紮。濆，音墳，水邊高地。仍，連續。執，抓也。醜虜，指俘虜。截，取也。所，處所。

⑤旅，師旅、軍隊。嘽嘽，音貪貪，喘息的樣子。翰，天雞，喻高飛。如飛如翰，形容快疾。如江如漢，形容聲勢雄壯。苞，本也。如山之苞，形容穩固。如川之流，形容不斷。綿綿，不絶的樣子。翼翼，有序的樣子。測，預測。克，勝也。濯，借爲"趯"，遠也。

⑥猶，借爲"猷"，謀也。允，確實。塞，實也。既，盡也。同，謂同化、統一。平，平定。來庭，猶來朝。

〔訓譯〕

顯赫又光明，周王命卿士，祖廟封南仲。太師是皇父，整飭我六師，以修我軍事。已經做警戒，施惠這南國。

周王告皇父，命令程休父，左右排隊伍。告誡我軍隊，沿著淮河行，巡查這徐土。不留也不處，諸事全就緒。

顯赫又盛大，威嚴周天子。舒緩來保守，不急也不閑。徐方大騷動，全邦都震恐。聲勢如雷霆，徐方大震驚。

周王奮其威，如震又如怒。進攻用勇士，怒吼如猛虎。佈陣淮河邊，連續抓俘虜。奪取淮河岸，王師做住所。

王師喘著氣，快如高鳥飛。雄壯如江漢，穩固如高山。奔騰如河流，連綿有次序。勇往直向前，遠征南徐國。

王謀確實好，徐方全歸降。徐方得統一，天子建功勞。四方已平定，徐方也來朝。徐方不願回，王説你回歸。

〔意境與畫面〕

周宣王時期，地處淮河北岸的徐國叛亂不臣。宣王任命官員，整飭軍隊，擇機出發，大加征伐。宣王親自排兵佈陣，穩紮穩打，徹底征服了徐國。隨後徐國來朝，以至不願回歸。

瞻卬（仰）

〔提要〕這是一首勸諫周幽王，揭露褒姒的詩。《毛詩序》曰："《瞻卬》，凡伯刺幽王大壞也。"今文三家無異義，或是。凡伯，周公之後，又作《板》詩。

瞻卬（仰）昊天，則不我惠。孔填（陳）不寧，降此大厲。邦靡有定，士民其瘵。蟊賊蟊疾，靡有夷屆。罪罟不收，靡有夷瘳。①

人有土田，女（汝）反有之。人有民人，女覆奪之。此宜無罪，女反收之。彼宜有罪，女（汝）覆說（脫）之。②

哲夫成城，哲婦傾城。懿（噫）厥（其）哲婦，為梟為鴟。婦有長舌，維（為）厲之階。亂匪（非）降自天，生自婦人。匪（非）教匪（非）誨，時（是）維（為）婦寺（侍）。③

鞫人忮忒。譖始竟背。豈曰不極，伊胡為慝？如賈三倍，君子是識。婦無公事，休其蠶織。④

天何以刺？何神不富？舍爾介狄，維（唯）予胥忌。不弔不祥（詳），威儀不類。人之云亡，邦國殄瘁。⑤

天之降罔（網），維其優（憂）矣。人之云亡，心之憂矣。天之降罔（網），維其幾矣。人之云亡，心之悲矣。⑥

觱沸檻（濫）泉，維其深矣。心之憂矣，寧自今矣？不自我先，不自我後。藐藐昊天，無不克鞏（控）。無（毋）忝皇祖，式救爾後。⑦

——《瞻卬》七章，三章章十句，四章章八句。

〔彙校〕

奪之，今文三家作"入（納）"，義同略。

哲夫，《魯詩》或作"悊"，借字。

忮忒，今文三家作"伎"，借字。

爲慝，《韓詩》作"嬻"，亦借字。

介狄，今文三家作"逖"，借字。

殄瘁，《漢書·王莽傳》引作"領"，借字。

今矣，《魯詩》《列女傳》作"全"，誤。

皇祖，《魯詩》《列女傳》作"爾"，後人所改。

爾後，《魯詩》作"訛"，非。

〔注釋〕

①瞻，望也。卬，借爲"仰"。昊天，老天。惠，愛也。孔，很。填，借爲"陳"，舊也。厲，禍患。靡，無也。瘵，音債，病也。蟊，害蟲。賊、疾，皆謂爲害。夷，平也。屆，至也。罟，網也。瘳，病癒。

②女，同"汝"，你。民人，人民。覆，反也。收，拘也。說，借爲"脫"，開脫。

③哲，智也。成，立也。傾，傾覆。懿，借爲"噫"，歎聲。厥，其也。梟，不孝鳥。鴟，音吃，貓頭鷹。長舌，喻多言、好説閑話。維，借爲"爲"。階，臺階。匪，借爲"非"，不也。時，借爲"是"。寺，借爲"侍"，這裏指其丈夫。

④鞫，音居，究也。忮，音至，很也。忒，音特，惡也。譖，音怎去聲，譏也。竟，終也。背，違背。極，至也。伊，此也。胡，何也。

慝，音特，惡。賈，音古，商人。三倍，指利潤。君子，指有道德之人。識，知也。休，止也。蠶織，養蠶紡織之事。

⑤何以，爲何。刺，斥責。何神不富，蓋謂淫祀。舍，棄也。爾，你也。介，甲也。狄，夷狄。維，同"唯"。予，我也。胥，相也。忌，狠也。弔，慰問。祥，借爲"詳"，審議。類，善也。之，猶"若"。云亡，形容逃散、消亡。殄，滅也。瘁，病也。

⑥罔，借爲"網"。優，借爲"憂"。幾，接近。

⑦觱，音畢。觱沸，噴湧的樣子。檻，借爲"濫"。濫泉，四漫之泉。寧，難道。藐藐，遠的樣子。克，能夠。鞏，借爲"控"，控制。忝，辱也。皇祖，祖先。式，以也。後，指後人。

〔訓譯〕
　　抬頭望老天，老天不愛我。很久不安寧，降這大禍患。國家不安定，士民都遭殃。蟊賊爲禍害，沒完又沒了。法網若不收，始終病不好。
　　人有土與地，你反佔有它。人有老百姓，你卻奪走他。這人本無罪，你卻收監他。那人應有罪，你反開脱他。
　　丈夫築城牆，智婦毀城牆。哎呀這智婦，簡直是鴟鴞！女人有長舌，等于禍階梯。亂非從天降，生自婦人舌。不教也不誨，這就是丈夫！
　　究人很邪惡，始讒終又背。豈能説不壞，爲何爲邪惡？經商三倍利，君子懂這些。婦人無公事，卻棄蠶與織。
　　老天爲啥斥？何神不富裕？放棄你強敵，只把我忌恨。不審也不問，威儀全不善。人若都逃散，國家也滅亡。
　　老天降網羅，因爲他心憂。人若都逃走，國君也心憂。老天降網羅，因爲事已近。人民都逃走，令人心生悲。
　　濫泉噴湧出，因爲它很深。心中有憂憤，難道從今始？不自我以前，不在我之後。悠遠是昊天，全都能控制。莫辱你祖宗，挽救你後人！

〔意境與畫面〕
　　西周末年，政治混亂，朝廷裏褒姒亂政，地方上豪强作惡，西周政權已在風雨飄搖之中。一位老臣看在眼裏,急在心上,于是作歌以諫幽王,希望能够扶大廈于將傾。

〔引用〕

《左傳·文公六年》載君子曰:"'人之云亡,邦國殄瘁。'無善人之謂。"又《左傳·襄公二十六年》:"聲子通使于晉,還如楚。令尹子木與之語,對曰:'(略)《詩》曰:"人之云亡,邦國殄瘁。"無善人之謂也。'"並出此詩之五章。《左傳·昭公二十五年》載樂祁曰:"《詩》曰:'人之云亡,心之憂矣。'魯君失民矣,焉得逞其志?"出此詩之六章。

召旻

〔提要〕這首詩哀西周衰敗,批亂臣壞政。篇名"召"字謂召公,見末章;"旻"字取首章首字。《毛詩序》曰:"《召旻》,凡伯刺幽王大壞也。旻,閔也。閔天下無如召公之臣也。"説近是,今文三家無異義。

旻天疾威,天篤降喪。瘨我饑饉,民卒流亡。我居圉(禦)卒荒。①

天降罪罟,蟊賊内訌。昏椓(啄)靡共,潰潰(憒憒)回遹,實靖(浄)夷我邦。②

皋皋(譊譊)訿訿,曾不知其玷。兢兢業業,孔填(陳)不寧,我位孔貶。③

如彼歲旱,草不潰(彙)茂,如彼棲苴。我相此邦,無不潰止。④

維昔之富不如時,維今之疚不如兹。彼疏(蔬)斯粺,胡(何)不自替?職(主)兄(况)斯引。⑤

池之竭矣，不云自頻（濱）？泉之竭矣，不云自中？溥斯害矣，職（主）兄（況）斯弘，不烖（災）我躬。⑥

昔先王受命，有如召公，日辟國百里，今也日蹙國百里。於乎（嗚呼）哀哉！維今之人，不尚有舊！⑦

——《召旻》七章，四章章五句，三章章七句。

——《蕩之什》十一篇，九十二章，七百六十九句。

〔彙校〕
居圉，《韓詩》作"禦"，本字。
皋皋，《魯詩》作"浩浩"，借字。
潰茂，《齊詩》作"彙"，本字，古音同。
棲苴，今文三家作"柤"，借字。
自頻，《魯詩》作"濱"，亦借字。

〔注釋〕
①旻天，肅殺之天。《説文》："旻，秋天也。"疾，急也。疾威，急施其威。篤，厚也。喪，亡也。瘨，音顛，病也。卒，盡也。我居，指周地。圉，借爲"禦"，防禦。荒，廢也。
②罪罟，罪孽。蟊賊，指作惡的官僚。訌，爭訟。昏，亂也。椓，借爲"啄"，鬥也。靡，無也。共，同也。潰潰，借爲"憒憒"，昏亂的樣子。回遹，邪僻。靖，借爲"净"，全部。夷，平、亡也。我邦，指周。
③皋皋，借爲"諤諤"，相欺誑也。訿訿，音茲茲，相誹謗也。曾，音增，竟也。其，謂己。玷，污點。兢兢業業，戒慎的樣子。孔，很。填，借爲"陳"，古音同，久也。貶，降也。
④潰，借爲"匯"，茂也。匯茂，猶豐茂。棲，息也。苴，枯草。相，視也。此邦，指周。潰，奔潰、潰敗。止，語助詞。
⑤時，善也。疚，貧病。彼，指人民。疏，借爲"蔬"，菜也。斯，此也。粺，音敗，精米。胡，何也。替，換也。職，主也。兄，讀爲"況"，何況。引，延長。

⑥ 之，猶"若"。竭，乾也。云，說也。自，從也。頻，借爲"瀕"，水邊。中，中心。溥，廣也。弘，大也。烖，同"災"。躬，自身。

⑦ 召公，指召公奭。辟，開闢。蹙，音促，縮小。於乎，同"嗚呼"，哀歎聲。尚，崇尚。有舊，謂有舊德之人。

〔訓譯〕

旻天急施威，厚降喪亡災。饑饉使我病，百姓全流失，周地防禦廢。

老天降罪孽，蟊賊起內訌。亂咬無所同，昏憒盡邪僻，實在亡我邦！

相欺又相謗，竟不知己錯。兢兢又業業，長期不安息，我卻遭大貶。

就像天乾旱，野草不茂盛，如同被刪割。我看這國家，無處不潰敗。

從前富裕不如此，如今貧病卻如此！民吃野菜他精米，何不自己替？這種情況長延續。

池塘將枯竭，都從邊上始。泉水將枯竭，都從中央始。災害已普遍，狀況很嚴重，不災我一人！

先王受天命，召公爲股肱，一天辟土上百里，如今一天縮百里。啊呀好可憐！如今的人啊，不講有舊德！

〔意境與畫面〕

西周末年，政治腐敗，天災人禍，百姓流離，奸臣內鬥，國土日消。一老臣見狀，無奈地唱出此歌，如詩所云。

周頌

清廟之什

清　廟

〔提要〕這是一首描寫在宗廟中祭祀文王的儀式並歌頌文王的詩。詩中言"顯相""不（丕）顯"，知主祭者是一位地位極爲顯赫的人物。這位地位極爲顯赫的人物，在當時唯周公旦可以當之。《毛詩序》云："《清廟》，祀文王也。周公既成洛邑，朝諸侯，率以祀文王焉。"正説明了詩的基本內容，當有可信度。《魯詩》曰："周公詠文王之德而作《清廟》，建爲《頌》首。"又曰："《清廟》一章八句，洛邑既成，諸侯朝見，宗祀文王之所歌也。"又曰："《清廟》之詩，言交神之禮無不清静。"皆不誤。《齊詩》曰："《頌》言成也。一章成篇，宜列德，故登歌《清廟》一章也。"戴震曰："據《洛誥》，此爲成王七年在新邑烝祭文、武之詩。"或是。成王七年，即周公歸政年，事見《尚書·洛誥》。上博簡《詩論》載："孔子曰：《清［廟》吾敬之］。[《清廟》曰：'濟濟] 多士，秉文之德'，吾敬之。"反映了孔子對此詩的理解。

於（嗚）穆清廟，肅雝顯相。①
濟濟多士，秉文之德。②
對越在天，駿（逡）奔走在廟。③
不（丕）顯不（丕）承，無射（斁）于人斯。④
　　　　　　——《清廟》一章，八句。

〔彙校〕
　　駿奔走，《齊詩》作"逡"，本字。
　　無射，《齊詩》作"斁"，本字。

〔注釋〕
　　①於，讀"嗚"音，歎息聲。穆，"穆穆"之省，肅穆的樣子。清廟，肅穆清静之廟。穆穆，故謂之清。肅，嚴肅。雍，雍容、舉止大方。顯，顯赫。相，主持禮儀的人。
　　②濟濟，衆多而又整齊的樣子。多士，指所有參加祭祀的人，即助祭者。秉，秉持、繼承。文，謂文王。
　　③對越，即對揚，周人成語，金文恒見，對答奉揚之義。在，猶"于"。對揚在天，指"顯相"言。駿，借爲"逡"，《説文》："復也。"即來回。《禮記·大傳》："執豆籩，駿奔走。"
　　④二"不"字，皆讀爲"丕"，大也。丕顯丕承，周人成語。承，讀爲"衆"，多也。舊如字釋，非是。丕衆，極言其衆。《尚書·君牙》："丕顯哉文王謨，丕承哉武王烈！"射，音夜，借爲"斁"，厭也。斯，語氣詞，猶"兮"。

〔訓譯〕
　　肅穆清静的宗廟啊，嚴肅大方而地位顯赫的主祭人。
　　整整齊齊的助祭者們啊，個個秉承著文王遺德。
　　主祭人對答奉揚于天啊，助祭者來回奔走于廟。
　　主祭者真顯赫啊，助祭的人也多！這樣的祭祀啊，人不厭煩！

〔意境與畫面〕
　　宗廟之中，一場祭祀文王的儀式正在舉行。主祭人嚴肅大方、地位顯赫。參祭者人數衆多、整齊肅穆。一人高唱此歌，進行誇讚。

維天之命

〔提要〕這也是一首周人祭祀文王時所唱的頌歌。《毛詩序》

曰："《維天之命》，大平告文王也。"《魯詩》曰："《維天之命》一章八句，告太平于文王之所歌也。"其説是。齊、韓説同。

維（唯）天之命，於（嗚）穆不已。①
於乎（嗚呼）不（丕）顯，文王之德之純！②
假以溢（益）我，我其收之。③
駿（俊）惠我文王，曾孫篤之。④

——《維天之命》一章，八句。

〔彙校〕
　　維天，《魯詩》《韓詩》作"惟"，亦借字。
　　假以，《韓詩》作"誐"，或作"我"，皆非。
　　溢我，《韓詩》作"謐"，誤。

〔注釋〕
　　① 維，同"唯"，只有。於，讀爲"嗚"。穆，肅穆。已，停止。
　　② 不顯，讀"丕顯"，顯赫。純，純潔。
　　③ 假，借也。溢，借爲"益"，補益。我，唱誦者自謂。其，將要。
　　④ 駿，借爲"俊"，大也。惠，愛也。曾孫，謂後世子孫。篤，厚也。

〔訓譯〕
　　唯有這天命，肅穆不終息。
　　啊呀真顯赫，文王德純潔！
　　借來補益我，我將收下它。
　　大愛我文王，曾孫厚敬他。

〔意境與畫面〕
　　周王室祭祀文王的大典上，文王后人們高唱此歌，以示紀念。

維　清

〔提要〕這是一首周人升煙祭祀已畢所唱歌頌文王的歌。《毛詩序》曰："《維清》，奏象舞也。"《魯詩》曰："《維清》一章五句，奏象舞之所歌也。"《齊詩》曰："武王受命作象樂，繼文以奉天。"董仲舒《春秋繁露·三代改制質文》曰："武王受命，作宮邑于鎬，制爵五等，作象樂，繼文以奉天。"均言象舞，不知所據。

維清緝熙，文王之典。①
肇禋，迄用（以）有成，維（爲）周之禎！②
　　　　　　　　——《維清》一章，五句。

〔彙校〕
肇禋，舊作"煙"，借字，改從諸本，用本字。
之禎，今文三家及《釋文》皆作"祺"，義略同而韻不合。

〔注釋〕
① 維，發語詞。清，清純。緝熙，光明。典，政典。
② 肇，始也。禋，升煙而祭祀。迄，終也。用，猶"以"。維，同"爲"。禎，音貞，祥也。

〔訓譯〕
清純又光明，文王舊典章。
始創升煙祭，最終能成功，周家爲禎祥！

〔意境與畫面〕
周人升煙祭天已罷，祭者隨唱此歌，以表達對發明者文王的紀念。

烈　文

〔提要〕這是一首勸戒子孫及諸侯的詩，疑是周公旦所作。《毛詩序》曰："《烈文》，成王即政，諸侯助祭也。"非是。詩言"無封靡于爾邦，維王其崇之"，非成王可知。班固《白虎通義·瑞贄》以爲："武王伐紂定天下，諸侯來會，聚于京師受法度也。"亦與詩意不合。

烈文辟公，錫（賜）茲（此）祉福。①
惠我無疆，子孫保之。②
無（毋）封靡于爾邦，維王其崇（終）之。③
念茲戎功，繼序其皇之。④
無（毋）競維（于）人，四方其訓之。⑤
不（丕）顯維（于）德，百辟其刑之。⑥
於乎（嗚呼），前王不忘！⑦

　　　　　　　　——《烈文》一章，十三句。

〔注釋〕
① 烈文，謂文德顯赫。辟，君也。公，敬稱。錫，借爲"賜"。茲，同"此"。祉，福祉。
② 惠，嘉惠。無疆，謂永遠。保，保守。
③ 無，借爲"毋"，不要。封靡，侈靡。崇，借爲"終"，終結，撤銷封號。
④ 戎功，軍功。繼，連續。序，次序。皇，發揚光大。
⑤ 競，爭也。維，同"于"。訓，順也。
⑥ 不，讀爲"丕"，大也。辟，君也。刑，法也。
⑦ 於乎，同"嗚呼"。前王，先王。

〔訓譯〕
　　文德顯赫的君公，賜下這般福祉。
　　永遠嘉惠我們，子孫定要保守！
　　不要侈靡于你邦，我王將會終結你。
　　常想此番大功，連續發揚光大！
　　只要不與人争，四方都將從順。
　　只要大顯其德，諸侯都將效仿。
　　總而言之呀，先王不能忘！

〔意境與畫面〕
　　宗廟之中，周公旦正在教育王室子孫及新封諸侯，辭如詩云。上博簡《詩論》引孔子曰："《烈文》曰：'無競維人''丕顯維德''於乎，前王不忘'，吾悦之。"此正孔子繼承周公思想之一證。

天　作

〔提要〕這是一首周人祭祀岐山祖廟時所唱的歌。《毛詩序》曰："《天作》，祀先王先公也。"《魯詩》曰："《天作》，祀先王先公之所歌也。"皆近是。

　　天作高山，大（太）王荒之。①
　　彼作矣，文王康（廣）之。②
　　彼徂矣，岐有夷（遺）之行，子孫其保之。③
　　　　　　　——《天作》一章，七句。

〔彙校〕
　　徂矣，《韓詩》作"者"，非。
　　夷之，"之"字疑衍。
　　子孫其，"其"字舊脱，據《説苑·君道》所引補。王先謙以爲《魯詩》一本。

〔注釋〕

①作,造也。高山,指岐山,在今陝西岐山縣東北,周原在其下。大,音太。太王,古公亶父。荒,開發。

②作,始作。康,借爲"賡",繼續。

③徂,往也,謂去世。夷,借爲"遺",遺留。行,音杭,道路。夷行,比基業。其,將。保,守也。

〔訓譯〕

老天生岐山,太王開發它。

太王既開創,文王繼承他。

文王去世後,岐山留基業,子孫將會保守它。

〔意境與畫面〕

岐山王宮宗廟中,周人正在舉行祭祖典禮。司儀高唱此《天作》之歌,文武子孫站立廊下,肅穆聆聽。

昊天有成命

〔提要〕這是一首歌頌成王的詩。《毛詩序》曰:"《昊天有成命》,郊祀天地也。"《魯詩》亦曰:"《昊天有成命》一章七句,郊祀天地之所歌也。"皆不確。

昊天有成命,二后受之。①

成王不敢康,夙夜基(諅)命宥(有)密(謐)。②

於(嗚)緝熙亶(殫)厥(其)心,肆其靖之。③

——《昊天有成命》一章,七句。

〔彙校〕

基命,《齊詩》一作"其",亦借字。

宥密，《魯詩》作"謐"，本字。

〔注釋〕
① 昊天，大天、皇天。成命，已定之命，指王天下之命。后，君也。
② 二后，謂文王、武王。康，安樂。夙夜，早晚。基，借爲"諶"，亦作"諆"，謀也。宥，借爲"有"。密，借爲"謐"，安寧。
③ 於，讀"嗚"，猶"啊"。緝熙，奮發進取。單，同"殫"，竭盡。肆，故也。靖，平定、太平。

〔訓譯〕
　　老天有成命，文、武王接受了它。
　　成王不敢享安樂，早晚謀安寧。
　　他不斷奮發進取竭其心力啊，所以才太平。

〔意境與畫面〕
成王去世，康王即位，周朝已入盛世。在祭祀成王的典禮上，樂人高唱此歌，以頌太平。

〔引用〕
《國語·周語》載："晉羊舌肸聘于周，發幣于大夫及單靖公。靖公享之，儉而敬；賓禮贈餞，視其上而從之；燕無私，送不過郊；語說《昊天有成命》。"叔向告之曰：'……且其語說《昊天有成命》，《頌》之盛德也。'"即此詩。

我　將

〔提要〕這是一首祭天、祀文王的詩。詩中言"日靖四方"，故疑爲成王所作。《毛詩序》曰："《我將》，祀文王于明堂也。"《魯詩》曰："《我將》一章十句，祀文王于明堂之所歌也。"皆略是。

周頌　清廟之什 | 551

我將我享，維（爲）羊維（爲）牛，維（惟）天其右（佑）之！①
儀刑（行）文王之典，日靖四方！②
伊嘏文王，既右饗之。③
我其夙夜畏天之威，于時（此）保之！④

——《我將》一章，十句。

〔彙校〕
之典，《齊詩》《韓詩》作"德"，非。

〔注釋〕
①我，主祭者自稱。將，持也。享，獻也。前二"維"字，同"爲"；後"維"字，同"惟"，望也。右，同"佑"，助也。下同。
②儀刑，效法。典，舊章。靖，平定。
③伊，發語詞。嘏，大也。右，上也。饗，享用。
④夙夜，早晚。于時，同"于是（此）"，在這裏。保，保衛。之，指四方。

〔訓譯〕
我持我獻，有羊有牛，望老天多保佑！
效法文王舊典，希望四方天天安定！
偉大的文王，已經接受祭享。
我將早晚敬畏天威，在此保衛它！

〔意境與畫面〕
周成王正在祭天，兼祀文王，儀式盛大，有羊有牛。一邊祭獻，周王一邊口唱此《我將》之歌。

〔引用〕
《左傳·文公四年》：君子是以知出姜之不允于魯也，曰："《詩》

曰：'畏天之威，于時保之。'敬主之謂也。"又《左傳·文公十五年》載季文子曰："齊侯其不免乎！（略）在《周頌》曰：'畏天之威，于時保之。'"出此詩之末句。《左傳·昭公六年》載鄭人鑄刑書，叔向使詒子產書引《詩》曰："儀式刑文王之德，日靖四方。"出此詩之二句。

時（此） 邁（萬）

〔提要〕這首詩疑是周人滅商以後、周公爲武王所作，時間當在《逸周書·世俘》所記典禮之前。《韓詩》曰："美成王能奮舒文、武之道而行之。"《毛詩序》曰："《時邁》，巡守告祭柴望也。"《魯詩》曰："《時邁》一章十五句，巡守告祭柴望之所歌也。"《齊詩》曰："《時邁》者，太平巡狩祭山川之樂歌。"皆不確。

　　時（此）邁（萬）其邦，昊天其子之，實右（佑）序（予）有周。①
　　薄（迫）言（然）震（振）之，莫不震疊。②
　　懷柔百神，及河喬嶽，允（願）王維后。③
　　明昭有周，式序在位。④
　　載（則）戢干戈，載（則）櫜弓矢。⑤
　　我求懿德，肆于時夏，允（願）王保之。⑥
　　　　　　　　——《時邁》一章，十五句。

〔彙校〕
　　震之，《韓詩》作"振"，本字。
　　懷柔，阮元云《集注》作"濡柔"，段玉裁云當從《集注》本。按作"濡"無版本依據。

〔注釋〕

① 時，此也。邁，借爲"萬"。昊天，老天。實，實際。右，同"佑"，助也。序，借爲"予"，我也。

② 薄，借爲"迫"。言，借爲"然"。迫然，猶突然。上"震"，借爲"振"，振奮。下"震"，動也。疊，應也。

③ 懷柔，安撫。河，黃河。喬，高也。嶽，大山。允，借爲"願"。王，周武王。后，君也。

④ 明昭，光明的樣子。式序，有序的樣子。在位，謂爲天子。

⑤ 載，猶"則"，借字。戢，收也。干戈，武器也。櫜，音高，弓矢袋。

⑥ 我，周公自謂。懿，美也。肆，行也。夏，中土也。保，守也。

〔訓譯〕

此天下萬邦，老天都當子，特助我周人。
突然發振奮，萬邦莫不應。
安撫衆神靈，以及衆河嶽，願王爲大君。
昭昭我周家，順序在王位。
收起干與戈，收起弓和箭。
我求美懿德，行在這中夏，願王保守它。

〔意境與畫面〕

武王滅商，平定四方，天下始定。周公爲王謀劃，願其稱大君，並保守懿德。

執　競

〔提要〕這是一首周昭王祭祀成王、康王時所唱的頌歌。《毛詩序》曰："《執競》，祀武王也。"《韓詩》曰："《執競》十四句，祀武王之所也。"恐皆非，詩中"成""康"，皆是謚號。

執競武王，無競維（爲）烈。①

不（丕）顯成、康，上帝是皇。②

自彼成、康，奄有四方，斤斤（昕昕）其明。③

鐘鼓喤喤，磬筦（管）將將（鏘鏘），降福穰穰（禳禳）。④

降福簡簡，威儀反反（昄昄）。⑤

既醉既飽，福祿來反。⑥

——《執競》一章，十四句。

〔彙校〕

喤喤，三作"鍠鍠"，借字。

磬筦，《魯詩》亦作"管磬"，義同。

將將，《韓詩》作"蹡蹡"，《魯詩》作"瑲瑲"，皆借字；《齊詩》作"鏘鏘"，本字。

穰穰，《魯詩》作"禳禳"，皆象聲詞。

反反，《魯詩》作"板板"，皆借字。

〔注釋〕

① 執，持也。競，爭也。執競，與商爭也。無競，滅商也。維，同"爲"。烈，功業。

② 不顯，讀"丕顯"，大而顯。成、康，謂成王、康王。上帝，天帝。皇，大、美也。

③ 奄，覆也。斤斤，借爲"昕昕"，顯赫的樣子。

④ 喤喤，形容聲音洪大。磬，石磬。筦，同"管"，一種吹樂器。將將，同"鏘鏘"，象聲詞。穰穰，同"禳禳"，衆多的樣子。

⑤ 簡簡，大的樣子。威儀，容儀。反反，借爲"昄昄"，音版版，威嚴的樣子。

⑥ 反，報也。

〔訓譯〕

一心滅商的武王，滅商爲功業。

英明偉大的成、康，上帝讚他們。
從那成、康始，包有全四方，功勞很顯赫。
鐘鼓聲洪大，管磬聲鏘鏘，降福真豐穰。
降福大又多，儀態也威嚴。
酒醉飯又飽，福祿做回報。

〔意境與畫面〕
祭祀成、康的大典之上，鐘、鼓齊鳴，管、磬鏘鏘，主祭者高唱頌歌，如詩所云。

思　　文

〔提要〕這是一首歌頌后稷的詩，周人祭祀時所唱，作者當是周公旦。《毛詩序》曰："《思文》，后稷配天也。"《魯詩》曰："《思文》一章八句，祀后稷配天之所歌也。"《齊詩》曰："周公相成王，王道大洽，制禮作樂，郊祀后稷以配天。"皆近是。詩歌體現了周公不忘根本，又以百姓爲重的思想。尤其是後兩句，更反映了其中華大一統的思想，讀之令人肅敬。

思文后稷，克配彼天。①
立我烝（衆）民，莫匪（非）爾極（績）。②
貽（遺）我來牟（麰），帝命率育。③
無此疆爾介（界），陳常于時夏。④

——《思文》一章，八句。
——《清廟之什》十篇，十章，九十五句。

〔彙校〕
烝民，《魯詩》亦作"蒸"，亦借字。
貽我，《魯詩》作"飴"，借字。

來牟，《魯詩》作"釐麰"，"釐"爲"來"借字，"麰"爲"牟"本字；《韓詩外傳》作"嘉麰"，義別。

爾介，今文三家同，或訓"大也"，非，當是借字。

〔注釋〕

①思，想也。文，文德。后稷，周人始祖棄。克，能也。配，匹配。

②立，猶養。烝民，即衆民、百姓。莫匪，即"莫非"。爾，你。極，借爲"績"，功績。

③貽，借爲"遺"，遺留。來，《說文》："周所受瑞麥。"即小麥。牟，借爲"麰"，大麥。帝，天帝。率，猶"皆"。

④介，借爲"界"，疆界。陳，設也。常，典常、制度。時，此也。夏，中國也。

〔訓譯〕

想那文德后稷，能够匹配昊天。
養我萬民百姓，都是你的功績。
留我小麥大麥，上帝命你所育。
不分我疆你界，設典在此中夏。

〔意境與畫面〕

周人祭祀后稷的典禮之上，主祭人高唱頌歌，如詩所云。

〔引用〕

《左傳·成公十六年》載申叔時曰："求無不具，各知其極。故《詩》曰：'立我烝民，莫匪爾極。'"出此詩。

臣工之什

臣　工

〔提要〕這是一首周王誡百官籍田的詩。《毛詩序》曰："《臣工》，諸侯助祭，遣于廟也。"《魯詩》曰："《臣工》一章十句，諸侯助祭，遣之于廟之所歌也。"恐皆非。

嗟嗟臣工，敬爾在公！①
王釐（賚）爾成，來咨來茹。②
嗟嗟保介（界），維莫（暮）之春，亦又（有）何求？③
如何新畬？於（嗚）皇來牟（䵂），將受厥（其）明。④
明昭上帝，迄（乞）用康年。⑤
命我衆人：庤乃錢鎛，奄觀銍艾（刈）。⑥

——《臣工》一章，十五句。

〔注釋〕

①嗟嗟，招呼聲，猶今日"喂喂"。工，官也。臣工，百官。敬，認真。爾，你們。公，官也。

②釐，借爲"賚"，音賴，賜也。成，成功。來，前來。咨，詢問。茹，吃也，引申謂享用。舊訓"度"，非。

③介，借爲"界"。保介，保護田界的人。莫，同"暮"，晚也。

亦，語助詞。又，借爲"有"。

④畬，音餘，經過休耕的地。"如何新畬"，臣工所詢。於，音嗚，歎聲。皇，大、美也。來，小麥。牟，借爲"䵌"，大麥。厥，其。明，謂豐收。

⑤明昭，英明的樣子。迄，借爲"乞"，求也。用，以也。康年，猶豐年。

⑥庤，音至，備也。乃，你。錢，鐵鍬、鏟子。鎛，鋤頭。奄，全部。銍，音至，一種短鐮。艾，借爲"刈"，鐮刀。

〔訓譯〕
喂喂百官們，敬你公家事！
王賜你成功，來詢來享用。
喂喂保界們，時間是暮春，你們將何求？
"怎樣種畬田？"啊呀有大麥，必將大豐收。
英明是上帝，求來大豐年。
命令我衆人：備好你鋤頭，再看你鐮刀。

〔意境與畫面〕
暮春時節，周天子舉行籍田之禮。禮儀開始，周天子訓誡百官及保界之官，曉以種麥、收麥之事。

噫 嘻

〔提要〕這首詩相當于周人的春耕動員令，反映當時的生產形態與生產關係，當作于康王時期，可與《小雅·大田》對閱。《毛詩序》曰："《噫嘻》，春夏祈穀于上帝也。"《魯詩》曰："《噫嘻》一章八句，春夏祈穀于上帝之所歌也。"恐皆非。

噫嘻成王，既昭假（格）爾。①
率時（此）農夫，播厥（其）百穀。②

駿發爾私，終三十里。③
亦（已）服爾耕，十千維（爲）耦。④

——《噫嘻》一章，八句。

〔彙校〕
　　駿發，《齊詩》《釋文》作"浚"，《鹽鐵論》引作"俊"，皆借字。

〔注釋〕
　　① 噫嘻，讚歎聲。成王，出現此諡號，證明此詩不早于康王時期。昭，明也。假，借爲"格"，至。爾，你、他。
　　② 率，率領。時，此也。厥，其也。百穀，泛指各種莊稼。
　　③ 駿，急、速也。發，開發。私，私田。終，終結、完成。三十里，指私田範圍。居民分散，故有三十里。
　　④ 亦，借爲"已"，已經。服，從事。耕，用耒耜翻地。十千，一萬人。維，同"爲"。耦，謂二人並耕，可提高效率。

〔訓譯〕
　　噫嘻！成王已到你身邊。
　　率領這些農夫，播種他的百穀。
　　趕緊開你私田，共長三十餘里。
　　耕完私田以後，接著萬人同耕。

〔意境與畫面〕
　　春耕動員會上，周天子（康王）向農官們發號施令。詩之後二句，當是天子讓農官們向農夫轉發的號令。

振　　鷺

〔提要〕這是一首周天子所作的迎賓詩。《毛詩序》曰："《振鷺》，二王之後來助祭也。"《魯詩》亦曰："《振鷺》，二王之後來助祭之所歌也。"夏商二王之後來助祭，亦有可能。

振鷺于飛，于彼西雍（邑）。①
我客戾止，亦有斯（此）容。②
在彼無惡，在此無斁。③
庶幾夙夜，以永終（衆）譽。④

——《振鷺》一章，八句。

〔彙校〕
　　無斁，《韓詩》及《後漢書·曹昭傳》注引皆作"射"，借字。
　　終譽，《魯詩》《韓詩》作"衆"，本字。

〔注釋〕
　　① 振，謂振翅。鷺，白鷺。于，在也。雍，疑借爲"邑"，音相轉。西邑，當指岐山周原，與雍無關。
　　② 戾，止也。斯，此也。容，儀容。
　　③ 惡，厭惡。斁，音亦，厭也。
　　④ 庶幾，幾乎。夙夜，早晚。永，長也。終，借爲"衆"。

〔訓譯〕
　　振翅白鷺高空飛，從東飛到西邑城。
　　我的客人來到了，他的儀容如白鷺。
　　那邊無人厭惡他，這邊無人嫌棄他。
　　幾乎滿滿一整天，都有人在讚譽他。

〔意境與畫面〕
　　有貴賓從東方來，周天子親自迎接，爲唱此《振鷺》之歌。

豐　年

〔提要〕這是一首描寫周王室豐年祭祖的詩。《毛詩序》曰："《豐年》，秋冬報也。"意思是秋冬祭祀時所唱。《魯詩》亦曰："《豐年》一章七句，蒸嘗秋冬之所歌也。"或是。

豐年多黍多稌，亦有高廩，萬億及（其）秭。①
爲酒爲醴，烝畀祖妣。②
以洽百禮，降福孔皆（偕）！③

——《豐年》一章，七句。

〔彙校〕
及秭，當是"其"字音誤。
以洽，《釋文》作"袷"，非。
孔皆，《魯詩》作"偕"，本字。

〔注釋〕
①黍，糜子。稌，音圖，稻子。廩，倉廩。十萬曰億。萬億，極言其多。秭，音子，陳穀。
②爲，作、釀造。醴，音禮，甜酒。烝，獻也。畀，音必，給也。祖妣，男女祖先。
③洽，音恰，合也。百禮，各種禮儀。孔，很。皆，借爲"偕"，強、全也。

〔訓譯〕
豐年糧食多，也有高倉廩，陳穀幾十萬。
釀制各種酒，獻給衆祖先。
符合各種禮，降福也周到！

〔意境與畫面〕

周王室冬季祭祖典禮之上,主祭者高唱此歌,向祖先報告豐收喜訊,祈求祖先降福。

〔引用〕

《左傳·襄公二年》載君子曰:"禮無所逆,婦養姑者也。虧姑以成婦,逆莫大焉。《詩》曰:'爲酒爲醴,烝畀祖妣。以洽百禮,降福孔偕。'"出此詩。

有　瞽

〔提要〕這是一首描寫周王室舉行音樂會的詩。《毛詩序》曰:"《有瞽》,始作樂而合乎祖也。"《魯詩》亦曰:"《有瞽》一章十三句,始作樂合諸樂而奏之所歌也。"皆近是。

　　有瞽有瞽,在周之庭。①
　　設業設虡,崇牙樹羽。②
　　應田(楝)縣(悬)鼓,鞉(韜)磬柷圉(敔)。③
　　既備乃奏,簫管備舉。④
　　喤喤厥(其)聲,肅雝和鳴,先祖是聽。⑤
　　我客戾止,永觀厥成。⑥

　　　　　　　　　　——《有瞽》一章,十三句。

〔注釋〕

①瞽,音鼓,盲人樂師。周,指周王室。庭,庭院。

②業,懸掛樂器的木板。虡,音巨,懸掛樂器的架子。崇牙,業、虡上的木齒。樹,立、插。

③應,小鼓。田,借爲"楝",大鼓。縣,讀爲"懸"。鞉,借爲"韜",音桃,撥浪鼓。磬,石磬,樂器。柷,音祝,起樂之器。圉,借

爲"戛",止樂之器。
　　④備,齊備。簫、管,兩種管樂器。舉,舉起、開始演奏。
　　⑤喤喤,形容聲音大。肅雍,肅穆和諧。和鳴,合奏聲。
　　⑥戾,至、到也。止,語助詞,猶"之"。永,長也。厥,同"其",指奏樂。成,謂音樂完成、終了。

〔訓譯〕
　　盲人樂師們,都在周庭院。
　　陳設鐘磬架,上面插羽毛。
　　平鼓加立鼓,還有撥浪鼓。
　　齊備就開奏,簫管全舉起。
　　聲音很洪大,肅穆又和諧,先祖來聆聽。
　　客人都到齊,一直看到了。

〔意境與畫面〕
　　周王室的庭院之中,一場盛大的音樂會正在舉行。樂器有編鐘、編磬、大小平鼓、立鼓、撥浪鼓,以及排簫、立管。樂師都是盲人。指揮一聲令下,百樂齊鳴,聲音洪大,肅雍和諧。周王和大臣以及來賓們在旁觀賞,氣氛一片祥和。

潛

〔提要〕這是一首周人春祭獻魚時所唱的歌。《毛詩序》曰:"《潛》,季冬薦魚,春獻鮪也。"《魯詩》曰:"《潛》一章六句,季冬薦魚,春獻鮪之所歌也。"皆近是。

　　猗(漪)與(歟)漆沮,潛(涔)有多魚。①
　　有鱣有鮪,鰷鱨鰋鯉。②
　　以享以祀,以介(丐)景福。③
　　　　　　　　　——《潛》一章,六句。

〔彙校〕

潛有,《韓詩》《魯詩》作"涔",本字。

〔注釋〕

① 猗,借爲"漪",水的波紋。與,借爲"歟",語氣詞。漆、沮,渭河支流,上游名沮,在陝西麟遊界內;下游名漆,在陝西武功界內。潛,借爲"涔",水中蓄魚之木,亦作"槮",音森。《爾雅·釋器》:"槮謂之涔。"

② 鱣,音沾,大鯉魚。鮪,音委,小鯉魚。鰷,音條;鱨,音嘗;鰋,以衍;鯉,皆魚名。

③ 享,祭獻。祀,祭祀。介,借爲"丐",求也。景,大也。

〔訓譯〕

漆沮起漣漪,槮中藏著魚。
有鱣也有鮪,還有鰷、鱨、鰋。
用來做祭品,以求大福祿。

〔意境與畫面〕

一場盛大的春祭正在進行,主祭者獻上各種鮮魚,口唱此《潛》之歌。

雝

〔提要〕這首詩本是周成王祭祀武王和邑姜時所唱的歌,後以爲宗廟祭祀之樂歌。《毛詩序》曰:"《雍》,禘大(太)祖也。"《魯詩》曰:"《雝》一章十六句,禘太祖之所歌也。"《韓詩》說曰:"禘,取毀廟之主皆升合食于太祖。"皆近是。

有來雝雝,至止肅肅。①
相維(爲)辟公,天子穆穆。②

於（嗚）薦廣牡，相予肆祀。③
假（格）哉皇考！綏予孝子。④
宣哲維（爲）人，文武維（爲）后。⑤
燕及皇天，克昌厥（其）後。⑥
綏我眉壽，介以繁祉。⑦
既右（侑）烈考，亦右（侑）文母。⑧

——《雝》一章，十六句。

〔注釋〕

① 有，語助詞。來，謂來宗廟。雍雍，和睦的樣子。至，到也。止，語助詞。肅肅，肅穆的樣子。

② 相，助祭者。維，用同"爲"。辟，君也。辟公，謂周公。當時周公攝政，故稱辟公。天子，周成王。穆穆，嚴肅的樣子。

③ 於，借爲"嗚"，讚歎聲。薦，進也。廣，大也。牡，公牛。予，我也。肆，陳列。

④ 假，借爲"格"，至也。皇考，指武王。綏，安撫。予孝子，成王自稱。

⑤ 宣，明也。哲，智也。維，同"爲"。文武，謂文武兼備。后，君也。

⑥ 燕，安也。克，能也。昌，大也。厥，同"其"。

⑦ 眉壽，長壽。介，佐也。繁，多也。祉，福也。

⑧ 右，借爲"侑"，勸人飲食。烈，謂有功業。考，先父武王。文母，指武王之妻、成王之母邑姜。《左傳·昭公元年》記載，武王之弟唐叔虞生而有文在其手，故母稱文母。

〔訓譯〕

來者很和睦，到了也肅穆。
助祭是君公，天子很嚴肅。
要獻大公牛，幫我陳祭品。
來吧我皇考！安撫你孝子。
做人多明智，爲君有文武。

安樂敬皇天，能昌我後人。
使我得長壽，佐以繁福祉。
既侑功烈父，又侑文德母。

〔意境與畫面〕

宗廟之中，正在舉行祭祖儀式，周成王一邊陳設祭品，一邊口唱此歌。

載 見

〔提要〕這是一個諸侯自述其朝見周王，周王率之祭其先父昭公，並祈求福祿之事的詩。《毛詩序》曰："《載見》，諸侯始見乎武王廟也。"《魯詩》曰："《載見》一章十四句，諸侯始見乎武王廟之所歌也。"毛、鄭亦皆以為見武王。而詩言"昭考"，其非武王廟可知。又稱"烈文辟公（文德顯赫君）"，似亦不得謂成王。舊以為成王，蓋因詩排《有客》（見下篇）之前的緣故。

載見辟王，曰（聿）求厥（其）章。①
龍旂陽陽，和鈴央央（鉠鉠）。②
鞗革（鋚勒）有鶬（瑲），休有烈光。③
率見昭考，以孝以享，以介（丐）眉壽。④
永言保之，思皇多祜。⑤
烈文辟公，綏以多福，俾緝熙于純嘏。⑥

——《載見》一章，十四句。

〔彙校〕

央央，《魯詩》作"鉠鉠"，本字。
有鶬，《齊詩》作"瑲"，本字。

〔注釋〕

① 載，始也。辟，君也。辟王，指成王。曰，同"聿"，發語詞。厥，其。章，典章。

① 龍旂，上有龍紋的旗子。陽陽，鮮亮的樣子。和鈴，即所謂和鑾，車上的鈴鐺。央央，同"鉠鉠"，鑾鈴聲。

③ 鞗革，借爲"鋚勒"，馬籠頭上的金屬飾物。鶬，借爲"瑲"。有瑲，猶"瑲瑲"，玉撞擊聲。休，美也。烈，顯赫。光，光亮。

④ 率，率領。見，謂祭拜。考，先父。昭考，穆王對昭王的稱謂。享，祭享。介，借爲"匄"，求也。眉壽，長壽。

⑤ 永，永遠。言，語助詞。保，保守。思，語詞。皇，大也。祜，福也。

⑥ 文，文德。辟，君也。烈文辟公，疑指穆王。綏，安也。俾，使也。緝熙，光明。于，往、到。純，大也。嘏（音古），福也。

〔訓譯〕

始見君王面，爲求其典章。
龍旗很鮮亮，鑾鈴響鉠鉠。
皮轡墜玉串，閃閃發明光。
率領進父廟，盡孝來祭拜，以求得長壽。
永遠保守它，大福會多有。
文德顯赫君，賜我多福祿，使我大福永光明！

〔意境與畫面〕

諸侯來朝，龍旗鮮亮，鑾鈴叮噹。周王接待，並率領他們祭拜父廟，祈求福祿。並告誡他們永遠盡孝，會得大福。事畢，一個諸侯高興地唱出此《載見》之歌。

有 客

〔提要〕這首詩記宋微子來朝之事。《白虎通義·王者不臣》："謂微子朝周也。"《毛詩序》曰："《有客》，微子來見祖廟也。"《魯詩》曰："《有客》一章十三句，微子來見祖廟之所歌也。"說皆近是。

  有客有客,亦白其馬。①
  有萋有且,敦琢其旅。②
  有客宿宿,有客信信。③
  言(焉)授之縶,以縶其馬。④
  薄言(迫然)追之,左右綏之。⑤
  既有淫威,降福孔夷。⑥
       ——《有客》一章,十二句。

〔注釋〕
  ① 客,客人,指紂王之兄微子啓,周封于宋者。言"亦白其馬",蓋其衣著亦爲白色,見其有國殤也。
  ② 且,音居。有萋有且,猶言"萋萋且且",形容盛壯的樣子。敦琢,即雕琢,音義同。旅,衆也。
  ③ 宿宿,謂住宿。信信,謂連住多日。一宿爲宿,再宿爲信。《爾雅·釋訓》云:"有客宿宿,言再宿也。有客信信,言四宿也。"馮登府謂《爾雅》蓋今文三家所本。
  ④ 言,借爲"焉",乃。縶,繩子。
  ⑤ 薄言,即"迫然",急迫的樣子。左右,猶多方。綏,安撫。
  ⑥ 既,即便、雖然。淫,大也。孔,很。夷,平、一般。

〔訓譯〕
  周有客人來,馬也是白色。
  隨從很盛壯,隊伍也整齊。
  客人住兩宿,再留住兩宿。
  于是授韁繩,以栓其馬匹。
  臨行追上去,多方安撫他。
  雖然有淫威,降福很平常。

〔意境與畫面〕

武王滅商，封微子啓于宋。宋微子來朝，白旗白馬。周人既禮遇之，又施威嚴。

武

〔提要〕這是一首讚美武王的詩，作者蓋爲周公旦。《毛詩序》曰："《武》，奏《大武》也。"鄭玄箋曰："《大武》，周公作樂所爲舞也。"賈逵曰："《大武》，周公所作武王樂也。"皆近是。《魯詩》曰："《武》一章七句，奏《大武》，周武所定一代之樂之所歌也。""周武"疑是"周公"之誤。

於（嗚）皇武王，無競維（爲）烈。①
允（用）文文王，克開厥（其）後。②
嗣武受之，勝殷遏劉，耆（致）定爾功。③

——《武》一章，七句。
——《臣工之什》十篇，十章，一百六句。

〔注釋〕

① 於，音"嗚"，讚美聲。皇，大也。競，爭也。無競，無敵也。維，同"爲"。烈，功業。

② 允，借爲"用"。文，文德。克，能也。開，開創。厥，同"其"。

③ 嗣，後繼。武，指武王。遏，止也。劉，殺也。西周青銅器《利簋》記載武王克商之事。耆，音紙，借爲"致"，以致。爾，指文王。

〔訓譯〕

啊！偉大的武王，無敵爲功業。
用文的文王，能開其基業。

武王繼承它，勝殷止殺戮，致定你大功。

〔意境與畫面〕
武王繼承文王遺志而克商，天下大定。周人歌頌之，爲作此歌。

閔予小子之什

閔(憫)予小子

〔提要〕這首詩是周成王初即位而思父祖武王、文王之作。《魯詩》曰:"《閔予小子》一章十一句,成王除武王之喪,將始即政,朝于廟之所歌也。"近是。《毛詩序》曰:"《閔予小子》,嗣王朝于廟也。"亦不誤。

閔(憫)予小子,遭家不造,嬛嬛(惸惸)在疚(疢)。①
於乎(嗚呼)皇考,永世克孝!②
念茲(我)皇祖,陟降庭(廷)止。③
維予小子,夙夜敬止。④
於乎(嗚呼)皇王,繼序思不忘!⑤

——《閔予小子》一章,十一句。

〔彙校〕
嬛嬛,《齊詩》作"煢煢",亦借字;《韓詩》作"惸惸",本字。
在疚,《魯詩》作"疢",本字。
念茲,《齊詩》作"我",當是本字。
庭止,《齊詩》作"廷",本字。

〔注釋〕
① 閔,同"憫",憐憫、可憐。予,我也。予小子,周成王自稱。

當時成王業已成年，只因時有周公、召公等長輩尚在，故自稱小子或"沖（童）人"。造，至也。不造，猶不幸，指武王去世。嬛嬛，借爲"惸惸"，音窮窮，孤獨的樣子。疚，借爲"疚"，貧病。

② 於乎，同"嗚呼"，歎聲。皇考，指武王。克，能够。
③ 皇祖，指文王。陟，升也。庭，用同"廷"，朝廷。止，語助詞。
④ 夙夜，早晚。敬，認真。
⑤ 皇王，指文王、武王。繼序，猶順序，子孫代代也。思，念也。

〔訓譯〕
　　可憐我小子，遭遇家不幸，孤獨貧病中。
　　哎呀我皇考，一生講孝道。
　　念我文皇祖，升降在朝廷。
　　只有我小子，早晚都謙敬。
　　哎呀我皇王，順序思不忘！

〔意境與畫面〕
　　武王去世，周成王即位，至宗廟祭告，爲唱此歌。

訪　落

〔提要〕這是周穆王即位伊始詔告官員的詩。《毛詩序》曰："《訪落》，嗣王謀于廟也。"《魯詩》曰："《訪落》一章十二句，成王謀政于廟之所歌也。"言成王所歌，恐非是，稱武王不得曰"昭考"也。

　　訪予落止（之），率時（此）昭考？①
　　於乎（嗚呼）悠哉，朕未有艾。②
　　將予就之，繼猶判渙。③
　　維予小子，未堪家多難。④

紹（詔）庭（廷）上下，陟降厥（其）家。⑤
休矣皇考，以保明其身！⑥

——《訪落》一章，十二句。

〔注釋〕

① 訪，咨訪、詢問。予，我。落，始也，指開始即位。止，同"之"，語助詞。率，遵循。時，此也。昭，謚號。《逸周書·謚法》："昭德有勞曰昭，聖文周達曰昭。"父死曰考。昭考，穆王謂昭王。舊以爲武王，非。

② 於乎，同"嗚呼"，歎聲。悠，遠也。朕，我、穆王自稱。艾，閱歷。

③ 將，扶也。就，接近。繼，繼續、後來。猶，還是。判渙，分散。

④ 未堪，猶不堪、不能承受。家，謂周家。多難，蓋指昭王南征喪師及葬身漢江。

⑤ 紹，借爲"詔"，告也。庭，同"廷"，朝廷。上下，指各級官吏。陟，升也。陟降，謂隨形勢上下，靈活處置。

⑥ 休，止也。舊釋爲美，非。皇考，謂昭王。以，用也。明哲，明智。保，保全。其，指己、自己。

〔訓譯〕

咨詢我即位，遵循這昭考？
啊呀很悠遠，我尚無經驗。
扶持我即位，後來又分散。
只有我小子，不堪家多難。
詔告各級官，靈活處其家。
父皇休止了，明智保自身！

〔意境與畫面〕

穆王即位，詔告百官，咨詢其是否繼續昭王舊制，並勉勵百官扶持自己，靈活處理家事，明哲保身。

敬 之

〔提要〕這是一首周王自誡的詩。舊以爲成王，或是。《毛詩序》曰："《敬之》，群臣進戒嗣王也。"《魯詩》亦曰："《敬之》一章十二句，群臣進戒嗣王之所歌也。"似皆不確。

敬之敬之！天維（爲）顯思，命不易哉。①
無曰高高在上，陟降厥（其）士，日監在兹（此）。②
維（唯）予小子，不聰敬止（之）。③
日就月將，學有緝熙于光明。④
佛（弼）時（此）仔肩，示我顯德行。⑤
————《敬之》一章，十二句。

〔彙校〕
　佛時，今文三家或作"弼"，本字；或作"弗"，亦借字。
　示我，《魯詩》作"視"，借字。

〔注釋〕
① 敬，慎重。維，同"爲"。顯，明顯。思，語助詞。命，指天命。
② 高高在上，謂在天上。陟，升也。厥，同"其"。日，謂日日、每天。監，視也。兹，此也。按後二句倒置以叶韻。
③ 予，我也。予小子，成王自稱。有長輩在，故曰小子。聰，明也。
④ 就，接近，指學習。將，行也，指實踐。緝熙，猶成績。
⑤ 佛，音必，借爲"弼"，助也。時，此也。仔肩，擔子、責任。顯，明顯、大。

〔訓譯〕
　慎重再慎重！老天眼睛亮，天命不會變。

莫說高在上，每天監此境，升降其士人。
只有我小子，不聰又不慎。
日習又月練，學有好成績。
助我擔此任，示我大德行。

〔意境與畫面〕
武王去世，周公攝政，成王作此詩以自勉。

〔引用〕
《左傳·僖公二十二年》載臧文仲曰："國無小，不可易也。無備雖衆，不可恃也。《詩》（略）又曰：'敬之敬之，天惟顯思。'"《左傳·成公四年》："晉侯見公不敬。季文子曰：'晉侯必不免！《詩》曰：敬之敬之，天惟顯思，命不易哉。'"皆見此詩之首句。

小　毖

〔提要〕這首詩亦當是穆王因昭王遇難而作，以自誡也。舊以爲成王所作，觀詩中言"莫予荓蜂，自求辛螫"，可知其非。《毛詩序》曰："《小毖》，嗣王求助也。"《魯詩》說亦曰："《小毖》一章八句，嗣王求忠臣助己之所歌也。"言"嗣王"當不誤。

予其懲，而毖彼後患。①
莫予荓（抨）蜂，自求辛螫。②
肇允彼桃蟲，拚（翻）飛維（爲）鳥。③
未堪家多難，予又集于蓼。④

——《小毖》一章，八句。

〔彙校〕
毖彼，《十三經注疏》等本無"彼"字。按有"彼"字義長。

莽蜂，《魯詩》作"甹夆"，皆借字。
辛螫，《韓詩》作"赦"，借字。
拚飛，《韓詩》作"翻"，本字。

〔注釋〕
① 予，穆王自謂。其，語助詞。懲，警戒。毖，謹慎。
② 莫，沒有人。予，猶去。莽，借爲"抨"。抨蜂，擊打馬蜂。辛螫，毒刺。莽蜂自求辛螫，比昭王南征而遭南人暗算。
③ 肇，始也。允，確實。桃蟲，一種小鳥，又名鷦鷯。拚，借爲"翻"，古音同。彼桃蟲、拚飛維鳥，皆比南國。
④ 家多難，同《訪落》篇，指昭王遇難、喪師南國。集，聚集。蓼，音了，草名，味辛。集于蓼，比遭遇多種辛辣棘手之事。

〔訓譯〕
我要自懲戒，謹防那後患。
不要招惹蜂，自求被蜂螫。
開始是鷦鷯，翻飛變大鳥。
不堪家多難，我又落辛草。

〔意境與畫面〕
周穆王因昭王南征遇難，而作詩以自誡，如詩所云。

載 芟

〔提要〕這首詩描寫西周大農業，當是周王室冬祭時所唱。《毛詩序》曰："《載芟》，春藉田而祈社稷也。"《魯詩》亦曰："《載芟》一章十三句，春籍田祈社稷之所歌也。"恐不然。

載芟載柞（斮），其耕澤澤（釋釋）。①
千耦其耘，徂隰徂畛。②

侯主侯伯，侯亞侯旅，侯彊侯以。③
有嗿其饁，思媚其婦，有依其士。④
有略（劀）其耜，俶載南畝，播厥百穀。⑤
實函斯活，驛驛（繹繹）其達。⑥
有厭（懕）其傑，厭厭其苗，緜緜其麃（穮）。⑦
載穫濟濟，有實其積，萬億及秭。⑧
爲酒爲醴，烝畀祖妣，以洽百禮。⑨
有飶其香，邦家之光。⑩
有椒（淑）其馨，胡考之寧。⑪
匪（非）且（昔）有且（斯），匪（非）今斯今（有斯），振古如兹。⑫

——《載芟》一章，三十一句。

〔彙校〕

澤澤，《魯詩》作"郝郝"，以音誤。
有略，《魯詩》作"劀"，本字。
驛驛，《魯詩》作"繹繹"，本字。
緜緜，《韓詩》作"民民"，借字。
其麃，《魯詩》作"穮"，皆借字。
有椒，今文三家詩、《張表碑》等皆作"馝"，別一義。
匪且有且，前"且"字疑當作"昔"，形似而誤；後"且"字疑當作"斯"，涉前又誤。
斯今，疑當作"有斯"，與上句相對。

〔注釋〕

① 載，又也。芟，音山，除草。柞，音澤，借爲"斮"，砍樹。載芟載柞，指開墾荒地前的準備。耕，翻地。澤澤，讀"釋釋"，土壤鬆散的樣子。
② 耦，二人並耕。耘，謂耕耘。徂，往、去也。隰，低濕之地。

畛，田間小路。

③ 侯，發語詞。主，主人。伯，長子。亞，次子。旅，衆也。彊，指強力之人。以，用也，指所雇傭。

④ 有噴，猶"噴噴"，衆人飲食聲。饁，送到田間地頭的飯。思，語助詞。媚，美也。依，靠也。士，謂丈夫。

⑤ 略，借爲"䂮"。有䂮，猶"䂮䂮"，鋒利的樣子。耜，耒耜。俶，始也。載，同"在"。南畝，田地。

⑥ 實，謂種子。函，謂埋在土裏。斯，猶"則"。驛驛，借爲"繹繹"，接連不斷。達，謂出土。

⑦ 厭，借爲"壓"，有厭，猶壓壓，美好的樣子。傑，特出之苗。厭厭，整齊的樣子。綿綿，連綿不斷的樣子。麃，借爲"穮"，禾穀的末梢，今曰挑旗兒，即將抽穗的前兆。

⑧ 濟濟，多的樣子。古時十萬曰億，十億爲秭。

⑨ 醴，甜酒。烝畀，獻給。祖妣，祖先。洽，合也。百禮，各種禮儀。

⑩ 有飶，猶"飶飶"，食物的香味。邦家，國家。光，榮光。

⑪ 椒，借爲"淑"。有椒，猶"淑淑"，濃郁的樣子。馨，香也。胡考，長壽。

⑫ 匪，同"非"。斯，此也。振古，自古也。如茲，即如此。

〔訓譯〕

除掉雜草砍掉樹，開墾荒地土疏鬆。
千人下地同耕耘，去往濕地走田埂。
主人和他大兒子，還有次子率衆人，加上強壯雇傭人。
送飯地裏大家吃，一邊誇其媳婦美，媳婦害羞頭靠夫。
耒耜把把都鋒利，開始用在田地裏，播種各樣好莊稼。
種子埋土就成活，陸陸續續長出來。
特出禾苗很茁壯，普通禾苗齊刷刷，苗尖挑旗一大片。
收割下來堆滿地，打下糧食堆成山，一萬十萬上百萬。
既釀酒來又造醴，祭祀用來獻祖先，也用它來合百禮。
各種食物冒香氣，國家臉上也榮光。
香氣濃郁似芬芳，使人長壽得安康。
不是以前就這樣，不是如今才這樣，自古以來就這樣。

〔意境與畫面〕

周王室冬祭儀式之上，擺滿了各種食物和新釀的酒。爲了慶賀豐收，樂師特作此歌，高聲吟唱。

良　耜

〔提要〕這也是一首描寫耕種，慶賀豐收的詩。《毛詩序》曰："《良耜》，秋報社稷也。"《魯詩》曰："《良耜》一章二十三句，秋報社稷之所歌也。"皆近是。

畟畟良耜，俶載南畝。①
播厥（其）百穀，實函斯活。②
或來瞻女（汝），載筐及筥，其饟伊黍。③
其笠伊糾，其鎛斯趙（削），以薅荼蓼。④
荼蓼朽止（之），黍稷茂止（之）。⑤
穫之挃挃，積之栗栗。⑥
其崇如墉，其比如櫛。⑦
以開百室，百室盈止（之），婦子寧止（之）。⑧
殺時（此）犉牡，有捄（觩）其角。⑨
以似（祀）以續（祭），續古之人。⑩

——《良耜》一章，二十三句。

〔彙校〕

其饟，《齊詩》作"餉"，義同。

斯趙，今文三家作"挏"，亦借字。

以薅，《魯詩》作"茠"，異體字。

荼蓼，《魯詩》作"蒤"，借字。

積之，《説文》又引作"積"，義同。《韓詩》《魯詩》皆作"穳"，借字。

栗栗，《齊詩》《韓詩》皆作"秩秩"，義同。
以續，疑當作"祭"，涉後誤。

〔注釋〕
　　① 畟畟，音測測，銳利的樣子。耜，耒耜，翻地的木質農具。俶，始也。載，在也。南畝，泛指農田。
　　② 播，播種。厥，同"其"。百穀，各種莊稼。實，種子。函，謂埋入土中。斯，猶"即""就"。活，成活。
　　③ 或，有人。瞻，看望。女，讀為"汝"，你。載，謂攜帶。筐、筥，兩種竹器，方曰筐、圓曰筥。饟，送來的飯。伊，爲也。黍，黃米做的飯。
　　④ 笠，斗笠。糾，纏、編織。鎛，音薄，鋤頭。趙，借爲"削"，鋒利。薅，音蒿，鋤掉。荼，苦菜。蓼，音了，一種味辛的草。
　　⑤ 止，語助詞，猶"之"。黍稷，泛指莊稼。
　　⑥ 穫，收穫。挃挃，音至至，象聲詞。積，堆積。栗栗，亦象聲詞。
　　⑦ 崇，高也。墉，牆也。比，排列。櫛，梳子。
　　⑧ 開，打開。室，家也。盈，滿也。寧，安寧。
　　⑨ 時，此也。犉，音純。犉牡，大公牛。捄，音求，借爲"觩"，犄角彎曲的樣子。
　　⑩ 似，借爲"祀"，祭祀。

〔訓譯〕
　　銳利好耒耜，開始進南畝。
　　播種百樣穀，種下就成活。
　　有人來看你，提著筐或筥，內盛黃米飯。
　　斗笠用繩系，鋤頭很鋒利，用來除雜草。
　　雜草腐朽後，莊稼得豐茂。
　　收割吱吱響，積藏響簌簌。
　　像牆一樣高，梳齒一樣密。
　　打開百家門，家家都裝滿，妻兒得安寧。
　　殺這大公牛，長著彎彎角。
　　用來做祭祀，以續我古人。

〔意境與畫面〕

農夫們從種到收，辛苦半年，莊稼大豐收。主人家的糧倉像牆一樣高，像梳子齒一樣密。農夫們也家家豐足，婦子安寧。主人家開始殺牛祭祀，慶賀豐收。

絲　　衣

〔提要〕這是一首周王舉行敬老儀式時所唱的祝酒歌。《毛詩序》曰："《絲衣》，繹（陳述）賓尸（受祭的替身）也。高子曰：（祭）靈星之尸也。"《魯詩》亦曰："《絲衣》一章九句，繹賓尸之所歌也。"朱彝尊曰："子夏受《詩》于高子，故《序》有高子之言。"馮登府曰："即《孟子》之高叟也。"二說或有據。

絲衣其紑，載（戴）弁俅俅。①
自堂徂基，自羊徂牛，②
鼐鼎及鼒，兕觥其觩。旨酒思（斯）柔。③
不吳（娛）不敖（傲），胡考之休！④

————《絲衣》一章，九句。

〔彙校〕

載弁，《魯詩》、《韓詩》作"戴"，本字。
俅俅，《韓詩》作"頯頯"，借字。
徂牛，《韓詩》作"來"，非。
不吳，《魯詩》作"虞"，亦借字。
不敖，《魯詩》作"驁"，亦借字。

〔注釋〕

① 紑，音不，鮮潔。弁，一種皮帽。俅俅，音求求，恭慎的樣子。

② 堂，廳堂。徂，往、到。基，指宮牆之基。
③ 鼐，音奈，一種大鼎。鼒，音資，一種小鼎。兕觥，音四公，犀牛角做的酒杯。觩，音求，彎曲。旨，甘甜。思，同"斯"，語助詞。柔，柔和。
④ 吴，借爲"娱"，樂也。敖，借爲"傲"，傲慢。胡考，長壽。休，美也。

〔訓譯〕
　　絲衣很鮮潔，戴弁真恭慎。
　　大堂到牆基，擺滿牛羊肉。
　　鼐鼎加鼒鼎，犀角酒杯彎，甜酒味道柔。
　　不樂也不傲，長壽好象徵！

〔意境與畫面〕
　　秋季的一天，周王室庭院之中，正在舉行敬老大會。院子裏擺滿了酒席，牛羊肉盛滿鼎鼒，彎彎的牛角杯放在矮桌上，酒缸置于桌旁。一群老人穿著鮮潔的絲衣，戴著皮弁，肅然端坐桌旁。周王開始祝酒，如詩所云。

酌（勺）

〔提要〕這是周成王褫奪周公兵權時所唱的歌，篇名"酌"字借爲"勺"，取也。《毛詩序》曰："《酌》，告成大武也。言能酌先祖之道，以養天下也。"《魯詩》曰："《酌》一章九句，告成《大武》，言能酌先祖之道以養天下之所歌也。"《齊詩》曰："周公作《勺》，《勺》，言能勺先祖之道也。"説皆非。

　　於（嗚）鑠（爍）王師，遵養時晦。①
　　時純熙矣，是用大介（捷）。②
　　我龍（寵）受之，蹻蹻王之造（曹）。③

載（則）用（以）有嗣，實維（爲）爾公允（用）師。④
　　　　　　　　　　——《酌》一章，九句。

〔彙校〕
　　酌，《左傳》《荀子》均作"汋"，《儀禮》《禮記》《漢書》均作"勺"，當是本字。

〔注釋〕
　　① 於，同"嗚"，讚歎聲。鑠，借爲"爍"，形容美盛。王師，周王的軍隊。遵，循也。養，長養。時，時勢。晦，暗昧。時晦，指殷紂王之時。
　　② 純，大也。熙，明也。是用，因此。介，借爲"捷"。大捷，指東征平叛。二句意思是之所以取得東征平叛的勝利，是因爲已經克商、時代大明的緣故，而非周公之功。
　　③ 我，周成王自稱。龍，借爲"寵"，光榮。蹻蹻，音絕絕，勇武的樣子。王，指武王。造，借爲"曹"，眾也。
　　④ 載，同"則"。用，以也。嗣，繼承者，指成王自己。維，同"爲"。爾，你。公，指周公。允，用也。

〔訓譯〕
　　啊呀王師美，長養在暗時。
　　時代大明了，因此獲大捷。
　　我今光榮受，勇武王所造。
　　雖則有繼嗣，實爲公所用！

〔意境與畫面〕
　　周公東征西歸後的一天，成王剝奪了周公兵權，並當著周公的面唱出了此歌。《尚書·金縢》載成王與大夫共啓金縢之書方知周公之忠，于是成王"執書以泣，曰：'其勿穆卜。昔公勤勞王家，惟予沖（童）子弗及知。'"知是自己當時誤會了周公。

桓

〔提要〕這是一首歌頌武王的詩。篇名或取自詩内"桓桓",本亦《大武》樂章之名。《毛詩序》曰:"《桓》,講武類禡也。桓,武志也。"《魯詩》曰:"《桓》一章九句,師祭講武類禡之所歌也。"按其"武"指武王,"類""禡"皆祭名,似與詩義不協。

綏萬邦,婁豐年。①
天命匪(非)解(懈)。
桓桓武王,②保有厥(其)士(土)。
于以(有)四方,克定厥(其)家。③
於(嗚)昭于天,皇以間之。④

——《桓》一章,九句。

〔彙校〕
厥士,當是"土"字之誤。

〔注釋〕
①綏,安也。萬邦,天下。婁,借爲"屢",屢屢。
②匪,借爲"非",不也。解,借爲"懈",鬆懈。桓桓,威武的樣子。
③保,守也。厥,同"其"。于,于是。以,有也。克,能也。厥家,指周家。
④於,同"嗚",歎美聲。昭,明也。皇,猶"皇皇",顯明的樣子。間,代也。之,指殷。

〔訓譯〕
安定天下萬邦,糧食連年豐收。

天命長期不懈。
威武的武王,保有其土。
于是領有四方,得以安定周室。
功德昭明于天啊,皇皇取代殷商。

〔意境與畫面〕
　　武王滅商,天下暫獲太平。成王繼位,唱此歌以歌頌並紀念武王。

賚

　　〔提要〕這首詩疑是周武王滅商前所賦以勵志者。篇名"賚"字,疑自"敷時繹思"句取,有賜予之義,亦是《大武》樂章之名。《毛詩序》曰:"《賚》,大封于廟也。賚,予也。言所以錫予善人也。"《魯詩》曰:"《賚》一章六句,大封于廟,賜有德之所歌也。"恐有誤解。

　　　文王既勤止（之）,我應（膺）受之。①
　　　敷時（此）繹思,我徂維（唯）求定。②
　　　時（此）周之命,於（嗚）,繹思!③
　　　　　　　　　　　　——《賚》一章,六句。

〔注釋〕
　　①勤,謂辛勞。止,同"之",指政。我,武王自稱。應,借爲"膺",受也。
　　②敷,佈也。時,此也。繹,綿延不斷。思,語助詞。徂,往也。維,只有。定,平定。
　　③於,同"嗚",歎聲。思,語助詞。

〔訓譯〕
　　文王既勤政，我自承受它。
　　敷佈這綿德，我去只求定。
　　這是周人命，啊呀要延續！

〔意境與畫面〕
　　文王去世，武王繼位。即將東伐商，武王作此詩以自勵。

〔引用〕
　　《左傳·宣公十一年》：「郤成子曰：『吾聞之，非德莫如勤。非勤，何以求人？能勤有繼，其從之也。《詩》曰："文王既勤止。"文王猶勤，況寡德乎？』」出此詩指首句。

般

　　〔提要〕這首詩是周武王滅商後歸周途中登嵩山遠望所發的感慨。篇名"般"音盤，樂也，亦《大武》樂章之名。《毛詩序》曰："《般》，巡守而祀四嶽河海也。"《魯詩》亦曰："《般》一章七句，巡守而祀四嶽河海之所歌也。"《白虎通義·封禪》曰："《詩》云：『於皇明周，陟其高山。』言周太平封泰山也。"恐皆非。

　　於（嗚）皇，時（此）周！①
　　陟其高山，嶞山喬嶽，允猶翕河。②
　　敷（普）天之下，裒時（此）之對，時（此）周之命！③

　　　　　　　　　　　——《般》一章，七句。
　　　　——《閔予小子之什》十一篇，十一章，百三十七句。

〔彙校〕
　　時周，《魯詩》作"明"，誤。
　　隨山，《魯詩》作"墮"，借字。
　　之命，今文三家下有"于繹思"句，涉《賚》篇衍。

〔注釋〕
　　①於，同"嗚"，感歎聲。皇，大也。時，此也。
　　②陟，登上。高山，謂嵩山。墮，音掇，小矮山。喬，高也。嶽，山嶽。允，確實。猶，如同。翕，合也。河，黃河。
　　③敷，同"普"。裒，聚也。時，同"是"，此也。對，配也。命，謂命中注定。

〔訓譯〕
　　啊哈，這周家！
　　登上高山看，小山配高嶽，小川彙大川。
　　整個全天下，這樣來聚合，這是周人命！

〔意境與畫面〕
　　武王滅商西歸途中，登上嵩山，舉目四望，感歎國土遼闊、山河壯美，並感謝天命。

魯頌

駉之什

駉（駫）

〔提要〕這首詩當是魯君視察其馬場所作，有讚美誇飾意味。以字義及今文三家之說，篇名當作"駫"，以音誤。《毛詩序》曰："《駉》，頌僖公也。僖公能遵伯禽之法，儉以足用，寬以愛民，務農重穀，牧于坰野，魯人尊之，于是季孫行父請命于周，而史克作是頌。"未知所據。今文三家詩說皆以《魯頌》爲奚斯所作，恐亦未必。

　　駉駉（駫駫）牧馬，在坰之野。薄言（焉）駉（駫）者，有驈有皇（騜），有驪有黃，以車彭彭。思無疆，思馬斯（之）臧。①

　　駉駉（駫駫）牧馬，在坰之野。薄言駉（駫）者，有騅有駓，有騂有騏，以車伾伾。思無期，思馬斯才。②

　　駉駉（駫駫）牧馬，在坰之野。溥言駉（駫）者，有驒有駱，有騮有雒，以車繹繹。思無斁，思馬斯作。③

　　駉駉（駫駫）牧馬，在坰之野。薄言駉（駫）者，有駰有騢，有驔有魚，以車祛祛（駆駆）。思無邪，思馬斯徂（駔）。④

　　　　　　——《駉（駫）》四章，章八句。

〔彙校〕

駉駉，今文三家作"駫駫"，本字。

牧馬，《十三經注疏》等本作"牡"，非。

有皇，《魯詩》作"䮾"，本字。

繹繹，《釋文》云："崔本作'驛'。"按作"驛"非。

袪袪，《十三經注疏》等本作"祛祛"，亦借字。

〔注釋〕

① 駉，音迥平聲，《說文》訓"牧馬苑"。然則此"駉駉"，當從今文三家作"駫駫"，二字音同，皆古熒切，故誤。《說文》："駫，馬盛肥貌。"即馬肥壯的樣子。見此篇名亦當作《駫》。坰，音迥，遠郊之地。野，曠野。薄，聚也。言，同"焉"，語氣詞。騵，音予，黑馬白胯。皇，借爲"䮾"，黃白色的馬。驪，純黑色馬。以，用以。車，謂拉車。彭彭，強壯有力的樣子。思，想。無疆，多的樣子。斯，猶"之"。臧，善、好也。

② 騅，音追，蒼白雜毛。駓，音丕，黃白雜毛。騂，音辛，赤黃色。騏，青黑色馬。伾伾，音丕丕，有力的樣子。期，期限。無期，謂長期、永遠。才，才能。

③ 驒，音馱，馬青黑而有白紋。駱，白馬黑鬃。騮，音留，馬赤身黑鬃。雒，音洛，馬黑身白鬃。繹繹，不絕的樣子。斁，音亦，厭也。作，謂奮起。

④ 駰，音因，黑白雜毛。騢，音暇，紅白雜毛。驔，音電，黑馬黃脊。魚，兩眼圈白色的馬。袪袪，借爲"驅驅"，快速的樣子。邪，不正。徂，借爲"駔"，音臧上聲，駿馬。

〔訓譯〕

肥壯的馬兒，放牧在遠郊。聚集的肥馬，有黑有黃白，白胯或黑腿，拉車多強壯！沒想別的事，就想馬優良。

肥壯的馬兒，放牧在遠郊。聚集的肥馬，蒼白或黃白，赤黃或青黑，拉車有力量。沒有想別的，就想馬有力。

肥壯的馬兒，放牧在遠郊。聚集的肥馬，青黑或白鬃，紅馬或黑鬃，拉車跑得長。沒有想別的，就想馬振奮。

肥壯的馬兒，放牧在遠郊。聚集的肥馬，黑白或紅白，黃脊或魚眼,拉車跑得快。沒有想別的,就想馬駿美。

〔意境與畫面〕

魯君在遠郊馬場視察,看到各色良馬,一一讚美,並聯想馬的種種品質與能力,喜不自禁。

有　駜

〔提要〕這是一首描寫魯國君臣在公狂歡的詩。《毛詩序》曰:"《有駜》,頌僖公君臣之有道也。"今文三家無異義,皆近是。

有駜有駜,駜彼乘黃。夙夜在公,在公明明(勉勉)。振振鷺,鷺于下(飛)。鼓咽咽,醉言(焉)舞,于胥樂兮!①

有駜有駜,駜彼乘牡。夙夜在公,在公飲酒。振振鷺,鷺于飛(下)。鼓咽咽,醉言歸,于胥樂兮!②

有駜有駜,駜彼乘駽。夙夜在公,在公載燕(宴)。自今以始,歲其有年。君子有穀,詒(貽)厥(其)孫子,于胥樂兮!③

——《有駜》三章,章九句。

〔彙校〕

于下,疑與二章之"飛"互誤。

于飛,疑與首章之"下"互誤。

有年,按"年"字唐石經旁添,是;《十三經注疏》等本無,蓋以義與上"年年"重複,不知"有年"為"豐收"義。

詒厥,按"厥"字唐石經旁添,是;《十三經注疏》等本無,蓋與其上句"歲其有"協。

〔注釋〕

①駜，音必。有駜，同"駜駜"，馬肥壯有力的樣子。乘，音剩，一輛車所駕，四匹馬。夙夜，早晚。公，官家。明明，借爲"勉勉"，勉力的樣子。振振，群飛的樣子。鷺，鷺鷥，這裏指裝扮成鷺鷥的舞者。于，往也。鼓，謂擊鼓。咽咽，鼓聲不絕。言，同"焉"，語助詞。于胥，相互。下同。

②牡，公馬。下，謂下臺。歸，回家。

③駽，音宣，青黑馬。載，猶則。燕，借爲"宴"，宴會。歲，歲歲、年年。有年，豐收也。穀，穀物、糧食。詒，借爲"貽"，留也。

〔訓譯〕

馬兒肥壯又有力，肥壯有力四黃馬。從早到晚在公家，在公勤勉不鬆懈。振翅群飛像鷺鷥，鷺鷥一直起勁飛。鼓聲咽咽響不停，舞者酒醉還在跳，大家相互在娛樂！

馬兒肥壯又有力，肥壯有力四公馬。從早到晚在公家，在公一起來飲酒。振翅群飛像鷺鷥，鷺鷥一直飛下臺。鼓聲咽咽響不停，舞者大醉才回家，大家一起來娛樂！

馬兒肥壯又有力，肥壯有力青黑馬。從早到晚在公家，在公就要開宴會。日子就從今天起，今後年年都豐收。國君自然有糧米，一定拿來留子孫，大家一起好歡樂！

〔意境與畫面〕

魯國公卿們一早各自乘坐四馬輛車上朝，白天努力工作，晚上觀賞樂舞，盡情歡樂，很晚才乘車回家，一片太平盛世的景象。

泮　水

〔提要〕這首詩描寫並歌頌魯侯在泮宮下令征伐淮夷、接受獻俘，以及淮夷獻寶之事。《毛詩序》曰："《泮水》，頌僖公能修泮宮也。"今文三家無異義，皆近是。

思樂泮水，薄（迫）采其芹。魯侯戾止（之），言（焉）觀其旂。其旂茷茷（旆旆），鸞（鑾）聲噦噦。無小無大，從公于邁。①

思樂泮水，薄（迫）采其藻。魯侯戾止（之），其馬蹻蹻（驕驕）。其馬蹻蹻，其音昭昭。載色載笑，匪（非）怒伊教。②

思樂泮水，薄（迫）采其茆。魯侯戾止（之），在泮飲酒。既飲旨酒，永錫（賜）難老。順彼長道，屈此群醜。③

穆穆魯侯，敬明其德。敬慎威儀，維（爲）民之則。允（用）文允（用）武，昭假烈祖。靡（無）有不孝，自求伊祜。④

明明魯侯，克明其德。既作泮宮，淮夷攸（用）服。矯矯虎臣，在泮獻馘。淑問如皋陶，在泮獻囚。⑤

濟濟多士，克廣德心。桓桓于征，狄（剔）彼東南。烝烝皇皇，不吳（嘩）不揚。不告（造）于訩（凶），在泮獻功。⑥

角弓其觩，束矢其搜（颼）。戎車孔博，徒御無斁（厭）。既克淮夷，孔淑不逆。式固爾猶（猷），淮夷卒獲。⑦

翩彼飛鴞，集于泮林，食我桑黮，懷我好音。憬彼淮夷，來獻其琛，元龜象齒，大賂（璐）南金。⑧

——《泮水》八章，章八句。

〔彙校〕

茷茷，《釋文》作"伐伐"，亦借字。

鸞聲，今文三家作"鑾"，本字。

噦噦，今文三家作"鉞鉞"，亦作"鐵鐵"，皆借字。

矯矯，《釋文》作"蟜蟜"，借字。

狄彼，《韓詩》作"鬄"，亦借字。

不吳，《魯詩》作"虞"，亦借字。

不揚，《魯詩》作"陽"，借字。

憬彼，《魯詩》《韓詩》作"獷"（音景），借字。

〔注釋〕

① 思樂，心中喜歡。泮，音畔。泮水，魯國學宮泮宮前的水池。薄，借爲"迫"，迫近。芹，水菜名。戾，止、到。止，語助詞。言，同"焉"，于是。旂，繪有龍紋的旗幟。茷茷，音配配，借爲"旆旆"，旗幟飄動的樣子。鸞，借爲"鑾"，車上的鑾鈴。噦噦，象聲詞。無小無大，不分大小。公，魯侯。邁，行也。

② 藻，水藻。蹻蹻，同"驕驕"，健壯的樣子。其音，魯侯説話聲。昭昭，響亮的樣子。載，又也。色，容色。匪，同"非"。伊，爲也。

③ 茆，音卯，一種水草，可食。泮，指泮水岸邊。旨，甘甜。錫，借爲"賜"。難老，謂長壽。順，沿著。屈，謂使之屈服。群醜，指淮夷。

④ 穆穆，形容儀態端莊。敬，認真。威儀，威嚴的儀錶。維，同"爲"。則，法則。允，同"用"。昭，明也。假，來、到也。烈祖，功業之祖。靡，無也。伊，其。祜，音互，福也。

⑤ 明明，英明。克，能也。泮宮，泮本魯國河名，作宮其北，故稱泮宮。攸，借爲"用"，因此。矯矯，勇武的樣子。虎臣，勇猛之士。馘，音國，所殺敵之左耳，取以計數。淑，善也。陶，音摇。皋陶，舜帝時掌刑獄之官。囚，俘虜。

⑥ 濟濟，多的樣子。士，任事之人。克，能也。桓桓，威武的樣子。于，往、去也。狄，借爲"剔"，除也。烝烝，衆多的樣子。皇皇，美盛的樣子。吳，借爲"嘆"，喧嘩。揚，宣揚。告，借爲"造"，至也。訩，借爲"凶"，兇險。

⑦ 角弓，兩端飾有牛角的弓。觩，音求，彎曲的樣子。束矢，一捆箭。搜，借爲"颼"，颼颼。戎車，兵車。孔，很。博，大也。徒御，

步卒。戢,音亦,借爲"厭"。淑,善也。式,猶乃。固,堅也。爾,你。猶,借爲"猷",謀也。卒,盡也。

⑧翩,疾速。鴞,鴟鴞、貓頭鷹。泮林,泮水旁之樹林。桑黮,即桑葚,桑樹的果實。懷,猶報。好音,勝利的佳音。憬,覺悟。琛,一種寶玉。元,大也。賂,借爲"璐",一種美玉。南金,南方出産的銅。

〔訓譯〕

　　心中樂泮水,迫近采水芹。魯侯到泮宮,跟著看龍旗。龍旗隨風飄,鑾鈴響噦噦。不分老和少,全隨魯侯行。

　　心中樂泮水,迫近采水藻。魯侯到泮宮,其馬真矯健。其馬真矯健,其聲更響亮。和顏悦色笑,不怒善説教。

　　心中樂泮水,迫近采水茆。魯侯到泮宮,先把酒來飲。飲了其甜酒,永遠不會老。順著那長道,去屈那群醜。

　　端莊美魯侯,認真明其德。認真慎威儀,爲民做榜樣。能文又能武,明招衆先祖。無有不孝敬,自求大福禄。

　　英明美魯侯,能明其大德。既作這泮宮,淮夷因此服。矯健衆虎臣,在泮獻俘馘。善問像皋陶,在泮獻敵囚。

　　濟濟多良士,能廣有德心。威武去征討,掃平那東南。烝烝又皇皇,肅静不喧嘩。不至生兇險,獻功在泮宮。

　　角弓一拉彎,箭頭颼颼響。戰車很寬大,步卒也無厭。既克南淮夷,變善不再逆。堅定你計謀,淮夷全俘獲。

　　疾飛貓頭鷹,落在泮上林,吃我黑桑葚,報我好消息。淮夷已覺悟,來獻其玉琛,大龜加象牙,還有南方金。

〔意境與畫面〕

　　第一次,泮宮内外,龍旗飄飄,鑾鈴噦噦,老百姓不分老幼,隨行觀看。魯侯在泮宮招待將士,下令將士南伐淮夷。

　　第二次,魯侯在泮宮接受獻俘,讚美表彰將士。

　　第三次,淮夷前來泮宮獻禮,包括玉琛、大龜、象牙和黄銅。

閟　　宮

〔提要〕這是一首爲魯國宗室宗廟新成而作的頌歌。《毛詩序》

曰："《閟宮》，頌僖公能復周公之宇也。"今文三家無異義，皆近是。

閟（祕）宮有侐，實實枚枚。赫赫姜嫄，其德不回。上帝是依，無災無害。彌月不遲，是生后稷。降之百福（穀），黍稷重（穜）穋，稙稚菽麥。奄（掩）有下國，俾民稼穡。有稷有黍，有稻有秬。奄有下土，纘禹之緒。①

后稷之孫，實維（爲）大王。居岐之陽，實始翦商。至于文武，纘大王之緒，致天之屆（殛），于牧之野。無貳無虞，上帝臨女（汝）。敦商之旅，克咸厥（其）功。王曰叔父，建爾元子，俾侯于魯。大啓爾宇，爲周室輔。②

乃命魯公，俾侯于東。錫（賜）之山川，土田附庸。周公之孫，莊公之子。龍旂承祀。六轡耳耳（爾爾）。春秋匪（非）解，享祀不忒。皇皇后帝！皇祖后稷！享以騂犧，是饗是宜。降福既多，周公皇祖，亦其福女。③

秋而載嘗，夏而楅衡，白牡騂剛（犅）。犧尊將將（鏘鏘），毛炰胾羹。籩豆大房，《萬》舞洋洋。孝孫有慶。俾爾熾而昌，俾爾壽而臧（壯）。保彼東方，魯邦是嘗。不虧不崩，不震不騰。三壽作朋，如岡如陵。④

公車千乘，朱英（纓）綠縢。二矛重弓，公徒三萬，貝胄朱綅。烝（衆）徒增增（層層），戎狄是膺（應），荊舒是懲，則莫我敢承！俾爾昌而熾，俾爾壽而富。黃髮台背，壽胥與試。俾爾昌而大，俾爾耆而艾。萬有（又）千歲，眉壽無有害。⑤

泰山巖巖，魯邦所詹（瞻）。奄有龜蒙，遂荒（幠）大東。至于海邦，淮夷來同。莫不率從，魯侯之功。⑥

保有鳧繹（嶧），遂荒徐宅，至于海邦。淮夷蠻貊。及彼南夷，莫不率從。莫敢不諾，魯侯是若。⑦

天錫公純嘏，眉壽保魯。居常與許，復周公之宇。魯侯燕喜，令妻壽母。宜大夫庶士，邦國是有。既多受祉，黃髮兒（齯）齒。⑧

徂來（徠）之松，新甫之柏。是斷是度，是尋是尺。松桷有舄，路寢孔碩。新廟奕奕，奚斯所作。孔曼且碩，萬民是若。⑨

——《閟宮》九章，各章句數不一。
——《駉》四篇，二十四章，二百四十三句。

〔彙校〕
　　有侐，《韓詩》作"闃"，借字。
　　百福，疑當作"穀"，故下曰"黍稷重穋，稙稚菽麥"。
　　是嘗，《十三經注疏》等本作"常"，誤。
　　是膺，《魯詩》作"應"，本字。
　　荆舒，《魯詩》作"荼"，借字。
　　魯邦，《魯詩》作"魯侯"，非。
　　所詹，《魯詩》作"是瞻"，"是"非，"瞻"爲本字。
　　奄有，《魯詩》作"弇"，義同。
　　遂荒，《魯詩》作"幠"，本字。
　　鳧繹，《魯詩》作"嶧"，本字。
　　兒齒，《魯詩》作"齯"，本字。

徂來，傳世諸本或作"俫"，本字。
新廟，《魯詩》《齊詩》作"寑"，非。
奕奕，《魯詩》《齊詩》作"繹繹"，借字。

〔注釋〕
① 閟，音必，借爲"祕"，神。有侐，即"侐侐"，音序序，清静的樣子。實實，堅實的樣子。枚枚，細密的樣子。赫赫，顯赫的樣子。姜嫄，周人始祖后稷之母。后，君也、主也。后稷本名弃，在夏爲主稷之官，故周人以代其名。回，邪也。上帝，天帝。依，靠也。無災無害，指生后稷説，見《生民》詩。彌，滿也。遲，延遲。重，借爲"穜"，音同，先種後熟之穀。穋，音路，後種先熟之穀。稙，早種之穀。稚，晚種之穀。菽，豆也。奄，覆蓋。下國，天下之國。俾，使也。稼穡，收種。稷，穀子。黍，糜子。秠，黑黍。下土，天下。纘，繼承。禹，大禹。緒，業也。
② 維，同"爲"。大王，即太王、古公亶父。岐，岐山。翦，滅也。致，行也。届，借爲"殛"，誅也。牧之野，即所謂牧野。貳，二心。虞，欺騙。臨，從天上往下看。女，同"汝"，指周人。敦，迫也。克，能也。咸，完成。厥，其也。王，指成王。叔父，指周公。建，立也。元子，長子。啓，開也。宇，指疆域。周室，周王室。輔，助也。
③ 乃命，成王命。魯公，周公長子伯禽。錫，借爲"賜"。土田，土地。附庸，附屬小國。莊公之子，僖公。承祀，繼承祭祀，指繼位。六轡，指四馬之車。耳耳，借爲"爾爾"，華麗的樣子。春秋，指長年。匪解，不懈。享祀，祭祀。忒，差錯。皇皇，光明的樣子。后，君也。后帝，即上帝、天帝。騂，赤色牛。犧，犧牲、祭祀的牲口。饗，祭饗。宜，謂宜其口味。其，將也。福，謂賜福。
④ 載，始也。嘗，祭名。而，就也。福，音必，縛也。衡，拴在牛角上的横木。牡，犍牛。騂，紅色。剛，借爲"犅"，公牛。犧尊，犀牛形酒尊，出土多見實物。將將，同"鏘鏘"，象聲詞。炰，音庖，燒烤。胾，音字，大塊肉。胾羮，肉湯也。籩，盛果品的竹器。豆，高足食器。大房，盛大塊肉的食器。《萬》，舞名。《邶風》："簡兮簡兮，方將《萬》舞。"孝孫，指僖公。慶，慶祝。熾，盛也。昌，大也。臧，借爲"壯"，健壯。保，保守。東方，自周言。常，長久也。虧，損也。崩，潰也。震，動也。騰，沸騰、動亂。三壽，上、中、下三壽，泛指各色人等、輔臣。朋，伴侶。岡，山崗。陵，丘陵。如岡如陵，形容

穩固。

⑤公，謂魯公。朱，紅色。英，借爲"纓"。縢，繩也。重，二也。徒，步卒。貝，貝殼。冑，頭盔。綅，音侵，綫也。烝，借爲"衆"。徒，士兵。增增，借爲"層層"。膺，借爲"應"，應敵。荆、舒，南方二國名。懲，懲罰。承，抵擋。台背，即駝背。黃髮台背，長壽的象徵。胥，相也。試，比也。耇、艾，皆長壽義。有，同"又"。眉壽，長壽。長壽之人皆眉毛濃長而顯，故長壽曰眉壽。

⑥岩岩，高峻的樣子。詹，借爲"瞻"，望也。奄，覆蓋。龜、蒙，魯地二山名。遂，于是。荒，借爲"幠"，音乎，覆有。大東，遠東。海邦，海島之國。同，會合。率從，順從。

⑦繹，借爲"嶧"。鳧、嶧，二山名，在今山東鄒城縣境。荒，謂開墾。徐，古國，地在今江蘇徐州境。宅，居地。蠻貊，東南方各少數民族。南夷，南方各少數民族。若，順也。

⑧純，大也。嘏，音假，亦音古，受福。常，地名，在今山東蒙陰西北。許，即《左傳》"許田"之許，地在魯西地區。宇，疆域。燕喜，謂開喜宴。壽，謂敬酒。有，富也。既，盡、全也。祉，福祉。兒，音泥，借爲"齯"。齯齒，更生的細齒。黃髮、齯齒，皆長壽之兆。

⑨徂來，同"徂徠"，山名，在山東泰安東南。新甫，山名，在山東新泰西北。斷，截斷。度，度量。尋，伸兩臂度量。桷，音絕，方形椽子。有舄，猶"舄舄"，大的樣子。路寢，正殿。孔，很也。碩，大也。奕奕，高大的樣子。奚斯，人名，魯國公子。曼，美也。若，順也。

〔訓譯〕

祕宮真清淨，結實又細密。赫赫姜嫄祖，德行不邪曲。依靠天上帝，無災也無害。滿月不延遲，于是生后稷。老天降百穀，黍稷加穜穋，穀豆和麥子。覆蓋全天下，使民都收種。有稷又有黍，有稻也有秬。覆蓋天下土，繼承大禹業。

后稷有裔孫，就是周太王。居住岐山南，開始翦伐商。到了文武王，繼承太王業，替天行誅伐，立功在牧野。一心無欺騙，上帝臨視你。敦服商勁旅，成就大功業。王勸叔父說：立你大兒子，使他做魯侯；大開你疆宇，做爲周室輔。

于是命魯公，使他主東方。賞賜他山川，土地加附庸。周公有裔孫，莊公大兒子。龍旗承祭祀，六轡都華麗。四季不鬆懈，享祀無差錯。光明是上帝，偉大爲后稷！紅牛來祭獻，饗祀總相宜。降福已很多，周公和皇祖，也將賜福你。

去秋纔祭嘗，來夏又縛角，白紅各色牛。犧尊鏘鏘響，燒烤加肉湯。籩豆和大盤，《萬》舞喜洋洋，孝孫有慶典。使你熾而昌，使你壽而康。保守那東方，魯國得補償。不虧又不崩，不震也不騰。三壽作伴侶，如崗如山陵。

公車上千乘，紅纓綠套繩。二矛加重弓，公徒有三萬，紅繩穿貝冑。士兵一層層，應對那戎狄。懲罰荆和舒，無人敢抵擋。使你昌而熾，使你壽而富。黃髮和駝背，長壽相互比。使你昌而大，使你壽而康。成千上萬年，長壽無禍殃。

泰山岩石高，魯國所瞻望。包有龜和蒙，于是有大東。一直到海國，淮夷也會同。沒有不順從，魯侯建功業。

保有鳧和嶧，于是墾徐土，一直到海疆。淮夷和蠻貊，以及那南夷，沒有不服從。莫敢不答應，全都順魯侯。

天賜公大福，長壽保魯國。居住常和許，光復周公宇。魯侯開喜宴，令妻敬母酒。也宜大夫士，國家很富有。全都受福祉，黃髮長壽人。

徂徠有青松，新甫有翠柏。截斷來度量，雙臂加尺子。松木橡子方，正殿非常寬。新廟更高大，奚斯所督造。很美又很大，萬民所以順。

〔意境與畫面〕

　　魯僖公時期，魯國國力強盛，大臣奚斯負責重修宮室宗廟。慶典大會之上，史官專頌此詩，回顧魯國歷史，歌頌僖公功績，祝福參加宴會之人，並讚美新宮廟的宏偉高大。

〔引用〕

　　《左傳·文公二年》載且明曰："子雖齊聖，不先父食久矣。（略）是以《魯頌》曰：'春秋匪解，享祀不忒。皇皇后帝，皇祖后稷。'"出此詩之二章。

商頌

那（挪）

〔提要〕這是一首商王及宋君祭祀成湯時所唱的頌歌，篇名"那"讀"挪"，借字。《毛詩序》曰："《那》，祀成湯也。微子至于戴公，其間禮樂廢壞，有正考甫者得商頌十二篇于周之大師，以《那》爲首。"或是。按魯、齊二家說皆以《商頌》爲宋詩，恐未必，宋詩必有所承。

猗（倚）與那（挪）與，置（執）我鞉鼓。①
奏鼓簡簡，衎我烈祖。②
湯孫奏假（嘏），綏我思（所）成。③
鞉鼓淵淵（鼟鼟），嘒嘒管聲。④
既和且平，依我磬聲。⑤
於（嗚）赫湯孫，穆穆厥（其）聲。⑥
庸（鏞）鼓有斁，《萬》舞有奕。⑦
我有嘉客，亦不夷懌。⑧
自古在昔，先民有作。⑨
溫恭朝夕，執事有恪。⑩
顧予烝嘗，湯孫之將。⑪

——《那》一章，二十二句。

〔彙校〕

奏假，《魯詩》作"嘏"，本字。

淵淵，今文三家作"鼘鼘"，本字。

庸鼓，《魯詩》作"鏞"本字。

夷懌，《釋文》作"繹"，云："亦作'懌'。"阮校曰："'懌'者俗字，從'繹'爲是。"按"懌"是本字，阮說非。

〔注釋〕

① 猗，讀爲"倚"，借字，靠也。與，同"歟"，語氣詞。那，讀爲"挪"，借字，移挪、挪動。猗（倚）那（挪），舞動的樣子。舊或讀"猗那"爲"阿（惡平聲）儺"，釋爲美盛之貌，恐非。置，借爲"執"。靴，音桃。靴鼓，即撥浪鼓，有柄可搖。

② 奏，演奏。簡簡，形容聲音大。衎，樂也。烈祖，功業之祖，指商湯。

③ 湯孫，指祭祀者。奏，獻也。假，借爲"嘏"，福也。綏，安也。思，借爲"所"。成，成功。

④ 淵淵，借爲"鼘鼘"，鼓聲不絕。嘒嘒，音慧慧，吹管聲。管，吹管樂器。

⑤ 和，和諧。平，平正。磬，石磬。

⑥ 於，同"嗚"歎美聲。赫，大也。穆穆，和美。厥，其也。

⑦ 庸，借爲"鏞"，大鐘。有斁，猶"斁斁"，盛大的樣子。有奕，猶"奕奕"，勢盛的樣子。

⑧ 亦不，猶"不亦"。夷懌，喜悅。

⑨ 自，從也。在昔，往昔。作，創造。

⑩ 溫恭，溫和謙恭。朝夕，從早到晚。恪，敬也。

⑪ 顧，看也。烝、嘗，兩種祭祀之名。將，獻也。

〔訓譯〕

這邊挪那邊，執我撥浪鼓。
鼓聲大而簡，樂我衆先祖。
湯孫來獻福，安我所成就！
鼓聲響不停，長管音繚繞。
音調和又平，都依我磬聲。

啊呀大湯孫，穆穆放聲唱。
鐘鼓聲音亮，《萬》舞聲勢大。
我有嘉客到，不也很喜悦！
自古在往昔，先民有創作。
温良又謙恭，做事都認真。
看看我所祭，湯孫親自獻。

〔意境與畫面〕

宋國宗廟之中，正在舉行隆重的祭祀成湯的活動。先有執撥浪鼓的巫師跳舞降神，接著鐘鼓齊鳴，主祭者開始禱告。然後《萬》舞開跳，場面宏大。跳舞結束，主祭者獻上祭品，然後招待來賓，並口唱此頌歌。

烈　　祖

〔提要〕這也是一首祭祀成湯的頌歌。《毛詩序》曰："《烈祖》，祀中宗也。"未知所據。中宗，武丁也。

嗟嗟烈祖，有秩斯（此）祜！①
申錫（賜）無疆，及爾斯（此）所。②
既載清酤，賚我思成。③
亦有和羹，既戒既平。④
鬷（奏）假（格）無言，時（是）靡（無）有爭。⑤
綏我眉壽，黄耇無疆。⑥
約軝錯衡，八鸞（鑾）鶬鶬（鏘鏘）。⑦
以假（格）以享，我受命溥將。⑧
自天降康，豐年穰穰。⑨

來假（格）來饗，降福無疆。⑩
顧予烝嘗，湯孫之將。⑪

——《烈祖》一章，二十二句。

〔彙校〕
鬷假，《齊詩》作"奏"，本字。

〔注釋〕
①嗟嗟，讚歎聲。烈祖，功業之祖。有秩，同"秩秩"，大的樣子。斯，此也。祜，福也。
②申，再也。錫，同"賜"。無疆，指無疆之福。爾，你。斯，之也。所，處所。
③載，謂盛。清酤，指酒。賚，賜也。思，謂所想。
④和羹，多種食材調和的肉湯。戒，具也。平，齊也。
⑤鬷，借爲"奏"。假，借爲"格"，至也。奏假（格），謂禱告降神。時，是、因此。靡，無也。
⑥綏，賜也。眉壽，長壽。黃，黃髮。耉，長壽老人的面相，所謂凍梨色。
⑦約，束也。軝，音其，車軸兩端。錯，謂錯金。衡，車衡。鸞，借爲"鑾"，車衡上的鈴鐺。鶬鶬，借爲"鏘鏘"，鑾鈴聲。
⑧假，借爲"格"，至也。享，祭饗。溥，廣也。將，大也。
⑨康，安康。穰穰，衆多的樣子。
⑩假，借爲"格"，至也。饗，享用。
⑪顧，看也。烝、嘗，皆祭祀名。湯孫，祭者自稱。將，獻也。

〔訓譯〕
好一烈祖，大有此福！
再賜無疆，直到我身。
盛滿美酒，讓我如意。
還有和羹，已經備齊。
默默禱告，因此無爭。
賜我長壽，黃髮無疆。

包軸金衡，八鸞鏘鏘。
前去祭享，我受命廣。
天降安康，豐年糧多。
靠前享用，降福無疆。
看看我祭，湯孫親獻。

〔意境與畫面〕
宋公祭祀成湯，祈求福壽，高唱此歌。

〔引用〕
《左傳·昭公二十年》載晏子對齊侯曰："故《詩》曰：'亦有和羹，既戒既平。鬷假無言，時靡有爭。'"出此詩。

玄　鳥

〔提要〕這是一首殷人祭祀先祖武丁時所唱的頌歌，兼及始祖成湯。《毛詩序》曰："《玄鳥》，祀高宗也。"高宗即武丁。

天命玄鳥，降而生商，宅殷土芒芒（茫茫）。①
古帝命武湯，正（征）域彼四方。②
方（旁）命厥（其）後，奄有九有（域）。③
商之先后，受命不殆（怠），在武丁（王）孫子。④
武丁（王）孫子，武王（丁）靡不勝。⑤
龍旂十乘，大糦（饎）是承。⑥
邦畿千里，維（爲）民所止，肇（兆）域彼四海。⑦
四海來假（格），來假（格）祁祁。⑧

景員維河（何），殷受命咸宜，百禄是何（荷）。⑨

——《玄鳥》一章，二十二句。

〔彙校〕

殷土，《魯詩》作"社"，非。

武丁，疑與下"武王"互誤。武王，指成湯。下同。

武王，疑當作"武丁"。

維河，《釋文》引鄭（玄）曰："河之言何也。"又曰："王（肅）以爲河水本或作'何'。"

〔注釋〕

① 玄鳥，一種神鳥，或謂燕子，商人的圖騰。商，指商始祖契。宅，居住。殷，殷商。芒芒，同"茫茫"，廣大的樣子。

② 古帝，古始之帝。武湯，即成湯，"武"猶謚號。正，借爲"征"，征伐。域，有也。

③ 方，借爲"旁"，廣也。厥，其。後，後人。奄，覆蓋、全部。九有，讀"九域"，九州也。

④ 后，君也。殆，借爲"怠"，懈怠。武丁，湯十代孫、第十七位商王。這裏當作武王，指成湯。

⑤ 按此武丁、武王亦互誤。武王，成湯也。靡，無也。

⑥ 龍旂，上有龍紋的旗子。十乘，十輛兵車。糦，同"饎"，酒食。承，供奉。

⑦ 邦畿，國境。維，同"爲"。止，居也。肇，借爲"兆"。兆域，謂國土。四海，全天下。

⑧ 假，借爲"格"，至也。祁祁，衆多的樣子。

⑨ 景，大也。舊以爲景山，恐非。員，同"圓"，指週邊。河，黄河。咸，皆。禄，福也。何，同"荷"，承擔、承受。百，形容多。

〔訓譯〕

老天命玄鳥，下凡生殷商，宅土真茫茫！

古帝命成湯，征伐遍四方。廣命其後人，佔有全九州。

商朝衆先君，受命不懈怠，湯孫數第一。

成湯那裔孫，武丁無不勝。
十車飄龍旗，載著酒食來。
國土上千里，百姓所居止，國境達四海。
四海來朝見，進貢很衆多。
大圍是黃河，殷人得天命，承受這百福。

〔意境與畫面〕

商後王祭祀成湯、武丁，主祭人高唱此歌。

〔引用〕

《左傳·隱公三年》載君子曰："宋宣公可謂知人矣。立穆公，其子饗之，命以義夫！《商頌》曰：'殷受命咸宜，百禄是荷。'其是之謂乎。"出此詩。

長　發

〔提要〕這是一首歌頌成湯及其先祖的詩。《毛詩序》曰："《長發》，大禘也。"近是，"大禘"即祭祖宗。魏源以爲是宋襄公所作，似無據。

濬（睿）哲維（爲）商，長發其祥。洪水芒芒（茫茫），禹敷下土方。外大國是疆，幅隕（幅員）既長。有娀方將，帝立子生商。[1]

玄王桓撥，受小國是達，受大國是達。率履不越，遂視既發。相土烈烈。海外有截。[2]

帝命不違，至于湯齊（躋）。湯降不遲，聖敬日躋。昭假（嘏）遲遲，上帝是祗，帝命式于九圍（域）。[3]

受（授）小球大球，爲下國綴旒。何（荷）天之休，不競不絿。不剛不柔，敷（布）政優優。百禄是遒（揂）。④

受小共（珙）大共（珙），爲下國駿厖（蒙）。何天之龍（寵），敷（普）奏其勇。不震不動，不戁不竦，百禄是總。⑤

武王載斾，有虔秉鉞。如火烈烈，則莫我敢曷（遏）。苞有三蘖，莫遂莫達。九有（域）有截，韋顧既伐，昆吾夏桀。⑥

昔在中葉，有震且業。允也天子，降予卿士。實維阿衡，實左右商王。⑦

——《長發》七章，一章八句，四章章七句，一章九句，一章六句。

〔彙校〕

桓撥，今文三家作"發"，借字。
率履，今文三家作"禮"，借字。
湯齊，《韓詩》作"躋"，本字。
九圍，疑當作"域"，以音誤。
綴旒，今文三家作"畷"，借字。
敷政，《魯詩》《齊詩》作"布"，義同。
優優，《魯詩》作"憂憂"，借字。
是遒，《魯詩》作"摯"，本字。
小共大共，《大戴禮記·衛將軍文子》引作"拱"，亦借字；《魯詩》《淮南子·經訓》引作"珙"，本字。
駿厖，《齊詩》"駿"作"恂"，以音誤；《魯詩》《齊詩》"厖"作"蒙"，本字。
天之龍，《齊詩》作"寵"，本字。
敷奏，《齊詩》《釋文》作"傅"，借字。
是總，《釋文》："本又作'緵'。"借字。
載斾，《魯詩》《韓詩》作"發"，《說文》作"拔"，皆借字。
敢曷，《魯詩》《韓詩》作"遏"，本字。

苞有，《齊詩》作"包"，借字。
三蘖，《齊詩》《韓詩》注引作"枿"，義同。
九有，《魯詩》《韓詩》作"域"，本字。
韋顧，《齊詩》《漢書·古今人表》作"鼓"，借字。

〔注釋〕

① 濬，讀爲"睿"，明也。哲，智也。維，同"爲"。長，久也。發，芒芒，同"茫茫"。敷，治也。下土，天下。外，域外。疆，疆界。幅隕，即"幅員"。長，廣也。有娀，氏族名。方，正也。將，強壯。帝，上帝、天帝。立，謂成就。子，指有娀氏之女簡狄。

② 玄王，商始祖契。桓，大也。撥，治理。受，謂受封。達，至也。率，循也。履，行也。遂，遍、盡也。遂視，謂放眼所及。既，盡、全也。發，開發。相土，人名，契孫。烈烈，威武的樣子。截，獲也。

③ 帝，上帝、天帝。齊，同也。降，降生。不遲，形容適時。齊，借爲"躋"，升也。昭，明也。假，借爲"嘏"，福也。遲遲，不息的樣子。祗，敬也。式，法也。九圍，讀同"九域"，即九州。

④ 受，同"授"。球，一種圓玉。下國，諸侯。綴，連綴。旒，冕前後所懸的玉串珠。何，同"荷"，受也。休，美也。競，爭也。絿，求也。敷，布也。優優，寬和的樣子。遒，借爲"揂"，聚也。

⑤ 共，借爲"珙"，一種黑玉，此指其璧。駿，大也。厖，借爲"蒙"，覆蓋。龍，借爲"寵"，榮也。敷，普也。奏，進、施展。戁，音南，内心恐懼。竦，亦懼義。總，聚也。

⑥ 武王，指商湯。旆，音沛，大旗。有虔，猶"虔虔"，敬也。鉞，一種斧形兵器。烈烈，炎盛的樣子。曷，借爲"遏"，阻遏。苞，叢生之樹，指代夏人。蘖，伐木餘芽。遂、達，謂生長。九有，即九域，全天下。有截，猶"截截"，整齊的樣子。韋、顧，二小國名。昆吾，夏同盟小國。夏桀，夏末代國君。

⑦ 中葉，指商湯時代。震，威也。業，大也。允，誠也。阿衡，師保之官，指伊尹。左右，謂輔佐。

〔訓譯〕

睿智的商人，長久發吉祥。洪水白茫茫，大禹治理好。域外是疆界，幅員真遼闊。有娀正強壯，上帝讓其女生商。

玄王大治理,傳命到小國,也傳至大國。遵循不越軌,所見全開發。相土很威武,海外也有獲。

不違上帝命,一直到成湯。湯生很適時,聖德日益升。明福永不息,來把上帝敬,帝命作法于九州。

頒授玉串珠,做爲諸侯冕。接受天美命,不爭也不求,不剛也不柔。布政很寬和,百福都來聚。

頒受大小璧,覆蓋全天下。蒙受上天寵,全都進其勇。不震也不動,不恐也不懼,百福都來集。

商湯載大旗,虔敬秉斧鉞。如火烈烈燒,無人敢阻遏。夏有三餘蘗,無一能生存。九域很整齊,韋顧都伐滅,昆吾和夏桀。

從前在中葉,威嚴氣勢大。因爲是天子,降我好卿士。就是那伊尹,輔佐我商王。

〔意境與畫面〕

湯廟之中,正在舉行祭祀。主祭者高唱此歌,以示紀念,連及阿衡。

〔引用〕

《左傳‧成公二年》載晉人使齊之封內盡東其畝,齊人對曰:"《詩》曰:'布政優優,百禄是遒。'子實不優,而棄百禄。"《左傳‧昭公二十年》載仲尼曰:"不競不絿,不剛不柔。布政優優,百禄是遒。'和之至也。"皆出此詩之四章。

殷　武

〔提要〕這是一首殷人歌頌武丁伐荆楚、修宫室的詩,祭祀時所唱。《毛詩序》曰:"《殷武》,祀高宗也。"高宗即武丁。《漢書‧匡衡傳》曰:"此成湯所以建至治,保子孫,化異俗,而懷鬼方也。"説非是。

撻(達)彼殷武,奮伐荆楚。深入其阻,裒(俘)

荆之旅。有截其所，湯孫之緒。①

維女（汝）荆楚，居國南鄉。昔有成湯，自彼氐羌，莫敢不來享，莫敢不來王，曰商王是常（尚）。②

天命多辟，設都于禹之績。歲事來辟，勿予禍（過）適（謫），稼穡匪（非）解。③

天命降監，下民有嚴。不僭不濫，不敢怠遑。命于下國，封建厥福。④

商邑翼翼，四方之極。赫赫厥聲，濯濯厥靈。壽考且寧，以保我後生。⑤

陟彼景山，松伯丸丸。是斷是遷，方（是）斵是虔（梬）。松桷有梴，旅楹有閑，寢成孔安。⑥

——《殷武》六章，三章章六句，二章章七句，一章五句。

——《那》五篇，十六章，百五十四句。

〔彙校〕
　　商王，"王"字爲唐石經旁添，阮校云誤。按添之當是，詳注。
　　商邑，今文三家作"京邑"，或作"京師"，所指同。
　　之極，今文三家作"是則"，大義同。
　　方斵，疑當作"是"，句式與上同。
　　是虔，《魯詩》作"梬"，本字。

〔注釋〕
　　① 撻，借爲"達"，明達。殷武，殷王武丁。阻，險阻。裒，借爲"俘"。旅，指士兵。有截，猶"截截"，整齊的樣子。緒，業也。
　　② 女，同"汝"，你。氐、羌，皆西北少數族群。享，獻、進貢。王，謂朝見。曰，說。常，借爲"尚"，主也。商王是尚，主商王也。
　　③ 辟，君也。績，借爲"跡"。歲事，每年進貢之事。予，給也。禍，借爲"過"。適，讀爲"謫"，音哲，指責。匪解，不懈。
　　④ 降，下也。監，監察。有嚴，嚴肅。僭，僭越。濫，妄爲。遑，

閒暇。下國，天下小國。封建，封土建國。厥，其。

⑤商邑，指商都、京城。翼翼，整齊繁榮的樣子。極，中、標準。赫赫，顯赫的樣子。聲，名聲。濯濯，光明的樣子。靈，神靈。壽考，長壽。寧，康寧。後生，後人。

⑥陟，登上。景山，山名。譚其驤先生認爲，"景山即今（河北）武安縣南鼓山"。丸丸，粗大的樣子。遷，運也。斫，砍也。虔，借爲"楱"，砍木頭是所墊的砧木。桷，方形椽子。有梃，猶"梃梃"，木長的樣子。旅，衆也。楹，柱子。有閑，猶"閑閑"，粗壯的樣子。寢，宮室、房子。孔，很。安，安舒。

〔訓譯〕

　　明達殷武丁，奮勇伐楚荊。深入其險阻，俘虜楚勁旅。所有荊人地，湯孫建功業。
　　只因你荊楚，居國在南鄉。從前在成湯，北有氐和羌，莫敢不進貢，莫敢不來朝，皆尊商王君。
　　天命衆諸侯，設都禹舊跡。歲歲來朝君，不再加指責，種地不鬆懈。
　　天帝下凡看，下民都嚴肅。安分不妄爲，不敢有怠墮。命令天下國，分封立其福。
　　商都很繁榮，四方做標準。名聲很顯赫，神靈也光明。長壽又安寧，以保我後生。
　　登上那景山，松柏直又大。截斷運回來，又砍又是墊。松木椽子長，柱子也粗壯，宮成很安舒。

〔意境與畫面〕

　　武丁中興，南伐荊楚，重建宮室，殷都一片繁榮景象。

〔引用〕

　　《左傳·襄公二十六年》載聲子曰："《商頌》有之曰：'不僭不濫，不敢怠皇。命于下國，封建厥福。'此湯所以獲天福也。"又《左傳·哀公五年》載子思曰："《商頌》曰：'不僭不濫，不敢怠皇。'命以多福。"皆出此詩之四章。

後記

　　《詩經》作爲國學經典之一，讀者衆多，意義重大。予讀《詩經》，自20世紀80年代始。當時因教學之需，開始對其有所接觸，並參閱了多家前人注解。由於發現各家意見多有不一，或者未必可從，於是便在各家之外自求新解。如據音直接讀《關雎》篇之"窈窕"爲"苗條"，就是一例。後來又覺得此說於版本無據，於是又逐漸找來不同版本對照，但當時所見者均屬《毛詩》一家，所以收穫不是很大。遂又根據字形結構將之解爲"窰洞"。後來有了今文三家的資料，遂又將資料擴展到了《魯詩》《齊詩》《韓詩》三家，發現其確有優於《毛詩》之處。後來又陸續看到出土文獻中的詩句也有異文，遂將之一併也吸收了進來。本以爲校對工作已經基本完成，不意安大簡又被發現。直至其正式出版以後，也將之納入了彙校，從而最終確定了文本正字，寫成校記。如《關雎》篇之"窈窕"，從安大簡校爲"腰嬽"。如此反覆的校改，注釋與譯文等也少不了隨之不斷更新。如解"腰嬽"爲"苗條"，就是一例。所以，現在呈現在各位面前的，已經是斷斷續續接近四十年功夫之結晶。其中部分甚或多數新說，未必會被專家們所接受，這是可以理解的，因爲畢竟是"仁者見仁，智者見智"。但是不管怎樣，傳統所謂"詩無定解"的說法，必須予以糾正，因爲詩本義不可能一開始就有多種。之所以有"無定解"的說法，是由於《詩》多借字、誤字而造成的，這是很清楚的事情。只有先發現詩本義，在其基礎上再作發揮，才不至於郢書燕說。所以，讀《詩》必須知校勘。當然，此新校也未必完全恰當，新解也未必完全合理，其中存在謬說也不排除。另外，還有部分字詞由於未能發現其本字，本書只能暫時付闕。所以，还希望廣大讀者及專家们多提批評意見，使全部詩本義逐漸得到充分揭示，使《詩經》這一祖國的文化瑰寶體現其應有的價值，發揮其應有的作用，則幸甚焉！

黄懷信

2023 年 2 月 25 日

於曲阜師範大學寓所

圖書在版編目(CIP)數據

詩經彙校新解 / 黄懷信著. -- 上海：上海古籍出版社, 2024.9. -- ISBN 978-7-5732-1304-4

Ⅰ.I207.222

中國國家版本館CIP數據核字第2024QX5621號

詩經彙校新解

黄懷信 著

上海古籍出版社出版發行

（上海市閔行區號景路159弄1-5號A座5F 郵政編碼201101）

(1) 網址：www.guji.com.cn
(2) E-mail：guji1@guji.com.cn
(3) 易文網網址：www.ewen.co

上海商務聯西印刷有限公司印刷

開本 890×1240 1/32 印張 20.5 插頁 2 字數 394,000

2024年9月第1版 2024年9月第1次印刷

ISBN 978-7-5732-1304-4

Ⅰ·3863 定價：98.00元

如有質量問題,請與承印公司聯繫